Cómo (no) escribí nuestra historia

Elísabet Benavent (Valencia, 1984). La publicación de la Saga Valeria fue su debut y el principio de su trayectoria como novelista. Desde entonces ha escrito más de veintitrés libros y se ha convertido en un fenómeno editorial con más de 4.500.000 ejemplares vendidos. Algunas de sus novelas han sido traducidas a varios idiomas y publicadas en diversos países. En 2020 Netflix estrenó la serie *Valeria*; en 2021 la película *Fuimos canciones* y en 2023 la miniserie *Un cuento perfecto*, con la que se ha situado en el número 1 global de la plataforma durante varias semanas. Este éxito se une a la conquista del mercado anglosajón con la traducción al inglés de su novela homónima y su publicación en Estados Unidos e Inglaterra. *Esnob* es su último libro.

Para más información, puedes consultar la página web de la autora y seguirla en su cuenta de Instagram:
www.betacoqueta.com
BetaCoqueta

ELÍSABET BENAVENT

Cómo (no) escribí nuestra historia

DEBOLS!LLO

Papel certificado por el Forest Stewardship Council®

Enero de 2025

© 2023, Elísabet Benavent Ferri
© 2023, 2025, Penguin Random House Grupo Editorial, S. A. U.
Travessera de Gràcia, 47-49. 08021 Barcelona
Diseño de la cubierta: Penguin Random House Grupo Editorial / Carlos Pamplona
Imagen de la cubierta: © Carlos Pamplona

Penguin Random House Grupo Editorial apoya la protección de la propiedad intelectual. La propiedad intelectual estimula la creatividad, defiende la diversidad en el ámbito de las ideas y el conocimiento, promueve la libre expresión y favorece una cultura viva. Gracias por comprar una edición autorizada de este libro y por respetar las leyes de propiedad intelectual al no reproducir ni distribuir ninguna parte de esta obra por ningún medio sin permiso. Al hacerlo está respaldando a los autores y permitiendo que PRHGE continúe publicando libros para todos los lectores. De conformidad con lo dispuesto en el artículo 67.3 del Real Decreto Ley 24/2021, de 2 de noviembre, PRHGE se reserva expresamente los derechos de reproducción y de uso de esta obra y de todos sus elementos mediante medios de lectura mecánica y otros medios adecuados a tal fin. Diríjase a CEDRO (Centro Español de Derechos Reprográficos, http://www.cedro.org) si necesita reproducir algún fragmento de esta obra.

Printed in Spain – Impreso en España

ISBN: 978-84-663-8024-9
Depósito legal: B-17.430-2024

Compuesto en Punktokomo S. L.
Impreso en Liberdúplex
Sant Llorenç d'Hortons (Barcelona)

P 3 8 0 2 4 9

*A mi amiga Eva,
por su fortaleza,
por ser lugar seguro
y opinión sincera*

Nota de la autora

A los siete años, un niño de mi clase que se llamaba Juan me trajo un par de rosas de su jardín. Un día antes, algo lo había empujado a tomar cartas en el asunto, pues se rumoreaba en clase que yo le gustaba. Los rumores a tan tierna edad son devastadores.

Recuerdo las rosas como si las tuviese sobre la mesa en la que escribo. No eran como esas flores perfectas que compran los enamorados en las floristerías: eran grandes, pomposas, salvajes y de un vivo color escarlata.

Me las dio sin mucha ceremonia, pero yo, que me sentí observada y acorralada por las risitas de alrededor, me comporté como haría ahora mismo ante una inesperada muestra de amor en público: quise morirme. A aquella edad era una versión mini de quien soy ahora: gordita, vivaracha, curiosa pero algo tímida (con una timidez que me obliga a episodios de diarrea verbal para poder manejarla).

El caso es que a Juan mi reacción debió de decepcionarlo, porque después de pensárselo un poco en su pupitre, se levantó muy digno, cogió las rosas y las tiró a la papelera. Sin embargo, lo que se comentó, no sé por qué, fue que había sido yo quien las había tirado.

La historia pasó de boca a boca hasta que resultó imposible que las clases colindantes manejasen otra versión de los hechos. Fui reprendida hasta por el profesorado por un gesto que hoy en día sigo jurando que no tuve. Fue imposible imponer la verdad. Todo el mundo contaba esa versión incluso años después, como si se tratase de una anécdota divertida. Juan tampoco salió en mi defensa; supongo que, en ese juego tan curioso de la memoria, reescribió lo que se comentaba por encima de lo que de verdad ocurrió.

La cuestión, lo importante aquí, es que a la tierna edad de siete años yo aprendí una verdad universal: la gente cree solamente aquello que quiere creer.

Aclarado esto..., empecemos.

Madrid

1
El escritor y sus fantasmas
Ernesto Sábato

Por fin..., por fin todo parecía haber encajado. Los años persiguiendo el fantasma de la persona que creía ser se habían acabado. No en vano, había vivido los siete años más increíbles de mi vida. Me había enamorado, había odiado, había vuelto a amar, había recorrido el mundo y conseguido cumplir mi sueño, rodeada por el mejor grupo de amigas que nadie (en su sano juicio... o no) podría desear. Y, al contrario de lo que una vez pensé cuando aún era muy joven y solo sabía de la vida lo que de ella podía imaginar, la calma no era aburrida ni paralizante. Me sentía plena.

El vestido, custodiado por una preciosa funda de satén, colgaba en el dormitorio a la espera de enfundármelo. También las sandalias de tacón cubiertas de piedras brillantes aguardaban sobre la caja. Los útiles de maquillaje parecían, sobre el tocador, pequeños soldados a punto de una batalla de brillo. Mientras tanto, yo disfrutaba de aquel baño de espuma bien merecido. Porque cuando las cosas salen bien, una debe premiarse...

... Lástima no haberlo pensado mejor. Lástima no haber tenido más cuidado. Lástima no haber sido consciente de que aquel baño era, en realidad, el último.

No debí dejar el móvil cargando sobre el mármol de la bancada. No debí intentar alcanzarlo cuando Néstor me llamó, seguramente para avisarme de que estaba de camino para brindar con champán. Era la noche del estreno de la película con la que cerraba un ciclo, con la que abrazaba la felicidad más plena.

Pero lo hice.

Lo hice.

Fue una muerte dulce, no temáis por mí. Una torpeza. Una tontería. Un final precipitado en una vida como la mía, que había sido tan plena, tan llena, tan propia. Sencillo y tonto como solo puede ser un accidente. Un codo que se mueve fuera de la bañera; un teléfono, enchufado a la corriente, que cae al agua...

Me fui..., me fui rostizada como un pollo.

Me fui. De pronto existía y un instante después ya no era más que un cuerpo vacío; una consciencia libre que volaba, sin pena, sin alegría, comprendiendo el tiempo, el espacio, el futuro y las razones por las que todo pasaba.

Valentina, que había tenido una vida de novela, ya no estaba.

Me separé del ordenador con cara de pánico. Conmocionada y excitada a partes iguales. Con una mezcla entre satisfacción, vergüenza y culpa..., como recién salida de una orgía. Cualquiera hubiera dicho que había perpetrado un crimen real. Cualquiera, si hubiera podido asomarse a mi interior, habría creído que había matado a alguien a quien odiaba mucho..., y no se habría equivocado tanto. Porque a Valentina la odiaba, te lo aseguro. Y la acababa de matar, eso también, pero si nos detuvieran por describir la muerte de personajes de ficción, imagínate las cárceles.

Miré de reojo el móvil. Mala costumbre para una escritora que se distrae con el vuelo de una mosca, pero supongo que eso dice mucho de mi estado en aquel momento.

Desbloqueé la pantalla y busqué, como estaba haciendo desde hacía días de manera compulsiva, la última conversación que tuve con mi editora:

> **Laia**
> Elsa, no quiero agobiarte, pero como sabes vamos tarde. Muy tarde. ¿Cuándo crees que podrás tener listo el manuscrito? Estoy deseando leerte de nuevo.

Apoyé la frente sobre la mesa. Las vetas de la madera no me devolvieron una caricia demasiado dulce, de modo que me volví a erguir. Era plenamente consciente de las molestias que causaría mi retraso: todas las personas que participaban del proceso de publicación de mis libros se verían afectadas y tendrían muchísimo menos margen temporal para hacer su trabajo. Correctores, editores, maquetadores... realizarían sus tareas en menos días, por no hablar del lío que supondría retrasar la impresión ya programada o la posibilidad de que el libro no se publicase en «el servicio» (que viene a ser la fecha asignada) que le tocaba.

Estaba segura de que correrían rumores de que me iba a cambiar de editorial. De que tenía problemas personales. De que me estaba volviendo loca. Todas las versiones de mi vida que imaginaba que los demás podrían plantearse como ciertas se me desplegaron delante de mis ojos, como en un multiverso al más puro estilo Marvel. Y me asusté, claro, porque ninguna era cierta y tampoco mentira (excepto lo de cambiar de editorial, vaya por delante). He ahí la magia de la vida: puede ser maravillosa y una puta mierda a la vez.

Odiaba a mi protagonista y quería deshacerme de ella, olvidarla. A tomar por culo. La sentía agazapada detrás de cualquier proyecto. De un tiempo a esta parte sentía que su nombre me asfixiaba; yo solo era la extensión viva de Valentina, más decepcionante, porque la idea hecha materia siempre nos parecerá peor. Mi personaje me anulaba. A la vez, temía qué sería de mi vida sin ella. Tenía miedo a la ausencia de timón. A no ser más que un fraude. A no saber hacer otra cosa. Valentina se encontraba detrás de cualquier sombra.

Estaba bloqueada. Un pelín angustiada. Dormía poco. Callaba de más. Pasaba más tiempo sola del habitual con la excusa de que estaba retrasando la fecha de entrega.

Y, aun así, ninguna de las versiones que otros podrían interpretar a partir de estos datos era cierta por el simple hecho de que yo no sabía qué pasaba, qué marchaba mal, cuál era la nota discordante. Y mientras uno no sabe, cualquier posibilidad puede ser la verdad y, a la vez, no lo es ninguna. La escritora amargada de Schrödinger.

Abrí decidida la aplicación de correo electrónico y escribí una breve nota que dirigí a Laia Lizano y a Alberto González, editora y director editorial respectivamente, del sello en el que publicaba. Adjunté el archivo. Le di a enviar. Me levanté de la mesa y abrí una botella de agua con gas, de la que bebí a morro. No tardó en vibrarme el móvil con un mensaje:

> **Laia**
> Elsa, amore, he recibido el manuscrito. Me pongo a leerlo en este mismo momento.
> Te conozco y sé que..., que no te sientes segura.
> No sufras, ¿vale? Voy a intentar leérmelo para mañana o pasado mañana. Veo que no tiene tantos caracteres como el anterior, así que, si los niños me dejan, igual puedo decirte algo mañana.
> No estés nerviosa. Descansa.

Al leer la última palabra me estremecí de gusto. Un baño caliente con sales, una copa de vino, escribir a mis amigos y planear una escapada o una noche de copas, dormir sin remordimientos... Mi cuerpo lo demandaba como el oxígeno. Pero...

¿Cómo iba a descansar? Había matado mi modo de vida. A mi protagonista. Al personaje de ficción a través del cual había vivido durante los últimos siete años. A la mujer que me había robado la vida, la que conseguía todo lo que a mí se me escapaba, la que había terminado sus días pudiendo descansar en el pecho del hombre de su vida...

Ojalá hubiera podido entrar en mi mente, cuchillo en mano, para cortar los cables que me unían a ÉL. O a Martín. O al miedo y a la ansiedad. Pero supongo que no todo es tan fácil como electrocutar a la protagonista de un libro.

2
Llévame a casa
Jesús Carrasco

«Vine para no volver». Esa era la frase que me repetía una y otra vez mientras hacía las maletas. «Vine para no volver, cojones». El destino al que volvía no era el problema. El problema era irme de París después de tantos años (y tan felices). Siempre creí que sería mi hogar hasta la jubilación, pero supongo que estas cosas son las que pasan cuando te construyes la vida entera alrededor del matrimonio.

Había dejado a Geraldine sentada en el sofá, con las piernas cruzadas, fumando y tomando café. Sabía que le molestaba que no hubiera esperado al fin de semana para hacer aquello, que le irritaba haber pedido la mañana en el trabajo para estar allí conmigo, pero ni se lo pedí ni podía negármelo. Era el último acto de nuestra relación y, como en toda buena ópera, yo esperaba que el final valiese la pena. «Valiese la pena»..., curiosa expresión y qué acertada para aquel momento.

Llevábamos ya muchos meses viviendo separados, pero hacía muy poco que habíamos formalizado los papeles del divorcio. No negaré que durante algún tiempo albergué la esperanza de que aquello fuera solo un bache, pero pronto se hizo evidente, incluso para mí, que no lo era. Era definitivo. Y, llegados a ese punto, ambos sabíamos que era lo mejor.

A pesar de que me había llevado ya la ropa y algunos enseres personales al piso que había alquilado por meses en un barrio mucho menos «residencial», me faltaba recoger la mayoría de mis pertenencias. Allí estaba yo, con las manos colocadas en las caderas, mientras vigilaba cómo dos operarios manipulaban mi bien más preciado: el piano.

—Por favor, tengan cuidado. Es lo único que me queda. —Me escuché decir en un francés un tanto afectado.

—Siempre fuiste muy melodramático.

Geraldine estaba apoyada en la pared, detrás de mí, con su porte elegante y esa sonrisa que me enamoró cuando la conocí. Se acercó y posó su cabeza en mi brazo, mirando también cómo el piano desaparecía bajo las protecciones con las que los chicos de la mudanza estaban vistiéndolo.

—Lo echaré de menos —murmuró.

—Dejarlo aquí solo retrasaría lo inevitable. —La miré con expresión vacía—. No puedo vivir sin este piano y contigo tampoco. Será porque soy muy melodramático.

Los dos sonreímos y ella se irguió de nuevo para pasear el humo de su cigarrillo por todo el estudio. La habitación más luminosa de un piso cuyo alquiler pagábamos a precio de oro. Una habitación que todo el mundo esperaba que llenáramos con la alegría de unos hijos que nosotros no queríamos.

—Te quiero solo para mí —acostumbraba a decirme Geraldine—. No puedo compartirte ni con la música. Siento celos de las notas que tocas en el piano.

Los parisinos quieren de una forma diferente. Puede parecer una tontería, pero no lo es. Hay algo que impregna sus células y que convierte el amor en una sucesión de sueños de gloria y pesadillas. Geraldine era la mujer más fantástica que había conocido jamás, pero había conseguido sacarme de mis casillas. Me había puesto entre las cuerdas y había apretado mi cuerpo contra el límite de mi cordura durante años. Tan pronto gritaba presa de los celos como, de repente, me planteaba un matrimonio abierto. Me ignoraba por temporadas, como si mi amor fuera más bien un castigo con el que tuviera que cargar, pero después de semanas de un gélido entendimiento, volvía a invadirla un ardor que no me dejaba vivir.

No siempre fue así. Creo que darnos cuenta de que nuestro matrimonio no duraría tanto como pensábamos nos desquició a los dos. Quizá el problema no es quererse a la parisina. Tal vez el problema siempre fue esperar que el amor nos curase las diferencias.

—Con esto lo tengo todo —le dije.

—¿Recogiste todos tus libros?

—Sí. Los que quedan son tuyos.

—He visto que te llevas también los cuadros.

—No valen un euro, pero para mí tienen valor sentimental.

—No quiero que te los lleves para recordarme.

—No, Geraldine. —Sonreí con tristeza—. Estos cuadros me acompañaron más que tú.

A pesar de la pulla, ella me devolvió la sonrisa. Me daba rabia darme cuenta de que a mí me quedaba todavía pena y a ella solamente la cicatriz, ya curada, de algo que no funcionó.

Los operarios de la mudanza me avisaron de que iban a bajar el piano ya, a través del gran ventanal del estudio por el que entró años atrás, y yo necesitaba salir de allí para no verlo.

—Me voy —avisé a mi ya exmujer—. Estaré en París hasta mañana temprano; si te surge algo, llámame.

—Después de mañana, no, ¿verdad?

La miré de soslayo y negué con la cabeza. Lo mejor, cuando has querido tanto y no bastó con el amor, es decir adiós. Esperaba dar esquinazo a la sensación de fracaso en algún momento, pero me iba a ser difícil si continuaba en contacto con ella. Y, por muy melodramático que Geraldine me acusara de ser, una vez tomada una decisión soy un tipo más bien práctico.

—Adiós —le dije con una expresión de resignación.

—Adiós, Darío.

Para mi sorpresa, Geraldine se enroscó a mí, como la *femme fatale* que era y me besó en los labios para después borrar la huella de su pintalabios con la yema del pulgar.

—Te quise hasta la locura —susurró, aún colgada de mi cuello—. Después de ti ya no volveré a amar.

Jean-Luc Godard habría podido hacer una película con aquello. En ella, Geraldine y yo nos habríamos destrozado a base de amor tóxico hasta tener que despedirnos a un paso de la muerte. O algo así. A veces me frustra que la vida no sea como una película, pero otras tantas lo único que siento es alivio.

Vi desaparecer en las tripas del camión de mudanzas a mi querido piano antes de enfilar hacia el café donde había quedado con un par de amigos para despedirme. Anduve despacio, mirando los edificios, las terrazas de los cafés, los tejados, los árboles, los paseos y los puentes, guardando un álbum mental con todo aquello que me había hecho sentir tan en casa durante los últimos casi diez años de mi vida. Junto al Sena me despedí y me prometí quedarme con aquello y no volver jamás a por más dosis de mi París. Mi París ya no existía. Era momento de volver a empezar.

3
Lo estás deseando
Kristen Roupenian

Podría decir que no entiendo cómo terminé allí, pero lo sé perfectamente. No había sufrido un episodio de confusión ni de enajenación mental transitoria. Se me había calentado la pepitilla. Bueno, eso no es del todo verdad y, por tanto, es mentira.

Una vez acabé el manuscrito, necesitaba sentir los brazos de alguien y que me apretase contra su pecho. Ese alguien, en este caso, era Martín porque…, pues por las razones habituales por las que una mujer escoge a un hombre en concreto para hundir la nariz en su pecho: deseo, soledad y un buen perfume. Pero, claro, la tarde en la que acabé la novela, él no podía.

Martín
Pásate mañana por casa y te doy ese abrazo.
No.
Mañana no, perdona. Tengo cosas que hacer.
Mejor pasado mañana.

El sueño de cualquier mujer…, qué placer sentirse así de priorizada…, ejem, ejem. Pero a imbécil, claro está, no me ganaba nadie.

Mientras estaba allí tumbada, se me cruzó por la cabeza la certeza de que Martín podría haber sido un personaje de cualquiera de mis novelas. Hay muchos matices en esa afirmación, pero es que el muy jodido encajaba bastante bien en el papel de galán bello pero peligroso. Olía muy bien. Bueno, decir que Martín olía muy bien es quedarse corta. Le envolvía el aroma de uno de esos perfumes masculinos especiados y amaderados que escogió en su día por lo mismo que la madre naturaleza viste de colores llamativos a las ranas venenosas: como aviso.

Vaya. Eso ha sonado mal. Suena a que le guardo a Martín algún tipo de rencor por el hecho de ser guapo y oler bien, y no es así. No podría odiarlo por eso...; al cosmos sí podría hacerlo malignamente responsable. Y es que no es justo poner tan claramente a alguien en el equipo ganador, porque Martín olía bien, era guapo, dulce, romántico y simpático, tenía éxito y talento, además hubiera ganado un oro para España si follar fuese deporte olímpico. Tenía sus taritas también, no creas. Hasta las preciosas ranas venenosas tienen un depredador natural.

Tendida a su lado me percaté con disgusto de que sería complicado quitarme de encima su olor durante todo el día; además de flotar por la habitación, se me había quedado prendido en el pedazo de piel entre la boca y la nariz, aunque lo verdaderamente reseñable hubiera sido que no lo hiciera. Si después de una hora con los labios entre los suyos (y por encima de muchos rincones de él) su perfume no se hubiera transferido a mi piel, habría sido un milagro, sobre todo por eso de haber estado desnudos, pegados y sudando... en un ejercicio de fricción. De fricción de la buena. Acabábamos de terminar uno de nuestros ya clásicos maratones sexuales, que había durado, según mis cálculos, un poco menos de una hora y que, con total seguridad, nos dejaría algo doloridos durante un par de días... en más de un sentido.

A mi lado, con el antebrazo derecho sobre los ojos y la mano izquierda jugando con el vello corto de su propio pecho, Martín jadeaba con sordina. Su caja torácica subía y bajaba ya con más calma ahora que iba recuperando el resuello que había perdido encima de mí hasta hacía unos minutos... Encima, debajo, a mi lado, frente a mí y a mi espalda. Martín era al sexo lo que el Circo del Sol al contorsionismo: un virtuoso.

Si alguien hubiera entrado en el dormitorio en aquel momento, habría sentido que estaba haciendo añicos la intimidad de dos amantes, pero en mi opinión el silencio hacía imposible la existencia de cualquier atisbo de intimidad. Era un silencio con los incisivos largos y amarillentos y el alma de Hannibal Lecter. Como si alguien vestido con un traje de cascabeles intentara pasar desapercibido en una habitación llena de gente dormida. Silencio ensordecedor de tan atronador y ruidoso. Incómodo. Intentar ignorar el silencio en una habitación, después del sexo, es como maquillarse un grano con medio bote de corrector esperando hacerlo invisible. Era fácil ver lo que sucedería a continuación; ya había pasado muchas veces.

—Me voy —musité incorporándome.

Martín se giró hacia mí y me envolvió la cintura con el brazo, parándome con un gesto cariñoso pero que jamás podría confundirse con el que tendría un enamorado.

—Eh, Elsa... —susurró—, espera, ¿qué prisa tienes?

Me dejé caer de nuevo en el colchón poco convencida, con los ojos clavados en el techo y sin dejar de mover mi pie derecho, la imagen misma de la ansiedad. No quería que lo que venía ahora me pillase allí tumbada, desnuda, sin coraza, o me parecería doblemente humillante.

—Relájate —me pidió—. Diez minutos. Después te vas.

Es curioso. Martín era, probablemente, la segunda persona en el mundo con la que más veces me había acostado.

El primer puesto era para mi exmarido, evidentemente. El segundo, la plata, para Martín, un hombre que jamás esperé en mi vida. Creo que como reacción a la estupefacción que siempre me provocaba su interés por mí, después del sexo me sentía tensa. Al principio, si estábamos en su casa, me daba miedo no dar con el momento idóneo para marcharme, pero si estábamos en la mía, no sabía comportarme con naturalidad y lo que me pedía el cuerpo era quedarme sola. Después… nos fuimos complicando y los motivos que se escondían tras las reacciones de ambos empezaron a no ser tan fáciles de identificar. Ni tan plácidos.

Miré de reojo las sábanas. Eran blancas o de un gris muy claro y sobre ellas mis cabellos verdes (sí, verdes) destacaban bastante. Y me había puesto perfume antes de salir de casa. Y maquillaje. La almohada, así, sin buscar demasiado, tenía rastros visibles del eyeliner y del rímel. Vamos, que parecía una representación de las caras de Bélmez en versión porno. Es lo que pasa cuando te dan un revolcón salvaje…

—Martín, tienes que cambiar las sábanas.

—¿Mmm? —Me miró extrañado, con cierta pereza.

—Digo que, en cuanto me vaya, tienes que meter las sábanas en la lavadora. Por muchas razones, además.

Chasqueó la lengua contra el paladar, no sé si por el fastidio de que le dijera lo que debía hacer o por saber que tenía razón… y por qué motivo.

No pude más. Me levanté de un salto y la vibración de la carne que me recubría caderas y abdomen me hizo sentir avergonzada. Más avergonzada de lo habitual, quiero decir: haber sucumbido a mis pulsiones más bajas y terminar en su cama ya era suficiente. Urgía salir de allí antes de que la onda expansiva de sus remordimientos y la de mi vergüenza colisionaran.

—¿Te suena dónde me has quitado las bragas?

—Entre el recibidor y la cocina. Voy yo.

—Tráeme un vaso de agua.

Un Martín desnudo en toda su plenitud paseó con calma hacia allá. Los hoyuelos de sus nalgas se fueron contoneando con él en una danza ritual de apareamiento.

—Puto —gruñí muy muy bajito.

Tardó aproximadamente un minuto y medio, pero para cuando entró de nuevo en la habitación, yo ya estaba vestida y calzada, a falta de ponerme las bragas por debajo del vestido.

—Sus bragas, señorita. —Sonrió quedo, de lado, con una mueca discreta y bonita.

—Gracias.

Me tendió un vaso de agua, me lo tragué a toda prisa y me concentré en la tarea de colocarme la ropa interior que colgaba en aquel momento de mi muñeca.

—No sé por qué me siguen sorprendiendo tus prisas —comentó.

—No son prisas…, es que… —Me sequé el bigotillo de agua con el dorso de la manga.

—Nah, no te esfuerces. Ya lo sé.

Cuando lo miré, levantó las cejas significativamente, pero lejos de intentar justificar los motivos que me empujaban a salir corriendo de allí, me afané en ponerme la ropa interior más rápido, y, para eso, me sujeté en él. Al hacerlo, coloqué por azar la mano sobre el tatuaje de su pecho, que captó mi atención. La imagen era una metáfora de nosotros dos, de un simbolismo delicado, casi preciosista: mi piel pálida sobre la suya tostada, con ese trazo de tinta entre ambos en el que podía leerse «caos», en referencia a una de las canciones que lo llevaron a la fama. Eso éramos: un caos. Un vórtice devorador de energía en el que explotábamos, por combustión espontánea e inmediata, para desaparecer convertidos en partículas que podían resultar tóxicas. La definición perfecta de la radiación. Juntos éramos un accidente nuclear. Chernóbil. Tan intenso como destructivo. Las explosiones atómicas deben de ser bellísimas a una distancia prudencial; no tengo pruebas, pero tampoco dudas.

—¿Lo llevas todo?

Despegué los ojos de su pecho y asentí.

—Sí. —Miré a mi alrededor mientras me peinaba con los dedos—. Pero habré dejado pelos en la almohada. Acuérdate.

—Ya lo sé. No te olvides las bolsas que has dejado en la entrada.

Salí de la habitación y giré a la izquierda, hacia la puerta de la casa en la que Martín recibía a menudo a su novia. Ajá. Su novia. ¿A que van encajando muchas cosas de mi comportamiento? Al entrar había dejado caer dos bolsas de Dior que recogí rauda al pasar, justo antes de precipitarme hacia el rellano.

—¡Adiós! —lancé al aire mientras cruzaba los dedos esperando que no me alcanzara.

—Ey, ey...

Un brazo apareció por mi espalda para retenerme y me dio la vuelta con un movimiento grácil. Martín se había puesto unos calzoncillos rojos con unas letras negras en la cinturilla blanca, y... nada más. Desnudo de explicaciones, pretextos y respuestas, como siempre.

Me apreté contra su pecho en un abrazo y dejó un beso en mi mejilla que ojalá no me hubiera dado. ¿Por qué? Bueno, es un gesto de cariño, pero después de lo que supone el sexo para dos personas que llevan a sus espaldas capítulos que nadie se ha molestado en terminar (como cualquier pareja de follamigos que se precie), ciertos gestos son un intento zafio por volver al tramposo punto de partida. Estos dicen: «Solo somos amigos». Y los amigos no follan, nos pongamos como nos pongamos.

Como siempre, el taxi tardó una eternidad y para cuando subí y me puse el cinturón, ya me había dado tiempo a sentirme bastante ridícula. Además del olor de su perfume, me habían seguido hasta allí un montón de ideas que reclamaban mi atención a tortazos: «Esto no es ser amigos», «No voy a volver a hacerlo nunca», «Es que lo hacemos tan bien», «¿A qué coño viene lo de abrazarme?», «¿Pensará que me voy jodidísima?», «Seguro que cree que cuando llegue a casa, me echaré a llorar por él», «¿Qué narices se le ha perdido a un tío como Martín con una tía como yo?», «Había demasiada luz en la habitación», «Hoy se ha terminado».

El teléfono empezó a sonar dentro del bolso sacándome de la espiral, porque si algo caracteriza a mi vida es que todo lo que tiene que pasar, pasa a la vez. Miré la pantalla donde la foto de un chico con un brillante pelazo negro parpadeaba junto a su nombre: Juan. Mi representante, mi mejor amigo, mi persona de confianza, mi hermano sin sangre.

—Dime —contesté escueta.
—¿Dónde estás?

«En un taxi escapando de un sitio que no te puedo confesar».

—Llegando a casa —respondí.
—¿De dónde?
—He ido a hacer unas compras.
—Más compras...
—No me juzgues. —Sonreí.
—No te juzgo, payasa. Pero ¿vienes?
—¿Adónde?
—Hacia tu casa.

—¿Estás en mi casa?

—Sí. ¿Te importa si subo? Llevo mis llaves.

—No, sube, pero ¿pasa algo?

—Nada grave. Solo quería comentarte unas cosas.

—¿De curro? —Arqueé las cejas.

—¿Cuánto tardas?

—¿Ha pasado algo? —La ansiedad se me disparó.

—Que no, pesada. Voy haciendo café.

Colgué el teléfono con una sensación extraña. No era raro que Juan me llamara por cuestiones de trabajo…, pero aquello olía a movida. Recuerda: todo lo que me pasa, me pasa a la vez. Era fácil adivinar que no iba a tener suficiente con la angustia de enfrentarme con la cabeza (y la pepitilla) fría a lo que había estado haciendo en casa de Martín. Al parecer, además, no era la única a la que le sobrevendría la culpa. Antes de guardar el móvil de nuevo en el bolso eché un vistazo a WhatsApp, y… allí estaba.

Martín
Elsa, tenemos que dejar de hacer esto.
Me siento un cerdo.

El coche enfiló la avenida de camino a mi casa justo a tiempo de escapar de la onda expansiva de los remordimientos de Martín…

… Ya tenía suficiente con los míos.

4

Toda la verdad de mis mentiras
Elísabet Benavent

El rellano olía a café, lo cual me reconfortó, pero no mucho. No mucho porque mi cabeza había seguido divagando en una lucha encarnizada por demoler cualquier atisbo de sensación de dignidad dentro de mí. Y porque sospechaba que habría movida y no sabía ni de dónde me venía el aire.

—Juan... —avisé dejando las llaves en el aparador—. ¿Qué narices pasa? Me tienes siempre con una ansiedad, chico...

Las bolsas se me cayeron de las manos al levantar la mirada y descubrir el salón de mi casa lleno de gente.

—¡¡¡Por el amor de Dios!!! —grazné—. Pero ¡¡¡qué susto!!! ¡¿Qué hacéis aquí?!

Mis padres, mi hermana, mis editores y mi mejor amiga rodeaban a Juan que, de pie, sostenía una bandeja con tazas.

—Pero ¡¿qué ha pasado?! —Avancé hacia el salón—. ¿Está todo el mundo bien?

—Eso es lo que queremos saber —escuché decir a mi madre.

¿Quééé? Espera. Espera. Espera... ¿Se trataba de una intervención? Para haber juntado a un grupo tan variopinto de personas debía ser, además, una de las graves. Por no comentar la flagrante invasión de mi espacio personal.

—Vale, necesito saberlo, así, a bocajarro... ¿Se ha muerto alguien?

—No.

—Pues no se junta a toda esta gente sin avisar si no es para dar una sorpresa o para enviar a un tercero a un sanatorio mental. No es mi cumpleaños, ergo...

—Ven, siéntate, cariño... —pidió mi padre, conciso.

Oy, oy, oy... Mamá abrió sus brazos esperando que fuese a saludarla con los mimos con los que suelo hacerlo, pero entre el corte de entrar en mi casa y encontrármelos a todos allí y el hecho de oler a ingle sudada y a saliva a kilómetro y medio...

—Dame un segundo que me reponga, mami.

Juan, que había dejado la bandeja con el café sobre mi mesa de centro, me acercó una de las butacas del salón, en la que me dejé caer repasando con la mirada la expresión de todos los presentes.

—En serio, si se ha muerto alguien, prefiero saberlo ya.

—No se ha muerto nadie, cansina —se burló mi hermana.

Pensé en las dos bolsas que había dejado caer en el recibidor nada más entrar y traté de esbozar un plan para quitarlas de en medio sin que alguien les prestase la merecida atención. Antes de espatarrarme debajo de Martín, venía de comprarme un bolso y un par de zapatos. Más bolsos y más zapatos, ajá. Si realmente no se había muerto nadie, quizá la «intervención» tenía algo que ver con la cantidad de cajas que acumulaba en el vestidor.

—Pero ¿qué pasa? —insistí.

—No puedes seguir así —escuché decir a mi madre, muy seria.

Dios. Dios. Dios. La palabra «acorralada» se queda corta para definir cómo me sentí. Me habían pillado. Sí, me habían pillado. Pero ¿en qué? No es que dedicase mi vida a actividades ilegales. Soy escritora, desde hacía años me iba bien y acababa de entregar el último manuscrito, así que por ahí no era. No guardaba un fardo de cocaína en el trastero a la espera de distribuirlo y, por supuesto, yo tampoco contaba entre los nombres de la lista de clientes de ningún camello.

¿Sería porque había cogido unos kilos? Un latigazo de vergüenza me cruzó la cara. Había sido de forma bastante paulatina, pero en los últimos cuatro años había recuperado todo el peso que perdí en 2017 durante un infierno personal; quizá se les acababa de hacer evidente este hecho. Tal vez me querían mandar a uno de esos programas de adelgazamiento. Martín me acababa de ver desnuda. ¿Tan preocupante era mi figura? No. No podía ser. Estoy carnosa, pero mi vida no corre ni corría peligro.

¿Se habrían enterado de que llevaba una temporadita de vida «alegre»? Había salido bastante entre semana durante todo el invierno, hasta las tantas y a tope de vino tinto, pero no es posible que Juan se hubiera ido de la lengua con mis padres con el tema, básicamente porque era mi compañero de fechorías. Además, ¿por unas copas? Por el amor de Dios.

Busqué a mi hermana con la mirada, pero la única explicación que encontré en su gesto fue un: «Lo siento, yo no quería». Carlota, mi mejor amiga, miraba por la ventana a una paloma posada en la barandilla de la terraza..., y no pudo darme consuelo.

—Pero ¡¿qué pasa?!

Todos me miraban con un toque de preocupación, quizá de paternalismo..., lo que sería lógico en mis padres, pero ¿por qué mis editores, Alberto y Laia, parecían tan consternados? ¿Qué coño había hecho ahora?

—Elsa... —Laia se acercó, se sentó en la butaca de al lado y me cogió cariñosa de las manos—. No estás bien.

—Como si lo hubiera estado alguna vez —escuché murmurar a Juan, que flanqueaba mi sillón como si temiera que fuera a escaparme.

—No ayudas —musité mirando hacia arriba.

—¿A qué hueles, guarra? —bajó aún más el tono.

—Hijo de una hiena —respondí con un gruñido.

Repasé una a una las caras. Mis padres, angustiados. Juan, entre preocupado y avergonzado. Mis editores, consternados. Mi hermana, a todas luces arrepentida de participar en el espectáculo, pero estudiando disimuladamente mis zapatitos de Chanel. Carlota, con la nariz arrugada, la boca entreabierta y los dientes a la vista, mirando a la paloma.

—Carlota, tía —me quejé.

Se me escapó una risita y me tapé la cara para disimular, lo que para ser sincera no daba muestras de ser la expresión de una adulta funcional rodeada de amigos y familia preocupada. La verdad es que en mi salón se había creado una atmósfera insoportable por varios factores: el olor de Martín por todos lados, aquella reunión masónica y el estrés de no saber qué es lo que querían de mí.

—¿Cuánto hace que no duermes?

La pregunta nos sobrevoló a todos, aunque fue mi madre quien la lanzó al aire. «¿Cuánto hace que no duermo?». ¡¡¡Ah!!! ¿Era eso? ¡¡Era eso!! Menos mal, menos mal, menos mal. Nadie había dado la voz de alarma porque tenía siete vibradores hacinados en los cajones de las mesitas de noche, un amante con novia, la rodilla derecha machacada por el sobrepeso, siete vaqueros que no me abrochaban guardados en un rincón del armario llamado «el lugar de la esperanza» y al menos cuatro pares de zapatos sin estrenar. Nadie había descubierto que durante varias semanas me había estado alimentando de cosas que llegaban en táper de plástico hasta la puerta de mi casa, gazpacho y surimi. Nadie era consciente de que me había dado por arrancarme sin darme cuenta pelos de la nuca mientras trabajaba. Ni de que era capaz de beberme media botella de Thunder Bitch yo sola sin perder la pronunciación de las erres.

—¡¡¿Estáis preocupados por mi sueño?!! ¡Anda, anda! Pero si ya me conocéis, soy de mal dormir —intenté sonreír aliviada, pero pronto me di cuenta de que no servía.

Todos los ojos seguían puestos en mí, de modo que me vi en la obligación de seguir hablando.

—Acabo de entregar el manuscrito. Es solo cuestión de tiempo que se me regule de nuevo el biorritmo de sueño. Tomaré melatonina. No pasa nada. No tenéis de qué preocuparos.

Me cruzaron por la mente tres imágenes un tanto preocupantes, como que hacía poco había encontrado las gafas en el congelador, había buscado desesperada y al borde del llanto a uno de mis gatos…, que me miraba alucinado desde el sofá y que había gritado a pleno pulmón, como si me estuviera preparando para una ópera rock, porque me sonó el teléfono cuando intentaba colgar una foto en Instagram. Quizá sí estaba un poquito…, ya sabes…, cansadita. Mentalmente cansadita.

—Solo tengo que descansar algo —aseguré—. Ahora que ya he entregado el manuscrito, hasta que empiece la promoción tengo tiempo de sobra para desconectar de todo, darme una cura de sueño…

Todos se miraron entre sí con un algo misterioso que me contagió la preocupación, sobre todo cuando mis editores fijaron sus miradas en mí. Oh, oh.

—¿Qué pasa con el manuscrito? —pregunté alarmada.

—Elsa…, has matado a tu protagonista —me dijo cariñosa Laia—. Estamos preocupados.

Hija de la gran puta. Laia, no, por favor. A ella la adoro. Hija de la grandísima puta la jodida Valentina…, la protagonista de la saga que me catapultó a las listas de los más vendidos. Ella, queridísima por el público. Ella, gracias a la que alcancé mi sueño de escribir profesionalmente. Ella… se había ido a tomar por culo. «Que toquen algo triste, la bruja ha muerto…».

Ni siquiera me lo planteé. Salió así. Estaba hasta el coño. De ella, de sus amores, de la película de precuela que estábamos haciendo y de la que era productora ejecutiva, de las siete temporadas de la serie en las que también participé activamente, del merchandising (tazas, libretas, copas menstruales), de los pintalabios color Valentina, de los photocalls... Cuando los periodistas me preguntaban sonrientes en las entrevistas: «Bueno, ¿y ahora qué le espera a Valentina?», tenía ganas de contestar que lo que quería era estrangularla y huir a una playa lejana a vender pendientes de coco, a poder ser en un país que nadie lograra situar con exactitud en el mapa: ni la editorial ni Martín ni los repartidores de Amazon ni... ÉL. Ya, ya sé que he nombrado un par de veces a un «ÉL» al que no conoces, pero todo a su debido tiempo.

Parpadeé intentando calmar la rabia que me había subido a la garganta con un sabor amargo.

—Le di una muerte muy dulce —me justifiqué—. Muere con todos sus problemas solucionados, recién casada con el amor de su vida, después de cumplir todos sus sueños y aspiraciones. No puede quejarse. Valentina es la Barbie Malibú de la literatura de consumo, lo tiene todo.

—Muere justo antes del estreno de la película sobre su vida —apuntó Juan.

—En el punto álgido de su carrera. No conocerá el fracaso —seguí defendiendo su final.

—La matas electrocutándola en la bañera con el móvil que tiene cargando... —Laia estaba realmente preocupada.

—¿La mato? No, señor. Se mata ella. ¿A quién se le ocurre usar el móvil en la bañera mientras se carga? Mira, dos pájaros de un tiro...: cierre de saga y además sirve de aviso para la juventud, que está muy enganchada al móvil.

Miré a Juan en busca de apoyo, pero me encontré un semblante bastante taciturno. Antes de que contraatacasen, decidí hacerlo yo.

—La novela se cierra con buen sabor de boca. En el epílogo ella manda una carta desde el cielo.

Juan se tapó los ojos y se alejó hacia la cocina víctima, seguramente, de un ataque de vergüenza ajena del que no puedo culparlo. La carcajada de mi hermana me hizo ser consciente del resto del público que escuchaba mis excusas en el salón.

—Tía... —le reproché.

—Una carta desde el cielo, Elsa..., mi hija hubiera escrito algo con más chicha.

—Es que tu hija es muy lista —le dije muy en serio.

—Lo de la carta aún tenemos que hablarlo —musitó Laia visiblemente afectada.

Bien. La carta desde el cielo no era en realidad una herramienta de calidad literaria, pero había sido una solución elegante después de electrocutarla.

—Bueno... —Levanté las palmas intentando calmarlos—. Si el problema es el final de la novela, no pasa nada. Lo cambio. Quizá se me fue la olla, vale. Me pongo en las manos de Laia e ideamos entre las dos un final digno de esta saga. Valentina dedica el resto de su vida a obras de caridad. O..., o... Valentina encuentra el sentido de la vida en el macramé. Y luego muere.

—Sin muertes —suplicó Alberto, el director editorial del sello en el que llevaba diez años publicando.

—Hay que asumir que la muerte forma parte de la vida, Alberto —le pedí.

Si algo tenía claro era que debía morir. Si no mataba a la jodida Valentina, aún cabía la posibilidad de que me pidieran una secuela.

—Puedo hacer un salto temporal hasta su lecho de muerte a los noventa y siete años —propuse—. Como en *Titanic*, pero sin joya. Y sin océano.

Las caras fueron un poema que se vio interrumpido por la irrupción de un sonido chirriante. Todo pasa a la vez, siempre. El sonido cogió fuerza hasta invadir todo el salón.

—¿Eso qué es? —preguntó mi hermana, de la que aprendí la animadversión hacia ese tipo de sonidos.

—Creo que alguien se está mudando al piso de al lado. Eso o hay que llamar a *Cuarto Milenio*, porque se escuchan unos ruidos que ríete tú de *Poltergeist*.

—Claro que se están mudando —apuntó mi hermana—. Cuando hemos llegado subían un piano.

—¡¿¿Un piano??! —exclamé.

Lo que me faltaba. En mi mente se dibujó la fotografía de mis próximos vecinos. Una familia con niños aprendiendo a tocar un instrumento musical... o varios. Juro que adoro a los niños, a pesar de no querer ser madre (y aunque algunos respondan a ese deseo con un «eso es porque odias a los chiquillos»), pero un aprendizaje musical, viniendo de la edad de la que venga, es auditivamente poco amable.

El chirrido cesó y respiré hondo... dos segundos. Los dos segundos que duró la calma antes de que el sonido de un taladro reverberara por toda la habitación. Miré a los presentes intentando que no se me notase el tic en el ojo derecho.

—Tienes un tic —señaló Carlota.

—Gracias —musité—. Mis vecinos se mudaron definitivamente a su casa de San Sebastián hace dos meses. Estará instalándose alguien nuevo. Alguien que me odia.

—¿Cuánto hace que no duermes una noche entera? —Mi madre volvió a la carga.

Me froté los lagrimales con los pulgares con cuidado de no emborronar el eyeliner, pero recordé que la mayor parte de mi maquillaje reposaba ahora en paz en las sábanas de Ikea de Martín. Sí, no había soltado todavía ese pequeño detalle. Alguien debería decir a los hombres que no se compren el mismo juego de sábanas, que es perturbador; parece que tienen mente colmena.

Cerré los ojos, angustiada. El taladro seguía percutiendo justo en la pared que quedaba a mi derecha, a la altura de mi oreja.

—El puto taladro de los huevos... —musité.

—¡Elsa, que desde cuándo no duermes te estoy diciendo!

—¡Joder! Pues no sé, mamá. A todo esto... ¿vosotros habéis venido desde Valencia para esto?

—Estás muy irascible —me aclaró—. Estábamos muy preocupados.

—¿Cómo no voy a estar irascible? ¿Tú lo estás oyendo?

Señalé el muro que colindaba con el piso de al lado.

—Siempre has tenido el genio corto, pero es que la semana pasada no pude hablar contigo en cuatro días.

—Y te faltó llamar a la policía judicial y a un forense... —le recordé.

—Mandas mensajes raros a horas muy intempestivas —añadió Carlota—. A las tres de la mañana del martes me preguntaste cuántas probabilidades reales había de morir en un accidente de avión. Exigías un porcentaje sin decimales.

—Eres azafata, seguro que tú sabes la verdad que nos ocultan a los usuarios.

—Estás haciendo gastos compulsivos. Que del Zara no vienes. —Mi hermana señaló las bolsas de Dior de la entrada.

—Traidora —le gruñí.

—Haces cosas raras en general. —Juan metió baza también.

—¿Como qué?

—El otro día apareciste en mi casa a las doce de la noche con el pijama debajo del abrigo, pidiéndome que te dejara dormir en el sofá.

Brrrmmm. El taladro siguió firme en su camino hacia mi cerebro.

Chasqueé la lengua contra el paladar; aquello me parecía un juego sucio.

—La semana pasada dijiste que querías ser vegana mientras comías alitas de pollo —apuntó Juan de nuevo.

—Absurda he sido siempre, no vayamos a escandalizarnos ahora.

Me crucé de brazos, con el bolso bajo el sobaco izquierdo y bufé en un claro gesto de que me estaban tocando el *conio*. Brrrmmm. El taladro continuaba haciendo música.

—Mandas mails de trabajo a cualquier hora de la madrugada y a las ocho de la mañana ya hay stories tuyas en Instagram —señaló Alberto.

—Ahora voy a tener que pedir perdón por ser una persona productiva, oye. Pero una cosa os digo: si estáis en lo cierto y estoy dando muestras de demencia, no creo que ejercer presión señalando todas las cosas que hago mal sea la solución. ¿O qué? ¿Creéis que después de esto voy a dormir mejor? Claro. Yo, después de que las personas que componen mi círculo íntimo me llamen tarada, voy a dormir como un *moñeco*, no te jode.

Brrr. Brrr. Brrr. El taladro y su soniquete, en fases cortas y repetitivas.

—Cállate y escucha un poco. —Juan palmeó mi hombro y tomó asiento en el brazo del sofá.

Y es lo que debería haber hecho…, pero no. Con un movimiento rápido como el de un jaguar con zapatos, me levanté, salté sobre el sofá apartando a Alberto por el camino y golpeé la pared con el puño.

—¡¡¡¡¡Que pares ya, joder!!!!! ¡¡¡¡Me vas a volver loca, hijo de perra!!!!

Juan tiró de mi chaqueta (eso explicaba el sofocón que notaba humedecerme la nuca) y me sentó de nuevo en la butaca.

—Elsa, estamos hablando contigo en serio. Estamos preocupados. Pero ¿no te ves?

—Tendríais que entender que…, ¡por fin! —grité cuando el taladro dejó de escucharse—. ¿Veis? Solo necesito…

La atención volvió a centrarse en mis editores cuando Alberto carraspeó con fuerza.

—Vacaciones —dijo, conciso.

Abrí los ojos como si hubieran convocado a las brujas.

—Pero ¿no me estáis escuchando? Voy a tomarme un descanso hasta la promoción del libro.

—Vamos a atrasar la salida del libro, Elsa.

—¿Qué? —me alarmé—. ¿Cuánto?

—No lo sabemos. Unos meses.

—¿Meses?

—Quizá lo mejor sea aplazarlo hasta el ejercicio que viene.

—¡¡¡¡¿Qué?!!!! —grité.

Mi peor pesadilla. Mi peor puta pesadilla. El trabajo era lo único que me hacía sentir lúcida, cabal. El trabajo era la piedra angular a la que me agarraba para no caer en la ansiedad más profunda. Pero ¿por qué olía todo a Martín, por el amor de Dios?

—Nos lo vas a agradecer.

—¡¿Agradecer?! ¡Me va a dar una embolia! ¿Y qué se supone que tengo que hacer yo durante un año?

—Descansar.

El móvil escogió aquel preciso instante para vibrar en el bolso con insistencia. Bolso, por cierto, que seguía bajo mi brazo izquierdo. En busca de algo que mitigara la angustia, rebusqué en su interior hasta encontrar el iPhone, en cuya pantalla refulgían algunos wasaps. Todos de la misma persona.

> **Martín**
> ¿Ahora no contestas?
> No arreglas nada enfadándote.
> No me puedo creer que te hayas enfadado.
> Sabes de sobra que no podemos seguir haciendo esto.
> Tengo pareja.
> Elsa, me siento una mierda.

¿Una mierda? Mierda lo que quedaba de mí, sentada en el sillón rosa del salón de una casa donde una buena representación de la gente que más quería me acababa de juzgar y notificar una sentencia. Por si tenías alguna duda…, sí, el taladro volvió a sonar.

5
El monje que vendió su Ferrari
Robin Sharma

Tardé más de veinticuatro horas en quedarme sola. No es que temieran por mi integridad, es que mis padres y mi hermana quisieron aprovechar el viaje para pasar un poco de tiempo en familia. Pensaban que me iría bien. No los culpo. En otra situación lo habría disfrutado mucho, los hubiera llevado de cena, de paseo, quizá a algún museo o terraza de moda, de compras, pero no sé si conseguí fingir que no estaba preocupada. Me dejé mimar, eso sí. Les prometí que me cuidaría. Sonreí; en eso me había sacado un máster en los últimos años: en sonreír cuando no me apetecía. Tanto era así que ya no sabía cuándo lo hacía por obligación y cuándo por felicidad natural.

La cuestión es que... estaba cansada, un poco irascible y tenía muchas cosas en la cabeza, pero me encontraba bien. ¿Cómo era posible que algo los hubiera alarmado tanto como para acudir a mi casa a hacerme una intervención? ¿Todo eso por unas compras de más y electrocutar a alguien en la ficción? Me parecía exagerado.

Creí que cuando se fueran y mi salón dejase de parecer Gran Vía en plena Navidad, atestada de gente, me encontraría más tranquila, pero lo cierto es que la inquietud se fue expandiendo de la cabeza a la garganta y de allí, al resto. Me preocupaba, y mucho, el tema laboral. ¿Y si era el principio del fin? Siempre supe que todo aquello terminaría algún día, pero no estaba preparada para que fuera tan de golpe, y... por culpa mía. Necesitaba hablar con alguien cabal y que me comprendiese, que supiera a qué me refería cuando hablaba y que conociera las vicisitudes de este trabajo tan maravilloso como obsesivo, y ese alguien solo podía ser una persona... Nacho tardó en contestar, pero una vez que lo hizo, me recibió con la expresión a la que estaba acostumbrada siempre que hacíamos una videollamada: placidez.

—Ey, reina. —Sonrió—. ¿Qué pasa?

—¿Estás trabajando? —le pregunté apurada—. Tendría que haberte escrito antes. ¿Te interrumpo?

—Soy escritor. Lo de que nos interrumpan es relativo.

—¿Qué hora es allí?

Miró su viejo reloj de pulsera y sonrió.

—Las cuatro de la mañana.

—Eres un puto dandi —me burlé—. ¿Qué haces a las cuatro de la mañana, trabajando, tan bien vestido?

Nacho se pasó la mano por el pelo, que llevaba recogido en un moño un poco despeinado, y me volvió a regalar su sonrisa llena de dientes blancos como la puñetera luna, a pesar de fumar como un carretero. Llevaba puesta una camisa blanca y un cárdigan gris que le daba la apariencia respetable que el moño le negaba. Estaba guapo. Sin serlo. Porque Nacho era muchísimas cosas, pero no era como esos guapos de Hollywood, aunque eso no le restase ni un ápice de atractivo.

Conocí a Nacho hace unos cuantos años, en un viaje a una feria internacional de libros. Ambos publicábamos para la misma editorial, pero distinto sello, y, en cuanto nos presentaron en un cóctel, nos caímos bien. (Nos caímos bien es un eufemismo). Verás..., Nacho y yo nos caímos bien enseguida, pero también nos sentimos irremediablemente atraídos el uno por el otro. A mí me gustaba su aire de escritor maldito, de los que leen solamente libros de Anagrama, usan gafas de pasta, fuman demasiado y beben de más. A él, según dijo, le gustó verme bailar bachata en la fiesta, a pesar de que lo hago fatal, por el movimiento que tenían mis carnes prietas debajo del vestido negro.

—De bachata no tienes ni idea, reina, pero cómo mueves el culo...

Pasamos la noche en mi habitación de hotel en aquella ciudad caótica y rodeada de verde y, al despedirnos por la mañana, lo hicimos con un beso y con la seguridad de que había sido igual de fácil que agradable. Sin obligaciones. Sin «te llamo para quedar». Hacía bien poco que yo había terminado con ÉL y me estaba recuperando de los dolores de enamorarse de quien no se debe. Martín y yo ya nos veíamos de vez en cuando, pero en aquel momento nos planteábamos la relación como un rollo, y nunca estaba segura de si volvería a quedar de nuevo con él. Nacho estaba recién divorciado y sin ganas de atarse a nada, aunque hubiera sido complicado, porque nunca sabe dónde estará viviendo los próximos seis meses. Y eso, en parte, me sedujo. Alguien sexi, culto, educado y con una vida que lo empujaba muy lejos de mí: el perfecto amante de una noche para intentar curarse de un amor maldito.

Nos dimos los números, no obstante, y seguimos hablando de manera relajada, una tarde por aquí, una madrugada por allá, hasta convertirnos en confidentes sin saber muy bien cómo. La distancia que había entre nosotros, la física, y también, de alguna manera, la sentimental, nos hacía los mejores confesores.

—¿Todo bien?

Nacho lo preguntó mientras se encendía otro pitillo. Siempre tenía ganas de reprenderlo, pero yo también fumaba un poco, de modo que...

—Me han hecho una intervención.

—¿Una intervención? —Arqueó las cejas y asintió para sí mismo mientras daba una calada.

—Pero, oye, ¿dónde estás ahora? ¿Sigues en Santiago?

—Santiago de Chile te encantaría, Elsa. Deberías venir a visitarme. Cogería unos días libres y nos escaparíamos a San Pedro de Atacama a leer, beber y follar.

Me tapé la cara mientras me reía.

—Ay, Nacho, siempre estás con la misma broma. Si sabes que en el fondo no quieres...

—No queremos —se burló con una sonrisa espléndida—. Para no embrutecer el recuerdo ideal de nuestra noche juntos.

—¿Qué tal todo? —insistí, porque de algún modo me arrepentía de haberlo llamado para lloriquear—. ¿Cómo llevas el manuscrito?

—Estábamos con lo de tu intervención. ¿Qué quieres decir exactamente con «intervención»?

—No sé por qué te he llamado. Me da vergüenza contártelo.

—No te da vergüenza. —Dio una calada—. Quieres demostrarme que eres superadulta y sospechas que esto me hará juzgarte mal. Pero te adelanto que eso no va a pasar. Cuéntame.

—Abrí la puerta de casa y me encontré el salón lleno de gente: mis padres, mi hermana, mis editores y algunos amigos.

—¿Estaba Juan?

—Juan capitaneaba la sesión.

Cogió aire entre los dientes con una mueca.

—Me obligan a parar —le confesé.

—¿Cómo que te obligan a parar? No eres una fábrica.

—Eso digo yo.

—Pero, a ver... —Se mesó el cabello dejando una corona brillante de pelitos sueltos alrededor de su cabeza—. Cuéntamelo mejor.

Se levantó y supe de inmediato, aunque hubiera colocado el paquete a la altura de la cámara, que iba a servirse una copa y que podía seguir hablando.

—Dicen que últimamente tengo comportamientos extraños.

—¿Extraños rollo hablar de la CIA con un cono de papel de aluminio en la cabeza? Estamos de acuerdo en que la Tierra es redonda, ¿verdad?

—Verdad. No sé. Dicen que estoy cansada y que debo cogerme unas vacaciones. Que no duermo.

—¿Duermes?

—¿Te acuerdas de aquella noche en el Hilton?

Volvió frente a la cámara con un vaso lleno de un líquido transparente que sabía de sobra que no era agua.

—Perfectamente. A veces incluso me...

—No termines la frase. —Me reí—. Me refería a si te acuerdas de cuántas horas dormimos esa noche.

—Sí —asintió divertido.

—Eso es lo que suelo dormir yo una noche normal, sin follar ni nada.

—Vale. Entonces... ¿de dónde se sacan eso de que estás cansada?

Un flash con un torrente de imágenes me asaltó la cabeza. En todas ellas yo gritaba: «¡¡Estoy hasta el coño!!».

—Puede que yo haya insistido en ello últimamente.

—¿De qué te quejas entonces, reina? Querías vacaciones y te las han dado.

—Han atrasado indefinidamente la publicación del libro.

Se apartó de los labios finos el vaso del que estaba a punto de beber y se quedó mirando el lugar donde deduje que me encontraba yo en su pantalla.

—¿Qué has hecho? Eso es serio.
—Maté a Valentina.
—¿Hum? —Se había vuelto a acercar la bebida.
—La electrocuté al final del libro. Con el móvil. En la bañera.

Parpadeó ligeramente antes de frotarse la cara con la mano que tenía libre. Depositó el vaso fuera del campo de visión de la cámara y suspiró. Nacho es de ese tipo de lectores que no se van a sentir seducidos por la idea de leer un libro como los de Valentina, pero a mí nunca me ha importado porque me respeta como autora. Y como quería que me siguiera respetando, no le conté lo de la carta desde el cielo.

—A mí me parece bastante significativo —apuntó.
—Estaba harta de ella, no de la profesión. Que muera tampoco me parece tan grave.
—Estabas harta de las dinámicas que están adheridas a tus primeras obras, pero hay soluciones más elegantes si escribes comedia romántica.
—Lo sé.
—No es por psicoanalizarte, pero suena a tener rabia acumulada —señaló intuitivo mientras apoyaba los codos en la mesa, movimiento con el que se acercó a la cámara.
—Si no quieres psicoanalizarme, basta con que no lo hagas.
—Ajá. ¿Va todo bien? ¿Follas regularmente?
—¿Qué tiene que ver el tocino con la velocidad, Ignacio?
—Elsa María, conociéndote, una época de inactividad puede pelarte un cable.

Puse los ojos en blanco. Hubiera podido desahogarme con él, que no conocía a Martín de nada, pero esa relación era secreta y no quería faltar a mi palabra. Nadie podía saberlo; yo debía callar.

—Es verdad que estoy algo cansada..., bueno, más bien, la palabra es desencajada. No conecto. Pero eso es porque necesitaba terminar con la saga. Le he cogido manía y escribir ya no era divertido.

—¿Y descansar? Has llevado unos lanzamientos muy pegados los unos con los otros y unas giras muy intensas... Y tú siempre lo has dicho: en realidad eres tímida. Las firmas exigen un esfuerzo por tu parte para salir de tu zona de confort.

—Que necesite dormir y quedarme en mi casa como una ermitaña no está reñido con lo que estoy diciéndote. No estoy mal de la cabeza.

—¿Cómo que no? Estás hablando conmigo. Llevo dos años muerto.

La sonrisa de Nacho se ensanchó mientras yo lo maldecía.

—¡Te hablo en serio! ¡Les faltó mencionar centros de descanso!

—Si te llevan a uno, dime. Igual me pido ser tu compañero de habitación.

Coloqué la frente en la mesa, dándome por vencida. Me daba la sensación de que nadie me tomaba en serio, pero con Nacho era lo habitual. Tenía una forma muy peculiar de ponerme frente a ciertas verdades.

—Ey, reina —me chistó—. Mírame.

Levanté la mirada y me guiñó un ojo.

—Seamos sinceros, ¿vale? —susurró, sensual.

—Nunca vamos a ir a San Pedro de Atacama a follar.

—No, lo más probable es que no, pero hay más tela que cortar... En los últimos seis meses hemos hablado..., ¿cuántas?, ¿siete u ocho veces?

—Sí, por ahí.

—Pues no ha habido ocasión en la que no te haya visto triste. Me has hablado de ÉL, me has dicho que estás cansada, harta de Valentina, que has tenido problemas con la adaptación audiovisual, que estabas preocupada por tus gatos, que te daba miedo que tus nuevos proyectos no funcionasen...

—Todas esas cosas eran reales.

—Sí, pero ninguna debería ser capaz de robarte la sonrisa. Elsa, tú eres una tía con luz.

—Un faro —ironicé.

—No, escucha: eres una tía con una luz que se está apagando. Escúchate un poquito, a ver qué es lo que quieres tú.

—Yo quiero trabajar.

—Pero que la respuesta no sea resultado de los miedos que tienes.

—¿Qué miedos? —me mosqueé.

—Bueno, tú siempre has creído que el fenómeno Valentina era cuestión de suerte y que dejarías de publicar libros cuando se pasase esa moda...

—No estamos hablando de eso, sino de que mis editores han frenado la publicación de mi próximo libro aduciendo que «debo descansar».

—Quizá debas descansar. ¿Sabes lo que viene antes de un *burnout*?

—¿Qué?

—Tristeza. Y rabia.

El móvil del que no me podía despegar ni para dormir (a veces lo encontraba entre las sábanas al levantarme) era el tercero que estrenaba aquel año. El primero lo rompí «sin querer»; no hay testigos de lo que le pasó y yo digo que fue un accidente. El segundo, no obstante, lo estrellé delante de Juan contra el suelo. Bueno, no fue a propósito, sino en un ataque de... ¿ira? No lo sé. Puede que fuera ira. La sensación era que no podía más. Aquella mañana no dejaban de llamar y cada llamada era un marrón, una petición o alguien que reclamaba algo que yo le debía y no le daba. Juan no dijo nada. Lo recogió del suelo, miró la pantalla hecha añicos y lo dejó encima de la barra de la cocina antes de abrir la nevera para llenar un vaso de agua. Cuando volvió a mi lado, yo ya estaba llorando.

No soy así. No tengo arranques violentos. No rompo cosas. Solo... estaba agobiada. Es verdad que había cogido la costumbre, no sé si mala o buena, de bloquear el teléfono, ponerlo en modo avión y apagarlo durante días, lo que es genial para la cabeza... si avisas a la gente antes. En lo que llevábamos de año, Juan había venido a casa tres veces con sus llaves para cerciorarse de que no me había dado un algo y mis gatos se estaban alimentando de mi cadáver.

A menudo sentía que todo lo que me rodeaba me asfixiaba y solo podía soportar la compañía de mis gatos o el silencio sobre el pecho de Martín en la tregua de minutos que nos daban los remordimientos. La sobreexposición en ocasiones me hacía esconderme. Mis fracasos me atosigaban. Había aprendido a tener miedo a cosas que antes ni sabía que existían. Estaba agotada..., pero no lo sabía. A veces tienes que romperte del todo para saber que hay una grieta que reparar.

—Piénsalo, Elsa. Descansar es necesario para ver que tememos cosas que no existen.

Cuando me despedí de Nacho, lo hice con buenas palabras y con mucho cariño. No quería, bajo ningún concepto, que él también pensase que yo necesitaba urgentemente una camisa de fuerza. Sin embargo, al bajar la tapa del portátil masculló:

—Traidor.

6
Pensar rápido, pensar despacio
Daniel Kahneman

El despacho de Alberto González, director editorial del sello Pluma de Letras, no tenía paredes. A ver…, tenía tres, pero para que me entiendas era imposible irse de allí dando un portazo. Toda la planta se organizaba en un concepto abierto que, imagino, estaba ideado para facilitar el trabajo en equipo. Frente a su cubículo se encontraba, siempre organizada, la mesa de Laia Lizano. Cuando iba a visitarlos, solíamos reunirnos en unas salas asépticas que estaban en el primer piso; en ocasiones, incluso, desayunábamos o comíamos juntos en algún local cercano. La distancia entre mi casa y sus mesas era de diecisiete minutos a pie…, pero siempre solía avisar. Quizá por eso les asustó tantísimo verme aparecer arrastrando el bolso, con el pelo pegado a la cabeza por el sudor y una sonrisa demente.

—¡¡¡Hola!!! ¡¡Os he traído el desayuno!!

Arrojé una caja de Manolitos sobre la mesa de Alberto y me sequé la humedad de la cara como pude con la tela del vestido. Estaban bastante acostumbrados a mis entradas triunfales, de modo que su expresión tenía que ver con las sospechas de que sabían exactamente a qué había ido.

—No —dijo Alberto, mientras se levantaba a darme un beso en la mejilla.

—No he dicho nada. No he pedido nada. Solo traigo bollería hecha con mantequilla.

Abrió la caja, los miró con deseo y susurró que no debía.

—Uno no hace daño, Alberto —lo animé.

Se metió uno de esos pequeños cruasanes en la boca y puso los ojos en blanco. Estaba cada vez más cerca del triunfo. Me giré hacia Laia para ofrecerle también desayuno, pero cruzó los brazos sobre el pecho con una sonrisa y repitió lo que él había dicho instantes antes:

—No.

—¡No estoy pidiendo nada!

—Que te conozco. —Se rio—. Tú no has pegado ojo con lo de las vacaciones y vienes a ver si podemos negociar un plazo. ¿Es o no es?

Le enseñé los dientes superiores, como el emoticono que lleva gafas de empollón.

—Mira, lo he estado pensando..., pero cómete una cosita de estas, come, come... —Yo seguía empeñada en que un subidón de azúcar podía ayudarme a conseguir mi propósito—, los escritores nos manejamos muchísimo mejor con fechas de entrega.

—Es exactamente lo contrario —se burló.

—No, no —negué no muy convencida.

—Eres la única persona sobre la faz de la tierra a la que le sienta mal que le regalen unas vacaciones —apuntó Alberto.

—¿Porque no son unas vacaciones, quizá?

—Lo que no son es un castigo.

Pues era justamente lo que me parecía.

—Elsa..., ¿por qué no piensas en esto como en la oportunidad que necesitas para reconectar con lo que quieres contar?

Laia no pudo decirme con más calma y dulzura esas palabras. Fruncí el ceño mientras me enderezaba.

—¿Qué quieres decir?

Mi editora se sentó sobre su escritorio mirando a Alberto, que se limpiaba el azúcar de los dedos en silencio.

—Estás cansada de Valentina…, ¡y lo entendemos! Han sido siete libros. Unos años muy intensos, un éxito importante…, tienes aún muchas más cosas que contar, pero para encontrarlas quizá necesitas frenar un poco y rebuscar en tu interior.

—Tengo una lista de ideas que podrían funcionar. Yo… solo necesito cerrar la saga Valentina.

—Lo sé. —Me agarró del brazo con cariño—. Y descansar. Ha pasado todo muy deprisa. La vida ha dado muchas vueltas y…

Me dejé caer en su silla, que había dejado libre, y bufé.

—Siento que… estoy haciendo las cosas mal.

Los dos se rieron como si supieran que iba a decir eso.

—Todo lo contrario —apuntó Alberto.

—Confiamos en ti. Por eso te vamos a dar margen para que encuentres qué quieres hacer. Es solo eso.

Me froté las cejas intentando despejarme. No les comenté la terrible y acosadora sensación de que me hallaba en el primer escalón de bajada hacia los infiernos laborales.

—¿Has podido dormir? —insistió Laia.

—Pues cogí el sueño como a las seis de la mañana, pero a las siete y media estaban armando jaleo otra vez en el piso de al lado. Yo no sé…, como se pongan a hacer obras en la casa me voy a la isla esa donde se comen a la peña.

Los dos se rieron.

—Pero… —Levanté la cabeza y los miré—. Sant Jordi, el día del Libro, es en un par de semanas.

—Nadie te ha retirado la invitación —se burló Alberto—. Si quieres ir, si crees que vas a disfrutarlo, adelante. No seas sor Angustias.

—¡Ay! —Laia movió la silla en la que estaba sentada—. ¡Mi sor Angustias de la Cruz!

—No, no, yo voy a Sant Jordi —dije más para mí que para ellos.

—Sabes que es un día precioso, pero también muy duro —me recordó Laia—. Una vez allí, entre fiestas, firmas, fotos y compromisos... es todo estresante. No pasa nada si decides que este año es demasiado.

—Lo voy a gozar. Solo espero que toque alguien menos soporífero en la fiesta de *El Progreso*... —musité—. El año pasado casi entré en coma con la soprano aquella.

—Piénsate bien si puedes —sentenciaron.

Negué con la cabeza.

—¿Cómo no voy a poder? Es mi viaje preferido del año.

—Igualito que Maldivas —se carcajeó Alberto.

Hice un ocho con los labios pintados de rojo y me quedé mirándolos en silencio.

—No estoy tranquila —confesé.

—Lo sabemos.

—Necesito acotar el tiempo en el que esperáis que no haga nada.

—Nadie ha dicho que no hagas nada. —Laia sonrió—. Solo sugerimos que salgas a vivir muchas aventuras y emociones que luego puedas convertir en historias. Con lo que te gusta viajar...

—He viajado mucho con Valentina...

—Valentina ha viajado por medio de tu cuerpo —puntualizó Laia—. Date el capricho.

—Si lo que te preocupa es que te demos con la puerta en las narices y negociemos la liquidación de tus derechos de autor, puedes estar tranquila. Estamos en las antípodas de esa situación —aclaró Alberto.

El azúcar no había surtido el efecto deseado, pero al menos sabía que no iban a echarme de la editorial, ni a firmar mi carta de libertad entre vítores y con la explosión de una docena de botellas de champán abriéndose al unísono. Me sentía capaz de manipular un poco ese tiempo que creían que necesitaba.

—Bien, pero quiero saber cómo de malo es el manuscrito que os he entregado.

—No es que sea malo…

—Me estáis invitando a coger unas vacaciones indefinidas… Tiene que ser peor que malo.

—De la mitad hacia el final no tiene sentido.

—Dios mío.

—La primera mitad se salva. —Laia me palmeó la espalda.

—¿La primera mitad se salva?

Laia se puso en cuclillas frente a mí con el semblante serio, pero sin perder ese cariño que ha caracterizado desde el primer día nuestra relación laboral.

—Voy a serte cruelmente sincera, ¿vale? Porque sé que la única manera de que te quedes tranquila es escuchando algo horrible.

—Es verdad —asentí aterrorizada.

—Si publicamos ese manuscrito, tal y como está ahora, nos cargamos tu carrera.

Alberto puso cara de circunstancias.

—Es peor de lo que pensaba… —musité.

—Pero tiene arreglo. Y el arreglo, en nuestra opinión, pasa porque te alejes de Valentina. Tienes razones para haberle cogido un poquito de manía.

¿Un poquito?

—Es solo cuestión de respirar hondo —aseguró.

—¿Me lo juras?

—Te lo juro por mis bebés.

Laia se enderezó, cogió la foto de sus hijos que tenía sobre la mesa y la besó. Después de dejar el marco donde estaba, agarró el bolso y me azuzó:

—Venga, vamos a tomar un café y lo hablamos un poco.

—¡Tiene que descansar la cabeza! —se quejó Alberto.

—No la conoceré yo…, lo que necesita es controlar la situación. Este pimpollo es una pirada del control.

Y tenía toda la razón. Otra persona se hubiera quedado tranquila con aquello, pero yo no era otra persona, tenía la desgracia de ser yo.

Llamé a Juan después del café con Laia. Quería decirle que no habría que cambiar mucho el programa que teníamos para los siguientes meses. Sant Jordi seguía en pie, ya tenía ideas de cómo solucionar el final de la saga y con un poco de suerte saldríamos a finales de año…, no porque Laia me lo hubiera confirmado, sino porque yo quería creerlo. Sin embargo, conforme los pitidos se sucedían, el ánimo se me fue ensombreciendo poco a poco sin saber por qué. ¿Qué era? ¿Qué pasaba? ¿Por qué de pronto todo se me había nublado dentro del pecho?

—¿Qué tal ha ido?

La voz de Juan me devolvió a mi cuerpo. Estaba parada en una esquina de la plaza de Olavide.

—Bien.

—¿Estás más tranquila?

—Sí. Mantenemos Sant Jordi.

—Si es demasiado para ti, tampoco pasaría nada si nos lo perdemos un año.

—Otro que tal…, ¿por qué iba a ser demasiado para mí?

—Bueno, es un día precioso, pero ya sabes que luego todo es estrés, carreras y… mucha sobreexposición. Justo las cosas que menos te gustan del mundo.

No respondí y él volvió a la carga.

—Elsa Jacinta —era su apodo preferido, con el que solía rebajar tensiones—, ¿estás bien?

—Me he puesto supertriste de repente —confesé—. No sé qué me ha pasado. Salía de la oficina más o menos contenta…

—¿Contenta?

—Menos angustiada…, creo, pero ha sido coger el móvil para llamarte y…

—¿Dónde estás?

—En Olavide. ¿Por?

Suspiró.

—Por eso estás triste.

La terraza de Mamá Campo. Sus sillas amarillas. Aquel día llovió. Él llevaba una camiseta negra. «Te amo, te quiero tanto…», me dijo, con la boca pegada a mi cuello.

—Oye, Elsa…, ¿quieres venir? He hecho lentejas para comer. Nos bebemos unas cerves aquí en la terraza y luego nos ponemos una peli de miedo de esas que te gustan.

—Bien. No sé. Luego te digo. Ehm…, me está vibrando el móvil. Te cuelgo, ¿vale?

El fantasma de ÉL se materializó frente a mí y se convirtió en humo cuando despegué el teléfono de la oreja y me quedé mirando la pantalla bloqueada, donde podían leerse varios mensajes:

Martín

No me gusta estar a malas contigo.

¿Nos vemos para una cerveza?

Así me aconsejas qué canciones cantar en la fiesta de *El Progreso*. Acabo de cerrar el bolo. ¡Te veo en Sant Jordi!

Me rasqué la frente, tecleé la respuesta y eché el móvil dentro del bolso.

Maldita plaza de Olavide. Malditos recuerdos. Maldito Martín. Maldito ÉL.

7
La musa oscura
Armin Öhri

Él no era Martín, claro. Ni Nacho. Él era diferente. A todos y a todo.

Supongo que todos tenemos un él. Alguien que llega para poner a cero tu medidor de emociones, para echarlo todo abajo… Creencias, recuerdos, futuro. De pronto te da la sensación de que todo lo que ha pasado por tu vida no ha sido real. Solo él lo es.

Pero… ¿sabes qué?

Que no.

Que yo aún no estaba preparada para hablar de él.

Y él seguía apareciendo por todas partes, asaltándome como el dolor de un miembro fantasma.

8
Los siete maridos de Evelyn Hugo
Taylor Jenkins Reid

Para los escritores españoles hay dos fechas especialmente marcadas en el calendario para las que, al menos yo, dedicaba cierta organización: una es la Feria del Libro de Madrid y la otra Sant Jordi, día del Libro celebrado en Barcelona. A aquellas alturas del año, el inicio de la FLM aún resultaba un tanto lejano, pero Sant Jordi exigía protagonismo. Y como siempre en mi vida, todo pasaba a la vez.

Se me había convocado para la foto de autores del periódico *El Progreso*. Odio las fotos. Para hacerme las últimas promocionales, tuve que tomarme una pastilla y llegar recién salida de la cama después de un revolcón con Martín. Si veo esas imágenes, aún huelo el sexo entre mis sábanas.

Martín, por cierto, había confirmado su actuación, guitarra en mano, para el cóctel del periódico que se celebraría en el hotel Alma tras la foto, donde se concentraría buena parte de la flor y nata de la literatura española. Ver cantar a Martín siempre me ponía tensa. Me parecía tan íntimo como un beso, pero con morbo.

Después de probarme más de una docena de vestidos, había cedido a la evidencia de que no, ningún outfit me disimulaba la papada (o segunda barbilla, como me gusta llamarla cariñosamente) y todos exigían ese tipo de ropa interior que no te hace sentir precisamente sexi. También tendría que ponerme taconazo. Me costó un montón terminar de hacer la maleta.

Hacía diez meses que no me encontraba con los lectores en un evento que congregara a mucha gente. Aquel año, además, Sant Jordi caía en sábado, se esperaba buen tiempo y los mossos alertaban a las editoriales para que no dejasen organización ni seguridad al azar. Me daba terror decepcionar a quienes se acercaran a mis firmas, bien por no ser todo lo amable o simpática que esperaban, bien por no tener tiempo, bien por parecerles mucho más anodina (y, por qué negarlo, gorda) que en las redes sociales.

Eso sí, no estaba sola. Tenía a mis chicos. Desde hacía años, Sant Jordi se transformaba en una fecha especial porque se convertía en un día de encuentro para una pandilla de escritores borrachuzos, sinvergüenzas y cabrones: mis amigos dentro de la profesión. Un conglomerado de escritores de *thriller*, poetas, periodistas y otras gentes de mal vivir, que nos encontrábamos con abrazos en el vestíbulo del hotel justo antes de la fiesta de *El Progreso* y nos despedíamos casi al alba poniendo en común la alarma del despertador para que nadie metiese la hora en la calculadora del móvil. Siempre era emocionante, aunque muchos nos viéramos de manera recurrente en Madrid. Esa parte compensaba todos los nervios y la tensión que me generaba la explosión de actividad que transcurría alrededor de Sant Jordi.

Juan y yo quedamos en Atocha veinte minutos antes de la salida del tren, siempre apurando. En realidad, habíamos acordado llegar con tiempo suficiente, pero Juan (para variar) no había encontrado taxi hasta una hora tremendamente preocupante. Hubiera sido genial que se hubiese retrasado un poco por despertarse en casa de alguien y haber tenido que hacer el camino de la vergüenza a todo trapo, pero desde un tiempo a esta parte a mi buen amigo hombres y mujeres le interesaban por igual: poco. Hacía ya muchos años que Juan había entendido que era bisexual, aunque las etiquetas nunca le han gustado demasiado. Yo, que soy muy curiosa, le hacía preguntas constantemente, a las que siempre me contestaba igual:

—Por Dios, Elsa, qué metomentodo.

Pero lo decía con una sonrisa. A veces conseguía sacarle alguna información suculenta, pero tampoco mucha. Cuando conocí a Juan, tenía una relación seria que se rompió poco antes que mi matrimonio. Después de vernos los dos solteros por primera vez en mucho tiempo, nos lanzamos a vivir la vida con un poco de diversión. Es curioso, pero una vez se sospechó de mi ruptura en redes sociales, todo el mundo me escribió dando por hecho que yo había sido la dejada y que estaba hecha un moco; sin embargo, la verdad es que aquí la señorita había sido la que había decidido romper esa relación. Contaba Foenkinos en uno de sus libros que una de sus exparejas lo dejó con un «prefiero la soledad a estar contigo». No sé hasta qué punto esa anécdota es real o fruto de la ficción, solo sé que al leerla recordé el día que tomé la decisión de separarme porque justo lo que yo pensé fue que estaba cansada de tanta soledad. Los meses que vinieron después…, pues eso: ÉL.

El caso es que Juan había puteado como cualquier mortal en su situación, pero se volvió a pillar por alguien: una chica maravillosa y estupenda que nos caía a todos genial y que le hacía muy feliz… hasta que la chica en cuestión recibió una oferta de trabajo en una empresa con muchas oes en el nombre, sueldos de bastantes ceros y afincada en Silicon Valley. Desde entonces Juan estaba… no con el corazón roto, no disgustado, no cabreado…, solo apático. Follar le interesaba poco.

—Soy demisexual, querida —me respondió una tarde mientras nos poníamos finos a vino en El Amor Hermoso Bar—. Necesito un vínculo para sentirme excitado por alguien.

—No me jodas. —Le puse cara de circunstancias.

—Tú y yo tenemos un vínculo, pero no temas. Me dan ganas de devolver solo con imaginar que me siento atraído por ti.

—Eres un imbécil y debería sacrificarte para que dejes de sufrir, pero no me refería a eso. Somos como hermanos, gilipollas. Me refería a que… qué putada. No puedes echar un polvo por deporte.

—Mira, como tú.

No tenía exactamente razón. Yo podía enrollarme con alguien sin establecer vínculos ni antes ni después, como quien echa una pachanguilla al fútbol, pero si repetía…, si repetía más de tres veces, corría un riesgo mortal de pillarme. El caso, que me enrollo, es que Juan no tenía historias truculentas, solo consejos truculentos y opiniones vivarachas, además de un puto pelazo. Y el control total de mi agenda.

—A ver —me dijo después de beberse el agua marrón que Renfe llama café y que sirven en el tren—, llegamos, dejamos las cosas, sacas el vestido de la maleta y lo cuelgas…, veremos si hay que plancharlo luego, pero así evitamos que se arrugue más. Tal y como me comentaste, confirmé la videollamada con RedFlix para este mediodía porque fue imposible reagendarla. Están a tope. Después comemos con Conxita. Te tomas el café y subes corriendo a cambiarte y maquillarte porque te recogen a las seis en punto en el vestíbulo del hotel para ir a la foto de *El Progreso*. Me ha comentado Alberto que este año igual consiguen que entremos unos cuantos que no somos autores al cóctel de después, pero si al final es imposible, nos vemos directamente en el restaurante que ha reservado Miguel, que conociéndolo ya te digo que vegano no va a ser.

—Ni abstemio. Tendrán buena carta de vinos.

—Sí, porque a Miguel lo que le interesa es la calidad, no la cantidad —se burló.

Sonreí. El bueno de Miguel.

—No seas maligno. Con lo formal que está. Está cambiando.

—Sí, a Demogorgon.

—Luego se lo pienso contar.

—Ya lo sé. ¿Al final viene Martín a cenar?

—Creo que sí.

Desvié la mirada intentando disimular. Juan me conoce muy bien. Siempre evitaba tener que mantenerle la mirada cuando hablábamos de Martín.

—Bueno..., donde cenan quince, cenan dieciséis. Al final ¿qué va a cantar?

—Pues me dijo ayer que le han pedido que cante «Caos», por supuesto..., y después esa que te gusta a ti —dije haciéndome la despistada—, y una nueva que acaba de grabar y que saldrá en el próximo disco.

—Ah, pues bien.

El AVE se agitó con nosotros dentro de sus tripas y su café demoniaco dentro de las nuestras.

—Joder, estoy harto. Esto parece una maraca. Vamos a sentarnos.

—Ve tú, que tengo que ir al baño.

Juan no miró atrás, concentrado en ir bien agarrado para no caerse de cabeza contra nadie... No sería la primera vez que terminaba sentado en las rodillas de un desconocido.

Si lo has sospechado, minipunto para ti: yo no tenía ningunas ganas de visitar uno de los cubículos del AVE que nunca cierran bien y cuyo váter huele regulinchi. Yo quería contestar unos wasaps segura de que nadie miraba por encima de mi hombro. Releí el último que había recibido con la tranquilidad de no ser vigilada.

Martín

Finalmente, no he conseguido un mono de lentejuelas como el de Harry Styles, pero creo que iré elegante.
¿A qué hora te vas tú? Igual coincidimos en el tren. Tengo ganas de que escuches la nueva canción, a ver si te mola.

Elsa

Es una completa y absoluta decepción no verte actuar con lentejuelas y el pelo del pecho al aire.
No obstante, sobreviviré.
Estoy ya en el tren. Te veo directamente en la fiesta.
Me reconocerás por el clavel en la solapa.
Soy tu mayor *fans*.

Se conectó y se puso a escribir inmediatamente, cosa que me hizo sonreír.

Martín

Qué susto. Había leído rápido y me había parecido que decías que no ibas a verme actuar. Y siendo mi mayor *fans*..., pues calcula, qué disgusto.

Elsa

Estaré allí. No en primera fila, eso sí.
Estaré detrás, por donde sé que salen los camareros, escondida tras una copa de vino.

Martín

Serás la de los labios rojos, que esa me la sé.

Elsa
A lo mejor no me los pinto.
Lleve lo que lleve, no creo que te sea muy complicado
localizarme con este pelo verde…

Martín
Te reconocería a oscuras en una sala llena de mujeres.

Elsa
Anda ya, vete a cagar.

Martín
Lo haría. Me conozco tu olor. Y tu sabor.

Solté un suspiro y me convencí a mí misma de que tenía que hacer las cosas bien.

Elsa
Vamos a ser buenos esta noche.
Y no es una pregunta. Estoy segura.

Martín
Si tú lo dices…
Confío en ti.

No sé si hacía bien en confiar. Martín y yo en una ciudad que no era la nuestra, con habitaciones de hotel, con la excusa perfecta para encontrarnos como por casualidad en el baño de un restaurante…, pintaba bastos la cosa. Bloqueé el móvil y lo metí en el bolsillo de los vaqueros mientras volvía a mi sitio sin evitar pensar que Martín era como aquel verano en el que me crecieron de golpe las tetas: una sorpresa agradable al principio…, algo recurrente a lo que acostumbrarse después.

Si anteriormente dije que no lo esperaba en mi vida es porque... no lo hacía en absoluto. Yo en un principio conocí a Martín como muchísima gente por su faceta de artista. Nos cruzamos muchos años atrás en una fiesta en la que actúo, pero no hubo más que un intercambio de palabras y un abrazo educado como despedida. Pensé que olía muy bien y le dije a mi marido que era más guapo en persona. Mi chico me respondió que le tranquilizaba saber que los tíos como Martín no iban a por mujeres como yo. No le pedí que aclarara lo que quería decir porque estaba ya suficientemente claro.

Ya estaba legalmente divorciada cuando recibí a través de las redes sociales un mensaje privado de Martín preguntándome si podía facilitarle el contacto de alguien que trabajase en una publicación en la que yo había colaborado años atrás. Charlamos un rato poniéndonos al día con educación y pronto me di cuenta de que hablaba en plural. Cuando le aclaré que hacía ya muchos meses que vivía sola, su tono cambió por completo. Tardó solo un par de horas en presentarse en mi casa. Sí, repito, en presentarse en mi casa.

Cuando le abrí la puerta, no podía creerlo. Ni la caradura que teníamos los dos ni que aquello estuviera pasando de verdad. Habíamos intercambiado..., ¿cuántas? ¿Cinco o seis conversaciones? Y solo una, breve, en persona. Y ahora lo tenía allí, en la puerta, preguntándome con los ojos brillantes y sonrisa lobuna si lo dejaba pasar o había cambiado de idea... Estimado exmarido: al parecer sí le gustan las mujeres como yo.

Iniciamos entonces un «algo» que empezó siendo un «enrollémonos sin ataduras» consensuado (yo estaba jodidísima por aquel entonces por ÉL, en una de las partes más duras de nuestra relación, porque todo me pasa siempre a la vez, recuerda) y terminó en una suerte de amistad muy íntima que... se complicó. ¿Y cuándo se complicó, si los dos estábamos solteros y, al parecer, nos gustábamos? Supongo que es en esa pregunta donde se esconde el germen de todos nuestros problemas.

Él jura que me dijo que ya sentía algo por mí antes de conocerla. Yo no lo recuerdo. Sí sé que estaba aterrorizada porque lo sentía más cerca y aún estaba en carne viva por culpa de ÉL. Le expliqué en varias ocasiones que tenía miedo a abrir mi vida. Martín me contestó que lo sabía y que se me notaba cierta aversión a volver a «sentar cabeza».

—Dices que quieres conocer a alguien y empezar algo serio, pero creo que no es verdad, que te autoconvences.

La cuestión es que en el momento en el que sentí que me estaba abriendo, que encontré cierta esperanza dentro para poder volver a querer bonito a alguien, Martín se sentó frente a mí en una cervecería y me soltó que había conocido a una chica.

—Es especial. Me ha hecho sentir una descarga dentro del pecho. Creo que podría ser ELLA. —Y yo, que ya había conocido a un ÉL, temí por Martín y temí por mí.

Me emborraché varias veces y saqué el tema. Lo hablamos. Él se declaró «confuso». La escogió a ella. Hice el ridículo. Ese sería el resumen. Ella era todas esas cosas que no fui, no soy ni seré jamás. Simbolizaba para mí todos mis fracasos y ninguno tenía que ver con él. Porque ella era guapísima a todas luces, sin necesidad de entrar en gustos personales. Porque era una de esas chicas que despiertan la admiración de todos. Porque estaba delgada. Mi herida interior me susurró, hasta convencerme de ello, que la había preferido porque estaba delgada y que desearme a mí le daba un poco de vergüenza.

Pero bueno. Se me pasó. Y a las dos semanas ya me sentía con él como si estuviese con un amigo con el que jamás hubiera tenido esa clase de intimidad. Y también, sin saber cómo, solo tuvieron que pasar seis meses para que termináramos de nuevo en la cama. Bueno, sin saber cómo, no. En el silencio físico que dejaba nuestra amistad, se fue cociendo a fuego lento el recuerdo del sexo que habíamos tenido. Y qué sexo. Uno de los mejores de mi vida. Se nos daba demasiado bien hacerlo mal como para olvidarlo realmente.

No me juzgues. Era muy difícil. Sí, me sentía mal por ella. Y por mí. Sí, habíamos intentado frenarlo docenas de veces. No, no siempre era controlable. Había ocasiones en las que la atracción se adueñaba de nosotros hasta convertirse en una especie de obsesión insana que se relajaba una vez hecho. Nos resistíamos, nos veíamos en sitios públicos rodeados de gente, no nos tocábamos ni para chocar las manos... y siempre, siempre, saltaba la chispa que lo prendía todo. De lo más inesperado salía una llama que quemaba el techo. De una sonrisa. De rozarnos con el pie por debajo de la mesa sin querer. Del escote de una camiseta. De cómo le ajustaba la chaqueta. De los labios de uno de los dos diciendo una palabra en concreto. Por Dios. Si una vez me puse tocinísima porque se había afeitado la barba y se había dejado solo bigote...

Estaba condenada al infierno y a desear su cara entre mis muslos. Eso es así. Aunque, como dice un personaje de la película *La lengua de las mariposas*, «a veces el infierno somos nosotros». En el pecado tenía el castigo. Me sentía usada, aunque sabía que él no follaba conmigo con esa intención. Me sentía rechazada, a pesar de que él me tocase con ganas. Me sentía sucia, mala, puta y la gorda a la que escondes porque, a pesar de que te encanta estar con ella, te da vergüenza que sea algo más que tu amiga. Así que... sí: a veces el infierno éramos nosotros.

9
La compañera
Agustina Guerrero

Debería haber hecho caso a Juan y viajar a Barcelona un día antes, así habría podido programar las cosas con más soltura, pero no lo hice, claro, porque tengo tres gatos, viajo mucho, creo que puedo con todo y… me apetecía estar en casa. Me apetecía estar en casa sola con tres mantas peludas que maúllan y ronronean, pero lo cierto es que tampoco disfruté mucho del día. Me lo pasé tirada en el sofá, viendo series, bebiendo Coca-Cola Zero y con una tremenda sensación de vacío en el pecho que no se iba ni con las burbujas del refresco. Pensé que sería hambre…, pero dos tostadas con salmón y un gazpacho me dejaron igual que estaba: vacía.

El caso es que para cuando llegué a la fiesta de *El Progreso*, ya estaba bastante cansada. Y agobiada. Había tenido que planchar dos vestidos (por si uno en el último momento no abrochaba o vete tú a saber); una comida con Conxita, una amiga de la editorial, mitad trabajo mitad placer; una videoconferencia con una plataforma audiovisual y un cruce de mensajes que podrían ser sensuales, sexuales, provocadores o íntimos, según el prisma usado para leerlos, con cierto cantautor. Después, corriendo a adecentarme con capa y media de pote y una última de barniz y a enfrentarme al resto de los saraos.

Para la foto, que hicimos en la terraza del mismo hotel donde se celebraba el cóctel, había tenido que posar muy segura de mí misma y de mi carrera, rodeada de otros escritores, tratando de que no se me notase en la cara que no creía merecer estar allí. No es que sea una pazguata, que yo sé el muchísimo trabajo que me cuesta y el tiempo y cariño que he invertido en mi vida laboral, pero no es fácil recordártelo cuando escuchas a un señor que podría ser tu padre decir a tus espaldas que «esto ya no es lo que era, ahora cualquier youtuber saca un libro y se merece una foto entre escritores de verdad». El pobre señor se había quedado en la era YouTube. ¿Quién le explicaba lo de BeReal y TikTok? Porque mencionarle que yo no era ni seré youtuber me parecía una tontería. Y si lo hubiera sido, ¿qué? En fin.

Cuando bajé en el ascensor, Alberto me sugirió que pasase por el photocall, cosa que me tensa hasta los ligamentos de las ingles. Laia me recordó que no tenía por qué hacerlo si no quería, pero me encontré de frente con varios de mis amigos y compañeros de sello y..., bueno, una foto de equipo no suponía mucho sufrimiento para mi timidez. Obviamente, como te habrás dado cuenta, mis editores no podían faltar a este evento.

Me pasé a saludar a la presidenta de la editorial, que siempre era dulce y muy amable conmigo; la encontré junto al CEO internacional, así que tuve que fingir que hablaba mejor inglés de lo que realmente hablo.

Necesitaba una copa de vino en la que me cupiera el bolso y aún eran las siete de la tarde. Miguel, Manel y César me esperaban en un rincón del jardín interior. César se estaba fumando uno de esos puritos dulces que lo acompañaban siempre mientras Manel le contaba algo a Miguel a doscientas revoluciones por minuto.

—Gallego, más despacio, que vamos a tener que llamar a alguien para que te doble a velocidad normal —bromeé al llegar.

Me incliné a darle un beso que suscitó miradas. A veces parece que la gente del mundillo aún no se acostumbra a que autores de diferentes editoriales puedan tener una relación de amistad.

—¿Qué tal la foto?
—¿Qué te digo? —Me reí.
—No te quejes. Eso da mucha visibilidad.
—No me quejo. Es que no me gustan las fotos. En todas salgo como si me hubiera dado una embolia..., y sabéis que es verdad.

—¿Preparada para reencontrarte con los lectores? Estábamos justamente hablando sobre las predicciones de afluencia para mañana.

Sentí un nudo en la garganta.

—Es un día muy bonito —asentí con sinceridad—. Pero estoy como blandita. No sé si llegaré a la noche sin llorar.

—Llorar es sano. —Miguel me palmeó la espalda—. Yo te presto la camisa para sonarte los mocos.

Me apoyé en su hombro agradeciendo mentalmente la suerte de haber hecho familia entre los colegas. Miguel era el niño de mis ojos y lo sabía todo el mundo, incluso él. Muchos habían traducido nuestra confianza en coqueteo, pero no tenía nada que ver. Un recordatorio: un hombre y una mujer pueden ser amigos.

Vimos a Javi moverse por el fondo de la sala y agitamos los brazos para hacernos notar. El jardín se estaba llenando lo suficiente como para que fuera un pelín agobiante. Saqué del bolso de mano un pitillo y César no tardó en encendérmelo.

—¿Estás agobiada, peliverde? —me preguntó.
—Un poco.
—Muchas emociones. —Miguel me dio un beso en la frente—. Prima, voy a por un vino blanco. ¿Te traigo uno?

—Por favor. O dos.

Javi se fue acercando a nosotros entre la masa humana. Solo verlo abrirse paso entre tantos cuerpos me estaba agobiando hasta a mí. Cuando nos alcanzó, resopló:

—¿Soy yo o este año hay más gente que nunca?

Todos asentimos mientras repartía abrazos. Nos volvimos a dar un beso, a pesar de que habíamos posado juntos en el photocall.

—Qué carita... —Hizo un puchero—. ¿Estás bien?

—Como agobiada. Hay mucha gente. ¿Y Nagore?

—Me la he cruzado y dice que nos ve directamente en el restaurante.

Miramos alrededor en busca de más colegas con los que habíamos acordado vernos allí para unos brindis. Conforme se llenaba el jardín, la masa de gente nos empujaba al fondo, casi contra el muro, cosa que tampoco nos importaba demasiado. En esos eventos, mi postura sexual preferida era pasar desapercibida. Miguel reapareció para entregarme inmediatamente una copa de vino helada y guiñarme un ojo.

—¿Cuándo sale tu nueva novela, Elsa?

Di un trago con el que casi vacié la copa.

—Sí, pues eso..., es una movida —carraspeé.

Todos a mi alrededor se volvieron hacia mí.

—Uy... —musitó preocupado César—. Pero ¿pasa algo?

Otra persona hubiera inventado cualquier excusa que la dejase en mejor lugar, pero yo miento fatal y me siento ridícula cuando lo hago, así que me preparé para confesar.

—Bueno..., pues es que...

—¿Ese no es tu amigo?

A veces me jode mucho que la vida no sea como una película romántica de los noventa, porque hay momentos que se merecen pasar a cámara lenta y que una música especialmente escogida para que se te enamoren las gónadas suene en tus oídos, mientras brillan puntos de luz iridiscente por todas partes. Y si me jode es porque, en el fondo, yo vivo las cosas un poco así. La realidad entra por mis ojos y mi cerebro se transforma en un renderizador que convierte las imágenes reales en un *fucking* videoclip de Lene Marlin, a la que quizá no recuerdes porque tuviste una adolescencia normal y no una superñoña como la mía. Dicho esto… Ni mariposas en el estómago ni cosquilleo impúdico en la ropa interior. Martín, cargado con su guitarra, vistiendo un vaquero negro, un jersey de cuello vuelto del mismo color y una chupa de cuero, me hacía la boca agua. Me volví sobre mí misma en una reacción bastante infantil, mordiéndome el labio superior, como siempre que estoy nerviosa.

—Sí. Este año al menos canta él. ¿Os acordáis del año pasado?

—La soprano —dijeron todos al unísono.

Giré la cabeza con disimulo para ver cómo se acomodaba en la banqueta, con la guitarra en el regazo. Nuestras miradas se cruzaron y guiñó un ojo.

—¿Qué estabas diciendo de la novela? ¿Al final sales para verano?

Alberto González agitó los brazos en mi dirección y me señaló la puerta mientras vocalizaba algo que entendí como «Juan».

—Dadme un segundo. Voy a buscar a Juan.

Qué bien. Una persona más ante la que disimular que me apetecía tanto ver a Martín como no verlo.

Cuando Juan y yo conseguimos abrirnos paso hasta el jardín otra vez, Martín ya había cantado «Caos» en una versión acústica bastante bonita y melódica que pareció no incomodar a los invitados que sumaban más años que una montaña y que siempre se quejaban de que había demasiado ruido en aquella fiesta. No fuera a ser que alguien se divirtiera. La había escuchado de lejos. Y, sí, era una canción preciosa y me encantaba. Ni más ni menos que una oda al tipo de amor al que yo aspiro. Y, sí, Martín era mi amante (con novia) y la estaba cantando. Pero a pesar de todo yo no sentí mucho... El cuerpo se nos habitúa a las emociones a fuerza de exponernos a ellas. Con ciertas canciones, también se hace callo.

—Está haciéndolo muy bien —me dijo Juan a la vez que alcanzaba dos copas de vino blanco.

—Me sorprende que digas eso. Pensaba que no te gustaba su música.

—Y no me gusta, pero me cae bien.

—Ya...

Ambos nos quedamos mirándolo, yo algo ensimismada y supongo que Juan pensando cómo abordar lo que quería preguntarme, porque él me conocía mucho, pero yo a él también:

—Elsa...

—¿Hum...?

—Martín no te seguirá gustando, ¿no?

Me volví hacia él con una ceja arqueada.

—¿Qué? ¿Por qué preguntas eso?

—No sé. Tuvisteis un *affaire* y le estás echando una mirada que necesitaría profilaxis.

—No digas tonterías. Es un chaval guapo. Y sí, tuvimos un rollete cuando estaba soltero, pero ahora somos amigos.

Mis cojones en bicicleta. Una mujer y un hombre pueden ser amigos, pero si follan tiene otro nombre.

—Pues deja de mirarlo como si fuese comestible.

—Yo no lo miro como si...

—¿Hola?

La voz de Martín, pegada al micro, partió los aplausos con los que el público alababa la primera canción. Esa manera que tenía de posar los labios sobre la superficie del micrófono era terriblemente sexual, como si con sus susurros amplificados enviara también un beso y mucha lengua a cada oído que lo escuchase.

—Se oye, ¿verdad? —Una sonrisa le achicó los profundos ojos negros rodeados de pestañas—. Gracias por esta calurosa bienvenida. Soy Martín, esta es mi nueva canción y se titula «El bucle».

¿Recuerdas lo de que me da rabia que la vida no sea como una película romántica de los noventa? Bórralo. A lo que en realidad se parece, si la miras de cerca, es a un bolero. Porque todos los boleros, si escuchas bien, hablan de historias de deseo y tortura. Y eso fue lo que me abofeteó ambas mejillas cuando la guitarra de Martín sonó y unas palabras saltarinas se pusieron a bailar junto a las notas que los dedos arrancaban a las cuerdas.

¿Te han escrito alguna vez una canción? ¿Has escuchado la letra y has sabido que tras esas frases estaba la historia que tú misma escribiste junto a la persona que la canta? Suena bien. Suena. Pero demasiado. Déjame darte un consejo: ni poetas ni cantantes ni escritores. Bien lo sabía la puta Valentina. ¿Por qué no me había quedado yo con un poco de la sabiduría que acumulaba un personaje de ficción que yo misma había creado?

Pero ¿sabes lo mejor? Que allí estaba yo, escuchando a Martín, tan guapo, tan sexi, con su barba negra salpicada de algún remolino de canas, cantándonos a nosotros dos, recitando el cuento popular lleno de tópicos que éramos en realidad, lanzándome con sus ojos morunos miradas disimuladas que caían como latigazos sobre mi espina dorsal... Y para mí la única canción a la que podría corresponder aquella escena era a «Historia de un amor», de Los Panchos. Por mucho que la afilada lengua de Martín declinara todas las formas posibles para referirse al amasijo de carne en el que nos convertíamos para terminar estallando en un ramillete fluorescente de «no deberíamos hacer esto nunca más» y «esto está mal», yo escuchaba la tan bien ensamblada voz de aquellos cantantes de bolero diciendo «ya no estás más a mi lado, corazón; en el alma solo tengo soledad…» a pesar de que aquella no era la historia de amor que había dado luz a mi vida para apagarla después.

Así que, en lugar de a Martín, yo escuchaba a Los Panchos. Y no pensé en nosotros, sino en ÉL. Creo que la emoción más intensa siempre nos devuelve al daño más terrible. ÉL…

10
El fantasma de Canterville
Oscar Wilde

Era el galán perfecto para cualquier romance. Hubiera llenado salas de cine para ver cómo sus labios besaban a una damisela en apuros, para ser como James Bond o para verlo recitar Shakespeare. Las mujeres seguro que hubiesen salido del cine confusas..., muchas excitadas, otras impresionadas y otras sin saber si lo que habían visto les gustaba. Quizá exagero, pero...

... Fue lo que me pasó la primera vez que lo vi. Allí sentado, apretando la mandíbula, atendiendo el móvil, vestido con unos vaqueros y un jersey, no correspondía a la imagen que cualquiera se hubiera hecho de ÉL a partir de la información previa. Cuando me vio, se levantó y me dio la mano, sentí que saltaban las alarmas de mi yo más animal. Cada partícula de mi ser percibió el peligro, pero lo achaqué a que estaba nerviosa.

No puedo decir cómo nos conocimos. Quizá por eso siempre será ÉL, porque el hecho de que nadie sepa de esa historia de amor, que por poco no me mató, me sigue pareciendo un regalo. No quiero revelar quién fue el hombre que estuvo a punto de hacerme caer enferma de amor. Y sospecho que ÉL también preferirá mantenerse en el anonimato, aunque nunca vaya a leer estas líneas. Es complicado explicar, en estas circunstancias, cómo pudo ser, sin decir quién ni dónde, pero intentaré al menos despejar la equis de los porqués.

Nos conocimos cuando aún estaba casada en una situación inocente que, por más que quiera decir que no fue vinculante, supongo que lo fue. Éramos dos marcianos de planetas completamente diferentes. Los dos un poco rotos, los dos un poco preocupados, los dos anhelantes de vida, abrazos y sangre caliente..., pero eso, cuando estrechamos nuestras manos por primera vez, no lo sabíamos. Mucho antes de que hubiera una relación a la que referirse, cuando aún era solo alguien que despertaba en mí tanto respeto y admiración como terror, entonces su posición de poder ya lo llenaba todo. Tuvo que llegar la ternura para hacernos ver a ambos que ni él era tan fiero ni yo tan mía.

Eran tiempos duros. Caminábamos por la vida asfixiados de tanto que se esperaba de nosotros. Corrimos a refugiarnos en un lugar seguro. Primero, uno en los brazos del otro. Después… él, en la superación; yo, en el dolor.

El hecho es que nos conocimos sin más, sin florituras, pero con la sospecha de que aquel encuentro iba a cambiar mi vida. Me escribió por primera vez un mensaje un mes después de conocerlo, en plena madrugada, pero nada en aquellas palabras podía presagiar que nos enamoraríamos como lo hicimos.

Algunos amores te mecen, otros te arrollan. Este, en concreto, me arrolló, me pegó un tiro entre las cejas y después quemó mi cadáver. ¿Ves? Si hasta me atropello yo misma al contar nuestra historia.

El caso es que se sucedieron los mensajes, las llamadas, las cenas, algún café que, por supuesto, no eran citas. Estábamos, por decirlo de algún modo, obligados a tratar ciertos temas con el otro.

Se evidenció pronto que tenía un tipo de galantería que, a mí, tan aguerrida, a veces me parecía pasada de moda, pero me producía una efervescencia que me hacía sonreír. ÉL siempre me hacía sonreír. Hasta que dejó de hacerlo, claro.

Fuimos cogiendo confianza a pesar de las diferencias entre ambos, sobre todo, de estatus, y a pesar de las peloteras que teníamos de vez en cuando, porque yo siempre he sido de paciencia corta y mucho nervio y ÉL no estaba acostumbrado a que alguien le plantase cara con una mezcla tan homogénea de terror y bravura. Lo temía tanto como disfrutaba sacándolo de sus casillas. También me gustaba que me agasajara. Llegó a ofrecerse a pagarme unos días en París o en Túnez, donde yo quisiera, para que me tomara unas vacaciones. Le respondí que estaba muy agradecida, pero que los viajes me los pagaba yo…, y echando la vista atrás creo que eso debió de ponérsela durísima.

Tendría que haberme dado cuenta de que allí pasaba algo con las flores. Las flores son una de las cosas que más añoro. Cualquier cosa podía festejarse con un buen puñado de rosas, camelias, lirios, hortensias o margaritas enormes, jugosas y casi lascivas. Las enviaba a casa acompañadas de una nota cortés y educada, casi siempre salpicada de alguna broma tonta que compartíamos, y yo las colocaba en un jarrón y guardaba el sobre con la dedicatoria en el cajón de mi despacho, donde aún continúan. En su momento las atesoraba por una razón educada, hoy porque no quiero que se me olvide lo bonitas que pueden parecernos las cosas más dañinas. Después de las flores llegaron las botellas de champán y vino. Pero pensé que solo nos caíamos bien. De verdad que lo pensé. Nunca me hizo sentir incómoda; jamás percibí que no respetase mi relación. Creí que era su forma de ser, la manera en la que se comportaba con cualquiera.

Una noche, con muchas copas de más, salimos corriendo de un lugar lleno de gente en busca de un local oscuro donde tomarnos la última. Y, acodados en la barra, después de un par de bromas subidas de tono (pero bastante inocentes) y algo borrachos, nos sinceramos..., al menos en aquello que teníamos claro por aquel entonces. Me dijo que no sabía cómo dejar a su novia, con la que tenía una relación a distancia. Yo le confesé que me sentía abandonada en mi matrimonio, que estaba cansada de encontrar en casa a alguien que, en lugar de celebrar, competía hasta deshacerme por dentro las ganas de pelear.

Salimos de aquel bar siendo un poco más confidentes y un poco menos corteses. Al entrar en casa, me di cuenta de que podía describir todas las vetas que llenaban de color y matices sus preciosos ojos avellana y enumerar todos los colores de las pequeñas flores que llenaban aquella noche su camisa. Siempre me había parecido guapo. Siempre me había resultado sexi. Nunca, hasta esa noche, había pensado realmente en ÉL.

No le dije que me iba a divorciar, pero creo que me lo leyó en los ojos una noche de invierno en la que quedamos para cenar. Después de tomar un par de copas me dijo que mi marido no me merecía. Le repliqué, claro, porque lo hacía por deporte y porque ÉL nunca fue nadie para ponerse en la boca una relación de la que no formaba parte. En lugar de justificar su respuesta se levantó de la silla, colocó una mano en mi mejilla y me besó. Me besó. Como si se acabara el mundo, como si nos fuéramos a morir, como si aquella noche nos diera la última oportunidad de nuestras vidas para ser felices. Hacía escasos quince minutos había salido del restaurante en el que cenábamos para atender una llamada de su novia. No sé cómo no lo vi venir.

Nos arrepentimos enseguida. Ambos. Y eso que solamente fue un beso. Recuerdo marcharme a casa envuelta en mi abrigo negro, jugando con el pintalabios que guardaba en uno de los bolsillos, segura de no haber dejado todo lo claro que hubiera debido que no tenía que haberme besado. Pero me había pedido disculpas y había jurado que no volvería a hacerlo, así que le creí. Como en todo. ÉL decía y yo creía. Así fue como se construyó aquella dinámica tan peligrosa. Nunca deberíamos dejar de poner en duda…, una duda sana, una duda juguetona, una duda infantil que nos active la curiosidad para no dar nunca nada por sentado.

Un mes después me separé definitivamente sin que ÉL tuviera nada que ver con mi decisión. Y nada es NADA. Sé que muchas personas de mi círculo más íntimo buscaron en nuestra naciente relación, unos meses después, las razones para que rompiera, valiente, con tantos años junto a mi ex. Yo me separé porque estaba harta de estar sola, del eco de las conversaciones en las que no se me escuchaba, de no ser abrazada, comprendida, deseada.

Nada apuntaba, por aquel entonces, a que ÉL y yo terminaríamos como lo hicimos: tan mal enamorados como para que hacernos daño se convirtiera en sitio seguro. Pero eso… déjame que te lo cuente un poco más adelante. A la Elsa de aquella fiesta en Barcelona esto aún le dolía. Le dolía mucho.

11
Burnout
Emily Nagoski

—Eh…, ¿qué pasa?

Me volví hacia Juan como quien aterriza después de un viaje a la estratosfera. Sentí que todas las costuras del vestido iban a reventar si metía en mis pulmones la cantidad de aire que estos me pedían.

—Nada.

—Nada, no; estás pálida.

—No me encuentro bien —mentí—. Hay mucha gente. Me estoy agobiando.

—Pero Elsa…

Tragué y evité pestañear para que la humedad que notaba en los ojos no se hiciera evidente. Pero ¿quién era la ñoña que me había poseído?

—Me he acordado de ÉL —confesé.

—¿Por qué? —Juan levantó las cejas, sorprendido.

No había allí nada que pudiera provocar un eco del pasado.

—No lo sé.

—Elsa…

Mi mejor amigo suspiró con paciencia, miró alrededor y me palmeó la espalda con suavidad.

—Ya lo sé —tercié, antes incluso de que dijese lo que estaba pensando.

—Ha pasado tiempo. No voy a decirte que tendría que estar ya superado, pero... le estás regalando un tiempo que no se merece.

Asentí.

—Es un hijo de puta —aseveró—. Y lo sabes.

—No guardo recuerdos felices, si es lo que estás pensando. No lo echo de menos.

—¿Entonces? ¿Por qué piensas ahora en él en lugar de estar pasándotelo bien con tus amigos en un cóctel con barra libre de vino?

Sonreí tristemente, pero aún evitando mirarlo.

—No lo sé. Ojalá pudiera controlarlo.

—Y puedes, pero no sabes cómo. Venga, vamos a despedirnos de Alberto y Laia y nos iremos al restaurante. Seguro que Miguel y César también quieren salir de aquí.

—Sí.

No sabía ni a qué decía que sí. Me palpitaban las sienes como un tambor. Martín estaba hablando con el público de nuevo, despidiéndose, agradeciendo el espacio y presentando una de sus canciones más famosas.

—Mándale la ubicación del restaurante —dijo Juan refiriéndose a él.

—Mándasela tú, por favor. Te espero fuera.

Creo que empujé a varios de mis escritores españoles preferidos en busca de la salida.

Miguel había conseguido mesa en el reservado de un restaurante, lo que podía sonar muy *cool*, pero la escena cuando nos vimos allí casi todos sentados se asemejaba más a una comida de trabajo de los años noventa. El sitio no era muy elegante ni muy instagrameable, pero no creo que a ninguno de los presentes nos importara lo más mínimo. Sin paños calientes: íbamos a echarnos algo al estómago antes de llenar gaznate y tripa con alcohol. Vino, cerveza, alguna copa y, conociendo a alguno de los invitados, también chupitos. Al día siguiente, al vernos todos entrando y saliendo de las casetas de firmas, nos cagaríamos en nuestro mal tino, como siempre, pero valía la pena pasar un poco de resaca.

Ya me encontraba mejor gracias a otra copa de vino cuando vi llegar a Martín. Había pasado por el hotel para dejar la guitarra y tenía la punta de la nariz roja. Siempre me ha parecido que va poco abrigado, pero él nunca acusa el frío. Se dejó caer en una silla justo al lado de la mía y me acercó la copa vacía con un suspiro.

—No ha sido como tus bolos habituales, ¿eh? —bromeó Santiago, también compañero de editorial, mientras yo le servía vino.

—No. Un público duro. Elsa Benavides, esto se avisa.

—¿Y qué te voy a decir yo, Martín Daimiel? Nunca he cantado en ese cóctel.

Brindamos sucintamente, sin mediar más palabra, hasta terminar con todo el contenido, como en un acuerdo tácito de hacer un «hidalgo» (hijoputa quien se deje algo). La mesa, bastante grande, estaba rodeada por una nube de algarabía total; de vez en cuando el grupo estallaba en aplausos y, según dicta la tradición, se exigían hidalgos a diestro y siniestro cuando se veían las copas demasiado llenas. Y todo era agradable. Y todo era como siempre, pero algo en mí se había desconectado.

—¿Estás mejor? —me preguntó casi al oído Juan, a quien tenía sentado a mi izquierda.

—Sí —mentí.

—No tienes buena cara. Dime si quieres salir a tomar el aire y aprovecho para fumar.

Él siempre tan práctico.

Martín parecía bastante integrado en el grupo. Conocía a todos los presentes de alguna manera, ya fuera por redes sociales, de haberse encontrado en algún evento o de haber coincidido en más ocasiones y tener una especie de amistad en prácticas, como con Miguel. Una de las cosas que caracteriza a Martín es que se siente cómodo en prácticamente cualquier situación. Así que allí estaba, cogiendo los platos que le pasaban y sirviéndose (a él y a mí) sin parar de hablar y de participar en las bromas del grupo. Él se divertía y yo acumulaba comida en el plato, apuraba copas de vino y sentía cómo el vacío de la noche anterior se convertía en un globo cada vez más grande en mi pecho.

—¿No comes? —me preguntó frunciendo el ceño.

—No tengo mucha hambre.

—Venga, esto está muy bueno. —Señaló una de las cosas que había colocado en mi plato mientras su mano se deslizaba sigilosa desde el mantel hasta mi muslo.

Algo me empujó a hacer lo mismo con la mía y su pierna.

—Come algo —insistió—. O las copas saldrán por el mismo sitio por el que han entrado.

Sus dedos bajaron un poco, acercándose al borde de mi vestido para zigzaguear sobre la piel de mi pierna. Le lancé una mirada que respondió, en silencio, con más provocación, colocando la mano debajo de la falda.

—Si haces eso, no pretendas que coma —susurré.

—¿Por qué no comes? Dímelo.

—No me encuentro bien.

Frunció el ceño un segundo, calibrando si de verdad me estaba poniendo enferma, pero algo debió ver en mi rostro porque sonrió oscuro y lascivo.

—Ah, ya sé. Ya sé lo enferma que te estás poniendo.

Contuve la respiración cuando llegó a la unión entre mis muslos y serpenteó entre la ropa interior.

—Encaje —añadió.

—Negro.

No sé por qué le seguí el juego. Sí, su cercanía (el maldito perfume unido al olor natural de su piel era en ocasiones como una pastilla de viagra para mí) me excitaba, pero no me encontraba bien de verdad.

—¿Te ha gustado mi nueva canción?

—Muy ilustrativa.

—¿Por?

Levanté las cejas.

—Me ha recordado a algunas cosas que me son familiares.

Fingió no entenderme y siguió acariciándome. Como si no estuviera tocándome por encima de la ropa interior, dirigió la mirada a su plato y se llevó a la boca lo que quedaba en él, manejando diestro el tenedor con la otra mano. Se inclinó discretamente hacia mí y, tras masticar y comprobar que Juan estaba a otras cosas, susurró:

—En otra vida, tú y yo estaríamos ahora mismo en el baño.

—¿Haciendo qué?

Mi mano subió también por su muslo sin mucha ceremonia, hasta tocar la entrepierna. Jadeé cuando noté lo duro que estaba.

—No sé. Hay muchas cosas que podríamos estar haciendo allí dentro.

—No se me ocurre ninguna.

—¿Ninguna qué…? —preguntó Juan.

Martín no movió su mano de donde estaba, al refugio de mi vestido y de las faldas del mantel, pero yo sí retiré la mía de encima de su paquete, pues con ella necesitaba coger la copa.

—Le estaba preguntando si tenéis idea de dónde vamos a ir a tomarnos algo cuando termine la cena.

—¿Cómo que no tienes ni idea? —preguntó extrañado Miguel desde la otra parte de la mesa—. ¡Donde siempre!

Luz de Gas era donde siempre, pero no pude contestar porque Martín estaba surcando el borde de mis bragas con dos dedos, así que asentí.

—¡Prima! —me riñó Miguel—. ¿Qué cara pones? Pero ¡si te encanta!

—Es que no me encuentro muy bien.

—¿Y eso?

Di un respingo cuando se metió bajo el encaje. Era imposible que pasase desapercibido a toda la mesa, pero... al parecer aquella noche los imposibles no existían.

—Hace calor. —Apenas me salían las palabras.

—Es verdad —secundó Martín—. Hace un calor terrible. Como muy húmedo.

Me cagué en toda su estirpe en silencio.

—Tienes mala cara de verdad. —Juan frunció el ceño.

—Vamos fuera.

Me levanté con tanto ímpetu que la mano de Martín salió disparada (gracias al cosmos, por debajo de la mesa) de mi ropa interior. Compartimos una mirada, no sé si cómplice o angustiada, porque el vino me subió a la cabeza de golpe.

—Ahora vengo.

—No fumes, que es malo.

El aire frío de la noche barcelonesa me acarició la cara y eché la cabeza hacia atrás. Me apoyé en la pared frente a Juan, que se encendía un pitillo sin quitarme los ojos de encima.

—A ti te pasa algo que no me estás contando.

—Tengo como un nudo aquí... —Me señalé el pecho.

—¿No será ansiedad?

—Puede ser —asentí—. Pero me están hormigueando los dedos también.

Arqueó las cejas, asintiendo muy serio mientras exhalaba el humo. Después se humedeció los labios antes de soltar a bocajarro:

—Debe de ser por dónde los tenías puestos hace un minuto.

Duelo de miradas.

—¿Tú te crees que soy tonto?

—No los tenía puestos en ningún sitio —respondí levantando digna la barbilla.

—Si ningún sitio es la polla de Martín, es verdad, no los tenías puestos en ningún sitio.

—Juan...

—¿Qué estás haciendo? —me regañó—. Elsa, eso no tiene ni pies ni cabeza. ¡Tiene novia! Con todo lo que te ha pasado, ¿no has aprendido nada?

Hice una mueca, pero antes de que contestase, Javi y Manel salieron del restaurante colocándose un pitillo entre los labios.

—¡Ey! ¿Qué pasa? —soltó Manel, muy animado.

—Elsa no se encuentra muy bien. Igual tiene que irse al hotel —sentenció Juan.

—¡No me digas! Pero ¿qué tienes?

—No me encuentro bien, pero no me voy a ningún sitio —le dirigí una mirada significativa.

—¿No serán nervios por lo de mañana? ¡Va a ser supermultitudinario!

Intenté llenar los pulmones, pero el aire no llegó como debía... o me dio esa sensación.

—Será muy emocionante —confesé.

—Yo creo que hasta el momento no hemos vivido un Sant Jordi como el de mañana —se aventuró a decir Javi.

—Un antes y un después —asintió Manel—. Oye, ¿qué estabas diciendo del lanzamiento de tu libro? Salías para verano, ¿no?

«No, es que he electrocutado a mi protagonista y mis editores me mandan a unas vacaciones frenopáticas». El tic en el ojo. Ahí estaba de vuelta. Me arrebujé en mi abrigo.

—Una movida. Luego te lo cuento. Oye, voy dentro. Con el calor que hace en ese salón y el viento frío de aquí fuera, lo mismo me agarro un resfriado.

No miré atrás. Los dedos de mi mano derecha, la que había estado tocando a Martín bajo la mesa, me hormigueaban..., pero los de la izquierda también.

Martín seguía sentado en su sitio, charlando tranquilamente con Santiago y Nagore. Hablaban, creo, del auge de proyectos audiovisuales basados en novelas negras españolas. No lo sé. Intenté concentrarme y participar en la conversación, pero estaba embotada, dispersa, algo borracha. Aun así, di un sorbo a mi copa mientras intentaba colar con disimulo la mano donde había estado antes. Martín no dio ni un respingo cuando le agarré la polla por encima del pantalón, que seguía igual de dura. Eso me encantaba de él..., cómo me deseaba. Era adictivo, como su olor. En lugar de cortarse, empujó la pelvis hacia mi mano con un movimiento que disimuló como si estuviese acomodándose en la silla.

Ya estaba. La llama. La chispa. La incandescencia. La locura transitoria descontrolada que terminaría con nosotros en la habitación de hotel jodiendo como perros hasta que me dijera que quería correrse dentro de mí y yo le dijera que no. Después de un lapso no cuantificable por esta cabeza de chorlito que tengo, Martín agarró mi mano y la apartó con cierta delicadeza, pero con mucha decisión. Me quedé mirándolo sin entender nada.

—Estás superpálida —me dijo.

—Es verdad, Elsa. ¿Te encuentras bien? —insistió Nagore.

—Sí, sí.

—¿Por qué no vas al baño y te refrescas un poco? —me sugirió Santiago.

Me miré las manos. Del hormigueo estaban pasando al entumecimiento, como si me hubiera sentado sobre ellas durante mucho rato.

—Nagore, acompáñala —sugirió Miguel, al otro lado de la mesa, que siempre estaba al loro de todo—. ¿O quieres que vaya yo, prima?

—¡Estoy bien! Es que…, no sé.

Me dio un pinchazo al respirar profundo y yo misma me levanté. Quizá sí necesitaba un segundo en el baño.

—Voy sola. No os preocupéis.

—Si no vienes en cinco minutos, iré a buscarte —me amenazó Miguel—. Con la de mear.

Esbocé una sonrisa como respuesta y aparté la silla.

—Ahora vuelvo —musité cerca de Martín.

Al mirarme en el espejo en el aseo me di cuenta de que mis compañeros tenían razón. Estaba pálida, ojerosa, tenía los labios resecos, como agrietados. Respiré profundamente y me dio otro pinchazo en el pecho. Parecía como si el aire no me llegase del todo a los pulmones. Notaba la boca torpe, pero no era capaz de discernir si se debía a que iba un poco borracha o me estaba pasando algo de verdad. Las manos no mejoraban. Ya no sentía el meñique de la izquierda. Quizá no tendría más remedio que irme al hotel. Se me ocurrió que si Martín me acompañaba y se quedaba un rato conmigo, se me pasaría; pero sin intención de acostarnos. En aquel momento, la ocurrencia solo venía unida a la imagen de un abrazo. Así que salí. Miguel estaba de pie junto al baño, cumpliendo su promesa, pero sin «la de mear» en la mano. Parecía preocupado.

—Prima, tienes un careto...

—¿Como en Halloween?

—Nada puede superar lo de Halloween. Se te fue la mano con aquella cera blanca. En tu entierro parecerás más viva que aquella noche.

Me reí y le palmeé el pecho.

—Me voy a ir, ¿vale?

—Vale. ¿Quieres que te acompañe? Te dejo en la puerta de la habitación sana y salva y me bajo a Luz de Gas.

—No, no. No te preocupes. Me estaba diciendo Martín que no quería irse muy tarde y creo que tiene el hotel cerca del nuestro —me inventé sobre la marcha—. Que me acompañe él.

—Buena suerte. Se acaba de ir.

Levanté las cejas.

—¿Qué?

—Sí. Dice que se ha agobiado por si mañana no está fresco. Cogerá un tren muy temprano porque tiene una prueba de sonido o una grabación o algo así.

Asentí despacio, aunque me costaba concentrarme en lo que me decía; solo podía controlar las ganas de llorar y la idea compulsiva de ir a comprobar si me había dejado algún mensaje en el móvil.

—Voy a llamarlo —dije—, igual aún lo pillo por aquí cerca.

No había mensajes en mi móvil. Solo uno de mi madre deseándome buenas noches. Agarré el abrigo y el bolso y salí, empujada por una ventolera mental que no decía nada con sentido. En la puerta choqué con Juan, que debía haberse fumado al menos tres pitillos.

—¿Dónde vas?

—¿Has visto a Martín?

—Sí. Se ha marchado superatropelladamente.

Cogí el teléfono, busqué su contacto y lo llamé, pero pronto me respondió el mensaje predeterminado de «teléfono apagado o fuera de cobertura».

—Elsa, yo creo que deberías irte al hotel, no tienes buena cara —anunció Javi.

Y dale todo el mundo con la cara...

—¿Queréis que la acompañemos? —soltó de pronto Manel.

Todos los compañeros salieron de pronto del local, aunque yo no había pagado y juraría que Juan tampoco. Y todos, sin excepción, se pusieron a comentar quién debía acompañarme al hotel y cómo sería la logística de los taxis. No me lo podía creer. Juan no dejaba de mirarme.

—¿No contesta?

Me di cuenta de que tenía el teléfono aún pegado a la oreja.

—Lo tiene apagado.

Levantó las cejas y parpadeó con cierto desdén.

—Al menos uno de los dos tiene cabeza —musitó.

—Juan, no...

Iba a pedirle que no hiciera leña del árbol caído, que se lo explicaría todo... Estaba segura de que su indignación venía de que se lo hubiera escondido, no del hecho de tener un rollo con Martín de nuevo. Iba a decirle todo eso, pero no pude, porque un dolor en el pecho me cortó la respiración. A mi alrededor, mis amigos seguían organizando la marcha hacia el hotel, que estaba junto a Luz de Gas, y yo no quería montar un espectáculo, así que le indiqué a Juan la acera de enfrente con la cabeza. Me agarré de él para cruzar.

—Pero ¿qué te pasa? —se preocupó en voz muy baja—. ¿Estás mareada o…?

—Solo quiero sentarme tranquila un segundo —jadeé—. Me duele el pecho.

—El pecho, ¿dónde?

—Vamos a sentarnos ahí… —Le señalé una fuente—. En el bordillito.

Me sentó con cariño, me frotó los brazos y se agachó frente a mí.

—¿Qué te duele? El pecho, y… ¿qué más?

—No sé. Me siento muy rara… —La respiración me salía entrecortada.

—¿Es por Martín?

—¡No! —negué—. ¿Cómo va a…? —Repetí la negación con un gesto enérgico de la cabeza—. No.

—Elsa…, esto es de lo que te advertimos el otro día en tu casa.

—No. No.

—Sí. Tienes un ataque de ansiedad. Es solo eso. ¿Me oyes? Eh…, mírame. —Me cogió la cara—. Respira con normalidad.

A esas alturas yo casi jadeaba.

—Han sido muchas cosas. Venimos de un año horrible y este tampoco está siendo laboralmente tranquilo. Te exiges mucho. Te culpas mucho. No te cuidas. Elsa…, respira.

Agarré el vestido con el puño, a la altura del corazón. Un pinchazo horrible se extendía por mi pecho irradiando dolor a todas partes… hasta la coronilla.

—Juan…

—Escucha…

—No, Juan…

—¿Qué?

—Me está dando un infarto.

—¿Cómo te va a estar dando un infarto? No es un infarto. Es un ataque de ansiedad.

Casi no podía ni tragar saliva. El dolor palpitaba desde el pecho hacia arriba en una llamarada. Era como si mi corazón fuera el mecanismo oxidado de un reloj que iba desgarrando algo dentro de mi caja torácica en cada pequeño movimiento.

—Te lo juro, Juan…, es un infarto.

—Vamos a calmarnos, Elsa. Respira con normalidad o te desmayarás.

—Me voy a morir.

—No te vas a morir.

—Sí, sí que me voy a morir.

—Hombre, pues como todos. Pero hoy, aquí, no te mueres, te lo prometo.

—Que no veo… —le dije.

—Porque estás hiperventilando. Respira con normalidad. Inténtalo al menos. ¿Quieres que llame a alguien?

—¿Qué pasa? —Miguel se había ido acercando sin llamar la atención de los demás—. Prima…, respira.

—Me voy a morir.

Los miré con terror, pero los miré con terror desde dentro de un calidoscopio de cristales oscuros que me impedía ver con nitidez los bordes de la realidad. Un túnel. Eso. Era como estar mirándolo todo desde dentro de un túnel hondo y siniestro que me estaba aprisionando las vísceras.

—No… puedo…

—Llamo a una ambulancia. —Miguel se asustó de veras.

—No, espera. Es un ataque de pánico.

—Pues con más razón. Que le pinchen algo.

Seamos francos… ni la novela. Ni Valentina. Ni RedFlix. Ni las compras un poco compulsivas. Ni Martín y nuestra relación clandestina. Ni los kilos de más. Ni las noches mal dormidas. Ni el ritmo de vida que me impedía hacerme unas putas lentejas. Ni ÉL. En aquel momento, en lo único que podía pensar era en la muerte. Sí, sí, así de melodramática. En la *fucking* muerte. En que me iba a morir en plena Barcelona y... qué movida trasladar mi cadáver a Madrid. O a Valencia. Qué movida la llamada a mis padres, a mi hermana y mis sobrinos, a Carlota, a mis editores..., porque yo me iba a morir en plena calle, la víspera de Sant Jordi, dejando todas mis firmas por hacer. Me iba a morir con una braga faja... de encaje, pero braga faja. Y sin sujetador. Me iba a morir sin dejar escrito quién quería que se quedase con mis gatos. Que me iba a morir, y punto pelota.

Los miré con pánico, desazón y la desesperación más pura, viendo cómo se alejaban poco a poco del agujero de entrada al túnel en el que estaba metida. O me alejaba yo, porque la claridad de esa abertura cada vez era más pequeña. Y más pequeña. Debía decir algo. Unas últimas palabras. Algo que no fuera: «Llama a una ambulancia». O «Ponme otras bragas antes de que recojan el cadáver». Algo como que los quería mucho. O que los vería al otro lado. ¡Yo qué sé! Algo.

Algo que no salió de mis labios. Porque...

... Porque así como Valentina había muerto en la bañera...

... Así, me iría yo, sin poder leer el mensaje de Martín en el que me decía que se le había acabado la batería, que estaba en el hotel y que se había ido para no hacernos más daño...

... Así...

... Así fue como Elsa Benavides terminó, el 22 de abril, dentro de una puta fuente.

No. No me morí. Esta no es una historia de fantasmas. Una suerte. Y una desgracia pequeñita, eso también, porque me perseguirá de por vida la anécdota de cómo me desmayé dentro de una fuente en plena Barcelona delante de Juan y Miguel y de cómo, después de que me sacaran, empapados y asustados, les vomité encima.

Elsa Benavides no había muerto, no.

Elsa Benavides había tocado fondo.

12
Absolución
Luis Landero

«Ni Sant Jordi ni Sant Jordo», como diría una madre que riñe a su criatura. Aquí, la menda no se reencontró felizmente con sus lectores dejando a un lado la timidez, conectando de nuevo con lo que da sentido a esto de escribir (que es, sin duda, la emoción de quien te lee). Lo que encontré fue un ingreso en urgencias que me valió un día entero en el hospital Clínic de Barcelona, porque llegué, además de empapada y congelada, con un electrocardiograma de lo más confuso, resultado del ataque en cuestión, y no sé qué valores muy alterados, también regalo del numerito. Cuando salí la tarde siguiente, en vez de un baño de masas, me di un paseo en taxi hasta la estación de Sants, con mis cosas en el maletero (bendito Juan, que se encargó de todo) y la visión de la cara de mis editores. No estaban enfadados ni decepcionados ni nada por el estilo. Estaban asustados. Creo que todos, en aquella despedida en la estación, pensamos que me había roto un poco.

Juan y yo casi no hablamos en el trayecto de tres horas que separa la estación de tren de Barcelona de la de Atocha, en Madrid. No porque no tuviéramos nada que decirnos o porque estuviéramos enfadados. Cuando todo quedó en un susto, en el hospital, nos habíamos echado ya alguna risa nerviosa recordando cómo me sacaron de la fuente, empapada, con el pelo destiñendo verde por todas partes, despatarrada y con la braga faja al aire.

—Eres la única persona en el mundo capaz de que una braga de ese calibre pueda parecer de fulana —se había burlado Juan.

Si casi no hablamos fue porque yo era consciente de que había desoído los consejos de todo el mundo hasta darme de bruces contra el fondo más fondo de la Fosa Mariana de mi vida y él... no sabía si algo de lo que pudiera añadir iba a ayudarme. Creo que a los dos nos asustaba un poco el día siguiente, cuando despertase en mi casa.

No fue un drama, os lo adelanto. No lo fue porque supongo que cuando le ves las orejas al lobo, lo último que te apetece es invitarlo a pasar. Por eso y porque tengo la suerte de conocer a personas maravillosas que me llenaron la casa de flores y el móvil de mensajes de apoyo. El de Miguel se llevó la palma de oro:

Miguel
Prima, qué susto. Te juro que te vi desaparecer debajo del agua aquella turbia de la fuente y pensé: «Se nos ahoga, la muy puta». Imagínate, qué marrón. Para meterme con mi traje bueno dentro del agua, ya debí asustarme. Por cierto, te pasaré la factura de la tintorería, maricona. ¿Cómo es posible que vomitaras tanto vino tinto si te vi beber todo el rato blanco? Quiero pensar que era vino tinto.
Pero ¿sabes qué? Que esto ha sido para bien, me juego yo la polla. A ver si ahora, de una vez por todas, aprendes a no tomarte las cosas tan en serio. La vida es supercorta y... con unos largos en una fuente que des, es más que suficiente.

Toda la razón, primo. Toda la razón.

No admití visitas. Eso sí. No tenía ganas de estar contándole a todos mis amigos el numerito de la fuente (que, al parecer, pasado ya el susto, debió de ser acojonantemente divertido), con las piernas tiesas en el bordillo y las burbujas saliendo a la superficie en mi último aliento. Me aconsejaron tranquilidad y mimo; mimo, en aquel momento, según mi psicóloga, mis padres, mis amigos, mis editores y Juan, que era como todo junto en una misma persona, era estar tranquilita en casa, ordenando prioridades. «Y abrazando la mierda», me dijo Marina, otra de mis amigas, en una amorosa nota de voz. «A la mierda hay que abrazarla para saber lo grande que es». Otra que tenía más razón que un santo. Qué placer tener amigos hasta debajo de las piedras.

Estaba preparada para iniciar una nueva era. La puta Valentina había intentado hundirme con ella en el inframundo, pero yo pensaba resurgir, más sana, más divertida y más satisfecha. No hay nada como un ataque de pánico para darse cuenta de que estás perdiendo el tiempo dándote latigazos. Había cosas que hacer..., pero ¿qué cosas? Eso es lo que tocaba pensar en aquel momento.

Me permití, no obstante, una pequeña debilidad. Una única visita. No, no estoy hablando de Juan. Un momento de lamerme repetidamente y con ganas la herida de la humillación (no sé qué humillación ni qué niño muerto, pero así me sentía yo y no hay que invalidar las emociones de una). Antes de levantarme. Antes de forzar a mis rodillas a sujetar el peso de un cuerpo que no sabía por qué se encontraba tan mal. Antes de dar el paso con el que das carrerilla, me permití una chuchería emocional. Lo adivinas, ¿verdad?

Martín, sentado en mi sofá, parecía desvalido, preocupado y arrepentido. Yo, apoyada en el mueble de enfrente, lo miraba sin saber muy bien qué decirle.

—Gracias por venir.

—No digas tonterías —se quejó—. Era lo mínimo.

—¿Quieres una cerveza?

—No. ¿Quieres tú algo? —Se incorporó solícito—. ¿Te preparo un café? Sé dónde están todas las cosas. Las tazas, la máquina, la sacarina...

—Martín, sabes que no tienes ninguna culpa del numerito de Barcelona, ¿no?

Se mordió el labio y volvió a apoyar la espalda en el respaldo del sofá.

—Lo digo en serio.

—No debí irme sin decirte nada.

—¿Crees que me dio un ataque de pánico porque te fuiste sin decirme nada? —Lancé una carcajada—. ¡Ese ego, campeón!

Esbozó una sonrisa tímida.

—Eres idiota.

—No soy idiota. A alguien no le da un ataque porque su amante se vaya sin avisar de una cena.

La palabra amante le escoció. Pude verlo en su cara.

—Porque eso es lo que somos. Amantes —lo remarqué.

—Ya lo sé. —Se frotó la cara—. Me siento mala persona.

—Mala persona, no. Un guarro...

Me miró asustado, pero me reí.

—Es broma. Bueno, un poco broma. Somos unos guarros. Los dos.

—Tenemos que dejar de hacerlo, Elsa. Ahora de verdad.

—Ya lo sé.

—Pero de verdad.

—Ya lo sé —insistí un poco molesta—. Deja de repetirlo. Siento como si creyeras que me voy a morir sin ti.

—No te estoy diciendo eso.

Bufé y me moví por el salón.

—No eres el problema —le aseguré.

—Me tranquiliza saberlo.

—Pero eres parte del problema. —Paré y lo miré con los brazos en jarras.

—No quiero ser un problema en tu vida. Yo te quiero muchísimo.

—Y yo a ti. Pero follar no suma.

—Sumar... —dudó—, sumar, suma, Elsa. Que nos lo pasamos de puta madre.

—Si estuviéramos los dos solteros, pues sería otra cosa. En esta situación a veces me siento como un trozo de carne con ojos.

Abrió la boca, consternado.

—No me jodas, Elsa. Yo no te trato así. No es lo que eres para mí.

—Te diría que ya lo sé, porque lo sé, pero... piénsalo. Tienes una novia a la que me consta que quieres.

—No metas el dedo en la llaga —se quejó.

—No lo meto, Martín, pero escúchame..., te pones caliente y vienes...

—Eso no es así —negó muy seguro—. Yo... no me pongo caliente. Me pones caliente. Y fallo. Y hago las cosas mal. Y las personas que crean que por hacer esto no quiero a mi novia están muy equivocadas.

—Es que lo quieres todo.

—No me digas eso —se quejó—. Si me dices eso, me revuelves el estómago. ¿Qué quieres que te diga? ¿Que esto no es solo sexo? Pues te lo digo: no es solo sexo, Elsa. Yo siento cosas muy bonitas por ti. Pero...

—A ella la quieres.

—Y a ti también. —Quiso reconfortarme.

—No es una queja. —Sonreí triste—. A ella la quieres como pareja. A mí..., pues mira..., supongo que sientes por mí lo mismo que siento yo por ti.

—¿Y qué es?

—No lo sé, pero no es amor.

—Pues supongo que ha llegado el momento de averiguarlo.

—Supongo —asentí.

Los dos nos callamos, algo afectados.

—¿No puedo hacer nada por ti? —me preguntó—. Quiero hacer que te sientas bien.

—Te diría que me abraces. —Sonreí—. Pero ambos sabemos cómo termina eso en mi sofá.

—Ni de coña. —Abrió mucho los ojos—. Ahora no te follo ni pagándome.

—Asqueroso. —Hice una mueca—. Sabes a lo que me refiero.

—Ya lo sé, ya lo sé.

—No puedes hacer nada.

Se mordió los labios, poco conforme.

—¿Quieres que me aleje de ti? —preguntó.

—¿Quieres alejarte?

—Yo no, pero si es lo que necesitas, lo haré.

—Lo necesitaría si estuviera enamorada de ti, pero no lo estoy.

—Vale. ¿Entonces? ¿Qué hacemos?

—La pregunta, más bien, es qué voy a hacer yo.

—¿Y qué vas a hacer tú?

—Aún no lo sé.

Asintió.

—Estoy triste —le confesé.

—Yo también. Siento que te pierdo.

—Para perderme tendrías que haberme tenido —bromeé.

—Aguanta, chulita.

Los dos nos reímos.

—Tienes un culo inquieto. Estoy seguro de que sabrás encontrar el sitio en el que ese culo esté a gusto.

—Y no va a ser rebotando en tu regazo.

—Ah, te odio.

Se palmeó ligeramente las rodillas antes de levantarse.

—¿Te vas? —pregunté a pesar de saber ya la respuesta.

—Me voy.

—¿No será por lo de mi culo rebotando en tu regazo?

—Pues a ver... tienes la mala costumbre de ser terriblemente gráfica a la hora de decir las cosas. Me creas imágenes en la cabeza que son difíciles de ignorar, pero me voy porque me tengo que ir y porque tienes que descansar.

—Siempre tienes prisas conmigo —rezongué, no sé muy bien por qué. La pataleta, supongo.

—Coño, Elsa. Si me dices que no puedo hacer nada por ti y la única manera de hacerte sentir bien que se me ocurre tiene que ver con tu culo rebotando en mi regazo..., pues me voy.

—Ahora has sido tú.

—Sí, bueno, pero la culpa es tuya.

Le enseñé el dedo corazón y se acercó hasta agarrarlo y llevárselo a los labios. Lo besó con ternura y yo, por primera vez en mucho tiempo, le permití el mimo. Lo absorbí.

—Me voy a ir. Te escribiré. Sin agobiarte, pero te iré escribiendo. Quiero que me cuentes si encuentras el sitio. Y si quieres unas birras, silba. Vendré corriendo, ya lo sabes.

—Lo sé.

¿Lo sabía?

Me abrazó y ambos fuimos conscientes de cómo estábamos obligando a nuestras caderas a mantenerse alejadas. Aquel abrazo era un truño muy bienintencionado.

—Ale. Vete —lo azucé.

—Espera.

Dio un paso hacia atrás, sacó de su dedo corazón un anillo de plata y me lo dio.

—Para ti.

—No puedo aceptarlo. —Lo aparté.

—No es precisamente un solitario de Tiffany.

—Me perturba bastante que sepas lo que es un solitario.

—Toma, imbécil. —Se rio—. Así te acuerdas de mí. Y tienes algo mío.

—No me voy a las misiones.

—Igual deberías.

Le contesté con un bufido, dejando que deslizara el anillo en mi dedo corazón y que me besase la palma. Después se encaminó hacia la puerta, adonde lo seguí.

—Nos vemos.

—Nos vemos.

—Cuídate, mamarracha.

—Y tú, flipado.

Me besó en la frente y llamó al ascensor.

—Somos seres de luz —sentenció cuando este llegó a mi piso.

—Totalmente. Seres de luz.

—Y no volveremos a ser unos guarros.

—Nunca jamás —aseguré.

—Llámame si necesitas algo, ¿vale?

Asentí y le dije adiós con la mano. Desapareció dentro del ascensor, iluminado por la mortecina luz de la cabina y yo cerré la puerta.

Pues ya estaba... ¿no? Una cosa menos.

Bueno. No cantes victoria, querida.

Habíamos tenido una conversación sana y adulta en la que dijimos muchas cosas que sonaban de puta madre y con muy buena intención. Ahora bien…, aún tenían que pasar muchas cosas. Aún no sabíamos cuántas mentiras habíamos dicho. Aún no habíamos entendido cuántas cosas de esas que habíamos prometido estaban mal.

Eso sí…, Martín descubriría, unos días más tarde, que nuestras conversaciones me hacían pensar porque…, después de mucho reflexionar, aquella frase suya de mi culo inquieto buscando un lugar me dio una idea. Como quien ve una señal en la carretera. Como quien encuentra un faro en el mar. Una idea a la que agarrarse con intención no de volver a casa, sino de encontrar la vida que no había vivido.

13
Come, reza, ama
Elizabeth Gilbert

—Me voy de Madrid.

Juan me miró como me mira siempre que digo cosas que sé que no voy a cumplir. Como aquella vez que, en lugar de propósitos de año nuevo normales, me planteé cosas como vestir siempre de colores neutros. Si ahora mismo estás mirando estas páginas con confusión o con condescendencia, déjame que te aclare que las personas que nos dedicamos a este precioso oficio que es escribir, de tanto pensar en otras vidas, en diálogos que jamás serán dichos y en finales alternativos para existencias ficticias, a veces tenemos nuestras cosillas. A mí, en concreto, de tanto en tanto se me desconecta un cable. El caso es que Juan no me creyó. No lo culpo. Yo tampoco lo hubiera hecho de ser él. Sin embargo, por primera vez en mucho tiempo estaba completamente convencida. Y lúcida.

—Me voy de Madrid —repetí en un tono que intenté que sonase mucho más firme.

—¿Adónde? ¿A ver a tus padres?

—No me estás entendiendo. Me voy. Me voy, no para siempre, pero una buena temporada.

—Pero vamos a ver…

Juan se sentó en mi terraza (más bien se dejó caer en una de mis sillas amarillas) y exhaló una bocanada del humo del cigarrillo que sostenía entre los dedos.

—Me he dado cuenta de que necesito un cambio de aires.

A juzgar por su expresión, aquello no le pareció una locura.

—Entonces ¿te vas a Valencia, con tus padres? —siguió insistiendo.

—No. —Negué enérgicamente mientras sonreía—. Me voy a ir a París.

Mi inseparable volvió a dar una calada sin dejar de mirarme. Dos rayos de un láser mortífago e imaginario me alcanzaron entre las cejas.

—¿Y por qué París? —Notaba en su tono que aún no me creía.

—¿Te acuerdas de lo que dije la última vez que fui?

—Que todos los parisinos son guapos, pero no es razón para mudarse a otro país.

—No, gilipollas —me quejé—. Que quería vivir allí, al menos una temporada.

—Pero..., vamos a ver, ¿cómo te vas a ir a París una temporada?

—¿Por qué no? —Me senté frente a él, seria.

—Es carísimo.

—Aunque creas que me lo fundo todo en compras, ahora mismo disfruto de una economía saneada.

—Es tirar el dinero.

—Es buscarme.

Parpadeó consternado. Ese tipo de expresiones le daban alergia, y... lo comprendo. A mí un poco también.

—Desde lo del desmayo en la fuente... —empecé a decir.

—No fue un desmayo. Fue un exorcismo sin necesidad de párroco.

—Desde lo del desmayo —insistí—, he estado pensando mucho.

—¿Estás durmiendo?

—Melatonina: mano de santo.

—Te lo dije —asintió, orgulloso de sí mismo.

—He estado pensando en que… mientras escribía, todo era para Valentina, pero nunca para mí.

—Ya. ¿El bolso de Chanel también era para ella?

—Escúchame —tercié—, te estoy hablando en serio. Hasta los viajes eran para ella. En estos siete años Valentina se ha enamorado…, ¿cuántas veces?

—Un montón. Es una promiscua.

A los dos se nos dibujó una sonrisa cómplice; siempre sospeché que Juan también le había cogido manía a mi personaje.

—No es promiscua. Tiene una vida. Una vida apasionante. Y mientras ella vive, como si le hubiéramos dado la vuelta a la realidad, yo espero. Ella ha viajado por todo el mundo, se ha enamorado, le han roto el corazón y…

—Si tú no hubieras viajado por todo el mundo y no te hubieras enamorado y terminado con el corazón roto, ella no hubiera hecho nada de eso.

—Lo único que he hecho yo en estos siete años es estar preocupada.

—Sé justa. Eso no es verdad —me pidió Juan.

—Puede que no lo sea, pero es tal y como me siento. Necesito quitarme la piel de Valentina. Pisar esos sitios en los que ella fue tan feliz y hacer algo que solo sea mío.

—¿Y qué pasa, que si vas a París te van a pasar las mismas cosas que le ocurrieron a ella? Elsa, lo sabes de sobra, la vida no es una novela.

—No. Es mejor. —Sonreí.

Su expresión lo decía todo: no estaba nada convencido de lo que le decía. Aunque no tenía por qué, sentí que debía explicárselo de manera que me entendiera. No es que Juan sea tonto, más bien todo lo contrario; es que, en ocasiones, los sentimientos hablan una lengua que solo conocemos nosotros mismos. Y las certezas también. Traducirlas a un idioma algo más universal, a veces, cuesta un poco.

—Voy a irme dos o tres meses a París —repetí—. Leeré. Pasearé. Compraré flores. Haré todas esas cosas que hacen las protagonistas de novelas y de películas cuando van a París.

—No hace falta que te pongas boina, que parece que no se puede viajar a París sin llevar una boinita de lado.

—Voy a hacer un montón de cosas superpintonas —proseguí, obviando su comentario de la boina, con el que estoy bastante de acuerdo—, pero también un montón de cosas mundanas, como buscarme un pisito de alquiler sin ascensor y aprender a hacer un puto caldo de pollo. ¿Me estás entendiendo?

—Lo intento, pero no me lo pones fácil.

—Voy a vivir —dije muy segura—. Y a lo mejor la cago o me aburro o me entran los doscientos males por estar allí sola, pero lo haré.

—No hablas francés.

—No hablo ni papa de francés, tienes razón. Quizá es mi oportunidad de aprender.

—Elsa, hablas mal inglés desde que te conozco. No has aprendido a hacer una subordinada en el idioma más utilizado en el mundo...

—Después del castellano y el mandarín —puntualicé.

—Eres una pedante de cojones. —Se rio—. ¿Hablas un inglés de chiringuito de playa y ahora crees que te vas a hacer bilingüe en francés en tres meses?

—Nadie ha dicho nada de ser bilingüe. Igual solo aprendo a pedir mesa para uno, pero tengo que hacerlo, Juan, por Dios.

—Por Dios, no. Y esa es otra. —Apagó el cigarrillo—. Que te vas sola.

—Sí y no, porque vendrás a verme.

Puso los ojos en blanco.

—Bonita utopía te has montado.

—Me voy el 9 de mayo —anuncié—. Ya tengo cita para ver tres pisos en distritos que me encajan.

—¿Te vas a ver pisos en dos semanas?

—Me voy dentro de quince días. Veré los pisos nada más llegar y, si no me gustan, pediré que la agencia me enseñe todos los que pueda durante esa semana. Tengo una habitación de hotel reservada para cubrir esos días. Y el billete de ida.

—Sin vuelta.

—Vuelta abierta. Ya estoy haciendo las maletas.

Juan resopló y se puso de pie.

—Elsa, yo creo que te estás precipitando.

—¿Por qué? ¿Tengo algo urgente que hacer aquí? Mi novela no saldrá hasta el año que viene y después del numerito de Barcelona dudo mucho que Laia y Alberto cedan a cualquier chantaje que les pueda hacer para acelerar el proceso. La verdad…, el libro que les entregué es una mierda. Está para reescribirlo entero.

—Sin muerte.

—Eso ya lo veremos. —Lo miré a través de mis párpados entornados con una sonrisa, intentando hacerlo reír—. Sé que no te gusta nada lo que te estoy diciendo, pero…

—Elsa, sonar, suena descabellado, pero de puta madre. Ojalá yo pudiera hacer algo así.

—¿Entonces?

Dudó un momento antes de contestar.

—¿Y los gatos? —apuntó señalando al interior de la casa, a uno de ellos que dormía acurrucado en el sofá.

—Solucionado. —Sonreí espléndidamente—. Mientras esté fuera, nuestra amiga Rocío vendrá a vivir aquí. Está harta de esperar en casa de sus padres a que le den las llaves de su piso nuevo. A cambio solo tiene que cuidar a los gatos.

Me fulminó con la mirada, como si le fastidiara que tuviera todos los detalles programados.

—Trabajo contigo. Y vamos por la vida pegados como siameses. Contigo en París..., ¿qué hacemos? ¿Qué hago?

Esbocé una amplia sonrisa. Yo también había pensado en esa cuestión. No puedo vivir sin Juan, no porque no sepa hacer ni la o con un canuto sola, sino porque se ha convertido en un compañero de vida formidable, es mi mejor amigo y todo con él es más divertido y gratificante.

—Dame dos semanas para instalarme. Quizá tres. Cuando tenga el piso a punto y esté asentada, te mandaré unos billetes de avión para que vengas. Vuelta abierta. Hay confianza de sobra como para que puedas decidir tú solito cuándo regresar.

—¿Y qué hago en París?

—Vivir y... trabajar también. Seguro que allí se nos ocurren muchas ideas nuevas.

No pareció conforme, pero estaba en su derecho de reflexionar sobre ello y tomar sus propias decisiones. Así que me levanté, me acerqué y le di un beso en la mejilla.

—Desde que lo he decidido, estoy más tranquila. Eso debería ser un buen indicador.

—Me da miedo que sea indicador de que quieres huir de aquí.

—¿Por qué iba a querer hacerlo?

—Por Martín.

Uy.

—Vale. —Le di un par de palmadas en ambos hombros—. Supongo que, con estos días de silencio sobre el tema, te habrás armado una opinión sobre eso, pero déjame decirte algo: no estoy enamorada de Martín, no sufro por él y no tengo que huir de él, porque ambos tenemos la intención sana de distanciarnos un poco para poder ser amigos de verdad. Sin follar. Lo hablamos ayer y estamos de acuerdo en todo.

Me miró de soslayo.

—¿Qué? —le reproché.

—Que suena estupendamente, pero en tu discurso he identificado al menos tres mentiras.

—¿Cuáles?

—Que no sufres por él, que os vais a distanciar y que no vais a follar.

—Esto está muerto.

—Los cojones. —Se agarró un poco el paquete, para dejarlo más claro.

—Que no, hombre.

—Mira, Elsa, me creo perfectamente que no estés enamorada de él porque sé, tal y como lo sabes tú, que no pegáis ni con cola.

—Ni con cola —asumí.

—Pero esa historia no parece acabada.

—¿Y eso por qué?

—Pues porque sentiros deseados es una droga a la que ambos tenéis pinta de estar muy enganchados.

Touché.

14

Piso para dos
Beth O'Leary

París. Oh, París, la capital del amor, del estilo, cuna del cruasán de mantequilla, hogar de museos, gente bella y bistrós con encanto. Urbe megalítica en la que, tal y como un día hizo Valentina *(Persiguiendo a Valentina*, libro cuarto de la saga), iba a encontrarme a mí misma por mi coño moreno. Mi gente acogió la noticia de manera heterogénea. Hubo quien la aplaudió, hubo quien no se la creyó, y luego estaban mis padres:

—Tú estás como las maracas de Machín. ¿A París? Pero ¿a quién conoces tú en París? ¿Qué vas a hacer allí tú sola? A mí me da miedo, Elsa. De París nada, tú te vienes a casa, que aquí te vamos a cuidar.

Me costó un rato hacerles entender que, aunque siempre sería su hija pequeña, yo ya era una mujer adulta que tomaba decisiones a veces correctas, a veces equivocadas, pero de manera autónoma e independiente. Al final, como vi que habían cedido al miedo total e irracional, les mentí diciendo que me acompañaría Juan. Una mentirijilla piadosa por su tranquilidad.

Dejando a los demás a un lado, lo bueno es que desde que había decidido que iba a irme a París, con todas las gestiones y la preparación del viaje incluidas, estaba de lo más en paz.

A veces creo que mi felicidad depende de tener cosas que hacer que me hagan sentir útil, que se concreten. Mientras escribes, mientras lo que estás escribiendo está en construcción, es muy complicado..., y más para alguien como yo que relativiza todo. O casi todo. En las emociones soy más bien cabezona.

Quizá Juan tenía razón con todo aquello del viaje y estaba huyendo un poco, o poniendo capas de una tela muy bonita sobre una herida que seguía abierta y supurante, pero... ¿quién no lo necesita alguna vez? Cuando trabajaba en aquella consultora terrible, cruel y gris, soñaba día sí y día también con cambiar los trenes de cercanías por un avión que me llevase muy lejos. Y no solo eso (cualquier oficinista sueña con volar lejos de su escritorio de trabajo), sino que cuando me dediqué a escribir de manera profesional como única ocupación (con todos sus añadidos), ya planeé hacer algo así. En 2020 pensé en marcharme tres meses a San Francisco a una inmersión lingüística. No lo hice, claro, porque un señor se comió una sopa de Pangolín y se nos vino encima el apocalipsis.

El caso es que lo tenía decidido y estaba contenta. Tan contenta estaba que había planeado pasar el tiempo que me dejasen los preparativos leyendo, escuchando música y cocinando cosas buenas, sanas y con mimo. Tres acciones que hacía lustros que no había practicado. De la neurosis más heavy a canturrear mientras cocino: la ciclotimia y yo somos uña y carne. Te juro que estaba convencida de que había dado con la solución a todos mis problemas.

Aquella mañana fui al mercado y compré todo lo necesario para preparar unas cuantas cosas que me duraran toda la semana: berenjenas rellenas, crema de calabacín y caldo de pollo, básicamente. Juan me había pasado la receta en un mail, añadiendo que «si aprendía en Madrid, igual reconsideraba lo de marcharme». Buena suerte. La idea de París me había puesto de buen humor; no creo que sin ello en el horizonte me hubiera animado a ponerme a cocinar, con lo que me agobia ensuciar. Pero me puse música en el altavoz de la cocina y me creí Pablo Ruiz.

¿Y qué música es la mejor para esos quehaceres? Pues, para mí, una lista de temazos de cuando era joven, salía de fiesta con tacones y volvía en el primer metro a casa, descalza y con un trozo de pizza en el estómago que empapase las cervezas. Fito y los Fitipaldis, Melendi, Estopa, Amaral, Britney Spears, Anastasia, y, claro, Backstreet Boys, chica. Eso despierta al más pintado. En menos de lo que canta un gallo, las berenjenas se gratinaban en el horno, la crema de calabacín llenaba táperes sobre la encimera y el caldo hacía «chup chup» al ritmo de todos los grandes temas de la *boy band*.

¿Sabes cuando entras en un bucle musical? Sí. Cuando escuchas una canción que hace mucho que no oías y de pronto necesitas volver a ponerla para cantarla, pero no la has disfrutado lo suficiente y vuelves a ponerla..., así hasta que de pronto recuerdas los pasos prohibidos de cadera meneona de las coreografías y te marcas una sesión de varietés con la cuchara de servir en la mano. Es probable que «I Want It That Way» hubiera sonado unas cinco veces cuando, por debajo de su ritmo pegadizo, escuché el timbre de casa. Me sequé las manos con el paño, revisé que no llevara tropezones de comida pegados al jersey y me encaminé hacia allí, pero antes de que pudiera alcanzar la puerta, un puño la aporreó. Abrí indignada, sin ni siquiera cerciorarme por la mirilla de quién estaba llamando de una manera tan descortés.

—¿Pero...?

Frente a mí, un señor con bigote. Bueno. Diciéndolo así no estoy siendo justa. Déjame volver a intentarlo. Frente a mí, un chico de unos treinta y muchos, con ciertas ojeras, con una mata de pelo castaño oscuro completamente despeinada, barba de unos seis o siete días y un bigote prominente, vestido con unos vaqueros viejos y un jersey dado de sí, descalzo. Pensé que se nos había colado un pirado en el edificio. Un pirado con cierto aire a Javier Rey y, por lo tanto, un pirado guapo, pero un pirado al fin y al cabo. Decidí ser amable, por si decidía atacarme.

—¿Le puedo ayudar en algo?

—Sí. Que revisitaras la cultura musical universal de los últimos…, no sé…, cien años, me vendría genial.

—¿Perdona? —Mi mano derecha fue, sin poder evitarlo, al pecho.

—Lleva sonando «I Want It That Way» —excepcional pronunciación, por cierto— desde hace dos o tres años. Necesito que apagues eso ya. Ya.

Parpadeé, consternada.

—Pero ¿tú quién eres?

—Soy tu vecino.

Levanté las dos cejas.

—¿El del piano?

—No has podido escuchar ni una sola tecla —me retó.

—No, ojalá. El taladro, sí, por cierto. A ritmos acompasados al son del infierno.

—¿Es ilegal?

—¿Es ilegal escuchar a los Backstreet Boys?

—Ilegal no, pero a tu edad es preocupante.

—Preocupante sería que me pusiera yo a juzgar lo que escucha la gente, porque entonces eso significaría que soy una repelente y una prejuiciosa. —Hice una pausa para respirar, pues lo había dicho todo de carrerilla—. Si te molestaba el volumen solo tenías que decirlo y lo habría bajado.

—El volumen no es tanto problema como la repetición.

—¿Quieres pasar y escoger un tema que te venga mejor? —Abrí un poco más la puerta.

Se me quedó mirando fijamente, no sé si con odio o porque salía de casa un olor (siento la falta de humildad, pero no estoy acostumbrada a cocinar y que las cosas salgan bien) delicioso.

—Bastará con que apagues la música —sentenció.

—¿Ahora tengo que apagarla?

—Algunos intentamos trabajar, ¿sabes? Bienvenida a la vida del autónomo.

—¿Y qué te crees que soy yo? ¿Pensionista?

—No sé. Estás montando una discoteca en casa un martes a las doce del mediodía. Mucho no parece que tengas que hacer.

—¿Ahora me vas a decir también a qué horas debo trabajar?

Resopló y miró al techo. Vi la nuez subir y bajar en su cuello a través de la sombra de su barba. Después, para mi sorpresa, se dio la vuelta, entró en su casa y cerró con un contundente portazo. ¿Qué? Iba a volver a la cocina para recuperar mi móvil y contarle a Juan lo que me acababa de pasar, porque somos de ese tipo de amigos que nos contamos hasta la cantidad de deposiciones diarias que hacemos, cuando la puerta se abrió de nuevo y mi vecino se dirigió otra vez a mí.

—Hola —musitó arrepentido—. Perdóname. Hemos empezado con mal pie. Estoy muy... —se apretó el puente de la nariz con dos dedos largos y elegantes— irascible. Y no es tu culpa. Ni de tu selección musical. Perdona, de verdad. No suelo ser así de maleducado. Creo que es la maldita ansiedad, que me transforma en algo horrible. De verdad que lo siento.

¿Qué?

—Ehm... —Me había dejado sin palabras. Y yo que pensaba que sufría de ciclotimia...—. Bueno. Has entrado como un toro en una cacharrería en esta relación puerta a puerta, pero... te puedo entender con eso de la ansiedad.

—¿Sí?

¿Sí? No era la respuesta que esperaba.

—Disculpa. —Cerró los ojos y colocó la palma de la mano derecha, donde refulgía una alianza de matrimonio, entre ambos—. No quiero que parezca que quiero ahora pedirte explicaciones ni hurgar en tu vida ni nada.

—No te preocupes. Es que la semana pasada me dio un arrechucho de ansiedad y terminé metida en una fuente. —Mi maldita diarrea verbal—. Por eso te decía que puedo llegar a entender que a uno se le vaya de las manos.

—Ay, vaya. —Hizo una mueca.

—No quiere decir que crea que vayas a acabar igual.

—Mejor. Pierdo con el pelo mojado.

Los dos nos quedamos mirándonos, midiendo la situación y, después de un par de segundos, ambos parecimos llegar a la conclusión de que podíamos reírnos. Aun así, las carcajadas sonaron forzadas. Educadas, pero forzadas.

—Puedes poner la música que quieras. —Señaló al interior de mi casa, donde uno de mis gatos, el más grande, acababa de asomarse.

Por si no lo sabes, los gatos son las porteras del mundo animal. Lo quieren ver y escuchar todo.

—Hostias —exclamó—. Un tigre.

—¿Un tigre? Eres muy amable. Parece más bien una foca que ha pasado una temporada en una tribu jíbara.

Lanzó una carcajada seca y sonora que me contagió la risa. ¡Había pillado la coña! Mis amigos siempre dicen que tengo un humor escurridizo, un poco anormal.

—No te molesto más. Solo quería disculparme.

—Hay que reconocer que has reculado muy pronto. Eso te hace sumar al menos cinco puntos en el ranking de vecinos.

—Me dejas más tranquilo. —Sonrió—. No, a ver…, es que me conozco. Mira cómo he salido. —Se señaló—. No llevo ni zapatos. Me conozco y soy…, soy de mucho rumiar, pero cuando estoy desesperado, tengo escopetazos de ira.

—Vaya. —No sabía qué decir—. No te preocupes, de verdad.

—Es que... —Miró su puerta abierta de soslayo—. Estoy intentando componer una cosa al piano, no me sale y... Hum.

—¿Eres compositor?

—Eh..., sí —asintió.

—¿De música que haya podido escuchar?

—Probablemente, pero de la que no recuerdas después. —Se rio—. Compongo sobre todo bandas sonoras para productos audiovisuales.

—Qué interesante.

—Menos de lo que parece. ¿Y tú? Has dicho que también eres autónoma, ¿no?

—Sí. Ehm..., escribo.

—Vaya. Eso también suena interesante.

—Menos de lo que parece —le robé la frase y ambos sonreímos.

—Huele de maravilla, por cierto —confirmó mis sospechas.

—No suelo cocinar. Disfruta del aroma, porque no es una cosa muy común en este rellano.

—Ya somos dos. —Se palmeó el estómago. Era un tipo bastante delgado—. A veces olvido hasta comer cuando estoy trabajando.

¿Tenía que ofrecerle un plato? ¿No sería un poco invasivo? ¿Maternal?

—Oye... —Se me ocurrió—. Y cómo es que no te escucho tocar el piano si estás componiendo.

—Ah. —Se rio—. Porque tengo un sistema «silent» instalado en el piano.

Asentimos los dos tontamente. No entendía ni una palabra de lo que me estaba diciendo.

—El tema es que estoy algo bloqueado —retomó el asunto—, llevaba los auriculares puestos y aun así se colaba la música que estabas escuchando y…

—Ya, ya. Lo siento. Voy a bajar el volumen, ¿te parece? —le sugerí, porque decir que apagaría la música hubiera sido sentar un precedente peligroso con un vecino con el que compartía una enorme pared a través de la cual se escuchaba todo.

—Claro. No te importuno más.

—Importuno, ¿eh? Un caballero decimonónico.

—Nunca debieron dejar de llevarse los sombreros. Así podría despedirme con una leve reverencia y un grácil movimiento, sombrero de copa en mano.

—Muy elegante, sí, señor.

Los dos nos reímos y volvimos hacia nuestras puertas. Ulises, mi gato-foca, estaba prácticamente llamando al ascensor y tuve que animarlo a entrar con empujoncillos cariñosos. Iba a cerrar la puerta cuando escuché que me llamaba.

—Eh…

—Dime.

—Disculpa, pero no te he preguntado ni el nombre.

—Elsa. Me llamo Elsa.

—Encantado. Soy Darío.

Nos dimos formalmente la mano y después nos besamos en la cara torpemente.

—Para lo que necesites…, aquí estoy —dije a modo de despedida.

—Igualmente.

Cuando cerré la puerta, me apoyé dramáticamente en la madera, con la vista perdida por el salón y una sensación extraña. A aquel tipo… ¿no lo conocía yo de nada? Debía preguntárselo la próxima vez que nos encontráramos. Quizá cogiendo el correo…

15
El inquilino
Javier Cercas

Metida en el cuarto de baño de invitados, la zona más acústicamente alejada de la pared que compartía con Darío, llamé a Juan.

—Eh…, iba a llamarte ahora. ¿Podemos ver unos temas de Instagram que quedaron pendientes? Sin agobiarte. Solo quiero poner en común contigo las fechas.

—Sí, sí. Pero espera…

—¿Qué? —se alertó.

Conoce en qué tono cuento según qué temas.

—He conocido a mi vecino.

—Oh, no —musitó.

—Oh, sí. Y no está nada mal.

—Oh, no —repitió, esta vez más agobiado—. No hagas eso.

—¿Qué es «eso»?

—Evadirte de tus circunstancias seduciendo a tu vecino.

Me miré en el reflejo del espejo y me encontré con la expresión de incredulidad más gráfica posible.

—Debería haber llamado a Carlota —me quejé.

—Carlota está volviendo de Wisconsin.

—No vuela a Wisconsin, pesado. —Me reí.

—No puedes follar con tu vecino.

—Vamos a ver... —Me enderecé—. Lo primero: lo dices como si follara con todo el mundo. Haz el favor.

—Y si lo hicieras, ¿qué?

—Nada. Pero es que no es verdad. Lo segundo es justo eso..., si tengo que darte explicaciones de frente a quien me espatarro...

—Dios, Elsa, que te he imaginado espatarrada...

—Es que parece que voy como una loca, con ganas de quitarme las bragas.

—...

—¡Está casado, cansino! —me justifiqué—. Y, por favor, por el bien de mi salud mental, no me trates como si estuviera siempre buscando una polla sobre la que montarme para no pensar en mi desastre de vida.

—No es eso. Es que... eres bastante enamoradiza.

—Solo me he enamorado dos veces en la vida..., y empiezo a dudar de una de ellas.

—No hablo de amor profundo. Hablo de esas temporadas que pasas suspirando por alguien que, en la segunda cita, ya te parece el príncipe azul.

—No pasa siempre —rezongué.

—No. Es verdad. Pero cuando pasa...

—¿Has escuchado lo de que está casado? —insistí.

—Como si fuera impedimento para ti.

Me senté de golpe en la taza del váter.

—Vaya golpe más bajo...

—Sonaba más divertido en mi cabeza. Lo siento —musitó—. Solo quiero que nos riamos de las cosas que nos ocurren.

—A veces te ríes y a veces no te ríes tanto. Eso es la vida.

Me quedé mirándome los pies, triste, sin saber qué decir ni qué hacer. Pensé en decirle que tenía la sopa al fuego y despedirme a toda prisa. De pronto necesitaba hacerme un ovillo.

—Cuéntame más. ¿Es guapo o interesante? —Juan salvó la situación.

—Es interesante. Y sexi. Probablemente sea también guapete —contesté con un hilo de voz, con la cabeza puesta en otro sitio, obligando a mis pensamientos a volver al aquí y al ahora.

A veces imagino mis pensamientos como sombras negras, de alquitrán, que se agarran al pasado con unos dedos largos rematados con uñas en garfio. No sé a qué parte de mí le toca hacer que vuelvan a su sitio.

—Guapo y sexi: el combo completo. ¿Y a qué se dedica? Ese era el del piano, ¿no? ¿No dijeron el famoso día que nos reunimos todos en tu casa que habían visto subir un piano?

—Sí. Es este. Es compositor de música para pelis. O eso he entendido.

—Pues menudo coñazo te va a dar.

—¿Tú sabías que existía un sistema que silencia los pianos? Puedes tocar y solo escuchas lo que tocas por unos auriculares.

—Brujería.

Hubo un instante de silencio que rompió la calada de Juan al cigarrillo que seguro había encendido al ver mi llamada entrante. Nos gustaba «fumar juntos» a pesar de los ocho kilómetros de distancia que había entre ambas casas.

—A ver, pero ¿cómo se te ha presentado?

Juan me conoce y probablemente había notado hacia dónde se habían desviado mis pensamientos y quería ayudarme a sacarlos de allí, pero también es supercotilla…

—Pues estaba cocinando…

—¿Tú estabas cocinando?

—Sí. Es la nueva Elsa.

—¿Has probado la receta del caldo?

—Justamente lo tengo a fuego lento.

—Ya me dirás. Sale muy rico. —Nueva calada al pitillo—. Sigue.

—Tenía la música a toda pastilla y se ha presentado como un loco aporreando la puerta y pidiéndome que la quitase —resumí—. Pero ha tardado, no sé, como cinco segundos en pedirme disculpas. Parece que no soy la única que cuando se bloquea se pone un pelín irascible.

—Estáis todos chalados. Todos los que tenéis esos trabajos de pensar tanto... os termináis chalando —se burló—. ¿Y cómo es? En concreto. Ya sé que te ha parecido sexi.

—Pues es..., se parece a Javier Rey.

—Coño. ¿Javier Rey, el que está muy bueno?

—Sí. Creo que este no es tan alto. Pero así, con su bigote tupido sobre una barba de seis o siete días.

—¿Y la mujer?

—A la mujer no la he visto, pero lleva una alianza de casado.

—Vete tú a saber.

—No, no. Era de casado. Esas emiten una especie de energía «equis» muy identificable.

—Bueno...

—Bueno, ¿qué?

—Bueno..., sigo pensando lo mismo. —Se rio—. Mantente alejada de esa puerta.

—¡Juan, por Dios!

—Solo escúchame un segundo..., como si estuviéramos hablando por hablar..., escogiendo una trama para Valentina...

—¿Para Valentina? ¿De verdad? —me asqueé.

Qué manía le tenía.

—Ahora mismo no sería muy inteligente implicarse de ninguna manera con nadie. ¿No te ibas a ir a París?

—Me voy a París.

Me molestaba que siguiera hablando de ello como si no fuera a cumplir con mis planes, como si creyera que me echaría atrás en el último momento.

—Pues con más razón..., y además... con un vecino.

—No va a pasar nada.

—Eso espero, porque vaya liada.

Puede que no entiendas las advertencias de Juan. Conocer a alguien que te parece atractivo en un primer momento carece de importancia y no tiene adherida ninguna obligación de materializar cualquier fantasía que se te haya podido cruzar por la cabeza. Pasa a veces que alguien nos parece guapo, pero después no le tocaríamos ni con el palo de la escoba, y viceversa. También puede pasar que nuestro vecino (profesor, jefe, compañero, taxista) nos parezca lo más de lo más y que jamás intentemos nada.

El caso es que... mi currículo avalaba, en cierto modo, los consejos de Juan. Me había metido, sin comerlo ni beberlo (o más bien, por comérmelo y beber un par de copas del «vino de la valentía inconsciente»), en algunos follones incómodos. Como con Martín. Como con ÉL. Como con Nacho, si me apuras. Con Nacho, por ejemplo, se enteró buena parte de la editorial. Algunos nos vieron salir juntos a fumar y empezaron los cuchicheos. Otros nos vieron coger un taxi a las tantas e imaginaron el resto. Otros lo vieron salir de mi hotel por la mañana, dejándolo todo aún más claro... y yo hice un comentario chistoso cuando se me preguntó, porque no entiendo por qué una mujer debería avergonzarse de pasar la noche con alguien. El caso es que... yo ya sabía que lo que me decía Juan era así, pero no tenía ninguna intención de liarme con nadie.

Lo ves venir, ¿no?

En el fondo yo también.

Tengo un defecto enorme. Bueno, tengo muchos, pero me refiero en concreto a uno muy grande que se ajusta a lo que te estoy contando: si quieres que haga algo, te basta con prohibírmelo. Soy un poco «rebelde sin causa» y desde que era adolescente odio (ODIO) que me impongan algo si ese algo no me parece justo, coherente, natural o no ha salido de mí. Puede que no haya tenido intención de hacer algo, pero si lo señalas y me adviertes que no debería hacerlo... Oh, señor, entonces se convierte en algo interesante. No por tocar los bemoles. Es, creo, por el placer de demostrar que se puede no seguir la advertencia sin que eso desemboque en el apocalipsis. Para demostrármelo a mí misma. A mí misma, que fehacientemente siempre termino comiéndome las consecuencias.

Llamé al timbre con la vista clavada en el felpudo, negro y liso, de rafia, elegante. La señora Ana y su marido Antonio, mis anteriores vecinos, tenían uno en el que ponía «Bienvenidos», rodeado de una cenefa de flores. Iba a echarlos de menos, sobre todo a la señora Ana, que era un amor, cuyas conversaciones telefónicas se colaban hasta mi salón y siempre me hacía sentir acompañada. Me extrañaba la rapidez con la que habían vendido o alquilado el piso. Ni siquiera fui consciente de ningún trasiego de inmobiliaria en el rellano, y eso que éramos solamente dos vecinos por planta. Había que llevarse bien; éramos pocos y el del tercero izquierda estaba como una regadera.

Darío abrió con una sonrisa tímida. Llevaba la misma ropa que hacía un rato y seguía sin zapatos, pero estaba visiblemente más despeinado.

—Dime que no te estoy molestando con el aporrear de teclas. —Temió.

—¿Qué? ¡No! —Me reí—. Solo venía a darte un poco de caldo. No está bien que se te olvide comer. Sé lo que es estar tan concentrado y que no te acuerdes ni de levantarte para ir al baño. Así que…

Le tendí un táper de medio litro lleno del delicioso caldo de Juan (a partir de ahora, la receta había sido bautizada así).

—¡Vaya! Muchísimas gracias. Eh…, no tenías por qué haberte molestado. De verdad. Me sabe fatal…

—¡Qué va! Mira, vivo sola. —Ahí me patinó la neurona que percibía su atractivo y quiso dejar clara mi disponibilidad. Puta neurona—. Me han salido como…, no sé, tres litros. Es demasiado para mí.

Cogió el táper y se quedó mirándolo con unos ojos… Cualquiera diría que le había regalado el diamante más grande del mundo o un maletín lleno de dinero. Se le veía realmente agradecido.

—Eres muy amable. —Lo agarró junto a su pecho con un brazo y con el otro se apoyó en el marco de la puerta. Vaya. Qué brazo se marcaba bajo el jersey…—. ¿Cómo puedo agradecértelo?

«No digas *cunnilingus*. No digas *cunnilingus*».

—Quita el sistema «silent» un rato. Me va a gustar escuchar un poco de música en vivo.

—No sé si quieres… —Se rio—. Ahora mismo estoy tocando por tocar, a ver qué sale.

—Improvisación. Hay garitos que se llenan los sábados por la noche para escuchar cosas así.

—Sí. —Sonrió avergonzado—. En alguno me cuelo yo de vez en cuando. Mira…, voy a quitar el silenciador. Si te gusta lo que oyes, un día te invito a verme tocar de verdad.

—Hecho. Te dejo seguir. Que tengas un buen día.

—Y tú. ¡Y gracias de nuevo!

Cerré la puerta con una sonrisa. Una sonrisa de buena voluntad, que conste. Tal y como me hace feliz tener tareas prácticas, también me hace feliz ser amable con alguien, tener un gesto. Soy una persona especialmente detallista, lo que en muchos momentos me ha traído algún que otro problema. Los detalles salen de manera natural, pero pueden dar lugar a equívocos, y… hay gente que se agobia con ese tipo de atenciones. Me había preguntado muchas veces si no sería mejor reprimir ese instinto cuidador…, pero es algo que, como ya he dicho, me hace feliz. Nadie debería dejar de hacer algo que le llena por miedo a qué pensarán los demás. Es sencillo.

Me acababa de servir un plato de sopa en el salón cuando las primeras notas invadieron la estancia. Eran notas que parecían algo dudosas, como si hubiera mucho espacio entre ellas. Un limbo de milésimas de segundo donde flotaba el sonido residual, como si el aire fuera un líquido denso en el que poder ondular.

Nunca me había llamado especialmente la atención el piano. Es verdad que tengo algún vinilo de piezas interpretadas con este instrumento, pero… sin más. No soy una entendida en música, pero siempre, hasta ese momento, me había emocionado más el sonido de un violín o de un violonchelo. Creía que me entusiasmaban más los instrumentos de cuerda. Yo qué sé. Lo cierto es que no tenía ni idea. Pero en ese instante, escuchándole trastear con las teclas, buscar melodías que no existían, dejar a sus dedos pasear por las baldosas blancas y negras…, me daba cuenta de lo relajante que podía resultar.

Me quedé colgada de las melodías que fueron extendiéndose en el éter. Tanto, que la sopa se quedó fría y yo, tendida en el sofá, olvidé por completo su existencia sobre la mesa de centro. Y me pasa pocas veces lo de olvidar comida sobre la mesa… Solo cuando escribo o cuando me dejo llevar y me meto de lleno en una ensoñación…

Al cabo de unos quince o veinte minutos, lo que tocaba le estaba sonando a mis oídos ignorantes a algo más compacto, más coherente. Una unidad. Imaginaba los dedos recorriendo el material del que están hechas las teclas... ¿Sería marfil? ¿Sería resina? ¿Sería plástico? Cerré los ojos. Los dedos largos y masculinos volaban y, de ellos, solo se adivinaba la estela brillante del anillo en el anular. De arriba abajo, de abajo arriba, de un lado a otro. Todo quedaba envuelto en un celofán musical de calma. Calma..., un concepto que de adolescente asocias con el aburrimiento y lo mediocre y de adulto ya no puedes más que aspirar a ella..., porque quieres calma, pero no la encuentras.

¿Por qué yo nunca había buscado la calma? Había pasado años de más dedicados a quemar cartuchos, a recorrer la vida a velocidad superior a la de un crucero, en andar a la caza de lo que me desbocase el corazón... ¿Fue eso lo que me llevó a ÉL? Quizá lo fue. Quizá con ÉL había agotado ya mis reservas, con ÉL había llegado la necesidad de calma. Una calma que, te adelanto..., si llegó alguna vez, no fue para quedarse.

16
Todas las historias de amor son historias de fantasmas
David Foster Wallace

Puedo describir con precisión el momento en el que me di cuenta de que sentía algo por ÉL. Hacía frío en mi terraza y yo estaba leyendo y bebiendo vino tinto envuelta en una manta de color marrón. Una manta fea, para más señas, pero suave. La pobre había recibido alguna quemadura de cigarro y seguramente tenía manchas de vino, pero, angelita…, era resistente, agradable al tacto y muy sufrida. Como yo si me acordara de ponerme hidratante. De pronto, mi teléfono vibró sobre la mesa de centro de la terraza y, al alcanzarlo, vi que tenía una videollamada entrante. Era ÉL.

Me había maquillado por la mañana, pero mi pinta distaba mucho de la que tendrías para ver a alguien y sentirte bonita, aunque ese pensamiento ya me dio una pista de los derroteros que estaba tomando nuestra relación. Me recompuse un poco el pelo con los dedos, que pasé después por debajo de mis ojos para eliminar cualquier rastro de rímel o eyeliner fuera de sitio. Después la acepté.

—Ey —saludé.

Allí estaba. Se había dejado la barba larga y llevaba una sudadera roja y unas gafas de ver de montura metálica. Me pareció que estaba avasalladoramente atractivo. Era como si su persona emitiera tal cantidad de testosterona que fuera capaz de follarte sin tocarte ni un pelo. Sonrió y una bola de calor se expandió por mi pecho.

—Avísame si vas a hacerme una videollamada. Mira qué pintas —me quejé.

—Tú siempre estás bonita. Podría llamarte a cualquier hora y siempre te pillaría perfecta.

Di un trago a mi vino para disimular mi turbación.

—¿Cómo estás? —me preguntó.

En los últimos días, mucha gente me había preguntado lo mismo. Mi ex se había marchado de casa apenas unos días atrás, a pesar de que hubiéramos roto hacía bastante, con lo que los últimos meses habían sido... incómodos. Duros. Sin embargo, algo en la forma en la que me lo estaba preguntando lo hacía diferente y convertía aquellas dos palabras en un abrazo.

—Bien —asentí—. Ya sabes, era una decisión muy meditada de la que sé que no me voy a arrepentir.

—Ya, pero una cosa es romper y otra muy distinta ver cómo desaparecen todas sus cosas de la casa que compartíais.

—Estoy bien. De verdad. Ha sido solo un trámite más.

—Te admiro. —Levantó un poco el mentón en un gesto muy suyo, muy digno, que daba a las palabras cierta solemnidad—. Eres más valiente que yo.

—Eso no es cierto.

—Sí, lo es. Yo tendría que hacer lo mismo, pero no sé cómo hacerlo.

—Si lo tienes tan claro, deberías hablar con ella. Con cariño —lo animé, demasiado entusiasmada con la idea.

En aquel momento no sabía por qué.

—No sé si me queda cariño. Es un parásito.

Algo me apretó la garganta desde dentro y me fue complicado tragar. El tono, el apelativo..., todo me había parecido fuera de lugar, incluso despreciable para referirse a alguien a quien has amado alguna vez, pero...

—No digas eso.

—Lo digo porque me siento desbordado.

—Quizá me consideres una tonta, pero creo que se puede romper bonito. Cuando una relación termina, la persona de la que nos despedimos es un poco quien nos enamoró y también forma parte de quien eres ahora. De modo que... sigue siendo a quien amaste y ahora es un poco de ti. Creo que se puede romper bonito y dejar que esa persona marche libre, sin fantasmas, para curarse y volver a enamorarse.

Sonrió. Sonrió como sonreiría un padre que ha escuchado decir a su criatura algo que le gusta, algo inteligente pero demasiado inocente, al fin y al cabo.

—No me sonrías con condescendencia —le pedí, tímida—. Me haces sentir tonta.

—Aún no lo has entendido, ¿eh?

—No. ¿El qué?

—Que a mí siempre me parecerá que estás bonita. Que siempre me parecerás valiente. Que siempre me resultará interesante lo que dices. Siempre. Eres brillante, Elsa. Y me deja sin palabras la mujer que eres.

Supongo que hay muchos matices cuando hablamos de la mentira. Y son los matices los que la construyen en realidad. No creo que ÉL mintiese en aquel momento. No estaba inventándose algo o exagerándolo. Qué va. Sin embargo, se dejó por el camino lo más importante de una declaración como aquella: la intención. Bien, eso es lo que piensas o sientes, pero ¿qué vas a hacer con ello?

Escuché una vez en un pódcast, ahora mismo no recuerdo de quién, pero juraría que era una entrevista a una psicóloga, una frase que, de algún modo, me quitó la venda de los ojos: «Tápate los oídos y mira». O lo que viene a ser: «Olvida lo que dice, agárrate a lo que hace».

Él dijo cosas tan bellas que me perseguirán de por vida, porque es lo que pasa con lo bello, que sientes la necesidad de encadenarlo a ti con la intención de que dure más tiempo. Sin embargo, no hizo nada con ello. Con la admiración, con la atracción, con la ternura… No hizo nada. Y no hacer nada, dejar que la vida siga su curso, es la forma más efectiva de matar el amor. Incluso el propio.

Pero para descubrir aquello, aún me quedaba mucho…, mucho.

17

La soledad de los números primos
Paolo Giordano

En una de las novelas de Valentina, el protagonista masculino dice que las personas que se sienten solas deberían encontrarse en el mundo, porque son las únicas capaces de entender el vacío que siente el otro. No sé por qué fue en lo que pensé cuando, al abrir la puerta, no encontré al repartidor de la editorial con una caja de libros como me imaginaba, sino a Darío.

—Hola. —Sonreí—. Tres veces en un día. Se está convirtiendo en vicio.

Me sentí estúpida en el mismo instante en el que ese comentario salió de mi boca, pero nada en su rostro acusó haberlo entendido como una regañina. Más bien sonrió cómplice.

—Ya te digo.

Me tendió el táper vacío y limpio, que yo dejé en el mueble del recibidor.

—Estaba buenísima —me felicitó—. Me ha templado el cuerpo para todo el día. Muchísimas gracias.

—No es nada.

—¿Qué tal la experiencia acústica? —Señaló hacia su casa con apuro—. No es tan bucólico como lo pintan.

—Ha estado muy bien. Ha sido muy relajante, a decir verdad. Y yo soy como un caballo desbocado…, para relajarme a mí se necesitan drogas duras.

—Ya se sabe…, la música amansa a las fieras. De todas formas, he vuelto a conectar el «silent». Lo bueno, si breve, dos veces bueno. Además, supongo que puede ser molesto si estás escribiendo.

No me apetecía decirle que no me pillaba precisamente en el mejor momento de inspiración de mi vida, así que opté por una respuesta más aséptica. Cuando acabamos de conocer a alguien, siempre intentamos ser la mejor versión de nosotros mismos, esa que sí ha cumplido con todos los propósitos de año nuevo, esa que no es humana.

—Nunca se sabe. Cualquier sonido puede convertirse en un ruido blanco. A veces voy a trabajar a cafeterías porque me calma el trasiego.

—Estás muy mal de la cabeza —se burló.

—Completamente.

Un silencio nos sobrevoló y me sentí tontamente avergonzada. Me pasa a veces cuando no conozco mucho a mi interlocutor…, la ausencia de conversación me abruma. A él, me imagino, que también, porque sacó otro tema.

—Oye…, perdona el atrevimiento, pero…, hum…

—¿Hum? —Arqueé las cejas.

—Igual suena superloco o te pillo ocupada o…, no sé, pero querría agradecerte el detalle del caldo y…, ¿quieres pasar a tomar café?

—¿Café?

—Sí, es un líquido marrón, con base de agua…

Miré el interior de mi casa, donde la sopa esperaba a medio terminar. En el fondo del plato, los fideos habían comenzado a coger cuerpo debido al tiempo que habían estado sumergidos en el caldo. Uno de mis gatos dormía en la cheslón, otro en una cestita. Probablemente el tercero estaría en el lavabo de mi dormitorio. El único sonido que había en la casa era el ruido residual del tráfico en la calle que no lograban atrapar los cerramientos de climalit. Me volví, cogí las llaves de la entrada y le indiqué el camino hacia la suya con la barbilla.

—Venga, antes de que me cruce la idea de que eres un asesino en serie que quiere hacer mortadela con mis carnes blandas.

Escuché una risita parecida a una pedorreta, como quien ríe una broma con más confianza de la que hay.

El piso de la señora Ana y el señor Mauricio estaba exactamente como lo compraron en la década de los sesenta. No habían movido ni un tabique, así que conservaba la cocina y el cuarto «de servicio» junto a la puerta secundaria de la casa. Sí, vivo en uno de esos edificios de Madrid que tienen entrada de servicio, cosa que me espeluzna. Como si las personas que trabajan en casa de otras no fueran dignas de entrar por las mismas puertas…; es absurdo. El edificio en sí está en un barrio no asquerosamente caro, pero que disfrutó años muy dorados.

Era otra época, es verdad. Una época a la que la decoración del piso en el que estaba entrando te catapultaba de inmediato. El parqué era el original, precioso, muy cuidado; también mantenía una celosía de madera que separaba el salón del pasillo y que la reforma de mi piso había eliminado. Las puertas, también antiguas, eran bonitas, sencillas, de madera cuidada y tratada. Los muebles eran pesados, viejos pero bonitos, con cierto encanto setentero. Junto al ventanal que daba a la terraza, Darío había colocado el piano y la luz del día se le desbordaba por encima, con destellos de un color lechoso que eran una maravilla.

Se notaba una evidente intención de hacer de aquella casa, que había pertenecido durante tantos años a una familia, un hogar que lo representase a él. Colgaban enmarcadas ilustraciones de retratos a lápiz, algunas fotografías antiguas (algo amarillentas) de paisajes, postales raídas, pósters de películas de los sesenta y setenta y algunas pinturas sin valor que, en combinación con todo lo demás, tenían un aire sofisticado y moderno. Cada marco de un color, un material, un tamaño… Frente al sofá de terciopelo color topo de los anteriores dueños, Darío había colocado un enorme reposapiés, tapizado con el mismo tejido, pero en color azul medianoche que, sorprendentemente, casaba a la perfección y que servía como cheslón y como mesa auxiliar, a juzgar por la cantidad de papeles que tenía encima. En el suelo, junto a los asientos, plantas. Bastantes. Al menos diez. No tengo ni idea de plantas, pero parecían gozar de muy buena salud. Cubriendo el parqué tenía una viejísima alfombra de estilo oriental que, de tan raída, parecía el culmen de lo *cool*. Las estanterías del pesado mueble pasado de moda estaban tan llenas de libros, vinilos, CD y aparatos para reproducirlos, que ni siquiera parecía ya ni pesado ni pasado de moda. Había hecho un buen trabajo con aquel salón y, al mirarlo, supe que en el fondo lo sabía.

—Bonito —musité.

—Sí, bueno, acogedor. No tuve mucho tiempo para planear la mudanza así que… es todo un poco temporal. O quizá no, pero le faltan cosas. La cocina me espeluzna, pero es lo que hay.

—Puedes lijar los armarios y volverlos a pintar de otro color.

—Me temo que son de esos muebles de los años setenta que…

—Ah, ya.

—Lacados. —Levantó las cejas, como si hubiera dicho una palabra de una evocación terrorífica.
—¡¡Uuuh!!
—Siéntate, ponte cómoda. Voy a hacer café. ¿Cómo lo tomas?
—Solo doble con sacarina.
—No tengo sacarina. —Hizo una mueca.
—No pasa nada. Voy a por una a mi casa. No me pilla lejos.

De ese modo me evitaba, también, esperar allí sentada, sin hacer nada más que repasar las fotos que tenía colgadas en la pared y los libros que lucían el lomo en la estantería.
—Genial, pero deja la puerta abierta y entra con libertad.
Así lo hice. Cuando volví, Darío seguía en la cocina, de modo que…, bueno, dejé la sacarina dentro de la palma de mi mano y me acerqué a la pared a cotillear, como buena vecina.
—No tengo nada demasiado interesante desde un punto de vista artístico —dijo a mis espaldas.
—Bueno, el conjunto funciona. —Lo miré por encima del hombro—. Tendrás que invitar también al del tercero izquierda a tomar café. Cuando yo me mudé, vino a la puerta de casa, indignadísimo, porque no había pasado a presentarme.
—No te creo…
—Te lo prometo.
—¿Y qué se contesta a eso?
—Yo le pedí disculpas por no llevarle una tarta de nueces pecanas a la puerta, porque no sabía que estábamos en *Wisteria Lane*.
—Imposible superar eso. Cómo se nota que eres escritora…
—¿Quién te ha dicho que soy escritora?
—Tú, esta mañana.
—Te he dicho, si no recuerdo mal, que escribo.

—Bueno..., es lo mismo, ¿no? —Dejó una bandeja de madera con dos tazas sobre dos platitos de loza blanca, puso los brazos en jarras y me miró—. También puede ser que te haya buscado en internet.

—Ah, qué feo está eso.

—Porque no sabes mi apellido, si no, habrías hecho lo mismo.

—¿Tú crees?

—A ciegas. Yo no sé el tuyo, pero poner «escritora pelo verde» en el buscador da resultados fiables.

Me indicó el sofá y, de una patada, acercó un pequeño puf de piel, en el que se sentó frente a mí. Me pasó la taza, yo dejé caer la sacarina dentro y..., bueno, allí estábamos.

—Es precioso.

—¿El qué? —Estaba concentrado en dar vueltas a su café y dejar el platito y la cucharilla en la bandeja, por lo que no vio mi mirada clavada en el piano.

—El piano.

—¿Ah? Sí. Es muy bonito. Creo que es lo más valioso que hay aquí. No tengo mucho apego a las cosas... Quiero decir que no me obsesiona el tema de la propiedad..., pero este piano es casi como parte de mi familia. Vive conmigo desde hace muchos años...

Mientras hablaba, su alianza brilló con el reflejo del sol de la tarde y me recordó que allí había algo que no terminaba de encajar... ¿Dónde estaba su mujer? Quería averiguarlo, porque soy un poco cotilla (creo que para ser escritora es condición *sine qua non*), pero tenía que pensar cómo abordar el tema para no...

—¿Estás mirando mi alianza?

«Espectacular, Elsa».

—No, no... —negué enérgicamente para terminar asintiendo—. Hum..., sí. La verdad es que sí.

—Y te preguntas dónde está mi mujer, claro.

—Si te digo que no, te miento.

Dio vueltas al anillo con una expresión un tanto indescifrable para terminar, para mi sorpresa, quitándoselo.

—Hay cosas a las que uno se acostumbra y luego... es complicado deshacerse de ellas. Es como que te dan una seguridad extraña. Como si fueran, además, una medalla al valor o algo así.

¿Mñe?

—Ya... —no sabía qué contestar.

—Perdóname. —Se rio a la vez que tiraba la alianza sobre la bandeja con un soniquete metálico—. Recién divorciado.

—¿Tan recién como para llevarla aún?

Movió la cabeza en un claro intento de decirme que no estaba seguro.

—A veces nos cuesta desprendernos de los símbolos, aunque ya no creamos en lo que significan, ¿no crees?

—Creo que deberías dejar de componer y ponerte a escribir, porque tienes una labia...

Lanzó una sonora carcajada, simpática y confidente. Abrió un poco las piernas y apoyó los antebrazos en sus muslos, a continuación, en esa postura, se frotó la cara. Después se irguió de golpe.

—Supongo que ya has descubierto mi horrible secreto: soy un divorciado triste en su pisito de soltero que invita a la vecina a tomar café para tener alguien con quien hablar y no volverse loco.

—Eso me hace sentir tremendamente especial —bromeé—. Siento romper la magia de tu autocompasión, querido, pero soy una divorciada con tres gatos en su piso de soltera. Y no digas «pisito», que tu casa mide lo mismo que la mía y no son precisamente microviviendas.

—Tampoco palacetes.

—¡Ah! Ya sé… —Lo miré con falso recelo—. Vienes de una familia con pasta.

—No sé. Dímelo tú. ¿Qué impresión te daba mi familia?

—¿Te has vuelto loco? —Me reí—. ¡Y yo cómo voy a saberlo!

—¿Cuántos años llevas viviendo aquí?

—Cuatro.

—Pues no sé…, has sido vecina de mis padres durante cuatro años…, alguna opinión tendrás.

Levanté las cejas, sorprendida.

—Entonces tú eres el hijo que vivía en el extranjero…

—Sí —asintió.

—El que les llenaba el recibidor de paquetes de Amazon.

—Mi madre es muy exagerada.

—¿Cómo es que no nos hemos cruzado nunca?

—Pues no lo sé. La verdad es que venía poco. En Navidad, solo para las fechas importantes, y en verano, unos días a San Sebastián a la casa de la playa.

—Claro. Yo en Navidades siempre estoy en Valencia.

—Misterio resuelto.

«Señora Ana, señor Mauricio: enhorabuena. Mi más sincera enhorabuena».

—¿Y tu madre te habló de mí? —quise saber—. Charlábamos bastante.

—Algo me contó.

—Por eso sabes que soy escritora.

—Te pregunté antes por una mera formalidad, porque me parecía mal tener esa información sin haber formulado la pregunta…, pero es verdad que te he buscado en internet.

—Ya te habrán dicho tus padres que monto fiestas hasta las seis de la mañana un martes cualquiera y que cantamos flamenco en el salón.

—Sí, claro —se burló—. La vecina que cuando hacía un cumpleaños en casa pasaba antes a avisar y a invitarlos a tarta…

—Sí que tienes información…

—Quería saber a qué me enfrentaba.

—Uy, la Medusa.

—No, qué va. Llevo un rato mirándote a los ojos y que yo sepa aún no soy de piedra.

—Dame un rato más. Igual hasta te hielo la sangre.

Esbozó una sonrisa preciosa que escondió con su taza. «Qué guapo. Ay, no, Elsa. Céntrate».

—Entonces te acabas de mudar a Madrid, aprovechando que tus padres se han marchado a San Sebastián.

—Digamos que los astros se alinearon. Yo necesitaba un piso y ellos se habían hartado de vivir aquí. No fue acción reacción.

—Se les veía muy a gusto por el barrio. Me encontraba muchas mañanas a tu madre tomando el café en el bar de abajo, en la terraza. Pero siempre me decía que echaba de menos el mar. Es muy maja tu madre.

—Como vecina seguro que más que como progenitora.

—¡No te creo! —Me reí.

—Estoy bromeando. Mi padre resulta más serio, pero mi madre es aún más maravillosa de lo que parece. Muy abierta, además. Nunca pone en duda ninguna de nuestras decisiones… Conmigo ni cuando quise irme ni cuando he querido volver.

—¿Y dónde vivías? No recuerdo que me lo dijeran.

—En París.

Abrí los ojos como platos.

—¿Qué? —preguntó dejando el café sobre el platito de nuevo.

—Nada. Es que… qué casualidad. Me marcho a París en un par de semanas.

—¿Viaje de placer o de trabajo?

—Me voy... por una temporada. No sé si serán dos o tres meses. Quizá más. O quizá menos.

—Vaya... —Sus labios se curvaron hacia arriba en la comisura derecha—. Una nómada.

—Qué va. Estoy probando nuevos formatos.

—¿Y eso? ¿Te has cansado de Madrid?

—No. Me encanta Madrid. Es que... estoy teniendo problemas de inspiración..., por llamarlo de algún modo.

Arrugó el ceño y el labio bajo su bigote justo antes de salir despedido hacia la cocina. Darío parecía ser como su madre en algunas cosas. La señora Ana también era algo explosiva, muy enérgica y decidida. Pero físicamente debía parecerse a su padre de joven, el señor Mauricio. Tal y como desapareció, volvió a aparecer con una botella en la mano y dos vasos.

—Puedes decirme que no y lo entenderé, pero los problemas de inspiración se tratan con whisky japonés.

Arqueé las cejas.

—¿Perdona?

—¿Con hielo, sin hielo, con agua...?

—Son las cinco de la tarde.

—Así vamos con ventaja.

Tardamos dos whiskies (¿desde cuándo yo bebía whisky, por el amor del cosmos?) en entrar en materia. Antes hablamos sin hablar de las cosas bellas y de las demoniacas de los trabajos creativos. Crear. Ese era muchas veces el problema. Coger la nada como arma, blandir las palabras en mi caso, la música en el suyo, e ir, como un escultor, sacando de esa nada en blanco un objeto que fuese amable. Querible. Y, además, cuando después de esculpir y esculpir, mirabas el resultado, pocas veces sucedía la magia de sentirte realmente realizado, a gusto. Porque el eje del pensamiento creativo es pensar: «Si hubiese tenido más tiempo…».

Pero lo que tienen los licores de alta graduación, sobre todo los llegados desde el lejano Japón, es que te sueltan la lengua, te dan un calorcito dentro de lo más agradable y te embotan la vergüenza lo suficiente como para que no te cueste trabajo sacar a pasear tus deshonras. Y así terminamos, partiéndonos de risa en su sofá, a carcajadas, lagrimeando, como viejos colegas que se reencuentran después de muchos años.

—¿Con las piernas fuera? —quiso asegurarse.

—¿Tú sabes esos dibujos de las brujas que se caen dentro del caldero? Con las piernas así como… —intenté imitar lo que quería decir—, como tiesas, en la superficie. Y, claro, completamente despatarrada, con la braga faja, que para verme a mí con una faja ya hay que cruzar océanos de tiempo… Pues así… desmayada en una fuente. Dicen que salían unas burbujas del tamaño de puños. Y yo allí, como Ofelia.

Darío se partía de risa, y… yo también.

—Pero espera, que la historia mejora: al salir me puse a vomitar como si me hubieran instalado en el esófago una manguera de bomberos.

—¡¡¡No!!!

—Te lo juro. Puse a mis amigos… Mis dos pobres amigos, que fueron incapaces de sacarme de la fuente por los pies y tuvieron que meterse dentro. Empapados, en traje, y vomitados de arriba abajo. Les puse mechas.

A Darío le salió una superpedorreta de entre los labios y me escupió de la risa, lo que me hizo más gracia aún.

—Joder, eres divertidísima —dijo secándose las lágrimas.

—Qué va. Lo que soy es lamentable. Dime tú…, podría considerar que lo tengo todo y, aun así…, mira. Me tengo que ir a cambiar de aires porque…, porque…, no sé por qué.

—Porque a veces el vacío invade todo lo conocido —soltó de sopetón poniéndose relativamente serio. Quedaban en su boca resquicios de una sonrisa—. Es así.

—Intenso —lo acusé.

—Un poco. Soy músico.

—¿Es por lo que te viniste a España?

—¿Por intenso? No, mujer. En París, si no eres intenso ni llevas bigote, te echan.

Volvimos a reírnos y le golpeé el brazo con confianza.

—¡Tío! Que te estoy hablando en serio.

—Sí, sí. Perdón. Ehm... —Se rio un poco más—. Me vine porque estaba divorciado, porque ya no se me perdía nada allí, porque soy un culo inquieto, porque quería poner tierra de por medio con Geraldine y porque... siempre he sido así. Estoy en un sitio y me convenzo de que sería mucho más feliz en otro.

—Te comprendo.

—Sí. Ya. Pero... seguro que tú, cuando vuelvas de París, lo haces ya centrada. Yo he llegado a creer que soy un imbécil. O que no sé centrarme.

—Quizá eres feliz así y ya está. No hay por qué aspirar siempre a la vida más socialmente aceptada.

—No, pero es que yo quiero asentarme. Hacer hogar. Comprarles a mis hermanos su parte de esta casa, si les parece bien y, no sé..., reformar la cocina. Y los baños. Insonorizarme una habitación. Conocer a alguien. Ilusionarme.

—No digas tener niños —se me escapó.

—¿Por qué? —se sorprendió, divertido.

—Porque parece el típico discurso aprendido. Como si no hubieras puesto nunca en duda lo que se supone que espera la sociedad de ti.

—¡No seas cínica! No sé qué os pasa a las chicas inteligentes que con el tiempo os volvéis unas cínicas.

—Lo de que me consideres inteligente es muy optimista por tu parte, pero ¿sabes qué nos pasa a las mujeres? Que constantemente conocemos a tipos que nos quieren hacer creer que buscan a una que les haga sentar la cabeza y estamos cansadas. Los queremos con la cabeza ya asentada de casa. De casa se sale meado, cagado, llorado y con la cabeza sobre los hombros.

Darío esbozó una sonrisa enorme, pero no respondió. Solo se quedó mirándome, como si en el fondo estuviera fascinado, como si le acabasen de descubrir la forma y la textura de las cosas, como si… le gustara. Una de esas miradas que ansiamos recibir en las buenas citas. Lo cierto es que… había tenido citas de Tinder con menos química, menos conversación y menos risas que aquel «café» con mi vecino.

Guapo, inteligente, muy leído, creativo, divorciado y con un punto elegante intrínseco. Ese porte que solo tienen quienes han nacido en una familia en la que todos saben exactamente qué quieren de la vida. Menos él. El hijo «artista».

Le mantuve la mirada todo lo que pude, hasta que abrió la boca para hablar y no supo qué decir y yo… sentí que la soledad, regada en whisky, suele ser mala consejera. Dejé el vaso sobre la bandeja, inclinándome para ello hacia él, que no se movió ni un ápice. Desde allí podía olerlo. No olía a perfume. Olía a piel. Un olor que recordaba a vacaciones en una casita frente al mar, cenas escuchando música, domingos leyendo en silencio y sexo…, buen sexo. Sexo divertido, guarro (muy guarro) y cómplice. De ese en el que igual suplicas que te agarre del cuello que trenzas los dedos con los suyos mientras te fundes en un beso de película. *Too much*. Sal de ahí. Me levanté, y él, también. En la cara lucía una expresión disimuladamente preocupada que no tardó en aclarar.

—¿He hecho algo que…?

—No, qué va. Es que… me he dejado el móvil en casa. No tengo ni idea de qué hora es, pero… debo hacer cosas. Cosas para el viaje y…

—Claro, claro, joder. Lo siento. Te he entretenido.

—Me lo he pasado genial.

—Sí. Yo también.

Fui hacia la puerta notándome algo atolondrada. Soy más de vino o unas cervezas. Los alcoholes fuertes me atontan.

—Gracias por el café y por el whisky japonés.

—A ti por la charla y la compañía.

—He estado súper a gusto. Gracias.

—No, gracias a ti.

Abrió la puerta, torpe también, y nos dimos los dos besos más patosos de la historia, tan sonoros y violentos que nos hicieron reír. Después saqué las llaves, abrí la puerta y ya iba a lanzarme a la semipenumbra conocida de mi salón en pleno atardecer cuando escuché que me llamaba.

—Elsa…

—¿Dime?

—Que… ha estado muy bien.

—Sí…

Eso ya lo habíamos dicho.

—Tanto que… no sería una locura proponer repetirlo alguna vez, ¿no?

—No. No sería una locura.

Los dos nos dedicamos una sonrisa tímida antes de despedirnos de verdad. Cuando cerré la puerta, me dolían las mejillas, como cuando he sido muy feliz…, y eso, ESO, sí era una locura.

18
Contra el viento del norte
Daniel Glattauer

Jueves, 28 de abril, 22.38 h.
De: Elsa Benavides
A: Carlota Nieva
Asunto: ¿Cuándo dejaste de quererme?

Querida Carlota,

Voy a probar por mail, porque no haces caso a los mensajes de WhatsApp desde que se inventó la plataforma. No voy a juzgarte por ello; yo odio a la gente que me llama por teléfono.

Te juro que intento mantenerme al día de las rutas que cubres en el curro, pero no estoy segura de si sigues haciendo la de Roma o la de Venecia. Solo sé que ahora hablas italiano. Perdóname. Soy la peor mejor amiga/hermana putativa del mundo.

Bueno, me voy el 9 de mayo a París definitivamente. Supongo que eso sí lo has leído en los mensajes, porque me aparecen como leídos (he tenido *ghostings* con más tacto que nuestras comunicaciones móviles), pero te resumo: me volví loca, casi me ahogo en una fuente y he decidido que voy a intentar encontrar el sentido de la vida en

París. Bueno, no. Voy a ver si me aireo. Si salgo de aquí. Si rompo el círculo de sobrepensar continuamente.

Me gustaría mucho que vinieras a verme cuando ya esté instalada. Juan va a venir. Y me encantarían unos días allí los tres. Un viajecito de los nuestros..., pero esta vez, a poder ser, que no te roben el bolso, que luego es una movida. (Sé que esto no te ha hecho gracia, pero yo de acordarme ya me estoy riendo).

No quiero alargarme, aunque creo recordar que te gustan mucho más los mails que los mensajes, así que albergo la esperanza de no aburrirte y de que te acuerdes de que eres mi mejor amiga con vagina (Juan me obliga a especificarlo). Entiendo que estés muy ocupada, pero te echo de menos.

P. D.: Me parece un poco mal que encuentres tiempo para participar en una intervención/caza de brujas y que no me contestes los mensajes, pero te quiero como eres.

P. D. 2: Para intentar captar tu atención, como un *cliffhanger* a final del capítulo, voy a añadir que se acaba de mudar al piso de al lado un tío superguapo, supermajo y superinteresante con el que ya he compartido un ratito de confidencias. Tú sabrás si quieres enterarte de más o si así estás bien.

Con amor,
Elsa

Viernes, 29 de abril, 00.16 h.
De: Elsa Benavides
A: Ignacio Vidal
Asunto: Mis mierdas

Querido Nacho,

Iba a llamarte, pero he recordado que siempre escribes de noche, que no sé en qué país estás y qué huso horario te acompaña y que..., en realidad, creo que quiero contarte todo esto sin que tengas posibilidad de réplica. Ya sé lo que me vas a decir, pero siéntete libre de decírmelo. Un mail en el que solo ponga «te lo dije» bastaría, pero eres escritor (y uno de los buenos, además), así que puedes adornarlo con toda la prosa que te apetezca. Lo incorporaré a mis memorias y les dará un valor añadido.

La semana pasada, en la previa de Sant Jordi, me dio un ataque de pánico y terminé metida en una fuente. No fue un acto voluntario. Me desmayé dentro. Te ahorro la descripción de cómo vomité sobre Miguel y Juan cuando me sacaron.

Teníais razón. Necesitaba parar y, como no tenía intención de hacerlo, la vida me ha parado. Te diría que me siento como una mierda, pero creo que estoy con el subidón de endorfinas de haber tomado una decisión. Me voy a París. No sé si por dos o tres meses, pero me largo de aquí. Necesito otros aires. No otra gente, pero sí alejarme de algunas situaciones cíclicas que tengo aquí. Te contaré más cuando esté preparada.

Mira, maestro, aprendo de ti. Quizá algún día, incluso, coincidamos viviendo durante dos semanas en la misma ciudad del mundo. O quizá no, porque yo nunca seré tan libre como lo eres tú.

Nunca te lo digo, pero te aprecio mucho, querido Nacho. Fue una suerte conocerte en aquella fiesta.

Fdo: tu Elsa

Viernes, 29 de abril, 01.12 h.
De: Elsa Benavides
A: FindAHomeParis
Asunto: Arrival

Dear Margueritte,
I'm happy to confirm to you my arrival in Paris on May 9th. I really liked the apartment proposals you sent me, but to be sure about my choice, could you select a few more for me?

Thank you in advance.
Kind regards,
Elsa

Viernes, 29 de abril, 02.28 h.
De: Elsa Benavides
A: (sin destinatario)
Asunto: ¿Por qué sigues aquí?

Querido ÉL,
Me voy a París. ¿Cuántas veces te dije que lo haría? ¿Cuántas veces me dijiste que esas eran las cosas que te hacían enamorarte cada día más de mí?
Creo que me tendría que haber ido entonces y que ahora solo quiero quitarme la sensación de que dejé de hacer

algo que realmente deseaba por amor. Por un amor que no me dio más que penas y ansiedades. Porque, pasado el tiempo, es imposible que nuestra docena de momentos buenos compense lo rota que me dejaste.

Nos quisimos mucho, pero nunca me han querido tan mal. Yo solo te amé.

Mis amigos dicen que me rompiste porque odiabas que yo fuera más fuerte que tú. Que te pudo el miedo. Que eres un cobarde. Que la única manera que encontraste para sentirte por encima de mí, con más poder, fue hacerme daño, abandonarme, mentirme e intentar, además, manipularme para que sintiera que la culpa era mía. ¿Mía?

Lo peor es que, en momentos como estos en los que no puedo dormir, sigo echándote de menos. Soy víctima de un síndrome de Estocolmo que no entiendo. Me gustaba más antes de ti. Ojalá pudiera decírtelo algún día.

Tuya siempre,
Elsa

19
Quién crea la noche
Pedro Sorela

El Laredo es, junto a El Amor Hermoso Bar, uno de los centros neurálgicos de la actividad social de mi grupo de amigos. Es uno de esos sitios con un encanto difícil de definir en el que participan muchos factores y ninguno es «chic». No es uno de esos sitios en los que encontrarás a influencers haciéndose fotos con copas hiperdecoradas o botellas rodeadas de bengalas. Es un sitio con buena música (casi siempre indie español), reconocible, que a veces se convierte en himno cuando todos los parroquianos levantan la voz al unísono. Lo he visto con Los Planetas, Izal o Vetusta Morla.

    Las copas valen seis euros. Los dueños son muy majos. Siempre te ponen galletitas saladas, patatas fritas y chuches para picar con la copa. Los baños están limpios. La media de edad oscila entre los veintimuchos y los cuarenta y pocos. Un sitio sin ínfulas de ser nada más de lo que es: un lugar de encuentro.

    Estaba bastante lleno cuando llegué, pero localicé a mi horda de amigos donde siempre, al final, junto a la barra y frente a los baños. Me quité la chaqueta vaquera y se la lancé a Charlie, el más alto del grupo, para que la colgase en el perchero. Todos estaban bien armados con sus copas y reían a bocas llenas. El cabrón de Juan estaba contando la peripecia de mi rescate subacuático.

—Os lo juro. Toda espatarrada.

—Ya te vale —me quejé con una sonrisa—. Que casi me muero.

—Eso lo hace más gracioso.

Se inclinó a darme un beso en la mejilla. Juan conseguía reconfortarme siempre, hasta cuando se estaba burlando de mí. No hay nada más sano en el mundo. Me acodé en la barra, donde encontré un hueco entre mis amigos, para pedirme mi clásico vodka limón, que es lo que pido cuando me da igual meterme entre pecho y espalda el azúcar del refresco. Normalmente bebo vodka con agua con gas porque soy así de rara.

Mientras esperaba mi copa, noté la vibración del móvil dentro de mi bolso. Pensé que alguno de mis mails insomnes de la noche anterior habría recibido respuesta, pero era un wasap. Bueno, varios.

Martín
Ey, ¿qué haces?
¿De fiesta?

Lo leí, arqueé una ceja y entré en mi cuenta personal de Instagram, no la pública. Allí había colgado una foto en el ascensor de casa, uno de esos dejes narcisistas que nos ha provocado la era digital, una especie de necesidad de dejarlo todo gráficamente documentado como si tuviera algún valor informativo. Pero lo cierto es que me había puesto mi body «bomba del infierno» (uno con un escote literalmente hasta el ombligo) y había querido…, no sé, presumir de lo bien que había aprendido a ponerme la cinta adhesiva en los pechos para que no se me salieran. Efectivamente, él había visto las stories. Y lo había comentado: «Wow. Vaya conjunto… ¿es un mono?».

Volví a WhatsApp. Me había escrito un mensaje más.

Martín
¿Estás enfadada?

Elsa
¡Ey!
Qué va. ¿Por qué iba a estarlo?

Martín
No sé. Como no me contestabas…

Elsa
¿Así de pasivo agresiva me consideras?
No, hombre, no.
Estoy tomándome unas copas con estos y no había mirado el móvil hasta ahora.
¿Qué haces tú?

Martín
Nada. En casa. Estoy viendo una película de superhéroes mientras me tomo un ColaCao.

Elsa
Un pantallazo de esta conversación en redes sociales podría hundir tu carrera.
¿ColaCao?
Es viernes por la noche.

Martín
Muchos pantallazos de conversaciones contigo
podrían buscarme más de un problema...

Elsa
...

Martín
Pero ¿vais a salir por ahí rollo discoteca?

Elsa
Es posible, pero no sé.
Estamos por La Latina, así que nos
pilla al lado Berlín Cabaret.
Ni confirmo ni desmiento que sea una opción.
Con estos nunca se sabe. Aún estás a tiempo.

Martín
Qué va. Yo a estas horas no salgo.
Además, Iris está dormida aquí al lado.

Iris..., la novia. No es que me jodiera, que conste. Es que me parecía de mal gusto. Nos habíamos acostumbrado demasiado a los lapsos de tiempo en los que actuábamos como si ella no existiera. Eso me hacía sentir tremendamente mal, muy cínica, mala persona.

Elsa
Un viernes de calma y casa siempre está bien.
Seguro que el cuerpo te lo agradece.

Martín
Yo nunca he sido de fiesta hasta las tantas, como tú.

Elsa
Lo dices como si yo hubiera crecido
en la Ruta del Bacalao.

Martín
Bueno, eres valenciana, lo llevas en la sangre.

—¡Elsa!

Despegué los ojos de la pantalla y vi a todos mis amigos burlándose de mí, señalando a mi espalda. Me volví y descubrí al amable dueño tendiéndome mi copa.

—¡¡Que estás en Babia!! ¡¡Deja Instagram ya!! —me gritaron casi a coro.

Bloqueé el teléfono y lo tiré dentro del bolso. Cogí mi copa y me uní al resto.

—¿Con quién hablabas? —me preguntó Juan discretamente.

—Con Martín —susurré.

—¿Todo bien?

—Sí, sí. Una charla entre colegas. Oye..., voy a fumarme un pitillo y así termino la conversación, ¿vale? No quiero que piense que lo dejo en visto o algo.

—¿Por? —Me lanzó una mirada de soslayo.

—Pues porque no quiero que parezca que soy una picada de la vida y que estoy molesta.

Dejé la copa a su lado, le lancé un beso y me dirigí hacia la salida. Martín había seguido escribiendo:

Martín
No digo que te guste demasiado la fiesta.
Tienes más aguante que yo.
A mí a las cuatro me empieza a apetecer
acurrucarme en la cama.

Me cruzó, como un relámpago, la tremenda e instantánea necesidad de ser abrazada en una cama. Ese alivio que se siente cuando alguien te estrecha entre sus brazos...

Elsa
Si al menos estos ojos míos te hubieran visto
aguantar hasta las cuatro de la mañana alguna vez...

Martín
¿Vas a ligar esta noche?
Estás muy guapa con eso que llevas puesto.
Deberías aprovechar...

¿Aprovechar?

Elsa
¿Qué pasa? ¿Habitualmente estoy
hecha un trol?

Martín
Sabes que no, gili.
Siempre estás sexi.
Lo eres.
...

Elsa
¿Pero?

Martín
Lo sabes.
Ese escote...

Momento de cambio de tema.

Elsa
Oye, si no tienes plan mañana, podríamos tomarnos un café y nos ponemos al día.

Martín
Uy. ¿Ha pasado algo?

Elsa
No. Nada de importancia.

Martín
¿Qué me escondes, pillina?

Parecía cordial, pero adivinaba cierta tensión, no sé si real o imaginaria, tras esa pregunta.

Elsa
Me voy a ir a París.

Martín
Eso es genial. Una escapada te vendrá estupendamente. Y te follas a un parisino por noche.

Elsa
No, Martín. Me voy a ir una temporada larga.
No tengo intención de irme en busca de parisinos.
Solo… necesito alejarme de aquí un tiempo.

Silencio. Ambos en línea. Me pareció que tardaba una eternidad en empezar a escribir de nuevo.

Martín
¿Necesitas alejarte de mí?

Elsa
Nadie estaba hablando de ti.

Martín
Ya lo sé. Solo te lo he preguntado porque
quiero saber cuánto hay de mí en tu
necesidad de irte.

Elsa
Nada. O muy poco.
Tú no supones un problema.

Martín
¿De verdad?

Puse los ojos en blanco.

Elsa
De verdad, Martín.

Martín
Mañana a las 11 en Federal Café.
Y me cuentas.
Intuyo que hay más novedades.

Elsa
Ninguna.

Martín
¿No estás follando con nadie nuevo?

Por el amor de Dios. Qué obsesión con que follase con más gente.

Elsa

No, Martín, pero puedes estar tranquilo, no voy a suplicarte sexo.

Martín

Hostia, Elsa.
¿A qué viene eso?

Elsa

No lo sé. Es que me estoy sintiendo rara con tanta insistencia con que me folle a gente.

Martín

No lo he dicho por eso. Y lo sabes.

Elsa

He conocido a alguien interesante.

Fue darle a enviar y arrepentirme en el acto… Básicamente porque tomarte un café con tu vecino no debería contar como «conocer a alguien» en ese sentido. No sé muy bien qué quería mi subconsciente conseguir con ello, pero creo que de alguna manera funcionó…

Martín

Lo sabía.
¿Os habéis acostado?

La madre que lo parió. Qué coitocentrista.

Elsa

No. Nos tomamos un café que duró horas y terminó en copas de whisky hasta tarde.
Es mi nuevo vecino.

Martín
Eso suena más preocupante.

Elsa
¿Por el hecho de que sea mi vecino?

Martín
No. Porque siempre tardas en acostarte con los que te gustan de verdad.

Elsa
Lo acabo de conocer. Solo me parece interesante.
No hay más.

Martín
Por algo me lo habrás dicho.

Elsa
Bueno, noté cierta tensión sexual en el ambiente.
Pero amable.
No sé cómo explicarlo.

«No sabes explicarlo, Elsa, porque es una absoluta exageración». Dios…, pero ¿qué estaba haciendo? Me sentía ridícula.

Martín
Deberías acostarte con él.

Lo siento. Me hinchó las pelotas.

Elsa
¿Ah, sí, Martín?
Ilumíname. ¿Por qué?

Martín
Porque te mereces disfrutar.

Elsa
Disfruto mucho de la vida, gracias
por tus consejos.

Martín
¿Y ahora por qué te molestas?

Elsa
Pues porque no entiendo tu interés en
quién pase por mi cama o no.

Martín
Quiero que seas feliz. Y que disfrutes.
Ya te lo he dicho.
De alguna manera, comparto ese placer contigo.
Quiero decir…, que me da placer saber que te
corres, aunque no sea conmigo.

Elsa
Martín, noto desde aquí la energía con la que me
estás escribiendo y lo hace todo sumamente complicado.

Martín
¿Qué es «todo»?

Elsa
Lo que dijimos que no íbamos a volver a hacer.

Martín
Esto no cuenta.

Elsa
Voy a dejar la conversación aquí, Martín.
Es lo mejor para los dos.
Que descanses.

Martín
Que descanses.

En la mayoría de los casos, así solían terminar nuestras tensiones, con un abrupto «buenas noches». A veces, un par de horas después, alguno de los dos flaqueaba y escribía algo como «no me gusta estar a malas contigo» y se reanudaba así un diálogo condenado al fracaso, porque había muchos puntos en los que jamás estaríamos de acuerdo. Aquel era uno de ellos.

Martín decía sentir cierto placer, morbo si quieres, al saber que yo había tenido buen sexo con alguien. Se lo contaba, a veces, porque se supone que es lo que haces con los amigos (y nosotros queríamos ser amigos), confesarles las canitas al aire, las noches locas, las anécdotas o los típicos «no sé si me llamará». Pero lo cierto es que siempre, siempre, y sin saber cómo, esas conversaciones a Martín y a mí nos llevaban de vuelta a la casilla de desear sentir nuestras pieles friccionándose.

Y me cabreaba.

Me cabreaba mucho, más de lo que puedo justificar con una respuesta racional.

20
Suave es la noche
Francis Scott Fitzgerald

A pesar de las quejas de mis amigos, cogí un taxi de vuelta a casa poco más tarde de la una. Eso, para ellos, es ofensivamente pronto. Ni siquiera habían decidido aún dónde seguir con la fiesta y al Laredo no le quedaba mucho tiempo de horario comercial. Me escapé, no a la francesa, pero sí sin dejarme manipular por morritos y amenazas simpáticas y beodas.

A la una y treinta y tres minutos, ya estaba en mi casa. Al contrario de lo que suelo hacer cuando salgo a tomar algo, no fui directa al baño de mi dormitorio a desvestirme y desmaquillarme. Fui a la cocina, saqué una botella de agua con gas de la nevera, la serví con mucho protocolo, hielo y limón, y salí a la terraza, a oscuras, a fumar el último pitillo, el que nunca me fumaba antes de dormir. Respiré hondo. El aire de aquella pronta primavera te cargaba los pulmones de alérgenos y esperanzas de calor y buenos planes.

Me senté en el sofá de la terraza, miré a la luna que se asomaba entre los edificios y dejé, con más ruido del deseado, el vaso sobre la mesa de centro, de metal. El tráfico, inconstante a esas horas, silbaba cuatro pisos abajo y, a lo lejos, se adivinaba una sirena surcando las calles de un Madrid que, ese día de la semana, estaba más vivo que nunca. Sin embargo, a pesar de los sonidos habituales en la noche, había algo que, con el golpe de mi vaso contra la mesa, había cesado. Como si alguien hubiera aguantado la respiración. No estaba tan equivocada.

—¿Elsa?

La voz, en la oscuridad total de mi casa solo rota por la luz anaranjada de las farolas, me podría haber provocado un fallo cardiaco, pero lo cierto es que no me asusté. Como si escuchar una voz masculina sin rostro en plena madrugada, en tu terraza, fuese lo más normal del mundo, sencillamente contesté:

—¿Darío?

La luz de su terraza también estaba apagada, aunque de haber estado encendida no hubiera llegado a mi casa más que un reflejo tenue. Entre ambas hay un muro hecho con una suerte de ladrillos de cristal, algo que en mi familia siempre hemos llamado pavés, pero que no sé si es su nombre real. Además, en mi terraza, lo había cubierto con un falso «jardín vertical».

—¿Qué haces despierta? —susurró lo bastante fuerte como para que me llegase.

Debía estar apoyado en la misma pared en la que se encontraba mi sillón.

—Acabo de volver de tomar algo con mis amigos.

—¿Estás borrachilla?

—No. —Me reí—. Puede que algo desinhibida.

—¡Uuuh!

Los dos nos reímos.

—¿Y tú? —pregunté.

—Yo estoy contento. He conseguido acabar algo hoy.

—Eso son muy buenas noticias.

—No te he dicho qué he terminado…

—Con que no sea la botella de whisky…

—Bingo.

Vuelta a las risas.

—Me siento como en un confesionario —musité.

—Aprovecha. A través de la pared alguien escuchará tus pecados.

—Ave María Purísima.

—Sin pecado concebida. Cuéntame, hermana..., ¿qué tienes que confesar a Nuestro Señor?

—No sabría ni por dónde empezar... —suspiré.

Darío no respondió. Pasaron tantos segundos que no estuve segura ni de si me había escuchado, si se había dormido o si, sencillamente, se había deslizado en la oscuridad hasta su cama, dejándome allí sola. Sin embargo, respondió..., pero con una pregunta.

—¿Me enseñas tu casa?

Le abrí la puerta con timidez. Seguía con mi atuendo de fiesta, pegatinas para controlar los pechos incluidas, pero descalza para no dar por saco al vecino de abajo, que ya suficientemente tronado estaba sin que le torturásemos con ruidos innecesarios. Él también estaba vestido como si acabase de llegar de la calle. Guapo, la verdad. Camisa de un tejido un poco basto, de color azul medianoche y unos vaqueros. Sencillo. Elegante. Creo que se había llevado un poco de París con él cuando volvió a España.

—¿Vas vestido así de elegante habitualmente en casa? —le pregunté.

—No sé si estás en condiciones de hablar. —Sonrió de lado.

—Te he dicho que acabo de llegar.

—Yo también he salido.

Miró alrededor. Había encendido pocas luces. Solo la de la cocina, unas frente a la habitación y el baño de invitados, que están al nivel del suelo, y unas bombillitas colgantes de un rincón del salón. Todo se veía cálido, agradable, un hogar.

—Qué bonita.

—Gracias. No está…, ya sabes, impoluta, porque no esperaba visita en plena madrugada.

Se volvió apurado hacia mí, pero le guiñé un ojo, cómplice.

—¿Quieres tomar algo? Te adelanto que no tengo whisky.

—No quiero molestar más. Me he colado en tu casa casi a las dos de la mañana.

—Te he abierto yo la puerta. Si te hubieras colado, estaría llamando a la policía, por muy guapo y elegante que me parezcas.

Me miró sorprendido.

—Ah, vaya. A esto debías referirte con lo de «desinhibida», ¿no?

—¿A qué?

—Has dicho que soy guapo.

—Y elegante. Para decir cosas obvias, una no debe desinhibirse.

—Oh. Qué desvergonzada. —Fingió ruborizarse—. Si tienes una cerveza, perfecto. Si no, con agua estoy bien.

—Tengo cerveza.

Evité su cuerpo de camino a la cocina y le pregunté si la quería en vaso o directamente del botellín. Me dijo que su elegancia le impedía beber la cerveza en vaso. Mientras se la abría, Darío se puso a vagabundear por el salón para terminar frente a la estantería, donde parecía estar estudiando todos los libros.

—A lo mejor te interesan más los vinilos que tengo en una caja junto a la puerta de la terraza —le propuse.

—¿Crees que no puedo apreciar quién es alguien por los libros que tiene en casa?

—Pensaba que te interesaría más analizarme a partir de la música, que es lo tuyo.

—También leo. Es posible que hasta tenga un mínimo criterio.

—Un hombre del Renacimiento.

—O un flipado.

—Estoy dándome tiempo para sacar una conclusión definitiva.

Las chapas de los botellines resonaron alegres sobre la encimera antes de que las tirase a la basura y me encaminase hacia el salón.

—Cotillea lo que quieras, pero no sacarás muchas conclusiones porque tengo de todo. —Le pasé la cerveza y brindé con la que me acababa de abrir para mí.

—Eso ya es una conclusión en sí misma: eres una mujer sin prejuicios. Chinchín.

—Gracias. Chinchín. —Después de un sorbo pequeño, me animé. Iba a preguntarle de dónde venía. La curiosidad a veces es el aguijón de una avispa—. Entonces…

—Oye… —dijo a la vez.

Ambos nos callamos para reírnos como dos adolescentes. Con un gesto le di paso y Darío prosiguió:

—Perdona que te corte, pero no quiero perder la oportunidad de ser un poco desvergonzado también. Para estar en igualdad de condiciones.

—Dale.

—Estás muy guapa.

Qué vergüenza más tonta me azotó…

—No tienes por qué decir esas cosas. —Me tapé la cara, le di un golpecito en el hombro con mi frente y después me aparté.

—Lo digo de verdad.

—El pintalabios rojo desvía la atención que normalmente va hacia mi papada.

Lanzó una sonora carcajada y no tuve más remedio que acompañarlo. No me costó nada, la verdad.

—Chis. El vecino de abajo es un pirado —bromeé—. No hagas ruido o lo despertaremos.

—Malditos pirados. ¿Por qué no se van a vivir al monte? —Sonrió—. Venga, qué me ibas a decir antes de una interrupción que no ha servido para nada, porque no me has creído.

—Que si también venías de tomarte unas copas.

Suspiró con cierta sorna y se volvió de nuevo hacia la estantería.

—No. Tuve una cita.

Un gurruño de algo que no me gustó se me subió a la garganta, pero lo obvié, porque de haberle hecho caso hubiera sido una gilipollas. Era un tío soltero, guapo, al que acababa de conocer solo como vecino..., claro que había tenido una cita.

—¿Y qué tal?

—Pues... a juzgar por lo vestido que estoy y que he vuelto a casa a terminar el whisky que dejamos..., yo diría que mal.

—¿Y eso? ¿No te ha gustado?

—Me he aburrido como una ostra. Pero era guapísima.

—¿Entonces?

Me miró burlón.

—¿No me has oído? Me he aburrido como una ostra.

—No te ha gustado... —intenté que confesara.

—Repito: era guapísima.

—¿Entonces?

—El problema no era esa chica. El problema soy yo.

—¿Por qué?

—Porque no consigo relajarme. No fluyo. He quedado con ella porque me obligó un amigo de París. Es amiga suya y consideró que… me iría bien conocer gente nueva. Así que en teoría no era una cita como tal, pero nos pusimos a hablar por WhatsApp, ella coqueteó un poco, yo también y…

—¿Os pusisteis guarros por mensaje? Igual por eso estabais cortados…

—No, no. Qué va. No fue eso. Cuando llegué y la vi, me pareció muy guapa. Es rubia, tiene unos labios preciosos, es elegante, está en forma, iba bien vestida…

No mentiré. Lo de «está en forma» se me clavó entre las cejas como un dardo, porque el maldito complejo incrustado en el cerebro de casi todas las mujeres que no hemos tenido normopeso en nuestra vida (ya sea por arriba o por abajo) nos susurra que «estar en forma» convierte a la otra en alguien mejor que tú. Él siguió hablando porque, evidentemente, no se había dado cuenta.

—Vamos…, lo que todos mis amigos dirían que es un pibón. Pero yo…, yo no sentí nada de cintura para abajo.

—A lo mejor no era tu tipo, sencillamente.

—A decir verdad…, tampoco sentí nada de cuello hacia arriba. Estoy anestesiado.

—Quizá solo es demasiado pronto.

—¿Por qué te estoy contando todas estas cosas? —Me lanzó una mirada desconfiada—. Soy un tío terriblemente tímido.

—Pues puede ser que te haya echado suero de la verdad en la cerveza, que no seas tan tímido como crees o que tenga la extraña capacidad de hacer que los desconocidos me cuenten su vida y me pidan consejo.

—¿Pueden ser ciertas todas las opciones?

—Al menos dos.

Olió el botellín y ambos nos echamos a reír.

—Da otro traguito y vuelve a decirme eso de que estoy muy guapa —le vacilé.

Bebió un trago largo.

—Estás muy guapa esta noche.

—Es el escote.

—Debe de ser verdad eso de que tienes un efecto confianza con los desconocidos, porque iba a preguntarte qué clase de magia negra hace posible que ese escote sea... viable.

—Llevo las tetas pegadas con una especie de esparadrapo. Truco Kardashian.

—No te creo.

Deslicé por mi hombro unos centímetros de top para enseñarle el adhesivo negro, lo que hizo que lanzase una carcajada aún más grande.

—Me alegra darte tanta risa, querido.

Obviamente me contagió. Y ahí estábamos los dos riéndonos de nuevo sin parar.

—Eres divertidísima.

—Sí —suspiré resignada—, la monda.

—¿No?

—Sí. Supongo que sé hacer reír, pero... ¿no me deja eso como un bufón?

—¿Has pensado alguna vez que para ser divertido hay que ser inteligente y empático? —Y al hablar arqueó una ceja, y su bigote, visiblemente más frondoso que la barba, se inclinó sobre una sonrisa maliciosa.

—¿Tú crees? Conozco a gente con la que te mondas que no..., que no son..., ya sabes.

—No los consideras inteligentes.

—No en la acepción más extendida de la palabra.

—Políticamente correcta, ¿eh?

—Es culpa de las novelas. Te liman el humor. Ya casi no digo que las fajas son el Auschwitz de la ropa.

Nos miramos de frente, aguantándonos la risa.

—Esa es buena —me confesó.

—Lo sé. Pero no se puede..., ya sabes.

—Sí. Lo sé. Mal gusto.

—¿Quieres que nos sentemos en el sofá o salimos a la terraza?

—¿Tienes frío?

—Ahora no, pero cinco minutos más fuera y es posible que sí. Y con esto que llevo es imposible que se me pongan los pezones duros, así que, si lo tengo, no te vas a enterar.

—Mejor el sofá entonces.

Hice un mohín mientras me dejaba caer en el sofá y él hacía lo propio a mi lado, a una distancia prudencial.

—¿Por qué serán tan eróticos dos pezones erguidos? ¿Crees que son reminiscencias de la lactancia? —preguntó sin mirarme.

—Me imagino. En el fondo sois todos unos críos...

Darío se acomodó en el sofá y me estudió sin disimulo ninguno. Repasó con los ojos todos los detalles de mi rostro, desde las cejas, deslizándose por la nariz, la boca, la barbilla, hasta regresar otra vez a los ojos... Se me hizo eterno hasta que habló:

—¿Qué te ha pasado a ti? —Levantó la barbilla.

—¿Por qué me ha tenido que pasar algo?

—Porque una no sale así vestida para volver tan pronto a casa.

—Una sale así vestida para lo que quiera.

—No me has entendido. No es un juicio. Solo creo que es el atuendo de una noche de fiesta. De fiesta hasta las tantas.

—Esa era la intención, pero... estaba cansada —mentí.

—¿De alguien?

Bufé con mis labios pintados de rojo.

—De una situación, más bien.

—¿De qué situación?

¿Qué más daba ya? No me conocía, no podía averiguar a quién me refería si yo no se lo decía abiertamente. Quizá era el momento de desahogarme un poco con libertad.

—Tengo un amigo…, un buen amigo…, o al menos nosotros queremos ser buenos amigos. Digamos que hemos tenido algo. Tuvimos algo en su momento…, y no llegó a nada a pesar de que, no sé, dimos alguna que otra vuelta al asunto. El caso es que él tiene pareja.

—¿Y tú estás colada?

—No —negué triste—. No sé por qué siempre se piensa que nosotras estamos coladas.

—¿Vosotras?

—Sí. La mujer es la que se enamora antes, ¿no? Y ya, si es una mujer como yo…

—Cuando dices «mujer como yo», ¿a qué te refieres concretamente?

Abarqué toda mi persona con un movimiento de brazo y expresión de que era muy obvio a lo que me refería, pero a él no le valió, a juzgar por su mueca.

—Ya sabes. Lo tienes delante.

—Delante tengo a una mujer atractiva con las tetas sujetas con cinta americana.

—No sé si hay confianza, pero te lo voy a decir igualmente: eres tontísimo.

—Es una ventaja saberlo de antemano. En ningún momento he dado por hecho que tú estés colada y él pase de ti. O, bueno…, que tú estuvieras colada a lo mejor sí, pero no tiene nada que ver ni con que seas mujer ni con —imitó mi gesto anterior— lo que quiera que quieras decir con eso.

—Da igual. Déjalo.

—Sigue contándome qué te pasa con ese amigo…

—Pues… que lo quiero mucho a pesar de no estar colada, pero hay una tensión sexual permanente de la que no podemos deshacernos por más que queramos y que tira de nosotros, ¿sabes? A veces pone las cosas difíciles. En ocasiones se vuelve insoportable. Y en otras… solo es apasionante.

—¿Os acostáis? —preguntó a bocajarro.

—Me encantaría decirte que no.

—Y tiene pareja.

—Sí —asentí avergonzada—. Me siento mala persona. Porque si estuviera enamorada de él, al menos…

—¿Si lo quisieras como pareja piensas que lo justificaría?

—¿No justifica el amor…?

—¿Todo? —Arqueó las cejas—. Lo que justifica las cosas es la vida. La vida se basta y se sobra para hacer posibles situaciones que planteadas como teoría nos parecerían inadmisibles. Hacer algo que está mal no te convierte en mala persona. Te convierte en una persona que comete un error. Lo jodido aquí es que es un daño en doble dirección, porque también te lo haces a ti.

—No me hace daño. Me frustra.

—Te hace daño. —Sonrió con cierta suficiencia—. No te mereces estar con alguien que te desea solo a ratos, ¿no?

—Y tú no te mereces citas con alguien que te estimula lo mismo que un percebe.

—Los percebes me estimulan más.

Sonreímos.

—Somos un desastre —le musité.

—Estamos muy solos. Las personas solas cometen errores.

Compartimos una mirada con la que, quizá, quisimos decir mucho más de lo que sabíamos. No puedo negar que me ofendía ligeramente que diera por hecho que yo estaba sola. No lo estaba…, pero sí me sentía como si lo estuviera.

—Me siento sola, pero objetivamente no lo estoy —confesé.

—Hay rincones a los que los amigos no llegan. Ni nosotros mismos. Ni la familia. Hasta para rascarte la espalda necesitas otra mano.

—Yo me rasco en esa esquina. —Señalé donde la pared del salón terminaba para ir hacia las habitaciones.

—A eso me refiero. Pero es como decir que masturbarse es tener sexo.

—Es tener sexo.

—No vale si es tu mano o algo a pilas. No satisface igual.

—Pero satisface y forma parte de nuestra vida sexual...

—No compares abrirle los muslos a alguien en una invitación silenciosa, arquearte, provocarlo con la boca, tocar al otro, el olor, el calor...

Se calló de golpe y pareció volver a estudiarme en silencio, momento que aproveché para examinarle también a él. Los ojos castaños, la nariz distinguida. La boca de proporciones perfectamente masculinas. Pasó una eternidad hasta que retomó lo que estaba diciendo, pero extrañamente, a mí me dio igual. Me estaba gustando cómo me miraba; me estaba gustando mirarlo.

—No es lo mismo —terminó sentenciando.

—No, tienes razón. —Me levanté—. ¿Pongo música?

—Vale. —Su cara se vistió con cierta sonrisa de suficiencia. La clásica suficiencia que siente alguien que sabe que está más tranquilo que el de enfrente.

Me senté sobre mis pies frente a la caja de los vinilos y trasteé con ellos, desechando sin saber por qué casi todas las opciones. Terminé con dos en la mano que no sabía si no estarían fuera de tono... Black Pumas y Banks. No se me ocurren dos vinilos más indicados para follar. «Elsa, céntrate». Aun así, se los enseñé, por si tenía predilección por alguno.

—También puedo poner algo más chill —ofrecí.

¿Más chill? Pero ¿a mí qué me pasaba?

—Black Pumas, SIEMPRE —respondió.

Mierda. Mientras ponía el vinilo, lo vi terminarse la cerveza.

—¿Quieres otra?

—¿Tienes algo más fuerte?

Suspiré a pleno pulmón. Sin disimulo ninguno.

—¿Y ese suspiro? —Se rio.

—Tengo tequila, mezcal, vodka, ginebra, ron, mamajuana, champán y vino.

—Eres una borracha. ¿Y ese suspiro?

—Soy una gran anfitriona. ¿Qué te pongo?

Hizo gesto de cerrarse los labios con una cremallera y yo me eché a reír a carcajadas.

—Que qué te pongo.

—Si no me dices qué significa ese suspiro…

—Te voy a poner un vodka con hielo, agua con gas y cariño.

—Ponte otro para ti. No te has bebido la cerveza.

—Me he arrepentido. No quiero mezclar.

Fui a la cocina, pero le pedí que se quedase tranquilo en el sofá, que no me acompañase. Debía confesarme a mí misma dos cosas: la primera, que estaba coqueteando con mi vecino. Disimuladamente, puede, pero estaba coqueteando. Y me encantaba cómo me había mirado. Esa mirada…, esa mirada, de alguna manera, lo había cambiado todo. Por otra parte, también estaba cachonda. No sé cuándo ni cómo había pasado, pero lo estaba. Necesitaba respirar hondo, dialogar conmigo misma y convencerme de que era un efecto del alcohol. Ni mucho ni poco tiene como resultado un baile de hormonas. Sonaba «Fire», de Black Pumas, para terminar de empeorarlo, cuando lo dispuse todo sobre el banco de la cocina.

—Sigo esperando la explicación sobre ese suspiro tan sobreactuado, querida vecina.

—Eres un perro de caza, ¿eh? Cuando ves una presa..., no la sueltas.

Los hielos tintinearon contra el cristal de los vasos, seguidos del húmedo sonido del alcohol derramándose sobre ellos. «Elsa. Calma. Cálmate. Es tu vecino. Sería una situación superincómoda». Lo vi levantarse y venir hacia la cocina. Aguanté la respiración.

—Eh... —llamó mi atención.

—¿Cerciorándote de que no voy a echarte más suero de la verdad?

—Exacto.

—¿Está muy alta la música? No quiero despertar al de abajo —comenté sin mirarlo, notando cómo se colocaba detrás de mí, a un paso—. Ya te he dicho que es un tarado.

—No. No está muy alta. Apenas se escucha desde aquí.

Yo ya sabía que no estaba muy alta, pero necesitaba hablar en un tono que pareciera normal, correcto, nada coqueto.

—Te parece peligroso, ¿no? —preguntó—. La situación. Por eso suspirabas. Madrugada. Unas copas. Un vinilo. Tu vecino...

¿Me sorprendió su entrada en materia, al grano? Sí. Pero me esforcé mucho en no hacer acuse de recibo.

—Honestamente, sí.

—Creo que es momento de admitir que me estoy poniendo un poco más tonto de lo que debería.

—Es momento de admitir que estamos en igualdad de condiciones.

No me volví. Seguí vertiendo agua con gas en los vasos con una lentitud pasmosa.

—Es bastante curioso —dijo.

—¿Qué es curioso?

Cogí un limón y un cuchillo. Me sentí muy tentada de, además de cortar unos gajos y exprimirlos en el vaso, ponerme a tallar el limón, por hacer algo que me mantuviera ocupada y, sobre todo, de espaldas.

—Quizá no debería decirlo —advirtió.

—Esa táctica tuya es más vieja que las montañas. Sabes que voy a insistir para que hables y que terminarás contándomelo.

—Tú lo has querido. Digo que es curioso que hasta hace un rato pensara que estoy medio muerto y... que ahora sepa que no lo estoy.

Fuck. No respondí inmediatamente. Me di unos segundos para pensar, antes de notar que se acercaba un poco más.

—Certificar la vida sobre la muerte es siempre una buena noticia. No sé si te he entendido bien, pero...

—Yo creo que me has entendido...

—Pues me alegro de tener efecto electroshock.

Se pegó a mi espalda y respondí arqueando el cuerpo sin permiso. Me acoplé al suyo tan fácil, tan perfectamente, que parecía imposible que aquello fuera una mala idea.

—Creo que es una mala idea —me escuché decir.

Mi cuerpo y mi cabeza andaban a la gresca, llevándose la contraria por deporte.

—Es una malísima idea —confirmó—. Siendo vecinos..., va a ser muy incómodo.

Presionó las caderas contra mi culo y me arqueé como una gata. Sentí su pecho en mi espalda y apoyó la mano derecha en la bancada contra la que me presionaba todo su cuerpo.

—No estás nada muerto —jadeé.

—Demasiado vivo ahora mismo.

Me volví hacia él como pude. Quería mirarlo, ver si su expresión había cambiado con el deseo, con el ansía de alcanzar el placer. Los ojos le brillaban, oscuros. Tenía los labios entreabiertos. Y... esa mirada. De nuevo esa mirada. Algo difícil de describir que me hacía sentir... diferente. Nunca me habían mirado así y no sabía si eso era bueno o malo. De lo que estaba segura es de que resultaba sumamente excitante. Pegué los pechos a su camisa y de su boca salió una pequeña bolsa de aire contenido. Algo así como un «buff» sordo.

—No deberíamos —dijo—. Debería pedirte disculpas e irme a casa.

—Deberíamos pedirnos disculpas los dos.

Darío se acercó, pensé que para besarme, pero no. Apartó los dos vasos de detrás de mí y después sus dos manos largas me agarraron de la cintura e intentaron auparme encima de la isla. Lo ayudé dándome impulso en cuanto adiviné sus intenciones, porque no soy una de esas chicas pequeñas a las que se mueve fácilmente... Una vez sentada sobre la isla, Darío se pegó a ella, entre mis muslos, y yo coloqué las piernas alrededor de su cintura y los brazos sobre sus hombros. Me sentía excitada, sí, un poco atolondrada, con esos nervios tan agradables previos al primer beso. Pero me encontraba bien. En confianza. Como si Darío y yo nos conociéramos de mucho más tiempo que un par de días. Tanto era así, que me atreví a jugar con su pelo, lo que pareció gustarle mucho.

—Joder... —musitó.

—Sí. Pero es que no deberíamos.

—Hemos bebido. Y mañana será un marrón —confirmó.

—Sí. Deberíamos parar.

—Sí.

—Pero para parar..., uno de los dos tiene que parar —puntualicé.

—Para tú, que yo no puedo.

Se acercó a mi boca, pero se quedó a unos milímetros de ella, sosteniendo el beso por unas riendas imaginarias.

—No —le pedí.
—Si vuelves a decir «no», me iré. ¿Vale?
—Vale.
—No has dicho «no».
—¿Te irás si lo digo?
—Sí. A mi piso.
—¿A qué?
—A pelármela pensando en follarte contra la isla de la cocina.

Gemí cuando se aproximó a mi cuello.
—Y tú —susurró— te quedarás aquí sola y…

Sexo. Sexo palpitando, brillando como un neón entre los dos. Sexo imponiéndose sobre la razón, sobre todo lo demás. Como siempre. Sexo que lo dominaba todo, incluso los duelos. Un sexo tirano que exigía más que cualquier otro sentido. Cerré los ojos.

—Deberías irte —musité.
—Dilo.
—No, Darío.

Entonces dio un paso hacia atrás y asintió, mirándome, sin desviar los ojos, avergonzado. No lo estaba. Pensé que, a la mañana siguiente, al despertarse, le sobrevendría el pudor y el alivio por haber estado a punto, pero no haberlo hecho. No me costaba imaginarlo deslizando una nota de agradecimiento por debajo de la puerta. Yo también me alegraría. Me alegraría muchísimo, a decir verdad, y aunque me cayera bien y eso…, yo era la que más me importaba en aquel momento.

—Gracias por la copa, Elsa, pero creo que he bebido demasiado por hoy.
—Sí. Yo también.
—En otra ocasión.

—Sí.

Se apartó del todo y bajé de la isla. Dudamos un segundo más. Negó con la cabeza con aire interrogante y yo asentí y volví a negar, como diciendo: «Sí, estoy segura de que no».

—Buenas noches —me despedí con cariño.

—Buenas noches.

Lo acompañé hasta la puerta y no encendió la luz del rellano al salir. Sonaba «Touch the Sky» y me arrepentí un poco de estar siendo tan responsable. Darío era guapo, inteligente, majo y existía la posibilidad de que follase como un campeón. Pero no.

—Perdona sí… —empezó a decir.

—Qué va. —Sonreí para quitarle fuego—. No es que yo…, ya sabes. Me cuesta decir que no, te lo prometo.

—Ya. A mí también. Pero tienes razón.

—Seguro que mañana esto nos parece una locura.

—Seguro —asintió, muy seguro.

—Que duermas bien —dije con una mueca, sin saber muy bien cómo despedirme.

Como presa de un impulso, Darío se inclinó hacia mí y me envolvió lentamente entre sus brazos, con tanto encanto como galantería. Su pulgar me rozó la garganta y los dedos de la mano izquierda me acariciaron el pelo. Sentí que iba a explotar.

—Voy a dormir si es que puedo después de esto —contestó.

—Creo que los dos vamos a estar en esas —le aseguré mirando fijamente su boca.

—Si mañana por la mañana no se me ha pasado, ¿qué hago?

—Ven a por mí… e iremos juntos a misa.

Nos sonreímos, muy cerca, casi labio contra labio, pero sin dejar que sucediese. Nos acariciamos un poco, disfrutando, como si nos hubiéramos concedido el mutuo deseo de oler un pastel que no nos íbamos a comer. Lo noté palpitando. Él debió escucharme jadear. No recordaba haber deseado nunca tanto que me follasen sobre un felpudo.

Pasados unos segundos de martirio, Darío pegó sus labios a mi frente. Después a mi mejilla izquierda. Después a la derecha. Por último, sobre mi boca, entre la nariz y el pico que dibuja mi labio superior.

Cuando se fue, mis manos echaron de menos el tacto de su espalda. Cuando cerró la puerta de su casa, hice lo propio con la mía. Apagué la música. Cuando imaginé que habría llegado a su sofá, me desnudé sobre el mío. Le escuché apartar el reposapiés. Provoqué un sonido con la mesa de centro para que supiera que yo estaba justo allí, tras la pared. Cuando me pareció escucharle gemir con sordina, lo hice también, tocándome. Cuando le escuché correrse, yo también lo hice.

21
Canciones de amor a quemarropa
Nickolas Butler

Pensé en cancelarlo, claro que sí, pero no soy de esas. Y sabía que en el fondo Martín tampoco lo era. Nos habíamos mosqueado un poco, pero si cancelaba, la pelota se haría más grande sin sentido ninguno. Así que, a las 11.30 entré en Federal Café para encontrarme con él.

    Estaba sentado al fondo, en la última mesa para dos junto a la ventana. Delante de él tenía un cuaderno, un boli, el móvil y un café solo. Llevaba un jersey negro oversize que dejaba entrever la forma de sus hombros a pesar del tamaño. Estaba guapo. Estaba guapo porque, por mal que me viniera a veces, Martín lo era. Me lo parecía. No sé si alguna vez dejará de parecérmelo. Pero, tal y como me dije en aquel momento, eso no tenía por qué implicar nada más allá de una apreciación hacia lo bello.

    Me miró en cuanto puse un pie en el local, como si pudiéramos olernos desde lejos. Y, mientras me acercaba, no apartó la mirada de mí ni un segundo. Es fascinante cómo el acto de observar a alguien pueda ser tan diferente de uno a otro ojo. Se levantó cuando me quedaban dos o tres pasos para llegar y me recibió como esperaba que lo hiciera: con un abrazo.

—Eres una gili —susurró en mi cuello.

—Tú eres el gilipollas —rezongué.

—No me gusta discutir contigo.

Me aparté cuando el olor de su perfume tocó en la diana y todos los recuerdos que debían estar encerrados en la mazmorra de la memoria, a buen recaudo, salieron dando voces. Creo que notó que me incomodaba un poco el tacto.

—¿Qué pasa? ¿No puedo abrazarte?

—Claro que sí.

Pero me senté.

—¿Qué quieres?

«Que podamos sentarnos a contarnos nuestra vida sin que, en un mes, dos o seis, sintamos de nuevo la irrefrenable necesidad de la saliva del otro en la boca».

—¿Dime? —pregunté.

—Que qué quieres tomar.

Me volví para descubrir al camarero esperando.

—Un café con leche de avena. Gracias.

—Moderna —se burló Martín una vez el chico se retiró.

—Con la leche de vaca me cago como las abubillas.

Los dos sonreímos y él plantó la mano sobre la mesa en señal de paz y de que quería coger la mía, para mi desgracia. Y digo para mi desgracia porque parte de mi timidez se manifiesta en cierta incomodidad corporal cuando me tocan. No en la cama, claro, pero… Puse la mano encima de la suya sin mucho convencimiento y cierta cara de circunstancias que a él le hizo reír.

—Eres insoportable —se quejó entre carcajadas.

Trenzó los dedos con los míos un segundo, antes de que recuperara mi mano.

—Algún día tienes que contarme por qué te gusta tan poco el contacto físico.

—Ya lo sabes. Soy supertímida. Es como que violáis mi espacio personal.

—Pero ¿has sido así toda la vida?

—No. Bueno, un poco, pero se ha agravado en los últimos años. Es por la ansiedad.

—¿Cómo estás?

—Bien, bien. Desde que decidí lo de París estoy…, tranquila.

—¿Duermes bien?

—No entiendo la perra que os ha entrado a todos con la calidad de mi sueño…

—Porque debes de ser como una gárgola, con los ojos agrietados en plena noche, comiendo techo.

—Más tiempo para leer —mentí.

Vueltas y vueltas en la cama, como una tortilla.

—¿Qué tal ayer? ¿Mucha juerga?

—No. Me volví a casa pronto.

—¿Por mi culpa?

Iba a contestar que no, pero decidí ser sincera.

—Un poco. Me sentí mal.

—Lo siento. No era mi intención. Pero…

—¿Pero? —me sorprendió.

—Pero no termino de entender qué fue lo que te ofendió realmente.

Le aguanté la mirada con el morro un poco torcido. No puedo evitar el gesto de disgusto si algo me tuerce el culo.

—Me sentí un trozo de carne. No, más bien…, ¿sabes cómo me sentí? Como el trozo de carne gordo que te la pone como una baguette de hace una semana, cosa de la que te avergüenzas muchísimo.

—Dices todo eso, pero quiero pensar que no lo sientes así. —Fui a contestarle, pero se apresuró a aclararlo—: O al menos sabes que no es verdad.

—Eso no invalida cómo me siento.

—Es imposible que yo te vea así, Elsa. Son tus heridas.

Había algo suplicante en su mirada.

—Puede que tengas razón —confesé.

—Yo no me avergüenzo de sentirme atraído por ti. Dime que lo sabes.

Respondí con una mueca.

—Venga… —se desesperó—. Es que no puedo creerme que realmente pienses así.

—No es un pensamiento objetivo y racional, Martín, no puedo hacer nada.

—Claro que puedes.

—No ayudas —solté a bocajarro.

—¿Por qué? —se sorprendió.

—No me vuelvas a escribir con Iris dormida a tu lado, por favor. Me parece el colmo de nuestro cinismo. Está mal.

—Eres mi amiga.

—No nos estábamos escribiendo como amigos.

—Entonces ¿cómo nos escribimos?

—Como amantes, Martín. Como amantes. Y es muy complicado cambiar el tono.

—Lo haremos —terció convencido—. Porque vale la pena. ¿O no?

—Claro que sí.

Nos miramos, los dos un poco avergonzados, los dos un poco agobiados, los dos sintiéndonos malos.

—No me digas más lo de Iris —me pidió—. Me haces sentir peor.

Resoplé.

—¿Qué? —preguntó.

—Pues que te hará sentir peor, pero no entiendes que, si no te lo dijera, sería yo la que me sentiría una mierda.

—Vale, vale…

—Está fatal. Esto que hacemos está fatal.

—Lo que hacíamos —puntualizó.

—Ah, sí, perdona, que llevamos la friolera de diez días sin que me la metas.

Se echó hacia atrás en la silla y cruzó los brazos sobre el pecho.

—Es que, Elsa, si te pones así, no podemos hablar de nada. Estás a la que salta.

Me apreté con el pulgar el lagrimal. Mi café llegó. Menos mal.

—¿Podemos cambiar de tema? —le pedí, casi supliqué—. Me da la sensación de que siempre estamos hablando de lo mismo.

Martín asintió despacio, acercó su café y le dio un sorbo.

—Cuéntame. Entonces ¿volviste pronto a casa y te fuiste a dormir?

He ahí el problema del vínculo que nos unía. La dualidad. La capacidad para hablar de nosotros y que, al minuto siguiente, quepa en la conversación otra persona.

—No exactamente.

Esbozó una sonrisa tímida.

—¿Cómo no me vas a parecer la leche? Eres una marrana —se descojonó.

—Te estás haciendo pajas mentales. No he dicho nada que te haga pensar que terminé en una situación que merezca que tú…, TÚ, me llames marrana.

—¿Con quién?

—¡Que no me acosté con nadie!

—Algo ha pasado.

—Nada. —Me encogí de hombros—. Salí a fumar a mi terraza, me escuchó mi vecino y…

—¡El vecino otra vez!

—Sí, el vecino otra vez.

—¿Y?

—Pues que pasó a casa y estuvimos hablando un buen rato. Ya sabes…, tomándonos algo. Sin más.

Mentirosa.

—Algo me escondes.

Me reí.

—¡¡Ves!!

—Hubo un poco de tonteo —confesé.

—Define tonteo.

Le puse los ojos en blanco.

—No sé por qué te molesta que te pregunte estas cosas —se quejó.

—Porque es raro.

—Somos amigos.

Oootra vez.

—Martín, que no es por eso. Es porque normalmente las personas damos el nivel de detalle que queremos.

—Os besasteis. —Sonrió.

—No. Casi, pero no.

—¡Lo sabía!

—Eres una portera, ¿lo sabes? —Me reí.

—¿Y qué tal?

—Pues bien.

—¿Solo bien? —Arqueó las cejas.

—Sí. No sé.

—Pero ¿ni os tocasteis?

—Castamente.

—¿Ni un muerdo?

—¡Que no! —Me reí—. Mira que eres insistente.

—¿Y por qué?

—Pues porque es mi vecino. Es raro.

—¿Fue eso lo que os paró?

—Sí.

—¿Eso?

Di un trago a mi café mientras asentía. Él pareció meditar.

—La Elsa que yo conozco no frena por esas cosas. Hay algo más.

—La Elsa que tú conoces está hasta el higo de meterse en problemas. Ya era hora de ponerle un poco de cabeza a la vida.

—Tú no eres así —sentenció.

—¿No soy una persona responsable?

—Sí. Responsable sí, porque siempre apechugas con las consecuencias de las cosas que haces.

—¿Y no es mucho más responsable considerar las consecuencias antes de hacer algo y, si crees que no va a salir bien, parar?

—¿Y qué es salir bien?

—No morirme de vergüenza cada vez que me lo encuentre en el rellano, por ejemplo.

Me miró con suspicacia.

—Hay algo más.

—Sí. Que estoy enamorada de ti y no puedo soportar tocar a otro —contesté con ironía.

—Nadie ha dicho que estés enamorada de mí.

—Ya lo sé. Solo bromeaba —suspiré.

—Bueno —sentenció—, si estás segura de que hubiese sido un error, pues toda la razón. Mejor dejarlo ahí. Alejarte y no crear más situaciones de tensión o de peligro puede ayudarte. Quizá… tienes toda la razón. Enrollarte con un vecino al que acabas de conocer no es buena idea, sobre todo teniendo tan reciente…

—Teniendo tan reciente, ¿qué?

—Lo de Sant Jordi. Quizá sea demasiado pronto para empezar nada.

Nuestras miradas se cruzaron en el mismo momento en el que Martín terminaba la frase y esas cuatro letras rebotaron sobre mi frente sin hacerme daño, pero despertando sospechas. Ese «nada» quedó flotando en el aire. La sospecha de que no sabía a qué parte de «Sant Jordi» se refería y por qué le parecía demasiado pronto. La sospecha de que, cuanto más pensaba en lo correcto que había sido parar, más me apetecía no haberlo hecho.

22
Crónicas marcianas
Ray Bradbury

Volví a casa a pie, escuchando música y un poco triste. A veces me pasa. Me entristezco sin saber por qué. Aunque, bien mirado, ¿no era lo que me pasaba en los últimos meses? Tenía matrícula de honor en el máster de barrer los problemas debajo de la alfombra, eso estaba claro. Era una maestra en agarrarme a la liana de una (o varias) excusas para no tener que mirar dónde caía.

Era más o menos consciente de que, a pesar de que estaba segura de que mi viaje a París serviría para purgar mis penas, no me había preocupado por desentrañar las razones concretas por las que terminé en una fuente en Barcelona. Y no es que no las supiera, es que no conocía el alcance. O eso creía.

Martín era, sin duda, uno de los motivos, pero no entendía por qué. Quizá Darío tenía razón en eso de que me hacía daño tener a alguien que me deseara solo a ratos. Quizá era el hecho de estar participando en un engaño. Quizá era la sensación de no haber sido la escogida, a pesar de que Martín y yo no habríamos valido dos duros como pareja y eso lo sabían hasta en la China popular.

El estrés era otro de los factores. Llevaba ocho años muy intensos, con una vida laboral bastante vertiginosa que la vida personal en ocasiones no había conseguido sostener. Debería haber sido al contrario, pero mi trabajo me salvó muchas veces de irme a la mierda, porque lo abracé, lo mimé, me gustaba y, aunque el nervio con el que lo llevaba a cabo me envenenaba poco a poco, era lo único fiable que tenía, además de mis amigos.

Las historias truncadas y la ilusión que perdí por el camino y que no me paré a gestionar eran otras razones por las que estaba tan desencantada. Probablemente aquello también había hecho más mella en mí de la que creía. El tipo de la barba pelirroja con tres gatos, con esas gafas negras que le daban aspecto de buen tío, y que me mintió asquerosamente. El buen chico del norte que me gustó en un fogonazo breve que casi me quema hasta las pestañas y que tenía ganas de enamorarse, pero no de mí. El del barrio, todo palabras bonitas, que jugaba tan bien a las miradas y a las promesas que no iba a cumplir. Cosas que no eran nada en realidad llenando tiempo y vacíos. Y con cada decepción ilusa, de esas que no duraban más de un mes, yo pensaba o que el amor era cosa de novela o que estaba rota y no servía.

Y quizá ese era el problema.

Valentina.

Su nombre me vino a la cabeza cuando ya veía mi portal a lo lejos. Un regusto amargo me subió a la garganta y decidí que ese pensamiento no quería subirlo a casa. Porque, sin duda, la que había sido la protagonista de mi ascenso laboral era también un símbolo del fracaso. Cuanto más lejos llegaba ella, más atada me sentía yo. Cuanto más vivía ella, menos sentía yo. Era consciente de que tenía que enfrentarme a aquel problema, pero ese momento aún no había llegado.

El portero del edificio no estaba en su mesa y el portal se hallaba en total silencio cuando entré, como entro casi siempre a todos los sitios: como si me hubiera dejado una sartén al fuego; así que cuando pulsé el botón del ascensor y vi moverse un bulto a mi derecha, reaccioné con la misma potencia con la que me movía. Frente a los buzones, me encontré con una figura alargada y oscura que ni siquiera identifiqué como humana.

—¡Por el amor de Dios! —grité alzando los brazos como en un atraco.

Sacando el correo, sin apenas pestañear, estaba Darío, con un jersey de cuello alto azul marino y unos vaqueros con vuelta al tobillo. Botines Chelsea. Peinado. Nunca lo había visto tan peinado…, como de lado, pero sin ser de lado. No podría definirlo mejor.

—También te asustas tú pronto. —Sonrió, burlón.

—No esperaba que hubiera nadie. Estaba todo tan… silencioso.

—La próxima vez me bajo unas castañuelas para ir dándole ritmo a mi paso.

Le sonreí, un poco tímida, porque estaba guapo y porque…, porque me acordé de la noche anterior, claro.

—¿Subes o acabas de bajar? —le pregunté.

—Subo.

Cerró el buzón, arrugó el panfleto de publicidad y lo tiró a la papelera antes de sujetarme la puerta.

—Pasa, anda, no te me vayas a asustar.

Una vez cronometré lo que tarda mi ascensor en subir hasta casa y me di cuenta de que casi tardaría lo mismo en subir con mis muslos rechonchos todos los pisos. En casa de mis amigos, los ascensores eran como un cohete espacial, mientras que allí, haciendo juego con el ambiente casposo-vintage del portal, el mío parecía ir con poleas, a la antigua. Iba a ser una subida interesante.

—¿Qué tal? —le pregunté en cuanto se cerró la puerta.

—Muy bien. Cuando he oído que te ibas, me he puesto a tocar como un loco.

Arqueé las cejas. Curiosa elección de palabras, sobre todo después del intercambio de gemidos de la noche anterior. Debió de darse cuenta porque dibujó una mueca y se tapó los ojos, a la vez que apoyaba la espalda en la pared del ascensor y maldecía entre dientes.

—La madre que me parió…

—Te he entendido —le aclaré—. ¿Acabaste la pieza que tenías pendiente, entonces?

—Tengo un esbozo completo. Ahora debo… —Dejó caer la mano y dibujó una parábola entre nosotros—. Ya sabes. Corregir.

—No tenemos un trabajo tan diferente.

—Si es que al final voy a ser tu media naranja vecinal.

Levanté las cejas y Darío chasqueó la lengua en el paladar.

—No voy a decir nada a derechas hoy, está visto.

—Tranquilo.

—Estoy tranquilo.

Y pareció molesto al contestar, ya que se irguió y levantó la barbilla en un gesto digno que… me hizo sonreír.

—¿Te burlas de mí? —Sonrió un poquito también.

—No. Para nada.

—¿Siempre eres tan segura de ti misma?

—¿Yo? —Me señalé al pecho—. Aún te dura el pedo de anoche.

Levantó las cejas, como si en algún momento hubiéramos llegado al acuerdo de no volver a mencionar la noche anterior y yo estuviera faltando a mi palabra. Me sentí incómoda de inmediato.

—¿He dicho algo malo?

—No. —Y puso morritos para negar.

—Parecía.

—No. —Desvió la mirada hacia el techo—. Nada malo.

—¿Seguro?

—Seguro. Es solo que…, bueno, que estoy un poco avergonzado por mi comportamiento de anoche.

—Te lo dije.

—Ya. Creo que eso me avergüenza más.

—¿Que tuviera razón? Acostúmbrate. Soy una vecina muy cabal.

—No. —Se rio—. Que tuvieras que parar tú.

—Lo dices como si yo fuese…, no sé…, en plan: me avergüenza que pares tú…, fíjate, con lo que todos saben que eres tú.

Frunció el ceño.

—No. No se parece nada a lo que he dicho.

—Me ha parecido.

Miré el suelo. Llegábamos a nuestro piso, menos mal.

—Se nos dan fatal las conversaciones de ascensor —musité—. La próxima vez más nos valdría hablar del tiempo.

Fui a salir en cuanto las puertas interiores se abrieron, pero Darío tiró de mi chaqueta hacia dentro y pulsó el botón de cerrar y el de la planta baja de nuevo.

—¿Qué haces? —lo interrogué, horrorizada.

—Otro paseíto. Podemos hacerlo mejor.

El ascensor comenzó de nuevo su viaje descendente a pesar de mis quejas. Me apoyé en la esquina, con los brazos cruzados. No me gustan los ascensores, ni estar encerrada, ni los silencios tensos. Ese momento era un diez en la asignatura de Fobias.

—Parece que ya van sobrando las chaquetas, ¿verdad? Está siendo una primavera muy tibia —dijo, cortés.

Me entró la risa y miré al suelo plastificado, pero él se agachó, buscando mi mirada.

—¿No?

—Sí —asentí con mucha vehemencia—. Terriblemente tibia.

Tibia. Cálida. Húmeda. Lúbrica. Flores del aspecto de los órganos reproductores que eclosionaban llenando el ascensor de una salvaje selva florida, donde el aire era denso, dulzón, chorreante. Ambos apartamos la mirada y Darío carraspeó.

—¿De dónde vienes? ¿Algo de curro? —preguntó queriendo espantar el moscón.

—Ehm…, no. De desayunar con un amigo.

Cruzamos una mirada furtiva.

—¿Alguien te ha dicho alguna vez que tienes un aire a un actor español?

—Sí, pero en feo. —Sonrió—. A uno gallego, ¿verdad?

Contesté con un «ajá», porque las sonrisas espléndidas le quedaban fenomenal. Era fácil ensimismarse y más con mi capacidad imaginativa. En mi cabeza estaba sentado al piano, sonriéndome así.

—Oye, y ese amigo, ¿no será el que te fastidió la noche ayer?

—No. Ese es mi vecino.

A los dos se nos escapó una risa.

—Debe haber una palabra alemana para designar el sentimiento de total incomodidad que estoy sintiendo ahora mismo —bromeó.

—Pues nadie lo hubiera dicho cuando te has puesto a darle a todas las teclas del ascensor.

—¿Fobia?

—No es mi espacio preferido del mundo.

—No será porque estoy aquí contigo, ¿no?

—Hombre, no.

—¿Pero?

Sonreí con maldad.

—¿Quieres que conteste a eso de verdad?

—Puede —asintió—. ¿Te hago sentir incómoda?

—Al parecer no tanto como yo a ti.

—No me haces sentir incómodo.

—No, claro. Te sientes incómodo al acordarte de que ayer me restregaste la polla por el culo en mi cocina.

Llegamos a la planta baja en ese preciso momento, pero cuando me disponía a pulsar el botón de nuestro piso de nuevo, la vecina del piso de abajo (la de la casa de al lado del pirado) abrió.

—Uy, ¿bajáis?

—No, suba, suba, Socorro —contesté subiendo la voz, porque la pobre está más sorda que una tapia—, vamos arriba con usted.

—Tampoco hay que pedir auxilio —murmuró Darío.

—¿Eres idiota? —Me entró la risa—. Socorro es su nombre.

Después de unos segundos de confusión, Darío apretó los labios conteniendo una carcajada. Tragué la risa tanto como pude, pero necesitaba estallar cuanto antes; empezaba a faltarme el aire. Allí, los dos mirándonos y conteniéndonos las carcajadas, con la pobre señora Socorro de cara a la puerta sin enterarse de nada. Le pellizqué, pero le hizo más gracia aún y se le escapó con la boca cerrada un gemidito.

—Se van quedando buenos días, ¿verdad, cariños?

La pobre vecina seguía a su rollo, con dos puerros saliendo de la bolsa de la compra y su peinado de peluquería rancia de Chamberí, y a nosotros, sin tener intención ninguna de burlarnos de ella, cada detalle nos hacía más gracia que el anterior. Me dolía la tripa de aguantarme la risa cuando llegamos a su piso.

—Adiós, perlas.

No pudimos ni contestar. En cuanto las puertas se cerraron de nuevo, nos doblamos de las carcajadas. En nuestro piso aún no habíamos logrado recuperar el resuello después de habernos reído tanto, pero esta vez logramos salir hasta el rellano. Allí, seguimos riéndonos como idiotas, mirándonos con un «ja, ja, ja» de lo más tontorrón, como dos personas que ni siquiera recuerdan qué les hizo tanta gracia. Saqué las llaves de mi casa y él hizo lo mismo con las suyas. Dos asnos en pleno rebuzno, pero más sigilosos.

—Somos tontísimos —conseguí decir.

—Hacía muchísimo que no me reía tanto. Pobre señora Socorro.

Le di un golpecito con el puño en el brazo y con una sonrisa enorme, pero sin mostrar los dientes, quise despedirme. Te juro que esa fue mi intención. ¿Sabes lo que le pasa a la vida? Que a veces sí se parece a una comedia romántica de los noventa, pero no hay nadie encargado de ponerle efectos especiales y de sonido a nuestro alrededor, con lo que los momentos se nos presentan de sopetón. Nada parecía presagiar, cuando me di la vuelta e inserté la llave en la cerradura, que Darío hubiera tomado una decisión descabellada. Quizá porque no la tomó. Quizá solo se dejó llevar.

Antes de que pudiera girar la llave, sentí un suave tirón en mi brazo izquierdo. Como en un paso de baile, como el instante culminante del violín en una canción, como en una película romántica de Warren Beatty... Darío me dio la vuelta hacia él. En este caso, el galán no me besó, solo me dejó lo suficientemente cerca como para que lo hiciera yo.

Apoyamos mi espalda sobre la madera de la puerta, dando un paso de tango, yo hacia atrás, él hacia mí, agarrados. Tenía su jersey entre mis dedos y él mi pelo entre los suyos. Olía a jabón de ducha, a ropa recién tendida, a sábanas planchadas. Quería besarlo, pero también quería irme; que aquello no estuviera pasando; volver a tener quince años y enderezar mi vida; que me besase él y abrocharme otra vez mis vaqueros de la talla 42…, así que me mantuve quieta, tan solo eché un poco mi cabeza hacia atrás, barbilla arriba, para provocarlo levemente con mi labio inferior.

Duda. Ganas.

—A tomar por culo.

Su voz sonó muy decidida antes de embestir mi boca con la suya. Antes de un beso que se hubiera llevado la ovación del público de haberlo tenido. Un beso todo labios, lengua y tempo perfecto, que nos apretó más aún contra la puerta. Le acaricié el pelo, frondoso, despeinándoselo casi tanto como lo lucía cuando lo conocí y Darío me agarró las mejillas al profundizar en el beso. Un beso que sabía…, joder, cómo sabía. Demasiado bien como para estar mal.

Fue…, fue como cuando recuerdas un sueño. En los sueños no hay secuencias lógicas y uno puede saltar de un momento a otro sin necesidad de recorrer el camino que conectaría ambos espacios. Así, justamente así, fue como me sentí cuando, de pronto, estábamos al otro lado de la puerta, en mi casa, sin que recordara haberme separado de su boca, haber abierto y haber cerrado de nuevo después. «Elsa. Calma». Puse una mano sobre su pecho y lo aparté ligeramente.

—Esto ya lo hablamos anoche —le recordé.

—Sí, pero ahora no estamos borrachos.

—¿Y con eso qué quieres decir?

—Que no hay excusa, y… así es mejor.

Así sí. Quizá sí era mejor.

23
Delta de Venus
Anaïs Nin

Valentina no había sido siempre una mujer apasionada. Al comienzo de su saga se encontraba en un punto tristemente asexual. Y digo tristemente porque a ella no le satisfacía esa inactividad. De ahí que se rebelara contra todo y contra todos y corriera hacia la que sería su vida en adelante: aventuras, amantes, viajes, libros y fiestas. Lo pasaba mal, la muy gorrina… A diferencia de Valentina, con la que me habían comparado muchísimo a lo largo de los años, yo siempre había sido una mujer apasionada y jamás me había avergonzado hacer gala de esa faceta.

Él solía decirme que era como si alguien accionara un interruptor en mí que me cambiaba hasta la mirada. Martín, sin embargo, decía que ese velo sobre los ojos lo tenía siempre, pero había que estar atento para saberlo ver.

El caso es que, aunque a veces me arrepentí de haber perpetrado el crimen después de cometer el asesinato, durante el sexo me olvidaba de mis complejos, de mis inseguridades, de qué sería correcto o qué podría espantar a mi compañero. Yo, sencillamente, le cedía el mando a mi yo sexual y era honesta con mis apetencias, de la misma manera que intentaba serlo con mis apegos una vez terminado. Pero eso es otra historia. Todo esto para decirte que no tuve ningún remilgo en llevarme a Darío a mi habitación. Pero él tampoco tuvo ninguno en empezar a desnudarse en cuanto puso un pie dentro.

Cerré la puerta para que mis gatos no hicieran una entrada triunfal y me los encontrara mirando la cama fijamente en el peor momento. Porque a la cama…, a la cama íbamos a llegar.

Darío, sin jersey ya y sin sus botines (y con unos calcetines de Frida Kahlo, por cierto), me dio la vuelta para colocarme de espaldas a él cuando yo aún estaba terminando de quitarme las botas. Llevaba uno de esos vestidos cruzados, que si desatas la cintura, se va desenvolviendo alrededor de tu cuerpo hasta quedar abierto, pero él no se preocupó demasiado por cómo se quitaba, solo lo subió por encima de mis caderas.

Noté el bulto de su pantalón contra mis pantis negros, que intenté bajar de inmediato porque me parecieron cero eróticos. No me dejó pues tenía otros planes…, que me quedase quieta mientras besaba y lamía mi cuello y su mano se introducía por debajo de la cinturilla de las medias y de la ropa interior. Estaba empapada cuando me metió un dedo. Más aún cuando metió dos. Cerré los ojos con placer, respondí con un ronroneo y Darío aún se puso más duro contra mis nalgas.

—¿Por qué estás tan mojada? —susurró en mi oído.

—Seguro que puedes adivinarlo.

Me dejé a merced del movimiento de sus dedos (que entraban y salían deslizándose por todo mi sexo) en una especie de trance. Al abrir los ojos me topé con nuestro reflejo en el espejo de la pared, y me fascinó la expresión de nuestras caras mientras él me masturbaba despacio, recreándose, mordiéndose el labio como si necesitara ocupar su boca en algo que no fuera yo para no perder del todo los papeles.

Colé una mano entre los dos y busqué el bulto de su pantalón, que seguí con los dedos en toda su extensión. Se apretaba tanto contra la braqueta que pensé que no podría desabrocharle los pantalones, pero en cuanto me di la vuelta, fue él mismo quien lo hizo de un tirón. Sorpresa: Darío aún podía ponerse muchísimo más guarro.

—¿En la cama o aquí? —me preguntó—. ¿Dónde quieres que te la meta en la boca?

Si quedaba resistencia en mí, desapareció. Salió a jugar la otra Elsa.

—No voy a metérmela en la boca hasta que no me convenzas de que te lo mereces.

El nudo del vestido se enredó entre sus dedos cuando, en mitad de un beso que era más mordisco y lametón que beso, se dirigió hacia la cama. En lugar de deshacerlo, lo apretó aún más, de modo que tuvo que tirar del escote para abrirlo lo suficiente como para poder acceder a mis pechos, que esperaban apretados bajo un sujetador de encaje negro. Bendita manía de ir siempre conjuntada. Lo poderosa que me sentía con aquella ropa no tenía nombre.

Me tiró encima de la cama y, más rápido de lo que hubiera conseguido hacerlo yo misma, me quitó los pantis y me abrió los muslos. Arrodillado frente a mí, en el suelo, lo vi sonreír antes de apartar el encaje de las braguitas y meter la lengua entre mis pliegues. Eché la cabeza hacia atrás y lo agarré del pelo, arqueándome. Su lengua trazaba sutiles círculos alrededor de mi clítoris, sin llegar a tocarlo, provocándome, como anunciándome que aún podía hacerlo mucho más.

—¡Joder! —gemí cuando lamió, desplegando el músculo húmedo por toda la superficie sensible y recorriéndola con suavidad.

Tiré un poco de su pelo y le pedí que lo hiciera más fuerte. Levantó un poco la boca de mi entrepierna, con la mirada interrogante y juguetona.

—¿Más fuerte?

—Más. Mucho más.

Subió mis pies al borde de la cama y separó un poco más mis muslos mientras yo me quitaba el vestido, para lanzarse después a devorarme como un puto loco. Y puta loca casi terminé yo cuando metió, también, dos dedos dentro de mí y los arqueó, arriba y abajo, con fuerza. Hasta aquel momento, siempre había tenido claro que el mejor sexo de mi vida había sido con Martín. Empecé a no estar tan segura.

—Para... —le pedí jadeando—, para y fóllame.

—Y una mierda —contestó con la sonrisa más sucia que me han dedicado en mi vida.

No sé cuánto tiempo estuvo alternando el movimiento de sus dedos y su lengua, mientras presionaba con la palma de la otra mano mi bajo vientre, pero me pareció muy poco y muchísimo, como si el sexo hubiera abierto un agujero de gusano en el colchón por el que nos colábamos para volver a salir despedidos segundos después. Lo que sí sé es que cuando empezó a temblarme la mano que tenía agarrada a la funda nórdica, Darío paró. Justo cuando estaba a punto de correrme.

—¡¡¡Joder!!! —me quejé.

—Chis... —Sus labios, húmedos, se curvaron hacia arriba—. Después será mejor.

Se puso de pie, se quitó los calcetines y se bajó los pantalones y los calzoncillos a la vez, para dejar al descubierto una polla que saltó como un resorte al verse liberada de la tela. Que me perdonen la educación y las buenas costumbres, pero era una polla en consonancia con el resto. Si él era atractivo, guapetón, divertido, sexi, inteligente y elegante (o todo eso me parecía a mí en aquel momento), lo que tenía entre las piernas no podía ser de otra manera que como lo estaba viendo. Di gracias al Dios de las solteras, que me acababa de tocar la frente con el dedo, iluminándome con su divina providencia. Echó la cabeza hacia atrás (juraría que con los ojos en blanco) cuando me la metí en la boca y la llevé hasta el fondo de mi garganta. Se escuchó un chapoteo sutil cuando empujó un poco más con la cadera, pero quedó ensordecido por su gemido.

—Dios... —musitó con los dientes apretados—, pero cómo lo haces...

Y no parecía una pregunta. Más bien una afirmación. Me gustó hacerlo. Me gustó como pensaba que solo me gustaría hacerlo con hombres que me habían vuelto loca de tanto conocerme, a golpe de horas de piel. Resultaba evidente que Darío y yo compartíamos una de esas químicas locas que son como un eclipse total de sol..., poco habitual y majestuoso. Una de esas químicas que hacen de una primera vez un baile completamente acompasado. Una coreografía loca y perfecta.

Y como me gustó hacerlo, lo hice muy bien. Tan bien que, a fuerza de lamerlo, llevarlo hasta el fondo, hasta el límite, frotarlo en el interior de mis mejillas, contra mis labios, succionar y volver a empezar, Darío terminó tumbado en la cama, como al borde de un viaje astral. Y el baile estaba siendo tan loco, estábamos siendo tan creativos, que no dejamos de movernos hasta terminar en una postura que le permitió que una de sus manos se colocara entre mis piernas mientras mi boca seguía completamente entregada a él. Hasta que no pudimos más.

—¿En qué cajón tienes los condones? —preguntó.

—¿No aguantas más? —lo provoqué.

—Ni tú tampoco.

Me estiré hasta alcanzar el cajón donde guardaba los preservativos y le pasé uno.

—¿Me lo quieres poner tú?

—Prefiero mirar —dije sentándome sobre mis pies, frente a él.

Darío torció una sonrisa increíblemente sensual mientras se tocaba, despacio, con el condón entre sus dedos índice y corazón. Jugaba a desesperarme, pero no lo conseguía, porque me estaba encantando ver cómo se daba placer.

—Si repetimos alguna vez… —le dije—, recuérdame que te pida que hagas eso.

—¿Te gusta? —Arqueó las cejas.

—Me encanta.

—Sí, se nota —gimió—. Se te pone cara de guarra.

Abrió el condón, tiró el envoltorio fuera de la cama y desenrolló con soltura el preservativo. No le di ni tiempo a moverse; me lancé sobre él. Entró despacio, a pesar de la humedad, y cuando lo hizo la sensación fue…, fue como la de flotar en el mar, pero mejor. Como follarse al mar. No. Tampoco. Como quitarse el sujetador al llegar a casa, pero en cerdo.

Encajamos al segundo la cadencia de movimientos entre su cadera y la mía, alternando entre uno y otro el esfuerzo. Algo dentro de mí se encogía con placer cada vez que él embestía y yo cabalgaba. Algo que se parecía peligrosamente a un orgasmo. Darío me agarró las tetas con las manos y me las apretó hasta hacerme daño. Entonces se dio cuenta de que a medida que aumentaba la presión crecían mis gemidos. Aquello era de locos. ¿Cómo podía estar saliendo tan bien?

A medida que la fricción subía de intensidad, su pecho y su cuello se fueron enrojeciendo, no sé si del esfuerzo del sexo o del cosquilleo del placer. Y, más allá del tono que iban teniendo, llamaron poderosamente mi atención los tendones que se le marcaban en el cuello; algo en ellos me resultaba tan sexual que necesitaba dominarlo. Yo, que si jugábamos a mandar, prefería obedecer, sentí la tremenda tentación de agarrarlo del cuello con una mano. No lo pude evitar. Lo agarré y algo en mi interior se apretó hasta hacernos gritar a ambos de gusto. Ni siquiera pensé que podría no gustarle;

tampoco me dio tiempo, porque con su mano derecha sostuvo la mía en su cuello y apretó.

—Sí, joder —asintió—. Eres perfecta.

El cabecero de la cama comenzó a golpear la pared con fuerza, rítmicamente, y un chirrido se instaló en el alma misma del mueble, al que le dolían los movimientos que a nosotros nos daban placer. Le arrancamos un grito cuando me agarró con fuerza de las caderas y, clavando los dedos en mi carne, se colocó encima en un giro. El misionero está tremendamente subestimado. Si se le pone la motivación necesaria…, menudo viaje al centro de la tierra. El golpeteo, en aquella postura, se volvió frenético. Nuestras pieles aplaudían la una contra la otra. El cabecero besaba la pared. Las sábanas se retorcían bajo nuestros cuerpos. Toda la habitación parecía estar a punto de correrse con nosotros. Y en cada empellón, Darío ejercía más fuerza; cada vez lo hacía más rápido.

—¿Así? —me preguntó—. ¿Lo quieres así?

—Sí…

—Pues córrete. Córrete ya, que no aguanto.

Estiré el brazo, abrí el cajón de la otra mesita y saqué un pequeño vibrador que introduje entre los dos, pegado a mis labios. Creo que el eco de la vibración le alcanzó también cuando lo puse en marcha, porque Darío apretó los dientes en un gemido con el que pareció rugir. Ya no paramos hasta conseguirlo. Ya no había nada más importante que alcanzarlo.

—Dámelo —me decía con los ojos turbios, con los párpados a media asta, con la boca entreabierta y jadeante—. ¿Me lo vas a dar?

Y yo no podía contestar más que con gemidos que fueron subiendo de intensidad hasta que me lanzaron a uno de esos orgasmos que estallan hasta dejarte sin cerebro. No sé si grité. No sé si le clavé las uñas. No sé ni siquiera si lo llamé por su nombre, por el de otro, si lo comparé a Dios o si me desmayé.

Solo sé que me corrí. Y me corrí hasta que no quedó de mí ni una puta gota de placer que darle. ¿No lo quería? Pues vaya si se lo di. Se lo di todo y él me lo devolvió, agarrándose a la almohada, en empujones secos de su cadera, con un gruñido animal que reverberaba en su pecho y rebotaba en mis cuerdas vocales. Se corrió tanto que tardó en poder parar…
… De follarme.
… De gemir.
… Y de reír.

Y cuando rio…, creo que cuando rio, sentí que acababan de firmar una sentencia contra mí que yo ya no podría apelar.

24

La carne
Rosa Montero

Darío era suave. Tenía una piel dorada, como si acabase de volver de unas vacaciones en el Saint Tropez de los años sesenta. Era bello y no le avergonzaba en absoluto su desnudez. Extrañamente, a mí tampoco me estaba molestando la mía…, parcialmente. Porque llevaba puesto el sujetador (aunque los pechos habían hecho viajes de ida y vuelta al exterior a lo largo del polvo que acabábamos de echar).

Estábamos tumbados uno al lado del otro, él bocarriba, yo bocabajo, de manera que mi brazo plegado había caído sobre su pecho y su mano descansaba sobre mi nalga izquierda. Nos miramos, perezosos, como si nos hubiera descubierto la noche, aunque por el enorme ventanal de mi dormitorio entraba la luz amarilla, primaveral, del mediodía. Ambos sonreímos.

—¿Qué tal? —me preguntó volviéndose hacia mí.

—Muy bien.

Le enseñé el dedo pulgar y él se rio, se lo llevó a la boca y lo besó. Cuando quise darme cuenta, me había enroscado en su brazo, con el muslo entre sus piernas, jugueteando con el vello de su pecho. Un pecho definido, masculino, sin necesidad de ser uno de esos cuerpos de portada que, desde hacía mucho, a mí ya no me fascinaban.

—Se nos ha dado bien. —Y pareció gratamente sorprendido al decirlo—. Como si lleváramos toda la vida haciéndolo.

—Sospecho que no eras virgen y temo decirte que yo tampoco lo era.

—Eres boba. —Se inclinó y me besó la frente, que apoyé en su hombro—. Me refiero a juntos. Siempre se necesita cierto tiempo para conseguir sincronía.

—Sí. Tienes razón.

—Creo que ahora mismo me darías todo el rato la razón.

—Me da igual el cosmos. —Me reí—. Estoy muy a gusto.

—Y yo. Pero déjame hacer algo…

Tiró un poco de la funda nórdica que teníamos arrugada en la cama que, de tanto movimiento, estaba ya a medio hacer, y nos tapó a ambos.

—Se me estaban quedando los pies fríos.

—Lo había notado.

Nos hicimos un ovillo juntos, como viejos amantes, y nos besamos un par de veces en los labios, con cariño y sin ningún rastro de lujuria. Yo ya le había dado todo lo que podía darle por el momento. No me quedaba más. Su mano paseó por mi espalda de arriba abajo, haciéndome unas gustosas cosquillitas a la vez que me reconfortaba con su tacto. Y era raro. Yo huía del contacto tras el sexo. Era famosa por ofrecer «un vasito de agua» a mis amantes para conseguir que se pusieran en movimiento y se largaran antes. Incluso había invitado a alguno a irse sin mentiras de por medio:

—Estoy incómoda. ¿Te puedes ir? —Y, amablemente, lo había hecho.

Con Martín, como ya he contado, algo me impedía sentirme todo lo cómoda que debería haber estado, pero nunca le pedí que se fuera. Creo que en el fondo deseaba con todas mis fuerzas que él supiera cómo abrazarme, cómo hacer lo que yo no sabía hacer.

—Tu cama es supercómoda —ronroneó.

—¿La tuya no?

—Tengo que cambiar el colchón. Justamente venía de la tienda de colchones que hay casi en la esquina con José Abascal.

—Ahí me compré el canapé de la habitación de invitados. Son majos.

Se echó a reír.

—Consejos de vecindario.

—Claro. —Me reí también, arqueándome para poder verle la cara.

Estaba jodidamente guapo, aunque había rastro de rojeces aún sobre su piel. Hay gente a la que le queda muy bien el sexo. Y se lo dije.

—Eres de esos que están guapos después de follar.

—Todo el mundo está guapo después de follar.

—¡Qué va!

—¿No? Sí, mujer. El rubor que te da el sexo es… sexi, claro.

—Deberías haber visto a alguno de mis amantes. Parecía que llegaban de un Ironman.

—Me lo creo. —Cerró los ojos con placidez cuando me revolví en la postura y alcancé a acariciarle el pelo—. Pobres hombres. Hay que estar físicamente preparado para esto.

—¿Para esto?

—Follas como una bárbara.

Se incorporó para mirarme y esbozó una sonrisa canalla justo antes de acomodarse de nuevo, enroscado a mi pecho, donde podía acariciarle mejor el pelo.

—No sé si eso es bueno o malo.

—Quítate esto. —Tiró de los tirantes de mi sujetador, que lancé fuera de la cama mientras él seguía hablando—. Es bueno. —Me besó el pecho izquierdo y después el derecho—.

Follas como una vikinga que ha invadido un poblado y no va a hacer esclavos.

Chasqueé la lengua mientras me reía.

—Eres idiota.

—El vecino más idiota de todo el bloque.

—No te creas. El de abajo ha dejado el listón muy alto. Escucha ópera los domingos por la mañana.

—¿Y eso es malo?

—Si ya le hubieras visto la cara, no me lo preguntarías. Tiene la típica cara de soplapollas que…

—Que todo lo que haga te va a sentar ya mal.

—Probablemente.

Nos hicimos otro arrumaco y apretamos las piernas en un nudo muy agradable. Pensé que podría quedarme dormida.

—Mi madre me avisó —dijo—. Y perdona que mencione a mi madre cuando mi pene descansa flácido y cansado sobre tu muslo.

Me volví a reír. Darío me parecía la leche.

—Ni siquiera me había dado cuenta. ¿De qué te había avisado tu madre?

—De que el de abajo era un poquito especial.

—No es especial. Especial es la señora Socorro, que no lo sabe, pero ha empujado a dos vecinos a follar salvajemente.

—Pobrecita. —Me siguió la broma—. Si ella lo supiera.

—Oye…, ¿y te dijo algo más tu madre?

—¿Me preguntas si me dijo algo sobre ti?

Nos miramos y asentí con cara de buena.

—Algo. No mucho.

Miré al techo. De pronto me preocupaba no haber sido todo lo discreta que siempre había querido ser y que la señora Ana estuviera más al día de lo que deseaba de mi vida sentimental.

—¿Algo turbio? —insistí.

—Algo...

Me incorporé como un resorte y su cabeza cayó sobre el colchón.

—¡Oye! Estaba muy cómodo.

—¿Cómo de turbio?

Por Dios, que las paredes son muy finas en este edificio. ¿Y si le había dicho que gemía como una loca, que veía porno, que me tiraba pedos que parecían una cremallera gigantesca? Darío se aclaró la garganta con calma mientras yo lo miraba horrorizada.

—Me dijo que eras buena niña..., que te habías «quedado sola», que es su manera de llamar a los divorcios..., que tu ex le parecía gruñón y un poco falso...

Me reí contra la almohada.

—Y que te tirabas unos eructos que parecía que vivían en tu casa cinco marineros ingleses.

Levanté la cabeza y lo miré fijamente.

—Estás de coña.

Negó con la cabeza y una sonrisa.

—Dime que estás de puta coña.

—No. Pero, vamos, te diré que yo ya lo he constatado.

—¿Qué dices? —me horroricé—. ¡Eso no es verdad!

—Antes de venir a quejarme porque estaban sonando los Backstreet Boys ya conocía tu angelical voz. O bebes mucho gas o deberías ir al médico.

Me tapé la cabeza con la almohada y lancé un grito que a él le divirtió muchísimo, pero que ignoró. No dijo ni hizo nada y cuando emergí de debajo de mi escondite, lo encontré leyendo la sinopsis del libro que tenía en la mesita de noche.

—Tiene buena pinta. ¿Está bien?

—¿Me dices que me arreo unos eructos de la hostia, y... ahora me preguntas por mi lectura actual?

—¿Qué más da? —Se encogió de hombros—. A mí me gustas así.

Creo que ambos nos sentimos momentáneamente incómodos. Una décima de segundo. Una milésima, si quieres. ¿Por qué? No había dicho nada malo, ¿no? No. Claro que no. Pero había dicho algo que era demasiado pronto para ser verdad. Sé distinguir cuando es la paz poscoital la que empuja las palabras fuera de la boca, pero, aun así, pueden hacerme sentir un poco incómoda. Y especial.

—El libro está genial. —Cambié de tema—. Me está gustando mucho.

—¿Quién lee cuentos sobre el demonio antes de dormir? —Frunció el ceño.

—Alguien sin miedo.

Dejó el libro suspendido en el aire y se volvió a mirarme. Y me miró. Dirás: «Qué obviedad. Si te miró, te miró». Creo que la forma correcta de expresarlo es que me vio. Que, de pronto, Darío me vio. Y algo en su manera de mirarme cambió, aunque fuera en un porcentaje tan pequeño que no hubiera unidad de medida con la que controlarlo. Y ese cambio, sumado a la forma en la que me miraba antes, dio como resultado algo que me gustaba. Mucho.

—Me miras bonito —me atreví a decirle.

—¿Cómo te iba a mirar feo? Es imposible.

Sostuvimos la mirada un poco más y ambos sonreímos, tontos. «La tontuna poscoital», me dije. «Ya sabes mucho de la vida, Elsa, no te confundas».

—Vecina —susurró.

—Vecino.

—Perdóname.

—¿Por qué?

Apoyó la frente sobre mi boca.

—He dejado el condón usado sobre tu libro. Se ha manchado de fluidos corporales.

Lo abracé, riéndome a carcajadas, y él dejó caer el libro con suavidad sobre la cama antes de devolverme el abrazo.

—¿Me perdonas?

—Claro que te perdono.

—La próxima vez iré con más cuidado.

—¿Habrá próxima vez?

Los dos nos estudiamos unos segundos, divertidos. Aquella pregunta había desvelado mis ganas de que sí que la hubiera, pero daba un poco igual, porque creía adivinar que él también quería repetir.

—Claro que la habrá. Tenemos unos días antes de que te vayas a París. Es posible que, para que no pierdas el vuelo, tengan que venir a separarnos con una manguera, como a los perros.

Fruncí el ceño.

—Perdón. ¿Muy gráfico?

—No. Es que me he puesto cachonda.

Lanzó una carcajada seca que me hizo mucha gracia. Algo así como un «¡JA!» completamente sincero. Darío era muy divertido.

—Nos hemos puesto supercerdos —contestó momentáneamente serio—. Te he llamado guarra, creo.

—Sí, pero es que es verdad —asentí—. Ambos somos unos guarros.

—Y me da la sensación de que aún no hemos alcanzado ni la mitad de nuestro potencial. Ya verás, ya... —Levantó las cejas varias veces antes de separarse de mí y sentarse en el borde de la cama—. Me voy.

Quería preguntar «¿ya?», pero contesté:

—Okey.

Aún tendrían que pasar muchas cosas para darme cuenta de que no era todo lo honesta que yo creía ser en la cama.

—Tengo que…, buff…, corregir lo que he hecho esta mañana. Y puede que ahora me enfrente a la terrible verdad de que lo que he hecho no vale un culo.

—Seguro que sí. Come algo antes.

—Si no como algo antes, voy a desmayarme sobre el teclado. Me has dejado hecho polvo.

—Y tú a mí.

—Pero yo no soy un vikingo. —Se colocó la ropa interior, mientras les daba la vuelta a las perneras de sus pantalones—. Así que follo de manera civilizada.

Me incorporé también y pasé desnuda a su lado hasta alcanzar el quimono que colgaba junto a la puerta del baño.

—Oh, qué sexi.

—No creas que es por ti. Soy así.

—¿Así de sexi? —Se subió los pantalones, burlón.

—Así de yo misma. De Elsa.

Se sentó en la cama, mientras yo abría las ventanas en el modo oscilobatiente (compatible con la vida felina de la casa, para no tener gatos paracaidistas), y se colocó los calcetines y los botines.

—Bonitos calcetines —le dije de soslayo.

—Hay que invertir en ropa interior. Una de esas cosas que mi madre nos ha repetido durante toda la vida.

—Toda la razón.

Se levantó con los vaqueros puestos, ya calzado y sin el jersey y deseé echar una tienda de campaña encima de él y quedarme a vivir con esas vistas. Por el amor de todo lo querible. Qué vecino tan sexi. Qué desgracia.

—Voy a ver si puedo currar con este olor a sexo encima.

—A veces me choca ese aire parisiense que tienes y el poco filtro que te queda en la garganta. —Le pasé el jersey, que estaba tirado junto a mi pie—. También puedes darte una ducha.

—¿Una ducha? De eso nada. Olemos de puta madre.
—Emergió por el cuello del jersey de nuevo—. Prométeme que no te vas a duchar.

—¿Y eso por qué?

—Porque quiero que huelas a mí toda la tarde.

Me envolvió con sus brazos y nos besamos. Siempre me han gustado los hombres que besan mucho al despedirse. Como Nacho, como ÉL. Se escuchó un maullido lastimero detrás de la puerta.

—Es hora de irme. Tus hijos te reclaman, madre de gatos.

Los tres entraron en tropel, empujándose unos a otros, cuando abrí la puerta del dormitorio. Seguro que estaban oteando el horizonte olfativo con extrañeza mientras nosotros nos dirigíamos a la puerta.

—Lo he pasado muy bien —me dijo.

—Yo también.

—Si te parece, me gustaría repetir.

—Me parece.

Se inclinó hacia mí, me dio un beso breve, abrió la puerta sin mucho protocolo y palpó sus bolsillos en busca de las llaves.

—Que vaya bien el trabajo.

—Y tú ¿qué vas a hacer? —Se giró, con el manojo de metal tintineando en la mano.

—Pues comeré algo y me pondré a leer.

—Qué puta diosa —se burló—. Seguro que alguno de tus gatos te va dando uvas de vez en cuando mientras tanto.

Encendió la luz del rellano. ¿Debía de cerrar ya? ¿Debía de esperar a que entrase en casa? Bueno, había llegado ya ese momento. El de la incomodidad. Y, si soy sincera, casi me reconfortaba, porque si quería repetir y no pillarme, la situación no debía ser tan… de novela. Tan ideal. Tan poco de carne y hueso. O yo me convertiría en un personaje, como

Valentina, y viviría una situación donde no pudiese controlar qué ocurriría en el siguiente capítulo. Y eso nunca está bien para una obsesa del control. Ya estaba decidida a cerrar la puerta cuando dijo:

—Me acabo de acordar de otra cosa que decía mi madre.
—Sorpréndeme.

Se echó unas risas él solo y, metiendo la llave en su cerradura, me miró, coqueto.

—Me dijo que si fuera como Dios manda, te invitaría a un café. Que si nos casábamos…, imagínate la casa que nos iba a quedar uniendo los dos pisos. —Movió la cabeza con desaprobación—. En fin. Madres. Que pases buena tarde.

—Igualmente.

Cerré la puerta segundos antes que él y me precipité al dormitorio a cambiar las sábanas. Necesitaba algo con lo que distraer la mente de la imagen de la biblioteca de treinta metros cuadrados que cabría al unir las dos salas de estar.

25

Pura pasión
Annie Ernaux

Soy una de esas personas que ha imaginado su boda tantas veces que le ha dado tiempo a planificar, al menos, quince tipos de casamientos diferentes. A veces varios con la misma persona. En su día tuve una boda muy bonita, pero muy al modo en el que creía que les gustaría a mis padres. Vestida de blanco, con un velo con cola, en un monasterio, por la iglesia, por supuesto, y con un convite con cóctel, dos platos, postre y tarta nupcial. Una boda bonita para un matrimonio bonito que, no obstante, se acabó. Pensé, sinceramente, que no me volvería a casar jamás. Que no querría. Que ya había pasado por los preparativos y la fiesta y…, bueno, eso, ya lo había tenido. Pero, claro, soy una romántica. Y claro, me pasó ÉL. Y digo «me pasó», porque a mí ÉL me arrolló, como Frida Kahlo decía que la había arrollado Diego Rivera. Un accidente casi mortal; eso había sido. Con ÉL imaginé una boda. Claro que sí. Con todo lujo de detalles, además. Lo hice nada más salir de la cama en la que nos acostamos por primera vez.

    Después de tantas videollamadas, se hizo palpable que necesitábamos vernos, pero los dos teníamos reticencias. Yo tenía muy reciente mi divorcio y me daba miedo solapar el duelo con otra historia, a pesar de que estaba segura de que ya había velado el cadáver de aquella relación cuando aún estaba en ella. Él, sin embargo, tenía reparos sobre que nos viéramos sin haber podido hablar con su novia. Ella vivía lejos, como ya te conté, y no quería dejarla por teléfono. Ya habíamos llegado a aquel punto: era tan evidente que algo estaba naciendo entre los dos, que, aunque no se hablara directamente de ello, sí se trataban los daños colaterales.

—Tengo que hablar con ella en persona antes de que pueda permitirme nada más. Esto ya está mal. Es demasiado.

Y yo estaba de acuerdo, pero... éramos más débiles de lo que pensábamos. Decidimos que quedaríamos a comer. Hacía meses que no nos veíamos en persona porque las circunstancias habían sido... adversas. Una comida en un sitio bonito haría las veces de bálsamo para paliar la necesidad de vernos y pondría freno a las ganas de comprobar si era cierto que había algo allí. Algo que no habíamos idealizado. Algo que era tangible. Fiable. Sin embargo, en el último momento, tuvimos que aplazar el plan de la comida..., no recuerdo bien por qué. Se nos ocurrió que podríamos tomar un vino. En mi casa. Yo no sé si es que éramos tontos o demasiado listos.

Cuando llamó al telefonillo, casi vomité en el recibidor de casa. Me temblaban las manos. Pensé que, después de una relación tan larga, llevaba mucho tiempo fuera del mercado y no estaba acostumbrada a los nervios de una primera cita..., si es que eso era una primera cita, pero supongo que el motivo es que Él siempre me elevaba el cortisol. Fue amable. Me besó en la mejilla, me abrazó, alabó mi casa y mi gusto para decorarla y me acompañó a la cocina, donde descorché una botella de Marqués de Cáceres. Guardé el corcho durante demasiados meses después de aquello.

Nos la bebimos en la terraza charlando de esto y de aquello. Estaba guapísimo. Llevaba una camiseta azul y unos vaqueros Levi's. Lo vi más fuerte, como si hubiera estado haciendo pesas durante el tiempo en el que no nos habíamos visto, pero cuando se lo dije me aseguró que estaba como siempre.

—Creo que un poco más gordo —sentenció.

No sabría concretar en qué había cambiado, pero estaba increíble. Brillaba. En alguna ocasión me había dicho que yo irradiaba una luz tan fuerte que le hacía brillar incluso a ÉL.

—Yo no quiero ningún foco —me decía—. Los quiero todos sobre ti. Y yo a un lado, viéndote brillar. Admirando a la mujer que eres, con la boca abierta y maravillado.

Cuando me pregunto cómo fue posible que me enamorara tanto de él, recuerdo aquellas cosas y trato de sentirme menos tonta. El caso es que en ese instante me acordé de eso. De todas las cosas bonitas que me decía. Esas cosas que, de alguna manera, habían terminado anidando un poco dentro de mí y generando un empoderamiento que no estaba antes de ÉL. Y quise besarlo. Pero no me atreví.

—Dame un beso —le dije interrumpiéndolo en mitad de lo que me estaba contando.

—¿Ves? —Sonrió, con todos esos dientes relucientes y perfectos—. No te interesa lo que digo. Solo quieres besarme.

—No. No es verdad. Ya lo sabes. Pero ahora... necesito que me beses.

Estaba sentado en uno de los sillloncitos de mi terraza, pero se levantó, se sentó a mi lado, me cogió la cara y me besó. Nuestro verdadero primer beso. Me estalló una galaxia en el estómago y no es una exageración; decir menos sería mentir. Ya no pudimos separarnos. Nos besamos en la terraza. Nos besamos apoyados en el ventanal del salón. Nos besamos en el sofá, donde además perdimos algo de ropa, pero no fuimos más allá, porque no tengo cortinas en el salón y le daba vergüenza que algún vecino pudiera vernos, de modo que me preguntó dónde estaba el dormitorio y fuimos hacia allí cogidos de la mano.

Estaba tan nerviosa...

... Tenía tan poca experiencia...

... Quería que fuese tan especial...

Ahora, con alguna experiencia más a mi espalda, puedo comparar mejor y..., bueno, aquello fue sexo, claro, pero a la vez no lo fue. Creo que nunca había hecho el amor antes de ÉL. Al menos no en los últimos quince años. Estaba segura de que esas cosas se sienten cuando eres muy joven y no sabes que el sexo es maravilloso siendo solo sexo y lo quieres vestir con unas telas más lujosas. Pero no.

Fue desastroso, también cabe decir. Desastroso como el sexo que tendría una pareja que aún está en el instituto. No acoplamos a la primera, lo que nos pareció normal, claro. Fue breve, lo que me enterneció, porque me dijo al terminar que yo le gustaba tanto... Fue a ratitos una mentira muy bonita que construí para ÉL, porque no quise que supiera que estaba tan nerviosa, tan tensa, que no pude correrme ni con las caricias que me dedicó una vez se corrió. Así que lo fingí.

Terminamos en mi cama, abrazados, como una pareja que ha cruzado medio mundo en guerra para tocarse. Lo juro. Ñoños. Avergonzados de ser tan ridículos, pero siéndolo con todas nuestras fuerzas y cierto placer. Supongo que así es el amor en sus comienzos: empalagoso e infantil.

Estuvimos horas hablando, con las manos trenzadas, haciendo algunos planes, besándonos, abrazándonos. Caía sobre el colchón la luz de un crepúsculo precioso y la habitación era una burbuja lila y dorada. Nosotros ya estábamos enamorados, aunque no lo dijéramos.

Cuando se marchó, me tumbé de nuevo en la cama y olí la almohada sobre la que ÉL había estado acostado, y... pasado un rato, le envié una canción. Una que, sin hablar de amor, hablaba de no arrepentirse, de la pasión, de las ganas que quedaban de seguir haciendo aquellas cosas de por vida... Él me respondió que no hubiera salido de mi cama nunca y yo, ilusionada, pensé que aquella canción sonaría en nuestra boda.

Supongo que ese fue el preciso momento en el que todo se torció. Os juro que yo no he sido así de moñas jamás. Creo que me lo contagió por vía sexual.

26
Cuatro amigos
David Trueba

Carlota era para mí lo mismo que el personaje de Lara para Valentina: una hermana de otros padres. Crecimos en el mismo barrio y estuvimos juntas desde tan pequeñitas que no recordábamos habernos conocido. Nosotras, sencillamente, siempre estuvimos allí. Con los años, la vida nos separó físicamente, pero nunca consiguió alejarnos en lo emocional. Hay personas que son una extensión de ti mismo; Carlota era, es y será parte de mi familia. Pero su sueño de ser azafata la llevó a Barcelona mientras yo cursaba Comunicación Audiovisual en Valencia (aún me pregunto para qué) y cuando me marché a Madrid a estudiar un máster en comunicación y arte, ella ya estaba trabajando, volando de aquí allá.

En estos años ha cambiado varias veces de compañía y con ello, en ocasiones, de país, pero hace un par de años aceptaron su solicitud de trabajo en Iberia y ha vuelto a casa. Vive en Madrid, aunque creo que la veo menos que cuando estaba en Roma. La culpa es de las rutas que tiene asignadas y de que, cuando tiene sus días de descanso, a veces aprovecha para escaparse a Dios sabe dónde, sola o con una amiga azafata, a recorrer mundo. Eso y dormir. Porque dormir y ver la tele aún le gusta más que viajar.

Pero, alguna vez, cuando no junta turnos y guardias para poder tener más días festivos en los que viajar, se alinean los astros y podemos hacer planes juntas. Planes en los que, claro, Juan siempre está incluido, porque cuando se conocieron hubo un flechazo como el que solo puede alcanzar a tus dos personas preferidas en el mundo.

Era uno de esos días. El plan consistía en película de miedo, palomitas y vino en casa de Juan, pero en el último momento decidieron que mi sofá, a pesar de ser guarida de tres gatos de los que sueltan pelo a dolor, era más cómodo. En cualquier otra situación a mí no me habría importado, pero después de echar un polvo de extranjis con el vecino con el que compartía pared del salón, me daba un poco de apuro. Quería contárselo, evitando que Darío pudiese escucharnos, y, sobre todo, sin que fuese testigo de la bronca que me iba a caer por parte de Juan por haber hecho exactamente lo que me aconsejó que no hiciera. Sin embargo, mis quejas no sirvieron para nada. Estaba lloviendo y Juan decía que era más cómodo fumar en mi terraza, que estaba techada, y no en la suya. Ese argumento, unido al del sofá, desbancó cualquiera de mis reservas. A las siete de la tarde, aún de día a aquella altura del año, los encontré tras mi puerta.

Cabe decir que no había sabido nada de Darío desde que se fue de mi casa la tarde anterior. Ni de Martín, del que me había despedido con un abrazo en la puerta de Federal Café un rato antes. Ni de ÉL desde hacía ya cuatrocientos doce días.

—Hemos traído cosas —dijo Carlota que, como si la acabase de ver media hora antes, entró directamente hacia la cocina para dejar una bolsa.

—¿No me vas a dar ni un beso?

—Uy, pues claro. —Y volvió para darme un beso.

Te cuento que Carlota tiene una forma de andar graciosa. Cuando está relajada, camina con los brazos algo encogidos como un T-Rex, lo que, en una rubia alta, delgada, bonita y elegante, no deja de ser peculiar.

—Anda que me contestas el mail que te mandé —le recriminé.

—Te mandé una nota de voz diciendo que aprobaba tu viaje a París.

—¿Contestas el mail de tu mejor amiga contándote movidas chunguísimas con una nota de voz de diecisiete segundos?

—Te juro que iba a escribirte un correo superlargo y súper de «te quiero, te apoyo, siempre me tendrás a tu lado», pero con lo de la huelga de controladores aéreos en Italia...
—Puso los ojos en blanco de una manera exageradísima, como si le estuviera dando algo—. Me encantó recibirlo, eh. Sigue así.

Miré a Juan, pues esperaba que añadiese algo que hiciese ver a Carlota que no se podía ser así de despegada. También pensé que se burlaría. Sin embargo, lo encontré mirándome de soslayo, como sospechando, agarrado a la puerta del congelador, donde se estaba surtiendo de hielos para la Coca-Cola.

—¿No íbamos a beber vino? —pregunté—. La última vez que bebí vino terminé en una fuente y quería ver qué efecto me hacía ahora.

—Tú en una fuente y yo mojado y con pota hasta en los bolsillos. Oye... —Levantó la barbilla—. ¿Y tú qué?

—¿Yo qué de qué?

—Pones una cara rara.

—La que tengo, hijo.

—¿Me ocultas algo?

Bufé.

—De verdad..., cómo eres.

—La última vez que sospeché que me ocultabas algo, tiré un poco del hilo y descubrí que te calzabas a un cantautor con novia.

—¡Juan!

Carlota se había dado la vuelta hacia nosotros, completamente alucinada, con los ojos fuera de sus órbitas, pero sin soltar la botella de Coca-Cola Zero de la que bebía a morro.

—¿Quééé? —preguntó dejándola por fin sobre la mesa y eructando después.

—¡¡Chiiis!!

Ya no sé si pedía silencio por el eructo (para que no pareciera mío, claro), por el tema del amante con novia o por qué. Lo de enrollarse con tu vecino es un estrés.

—¿Cómo que te calzas a un cantautor con novia?

Fascinante la capacidad de mi mejor amiga de no unir cabos. Había estado al día de mi lío con Martín cuando ambos éramos solteros. ¿Cómo era posible que no…? En fin. Yo creo que lo de volar tanto no le sienta bien. Me giré hacia Juan con un suspiro de frustración.

—Juan, tío, era un secreto —me quejé.

—¿Y a tu hermana se lo ibas a ocultar? —Carlota se señaló el pecho, ofendida.

—¿A la misma hermana putativa que se calló que me iban a hacer una intervención en mi salón, dices? Claro que sí. La lealtad se paga con lealtad.

Me enseñó orgullosa su manicura semipermanente en rojo…, más concretamente la del dedo corazón.

—¿Qué más te da? —Juan, a mi espalda, metía en el microondas un paquete de palomitas al punto de sal—. Si no va a saber ni quién es.

—¡Hombre! Claro que lo sé. Es el chiquito este…, ¡uy! ¡Pues claro! ¿Cómo se llama este de la guitarra? Sí, hombre…, el que cantó con Bustamante un año después de las campanadas, en TVE.

—¿Quién? —pregunté extrañadísima—. Carlota, tía, dime la verdad, ¿tú te drogas?

—¿Ves? Puedes estar tranquila —aseguró Juan—. La cosa es... ¿qué me ocultas?

—No te oculto nada. ¿Cuál vamos a ver? Yo voto por repetir la primera de los Warren.

—Me estás mintiendo y lo sé, pero voy a correr un tupido velo mientras preparamos el piscolabis.

Carlota saltó del sofá para unirse a nosotros en la cocina y, en el mismo momento en el que ella estaba pidiendo que abriéramos el bote de pepinillos agridulces que había traído, alguien llamó al timbre. Temí con toda mi alma que fuera Darío.

—¡Yo abro! —se ofreció Carlota.

Del empujón que le di para adelantarla, mi mejor amiga casi terminó estampada en la vitrocerámica. Tras la puerta, efectivamente, me encontré con Darío, mi vecino que, con una camisa vaquera y unos vaqueros negros, estaba para comérselo con las manos, aunque casi no me dio ni tiempo de pensarlo. Antes de que pudiera reaccionar, me metió dentro de casa de un empujón, cerró la puerta y me arrinconó contra el mueble del recibidor.

—Eh..., esto... —Lo aparté un poco, horrorizada, pero él no se dio por aludido.

—Llevo todo el puto día de reuniones, sin concentrarme, con la polla dura pensando en lo de ayer.

Los ojos se me fueron hacia la cocina que, en un concepto abierto y muy europeo, la anterior dueña había unido al salón y al recibidor a través de un revestimiento de metal negro y cristal. Tras los cristales estaban Juan y Carlota con la boca completamente abierta.

—¡Hostias! —se sobresaltó—. Hola.

—Hola, torero.

Dicho esto, Carlota lanzó una risita diabólica que hizo que Darío me mirase de reojo.

—Estos son Juan y Carlota, mis mejores amigos.

—¿Y tú? —preguntó Juan queriendo ser amable, pero sin llegar a serlo en toda su plenitud.

—Soy Darío, encantado. Soy… el vecino. —Señaló el piso de al lado—. Venía a… pedirle… huevos.

—Sí. —Carlota se apoyó en la bancada, muerta de risa—. ¿Para acompañar la polla dura?

Abrí los ojos de par en par con horror.

—Ni puto caso. —Le pedí entre dientes—. Vete.

Intenté dirigirlo hacia la puerta, pero Juan llamó de nuevo su atención.

—Vamos a ver una película de miedo, ¿te gustan?

—Me flipan. —Sonrió encantador.

—Quédate, entonces. Te pilla cerca de casa.

—Pues me encantaría —me miró de reojo—, pero tengo que terminar una cosa de trabajo urgente y…

Movió la mano derecha sin ton ni son en el aire. Casi podía ver las gotas de sudor frío en el nacimiento de su pelo. Si a mí me había horrorizado la escena, a juzgar por su expresión, parecía que a él le había causado un trauma de por vida y eso, en mi mente retorcida, era sospechoso y merecedor de análisis. ¿Quería acostarse conmigo, pero sin que hubiera ningún testigo de nuestro *affaire*? ¿Se avergonzaba? ¿Estaba repitiendo, ooootra vez, aquel patrón tóxico? Lo pensaría más tarde. Ahora era prioritario que se largase de mi casa.

—Adiós, Darío. —Le di la vuelta y abrí la puerta en sus narices—. Gracias por la visita.

—¿No quería huevos? —recordó Carlota.

—¡Es que no tengo! —exclamé con un gallito en la voz.

La salida fue aún más atropellada que la entrada. Antes de cerrar solo pudo hacerme una mueca de apuro que no me preocupó tanto como lo que tenía en la cocina. El silencio se cernió sobre nosotros con más presencia de ánimo que la mirada inquisidora de Juan.

—¿Que no me ocultabas nada? —dijo por fin—. Cada vez que te lo pregunto, sube el pan.

—Y baja la Bolsa —me quejé—. Os pido por favor que habléis bajo porque desde su piso se escuchan hasta los eructos.

—Ahora ya entiendo tu reacción al mío. —Carlota entrecerró los ojos.

—¿Te has follado al vecino? —me preguntó Juan con cara de no creérselo.

—Baja la voz —le pedí.

—Si la bajo más, te mando un telegrama. Contéstame.

—Sí. Ayer. Me resistí todo lo que pude a la tentación, pero ya lo has visto. Está buenísimo. Está tan bueno que no sé qué cojones ha visto en mí.

—Está buenísimo —confirmó Carlota, que aprovechó que el microondas pitó para armarse con la bolsa de palomitas—. Pero tú eres gilipollas.

—¿No habíamos quedado en que no era momento de establecer vínculos con nadie? —Juan no parecía molesto, más bien preocupado.

—Eso lo dijiste tú —apunté casi en un susurro—. Pero de todas formas… ¿Cuál es el problema? Somos dos personas adultas que han encajado, se han atraído en un momento puntual y…

—Tan puntual no habrá sido, que ha entrado como una apisonadora a por más.

—Bueno, es que… fue guay. Se nos dio bien y conectamos. Dos solteros…

—Dos solteros exigentes —se burló, imitando el eslogan de aquella primera aplicación para ligar por internet—. Elsa, tienes demasiados frentes abiertos.

—No sabía que para echar un polvo debía tener la cartilla vacía de problemas vitales.

—No es eso. Es que te vas en poco más de una semana a París.

—Mejor. Así no se nos hará incómodo.

—No, claro que no, porque si a la vuelta él está con alguien y los ves entrar en casa acaramelados...

—Solo hemos echado un polvo, Juan.

—¡Elsa, que te conozco!

—Te recuerdo que yo sí sé follar por deporte.

—Sí, pero ese tío es un puto portento y vive puerta con puerta contigo. Mil pavos a que te pillas.

—Dos mil —dijo Carlota con cara de viciosa.

—Me inquieta muchísimo lo que te gusta apostar, tía —me quejé—. Juan, de verdad, deja de preocuparte tanto. Me angustias.

Levantó las manos como en son de paz, dejando claro que pensaba dejar el tema, pero con cierta cara de indignación.

—Iba a contároslo ahora —me defendí.

—¿A qué estabas esperando?

—¿Sinceramente? A que te tomases dos vinos y me riñeras menos.

Se le escapó una de esas risas algo cansadas que se les dedican a los amigos cuando no querrías que te hicieran gracia, pero te la hacen.

—Es que eres muy padre —suspiró Carlota—. Deja a la niña que se espatarre.

—Yo no te riño, Elsa. Es que... —Puso cara de circunstancias—. Es que luego sufres y yo me preocupo. Y sabes que tengo razón en que eres muy sentida y... ya te han hecho suficiente daño como para buscar emociones en sitios peligrosos. Si aun así decides hacerlo, está bien. No vendré a decirte «te lo dije» con dedo acusador ni pensaré que eres mongola ni que te lo mereces. Estaré para ti y ya está.

Arqueé las cejas.

—¿Lo ves? —le dije.

—¿El qué?

—Que siempre hablas como si todo fuera a salir mal.

—No es eso. Es que...

—No. Déjalo —se lo pedí sin resquemor. Quería de verdad dejar el tema porque, irremediablemente, todo aquello me devolvía a ÉL sin poder controlarlo—. ¿Los Warren?

—¿Te has enfadado? —preguntó Carlota compungida.

—Claro que no. Es que me voy dentro de unos días y quiero disfrutar sin preocupaciones antes de irme. No soy una mujer débil y lo he demostrado, así que esta advertencia tiene validez por lo menos hasta mi vuelta, ¿vale? Ahora solo quiero ver una película de miedo, a poder ser en la que salga la muñeca Annabelle.

Carlota le dio un par de palmadas en la espalda a Juan, que asintió.

—Amén —dijo, sin poder evitar su preocupación.

—¿Vemos la primera de los Warren? Está en HBO.

—Sí. Perfecto, pero antes... —su cara de remordimientos se convirtió en una máscara malvada sonriente—, queremos todos los detalles.

—¿Qué detalles?

—Te has follado al vecino. Desembucha todos los detalles, insisto.

—Todos no —aclaró Carlota—, solo los concernientes a cómo es ese tío sin ropa.

Y yo, como buena amiga, los di, pero antes me aseguré de que no hubiera fugas sonoras y los metí en el baño de invitados, donde susurramos los tres hasta que quedaron satisfechos con la información compartida. Aun así, diré que doy más en los capítulos anteriores de la que les di a ellos, porque no hay nada más liberador que escribir pensando que no te va a leer nadie..., aunque luego sí lo hagan.

27
Las confidentes
Angelina Muñiz-Huberman

Juan y Carlota se fueron a las doce, después de dar unos cuantos gritos de susto por la película y de ponernos al día en la terraza, en compañía de unas copas de vino. Juan propuso salir a tomar un cóctel, pero me inventé que estaba cansada. En realidad quería saber si cuando ellos se fueran sucedería lo que pasó. Unos diez minutos después de despedirlos en el rellano, unos nudillos llamaron a mi puerta. Sabía que era Darío, así que abrí sin más, a pesar de las horas. Allí estaba, con una sonrisa avergonzada.

—Lo siento mucho —dijo—. Qué apuro…

Tendría que haberle dicho que entrar como un tornado en mi casa no estaba bien, pero lo cierto es que había estado dándole vueltas a la idea de que lo que le había dicho a Juan y a Carlota era verdad: me parecía que estaba tan bueno, que no terminaba de entender qué había visto en mí. Si era un ataque de soledad, pensaba aprovecharme un poco más de él. A la ocasión la pintan calva. Así que, sin decirle que no podía llamar al timbre y abalanzarse sobre mí así como así, lo agarré de la camisa, lo metí en casa, cerré la puerta y lo besé. Si flipó, no lo dijo. Por cómo reaccionó su lengua, yo diría que no mucho.

Pasamos los siguientes treinta y cinco minutos en mi dormitorio. ¿En serio tengo que dar más detalles? Bueno, unos pocos solo, que luego dicen que si escribo libros de los que se leen con una sola mano. Los primeros dos o tres minutos quitándonos la ropa, los siguientes lamiéndonos como dementes. Quedó patente que lo del día anterior no había sido la suerte del principiante: sabía cómo hacer que una mujer disfrutara. Y era generoso con su energía sexual.

Follamos fuerte. Creo que follamos más fuerte de lo que follaría con alguien que en realidad acababa de conocer, porque para ese tipo de sexo siempre me había hecho falta un poco de confianza. Pero con él salía de manera natural. Me corrí dos veces tan fuerte que me temblaron los muslos. El tamaño no importa, pero ayuda, que conste en acta.

Al terminar solo quedaron resuellos y jadeos, que se diluyeron de nuevo, como la primera vez, en unas carantoñas cómodas y nada empalagosas. Estaba a gusto con él allí tendida, desnuda, dejando besos distraídos por la piel a mi alcance, acariciando el vello de su cuerpo, con las yemas de sus dedos sobre mí. No me molestaba ni la desnudez ni la cercanía. Me gustaba cómo olíamos a sexo. Me gustaba su manera de mirarme. Darío pasó sus dedos por mis cejas y sonrió como si supiera un misterio que no iba a compartir conmigo.

—¿Qué? —lo pinché.

—Nada. Ya te lo diré.

—No, dímelo ahora.

—Tienes un ojo más claro que el otro. —Señaló mi ojo izquierdo—. Este es más verde. Son como... ambarinos.

Me reí.

—Tú sí que eres ambarino.

—Oye... —Su gesto pareció ensombrecerse un poco—. Se oye todo desde mi salón, lo sabes, ¿verdad?

Se me disparó el pulso momentáneamente, mientras repasaba la conversación y evaluaba los daños de lo que podía haber escuchado, pero quise hacerme la tranquila.

—¿Y?

—No es que quisiera cotillear. Es que... se oye todo.

—Tampoco es que quisieras no escucharlo. Quiero decir..., habría sido suficiente con ir a la cocina o ponerte los auriculares. De todas formas, no creo que hayas oído nada que...

—Eh... —Frunció el ceño con una sonrisa—. No te pongas a la defensiva. No iba a decir nada malo.

—No estoy a la defensiva.

—Un poco. —Hizo una mueca—. Yo solo quería decirte que me siento mal porque ahora sé un poco más de ti y no porque me lo hayas contado tú.

—Algo más, ¿como qué?

—Como que tu amigo te aconsejó que no te acostaras conmigo, de lo que deduzco que eres famosa por seducir a cualquier hombre que se te cruce.

—Eres muy tonto.

—Tontísimo. Lo importante es saberlo.

—¿Qué más? —insistí.

Quería evaluar los daños.

—Que te parece que estoy buenísimo.

—Eso no me apetece tanto que lo sepas. —Fingí un mohín de descontento—. Se te subirá a la cabeza y perderás encanto. Parte de este es que no pareces el típico tío que sabe que está bueno.

—Tengo espejos. Sé lo que soy y lo que no soy.

—¿Y?

—Y ¿qué?

—Que qué eres.

—Bueno, soy guapete. Guapete quizá no, pero soy resultón. Tengo buena planta y me saco partido. Pero no soy un chaval que haga girarse a las tías en la playa.

—Porque no te han visto desnudo.

Se rio como si me tomara por loca.

—Si uno de los dos aquí es un buen partido, esa eres tú.

—Lo soy —asentí, aunque la mayor parte del día, la mayor parte de los días, no me lo creía.

—Eres sexi. Eres independiente, divertida e inteligente. Y tienes un trabajo chulo. Eso siempre suma.

—Se te ha olvidado decir que visto muy bien.

—Eso no aplica. Siempre vistes de negro. No arriesgas.

Me incorporé y me senté a horcajadas sobre él, desordenando con mis dedos su pelo.

—Pues sí que tienes buen oído —le reproché.

—Soy músico, ¿qué quieres?

—Por querer hubiera querido que te hubieran entrado ganas de mear en el cuarto de baño más alejado de esa pared.

—No me hagas sentir mal.

—¿Algo más?

Asintió mientras me acariciaba los muslos.

—Voy a obviar que tengas clarísimo que no te vas a pillar.

Arqueé una ceja.

—¿Tienes algún interés en que me pille?

—¿Yo? —Se señaló el pecho.

—Todos los tíos en la treintena os comportáis con las tías como si fueseis la última Coca-Cola en el desierto y nosotras quisiéramos cazaros. Te aseguro que no tengo ninguna intención de echarte un lazo alrededor y que, si pasase algo remotamente similar a un encoñamiento, sería un accidente.

Colocó las manos en la almohada, con las palmas hacia arriba.

—A mí que me registren. —Sonrió canalla—. Pero te diré que yo también soy un buen partido.

—No lo dudo. ¿Sabes cocinar? —bromeé—. Eso sube la cotización.

—Oye… —Y por el tono supe que ahí venía el motivo por el que había sacado realmente el tema de que la acústica era buenísima desde su salón—. También he creído entender que…, bueno, que vienes de algún sitio muy… De haberlo pasado mal en una relación anterior.

La sola mención de algo que tuviera que ver con ÉL me apretó el estómago en un puño. Fui a bajarme de encima de su cuerpo, pero Darío me retuvo.

—Eh…, no pasa nada. Hay dos tipos de personas en el mundo: las que han tenido una relación que les ha hecho polvo y las que van a tener una relación que les hará polvo.

—No sé si estoy de acuerdo. Estamos los que sufrimos y luego los que hacen daño.

—Todos hemos hecho daño sin querer. Aquí no se salva nadie. Otra cosa es… que, bueno, hay quien ha tenido la mala pata de cruzarse con un psicópata, pero de esos hay pocos. La mayor parte de la gente que hace daño es solo gente que no sabe cómo querer del modo que el otro necesita.

Asentí, queriendo despejar la equis y pasar al siguiente tema.

—¿Cómo se llamaba?

—No hay nombre —quise sonar despreocupada, pero, como siempre con todo lo referente a ÉL, no sé si lo conseguí—. Solo ÉL.

—Bueno, vale. —Sonrió con calma—. Solo ÉL. Pues bien…, Elsa, yo no te voy a hacer daño, ¿vale?

Hay dos efectos bastante curiosos derivados de que alguien nos rompa el corazón (que nos lo rompa hecho añicos, trozos muy pequeños, de esos que, aunque se recompongan, siempre dejarán algún espacio en blanco). Uno es lo que denomino el efecto «perro apaleado»: porque un perro apaleado se acostumbra tanto a los palos que hasta el gesto de una caricia le parece el inicio de una paliza. Y no confía. El otro es el efecto «perro rescatado». Porque cuando finalmente confía, el perro que fue apaleado solo sabe profesar amor. Amor ciego. Y eso es peligrosísimo. No hay que dejar de ponerse en duda. Nunca. Hay que mantener una duda lógica que no crea en certezas absolutas, más allá de las que implican que mañana saldrá el sol. Porque una certeza en lo emocional es una dictadura para la razón. Y eso, querida, es así.

¿A qué viene esto ahora? Bueno. Viene porque el hecho de que Darío me prometiera que no iba a hacerme daño suponía una buena intención, pero podía despertar, en un efecto mariposa, al perro apaleado que vivía en mí hasta hacerle creer que iban a rescatarlo. Y no estaba preparada. Ahí Juan tenía razón.

—Cualquiera diría que te he dicho lo contrario. Menuda cara pones.

Esbocé una sonrisa más bien falsa, pero que envió el mensaje adecuado a mi cerebro; de tal manera que se la creyó y se relajó.

—Calla. Estoy pensando qué castigo imponerte por haber escuchado conversaciones ajenas y por haber irrumpido en mi casa como un acosador nocturno.

Mecí mis caderas en un movimiento que era más bien parte del lenguaje corporal de «a ver, a ver» y no algo sexual, pero noté que su erección despertaba un poco bajo mi cuerpo. Fruncí el ceño y él levantó las cejas.

—¿Cuántos años tienes? ¿Dieciséis? —le pregunté.

—Me recupero pronto. Es mi superpoder.

—Seguro que tiene truco.

—Claro que lo tiene. A veces es un holograma y se baja dejándome fatal. Tengo una edad.

—¿Cuántos años tienes?

Levantó sus caderas y yo, instintivamente, me arqueé facilitando la fricción.

—Se me ocurre una cosa... Para pagar por mis faltas, puedes preguntarme todo lo que quieras y te será respondido... mientras la tenga dura. ¿Jugamos?

Me encanta jugar.

—Por supuesto.

Alargó la mano hasta la mesita de noche y sacó un preservativo, que se colocó con manos expertas después de agitársela con la mano un par de veces. Magia. Volvía a estar como una piedra. Levanté las caderas y dejé que me penetrara despacio. Un quejido de alivio se me escapó justo antes de empezar a moverme.

—El tiempo está corriendo. —Sonrió.

—Antes de ayer, ¿cuánto tiempo llevabas sin acostarte con nadie?

—¿No quieres saber mi edad?

—Me la sopla tu edad.

Sonrió, canalla, mientras acompasaba el movimiento de su cadera con la mía.

—Llevaba tres semanas. Follé con una chica en París antes de venir. Una cita Tinder expresamente concertada para ello.

Cerré los ojos, y durante un segundo me desconcentré de esa sensación deliciosa que estaba experimentando. No entiendo por qué hay tanto estigma moral con algo como follar de manera adulta y consentida. Es sano. Es placentero. No hace daño a nadie.

—¿Por qué me besaste ayer? —Volví al juego, más que nada porque no me gusta perder ni a las canicas.

—Porque llevaba dos días pensando en ti cuando me tocaba.

Me agarró del final de la espalda y embistió desde abajo con fuerza.

—¿Te dijo tu madre algo malo de mí?

—No. —Se humedeció los labios y cerró los ojos cuando aceleré—. Solo que a veces te escuchaba llorar.

Joder... Cabalgué durante uno o dos minutos a una velocidad ostensiblemente superior, pero Darío me fue parando.

—Eh... No pasa nada..., frena.

Putas paredes de papel.

—¿Quieres hacer conmigo cosas que no me has dicho aún?

—Sí —asintió y abrió los ojos—. Muchísimas y casi todas son ilegales en algún estado de Estados Unidos.

—¿Como qué?

Una sonrisa lobuna brilló en su cara antes de obligarme a inclinarme sobre él para poder susurrar en mi oído. Lo que dijo no te lo diré. Solo que sentí que me ardían las mejillas.

—¿Qué te parece? —preguntó.

—Aquí soy yo la que pregunta. —Empezaba a tener la respiración entrecortada.

—Solo quiero saber si puedo albergar esperanzas.

—Puedes, pero bajo mis normas.

—¿Antes de que te vayas a París?

—No lo sé.

La parte trasera de mis muslos chocó con más fuerza contra la piel de los suyos en unos minutos en los que la importancia del juego fue bastante relativa. Si seguí fue porque Darío dio muestras de estar a punto de correrse otra vez.

—Te quedan pocos minutos... —me avisó.

—Dime la verdad, ¿tienes dieciséis años?

—Veinte —se burló—. Dios, dime que vas a correrte encima de mí...

Cerró los ojos y contrajo el gesto. ¿Es consciente el ser humano de las caras que pone durante el sexo? Expresiones que solo son válidas durante los minutos que dura el placer.

—¿Qué es lo que te gusta de mí?

—Que cuando estoy contigo no quiero estar en ningún otro lado —dijo del tirón—. No pares, Elsa, no pares.

Agarró con ambas manos mis caderas, clavando los dedos en la carne que las cubría y ayudó a acelerar el ritmo. Estábamos a punto. A punto...

—Me corro... —me avisó—. Joder, no pares de hacer eso...

No estaba muy segura de qué era «eso» que estaba haciendo, pero seguí moviéndome sin bajar el ritmo. Pronto, un latigazo de placer lo levantó de la cama hasta alcanzar mi boca y nos fundimos en un beso de película con tres equis junto al título. Uno bueno, de los que no necesita promesas, más bien se ríe de ellas. Como Darío, que no dejó de reírse en cuanto recuperó su lengua.

—Ah... —se quejó entre risas—, qué puto gusto. Qué locura, Elsa...

Me levanté ligeramente y salió de mí. La agarró con fuerza, como queriendo contener los restos de placer con una mueca; después retiró el condón, le hizo un nudo y lo tiró al suelo, junto al anterior.

—Eres una bestia. —Sonrió con placidez.

De rodillas, a horcajadas sobre él, pero sin tocarlo, aproveché para mirarlo. Hum...

—Aún está dura —señalé.

—Le quedan unos veinte segundos antes de que el riego vuelva a llevar sangre a mi cerebro.

—¿Una pregunta?

—Media —bromeó.

—¿Le has roto el corazón a alguien alguna vez?

Algo en el tono de mi voz, o quizá en la misma pregunta, le hizo abrir los ojos. No sonrió esta vez mientras me estudiaba, como si supiera que, sin entender el motivo, lo que contestase era importante para mí. Darío miraba bonito cuando tenía preguntas revoloteándole dentro y miraba duro cuando tenía que dar respuestas que no le gustaban. Asintió y, cuando creí que no añadiría nada más, dijo:

—Ojalá pudiéramos querer siempre a quienes nos quieren tal y como se lo merecen, pero solo somos humanos y el amor es cuestión de suerte.

Me dejé caer sobre su pecho y apoyé la mejilla en él, avergonzada por haber disparado una pregunta tan sensible en un juego como aquel. No quería mirarlo y, sobre todo, me costaba que él me mirase a mí. Sin embargo, sus dedos en mi espalda dibujando espirales quitaron peso al momento.

—Tú no te has corrido —dijo.

—No. Encima me es prácticamente imposible.

—Tendrías que habérmelo dicho. Hubiéramos cambiado de postura.

—Me estaba gustando verte desde ahí. Me dará para una paja —bromeé.

—No. Qué va.

Dos minutos después, Darío hizo que me olvidara de la pregunta invasiva mientras me corría en sus labios. Sin embargo, volvió a torturarme la sensación de vergüenza cuando se levantó para irse a su casa, a pesar de estar quedándonos ya dormidos.

—Quédate si quieres —le dije atontada.

—Otro día, ¿vale?

El beso que me dio tras vestirse no aligeró el «quédate en la cama, no hace falta que me acompañes» que vino después. Ni la sensación de que todo aquello no debería estar preocupándome.

28
Cada siete olas
Daniel Glattauer

Miércoles, 4 de mayo, 17.24 h.
De: Ignacio Vidal
A: Elsa Benavides
Asunto: Tus mierdas

Querida Elsa,
¿Cómo decirte que tus historias nunca me parecerán mierdas? Me parece que tienes una vida fascinante. ¿Sabes por qué? Porque te pasan cosas. Es posible que, algunos días, desees con todas tus fuerzas una vida tranquila, rutinaria, en la que no haya sobresaltos, pero déjame decirte que te conozco un poco y, a ti, eso no te gustaría. Tú necesitas sufrir. Entiéndeme. No necesitas sufrir, pero tiendes a vivirlo todo con mucha intensidad y eso te hace más proclive al drama. No significa que te guste ni que lo busques directamente. Tú, por tu naturaleza curiosa y hambrienta, necesitas vivir y vivir con todo. Y cuando se vive así, la piel es más sensible para lo bueno y para lo malo.

Me gusta que te vayas a París. Me gusta que, en lugar de esconderte para lamerte las heridas, salgas, abras puertas y ventanas y explotes en el exterior. Tú eres un cohete de fuegos artificiales, toda pólvora, sol y mar, aunque adores la lluvia. París te va a curar.

Aunque mencionas el incidente de la fuente con tu sorna habitual, me deja preocupado. Sé lo que es sufrir un ataque de pánico. Me pasó en Madrid, hace muchos años, en plena calle. Terminé en la ducha del hotel, llorando como si acabase de nacer, sin saber por qué lo hacía, pero con la necesidad de limpiarme los pulmones hasta quedarme sin voz. Fue la primera vez que pensé, de verdad, en la muerte. No sé si porque creía que me moría o porque creía que me quería morir.

No te mereces dudar de que lo estás haciendo bien, a pesar de que esos momentos de duda son, sin ningún temor a equivocarme, los que nos hacen mejores. De ese pánico saldrán flores, brotarán jardines que te desbordarán el pecho, pero para eso es indispensable que dejes de perseguir la idea de que solamente cuando alguien te ame de manera romántica, curarás la herida que ÉL te dejó y estarás completa. Sé que aún eres incapaz de decir su nombre. No te aferres a esa piedra.

París es una de mis ciudades preferidas del mundo. Si no estuviera terminando el manuscrito, iría a verte. Me encantaría pasar contigo veinticuatro horas en el París que seríamos capaces de inventarnos, pero ambos sabemos que después de un par de copas de vino y unas ostras, intentaría acostarme contigo. En tu mano quedaría responder al atrevimiento con un dramático y cinematográfico bofetón o subirte la falda y darme tu ropa interior.

¡Ay! La soledad del escritor. Cuántas noches ya perdidas sirven como refugio. ¿Ves? No es culpa nuestra. Es que necesitamos vivir para escribir, aunque vivir a veces signifique volver al pasado y reinventarlo a nuestra medida.

Escríbeme o llámame cuando estés instalada. Me encantará ver tu pequeña guarida parisina. Esa idea es tan bella que me atormenta.

Firmado,
Tu Nacho

P. D.: Mi pequeña Elsa, temo decirte esto, pero también temo no decírtelo. Perdóname el atrevimiento y no pienses que dudo de ti, pero si pasadas unas semanas en París sientes que el vacío se acrecienta, vuelve a casa. Nadie considerará que has fracasado por regresar a tu hogar. No pienses tampoco que el problema eres tú. Vive este viaje al margen de Valentina. Tiendes a compararte con ella y debes recordar que solo es una proyección de ti misma, un personaje que construiste para vivir sin miedo. Ahora que ya no tienes miedo, no la necesitas para vivir.

Miércoles, 4 de mayo, 19.53 h.
De: FindAHomeParis
A: Elsa Benavides
Asunto: Your home

Dear Elsa,

Find enclosed three apartments more. If you are interested, you could visit them on May 10th.

Let me know what you think.

Kind regards,
Margueritte

Jueves, 5 de mayo, 01.32 h.
De: Elsa Benavides
A: Elsa Benavides
Asunto: No olvidar

Querida yo,

Por favor, no olvides:

1. Asegurarte de que el apartamento de París está en un distrito tranquilo.

2. Contratar seguro de viaje de larga estancia.

3. Llevar a arreglar la suela de los zapatos negros.

4. Pellizcarme fuerte cada vez que me acuerde de ÉL.

5. Vivir esta experiencia sin la presión de cómo lo haría Valentina, aunque es sabido que la muy zorra lo haría mejor.

29

Intimidad
Hanif Kureishi

Fue una decisión completamente práctica, lo prometo. Tenía algunas dudas sobre París que Darío podía resolver de manera fácil y rápida. Lo había escuchado irse temprano, pero había vuelto poco después. Tampoco es que estuviera pegada a la mirilla, es que en este edificio hay muy buena acústica, ya lo sabes. No se me ocurría una persona mejor a la que preguntarle. Me abrió la puerta con un jersey a rayas marineras con el que parecía recién sacado del mismísimo Montmartre. Sonreí, a pesar de que noté que fruncía levemente el ceño, como alguien a quien le sorprende más de lo que le ilusiona una visita.

—Hola —me saludó conciso.

—Hola. No quiero molestar. Solo me gustaría preguntarte unas cosas sobre París. Te hubiera avisado antes de venir, pero no tengo tu número. Ehm…, voy a estar en casa hoy, ¿vale? Si tienes un momento, me serías de gran ayuda para cerrar unos detalles.

Darío asintió, sacó el móvil del bolsillo y me lo dio.

—Apúntame tu móvil y te envío ahora un WhatsApp para que tengas el mío. Estoy con unas cosas para hoy…, ¿puedes esperar a esta tarde noche?

—Ehm. Sí. Sí que puedo. Pero es solo un momentito. Un par de tonterías.

—Me paso como a las ocho, ¿vale?

Asentí y di un par de pasos atrás. Había algo en su actitud que me parecía ligeramente distante, pero soy una paranoica que sufre ansiedad y suele pensar de más, así que tampoco tenía la seguridad de no estar montándome una película.

Como ya imaginarás, a las ocho andaba yo como un pincel. No es que suela ir por casa con pinta de venir de comprar droga (excepto si estoy de resaca, que... parezco directamente el camello); soy coqueta hasta para estar sola. Pero es verdad que me había esforzado un pelín por estar mona: había retocado mi maquillaje, me había peinado y había cambiado mi jersey lleno de pelos de gato por una blusa. Sin embargo, a las ocho... no llegó. Ni él ni su mensaje para que yo también tuviera su número.

A las ocho y diez yo, que no tengo paciencia ni espero tenerla ya a estas alturas, estaba preguntándome si no lo habría agobiado acudiendo a su puerta. A las ocho y quince minutos me indigné conmigo misma, porque por supuesto que no había hecho nada mal por buscarlo para que me aclarara unas dudas; él se había presentado en mi casa sin avisar días antes para meterme la lengua en la boca y no pasó nada.

A veces me revienta el rol que nos hemos resignado a tener hasta en las relaciones más superficiales. Cuidado, no lo asustes. Cuidado, no parezcas demasiado interesada. Cuidado, no confieses lo que deseas. Cuidado, no lo descuides o se marchará con alguien que lo trate con más cariño. Y eso que solo era el vecino con el que me había acostado un par de veces. ¿Quién nos mete toda esa mierda en la cabeza? Bueno..., quizá protagonistas como Valentina. Eso me dejaba como víctima y verdugo a la vez.

A las ocho y veinte llamó por fin a la puerta. Lo hizo golpeando la madera con los nudillos y abrí dispuesta a ofrecerle una cerveza, hacerle las preguntas que tenía pensadas y solventarlo sin sexo de por medio. Sin embargo, cuando lo vi, se me diluyó esa seguridad: hay personas a las que el cansancio les queda de puta madre. Las languidece. Les apaga un poco el tono de la piel, pero les acentúa el brillo de los ojos. Las cubre hasta hacerlas parecer más interesantes. Y él, cansado, estaba para comérselo.

—¿Quieres una cerveza? —me obligué a decir para calmar las ganas de besarlo.

—Ehm…, sí. O una Coca-Cola, si tienes. Estoy reventado. —Se frotó los ojos.

—Será breve, te lo prometo. Te lo podría haber preguntado hasta por mensaje.

—No. Odio el móvil. —Sonrió de lado mientras se dejaba caer en una banqueta de mi cocina—. Cuéntame.

Cogí el iPad, donde tenía abiertas varias pestañas con los pisos que me habían mandado desde la agencia, se lo pasé y Darío, enseguida, se puso a saltar de una a otra como si supiera justo lo que quería de él.

—Estoy un poco perdida con las zonas. Me vendría muy bien que me orientaras sobre cuál es la mejor para mí.

—¿Qué es lo que buscas exactamente? ¿Que sea céntrico, tranquilo…?

—Pues que sea una buena zona. Ya sabes, de las que puedes recorrer de noche sin peligro. Si está bien conectada, me da un poco igual que pille lejos del centro.

Asintió con un sonoro «ajá» que pronunció sin abrir la boca, mientras seguía estudiando los datos que la página de la agencia proporcionaba de cada piso. Mientras tanto, yo serví con ceremonia una Coca-Cola para él y un agua con gas para mí.

—Me imagino que todos están en presupuesto, que esto lo habrás hablado ya con la agencia.

Me sorprendió que me molestase el hecho de que no me mirara al hablar.

—Sí. Todos están dentro del rango de presupuesto que les indiqué. El problema es que me da miedo que…, ya sabes, que idealicen la información sobre la zona en la que están los pisos. Al final, creo que solo alguien que ha vivido allí, que conoce la ciudad desde dentro, sabe de verdad si son cómodas o no.

—Totalmente de acuerdo. Mira… —Me tendió el iPad para que lo cogiera yo. Estaba muy serio, como lo estaría alguien que te está impartiendo una clase—. Estos dos, ni te molestes; no te va a gustar la zona. Este…, el barrio…, mñe, también lo descartaría. Este está genial: lo ofrecen a buen precio para tener esta terraza y dos habitaciones, algo impensable en París, pero, claro, está lejos. Tardarías, por ejemplo, a Le Marais, como una hora en llegar. O cuarenta y cinco minutos. Está en el típico barrio residencial, a las afueras. Este otro, sin embargo, lo tiene todo: es céntrico, es bonito, tiene terraza, aunque pequeña…, dos habitaciones, dos baños… y un alquiler que me está provocando ulceraciones en la córnea.

—Pero ¿la zona está bien?

—Está entre el distrito 16 y el distrito 8. El 16 es… —se rio— opulento. Por decirlo de alguna manera. El 8 tiene algunas zonas conflictivas a ciertas horas de la noche, donde hay trapicheos y demás, pero donde dice que está la casa… —Cogió el iPad otra vez y fue hacia el mapa de localización y me lo enseñó—. Este punto es una zona bastante turística. Muy cerca de la torre Eiffel.

—¿Tú escogerías esta?

—Si la pudiera pagar..., sí.

—Gracias. Y, hum, consejos prácticos, tipo desplazamientos, compras, supervivencia...

Abrí la aplicación de notas y fui a la entrada en la que tenía apuntadas algunas cosas. Él se asomó a mirar, asintió dándolas por buenas y añadió:

—Allí tener coche no tiene mucho sentido. Ya habrás visto que el tráfico es algo caótico. Es como en Madrid. Yo que tú me desplazaría en metro o andando, si no tienes prisa. Uber en todo caso. Y si algún fin de semana quieres hacer una escapada, puedes alquilar un coche sin problema. —Se acercó la Coca-Cola mientras hablaba—. Sobre la compra, hay supermercados por todas partes; en esa zona no van a faltarte. Hay una cadena que es un poco más barata..., no recuerdo el nombre. Si me viene a la cabeza, te lo digo.

—Genial. Mil gracias, Darío.

—Te puedo pasar el nombre de un par de librerías que tienen buena sección de libros en español y un par de restaurantes regentados por españoles en los que te tratarán muy bien.

—La idea es hacer una inmersión total en la ciudad, pero pásamelos, me vendrá bien tener algo a lo que agarrarme cuando me dé cuenta de que me estoy flipando muchísimo con el viaje.

—París es una ciudad preciosa, pero puede ser despiadada. Si te vas sola, habrá momentos en los que necesitarás sentarte en un restaurante y hablar con alguien. Porque... te vas sola, ¿no? —Arqueó una ceja, pero no vi detrás del gesto o de la pregunta nada más que curiosidad superficial.

Si le hubiera dicho que viajaba con un hombre, no sé si le hubiera molestado realmente.

—Bueno, es posible que Juan venga a pasar unas semanas. Y el resto de mis amigos están organizando sus propias visitas. Me da miedo no pasar el suficiente tiempo sola. Total..., no estaré mucho tiempo. No es como si me mudase definitivamente.

Mentiría si no confesase que la obligación de hacer esa puntualización no me hizo sentir ridícula, pero necesitaba que le quedase muy claro que yo iba a volver y además pronto. Él no hizo mucho acuse de recibo; solo sonrió y dio un trago a su bebida.

—Tengo algún conocido en la embajada. Si tuvieras cualquier problema, no tienes más que decírmelo.

Me callé el hecho de que, si no me daba su número, iba a ser difícil que pudiera ponerme en contacto con él, ni siquiera si era la única persona sobre la faz de la tierra que pudiera ayudarme.

—¿Cómo terminaste tú en París? —le pregunté.

—Me enamoré de una parisina y me convenció de que su ciudad era el centro del universo. Es cierto que es preciosa y un buen lugar, pero vivir allí puede ser duro.

—Me imagino; como en todas las grandes ciudades.

—Te vas sin hablar una palabra de francés, ¿no? Con dos ovarios —se burló.

—Es posible que me apunte a unas clases allí. No hay nada mejor que una inmersión lingüística.

—Kamikaze.

Me tiró del brazo y me sorprendió, pues nada en su actitud me había dado ninguna pista de cuál sería su siguiente movimiento. Me colocó entre sus piernas.

—Me tienes aquí muy accesible y no me usas —bromeó mientras sus dedos se trenzaban con los míos.

—Pensaba que venías a aclararme unas dudas.

—No es excluyente.

—¿Qué me estás pidiendo?

Se encogió de hombros, burlón, antes de responder:

—Lo que quieras darme.

Y le di un beso.

Si aquel beso hubiera sido entre Valentina y Néstor, habría escrito una intrincada escena llena de detalles, entre los que incluiría la banda sonora. Para ellos habría sonado algo como «Cold Little Heart», de Michael Kiwanuka, dándole a la escena un aire sofisticado, marcando el ritmo al que la cámara que suponía el ojo del lector, que imaginaba lo que sucedía, se movería a su alrededor. Habría escrito una escena digna de Valentina, pero sintiéndolo mucho por ella, ese beso no habría podido ser mejor que el nuestro. Da igual lo que nos digan: la realidad es siempre mejor que la ficción.

Porque Darío besaba tal y como siempre me gustó que me besaran. Besaba con mucho más que lengua. Sus labios sabían cuándo abrirse, cuándo cerrarse, cuándo presionar, pellizcar, dejarse llevar. Sus dientes tenían un dominio total del territorio en el que les estaba permitido clavarse y la fuerza justa para arrancarme un gemido. Su lengua y la mía parecían haber aprendido los mismos pasos de baile. Su saliva tenía el sabor y la temperatura perfecta para encenderme. Besar a Darío era una experiencia completa que implicaba a tantas partes de mi cuerpo que resultaba difícil saber dónde empezaba un beso y dónde terminaba yo. Creo que me di cuenta aquella noche, mientras me acariciaba la mejilla y el pelo. Creo que me di cuenta aquella noche, cuando lo cogí de la mano y lo encerré en mi dormitorio otra vez.

El sexo siempre me ha parecido algo muy curioso. Durante mucho tiempo, le concedí el poder de darle cuerpo al amor. Encarnó la intimidad durante gran parte de mi vida. Tuve que crecer, separarme, conocerlo a ÉL, dejar que me arrollase e intentar olvidarlo con gente que nunca se le parecería, para entender que el sexo es fantástico siendo lo que es.

Sin embargo, la lente de los anteojos con los que veo esa nueva realidad se rompe, mi armadura se debilita, el candado que bloquea mi capacidad de imaginar ser feliz junto a alguien desaparece… si reconozco el olor del otro. Si repito. Si no es nuevo. Si ya hay algo que mi cuerpo es capaz de rememorar.

A horcajadas sobre Darío, con los dedos enredados entre los mechones de su pelo, moviéndome al ritmo que imponían nuestras caderas, olí su cuello al descansar mi frente en su hombro y se dibujó una constelación de matices en mi interior. A la puta Valentina le habría cantado Michael Kiwanuka para hacer su momento más especial, pero en mi cabeza (no lo pude evitar) sonó «Teenager Dream» en la versión acústica que cantan en un episodio de *Glee*. La lente, la armadura y el candado de mi contención vibraban como lo harían los cristales de un edificio que se agita en medio de un terremoto de fuerza siete. Cuando nos encontramos con la mirada y sonrió, pensé que los hombres guapos no deberían sonreír cuando están dando placer si no quieren armar un desastre emocional.

Cuando me tumbó sobre el colchón y me pidió con los ojos cerrados que le diera mi orgasmo, mi adolescente interior volvió a perder la puta virginidad. El piano de la canción acústica que sonaba en mi cabeza se aceleraba a medida que las embestidas de las caderas de Darío me llevaban un poco más al límite. Creo que la propia Katy Perry se sumó a los coros cuando sentí que se me retorcían los años de duelo y de miedo para cargarse de la energía de un estallido que terminaría destrozando mis reservas. Cuando me corrí, pensé que tendría que haberle hecho caso a Juan. Cuando fue Darío el que se corrió, tumbado sobre mí, resoplando en mi cuello, y lanzó al aire un «joder, Elsa», tuve la certeza de estar metida en un buen lío.

Hablando mal y pronto: probabilidad siete sobre diez de encoñarme.

—¿A qué suenan para ti los orgasmos?

Darío se volvió hacia mí con el ceño fruncido.

—¿Qué?

—Sí. Eres músico, ¿no? A algo te sonarán.

Se incorporó un poco en la cama para poder mirarme. Su gesto era un poema de confusión total.

—Vas a tener que explicarme eso.

—Siempre he pensado que las disciplinas artísticas nos condicionan no solo la forma de ver la vida en su conjunto. —Me incorporé también, poniéndome profesional—. Creo que las personas que nos dedicamos a ellas no somos capaces de vivir, de ejecutar actos sencillos y naturales, sin dejar que lo creativo lo ordene.

—Ponme un ejemplo.

—Yo lo novelo todo.

Darío arqueó las cejas con una sonrisa burlona.

—¿Qué?

—Que lo novelo todo. En un rincón de mi cerebro, la información que entra se convierte en un hilo narrativo. Eso me ayuda a construir historias, ¿sabes? Porque solo tengo que rescatar la forma en la que yo novelo la vida para imaginar la de personajes de ficción.

—Eso que me estás contando es superretorcido, Elsa.

—¡No! —Me reí—. Deja a un lado lo de que yo novelo la vida. La pregunta es fácil. —De pronto me sentía pizpireta, contenta, algo borracha de optimismo—. ¿A qué suena un orgasmo para ti? Si pudiera ser una canción.

Darío se volvió a tumbar con la mano izquierda bajo la cabeza y yo me encaramé a su pecho, colocando la pierna entre las suyas.

—A ver si me aclaro..., tú piensas que yo, al ser músico, entiendo el mundo convirtiéndolo todo en piezas musicales.

—Algo así.

—Porque tú novelas tu vida conforme te pasa. ¿Como si una voz en off te acompañara?

—No siempre. Es solo cuando..., yo qué sé, cuando me sale. Venga, ¿a qué sonaría tu banda sonora de orgasmos?

Hizo una mueca con los ojos puestos en el techo haciendo como que pensaba, aunque algo me decía que ya sabía la respuesta y estaba disimulando. Quería parecerse al tipo de persona que no entendía mis chaladuras. Alguien formal.

—Creo que... cualquier canción del disco *AM* de Arctic Monkeys. Una mezcla de los ritmos, claro.

—Tienes que ser más concreto. —Le besé el pecho. Olía increíble, a jabón y a sexo.

—Pues si reducimos el orgasmo al momento final, el abandono..., sería «I Wanna Be Yours».

—¿Sin duda?

—Con toda la duda, porque no soy tan raro como tú.

—Qué pena, me habías parecido alguien interesante. Tendré que cambiarte de lista mental.

Me acarició el pelo mientras yo lo miraba, no lo negaré, un pelín ensimismada en cómo crecía su barba en el mentón.

—Nunca había conocido a alguien tan... seguro de sí mismo —murmuró.

Le lancé una mirada de extrañeza.

—¿Estás hablando de mí?

—Sí.

—Darío, cielo, soy probablemente la persona menos segura de sí misma sobre la faz de la tierra.

—No. Qué va. Mírate, aquí tumbada, desnuda, abrazada a tu vecino, hablándole de la musicalidad del orgasmo.

—Si lo dices así, parezco una pirada.

—Y no dejes de serlo nunca.

Darío me besó la frente, la nariz y la boca antes de hacerse a un lado y levantarse de la cama. Me sentí... como cuando escribo y los personajes, de algún modo que no consigo explicarme, se llevan la acción hacia derroteros que no estaban contemplados en el planteamiento de la escena. Cuando quiero que digan y hagan algo y ellos, por sus gónadas morenas, se resisten y no se dejan. Algo había echado a perder mi escena poscoital con Darío y no podía decir qué había sido.

—¿Cuándo te vas? —me preguntó con la ropa interior ya puesta, dándole la vuelta a las perneras de los vaqueros.

—¿A París? El lunes.

—¿El lunes ya? —Levantó las cejas, concentrado en seguir vistiéndose—. Qué rápido pasan los días.

Me levanté y me coloqué una de las batas que tenía colgando en el armario, una larga, de un empolvado color rosa, estampada con tigres blancos y negros, e intenté peinarme con los dedos.

—Ahora que ya tengo tu número, te mandaré un mensaje con las librerías, restaurantes y demás cosas que se me vayan ocurriendo.

—Sí, gracias. Pero… ¿ya no te veo hasta el lunes?

El movimiento hubiera pasado desapercibido para cualquiera que no tuviera tanto miedo como yo a cagarla, pero existió. Darío se puso tieso. Como si le hubiera dado una corriente, como si le hubiese sonado una alarma interna, como si hubiera entendido de pronto algo.

—Eh…, estoy con mucho curro, pero igual sí. Sí, probablemente nos veremos.

—Ya. Sí. Si yo también tengo mucho lío. Las maletas, ultimar los detalles finales… y el sábado voy a salir con mi pandilla de amigos. Algo parecido a una fiesta de despedida.

—Pinta muy bien.

Se acercó y me dio un beso, no sé si para callarme, porque se me estaba activando el estado de «verborrea nerviosa» o para suavizar su respuesta. Y yo, como soy tonta, terminé de arreglarlo:

—Si te apetece venir a tomar una copa…, mis amigos son… muy majos.

Sonrió, cogió el jersey y, en lugar de contestar, se lo puso. Después, mientras se peinaba con los dedos, me dijo:

—Déjame que me organice. A lo mejor me apunto.

Me sentí tan ridícula… que solo pude ir hasta la cocina, donde me puse a recoger los vasos.

—Un placer aclarar cualquier duda que te surja —me dijo dirigiéndose hacia la puerta.

—Ya, mil gracias.

—A ti por esa Coca-Cola a la que solo le di un trago. Ven.

Me llamó con un gesto y yo, intentando que no se me notase el corte, me acerqué.

—Dime.

—Dame un beso. Me voy.

Besó mis labios, me apartó el pelo de la cara y se me quedó mirando fijamente.

—¿Está todo bien? —preguntó.

—Claro.

—No he hecho o dicho nada que te haya incomodado, ¿no?

—No. —Traté de sonreír—. Qué va.

—Bien…, porque estoy súper a gusto contigo. Es una pena que te vayas. Me dejas solo en esta enorme ciudad.

—Te apañarás bien. Y siempre puedes escribirme con ese móvil que odias.

Su risa me reconfortó un poco, pero solo un poco. Lo acompañé a la puerta, pero después de un «buenas noches», cerré con firmeza. En aquella ocasión no tuve duda de si debía o no esperar a que entrase en su casa para hacerlo.

30
El camino
Miguel Delibes

—Creo que la he cagado con mi vecino.

Martín se apartó el botellín de cerveza de los labios para interrogarme con la mirada, en silencio. Estábamos en el bar de debajo de mi casa, en la terraza, aprovechando que mayo había entrado regalándonos una primera semana espléndida, con una temperatura estupenda. Había venido a tomar algo porque el sábado tenía un bolo y no podría acercarse a «la fiesta de despedida» que iba a organizar la pandilla en El Amor Hermoso Bar. Eran las siete de la tarde. Desde que Darío se había ido de mi casa la noche anterior, yo lo había evitado con eficacia; supongo que él a mí también.

—¿Por qué y cómo ibas a cagarla con tu vecino?

—Porque me lo he follado tres veces.

Dejó el botellín en la mesa y, para variar, ni siquiera me riñó cuando me encendí un cigarro.

—Lo sabía. —Sonrió—. Pero ¿eso te parece cagarla?

—No. Es que anoche…, no sé. Lo noté raro y creo que fue porque me puse intensa.

—Define intensa. —Recuperó el botellín de cerveza y se lo llevó a los labios.

—Quizá estuve demasiado cariñosa.

Martín estuvo a punto de escupirme todo el líquido que acababa de meterse en la boca. Tosió.

—¿Qué? —preguntó completamente alucinado.

—Que me pasé de cariñosa.

—¿Tú? ¿La que se pone las bragas en el rellano de la escalera?

—Ay, Martín, por Dios. —Me froté la frente, preocupada, sin evitar mirar hacia todos lados—. Con Darío no hago eso.

—Darío —pronunció otra vez el nombre no sin un toquecito de condescendencia—. Nombre fuerte.

—Sí, como de conquistador. Céntrate.

—No sé si existe un multiverso en el que pueda imaginarte siendo demasiado cariñosa después del sexo, así que no voy a poder ayudarte.

—No seas impertinente —me quejé—. Estaba como acurrucada con él, dándole besos y…, no sé, creo que hice planes. Y él se agobió. De pronto noté que me evitaba.

—Y tú te replegaste como si fueras una tortuga escondiéndose dentro del caparazón.

—Como una polla con agua fría —le confirmé.

Martín puso los ojos en blanco.

—Es que…

—¿¡Qué!? —me volví a quejar.

—Pues que…, Elsa, por Dios, tienes que relajarte. Vas con tanto miedo que creo que tú misma provocas que pasen cosas malas.

—Gracias, Martín. Eres un amigo de la hostia. Ahora estoy mucho más tranquila.

—Hazte así —se tocó la barbilla—, que te chorrea la mala baba.

—Es que no ayudas.

—Es que no sé si puedo ayudarte. Estás hablando de una Elsa que yo no conozco. Una que se pone cariñosa, que se enrosca con sus amantes en la cama y los besa.

—¿Eso son celos? Porque mandaría cojones...

—No vamos a discutir —me informó con media sonrisa—, porque te vas el lunes y no quiero pelearme contigo y luego pasar tres meses sin verte.

—Lo superarás.

—Deja de ser tan borde. —Me dio con el puño en el hombro—. Tienes que relajarte. Has follado con tu vecino, estupendo, ¿y qué? Aunque te haya malinterpretado y se haya agobiado un poco, ¿cuál es el problema? Te vas y..., aunque no te fueras, la realidad terminaría imponiéndose.

Hice una mueca y bebí rápidamente de mi cerveza.

—¿Por qué pones esa cara? —me preguntó, cauto.

—Por nada.

—No, dímelo.

Puse morritos y después suspiré.

—La regla de los tres polvos. Es infalible. La he cagado.

Martín frunció el ceño, como si no me entendiera.

—¿La regla de los tres polvos?

—Si echo tres polvos con alguien, me pillo un poco.

Levantó las cejas con desdén.

—¿Me estás queriendo decir que te has pillado de tu vecino?

—Un poco —asentí.

—¿En tres días?

—En una semana, sí.

—Estás de coña —sentenció serio—. Nadie con dos dedos de frente se pilla en una semana.

—Yo. Y tú también eres capaz de pillarte en una semana.

—Pero a mí luego se me pasa —carraspeó—. Se me pasaba. Desde que estoy con Iris ya no vivo esas situaciones, claro.

—De Iris te pillaste en una semana. Y lleváis un año.

—Elsa, no lo conoces lo suficiente.

—No te estoy diciendo que sea el hombre de mi vida, solo que..., bueno, que siendo sincera conmigo misma, desde que ha pasado algo con él..., he perdido un poco de ilusión por lo de París. Quizá ilusión no, pero un poco de fuelle.

Martín me perforó el cráneo con su mirada para chasquear la lengua después y dulcificar el gesto.

—Elsa...

—Me vas a gastar el nombre.

—Sabes lo que te pasa, ¿no?

—¿Qué me pasa?

—Que estás vulnerable. Que te sientes débil, sin fuerzas. Y como no te gusta, como no asumes que has petado y que tienes que parar y descansar, alejarte de todo y darte unas vacaciones hasta de ti misma, te metes en estos embolados. Sobre todo te metes en embolados con tíos porque te entretiene y porque te gusta el drama más que a un tonto una piruleta...

—No digas eso, joder.

—Sí. Y porque cuando todos estamos débiles, nos convertimos en alguien más dependiente. Si quieres un consejo, uno bueno, de los que podría darte Juan perfectamente, aquí va: da un paso atrás, ilusiónate con París y déjate de historias.

Agarró su cerveza de nuevo y dio un buen trago, después llamó al camarero.

—Dos más, por favor.

—No me has preguntado —le dije.

—Ni falta que hace. A ver si se te quita la tontuna.

—¿Por qué estás enfadado?

—¡No estoy enfadado!

—¿Es por lo de que con él soy cariñosa?

—Y dale... —Echó la cabeza hacia atrás—. Eso no me enfada. Tú eres libre de ser como quieras con quien quieras.

Solo faltaba. Sí me pone un poco triste que nunca te hayas sentido lo suficientemente cómoda conmigo como para darme un abrazo al terminar de follar o…, o…, o besarme, acariciarme…

Lo miré estupefacta.

—Martín, si te soy completamente sincera…, nunca creí que…, ya sabes…, que en nuestra relación, y digo relación porque somos dos humanos que se relacionan entre sí, no por otra cosa…, que en nuestra relación tuviera cabida cierto tipo de cariño.

—Pero con el vecino que acabas de conocer sí, ¿no?

—No sé. No lo sé, Martín. No es que no tenga confianza contigo…

—Es que no te sientes cómoda.

—Es que es diferente.

—¿Por qué?

—Pues porque sí.

—Porque sí no es una respuesta —exigió.

—Porque tú siempre me diste mucho miedo, Martín. Con tu fama de conquistador, con tus ex, famosas y guapas, y con… esa manera explosiva que tienes de sentir. Tú y yo, bueno…, pues éramos otra cosa. Y luego fuimos una que estaba mal, lo que tampoco invitaba demasiado a las muestras desorbitadas de cariño…, estarás de acuerdo conmigo, ¿no? Y ahora somos amigos de los que no follan, así que superémoslo.

Negó con la cabeza, como si no pudiese creer lo que estaba escuchando.

—No quiero decir que pensara mal de ti. Solo me protegí —aclaré.

—Tengo tantas cosas que decir que no sé por dónde empezar.

No dije nada. El camarero se acercó, dejó las cervezas sobre la mesa y un plato de aceitunas y desapareció con los botellines vacíos. Un silencio tenso sobrevolaba la mesa.

—A mí —dijo Martín firme, pero no en un tono enfadado— me tocó la Elsa en crisis con ÉL, y eso lo entiendo. Pero no puede ser que vayas con esa herida aún en la frente y que condicione tus relaciones con los demás. Conmigo con el que más, porque debes asociarme con ese periodo. Cuando yo te conocí, estabas en carne viva y ahora que no lo estás, de tanto protegerte, de tanto ponerte capas por encima de la piel, terminarás por no sentir nada. Y eso es triste. Y no lo quiero para ti.

Abrí la boca para responder, pero siguió hablando.

—Y eso de que somos amigos de los que ya no follan, dímelo cuando vaya a verte a París y no pase, porque creo que ambos sabemos que no va a ser tan fácil.

31
Heridas abiertas
Gillian Flynn

Las primeras llagas aparecieron pronto. A pesar de todos los errores que he cometido en la vida en nombre de lo que sentía, nunca he sido una persona que se acomode en la mentira. Y estaba, de alguna forma, viviendo una. Una mentira preciosa a la que ÉL me había inducido.

Así que el hecho de que desapareciera de vez en cuando para curarse sus remordimientos; la sensación de no poder pedirle nada en realidad, porque no éramos nada en firme; y el poco territorio íntimo que ÉL dejaba que creciera entre nosotros... me dolían. La piel aún no se había abierto ni ulcerado, pero ya escocía.

Habíamos vuelto a acostarnos en mi casa después de una comida, un domingo. Había sido igual de caótico que la primera vez, con el agravante de que tuvimos un contratiempo con el preservativo. Una tiene una mínima educación sexual y sabe cómo reaccionar en esas circunstancias, así que no le di más importancia. ÉL, sin embargo, entró en un bucle de angustia que provocó que se fuera a su casa bastante agobiado. Yo fui a por la píldora del día después y me la tomé. ÉL nunca preguntó.

No sé cómo pude no darme cuenta de todo lo que estaba mal. En mi cabeza, ÉL seguía siendo el perfecto protagonista de esa novela que era mi vida. A pesar de los problemas de que no se decidiera a actuar en consonancia con las cosas que decía tener claras. Me cuesta contarlo aún hoy, pero después de ese contratiempo, vino una discusión fea. No fue fea porque ÉL gritase o se pusiese violento, eso no. Si consideré aquella discusión un mal punto de inflexión fue porque ese día descubrí que ÉL podía ser tremendamente cruel conmigo.

Déjame decirte una cosa: si estás con alguien a quien has visto ser cruel con otros, ten la seguridad de que un día te tocará a ti. No recuerdo por qué fue. Me había bajado la regla esa misma mañana y, a pesar de que me encontraba fatal, no quise anular nuestra comida, porque me moría de ganas de verlo. De modo que le pedí si, después de comer, podíamos ir a mi casa en lugar de tomar una copa en cualquier terraza. Me dijo que no, que no se sentiría cómodo. Me pareció extraño: ya había estado en mi casa en varias ocasiones y nunca pareció incómodo. Pero, claro, yo no estaba teniendo en cuenta que, según ÉL, siempre que pasaba algo entre nosotros era culpa mía. Elsa, la Lilith contemporánea..., no te jode.

A partir de ese momento se comportó de un modo hostil. Se mantuvo en silencio. Me acusó de no respetar sus emociones, de invalidarlas. Fue cruel. Me habló de una manera desprovista de cariño para contar «su verdad». Es el tipo de persona que nunca se dará cuenta del daño que estaba haciendo. Y me tuvo que hacer mucho daño para que yo, dadas las circunstancias (lo enamorada que estaba de ÉL), me levantase y me fuese del restaurante sin mirar atrás.

No me pidió perdón. Al contrario, me castigó con doce días de silencio. Más tarde, cuando reapareció, agotada de aquella suerte de lucha de poder y de las «desapariciones» con las que me castigaba de vez en cuando, decidí que no estaba en el sitio adecuado. Y me sentí con fuerzas para explicárselo.

—No estoy hecha para ser la otra. No voy a pedirte que la dejes; al contrario: voy a dar un paso atrás, para que si me echas de menos, te des cuenta y lo soluciones. Pero no puedo estar ahí en medio. Esta situación nos hace daño a todos.

Se marchó a ver a su NOVIA. Me lo dijo por mensaje unos días después. Me prometió que nos veríamos en cuanto volviera y yo le pedí que no me escribiera mientras estuviera allí. «Necesitas ese espacio para aclararte y yo te lo voy a dar».

Quería ser la compañera perfecta que respetaba sus tiempos, su espacio, sus emociones…, sin darme cuenta de que no estaba respetando los míos. Durante la temporada que estuvo fuera, viví una especie de infierno salteado con momentos de alivio que coincidían con cuando me escribía. Porque me escribía, claro. No mucho. Siempre que ELLA no estaba allí, aprovechando a veces excusas que no tenían que ver con nuestra relación personal.

Aquellas semanas que no estuvo fueron un suplicio; los imaginaba en la cama a todas horas, deshaciéndose en mimos íntimos, confidentes, y… me quería morir. No sabía qué estaría pasando allí. ÉL no me adelantaba nada sobre cómo estaban las cosas y yo no quería preguntar por miedo a que la cercanía con ELLA le hiciera inclinarse hacia su relación.

El tiempo se me hizo eterno, pero volvió y me lo hizo saber mandándome a casa un ramo de flores. Una mañana de septiembre, le escribí porque andaba por su barrio, por si quería bajar a tomarse un café. Recuerdo, a pesar de que meses después borré todas nuestras conversaciones en un alarde de valentía, que respondió que le pillaba poniéndose las zapatillas para salir a correr, pero que se cambiaba de ropa en un instante y venía a mi encuentro. Me citó en su cafetería preferida y allí tomamos tantos cafés que me temblaron las manos, aunque es posible que fuera por ÉL, porque siempre me hacía sentir tan única que se me olvidaba que también sabía hacerme daño. Y que lo sabía hacer muy bien.

Hablamos de nuestros trabajos, de las vacaciones en aquella isla que nos gustaba tanto a los dos, de tonterías como el color de sus zapatillas chillonas. Las horas pasaron volando y decidimos seguir con unas cervezas en la plaza de Olavide. Poco después volcaría aquella mañana en uno de los libros de Valentina, creo que para aligerarme del peso que suponía quererlo tanto y tener aquellas imágenes de nosotros dos. El primer te quiero. Me lo dijo porque, después de hablar un poco sobre su viaje, le confesé que todo aquello me estaba doliendo de verdad.

—Si no lo tienes claro —le pedí—, es mejor que me dejes marchar porque me estoy enamorando de ti.

Pareció tan sorprendido que..., lo juro, solo pude sentirme agradecida de haber sido lo suficientemente valiente para decírselo. Me agarró las manos, me las besó, me besó la boca, aunque nos habíamos encontrado por la calle a una conocida mía de la editorial un rato antes y nosotros siempre andábamos escondiendo lo nuestro, y me dijo que me amaba. Ni «yo también» ni «te quiero». Me besó en los labios, sin soltar mis manos, y me dijo que me amaba. Que era la mujer de su vida. Que de eso no tenía ninguna duda.

—Pero le debo una oportunidad, ¿lo entiendes, Elsa? Son solamente unos meses. Unos meses para que también ELLA se dé cuenta de que lo nuestro no funciona. Se lo debo. Han sido cinco años. Quiero que lo entienda de verdad.

Y como yo deseaba que conmigo se portase bien si rompíamos, como yo creía en eso de que si haces las cosas bien con los demás también las harán contigo, le dije que sí.

—Pero no puedo esperarte —puntualicé—. Eso no estaría bien.

—No. No puedes. Haz tu vida estos meses; yo volveré a buscarte. Y si cuando regrese es tarde, tendré que asumirlo, pero yo sé que no lo será.

Nos despedimos llorando en una esquina. Yo, porque lo quería mucho y me daba miedo el espacio que le estaba dando. Él…, vete tú a saber. Quizá ya sabía, en su divina providencia, lo que iba a hacer conmigo. Y sintió pena.

32
El principito
Antoine de Saint-Exupéry

Me miré por última vez en el espejo del dormitorio de frente, de lado y todo lo que alcancé a ver por detrás. Ya era sábado por la tarde y había quedado en quince minutos con todos mis amigos en El Amor Hermoso Bar para celebrar una fiesta de despedida. En nuestro grupo cualquier excusa es buena para juntarnos y brindar. Tenemos célebres eventos anuales tales como «el día del jamón», «el día del cocido» y «el día de la pasta». Además somos famosos hasta por celebrar los divorcios; que me fuera tres meses a París era un motivo más que digno para hacer una fiesta en mi honor.

Todos habían prometido venir a verme a «mi nueva casa» y, es más, algunos ya me habían propuesto fechas en firme, pero yo prefería estar instalada para confirmar. Soy terriblemente cuadriculada para hacer planes y necesito tenerlo todo bajo control. Justamente esa era una de mis preocupaciones: el control…, el control de la ansiedad que había despertado de pronto con ferocidad, no sé si a consecuencia de mis revolcones inconscientes con Darío y la sensación de que era uno de esos hombres de los que podría pillarme con más facilidad de la que me apetecía confesar (sobre todo frente a Juan), el viaje, los coletazos del vacío vital al que me había lanzado mi insatisfacción indefinida o por culpa de la puta Valentina a la que, sin duda alguna, el vestido que había escogido le habría quedado muchísimo mejor.

Se trataba de un trapito de Zara al que acababa de quitarle la etiqueta; un vestido tipo quimono, anudado con un cinturón del mismo tejido levemente satinado de un color indeterminado entre el gris y el azul. Me había maquillado con tanto esmero que creo que el estucado veneciano tiene menos capas de las que yo llevaba en la piel. Prebase, base, fondo de maquillaje, corrector, polvos matificantes, de sol, colorete, sombra de ojos, eyeliner y unas magníficas pestañas postizas de quita y pon. Me veía guapa y horrorosa según el ángulo en el que me mirara. Con las gafas de la ansiedad es muy complicado verse con objetividad.

El caso es que sentía que la tela del vestido me marcaba demasiado el culo, territorio que tengo en expansión desde la adolescencia y que creo que aspira a dominar el mundo, a juzgar por su empeño en seguir conquistando espacio. Llevaba unos botines de tacón que me parecía que acentuaban el movimiento de mis carnes y no en el buen sentido. Después de unos instantes de meditación frente al espejo, decidí que aquello no me hacía sentir como debería.

—Qué asco de culo y qué asco de autoestima —me quejé bajando las cremalleras de los botines y tirándolos de cualquier manera a los pies del vestidor.

Cogí unos zapatos planos abrochados al tobillo, me los probé. No me gustó el resultado. Me puse unas Converse. También terminaron tiradas de cualquier manera. Miré de reojo la hora en el móvil, en el que sonaba música en aquel momento. Iba a llegar tarde. Consulté las temperaturas, estudié el estado de mi pedicura y me coloqué unas sandalias. Me miré en el espejo. Bufé. Las empujé hacia el ya montón de zapatos que había por el suelo y me decidí por unos botines planos con tachuelas plateadas.

—A tomar por culo.

Me colgué el bolso, apagué la música, las luces y cogí las llaves. Justo cuando estaba terminando de cerrar mi casa, la puerta de Darío se abrió de golpe y me dio un susto de muerte.

—¡Me cago en tus muertos! —exclamé llevándome la mano al pecho.

—Joder, lo siento.

Darío dibujó una mueca de apuro.

—Perdona. Es que tenía la cabeza… en otra parte —me disculpé por el exabrupto—. ¿Querías algo?

Supongo que a estas alturas ya me conoces un poco, pero no sobra que aclare que cuando estoy avergonzada me convierto en una persona sumamente cortante. No lo hago a propósito, es que me sale así… Y es que me avergonzaba mucho el haberme puesto demasiado melosa con Darío en nuestra última «cita» juntos. Darío, como siempre, mantuvo su actitud «parisién» y negó con la cabeza, educado.

—Oye, qué guapa —alabó mientras se apoyaba cómodamente en el marco de su puerta—. ¿Algún evento importante?

Me fastidia mucho que la gente (sobre todo la gente que me importa un mínimo) no recuerde las cosas que les cuento, porque siento que les interesa poco, pero soy consciente de que tengo mucha memoria para chorradas y el resto no tiene por qué tenerla, así que solo dejé que la frustración asomase en forma de suspiro discreto.

—No, bueno…, hoy es mi fiesta de despedida.

—¡Ah! Es verdad…

Algo en su expresión, sin embargo, me hizo sospechar que fingía aquel olvido. Creo que se pasó con la efusividad en la respuesta. Para ser un buen mentiroso hay que ser maligno o personaje de novela. Y que conste en acta: hay seres humanos ahí fuera, en la calle, reales y de carne y hueso, que forman parte del grupo de personajes.

—Pues estás muy guapa. Cuidado que hoy ligas, ¿eh?

¿Qué? La madre que parió a algunos hombres... Me di la vuelta y llamé al ascensor.

—¿Dónde es? —preguntó.

—En El Amor Hermoso. Es el bar de unos amigos.

—Cierto, cierto. ¿Cómo olvidar ese nombre tan evocador?

Agarrada al tirador del ascensor, me volví esperando que dijese algo más, como por ejemplo el motivo por el que me abordaba en el rellano. Iba vestido con unos vaqueros y un jersey liviano de color gris y estaba tan guapo como siempre, quizá un poco más, porque se había recortado la barba y el bigote resaltaba. Si me demoraba mucho más, acabaría saltándome a la cara una sonrisa tonta porque Darío era de esos..., de esos que te hacen sonreír como una idiota.

—¿Esto es un duelo de miradas? —terminé preguntándole con una sonrisa cuando el ascensor llegó a nuestro piso—. Porque llego tarde y creo que voy a perderlo.

—¿Eh? No, no. Solo quería preguntarte..., bueno... Me imagino que mañana tendrás mucho lío ultimando las maletas y demás, pero me gustaría verte antes de que te vayas.

Me reblandeció.

—Pues... tengo que terminar algunas cosas, es cierto, pero podemos vernos un rato, si te apetece.

—Bien, porque hoy ¿llegarás tarde?

—Es probable, ¿por?

—Por..., bueno, porque me he dado cuenta de que no sé por qué te vas en realidad. Quiero decir... Me contaste que tenías problemas de inspiración y que habías tenido un ataque de pánico en Barcelona y todo eso, pero no sé por qué. Estaba delante del ordenador hoy, mandando unas facturas y me ha venido a la mente el hecho de que he tenido la cabeza entre tus muslos y no te he preguntado nunca qué es lo que te bloquea. Solo sé que te desmayaste en una fuente. Y como me estoy dando cuenta de que mencionar que te he comido el coño no está facilitando el flujo de comunicación por la cara de terror que estás poniendo, es mejor que coja las llaves de casa y me ofrezca amablemente a acompañarte a ese bar al que vas, así por lo menos conozco sitios chulos en Madrid.

Creo que ni siquiera pude pestañear cuando terminó de hablar.

—Y esto ¿cómo funciona? —pregunté cuando salimos del portal—. ¿Empiezo a hablar como en el psicólogo?

—No me he preparado una lista de preguntas superinteligentes e incisivas con las que ayudarte a abrir tu alma, así que estaría bien.

—A lo mejor me da vergüenza decirte qué me ha empujado al bloqueo.

—A lo mejor...; en cualquier caso, pasear me irá bien. ¿Está muy lejos ese bar?

—Una media hora andando.

—Y hablando.

Nos sonreímos. Allí, acompasando el ritmo de nuestro paseo, con la brisa de la primavera en Madrid, medio mayo, medio polución, me sentía mucho más cómoda con Darío que cuando pensaba en él últimamente. A veces pasa que, de tanto pensar en algo, lo volvemos un ente extraño.

—Creo que odio a la protagonista de mis novelas.

—Es un buen punto de partida —asintió—. ¿La has odiado siempre o es algo nuevo?

—Empezó a caerme mal en el quinto libro.

—¿Por algo en especial?

Porque ella pudo solucionar lo que le pasó con Néstor; porque pidiéndole espacio, confesando que no estaba cómoda ni feliz con el papel que él le había dado en su vida, consiguió que este lo entendiera y yo solo conseguí acelerar el final con ÉL.

—No sé. —Me encogí de hombros—. Es como que todo le salía bien.

—Bueno, es una heroína de ficción y tú escribes comedia romántica. No es malo que a ella las cosas le vayan bien. Tú mandas sobre ello. Lo decidiste así, ¿no?

—Sí —asentí—. Pero supongo que me genera frustración escribir sobre algo que sé que no es real.

—¿Qué no es real? ¿Las historias que terminan bien?

—Y el amor tal y como ella lo vivió, supongo.

—Explícate un poco... No te he leído aún.

—Ni lo hagas, por favor. Me generaría más presión. —Fingí un escalofrío—. Creo que idealicé demasiado el amor con esta historia. Pinté una relación en la que hasta los desencuentros llegaban con intención de fortalecerlos como pareja, y en la vida real no es así.

—Pero para eso escribes ficción, ¿no? Es bonito crear algo donde lo feo del mundo no puede entrar más que hasta donde tú decidas que entre.

Me quedé callada unos segundos. Sabía que tenía razón, pero era muy complicado explicarle hasta dónde llegaba la frustración sin saber en realidad qué la despertaba realmente.

—De todas formas —siguió diciendo—, ya está, ¿no? Si tanto la odias, ¿no puedes cerrar su historia y seguir con otra protagonista que te caiga bien?

—En ello estoy. Este es el último libro.

—¿Y qué pasa con ese último libro? ¿Es sobre el que tienes el bloqueo?

Lo miré de reojo con una sonrisa pilla, como la de un niño que anuncia una fechoría.

—Mis editores han decidido no publicar el manuscrito que entregué porque se me ocurrió matarla al final.

Frunció el ceño y pareció que su bigote cabalgaba sobre su labio superior en un mohín. Qué mono.

—¿La mataste?

—Sí. La electrocuté en la bañera. —Me reí—. Y no contenta con ello, decidí arreglarlo mandando «una carta desde el cielo».

Se le escapó una risa.

—Lo sé —asentí—. Fatal.

—¿Sabes? A mí se me da muy bien hacer recitales. Soy un buen pianista. No tan bueno como para dedicarme solamente a ello, haciendo giras mundiales, pero me llaman mucho para acompañar a sopranos, tenores..., ya sabes. Yo sé que se me da muy bien, pero no me gusta. Tengo la sensación de que no tiene mérito y que solo me aplauden por presionar las teclas adecuadas.

—No sé nada de música, pero me parece que es mucho más que «presionar las teclas adecuadas».

—Lo es. Pero a mí me gusta componer.

—¿Y? Quiero decir...

—¿Que por qué te estoy contando eso? Porque te entiendo. Yo llegué a odiar los recitales porque no les encontraba el gusto y me dediqué a otra cosa, aunque esa cosa me dé más quebraderos de cabeza. Quizá es el momento de despedirse de ella sin miedo y lanzarse a la novedad, que no va a ser tan fácil y en la que nadie te asegura un éxito.

Lo miré de reojo. Era listo.

—Tengo miedo a que no me salga tan bien, eso es verdad. Con Valentina se me abrieron muchas puertas. No tengo ni idea de si sé contar nada sin su voz. Desconozco si seré capaz de construir un mundo alrededor de otra protagonista y que además sea creíble, porque evoque una sensación aspiracional y, a la vez, sea un punto de encuentro, de referencia, para las mujeres jóvenes y no tan jóvenes.

—Está muy de moda eso del síndrome de la impostora —asintió para sí mismo—. Entonces tú eres la mente detrás de Valentina.

—Esa soy yo.

—Enhorabuena, querida. Es posible que lo que te ocurre también parta de que no te has dado un par de palmaditas en la espalda y... tiempo para descansar.

Me dio una palmadita en la espalda y me pegué a Darío, cariñosa, como siempre me salía con él, como agradecimiento. No esperaba que me rodeara los hombros con su brazo y que siguiera caminando así.

—Es agradable pasear con alguien —musitó—. Camino mucho solo, pero doy muchas vueltas a la cabeza.

—¿Y en qué piensas cuando «sobrepiensas»?

—Buena pregunta. —Cogió aire en los pulmones—. Casi siempre en el fracaso.

—¿En el fracaso profesional?

—No. En el vital. Un divorcio es, por definición, un fracaso.

—No lo creo. —Fruncí el ceño con una sonrisa. Me ponía contenta tener la experiencia suficiente como para serle de ayuda—. Opino que un divorcio es el triunfo de la ilusión sobre la inercia. Tienes demasiadas ganas de vivir como para quedarte con algo que no funciona como debería. ¿No crees?

—No lo había pensado nunca así.

Sobre la calle Santa Engracia caía la luz azulada de la tarde primaveral; las farolas aún no se habían encendido y todo parecía más bonito. Los claroscuros acentuados, los blancos teñidos de lavanda, los tejados refulgiendo bajo el último aliento de luz. Madrid es terriblemente bello en la hora mágica, pero ¿qué punto del planeta no lo es?

—Eres sabia, Elsa Benavides.

No. No lo era.

—Me gusta caminar así —suspiré.

—Es agradable, ¿verdad?

Ninguno de los dos dotó al momento, al gesto, al comentario, de más importancia de la que tenía *per se*. Solamente un hombre que rodeaba a una mujer por la espalda mientras ambos se adentraban en las tripas de una gran ciudad.

—Te quedas a tomar unas cervezas con nosotros, ¿no?

—Me da vergüenza. —Me sonrió con timidez—. Allí estarán todos tus amigos y yo seré un extraño que nadie entenderá qué hace en ese lugar.

—Si conocieras a mis amigos… Hemos terminado haciendo amistad con el resto de los clientes habituales del bar. Somos todos muy amables.

—¿Sí?

—Sí. A veces voy sola al bar. Es complicado no encontrarte con alguien con quien charlar. En ocasiones me meto tras la barra y hasta los ayudo a servir un par de mesas. —Lo miré y ambos sonreímos. Ese gesto, que nos salía tan natural, me meció en una nostalgia bonita. La nostalgia de lo que aún no ha sido—. La barra de un bar siempre me recuerda a cuando era camarera y soñaba con otra vida.

—Ahora tienes esa vida.

—¿Sabes qué nos pasa? Al ser humano en general… Que soñamos mucho con algo y pensamos que si lo alcanzamos nos traerá la felicidad.

—¿No va de eso? —preguntó irónico.

—La felicidad, Darío, son momentitos brillantes en un muro lleno de teselas. Si todas fueran del mismo color, no se apreciaría el dibujo.

Me apretó un poco hacia él y al mirarlo, vi que le brillaba en los ojos algo bonito.

—Siempre quise conocer a un escritor —me dijo—. Os imaginaba exactamente como sois. Pequeños seres mitológicos que viven más en las palabras que en el mundo real.

—Siempre quise conocer a un compositor de bandas sonoras. Os imaginaba exactamente como sois. Seres mitológicos con una varita de elegancia que os hace caminar de puntillas sobre una realidad que nunca será tan bonita como lo es la ficción a la que vosotros le ponéis música.

Cuando las farolas se encendieron, yo, colgada de las palabras que sobrevolaban la realidad, ya había decidido que aquel sería uno de los paseos más agradables de una vida que deseaba muy larga.

Llegamos a la esquina de las calles Palma y Acuerdo bastante más tarde de la hora a la que había quedado con mis amigos, pero no estaba preocupada por ellos que, tras los ventanales del local, se reían y brindaban colonizando casi todo el espacio.

—¿Todas esas personas son tus amigos?

Estudié divertida a los parroquianos. Allí estaban mis amigos de Madrid, ruidosos y divertidos, casi todos de grupos diferentes, pero tan bien avenidos que parecían patas de un solo animal, grande y amoroso.

—Casi todos. A los de las dos mesas del fondo no los conozco.

—Debes estar orgullosa de que tanta gente se junte para despedirte.

—Lo estoy, pero no te dejes llevar. Recuerda que en España nos gusta mucho celebrar. Cualquier excusa es buena. Venga, te los presento.

Eché a andar, pero él me cogió del brazo parándome en seco.

—No. —Hizo una mueca—. De verdad. Me da vergüenza. Voy a sentirme un pegote...

—¡Ey!

A mi espalda, Juan salía del local con un pitillo entre los labios, como siempre, vestido íntegramente de negro.

—¡Hola, Darío! No sabía que venías.

—No quiere entrar —le dije—. Le da vergüenza.

—¡Qué va! —se burló Juan—. ¿Cómo te va a dar vergüenza? Anda, ¿qué bebes?

—Whisky —bromeé entre dientes.

Darío se mordió el labio divertido cuando me dio un pellizco en el brazo que yo recibí entre carcajadas.

—Anda, pasa. ¿No dices que estás muy solo en Madrid? En este bar nadie está nunca solo.

Sé que entró a regañadientes, probablemente sintiéndose un poco presionado, pero creo que, si en el fondo no hubiera querido hacerlo, no me habría acompañado hasta allí. Mis amigos se comportaron como sabía que lo harían. «Las niñas», las amigas que Juan me había presentado cuando empezamos a ser amigos de verdad y a las que tantas veces había colado como personajes secundarios de mis novelas, lo saludaron con dos sonoros besos y muchos «¿qué bebes? Vamos a pedir». Entre ellas estaba Rocío, quien iba a quedarse en casa con mis gatos durante el tiempo que durase mi viaje, pero se me olvidó presentársela como su próxima vecina temporal. Iván y Charlie se acercaron con curiosidad, interesándose pronto por quién era y preguntándole si ya conocía al resto o necesitaba presentaciones. Marina y Laura me miraron con ojos como platos, preguntándome con gestos de dónde salía ese tío, mientras corrían a saludarlo. Carlota, que ya debía llevar un par de copas de vino, le dio un afectuoso abrazo, como si en realidad se conocieran de mucho más que aquel «tropiezo» en mi casa. Ángel y Víctor, los dueños, le sirvieron su famoso vermú helado para que lo probase y le dieron un cuenco con patatas fritas con aceite de trufa. Mis amigos de la editorial que estaban en Madrid aquel fin de semana, Miguel, César, Holden, Santiago, Nagore, se presentaron y le hicieron partícipe de una discusión: cuál era la profesión más borracha. Chu y Jorge brindaron con él y le ofrecieron un pitillo que, para mi sorpresa, él aceptó y, mientras salía con ellos a la noche recién posada en los adoquines de Conde Duque, Eva se me acercó para darme un codazo y preguntarme quién era «el guapazo». Me sentí tremendamente orgullosa de aquella pandilla de locos a los que podía llamar amigos.

Vaciamos botellas de vino tinto de Jumilla y, seguro, algún barril de cerveza antes de pasar a los chupitos. En ese momento, todo el bar se puso en pie para proclamar a grito pelado que «quien no apoya no folla y quien no recorre no se corre». Enseguida terminamos emitiendo un exabrupto de asco porque en realidad no nos gustan los chupitos, por más que lo olvidemos continuamente en noches como aquella. Yo pasé al vodka con agua con gas. Juan, a la ginebra con Coca-Cola Zero. Carlota, a los gin-tonics. Las niñas pidieron cava. Darío, entre toda esa turba nada perturbadora, brindaba con un culito de whisky con hielo con mis colegas, sobre todo conmigo, a quien volvía cada poco para comentar algún descubrimiento.

—¡Me encanta Mario! Me está explicando una movida superchunga sobre la filtración de datos.

Al rato volvía para decirme:

—¡Me acaban de contar lo de aquel cumpleaños de Juan en el que alquilasteis un toro mecánico! ¡Estáis pirados!

A aquel hombre que había vuelto a un Madrid que le parecía desolado, aquella noche le pareció maravillosa y yo pensé que tenía menos motivos que nunca para irme de allí. Pero hasta dentro de la niebla espesa en la que el alcohol te precipita, supe que debía hacerlo. Al final, «lo esencial es invisible a los ojos».

33
La piel en los labios
Miguel Gane

—Tus amigos son estupendos.

—Claro, son mis amigos.

Me retorcí para mirarlo. Mi habitación era un caos de maletas a medio hacer, así que hacía un momento que habíamos caído en su cama para hacer…, para hacer el ridículo, no hay otra forma de decirlo. Por mucho que nos hubieran calentado las miradas del último ratito en la discoteca en la que terminamos, con tantas copas, el sexo se convirtió en un lío confuso de brazos, piernas y bocas. Al final tuvimos una bocanada de placer un tanto inesperada y torpe que recibimos entre risas. Y allí, después de comernos las sobras de una pizza que tenía en la cocina y de beber al menos un litro de agua fría por cabeza, descansábamos desnudos, retorcidos en un amasijo de miembros que no importaba de quién eran en realidad.

—Mario me ha dado su número para salir a tomar algo alguna vez —me informó.

—Si te propone ir al Justi, dile que no. Las cucarachas están dadas de alta como camareras.

—Hosti…

Los dos nos reímos y nos besamos.

—¿Ves cómo no tenías por qué tener vergüenza? —insistí.

—Ya, ya. No sabía que estaban tan acostumbrados a recibir nuevos miembros. ¿Llevas a todos tus amantes?

—A todos. Es el rito de iniciación.

—¿Estaba ese amigo con el que…?

—No. —Negué con la cabeza—. Está de bolo fuera de Madrid.

—¿Es músico?

—Cantautor.

—A la niña le gustan los artistas.

Los ojos le brillaban como dos canicas preciosas a través de unos párpados ya a media asta.

—¿Te quedas a dormir? —me preguntó.

—No, me voy a casa.

—No, quédate.

Ay. Ay. Ay. Sobre un colchón que se hundía levemente bajo nuestro peso, nos acomodamos, abrazados. Él, a mi espalda.

—Apaga la luz.

Y esa frase tan prosaica me hizo sentir terriblemente cómoda. Terriblemente ilusionada.

—Es una pena que te vayas —musitó.

—Lo es.

—Madrid va a ser muy aburrido sin ti.

—Llama a estos para salir algún día. Ya has visto que te lo pasarás bien.

—No será lo mismo sin la cabecilla. ¿Cómo puedes beber tantos chupitos sin vomitar?

—Una superheroína no habla de sus poderes. Pero estás confundido; el cabecilla es Juan.

—Algo he notado cuando todos lo seguíamos por la calle rumbo a esa discoteca infernal.

—Le encantan las discotecas infernales. —Me reí.

Darío se apretó contra mí.

—No me arrimes la cebolleta, que ya tienes una edad y puedo contigo.

—No tienes ni idea de la edad que tengo, pero tienes razón. Intentar echar un polvo ahora sería lo peor para mi autoestima —suspiró—. Me gusta que te den igual esas cosas.

—¿Que no puedas echar dos polvos cuando estás borracho?

—No, gilipollas. Mi edad.

—¿Qué más da? ¿Va a cambiar algo?

—No. Nada.

Apoyó los labios en mi hombro desnudo y dejó un reguero de besos hasta el rincón de mi cuello en el que se acomodó.

—Me gusta esto —musitó—. La piel. No sabía cuánto lo necesitaba.

El problema de las palabras bonitas es que son como el universo: están en continua expansión. Eso quiere decir que, por más que intentemos que no importen, lo hacen, sobre todo cuando nuestro interior está hambriento de ellas. Así que el hecho de que Darío dijera que no sabía cuánto necesitaba «la piel» podía quedarse, para otra persona menos dolorida de amor, en algo tan sencillo como un brote de soledad verbal, un agradecimiento a la persona que le había permitido sentirse a gusto. Sin embargo, cuando pasaron por mis oídos, entraron en mi cerebro y cayeron a toda velocidad hacia abajo; esas palabras se asentaron en mi estómago con el aspecto de un cuento de amor. Y como todo estaba siendo tan ideal, tuve que meter la pata.

—¿Me echarás de menos?

—Sí —aseguró—. Pero son solo tres meses. A tu vuelta no habrá cambiado nada.

—A lo mejor cuando vuelva, ya has conocido a alguien.

—...

Darío no respondió, pero el silencio fue en sí mismo una respuesta que, por supuesto, no me valió. No voy a culpar al alcohol, sino a mi personalidad ansiosa, que volvió a la carga.

—Podrías venir a París a verme.

Sentí cómo se separaba de mí con suavidad para estirarse hasta encender de nuevo la luz de la mesita.

—¿Qué pasa? —le pregunté.

—Nada. Voy a por más agua. ¿Quieres?

Pero sí pasaba. Salió de la cama con parsimonia, se colocó la ropa interior, holgada y a cuadros blancos y azules, y se fue con un carraspeo hacia la cocina. Una sensación de inquietud, casi la misma que había tenido todo el día y que se había quedado aparcada durante la fiesta, se me instaló entre el pecho y el estómago.

Darío tardó más tiempo del que se tarda en llenar dos vasos de agua, pero no dije nada. Podía imaginarlo de pie frente al fregadero, apoyado en el mármol, buscando las palabras. Al final, ser escritora te da la facilidad de ver llegar la fatalidad de ese tipo de conversaciones, porque las has armado en tu cabeza demasiadas veces. Cuando por fin volvió, dejó un vaso en mi mesita de noche, dio la vuelta hasta la suya y, sin dar ni un trago, se sentó en la cama.

—Elsa, ¿podemos hablar un segundo?

—Claro.

Creo que Darío escuchó un «claro» de lo más resignado. Me senté en la cama, tapándome con la sábana arrugada, viéndole frotarse el mentón y la boca con la palma de la mano.

—No le des vueltas —le pedí—. Suéltalo tal cual.

—No voy a ir a verte a París.

Creo que el problema no fue tanto lo que dijo, sino la rotundidad con la que lo dijo. Asentí. Era una declaración de intenciones, un croquis para niñas tontas como yo que se ilusionan, para que entiendan cómo funcionan las cosas en realidad.

—Vale —respondí.

—No es porque..., a ver...

—Darío, no pasa nada.

—Sí, sí que pasa..., porque lo cierto es que no he sido demasiado claro con esto y...

—Dios...

Saqué un pie de la cama y acerqué la ropa interior.

—No te vistas, escúchame un segundo.

—No hace falta que pases el mal trago de decirlo. Ya me lo imagino.

—No, no te lo imaginas. No te comportes así.

—Así ¿cómo?

—No seas inmadura.

Me giré horrorizada. ¿Inmadura?

—¿Inmadura? —repetí lo que gritaba para mis adentros.

—Sí. Si te vas por no escucharme decir algo que no te va a gustar, no estás siendo madura, sobre todo porque quiero decirlo.

Me volví a sentar con las rodillas juntas abrazadas al pecho y las bragas ya puestas, eso sí. A una mala, podría echar a correr hacia casa así y recoger el bolso del recibidor a la salida.

—Estos días han sido increíbles —me dijo—. Muy inesperados. No pensé que pudiera dejarme llevar después de todo.

—¿Qué es después de todo?

—«Después de todo» es el motivo por el que no voy a ir a verte a París. Porque acabo de escapar de allí, porque me he divorciado y no voy a correr como un adolescente con unos billetes de avión en la mano para encontrarme con una chica a la que he conocido hace unos días. Eso funciona en las películas y en las novelas de amor, pero en la vida real es huir hacia delante. ¿Me entiendes?

—No. Lo dices como si yo te estuviera proponiendo algo en un plan...

En algún momento creí eso de que la mejor defensa es un buen ataque, a pesar de que para defenderme entonces tenía que mentir como una bellaca, porque sí le había propuesto que viniera a verme con toda la intención romántica.

—No tiene que ver contigo —me cortó—, aunque pienso que en tu propuesta caben muchas cosas. Y caben cosas que si soy capaz de imaginar es porque a una parte de mí también le apetecen. Me parece un planazo pasarme un fin de semana contigo follando y viendo películas, bebiendo a morro junto al Sena y paseando por Montmartre..., pero no puedo.

—Vale.

—No puedo porque yo aún no tengo esa herida cerrada. Porque me despierto por las mañanas pensando que sigo en mi piso de París, que Geraldine me ha dejado hecho el café antes de irse a trabajar, que me voy a encontrar en el cuarto de baño su frasco de perfume destapado, como todas las mañanas. Yo aún tengo que curarme de mi desamor, Elsa. Y dejarme llevar es agradable, pero no lo haré a pesar de nadie. Porque podrías ilusionarte y no quiero cerrar mi herida abriéndote una nueva a ti.

La garganta se me llenó de piedras grandes y resbaladizas, como las que conforman el rápido de un río que, de peligroso, nadie quiere navegar. No pude hacer otra cosa que asentir.

—Eres increíble.

—No, por favor. No intentes suavizarlo con una palmada en la espalda.

—No. Escúchame. —Me cogió una mano y tiró un poco para que me volviera hacia él—. Eres una mujer increíble. Es por eso por lo que me he dejado llevar así. Me..., me encantas, Elsa. Y eso en otro momento sería maravilloso. Saldría bien, saldría mal o no saldría, pero con una mochila a cuestas no tiene sentido ni planteárselo. No te mereces que ningún tío te dé nada a medias. Ni yo ni el amigo con el que tienes ese círculo vicioso..., nadie. Tú mereces exigir lo que para ti sea válido y yo ya sé que ahora no puedo darlo. Llevo días pensando que no quiero que te vayas a París y que yo condicione de alguna forma tu experiencia.

—Sé que te va a sonar —solté mi mano de la suya son suavidad y me levanté para ir recuperando mi ropa sin aparentar la prisa que en realidad tenía por salir de allí— a tía resentida, pero esas cosas deberías habértelas pensado antes.

—Sí. —Se puso en pie, al otro lado de la cama, como si temiera que si se acercaba yo fuera a salir corriendo como un ciervo—. Pero no he podido evitarlo. Ha sido una semana..., joder, no sabía que iba a...

—¿A qué?

—No sé. —Se encogió de hombros—. No sabía que iba a fluir tanto.

Cogí aire y cerré los ojos. Aquello era tremendamente incómodo y se me pasó por la cabeza que para él también tenía que serlo. Me había escocido horrores, pero necesitaba una salida digna y rápida y la única era ser adulta.

—¿Sabes qué? Que tienes razón —le respondí—. Y te agradezco que seas honesto ahora, por más que me pique. Hubiera sido más fácil decirme que sí a todo y crearme falsas expectativas.

Me costó, eh, no vayas a pensar: «Hala, Elsa, cuánta madurez emocional». La verdad es que ni siquiera creía del todo en lo que le estaba diciendo.

—No me apetecería ir a París pensando que quieres venir a verme si no quieres —insistí.

—No quiero pisar París por nada ni por nadie.

—Si me fuera a Pisa, tampoco vendrías.

—Probablemente no, tienes razón.

—Pues ya está. Todo claro.

—No deseaba estropear la noche.

—No te preocupes. Así es la realidad. No tiene nada que ver con las historias de amor.

Bufó, agobiado.

—Lo he estropeado, ¿verdad?

—No. —Intenté sonreír con educación mientras me abrochaba el quimono alrededor de la cintura y después sacaba el pelo de dentro del cuello de la prenda—. Lo has puesto todo en su sitio.

—Quería dormir contigo.

—Has hecho bien. Tienes razón: no me gusta despertar al lado de nadie que piense que abraza a su exmujer, y tengo todo el derecho a exigirlo.

Me coloqué los botines con toda la dignidad que puede mantener una mujer que va a hacer el paseíto de la vergüenza hacia casa sin unos calcetines que no localiza por ninguna parte y que, seguro, él encontrará más pronto que tarde.

—No hace falta que me acompañes —le supliqué sin hacerlo.

—Elsa...

—No. Prefiero que no lo hagas. Es incómodo.

—Es verdad.

—Pues ya está. Somos adultos. Has dicho lo que tocaba y yo asumo que tienes razón y me voy.

Apretó los labios y miró al suelo, con los brazos en jarras y las manos apoyadas en sus caderas.

Cuando iba a salir del dormitorio, me llamó.

—Buen viaje, ¿vale?

—Gracias.

—Disfruta. París es una ciudad maravillosa para perderse.

—Espero que también lo sea para encontrarse.

—Encontrarse no depende del lugar, Elsa. Pero París es un buen sitio para entenderlo.

No se me olvidó coger el bolso antes de salir.

Cuando llegué a mi dormitorio, saqué el móvil del bolso con la clara intención de atrasar el momento de encontrarme sola con todo aquello que estaba sintiendo. Lo hago mucho. Busco algo que desempeñar, engaño al cerebro para que entienda que estoy demasiado ocupada para sentir, que hay prioridades, que el mundo está ahí fuera y no en la supernova que me quema en un espacio inexacto entre el pecho y el estómago. Lo sorprendente es que esta táctica siempre solía funcionarme, solía, claro, porque es como intentar llenar un agujero con confeti: no se puede evitar que la lluvia lo reduzca a una pasta multicolor que no llene el espacio, sino que solo sirva para hacerlo más evidente. Así que cogí el móvil, me senté en la cama y consulté los mensajes pendientes, que eran muchos. Algunos de despedida, otros de amigas diciendo en el grupo que habían llegado sanas y salvas a casa, una foto de alguno que había terminado tomando un chocolate con churros en el centro y…, bueno, Martín.

> **Martín**
> Odio haberme perdido tu despedida.
> No dejo de pensarlo en la habitación de hotel.
> Necesito abrazarte antes de que te vayas.
> Mañana no puedo, vuelvo tarde a Madrid,
> pero me pasaré el lunes a primera hora.
> Antes de que cojas el taxi hacia el aeropuerto estaré allí,
> abrazándote como sé que necesitas. Te lo prometo.

Y ¿sabes qué? Que aquellas palabras no ayudaron. No. No ayudaron.

34
La ridícula idea de no volver a verte
Rosa Montero

Debía de estar emocionada, pero una tristeza difícilmente definible me aplastó el pecho como una losa al abrir los ojos el domingo por la mañana. Me dije que era la morriña, la nostalgia anticipatoria de estar a punto de dejar a los gatos, la casa, los amigos, la ciudad en la que me había hecho adulta, aunque solo fuera por tres meses. Pero no era cierto. La verdad es que Juan tenía razón e implicarme de aquella manera con alguien nuevo no había sido buena idea. No por estar a punto de marcharme a París, sino porque no me había parado ni un instante a preocuparme por el hecho de que no sabía qué narices me pasaba, cuál era el gatillo que disparaba aquella arma de tristeza, vacío y desasosiego. Yo lo tenía todo. Bueno, no lo tenía todo, entiéndeme, pero tenía una vida bella, ¿qué me estaba ocurriendo?

Bueno..., odiaba a Valentina porque me había robado la vida. Me aterraba no volver a hacer nada con «éxito» y demostrar así que mi carrera había sido una cuestión de suerte. Tenía una bolsa de ternura para compartir (esa clase de ternura que no puedes derrochar con amigos ni familia porque es más piel, más intimidad, más del olor de una almohada que abrazas cuando esa parte de la cama ya está fría), que me ahogaba como un cúmulo de gas que es inofensivo hasta que lo respiras solo. Me sentía insuficiente, vacía y una desagradecida con la suerte de vida que me había tocado vivir. Pero ¿qué es la suerte en realidad?

Le escribí un mensaje lastimero a Juan dándole la razón y contándole brevemente que Darío y yo habíamos «terminado talegando», que era una manera quinqui y un pelín adolescente de no meter drama en el asunto. Él me contestó lo mejor que se me podía decir en esos momentos:

> **Juan**
> Eso ahora no debe tener importancia. Mañana te vas a París. Voy en un rato, pedimos sushi y te ayudo con las maletas, que seguro que has dejado un montón de cosas para última hora y estarás triste por separarte de los gatos.

Y era verdad. Todo. Aunque sabía que mis tres foquimorsas iban a estar de lujo viviendo con su tía Rocío, que seguro que les daba más premios y más lonchas de pavo que yo, porque la conozco desde hace muchísimos años y sé que es más buena que el pan.

Y así pasó el día. Con Juan. Entre maletas. Atosigando a mis gatos. Comiendo sushi. Durmiendo siesta. A media tarde Carlota vino a entregarme con mucha ceremonia su «guía de París mejorada», que venía a ser una guía de viaje DK llena de pósit y anotaciones. De Darío, ni rastro. Ni de Martín. Ni de ÉL, aunque a eso ya estaba acostumbrada.

Llegó la hora de irme. En las películas de amor, cuando uno se marcha, suena una música destinada a emocionar un rincón especial del espectador, a tocar su fibra sensible. Ni la trama ni la actuación de los protagonistas pueden alcanzar ese recoveco sin ayuda de unas notas musicales. Es una parte atávica, emocional. Yo eché de menos mi banda sonora. Eché de menos que alguien se sentase frente a un piano, un ordenador o lo que fuera, para diseñar una melodía a mi medida. Una banda sonora del mismo tamaño que los miedos, que supiera sobre el autosabotaje y sobre la inseguridad de no saber si la vida será alguna vez como se supone que debe ser, pero que también reflejara la frágil ilusión de albergar la esperanza de regresar con los problemas solventados. Volver siendo una mujer nueva. Una banda sonora que prometiera una mejor versión de mí. Ahora que lo rememoro, déjame decirte qué sonaba y qué escuchaba esta cabeza mía empeñada en vivirlo todo como si un narrador omnisciente siguiera mis pasos... Canción: «Tranquila». Intérprete: Ede.

Las maletas se acumulaban en el portal. Cuatro bultos de distintos tamaños que tendría que apañármelas para arrastrar por el aeropuerto de Orly hasta un taxi yo sola. Juan acababa de salir hacia el estanco de la esquina porque habíamos bajado antes de tiempo y el coche que habíamos pedido para que me llevase al aeropuerto aún no había llegado. Yo, sentada en el penúltimo escalón, miraba el móvil donde el último mensaje de Martín brillaba en la pantalla. «Antes de que cojas el taxi hacia el aeropuerto estaré allí, abrazándote como sé que necesitas». Y la verdad era que necesitaba aquel abrazo, pero... a aquellas horas, Martín aún no había aparecido ni había contestado a mi mensaje posterior: «¿Llegas a despedirte? Me voy en una hora». De aquello hacía ya cincuenta minutos.

La sensación de tristeza empezó a expandirse en mi pecho, irradiando unos calambres de soledad que no se correspondían con la realidad, pero es que yo tenía a muchísima gente a mi lado y nadie en el trono que había construido en la casilla de un amor en el que, muchas veces, no sabía si aún creía.

Rocío salía de trabajar a las seis y vendría con sus cosas. Ya tenía sus llaves y conocía de sobra las rutinas felinas y el funcionamiento de mi casa. Me había despedido de los gatos con fruición hasta que huyeron de mí y del tremendo agobio al que los sometí con besos y abrazos. Tenían el comedero lleno, el agua limpia y el arenero vacío de regalos pestilentes. Aquello estaba solucionado.

Mis billetes estaban descargados en la aplicación Wallet de mi iPhone y todo parecía correcto. En cuarenta minutos abrirían los mostradores de facturación para mi vuelo en Iberia con destino Orly; vuelo en *business*, gracias a Carlota. Terminal 4. Estaba todo controlado.

Había repasado doscientas veces sola y con Juan el contenido de mis maletas, siguiendo punto a punto una lista que había elaborado para no olvidar nada. Cubría todo tipo de necesidades y siniestros, y tampoco me iba a un lugar donde no pudiera comprar algo si hubiera tenido un despiste, así que... por ese lado también iba todo bien.

¿Qué era aquel vacío? Aquel hoyo enorme cuyas paredes de arena iban deshaciéndose, creando un agujero negro alrededor del que orbitaban los últimos dos o tres años de mi vida, cada vez más hondo y más grande. Me sentía en un mirador en la exacta línea que me permitía observar esa estrella negra sin ser engullida del todo, testigo de cómo hasta la luz terminaba desapareciendo en su interior.

¿Dónde estaba el amor en aquel momento? ¿Dónde estaban esas despedidas que el cine y las novelas nos prometen? ¿Iba alguien a aparecer corriendo en el aeropuerto, tras mis pasos, solo para abrazarme? No. Claro que no. A Valentina, sí, pero porque doña Perfecta siempre tenía lo que deseaba; era yo la mano que le daba de comer y la que le había consentido hasta la extenuación. El móvil me vibró en la mano con la llegada de un mensaje que se colocó justo bajo mi lastimero «¿Llegas a despedirte? Me voy en una hora».

>
> **Martín**
> He intentado ir, pero todo se me ha complicado y no llego a verte antes de que tengas que salir hacia el aeropuerto.
> Ten buen viaje. No tengas miedo del avión; piensa que solo corre por las nubes.
> Iré a verte, ¿vale? Te lo prometo.

Eché el móvil dentro del bolso pensando en las promesas que hacemos, en si somos merecedores de la capacidad de prometer viendo lo que pasa con las palabras, escritas o no, en un mundo en el que todo sucede demasiado rápido. Y, de todas formas, ¿qué son las promesas? ¿De quién es la culpa de las que no se cumplen? ¿Del emisor, que falta a su palabra? ¿Del receptor, por tener esperanza?

Lo más triste de aquello es que yo necesitaba ese abrazo de Martín y no tenía nada que ver con nuestra retorcida relación. Necesitaba fundirme en la tranquilidad de un olor conocido al que tan íntimamente había estado ligada mi piel. Necesitaba sentir, de una manera inconsciente, que podíamos hacer cosas buenas por el otro sin lascivia, que no me equivocaba al confiar en lo amigos que podríamos ser en un futuro.

No puedo decir que me fallara ni que me sintiera decepcionada. Me sentía estúpida y triste, porque yo quería muchas cosas de la vida que esta se empeñaba en no darme. Tenía hambre de cariño y eso no era su responsabilidad; bien lo sabía yo. Tenía los músculos preparados para querer, pero querer hoy en día no es tan fácil. Además tenía claro que yo no quería a Martín así. El amor, como dijo una vez Darío, es cuestión de suerte.

Me levanté de mi escalón, empujé las maletas hasta la puerta y las saqué con paciencia a la acera. El coche acababa de llegar. Ayudé al conductor a encajar todo mi equipaje en el gran maletero de aquella Van («gracias, Juan, estás en todo») y le pedí que, por favor, esperara un segundo. Mi inseparable giró la esquina y al verme junto a la furgoneta negra, corrió hacia nosotros.

—Había mucha gente, perdona.

—No pasa nada.

—Ale, loca. —Sonrió—. Que te vas a vivir a París. Sin saber su idioma y sin idea de lo que vas a hacer con tu vida una vez allí, en un piso que te va a costar una millonada. Esa es mi chica.

Nos fundimos en un abrazo apretado, mucho más sentido de lo que nos tocaba.

—Venga, no me hagas llorar —le pedí—. Te voy a ver en unas semanas.

—Y te voy a videollamar todos los días. Tengo que vigilar que no la líes.

Los dos nos reímos y nos separamos. Juan hizo un mohín.

—No va a venir, ¿no? —preguntó refiriéndose a Martín.

—No. Dice que no le da tiempo.

—Mejor. Te irías más triste.

—Me pone más triste despedirme de ti. Es como si me arrancaran el dedo meñique del pie derecho —dije para provocarlo.

—Qué asco, Elsa, ese es el que tienes triangular.

Volvimos a abrazarnos y a darnos besos sonoros en las mejillas. Me recordó una docena de veces que lo llamara al llegar, que le enviase fotos del hotel y que no alquilase el piso sin ver alguno más y pensarlo un poco.

—Sí a todo —respondí, formal.

—Así me gusta.

—Oye, hazme un favor. No te quedes aquí viendo cómo me voy, ¿vale? Vete ya hacia el metro. Si estás aquí me voy a poner a llorar.

—Vale —asintió—. ¿Ya?

—Ya.

Juan me besó la frente y dio un paso atrás.

—Fuera. Lárgate —le pedí entre risas y con el picor de las lágrimas ya llegando a mi garganta—. Te veo en unas semanas.

—Aprende a hacer *tartiflette* para cuando vaya.

Como si eso fuera posible.

Lo vi alejarse en la acera, dándose la vuelta de vez en cuando, despacio, hasta que alcanzó la esquina y desapareció. Iba a echarlo mucho de menos, pero sabía que aquellos días separados también nos vendrían bien. Antes de meterme en el coche miré hacia arriba, a mi casa, para despedirme de mi terraza y de mi bandera LGTBI+, que en aquel barrio levantaba algún gruñido de rechazo... Y lo vi.

Ahí estaba, apoyado en la barandilla de su balcón, con una camiseta blanca de manga corta y una taza de café en la mano, la mirada fija en mí. Nadie debería poder estar guapo a cuatro pisos de distancia, pero lo cierto es que lo estaba. Resplandecía, de blanco, y ese puñetero bigote más marcado que el resto del vello de su rostro le daba un aspecto de galán de antaño al que yo no era indiferente. Agitó con suavidad su mano derecha diciendo adiós y me pareció ver en sus labios una mueca con cierta pena. Contesté con la mano, despidiéndome también de Darío y de lo que significaba. Empezaba a atisbarlo, pero aún no lo tenía demasiado claro.

Antes de que me girara hacia el coche y lo perdiera de vista, Darío dejó la taza en la mesa y se metió en su casa con celeridad, tanta que me quedé cortada. Miré al conductor, que seguía apoyado en la carrocería, fumando un pitillo, por si había sido testigo de aquella espantada. Me pareció que sí y me dio una tremenda vergüenza.

—Podemos irnos ya. Perdone el retraso.

—No se preocupe. —Sonrió—. Las despedidas son difíciles, lo entiendo. Pero... ¿no quiere esperar?

—¿A qué?

—A que baje el muchacho del bigote.

—¿A que baje?

—Claro. Me dio la sensación de que se precipitaba hacia la puerta para bajar a decirle adiós en condiciones.

Me mordí el labio con ternura y cierto cinismo. Negué con la cabeza.

—No, qué va. Esas cosas solo les pasan a las protagonistas de novelas de amor.

Muy amablemente, me cerró la puerta, aunque le pedí que no lo hiciera. No me pasó desapercibido que se demoró más de lo necesario en dar la vuelta al coche y sentarse frente al volante. Creo que estaba haciendo tiempo por si su corazonada era real.

—A la T4, ¿verdad, Elsa?

—Sí. Gracias.

El coche se puso en marcha, puso el intermitente, encontró un hueco en el carril y se incorporó al tráfico de la calle Santa Engracia, siempre tan concurrida. Adiós...

Un golpe en la carrocería del coche hizo que el conductor parara en seco, casi provocando que el taxi que venía por detrás nos endiñara una hostia minina. Del frenazo, me clavé el cinturón en la clavícula (tendría la marca durante días) y el corazón se me desbocó en el pecho. Al volverme, vi a Darío junto a la ventanilla, sudando y jadeando. La bajé rápido.

—Hace muchísimo calor hoy, ¿no? Para ser 9 de mayo...

—¿Qué haces? —le pregunté, alucinada.

—¿Puedes salir del coche? Ya me siento suficientemente ridículo... —Sonrió.

Me quité el cinturón, musité una disculpa para el conductor y bajé. Delante de mí Darío me pareció más guapo que nunca. Soy de las que creen que la lejanía aumenta la belleza. por eso, la aspiración de conseguirla algún día. Antes de que pudiera decir algo, me envolvió en sus brazos de un modo sincero. Yo, que me gano la vida escribiendo historias de amor, que a todo le puedo sacar cinco epítetos que glorifiquen la escena más mundana, solo puedo decir que fue un abrazo sincero. La verdad que escondía estaba en un idioma que no entendíamos ninguno de los dos.

—Buen viaje, Elsa. Brilla tanto que ciegues a la ciudad de la luz.

Respiré hondo en su abrazo, en su cuello, y sentí el perfume de unas sábanas recién colocadas, secadas al sol, de un verano en una casita de la Toscana, de las noches de orquesta con una copa en la mano y la boca llena de carcajadas, de hacer el amor despacio... Darío olía a una vida que yo quería tener. La había soñado tanto que se la regalé en cada página de mis novelas a Valentina. Me aparté colocando la palma sobre su pecho y lo miré algo confusa pero emocionada, porque el abrazo había sido sincero y, lo más importante, me había reconfortado.

—Gracias —le dije, aunque no sé del todo por qué.

—A ti.

Cogió los dedos de la mano que descansaba en su pecho y se los llevó a la boca. Besó mis nudillos.

—Llámame siempre que quieras —me pidió.

—Sigo sin tener tu número.

Se rio abiertamente enseñándome sus dientes blancos.

—Eso se soluciona muy fácilmente.

Me abrió de nuevo la puerta del coche y yo entré y me abroché el cinturón en una suerte de trance. Él se asomó por la ventanilla aún abierta y, durante unos segundos que agradezco al conductor que no interrumpiera, nos miramos. Nos miramos bonito.

—Adiós —le dije.
—Vuelve.

Darío guiñó un ojo, esbozó una sonrisa y dio un paso hacia atrás que invitó al conductor a poner de nuevo rumbo al aeropuerto y a apagar las luces de emergencia. La furgoneta negra, brillante y lujosa, rodó despacio, perezosa, en dirección a Cuatro Caminos, como si ella tampoco quisiera romper ese momento de una manera agresiva. Así, Darío se fue esfumando en forma de punto borroso que seguía, hasta cuando no podía verlo, en la acera. Lo sé porque me lo dijo el conductor, que miraba el retrovisor con una gran sonrisa.

—Señorita, sigue ahí. Sigue en la acera.

Él no lo dijo. Yo tampoco, pero creo que ambos pensamos que al final, oye, las novelas se alimentan de vida para parecer de verdad... Entonces ¿por qué no podía la vida parecerse de vez en cuando un poco a ellas?

Cuando facturé mi equipaje en el mostrador de la aerolínea lo hice con una sonrisa, sintiendo la tristeza palpitando, endurecida y empequeñecida en el pecho, gruñendo. Algo parecía haberla arrinconado allí dentro, en un sitio controlable. No había sido Darío. Había sido la esperanza de que pueden pasar cosas maravillosas todos los días. Sabía quién era cuando embarcaba hacia París, pero no tenía ni idea de quién sería la Elsa que volvería, y eso era terriblemente emocionante, ¿no crees? A telenovelera no me gana nadie.

París

35
Una tienda en París
Máximo Huerta

Tardé exactamente veinte horas en creerme parisina. O *Emily en París* en versión no normativa. Si me dan a elegir, prefiero ser parisina, que tienen más estilo.

El primer día fue bastante infernal. Durante el vuelo en *business*, bebiendo cafelitos que me servían unas compañeras de Carlota con mucha amabilidad, leí tranquilamente y me relajé. La despedida de Darío había dejado cierto regusto dulce en el último trago de mi marcha. Sin embargo, cuando llegué allí y recogí mi equipaje, el relax se despidió de mí con un beso al aire.

Había reservado una habitación en un hotel muy cuco y bastante céntrico, pero al entrar descubrí que era minúscula. La versión de bolsillo de una habitación de hotel. Mis cuatro maletas, bolso y yo convivíamos en un equilibrio inestable. Me alegré de haber cambiado la reserva para tres días en lugar de una semana. Me urgía encontrar el piso ideal y sabía que tener prisa en este tema era mala idea, pero bueno, me gusta trabajar bajo presión.

Así que, en realidad, dejé las maletas en un precario montón en un rincón y salí corriendo para visitar los barrios de los dos pisos en los que estaba más interesada: el que había señalado Darío como el ideal y otro, un poco más barato y situado en Le Marais. No solo se trataba de la casa que iba a alquilar, sino que también era importante el ambiente que se respiraba en las calles que pisaría todos los días.

A las siete de la tarde, dos adolescentes le pidieron fuego a una mujer que se parecía a mí en una terraza cerca de la plaza de los Vosgos. Tenía mi misma cara, mi mismo cuerpo, llevaba mi ropa y respondía por mi nombre, pero estaba completamente vacía de energía y un poco preocupada. Me había gustado más el Barrio Latino, con la vida de sus calles y sus comercios, pero era cierto que, a pesar de la sobriedad del otro barrio, el que había escogido Darío parecía un sitio seguro y bucólico. Cuando llegué al hotel, no me apetecía ni cenar, solo quería darme una ducha y dormir. Acomodé el montón de maletas que amenazaba con aplastarme y llamé a mi madre para tranquilizarla. Me había pillado la mentira de que iba a vivir con Juan en París durante toda mi estancia porque soy tonta y mi amigo también. Me olvidé de avisar a mis padres cuando llegué. Como tenía el móvil en silencio, no me di cuenta de la llamada de mi madre. La pobre solo quería asegurarse de que todo había ido bien, para lo que llamó a Juan y él, tan tranquilo, le respondió que estaba en su casa. Creo que logré calmar su miedo, aunque hablé con ella medio dormida; ni siquiera recuerdo haber colgado. Estaba allí sentada, teléfono en mano, y... lo siguiente que vislumbré fue la turbia luz de la mañana parisina entrando por la ventana de la habitación.

Hacer las cosas sola tiene muchas ventajas, pero también inconvenientes. Parece una obviedad, pero fíjate en el orden en el que he colocado las palabras: primero ventajas, después inconvenientes. Estamos acostumbrados a que nos cuenten que el uno es un número triste en una vida en la que las cosas más importantes acontecen en soledad: nacemos, pensamos, sentimos y morimos solos. Y quien me diga que siente con alguien, no entiende el sentir tal y como es. El sentir es de uno, el sentir es propio, es piel. De la misma manera que no podemos arrancarnos un trozo de piel para que la otra persona sienta cómo se nos eriza, no podemos hacer de otros las emociones que nos hierven en el caldero del estómago. Creo que ahí es de donde nace el amor sano.

El caso es que disfruté de todas las ventajas de visitar los pisos de alquiler por meses a los que la agencia me llevó, pero a la hora de tomar la decisión, hubiera preferido tener a alguien a mi lado. No quería el peso de la responsabilidad para mí sola. Llamé a Juan por la tarde desde el hotel, mientras me comía un pastelito de frambuesa que, seguro, tenía las mismas calorías (o más) que había quemado yendo y viniendo durante toda la mañana, pero ¿a quién le importaba?

—Es que me gusta más el Barrio Latino. Le veo mucho más movimiento. El otro es... más señorial, ¿sabes? Como de señora con perlas en las orejas que te mira desafiante.

—¿Todo eso te lo estás inventando o te has cruzado a una señora que te ha mirado desafiante porque llevas el pelo ese de tía que no se lava?

Juan siempre se burlaba de mi pelo, aunque sé que le encantaba.

—Me lo he inventado. Recuerda que vivo montando mi propia película mental. Dame un consejo de los tuyos.

—Piensa en madrileño.

Fruncí el ceño mientras deshacía la frambuesa del relleno del pastel entre la lengua y el paladar.

—Eso no tiene sentido.

—Claro que lo tiene. Piensa como pensarías en Madrid. ¿Dónde prefieres vivir: en Malasaña o Conde Duque, o en Chamberí o Salamanca?

—Chamberí —aseguré, porque es donde compré mi casa; me encanta mi barrio.

—Trata tus tres meses de estancia allí como si fueras a quedarte más tiempo y te asegurarás decisiones cómodas.

Al día siguiente por la mañana, firmé el contrato por el piso del distrito 16, y... me pareció precioso. Era bastante más pequeño que mi piso de Madrid, pero dejaba pasar por sus ventanas una luz bonita que iluminaba cada rincón. Nada más entrar, a mano izquierda, te encontrabas con una cocina funcional y cómoda en blanco y gris, con todos los electrodomésticos en un elegante color plata lacado. Habían tenido el buen tino hasta de disimular el feo calentador de agua que dominaba un rincón junto a la ventana. Era una cocina para alguien como yo: cocinera de subsistencia.

Al salir de la cocina, siguiendo el camino al que apuntaba la entrada, te topabas con un coqueto comedor con un sofá, un sillón, una mesa de centro, un televisor de pantalla enorme colgado de la pared y una mesa con cuatro sillas. Todo el piso estaba decorado en blanco, amarillo mostaza, gris y dorado. El resultado no era apabullante, solo chic.

Saliendo del comedor, había un pequeño baño y estaban también las dos habitaciones. La primera era la que pensaba convertir en habitación de invitados. Al fondo, con una luz espléndida, el dormitorio principal con un cuarto de baño con bañera.

Instalarme me costó más de lo que creí que me llevaría en un principio. Después del *check out* en el hotel y el necesario taxi para trasladar todas mis pertenencias al piso, coloqué con orden marcial el contenido de las cuatro maletas en los armarios y en el baño. Más tarde bajé a buscar el supermercado más cercano, donde compré todo lo básico y algún capricho. Cuando volví y coloqué la comida y los útiles de limpieza en su sitio, me senté a escribir una lista de las cosas que me haría feliz tener en mi pequeño piso parisino y, una vez terminada, consideré cuáles no eran una pijada, una desfachatez de mi imaginación, e hice un pedido por Amazon.

Un tocadiscos de esos pequeños, que se pliegan como una maleta.

Un par de vinilos (iría en busca de algunos más por la ciudad).

Una cafetera italiana para placa de inducción.

Dos tazas bonitas. Las del piso no me gustaban. Me recordaban a las que nos daban en mi anterior trabajo de oficina, con el logo de la empresa.

En total, mi extra de felicidad me costó ciento dieciocho euros.

Aquella noche, después de enseñarle a Juan y a mis padres por videollamada la casa, me comí un trozo de queso de pie en la cocina y me acosté. Me dormí en el acto, como si el maldito Morfeo me hubiera disparado en la nuca. Sin noticias de Darío (del que aún no tenía el número de teléfono). Con un mensaje de Martín para que le mandase fotos de la casa y le contase qué tal mis primeros días. Sin noticias de ÉL, para la tranquilidad de mi maltrecho corazón.

Al día siguiente, a una velocidad que no esperaba, un mensajero me trajo el tocadiscos y los vinilos. Lo coloqué en el salón, en un rincón en el que no solo no molestase visualmente, sino que quedase bonito, y después me fui. Me había puesto para la ocasión unos pantalones Capri negros, un jersey liviano del mismo color, una gabardina corta beige y un pañuelo al cuello en negro y rojo que me regaló mi buen amigo Xabi. En los pies, unas bailarinas negras comodísimas de piel. Los labios rojos como el infierno. En sesenta horas yo creía que una podía pasar por parisina, pero no. Yo no tengo ese *je ne sais quoi* que las hace bellas sin artificios.

Desayuné junto al río, en una cafetería cualquiera, porque por aquellas fechas todas me parecían bonitas, con esas sillas de mimbre trenzado y brillante mirando al exterior de la calle. Pedí un café con leche de avena y un cruasán y me lo comí como decía una nota de la guía mejorada de Carlota: dándole pellizcos, ni bocados ni con cubiertos. Estaba colocada por las expectativas que tenía sobre París.

Oficialmente aquel era el primer día en el que no tenía nada que hacer, de modo que..., bueno, pues hice lo que se me antojó que era lo mejor. Compré online una entrada para el Louvre y paseé por sus pasillos sin buscar la Mona Lisa. Me emocioné con las pinturas de Ingres, Delacroix, Géricault, Caravaggio, Jacques-Louis David y Da Vinci. Aluciné bajo la Victoria de Samotracia y sonreí rodeada de la belleza clásica de tantas estatuas griegas.

Comí en la terraza de un bistró, no recuerdo muy bien la zona exacta, pero de camino a «mi» distrito. Pedí un bistec y sopa de cebolla. Bebí dos copas de vino tinto. Después me compré un paquete de cigarrillos por una pasta y tomé café en otra terraza diferente, viendo a la gente pasar, anotando mentalmente probar algunas combinaciones de ropa, respirando la vida de una ciudad que no era la mía. Sumida en una frivolidad maravillosa.

Encontré en internet una tienda de vinilos que no quedaba muy lejos y paseé hasta allí bajo una llovizna muy fina que no parecía mojar, solo penetrar en la piel como pequeños alfileres fríos. Compré varios discos de música francesa y algo de soul y antes de llegar a casa, una botella de un buen vino y unas sales de baño.

Y fíjate..., tan feliz era yo llenando la bañera de agua caliente para quitarme la sensación gélida de la lluvia en París, abriendo una botella de vino del Valle del Loira, sirviéndome una copa grande y bonita, vertiendo sales de baño en el agua humeante, preparando la bata con la que cubrirme al salir sobre una elegante silla que había en un rincón del baño y con el libro que estaba leyendo a mano… que cuando cerré los ojos, sumergida hasta el cuello, cuando bebí un trago de vino y su sutil dulzor me viajó por la boca, cuando mi ritmo cardiaco se relajó…, rompí a llorar. ¿Por qué? Porque había imaginado millones de veces una escena como aquella y en todas las variaciones que mi cabeza era capaz de evocar…, en todas, antes de que el agua se hubiera enfriado, ÉL me besaba la sien.

¿Cómo era posible que me hubiese seguido hasta París?

36
La única historia
Julian Barnes

Nunca he sabido qué fue lo que ÉL vio en mí. Perdóname, sé que suena a falta de autoestima, pero no es eso. O puede que sí. A lo que me refiero es a que no sé qué había en mí que no pudiese encontrar en otra sin todos los problemas que acarreaba para ÉL tener una relación conmigo. Hay detalles en esta historia que agravan la tensión, pero que no compartiré porque son nuestros. Es probablemente lo único nuestro que existe.

ÉL era (es, sigue vivo, por más que no esté en mi vida) terriblemente atractivo, con un cuerpo bello, en forma. Se jactaba de poder hacer no sé cuantísimas sentadillas cuando se estresaba. Yo, cuando me estreso, me arranco pelos de la nuca, aprieto los dientes y en ocasiones lloro. Él hacía sentadillas.

Yo, tan Betty Boop, tendente al sobrepeso; él, tan hercúleo.

Yo, un personaje de pelo verde, labios rojos y ropa negra; él, un tipo serio, discreto, a ratos temido.

Yo, con mi montaña rusa, con mis carcajadas sonoras, con mi culo gordo de mal asiento; él, con sus responsabilidades, su calma, su mala costumbre de no reír.

Me enamoré de alguien que había olvidado cómo se reía. Y me enamoré, además, como una persona solo puede enamorarse una vez en la vida…, gracias a Dios. No creo que un alma pueda sobrevivir a dos maremotos como ese.

A su lado, yo me sentía una mujer poderosa y una niña que lo necesitaba de manera enfermiza.

Después de aquel «te amo» en la plaza de Olavide, es posible que nuestra relación se distanciase. Digo «es posible», porque en ese huracán fuerza cinco me quedé a la deriva. Recuerdo aquello como si lo hubiera soñado en un coma. También lo digo porque, aunque quedamos en alejarnos hasta que tuviera «solucionada» su situación…, no se marchó del todo.

De vez en cuando la pantalla del móvil se iluminaba con algún mensaje de ÉL. A veces a su pantalla le pasaba lo mismo. Pero no nos vimos. No nos podíamos ver. No podíamos tocarnos, olernos, abrazarnos, tomar café el uno frente al otro, porque lo que sentíamos era demasiado fuerte como para que tuviese sitio en una relación cordial. Yo, o le amaba por entero o no podía tenerlo cerca.

Fue en aquel momento cuando ÉL se convirtió en una figura divina que yo veneraba ciegamente y a la que le dedicaba todas mis expectativas, todos mis planes, el futuro. Porque una vez me preguntó si me mudaría al otro lado del mundo si su trabajo lo llevaba allí. Porque una vez me dijo que tendríamos un hijo, al que criaríamos en el cariño y la calma. Porque una vez me preguntó qué había que hacer para viajar con gatos en un avión. Porque una vez me mandó el enlace del anuncio de una casa en venta, frente al mar.

Así que mi cabeza, acostumbrada a construir unos castillos en el aire que resultaban inofensivos, porque nadie iba a pisar sus suelos, levantó uno con la apariencia de un futuro posible que sabía que no sería real y que me aliviaba y me martirizaba a la vez; un futuro plausible, verosímil, pero utópico que, hoy en día, sigue haciéndome daño.

Porque él me amaba y terminaría dándose cuenta de que estar con ella lo haría desgraciado para siempre, y no era justo. Y entonces no tendríamos que escondernos; podríamos decírselo a la gente más cercana y dejar de mentirles; haríamos escapadas juntos los fines de semana a ver el mar; dormiría a su lado y hundiría la nariz en su espalda desnuda, abrazándolo. Entonces podríamos ser felices.

Le presentaría a mis padres; ÉL sacaba el tema a menudo. No es algo que a mí me emocione; esa implicación familiar siempre me ha parecido muy vinculante para demasiada gente. Una ruptura, al final, afecta a muchas más que a dos personas. Pero, aun así, cuando me decía que quería conocer a «mi mamá», a mí me bailaba un gusano en la tripa, porque me gustaban esas «buenas intenciones».

ÉL sería galante con mi madre y sonreiría mucho a mi padre, al que le daría la mano con firmeza sin dejar de rodear mi espalda con su otro brazo. Y les hablaríamos de nuestros planes de viaje. Del próximo destino desde el que podríamos trabajar. Les contaríamos lo felices que éramos por habernos encontrado.

Con el tiempo, pasaríamos tantas horas juntos que viviríamos en pareja, pero en dos pisos. Yo llegaría los viernes por la tarde a su casa con las llaves que ÉL me daría en alguna cena romántica, como hizo Néstor con Valentina. Dejaría mis cosas en el dormitorio, me quitaría los zapatos y andaría descalza hasta su mesa de trabajo para rodearlo con los brazos y besarle el pelo. ÉL seguiría absorto en sus dos pantallas de ordenador, balbucearía la falsa promesa de terminar pronto de trabajar y yo asumiría esa pequeña mentira con tranquilidad. Y serviría dos vinos. Me tumbaría en el sofá a leer hasta que ÉL terminara y se nos olvidara que queríamos salir a cenar, para al final pedir algo de comida exótica a domicilio y ver una película en Filmin.

Los domingos serían tristes, porque volveríamos a nuestra casa y a nuestra soledad, pero sería una tristeza elástica y frágil, porque entre semana no dejaríamos de buscar huecos para, por lo menos, dormir juntos. A pesar de mis horarios tan nocturnos. A pesar de que su despertador sonaba a las seis de la mañana... o antes.

También nos pelearíamos, claro. Discutiríamos porque yo soy muy sentida, muy ruidosa y explícita; porque no me callo las cosas que siento, porque mi vitalidad lo apabullaría y la presión del exterior a ratos podría con nosotros. Discutiríamos porque a su familia yo jamás le haría gracia, porque le costaba hablar de emociones, porque no entendíamos el trabajo de la misma manera, porque no descansaría cuando fuera necesario y eso lo volvería irascible. Pero haríamos las paces. Y me regalaría flores.

Sí, sí, soy consciente de todo lo tóxico, del error que suponía aquello. En aquel momento yo estaba tan enamorada como lo está un astronauta que no piensa en el peligro de montarse en un puto cohete espacial y solo quiere ver las estrellas de cerca. Solo ahora soy consciente.

El metaverso de nuestra historia se abría frente a mis ojos cada mañana y cada noche antes de dormir, dándome infinidad de posibles vidas junto a ÉL, un abanico de detalles preciosos como una piedra brillante. En esas otras realidades, el amor desplegaba sus tentáculos y lo abrazaba todo. Y ese brillo, esa orgía de buenas intenciones y amor apasionado dibujada en el ilimitado espacio de la imaginación, cada vez tenía más hambre de realidad.

La burbuja explotó una noche cuando, arrullada junto a la almohada, abrazada a ella, con el frío del invierno ya golpeando las ventanas, imaginé un viaje a París. Aquella tarde había recibido un mensaje suyo y me sentía «contenta», por decir algo. Ya no sabía ni cómo estaba.

En la oscuridad de mi habitación, la historia que estaba escribiendo sobre Valentina se confundió con aquello que yo soñaba hacer con ÉL y me puse a dibujar una escena en la que Néstor le pedía la mano. ¿Por qué no? En algún momento tenía que escribir algo así. No podía ser en otro lugar más que en París, claro, porque ÉL me dijo una vez que quería regalarme unos días allí. Y porque yo sabía que había comprado su perfume por primera vez en un viaje a Francia. Y porque yo lo quería muchísimo y soñaba con pasear por los Campos Elíseos cogida de su mano. No pude parar de crear.

Así, Néstor buscaba un rincón bonito pero discreto para declararse. Uno de los maravillosos puentes que sobrevuelan el Sena, por ejemplo. Además, trataba de encontrar el momento en el que mágicamente nadie pudiera interrumpir la escena o, algo peor, que la gente se pusiese a aplaudir. En las novelas todo puede pasar, solo tienes que disponerlo de una manera verosímil.

Entonces Néstor colocaba una rodilla en el suelo ante la emocionada Valentina y abría una cajita de terciopelo rojo en la que brillaba una esmeralda de talla cojín rodeada de brillantes. Uno de esos anillos. De ESOS.

Celebraban una boda pequeña a la que invitaban a poca gente; solo los indispensables. Yoly Saa les cantaba «Galerna» en directo. Bailaban «Agua y mezcal» de Guitarricadelafuente después de cenar bajo un cielo de bombillitas blancas creando galaxias. Se miraban de tal forma que todos los asistentes soñaban con amar así alguna vez, aunque fuera durante cinco minutos.

Cuando quise darme cuenta, el llanto no me permitía respirar. Tuve que incorporarme en la cama, sentarme en el borde, coger aire, buscarlo desesperadamente en cualquier parte, a bocanadas exageradas... ¿Por qué? ¿Por qué?

Porque hacía rato que Valentina había dejado de ser Valentina y Néstor había desaparecido, para dejarnos a ÉL y a mí en el centro de una escena que entendí que jamás se produciría. Ni así ni de ninguna otra manera. Porque aquella noche me di cuenta de que ÉL era un cobarde y yo demasiado valiente como para no darle miedo.

37
De profundis
Oscar Wilde

Viernes, 13 de mayo, 19.45 h.
De: Elsa Benavides
A: Carlota Nieva
Asunto: Diario de a bordo

Querida Carlota,

Gracias por la videollamada de ayer. Necesitaba verte la cara, aunque fuera envuelta en una manta. Parecías Obi-Wan Kenobi, tengo que confesártelo. No entiendo tu termostato interno, Juan dice que en Madrid está haciendo una temperatura perfecta.

Al grano: he estado pensando en tu propuesta de usar todos los días de vacaciones que te quedan para venir a París conmigo y... ¿Te acuerdas cuando teníamos catorce años y estábamos seguras de que si nos conocían los Backstreet Boys se iban a enamorar de nosotras? Por aquella época, además de ser unas ilusas de pelotas (y un poco narcisistas y nada realistas..., no me jodas, de adolescentes parecíamos el feo de los hermanos Hanson), también fantaseábamos con la idea de compartir piso. Nos parecía la leche. Y ahora que hemos crecido, que somos adultas (más o menos) funcionales y que podemos, creo que deberíamos...

... No hacerlo.

Te quiero muchísimo, pero me he vuelto una completa obsesa del orden. Si me encuentro un calcetín tuyo en el sofá, puede darme una embolia. Y si tú tienes que convivir con mis manías, te vas a tirar por una ventana. Nos queremos demasiado como para hacernos esto.

Mejor seguimos con el plan inicial. En cuanto te venga bien, ponte de acuerdo con Juan y venís a verme.

P. D.: Sé que lo propusiste porque te quedaste preocupada al hablar conmigo, pero estoy segura de que a ti te horroriza tanto como a mí la idea de la convivencia. De verdad, Carlota, no te preocupes, estoy bien. Es solo que a veces la idea de ÉL vuelve y me siento una estúpida y a la vez me muero de la nostalgia. Nunca he sido del todo coherente con mis emociones, pero a medida que voy cumpliendo años me doy más cuenta de que hay que permitirse sentirlo todo sin que la cabeza lo invalide. Sí, me hizo polvo, y sí, una parte de mí aún lo añora, pero solo es cuestión de tiempo que purgue todo aquello con la seguridad de que hice lo mejor para mí.

P. D. 2: Perdona la primera parte del mail, tan tonta y frívola. No me gusta haberte preocupado y estoy segura de que la mención de nuestro parecido con los Hanson te ha hecho reír, así que me quedo más tranquila.

Te quiero,
Elsa

Viernes, 13 de mayo, 23.29 h.
De: Elsa Benavides
A: Martín Daimiel
Asunto: Los wasaps son para vagos

Querido Martín,

Hace un rato que he recibido un wasap en el que me preguntabas si estoy enfadada por no haber podido despedirte de mí. Te he dicho que no y que te escribiría en cuanto tuviera un rato, y... aquí estoy. Soy de la vieja escuela. Los wasaps son para vagos.

No estoy enfadada, no puedo estarlo. Es cierto que me quedé un poco desilusionada (que no decepcionada) porque realmente me apetecía ese abrazo, pero no puedo exigirlo. Las muestras de cariño no pueden demandarse por obligación. Te las dan o no te las dan, puedes añorarlas o sentir que sobran, pero si se imponen carecen de sentido.

De todas formas, es posible que el hecho de que no pudieras venir fuera lo mejor para ambos. Me apetecía ese abrazo porque me reconozco en tu olor, pero a lo mejor la cercanía física aún nos queda grande.

Quiero hacer las cosas bien. Siempre dices que somos amigos, pero yo creo que lo nuestro es más como una relación de amantes a la francesa, con todo lo bueno y lo malo de ese concepto. Si queremos ser amigos, tenemos que desaprender los códigos con los que nos relacionamos y que son, sin duda, los que nos llevan a tropezar con la piedra de vez en cuando.

Dicho esto, sé que quieres venir a verme y yo quiero que vengas, pero ¿esperarías un poco? Estar lejos nos va a venir bien. Dejemos que se enfríe un poco el recuerdo de la piel del otro hasta que solo quede una fotografía más templada de lo que realmente podemos darnos.

Un abrazo apretado,
Elsa

Viernes, 13 de mayo, 19.45 h.
De: Elsa Benavides
A: Rocío Solano
Asunto: Madre felina con ansiedad por separación

Hola Ro,

Te escribo al mail del curro para que lo leas cuando llegues a la oficina el lunes y no agobiarte este fin de semana.

Adjunto un documento con la información del seguro de la casa. Me acabo de acordar de que al final no te lo pasé. Por si acaso.

También te pongo el teléfono del portero (que es bastante cotilla, aviso) por si lo necesitaras para que reciba algún paquete.

¿Todo bien por ahora? ¿Te apañas con el horno y la cafetera? Si no, dile a Juan que vaya a hacerte un tutorial.

Ya me cuentas.

P. D.: Me da vergüenza pedírtelo, pero... ¿me mandarías alguna foto o vídeo de los michis? Los echo de menos. Diles que «su Karen» no sabe vivir sin quitar sus pelos hasta del café.

Gracias por todo, amiga,
Elsa

Viernes, 13 de mayo, 21.28 h.
De: Elsa Benavides
A: Ignacio Vidal
Asunto: Instalada y más cuerda

Querido Nacho,

No sé si el asunto del mail promete demasiado porque es cierto que ya estoy instalada, pero puede que la palabra cuerda no sea la que la gente usaría para definirme. Yo sí, ¿por qué no? Aún no me ha dado por salir a la calle desnuda y con sombrero. Dame tiempo.

Mi piso en París es increíblemente bonito. Esto puedo hablarlo contigo porque sé que me entenderás, pero me cuesta contárselo a otras personas: el piso es tan bonito y caro que me siento tremendamente culpable por estar aquí. Una vez me dijiste que nunca dejaremos de ser los niños de barrio que fuimos y yo, orgullosa, sabía que tenías razón, pero esas cosas también tienen su lado malo. Por ejemplo, cuando las cosas nos van bien, siempre sentimos que estamos usurpando el puesto de otra persona o incluso robándolo.

No te equivocaste en casi nada de lo que decías en tu mail (menos en lo del vino y las ostras, querido, tú y yo ya no sentimos la más mínima atracción el uno por el otro, solo hablaba la nostalgia). Debo quitarme de la cabeza esa idea tan arraigada de que solo el amor romántico me completará. Te prometo que, al menos conscientemente, no estoy esperando que ningún hombre venga a salvarme. Es solo que..., bueno, tuve mala suerte cruzándome con ÉL; a veces me gustaría que el karma me lo compensara, pero claro, probablemente el karma ya me lo ha compensado con mi trabajo.

No te preocupes por mí, Nacho, de verdad. Es cierto que lo de Barcelona fue feo. Me gusta recordarlo como un gag humorístico en una película muy histriónica, pero fue feo. No sé si la respuesta es París, pero sí estoy segura de que la solución pasa por pararme a respirar un poco. No sé por qué odio tanto a Valentina. No sé por qué me comparo tanto con ella. Siento que me robó la vida, que viví más a través de ella que en mi piel. Yo qué sé, Nacho. Va a ser que cuerda no estoy. Ya decía yo...

Seré muy breve en esto, porque sé que o voy a recibir una regañina o te vas a estar riendo de mí durante un par de años: antes de venir a París me enrollé con mi vecino. Mi vecino de rellano, Darío. Solo somos dos en cada piso, por cierto.

Sé que es una de esas cagadas que perpetro sabiendo que es un error desde el principio. ¿Cómo era aquel símil que usabas para referirte a cuando hago esto? Era algo de un descapotable y una piedra en el acelerador. Refréscame la memoria, por favor.

Pienso a veces en Darío. Un tío guapete, muy inteligente, culto, con sentido del humor, buen sexo y creo que el corazón completamente roto: ya sabes, mi tipo. A mí, si no pueden destrozarme un poquito la vida, no me gustan.

¿Cuándo dejaré de ser imbécil?

Por favor, cuéntame pronto algo de tu novela. No aguanto más tu silencio. Deja de hacerte el interesante. Si le has puesto mi nombre a algún personaje, cámbialo. Y si por algún casual terminaras antes ese manuscrito, cómprate unos billetes de avión para venir a verme. Echo de menos tus pelos de loco.

Sabes que te quiero mucho, ¿verdad? Nunca te lo digo.

Te quiero mucho,
Tu Elsa

Viernes, 13 de mayo, 22.00 h.
De: Elsa Benavides
A: Juan Escorial
Asunto: París

Querido Juan,

No quiero que te agobies por mi bajón. Es solo la fase de adaptación. Como ya te dije por teléfono, estoy bien. Me siento a gusto. Lo que no significa que no me apetezca un montón que vengas a pasar unos días, pero para divertirnos, no porque esté mal.

Quédate tranquilo.

Y escríbeme mails de vez en cuando, que no me gustan tus notas de voz. Hablas tan despacio y haces tantas pausas dramáticas que, aunque lo acelere al máximo, me desesperas.

Te quiero,
Elsa

Viernes, 13 de mayo, 23.57 h.
De: Elsa Benavides
A: Elsa Benavides
Asunto: Recuerda

Querida yo,

Recuerda:

– No puedes echar de menos cosas que eran malas para ti. Bueno, puedes, pero no debes, porque te quieres bonito.

– No puedes agarrarte a la creencia de que otra persona vendrá a salvarte. No crees en las relaciones de dependencia. Puedes salvarte sola.

— Puedes (y debes) pedir ayuda. Salvarte sola implica saber hacerlo.

— No puedes añorar el futuro que él te prometió porque era mentira; nunca tuvo intención de cumplirlo. Tenlo presente.

— No puedes echar de menos la imagen mental que te hiciste de Darío. Por muy bonito que fuera su gesto de despedida, dejó claro que no está emocionalmente accesible.

— No puedes desayunar pan con mantequilla todos los días, primero y principalmente porque eres intolerante a la lactosa.

Atentamente,

Tú

38
Se busca mujer perfecta
Anne Berest

Antes de hacer las maletas, leí en internet que durante el mes de mayo en París llovía un promedio de seis días en total. Mirando desde la ventana de la cocina lo negro que estaba el cielo, me costaba creerlo. Daba la sensación de que aquella masa oscura no se movería jamás de allí y que terminaría por salirme moho de la nariz. Me encantan los días de lluvia, me ponen de buen humor, pero la cortina de agua que caía imposibilitaba todos los planes «parisinos» que me había propuesto para aquel fin de semana. Si quería ser completamente sincera conmigo misma, Valentina suponía un problema. ¿Por qué?

Valentina viajó a París en uno de los libros de la saga más queridos por los lectores. Allí había vivido un episodio maravilloso de su vida en el que se convirtió en la chica que todas querríamos ser cuando visitamos la ciudad del amor. Todos sus planes eran perfectos. Se le abrieron todas las puertas convenientes. Néstor terminó por ir a buscarla justo cuando ella decidía que su amante francés era tan solo eso, un amante, una diversión, una bonita historia de amor de verano, aunque ya ninguno de los dos tuviera quince años. Todo le salió redondo, a la muy hija de perra.

No es que me lo propusiera de una manera consciente, pero no podía hacerme una lobotomía parcial que borrase las andaduras de mi personaje, de modo que ahí estaba el recordatorio de lo que «debía» ser mi estancia allí. Sin quererlo ya le había copiado un poco el tipo de apartamento en el que ella había vivido en París. Me faltaban el amante bronceado con casa en los Alpes suizos, las amigas parisinas glamurosas y una talla normativa. A veces me costaba recordar que nada de eso había ocurrido y que yo misma lo había imaginado sentada en mi despacho.

Valentina y yo teníamos cosas en común. Algunas eran muy tontas, como que a las dos nos gustaban los días de lluvia, el vino tinto, los zapatos de tacón y los pintalabios rojos. Otras pertenecían a esa relación que el autor establece sin quererlo con sus personajes, a los que dota sin darse cuenta de algunos de sus defectos y muchos de sus miedos. También había cosas que nos debíamos la una a la otra: Valentina había vivido mucho y yo le había dado a escoger mil caminos antes de decidirse por lo que quería, y ella me había dado el trabajo de mis sueños. Yo la imaginé bonita, con ese tipo de clase que a la portadora le pasa inadvertido pero no a los demás, con tendencia al éxito, con suerte y carisma, y ella me había premiado con una situación económica lo suficientemente holgada como para permitirme coger cuatro maletas e instalarme en un piso en el distrito 16 de París, que no era precisamente barato. No es que me hubiera convertido en Elon Musk, pero la niña de barrio obrero que sigo siendo se podía permitir ciertos lujos controlados.

Así que era inevitable: Valentina y yo íbamos a luchar a cuchillo y a muerte por ganar esa competición, si es que se puede ganar en una experiencia como aquella.

Valentina iba de compras por los Campos Elíseos y por Le Marais. Siempre encontraba algún chollo y conocía a gente interesantísima que, después, la invitaba a planes extraordinarios. Yo, por el momento, comprar solamente había comprado vino, queso (más lactosa para la niña), un poco de fruta para no contraer escorbuto y algún vinilo: lo imprescindible para estar a gusto en una casa de la que salía bastante menos que ella porque a mí la responsable de comunicación del grupo LVMH en París no me invitaba a su fiesta de compromiso con un duque. Maldita Valentina.

Valentina corría como una gacela por los pasos de cebra encharcados con sus bailarinas, unos jeans y el jersey de su amante, para comprar flores y cruasanes calientes que comería entre las sábanas de algodón egipcio de su piso. Yo corría, no muy ligera precisamente, entre el torrente de gente que intentaba guarecerse de la lluvia bajo los tejadillos de los edificios, vestida con unas botas que me protegían los pies del agua, pero que me hacían las piernas ostensiblemente más chaparras, para llegar a casa jadeando y con retortijones por sobredosis de mantequilla.

Valentina no parecía tener rival. Aquello tenía que cambiar y el sábado era un día perfecto para ello, a pesar de la lluvia. Alguna vez me han tachado de frívola por decir cosas como que si un día te sientes guapa (has acertado con la ropa porque te ves favorecida y estás cómoda, tu mano no ha temblado ni un ápice con el eyeliner, se te ha dado bien peinarte…), viene el viento de cara, pero es verdad. Hay muchas cosas en la vida que son cuestión de actitud; otras ojalá lo fueran. Pero todas aquellas que mejoran cuando nos vemos bonitas, bienvenidas sean, frivolidad o no.

Aquel día, según el baremo de esos intelectuales vitales, yo estaba a tope de frívola. Vaqueros de corte «mom», botines sencillos de piel, blusa blanca vaporosa, gabardina color beige y un tote bag con la consigna «Smart like a girl». Los labios rojos. El eyeliner afilado. La manicura hecha. El pelo natural, algo ondulado. Era mi día para enseñarle a Valentina cómo vivía una mujer de carne y hueso en un París real, y demostrarle que no tenía nada que envidiar al suyo de ensueño.

Di un paseo bajo el enorme paraguas rojo que encontré en el armario de la entrada, hasta el Museo de Bellas Artes de la Villa de París, donde la guía de Carlota me había soplado que encontraría un coqueto café escondido y con vistas a un jardín exótico. Un verdadero vergel. Las mesas, de hierro forjado y mármol, se asentaban sobre un suelo cubierto de mosaicos y bajo un techo saturado de pinturas. Tuve la suerte de llegar pronto y poder escoger una de las mesas en primera línea del jardín. En aquel rincón tan bonito (y que Valentina no había conocido) tomé mi desayuno (café, pan con mermelada y agua con gas) mientras leía una novela de Amélie Nothomb que me pareció muy adecuada para un día oscuro y lluvioso en París.

Justo acababa de encender un pitillo largo y de pedir otro café cuando la chica de la mesa de al lado me preguntó en un perfecto inglés, con un buen acentazo francés, si me estaba gustando la novela. Charlamos un poco sobre la autora, aunque mi comunicación verbal no era muy fluida, y esa situación nos hizo reír a veces. A ella no le gustaba porque le resultaba muy oscura; a mí sí justo por eso mismo. Después nos presentamos; se llamaba Marie, era de Lille y trabajaba en una librería. Estaba esperando a su hermano, que había prometido invitarla a desayunar en un sitio bonito, pero, como siempre, se retrasaba. Yo le conté que era escritora y que me había instalado en París sin saber francés y sin conocer a nadie, para escapar de un bloqueo creativo.

Cuando llegó su hermano, ya nos habíamos dado el teléfono con la promesa de hacer algún plan que incluyera vino. Me despedí poco después, a pesar de que el hermano, Jules, era guapo como solo puede serlo un francés y ambos me invitaron a unirme a la mesa. Prometí escribirle un mensaje en un inglés nefasto un día de estos y ella me prometió hacer lo mismo. Jules sonrió al despedirse con un: «Au revoir, sirène» en una clara referencia a mi color de pelo. Toma esa, Valentina.

Crucé el puente de Alejandro III y paseé por los Inválidos para desviarme después hacia el Museo d'Orsay, donde llegué quince minutos antes de la hora a la que tenía reservada mi entrada, pero no importó. Me emocioné hasta tener que contener las lágrimas viendo las obras de Renoir, Courbet y Manet. Sonreí frente a los frenéticos colores del posimpresionismo de Van Gogh. Videollamé a mis padres a la salida para que vieran mi cara de felicidad y dejasen de preocuparse. Los invité a venir a visitarme un fin de semana y les conté todas las bonanzas de mis días allí, evitando comentar que sostenía una dura competencia con un personaje de ficción que yo misma había inventado.

Bebí vino en la terraza de un bistró hasta que me entró hambre y me comí un bistec. Bebí más vino. Fumé un cigarrillo más y terminé el libro, que guardé en el bolso con una sonrisa antes de pedir la cuenta.

En Le Marais callejeé en busca de una tienda de ropa vintage que aparecía muy subrayada en la guía mejorada de Carlota y, aunque no la encontré (sospecho que había cerrado), me topé con otra en la misma calle donde también decenas de personas hacían cola para comer el falafel más famoso de París en un popular restaurante, según rezaba la publicidad. Y allí, rodeada de jovencitas francesas, unas muy modernas y otras muy clásicas, me probé un par de zapatos vintage de Christian Dior, tipo Merceditas, en mi número. Sobra decir que los compré. Y en otra tienda me enamoré de un vestido camisero en tonos marrones que pensaba estrenar en cuanto pudiera, combinado con los zapatos y la gabardina, para cenar en algún sitio bonito.

Me dio tiempo a pasar por el mercado Président Wilson, donde compré todo lo necesario para preparar un steak tartar, también unos quesos (que no pare la fiesta de la lactosa, me estaba quedando sin pastillas de lactasa), unas pocas verduras y un ramo de flores de muchos colores.

Cuando llegué a casa estaba agotada, pero muy contenta. Marie me había escrito un mensaje para preguntarme si me gustaría ver una exposición sobre Chanel y comer algo juntas el siguiente sábado, las flores quedaban perfectas en el jarrón vacío del salón y me sentí bien, cómoda conmigo misma y con mi vida, mientras me servía una copa de vino descalza en la cocina.

Valentina había hecho muchas cosas en un París de ficción en el que nunca se cansaba de sus zapatos de tacón ni sentía las piernas hinchadas. Porque a ella nunca se le corría el pintalabios ni se pintaba un diente, como sí me pasaba a mí. Ella encontraba amantes en todas partes y amigos hasta debajo de las piedras. Era culta. Era estilosa. Era delgada. Era inteligente y simpática. Dulce. Algo ingenua. Pero no era de verdad. Aquello tenía que ser un jaque mate.

Sin embargo, cuando me quité el pintalabios y la ropa de calle para ponerme a continuación unas mallas y un jersey oversize y me tiré en el sofá descalza, la copa de vino no me supo a victoria. El libro que había escogido para ser mi siguiente lectura no captaba mi atención. Mis piernas me parecieron hinchadas, poco tersas. El silencio de la casa se asemejaba demasiado a la soledad, moneda de dos caras que, lanzada al aire, puede hacerte sentir muy seguro a su abrigo o tremendamente desgraciado bajo su yugo. Respiré hondo y me obligué a no pensar en que probablemente había cogido algo de peso, que estaba gastando mucho dinero en aquella aventura parisina que no parecía tener ningún objetivo concreto, que era una desagradecida que parecía no apreciar la suerte que había tenido y que estaba aterrorizada por si no volvía a escribir nada que consiguiera emocionar. Me obligué a no pensar, pero no pude evitarlo.

Estaba a punto de salirme humo por las orejas cuando una notificación vibró en mi teléfono móvil, obligándome a salir de aquella rueda. Era un larguísimo wasap proveniente de un número que no tenía en la agenda, pero no me costó demasiado identificar de quién era. No había margen de error.

> Creo que he hecho el ridículo con la amiga que te está cuidando la casa. Pensaba que estaban entrando a robar. Aún no estoy muy seguro de que no me haya mentido. Dice que nos conocimos en tu fiesta de despedida, pero yo no me acuerdo.
> Hola, vecina.
> Tu amiga Rocío (si es que es tu amiga y no una guapísima ladrona) me ha dicho que te has instalado de lujo, que echas de menos a tus gatos y mandas mails a tus amigos con tus aventuras.
> No esperaba menos de ti.
> Es guapísima, ¿te lo he dicho? Pero se te echa de menos por aquí. Nadie llama a tus gatos por apodos ridículos (el de «culo loco» es mi preferido; perdona, nunca te dije que se escuchaba desde mi casa).
> Bueno..., si necesitas recomendaciones sobre París, ya sabes dónde encontrarme. Tienes mi número. Es este.

Fruncí el ceño, pero antes de que pudiera sacar alguna conclusión de su mensaje, apareció uno nuevo en la pantalla:

> Estoy releyéndome y he quedado como un panoli y un imbécil. Por estas cosas odio el teléfono móvil.
> Ni confirmo ni desmiento que te haya dicho lo guapa

que es tu amiga como parte de un estúpido plan
para ponerte un poco celosa y no desaparecer
de tu mapa mental.
No es justo por mi parte, pero es que tú sigues
apareciendo de vez en cuando en el mío.
Tampoco es justo que te diga esto, pero necesito
que lo sepas, quizá porque me siento mal por haber
sido tan brusco al explicarte mi situación.
Yo qué sé.

Mi gesto se ablandó un poco, pero aún llegó otro mensaje.

dariovelasco@gmail.com
Por si quieres mandarme un mail a mí también.

Contesté alguna sandez escueta, guardándome en la manga el as de poder iniciar con él una «relación epistolar», que me hacía demasiada ilusión como para ser totalmente sana, y lo hice con una sonrisa de lo más tonta en los labios. Cuando bloqueé el teléfono e intenté volver a la lectura de mi libro, seguía sin poder concentrarme y el vino seguía teniendo un regusto a derrota. ¿Por qué?, dirás. Bueno…, porque Valentina no necesitaba la reafirmación de un hombre para sentirse mejor, porque ella se autovalidaba con una autoestima saneada y porque en su viaje a París no dependió del recuerdo de Néstor para sonreír.
Valentina 1, Elsa 0.

39
Una forma de vida
Amélie Nothomb

Lunes, 16 de mayo, 09.45 h.
De: Juan Escorial
A: Elsa Benavides
Asunto: Re: París

Yo no voy a poner «querida Elsa» porque me parece lo más repipi del mundo.

Elsa,

No hace falta que te empeñes en aclararme cómo te sientes porque te conozco como si hubiéramos sido siameses separados al nacer. Tú debes estar saltando constantemente de un estado mental tipo «soy *Emily en París* con ropa negra» a otro más como «mi vida es un pozo de desgracia».

Me da miedo que termines creyéndote cualquiera de las dos opciones, así que estoy mirando billetes para la semana que viene. Compraré los más baratos, eso sí; a lo mejor me tienes allí a las ocho y media de la mañana.

Voy a llevarte a un sitio muy fino: es una discoteca donde en lugar de gogós hay tíos duchándose.

Pagaría por ver la cara de horror que estás poniendo.

Ale. Te escribo cuando tenga los billetes, pero por WhatsApp. Esta es la primera y última vez que te mando un mail que no sea de trabajo. Me siento estúpido.

Besitos,
Juan

Lunes, 16 de mayo, 12.45 h.
De: Rocío Solano
A: Elsa Benavides
Asunto: Villa Elsa

Hola, Elsa,

Si quieres más fotos de las que te he mandado esta mañana, dímelo. Están genial, pero te echan de menos. Les he abierto la puerta de tu dormitorio para que puedan dormir encima de tu cama. Ya sé que me dijiste que usase tu habitación, pero me siento más cómoda en la de invitados. No quiero invadir tanto tu espacio.

Por cierto, se me ha olvidado comentarte antes en WhatsApp que el otro día tu vecino, el buenorro, me confundió con Marnie la ladrona y casi llama a la policía. Le juré que nos conocíamos de tu fiesta, pero me dijo que le hiciste beber demasiado. Me estuvo preguntando por ti. Si estáis en una lucha de poder por quién escribe antes, no cedas… Está a puntito de caramelo. ;P

Gracias por dejarme tu casa. A ver si me dan las llaves de mi piso pronto, porque ya tengo ganas de independizarme.

Rocío

Martes, 17 de mayo, 02.32 h.
De: Ignacio Vidal
A: Elsa Benavides
Asunto: Mi amiga la «cuerda»

Querida Elsa,

A mí me gustas loca. A todos los que te queremos.

Te queremos loca, con esa risa estridente, con esa mente malvada, con la sonrisa de niña y, por pedir, yo te quiero también con esas faldas ajustadas. No porque me excite la idea (quizá sí, quizá no), sino porque me gusta la reivindicación de tus formas.

Recibo con alivio todas esas noticias sobre París y entiendo perfectamente a lo que te refieres con el sentimiento «de culpa» por estar pudiendo hacer algo que de joven ni siquiera soñaste. Pero en este mundo nuestro, querida, tal y como vienen las cosas se van y hay que surfear la ola, con cabeza, pero también con placer. Te mereces esos tres meses en París. Y punto.

Sobre lo de tu vecino..., no me ves, pero estoy haciendo el gesto de cerrarme los labios con una cremallera. No diré nada, aunque no vas a tener tanta suerte con mis dedos, que sobre el teclado y después de un buen vodka no pueden callarse: qué manera tan maravillosa tienes de complicarte la vida. Qué caos más fértil. Del caos, Elsa, pueden nacer cosas preciosas. Conviértelo en algo que te sirva o aléjalo...

Después de ÉL, no sufras por sufrir. Ya sabes lo que es que alguien convierta tu vulnerabilidad en carne con la que llenarse el buche.

No puedo hablarte de la novela, pero no voy a quitarle tu nombre a ese personaje. Jodida niña, cómo me conoces. No te asustes; no lo voy a usar para perpetuar en el imaginario común de gente que no nos conoce el recuerdo de una noche fantástica. Elsa es un nombre muy literario.

Yo también te quiero, Elsa, y contigo no me cuesta escribirlo porque nunca exigirás de este cariño nada que no pueda darte.

Piensa en esto último. Piensa en las expectativas que depositamos en los demás. Piensa, querida Elsa, pero no te olvides de sentir, que tú eres más de piel que de neurona.

P. D.: Lo del descapotable y la piedra en el acelerador se explica solo si piensas que siempre te digo que viajas en el asiento del copiloto. Vas a ciegas, sin controlar, pero es parte de tu encanto kamikaze.

Tu Nacho

Miércoles, 18 de mayo, 19.48 h.
De: Martín Daimiel
A: Elsa Benavides
Asunto: Re: Los wasaps son para vagos

Querida Elsa,

Perdona que haya tardado en responder. No tengo la costumbre de mandar misivas personales por mail. Yo soy más de WhatsApp, aunque tú creas que es de vagos. Me sorprende esta afirmación, porque si abres nuestra conversación en la aplicación, hemos invertido muchas horas en charlar por allí.

Y en discutir.

Entiendo perfectamente lo que dices sobre que quizá fuera una suerte que no pudiera ir a despedirme. Yo no pienso exactamente igual; sabes que, si hubiera podido ir, lo habría hecho. Tuve que acompañar a Iris a urgencias porque no se encontraba bien. Nada grave.

Pero entiendo que quizá la cercanía de ese abrazo hubiera complicado tu marcha. Soy incapaz de abrazarte sin sentirlo en todo mi cuerpo. Soy incapaz de reconocerme en tu olor, como tú dices, y no desearlo. Desearte.

Somos débiles.

Estoy de acuerdo contigo en dar un paso atrás, en hacer que los kilómetros que hay entre Madrid y París sirvan de algo y en renombrar los espacios entre los dos para que signifiquen otra cosa, pero no soy tan optimista como tú.

Creo que hay cosas que no se pueden controlar. Creo que, si se pudieran controlar, ya lo habríamos solucionado y no andaríamos en esta situación. Creo que los abrazos, entre nosotros, siempre serán complicados.

Dicho esto: hay unos billetes Madrid-París muy bien de precio para el primer fin de semana de junio..., y yo no tengo bolo esos días. ¿Te parecería demasiado pronto?

Espero tu respuesta,
Martín

40

Nada
Carmen Laforet

Seré sincera: para cuando llegó Juan yo estaba un poco nerviosa, por muchos motivos, además. El primero es que estaba ociosa. Era la primera vez que tenía unas «vacaciones» tan largas y no sabía ya cómo llenar el día. Había visitado todos los museos, la mayor parte de las plazas y leído demasiado. ¿Leer demasiado es posible? No, solo cuando es un indicador de que no tienes más vida social de la que encuentras entre las páginas. Había ido a la exposición de Chanel con Marie, la chica que conocí en aquella terraza un sábado, pero, aunque era muy amable y lo había pasado bien, la barrera idiomática era un escollo que no siempre lográbamos subsanar. No había sido una experiencia cien por cien cómoda.

Había comprado un cuaderno Moleskine rojo, presa de los remordimientos de la vida ociosa, y me había puesto a intentar buscar una solución para el manuscrito del último libro de la saga, pero después de varias tardes nada fructíferas terminé por hundirme en un pozo de frustración.

Por otro lado, me preguntaba de manera recurrente qué hacía allí. «Airearme» solía ser la respuesta, pero en ocasiones venía acompañada de un «alejarme de los problemas» que sonaba irresponsable e infantil. En la vida adulta barrer las dificultades bajo la alfombra no sirve para nada; siguen ahí, nadie los hace desaparecer por ti.

Me preocupaba haber dejado mi vida atrás, en *standby*. Me preocupaba seguir pensando a ratos en Martín, a ratos en Darío, a ratos en ÉL. Me preocupaba la idea de estar demasiado rota como para empezar de nuevo. Me preocupaba que el apabullante éxito de Valentina fuera el principio y el fin de mi carrera.

Me dije que la visita de Juan lo arreglaría todo. Hice muchísimos planes. Iríamos a tomar algo al Rosa Bonheur que había en el parque Buttes-Chaumont, donde pasamos años atrás una de esas noches divertidas que se recuerdan siempre. Había reservado mesa en Le Jules Verne para cenar con unas espectaculares vistas. Deseaba invitarlo para agradecerle su apoyo incondicional y que siempre estuviera allí para mí. También saldríamos de fiesta por Opera o Palais Royal; quizá por el Barrio Latino. Serían unos días increíbles. Ya podía vernos en un café, bebiendo el vino de la casa, malo como el demonio, riéndonos de todo, repasando anécdotas memorables y creando nuevos y futuros recuerdos. Éramos un buen equipo. En los años buenos, cuando aún teníamos la energía intacta, habíamos convertido cada viaje en una completa aventura. Zipi y Zape, famosos por encontrarse con problemas en casi todas partes, por resolverlos con soltura y convertir cualquier situación en una fiesta. Esos habíamos sido. Esos éramos.

Dijo Edgar Allan Poe: «La vida real del hombre es feliz, principalmente porque siempre está esperando que ha de serlo pronto». Una visión muy inteligente sobre las expectativas. En ocasiones me ha dado la sensación de que la vida es una balanza constante entre nuestras expectativas y la realidad; depende de cómo manejamos el espacio en el que crece la diferencia entre ambas. Cómo soñamos nuestra vida y cómo la vivimos después, apañándonoslas con lo que nos llega, es lo que nos define.

Mi vida soñada se parecía mucho a mi vida real, esa es la verdad; en ocasiones sentía que lo único que fallaba en ella era yo, que nunca lograba ser suficientemente «algo» para que el círculo saliera perfecto. Siempre tenía la sensación de que debía cambiar, que debía mejorar, que era un fraude… ¿Por qué me he puesto de pronto a hablar de expectativas? Bueno, porque yo las tenía muy altas para aquellos días con Juan en París y no siempre la realidad nos da tregua.

En cuanto le abrí la puerta de casa, justo después de lanzarme a sus brazos, me di cuenta de que no tenía muy buena cara. Pensé que se habría mareado en el coche; a veces le pasaba que se fumaba un pitillo de manera ansiosa al bajar del avión, justo antes de coger el taxi y, mirando el móvil en el trayecto, se le revolvía el estómago. Le pregunté si se encontraba bien y me dijo que sí con una sonrisa extraña que significaba que no.

—¿Qué tienes? —insistí, llevándolo a la cocina y ofreciéndole un vaso de agua con gas, que le encanta.

—Nada, de verdad.

Le toqué la frente. Estaba empapado en sudor frío.

—Dime que no es covid. —Me aparté un paso.

—No es covid. Es la puta muela.

—Dios, no.

La muela de Juan no era una cualquiera: tenía una clara voluntad demoniaca. En Madrid, con nuestra vida normal y rutinaria, podía pasar por una muela normal, tranquilita, dentro de la boca sin dar problemas. Esperaba, en silencio, para hacer de su actuación el momento estrella.

Colombia, México, Eslovenia, Estados Unidos, Suecia… La muy no sé cómo llamarla había participado de todos nuestros grandes viajes con mayor o menor protagonismo, pero dándole siempre muy mala vida a su portador. Había quien pensaba que despertaba en los vuelos superiores a una hora, como si fuese una invocación. Yo era más de la creencia de que esa muela tenía que morir.

—Juan, ¿te hiciste la endodoncia al final? —Era imposible seguir el ritmo de sus citas con la dentista.

—Sí. —Puso cara de circunstancia—. Pero mira.

Se abrió la boca ayudándose de un dedo para dejar a la vista la encía, donde le había salido una especie de bulto.

—Me duele horrores —confesó.

—Busco un dentista ahora mismo —dije cogiendo el móvil y entrando en internet.

—¡Ni de coña! —exclamó—. A mí no me toca la boca nadie que no sea mi dentista.

—¿Y qué hacemos?

—Me estoy automedicando. —Y lo sentenció como si aquello fuera la solución a todos mis males—. Solo esperemos un poco a que me haga efecto, ¿vale? Esta noche estaré como nuevo.

Spoiler: esa noche no estuvo como nuevo.

Probamos con calor seco (un calcetín lleno de arroz metido en el microondas), con frío (un paño con unos cuantos hielos que compré con una intención mucho más lúdica que médica, la verdad) y después con unas pastillas más fuertes. El resultado fue Juan tumbado a oscuras en la habitación de invitados, prometiéndome que al día siguiente estaría bien, y yo, sentada en una silla a su lado, tomándole la temperatura de vez en cuando.

Una juerga.

Al día siguiente se levantó mejor, así que nos animamos a hacer algunos planes, pero cuando le planteé si quería que cogiéramos un Uber para ir a Rosa Bonheur, a pesar de que me dijo que sí con ilusión (le encanta ese sitio), empezaba a estar ojeroso y blanquecino, así que... cogimos un Uber, pero camino a casa, donde pusimos una película y se quedó dormido. Lo desperté a las siete y media de la tarde, porque pensé que, si seguía alargando la siesta, no dormiría por la noche, que era justo cuando la muela se ponía más hija de perra. Me lo agradeció y se levantó para prepararse un café con el que tomarse otra pastilla.

—Juan. —Le cogí la mano después de que se sentase otra vez en el sofá—. Cambia tu vuelo de vuelta para mañana. Tienes que ir al dentista.

—No admite cambios. —Se encogió de hombros—. No te preocupes; esto se me pasa mañana.

—No se te va a pasar mañana. Lo sabes. Tienes que ir al dentista.

Se tapó los ojos.

—Vaya mierda de escapada —balbuceó—. Lo siento.

Se había echado hacia atrás en el sofá, pesaroso.

—No tienes nada que sentir. Es esa muela. Que te la arranquen ya. Es como Chucky, el muñeco asesino.

—Es el germen de todos mis problemas —afirmó.

—Yo diría que son esas pocas ganas de echar un polvo, pero la muela también tiene la culpa; es lo peor.

Me dio un codazo con una sonrisa.

—Pues te voy a decir una cosa, Elsa: esas pocas ganas de echar un polvo a las que te refieres con tanto desdén son las que me ahorran muchas movidas. Tengo muchísimo más tiempo de calidad desde que no estoy con nadie y, sobre todo, estoy bien solo.

—Yo también estoy bien sola —rezongué.

—Cuando lo escoges.

—Hombre, pues claro. Como si a ti te gustara quedarte solo por imposición.

Sonrió con un poco de condescendencia. A pesar de ser más joven que yo, Juan para algunas cosas era más sabio porque priorizaba muy bien. Mejor que yo. Y, sobre todo, porque no dejaba que la gamba (las gónadas, vaya) tuviera voz y voto en las decisiones importantes.

—Siento haberte jodido estos días. Seguro que habías preparado cosas superchulas.

—No te preocupes. He cancelado ya la cena en Le Jules Verne y no me han cobrado, así que no hay pérdida. Ya iremos; París no va a moverse de su sitio.

—Pero tú sí.

Lo miré intentando descubrir si me leía la mente y había adivinado que se me había pasado por la cabeza la idea de acortar mi estancia.

—¿Me lees la mente? ¿En qué estoy pensando ahora?

—En penes. No tiene mérito, siempre estás pensando en lo mismo —se burló—. No te leo la mente. Ojalá, eso me ahorraría mucho tiempo intentando entenderte. ¿Estás decepcionada?

—¿Por lo de la muela? No, hombre. ¿Cómo me va a decepcionar que te encuentres mal?

—No, no por eso. ¿Esperabas más de este viaje a París? Llevas aquí más de dos semanas y…, bueno, digamos que te noto menos entusiasta.

—Es normal —escurrí el bulto—. Como dices, ya llevo aquí dos semanas. La novedad siempre te coloca más arriba.

—¿Estás contenta?

—Sí. —Puse morritos mientras asentía.

—¿Te está sirviendo?

Esa era la cuestión que me atormentaba un poco… ¿Me estaba sirviendo? Pero, sobre todo, ¿para qué tenía que servirme?

—Supongo.

—¿Supones?

—Sí. Supongo. No sé exactamente para qué vine. Creo que para airearme. Para alejarme y...

—Para vivir con cierta tranquilidad, para relajarte, cambiar de aires, coger inspiración y recuperar la ilusión, inventar historias... Puedes vestirlo como quieras, yo sé la verdad.

—¿Sí?

—Claro. La verdadera motivación de este viaje.

—¿Y cuál es? Si puede saberse, claro. Que a lo mejor esto es como los acertijos de la esfinge, que los tienes que resolver para poder seguir con tu camino.

—Estás en guerra con Valentina, como si tuvieras que demostrarle a ella, a todo el mundo y a ti misma, que tú vales más. Estás compitiendo con un personaje de ficción.

—No es tanto una competición como un intento de recuperar mi vida.

—Valentina no te ha robado nada. Fuiste tú quien prefirió vivir las cosas a través de ella. Asusta mucho menos.

Lo miré horrorizada.

—No soy ninguna cobarde.

—No, claro que no, pero te lanzaste unas cuantas veces a sentir a pleno rendimiento y no todas salieron bien, con lo que ella hizo su papel. Fue un buen escudo. Creo que no la odias y no le has cogido manía, lo que pasa es que te da miedo que no esté porque te acostumbraste a tenerla como filtro. Con ella masticabas la realidad y la mejorabas.

—Cualquiera que te escuche va a pensar que soy una pirada.

—No eres una pirada, eres una soñadora. —Sonrió con ternura—. El problema es que, como tu trabajo es soñar, construyes esos sueños de manera muy realista y los conviertes en expectativas de vida. ¿Cómo va la realidad a superar eso? Es muy fácil terminar decepcionada.

—No estoy decepcionada. Tengo una vida maravillosa, y lo sé.

—Sí, pero a ratos sigues sintiendo que la que no está a la altura eres tú. Y eres la protagonista. Si la protagonista siente que todo le viene grande…, ya me dirás tú, que eres la experta, pero yo creo que la cosa no funciona.

Hay algo tremendamente maravilloso en las expectativas; son el motor que nos permite aspirar a más. Son sueños. Están hechas del mismo material que aquello que ansiamos conseguir, pero no funcionan de la misma manera, pues tienen una naturaleza engañosa. Lo cierto es que yo nunca pensé que mi vida fuera a ser lo que era. Creo que me preparé para un ritmo completamente diferente, para unos problemas distintos, para un trabajo de otro tipo y frustraciones que no tenían que ver con las que sentía en aquel momento. Una vez que todo fue bien, cuando Valentina despegó y con ella mi carrera, sentí que no estaba preparada, que todo me venía grande, que yo era diminuta en esta maquinaria. Tanto quise mantener los pies en el suelo que no me permití disfrutar.

Era exactamente lo mismo y a la vez lo contrario que me pasaba en mi vida personal. ¿Cómo podía ser lo mismo y lo contrario? Bueno, esta cabeza acostumbrada a construir historias de amor no podía frenarse cuando se trataba de mí. Y ahí sí me permitía soñar por encima de las posibilidades reales de la situación. Ahí no me frenaba, no podía mantener los pies en el suelo. Ya lo he dicho alguna vez: he imaginado decenas de veces mi boda y, en cada ocasión, todo cambia. En lo emocional, yo no era tan responsable como en lo profesional. Necesitaba encontrar el equilibrio que me permitiese disfrutar sin abandonar la contención.

—¿Crees que es lo que me pasó con ÉL? —le pregunté de pronto.

Juan abrió mucho los ojos mientras respiraba profundo, como sopesando qué debía responder. Finalmente negó con la cabeza.

—Sí y no. ÉL mintió y no somos responsables de las mentiras que nos cuentan.

—Pero sí de creérnoslas.

—No pienso que pecases de ingenua. Las mentiras eran muy realistas. En este caso la realidad, el giro final, superó a la ficción.

—Entonces ¿por qué dices que «sí y no».

—Bueno, porque te creíste demasiado pequeña. Le diste demasiado poder, Elsa. Lo idealizaste hasta que fue capaz de hacerte más daño del que podía. Parte del daño que te hizo, te lo hiciste tú al pensar que todo eso te pasaba porque no eras suficiente. Y escúchame: si algo o alguien te hace sentir así, incluso si eres tú quien lo piensa, no estás en el sitio adecuado.

El sitio adecuado, ¿no era ese concepto en sí mismo una quimera? ¿Había realmente un sitio adecuado en el que todo fluía como debía fluir? Mi madre siempre dice que «lo que es para ti, ni aunque te quites; lo que no es para ti, ni aunque te pongas». El dicho no es suyo. Lo escuché también en boca de alguien en uno de mis viajes y es posible que también me lo dijera ÉL. Pero ¿creía en ello?

Quizá, solo quizá, pecamos de hacer castillos en el aire en la nube equivocada. Quizá, solo quizá, hay terrenos en el cielo sobre los que uno sí podría permitirse edificar, soñar.

A lo mejor ahí fuera había alguien de quien yo podría esperar algo bonito, con la libertad de llegar en la forma que quisiera, sin que abrir esa puerta supusiera hacerme mal.

Juan se fue, finalmente, a la mañana siguiente. Le compré un billete para un vuelo que salía de Orly a mediodía y él mismo pidió cita con su odontóloga para última hora de la tarde. No hay necesidad de forzar las cosas para que encajen en lo que habíamos imaginado que serían. No hay necesidad de sufrir de más. Esto es aplicable a taaantas cosas... Se fue dándome un abrazo, me pidió que volviera si descubría que estar allí sola no me gustaba y me prometió que si me quedaba, iría a París con Carlota para pasárnoslo bien. No llegó a saber que, la noche anterior, víctima de un desasosiego extraño, escribí a Martín para decirle que cogiera los vuelos para el primer fin de semana de junio. «Somos fuertes», le dije. En aquel momento yo era muchas cosas y, la que más, vulnerable. Y, de todas formas, no sé si la manera correcta de medir la fortaleza de una es meter en casa a la puta tentación con piernas.

Se avecinaban curvas.

41

París no se acaba nunca
Enrique Vila-Matas

Controlé las expectativas, lo prometo. No imaginé largos paseos en paralelo al Sena ni brindis sensibleros a los pies de la torre Eiffel. Era Martín quien venía a visitarme y yo sabía muy bien de qué pie cojeaba mi relación con él y no era por el lado romántico. Preparé la habitación de invitados, limpié la casa y programé las mismas «actividades» a las que hubiera llevado a otros amigos: comer pescado fresco en uno de esos mercados en los que te cocinan al momento el género que venden, subir a Montmartre y pasear por sus calles, ver el Arco del Triunfo, la Columna Trajana, la plaza de la Concordia, recorrer los puentes, tomar un vino y algo de queso en Francette, sobre el Sena... Tenía una lista eterna de planes para proponerle. Todo dependía de cuál fuera su manera de conocer una ciudad: rigurosa o disfrutona.

El día antes de su llegada estaba limpiando la nevera y colocando la compra que acababa de hacer, cuando la música que se estaba reproduciendo en el móvil paró de golpe por una llamada entrante. Era Martín.

—¡Hola! ¡Recuérdame a qué hora llegas mañana! No sé si al final no me lo dijiste o si lo he olvidado —le respondí contenta.

—Elsa…

Me puse de pie, imaginándome lo que venía.

—Que no vienes, ¿no?

—Sí, sí. Sí voy.

Respiré hondo.

—¿Entonces?

—He tenido un contratiempo y al final no voy mañana. Llego pasado, pero muy temprano, ¿vale? Me he dormido un poco en los laureles y cuando he ido a comprar el billete para mañana estaba carísimo.

—¿Has esperado hasta ahora a comprarlo?

—Ahora ahora no…, te he llamado para avisar en cuanto he podido.

—Ya… —suspiré—. Martín, tío…

—Ya lo sé. Te habías programado para que llegase mañana y lo siento mucho. De verdad. Te recompensaré.

—Bueno. No hace falta. Ehm… —Puse los ojos en blanco, aprovechando que no me veía—. ¿A qué hora llegas el sábado?

—A las nueve y diez. Salgo a las siete de Barajas.

—¿Y dónde llegas?

—A Charles de Gaulle.

—Ay, Martín —me quejé—, te dije que buscaras un vuelo que aterrizara en Orly. Charles de Gaulle está más lejos.

—No te creas. Tardo más o menos lo mismo hasta tu casa.

—Vale…

—¿Te llevo algo de España?

Alegría de vivir, por favor.

—No, nada. Gracias.

—¡Nos vemos pasado mañana!

—Oye, Martín —lo retuve antes de que colgara.

—Dime.

—Esto no tendrá nada que ver con Iris, ¿no?

—¿Qué quieres decir?

—Que quizá, y digo quizá sin señalarte ni juzgarte…, no sabes cómo decirle que vienes a ver a una amiga a París y te has buscado una coartada que implica que vengas el sábado y no el viernes.

—Eres una cínica —se quejó—. Pero no te voy a negar que no le he dicho a Iris que voy a verte.

—¿Entonces?

—¿A ti te haría gracia que tu novio se fuera a ver a una amiga suya a otro país?

—Desde luego, si hubiera tenido la misma relación que hemos tenido tú y yo, no me haría gracia, pero deduzco que ella sigue sin saber nada sobre nosotros, así que…

—Que no es por eso. Es porque este vuelo me cuesta ochenta euros y el otro casi trescientos.

—Vale —solté la presa a regañadientes. Aquello me olía a chamusquina.

Cuando se despidió, muy amoroso e ilusionado con su visita, colgué sin decir mucho, dejé de malas maneras el teléfono sobre la encimera y me puse de cuclillas para seguir con la limpieza de la nevera, sintiéndome una idiota sin saber por qué. Treinta segundos después tiré el paño a un lado, cerré la puerta y fui a tumbarme en el sofá maldiciendo entre dientes.

El sábado bajé a comprar una baguette, cruasanes y *pain au chocolat* a la panadería del barrio, y para cuando llamó a mi timbre, a las diez y media pasadas, tenía un desayuno típico preparado en el salón con todo el mimo del mundo. Se me olvida muy pronto cuando alguien me hace sentir idiota. Estoy trabajando en ello.

Abrí la puerta con una sonrisa y al verlo casi me tiré encima de él. Me apetecía muchísimo tener compañía. Después de la visita de Juan había vuelto a quedar con Marie y había sido divertido, pero me apetecía no tener que esforzarme para hacerme entender en inglés. Martín me recibió en sus brazos riéndose y me levantó un poco del suelo.

—¡Esperaba una buhardilla cochambrosa en un quinto piso sin ascensor! ¡Qué poco te conozco!

—Calla, no me hagas sentir mal.

—¿Por qué vas a sentirte mal por darte lo que te mereces? Anda, anda. ¡Enséñame tu casa!

Le hice pasar y me sorprendió ver que solo cargaba con él una mochila tirando a pequeña.

—¿Solo llevas ese equipaje?

—¿Para qué más? —Me sonrió—. Los tíos somos prácticos. Con dos cosas nos apañamos.

—Bueno, bueno...

Lo conduje a la habitación de invitados y la abarqué al completo en un gesto:

—Sus aposentos.

—¿Es tu habitación?

—¿La mía? No. —Me reí—. La mía es la del fondo. Tengo hasta chimenea y cuarto de baño propio. Tú tienes que ir al de invitados. La otra puerta; no hay pérdida.

—A ver si la confundo con la de tu dormitorio.

—No te preocupes. Si pasa eso te doy una patada en la boca y andando. —Sonreí como una bendita—. ¿Has desayunado?

—Solo una vez. Y ya he visto lo que has preparado. —Levantó las cejas—. Tú sí que me conoces.

Demasiado.

A pesar de que había planeado mil posibilidades para su estancia, Martín tenía sus propias ideas. Quería ver todas aquellas cosas de París que vería un turista con avidez en un primer día. Todo lo típico. Todos los tópicos. No terminaba de decidirme; el invitado manda, pero me daba pereza recorrer de nuevo los mismos puntos de siempre en una ciudad que guardaba secretos que yo aún no conocía. Todavía intentaba convencerlo cuando, antes de salir a la calle, en la atmósfera gris del portal, Martín me cogió de la muñeca, me dio una vuelta de baile, me colocó de espaldas pegada a su pecho y me tapó los ojos con sus manos.

—Hoy —susurró— será nuestro primer día en París. Da igual cuántas veces hayamos estado aquí. Lo veremos con ojos nuevos. Regálame esta primera vez. ¿Qué me dices?

Apartó la mano y la luz trémula de la entrada a aquel edificio me devolvió las mismas paredes, las mismas molduras, los mismos suelos. No era una cuestión que pudiera percibirse con los ojos; el París de allí fuera seguiría siendo el mismo que llevaba casi un mes recorriendo, pero en el estómago revolotearon las ganas de volver a sentir algo como si fuese la primera vez. Porque crecer tiene una infinidad de cosas buenas, pero perdemos la capacidad de sorprendernos, esas primeras veces que conforman cómo soñamos y quiénes seremos.

—Sí —le dije.

Me tendió la mano y yo dudé. Nunca nos habíamos cogido de la mano. Supongo que allí, en la capital del país vecino, no corríamos el peligro de ser descubiertos y podíamos jugar a que nunca haríamos daño ni al otro ni a un tercero.

—A tu lado —me dijo.

—A tu lado —respondí.

Mientras cruzábamos los Jardines del Trocadero, muy cerca de mi casa, compramos dos entradas para subir hasta lo más alto de la torre Eiffel. Tuvimos que esperar un rato, pero hicimos tiempo en una terraza que le pareció bonita y con buenas vistas donde, por la turistada, nos cobraron ocho euros por cada café. Hasta eso nos hizo reír.

Sobrevolando la ciudad desde su monumento estrella, yo con vértigo y él con expresión encantada, hicimos que nos mirase mucha más gente de la que me hubiese apetecido. Pegada a la pared, me negaba entre carcajadas a acercarme al borde, a pesar de todos los cerramientos y protecciones; el vértigo no entiende de lógica. Martín me arrastró hasta allí haciéndome cosquillas y después sacó el móvil y nos hicimos una foto. Una foto muy juntos.

—Qué monos... —musitaron dos turistas argentinas cuando pasaron por nuestro lado. Ambos sabíamos lo que parecíamos. A ambos nos dio igual.

Recorrimos el Campo de Marte. Compramos una botella de champán malo en un supermercado y la bebimos sentados en la explanada de césped que, gracias al sol de la última semana, estaba seco y confortable. Jugamos a hacer supuestos sobre el otro.

Comimos una crepe por la calle y la quemamos caminando hasta los Campos Elíseos después, para terminar posando frente al Arco del Triunfo. Un turista portugués se ofreció a hacernos una foto y nosotros, como dos tontos, regalamos nuestra mejor sonrisa. Me arrastró desde allí, siguiendo la avenida de los Campos Elíseos hasta desviarnos a Le Marais, en un paseo que nos costó un poco más de una hora... y a buen ritmo. Como premio, me dijo acomodándose sin previo aviso en una terraza, me iba a invitar a *champagne*, pero al final los dos pedimos un café, porque estábamos agotados de tanto andar. Casi nos desmoronamos el uno sobre el otro, mi cabeza en su hombro, su sien sobre mi pelo, viendo a la gente pasar, inventándonos la vida de quienes nos llamaban la atención.

El atardecer nos pilló cruzando el puente Saint Louis en dirección a la isla de la Cité. Y fue espectacular; una explosión de naranjas, malvas y lavandas fundiéndose en un cielo de un intenso añil en el que no tardaron en brillar las estrellas. Sentados en un murete, agarrados de la cintura, vimos cómo desaparecía el sol y emergía la noche en un París que no recordaba tan luminoso.

—Eh… —llamó mi atención.

—Tengo hambre —balbuceé como respuesta.

—Y sueño. Pero te voy a pedir un último esfuerzo.

Incliné la cabeza para poder verle la cara y su sonrisa canalla me contagió.

—¿Te ves capaz de andar media hora más?

Me entró la risa. Una risa completamente reventada.

—Me vas a matar —lloriqueé.

—Merecerá la pena. Es una sorpresa que o te horroriza o te encanta. —De un salto bajó del murete y me tendió la mano de nuevo—. Estoy impaciente por comprobar cuál de las opciones es la correcta. Después cenaremos donde quieras.

Caminamos en paralelo al Sena durante unos veinticinco minutos. Los pies se quejaban a cada paso, hasta que en una de las rampas que bajan hasta los puertitos que salpican el río, Martín tiró de mí hacia allí. Estaba casi a la altura de mi casa, pero en la otra orilla.

—No… —le pedí muerta de risa.

—Oh, sí. La experiencia completa.

Subimos a uno de esos barcos de paseo para turistas a escasos cinco minutos de que zarpara, pero tuvimos la suerte de que no fuera muy cargado y nos sentamos en la cubierta. Lo hicimos apretados el uno contra el otro porque, a pesar de estar a punto de entrar en escena el verano, la humedad y la brisa ponían la piel de gallina. Martín sacó de su bolsillo unos auriculares ante mi atenta mirada, me ofreció uno, se colocó el otro y, en cuanto nos pusimos en marcha, reprodujo «Non, je ne regrette rien» de Edith Piaf.

—Ahora sí —asintió sonriendo hacia mí.

—Damos muchísimo asco. Es como si fuéramos a dar una vuelta en el autobús turístico por Madrid escuchando a Manolo Escobar.

—Historia de España. —Me besó la mano y después la sien—. Disfruta, Elsa. La felicidad quizá consista en dar mucha vergüenza de vez en cuando.

Edith Piaf cantó aquella noche sus grandes éxitos solo para nosotros dos que, con mis piernas sobre las suyas, abrazados como viejos amantes, cruzábamos París por debajo de todos sus puentes. Y quizá..., sí, la felicidad es dar muchísima vergüenza de vez en cuando.

Las fuerzas nos alcanzaron para derrumbarnos en un pequeño bistró que había muy cerca de mi casa, donde nos avisaron nada más sentarnos de que estaban a punto de cerrar la cocina. Tomamos una sopa de cebolla con mogollón de queso (bacanal de la lactosa, bendita pastilla de lactasa que llevaba en el bolso) y una *croque-Monsieur* que nos supieron a gloria antes de subir derrotados a mi casa. Creo que hacía muchísimo tiempo que (aunque fuese mi casa solo por una temporada) no me parecía tan acogedora.

—Necesito darme una ducha —le pedí arrastrándome hasta mi habitación.

—Yo también. ¿Nos podemos duchar a la vez?

Sonreí.

—Sí. Funcionan los dos baños —aclaré.

Lanzó un par de carcajadas al aire mientras se iba quitando ropa de camino a «su» habitación. Es una cosa que siempre me gustó de él: se sentía tan cómodo en su piel que quitarse la ropa siempre parecía una fiesta.

—Una ducha y nos vemos en tu dormitorio —anunció quitándose los pantalones de cualquier manera y tirándolos sobre la cama desde la puerta—. Voy a darte un masaje. Alguien tiene que cuidar de ti, aunque te empeñes en presumir de que no lo necesitas.

No era una de esas ofertas que cae en saco roto, y yo lo sabía. A Martín le encanta dar masajes, hacerte sentir bien. Y es feliz en la cercanía que le permite el deslizar de sus manos sobre la piel de otra persona. A pesar de saber aquello, me demoré bastante bajo el chorro caliente de la ducha, decidiendo si quería que pasase o no lo que los mimos iban a provocar entre nosotros. No puedes ofrecer a una persona con problemas con el alcohol un vaso de agua en un bar y esperar que se contente. Cuando salí del baño con mi camisón y el pelo casi seco, Martín me esperaba tumbado en mi cama jugueteando con el móvil... en calzoncillos.

—¿No puedes vestirte un poco? Parece que he contratado tus servicios sexuales.

—No podrías pagarme. —Se acomodó provocador con el antebrazo bajo la cabeza—. ¿Te gusta lo que ves?

—Apártate. Me has prometido un masaje y voy a cobrármelo.

Intenté moverme y comportarme como lo haría una amiga con alguien con quien no hubiera tenido lo que Martín y yo teníamos, pero no salía natural. Sin forzar la máquina, a nosotros dos lo que nos nacía era ser dos gatos coquetos que jugaban a alargar el momento de follar en lo alto de un tejado a base de gruñidos, despertando a todo el vecindario. Nosotros no sabíamos enroscarnos juntos, ni darle intimidad a nuestro sexo ni sexo a nuestra intimidad, pero tampoco estábamos seguros de que esa fuera una fórmula imposible de lograr. Quizá ese era el problema.

Me tumbé en la cama y él se acomodó con mi pie derecho entre las manos. Mi criptonita. Serías capaz de convencerme para ingresar en una secta solo con un buen masaje de pies.

—Buff —resoplé en una queja sorda, porque el jodido Martín me conocía mejor de lo que a mí me hubiese gustado.

—¿Por qué resoplas? —respondió con un susurro.

—Porque te odio.

—No me odias.

Para alguien que no lo conociera como yo, el cambio en su voz sería imperceptible: unas octavas más baja, más densa, más cálida. Mierda.

—Ten cuidado —le pedí conteniendo un gemido de satisfacción cuando subió hasta mi tobillo.

—¿Con qué?

—Con dónde van a ir a parar las manos si sigues subiendo.

—Es un tobillo, Elsa —se burló.

—Te conozco como si te hubiera programado yo misma —gemí cuando sus pulgares se deslizaron con fuerza hacia mi gemelo.

—Entonces eres tú quien tiene la culpa de los fallos en mi sistema, ¿no?

—No voy a cargar con responsabilidades ajenas. —Sonreí con los ojos cerrados—. No sigas subiendo.

—Tienes el gemelo cargado —se justificó—. Y suave. Eres suave.

¿Me había pasado la cuchilla y rociado con mi aerosol hidratante? Quizá. Ni confirmo ni desmiento. Colocó mi pie sobre su muslo y, en el siguiente movimiento ascendente, este terminó tocando algo que me hizo abrir los ojos. Cruzamos una mirada.

—¿Qué? —me provocó.

—Que me acabo de tropezar con algo.

—No te entiendo. —Sonrió.

—Que la tienes dura. —Cerré los ojos de nuevo.

No quería mirarlo mientras esa expresión de deseo se le iba formando en la boca.

—Claro. ¿Cómo no voy a tenerla dura, Elsa? Me pareces deseable. De las que más.

—Inténtalo con alguien que no sepa tu currículo sexual, querido. Sé qué tipo de mujeres han pasado por tus brazos.

—Eso me molesta.

—¿Qué te molesta?

—Yo no he escogido mis amantes por catálogo. —Sus dedos subieron hasta mi rodilla, donde tengo muchísimas cosquillas. Le di una coz involuntaria que le hizo sonreír y subió un poco más, acomodándose mucho más cerca de mí—. Y no entiendo que no te sientas tal y como yo te veo. ¿Sabes qué me pasa cada vez que te oigo hablar con esa inseguridad?

—No es inseguridad.

—Es inseguridad. ¿Sabes lo que me pasa?

—¿Qué?

Abrí los ojos cuando sus manos me levantaron las caderas. Estaba sentado sobre sus pies, entre mis muslos mientras seguía masajeando mi pierna izquierda, esta vez mucho más cerca de mi ropa interior, por debajo del camisón.

—Estás muy cerca —le informé.

—Cuando te oigo dudar, lo único en lo que puedo pensar es en demostrarte cómo lo veo yo.

Lo agarré del hombro y tiré hacia mí. No tardó en acomodarse sobre mi cuerpo, a unos centímetros de mi boca, arqueamos las caderas para encajar y suspiramos.

—No vamos a follar —me informó.

—Claro que no vamos a follar.

—Pues deja de hacer eso.

—De hacer ¿qué?

—Eso.

Levanté un poco la cadera y él embistió con la suya.

—No vamos a follar —le informé esta vez yo.

—Ni a besarnos.

Negué con la cabeza y, al hacerlo, estaba tan cerca que nuestras narices se frotaron la una contra la otra.

—Solo tenemos que decidir qué vamos a hacer con la frustración —le dije.

—El placer no liberado también es placer.

—No me vengas con esas.

Bajé la mano entre los dos y lo acaricié. Lanzó un ronroneo.

—De verdad… No deberíamos.

Paré de tocarlo y gruñó como en una queja.

—¿Te aclaras? —le pedí juguetona.

—¿Qué quieres de mí?

¿Qué quería de Martín? Ni yo misma lo sabía. Creo que percibió la duda en mis ojos, porque se apartó un poco.

—Paramos, ¿verdad?

—Sí.

Martín se recostó a mi lado, mirada fija en el techo, mientras se mesaba el pelo.

—Hagamos lo que hagamos, siempre terminamos aquí —musitó.

—Yo no he hecho nada.

—Los cojones —farfullé—. Somos unos cerdos.

Ladeó la cabeza para mirarme antes de contestar.

—Ojalá fuera solo eso.

—¿Y qué es?

—El bucle. Estamos atrapados en una historia que no terminamos.

—Mira…, como tu canción.

—Como esa canción de la que aún no hemos hablado.

—Parecía que no querías hablar de ella cuando te dejé entender que me recordaba a nosotros, te hiciste el loco.

—No lo recuerdo.

—Dan igual las canciones, Martín. Esto debería haber terminado cuando...

—No lo digas —se quejó—. No nombres a Iris, por favor.

Asentí y los dos suspiramos. Lo miré.

—Sigues teniéndola dura.

—Claro. —Sonrió—. Y va a estar así un rato. Tú no le hagas caso.

—¿Y si nos despedimos? En este viaje nos despedimos.

—Sabes que no funciona así. Que siempre decimos que es la última vez, que vamos a hartarnos y que nunca pasa.

—¿Vas a dormir conmigo? —Me volví hacia él.

—No puedo. —Me besó la frente—. Lo sabes.

—¿Por qué?

—Porque lo hemos intentado cien veces y las cien terminamos corriéndonos juntos.

—Entonces ¿vas a volver a tu habitación?

—Elsa... —Se mordió los labios mientras me acariciaba la cara—. No te lo he dicho porque no quería que te enfadaras y nos jodiera el día, pero...

—Pero ¿qué? —Fruncí el ceño.

—Vuelvo a Madrid mañana. En unas horas. Mi vuelo sale a las siete de la mañana.

Arqueé las cejas.

—Me dijiste que vendrías a pasar el fin de semana.

—Y lo habría hecho si hubiera llegado ayer. Pero no puedo quedarme hasta el lunes.

Me tumbé sobre la espalda con un soplido.

—Siempre igual, Martín.

—Siempre igual, ¿qué?

—Somos, en cualquier plan que hagamos, un *coitus interruptus*. Siempre hay algo. Siempre sales corriendo.

—Claro. —Se incorporó sobre mí, pero sin tocarme—. Porque no podemos y jugamos a que sí. Complicaremos las cosas.

—¿Más? ¿Es posible complicarlo más?

—Sí —asintió—. En lo que no nos damos está el salvoconducto.

Lo aparté con cuidado y me senté en la cama. Él hizo lo mismo.

—¿A qué hora tienes que salir de aquí? ¿Hay que llamar a un taxi?

—No te enfades.

—No me enfado. Me frustra.

—¿Qué te frustra?

—Que no sabemos ser amigos. Y no sabemos ser otra cosa que amigos.

—No quiero que seas mi amante, Elsa. Te quiero demasiado como para ponerte en esa situación.

—Pues me parece que llegamos demasiado tarde.

Me cogió la mano y besó mis nudillos.

—¿Y mi anillo? —preguntó.

—En mi neceser.

—¿No te lo pones?

—Me siento tonta poniéndomelo. No significa nada.

—Significa cosas, pero quizá no las que querrías.

—Yo no querría que significara nada, en eso estás muy equivocado.

—¿Entonces? —Pareció confuso—. Acepta un regalo y disfrútalo.

—Me recuerda a ti y eso a veces no me gusta.

Ambos suspiramos profundamente, como si supiéramos adónde iba a parar aquella conversación, pero no nos apeteciese comprobarlo.

—Vale, entonces ¿a qué hora tienes que irte?

—Salgo de aquí a las cinco y media. He reservado un Uber.

—Vale.

—¿Estás enfadada?

—Frustrada, como te he dicho antes. Como siempre contigo.

—Lo entiendo. ¿Me entiendes tú?

Lo pensé.

—Si en el fondo no te entendiera, no podría soportarte.

Eso le alivió y lo demostró con una sonrisa.

—¿Podemos dormir hasta entonces? —le pregunté.

—Si no me pones el culo en la entrepierna, sí.

—Voy a ponerte el culo en la entrepierna —aseguré—. Lo mínimo es que me abraces para reconfortarme.

—¿Te he hecho sentir mal?

—Me has hecho sentir menos bien de lo que deberías.

A los dos se nos escapó una sonrisa.

—Estamos demasiado acostumbrados a esta mierda —suspiré—. Y no me hace sentir bien.

—No te estoy rechazando.

—Ya lo sé. Sigues teniéndola dura.

—Me voy a desmayar de un momento a otro —se burló.

—Martín... —me quejé, desplomándome de nuevo sobre el colchón.

—Venga...

Se acomodó a mi lado y me abrazó mientras besaba mi hombro.

—Duérmete —me pidió.

—Te vas a dormir también, perderás el vuelo y...

—No. No voy a dormirme. He puesto la alarma del móvil y suena como un aviso nuclear.

—Qué bien, entonces me despertarás también a mí.

—Chiiis..., duérmete.

—¿Crees que con este calentón puedo dormirme? No sería humana.

—Confía en mí.

Cerré los ojos y su mano me rodeó la cintura… para bajar un poco sobre el tejido suave de mi camisón.

—Martín… —me quejé.

—Solo déjame que te haga sentir mejor…

Las caderas se me levantaron con voluntad propia cuando cubrió con la palma de su mano mi sexo sobre la ropa interior.

—El trato es que no me toques —susurró en mi cuello—. Que no me beses. Que no…

—Así no…

—¿Entonces?

Abrí los ojos cuando sus dedos sortearon el encaje de mis braguitas y me acerqué a su boca. Martín se resistió un poco antes de entreabrir sus labios entre los míos. Aspiró mi gemido y su lengua me acarició el labio inferior.

—Dios… —Coloqué la mano entre mis piernas, encima de la suya para que no dejase de hacer lo que estaba haciendo.

—Sé cómo hacer que te sientas mejor.

—Pero yo quiero…

—Tú quieres el mundo entero, Elsa —gimió, porque dar placer se lo daba también a él—. Pero no esta noche y no conmigo.

No sé si fue el chapoteo sutil que el movimiento sabio de sus dedos provocaba entre mis pliegues. No sé si fue el cansancio o la frustración o el bucle infinito o los puntos suspensivos de los que colgaba nuestro deseo, siempre agazapado para saltarnos encima a la mínima oportunidad. No sé si fue su olor, como un aviso de los peligros que conlleva el placer. No sé si fue el mío, que envolvía el suyo hasta crear uno muy nuestro que recordaba al sexo bien hecho. Solo sé que me corrí en sus dedos con fuerza más rápido de lo que esperaba.

Solo sé que, después de aspirar el placer, de convertirlo en oxígeno y dióxido de carbono, de quejarme, de maldecirlo entre dientes y acurrucarme en su pecho, por primera vez en mi vida, me dormí a su lado. De un salto involuntario me hundí en la inconsciencia como quien cae en una piscina.

Desperté con un beso, como en los cuentos de Disney, pero sin cuento. Desperté, pero no del todo, como cuando eres pequeña y tu mamá te espabila solo lo necesario para que tomes la medicina. Martín sonreía entre la niebla del sueño con expresión somnolienta. Me besó de nuevo los labios, con las bocas cerradas y después la frente. Dicen por ahí que los besos en la frente lo curan todo, pero no estoy segura de que eso sea cierto. Supongo que me dijo que se iba, que me dio las gracias por el día anterior, que me susurró algo bonito que solo un cantautor como él puede decir sin miedo de hacer el ridículo. Supongo que nos despedimos, pero solo supongo, porque lo único que sé con certeza es que cuando desperté de verdad, la luz grisácea de otro día nublado en París se derramaba sobre la cama y yo estaba sola, abrazando la almohada.

42
París para uno y otras historias
Jojo Moyes

Contra todo pronóstico, el día siguiente fue un buen día. Y si digo «contra todo pronóstico» es porque, como ya habrás intuido, soy una persona con una tendencia suicida a la nostalgia. En ocasiones me lanzo a ese pozo a sabiendas, con un masoquismo que me hace disfrutar del vacío que provocan las expectativas no cumplidas. Quizá esta sea la historia sobre cómo entendí que las expectativas, pequeñas hijas de puta, son solo el sueño febril de quienes queremos ser, pero que tienen poco que ver con nosotros en realidad. O no. Quizá esta sea la historia de cómo escribí (o no escribí) mi propia historia.

Me peiné intentando arreglar las ondas inconstantes de mi pelo al acostarme sin haberlo secado del todo, me maquillé un poco (eyeliner, rímel, labios rojos) y me puse una falda midi negra sobre un body también negro de tirantes, una camisa de manga corta oversize abierta y colocada por dentro de la cinturilla de la falda y unas Converse y salí a la calle con los auriculares reproduciendo «Naive», de The Kooks, porque no conozco a nadie que no se ponga de buen humor con esa canción.

Cogí el metro, cosa que rara vez hacía porque bajo tierra no tengo la menor orientación y suelo acabar en el extremo opuesto de la ciudad. Me perdí un poquito, pero hasta lo disfruté. Me bajé en place d'Italie y caminé hacia el mercado que montan en la rue Mouffetard. Me senté en una terraza, leí un poco de la biografía novelada de Thomas Mann mientras me tomaba un café y después vagabundeé por los puestos del mercado. Quería tomarme mi tiempo para decidir qué quería comprar para preparar en casa.

Ignoré el mensaje de Martín que aparecía en la pantalla de mi móvil encabezado por un «Ya estoy en casa. Siento si...».

Ignoré el mensaje de Juan que aparecía en la pantalla de mi móvil encabezado por un «¿Cómo está yendo con el *cantonto*...».

Ignoré el mensaje de Carlota que aparecía en la pantalla de mi móvil encabezado por un «Si te cuento lo que me ha pasado...».

Ignoré el mensaje de Rocío que aparecía en la pantalla de mi móvil encabezado por un «Mira a tus niños...».

Ignoré el mensaje de Darío que aparecía en la pantalla de mi móvil encabezado por un «Hoy me he despertado pensando...».

Y si los ignoré, no fue porque no quisiera hablar con ellos o saber de sus cosas, sino porque quería estar conmigo y saber de mis cosas. Allí seguía fallando algo y me estaba costando más de lo previsto dar con el problema.

Compré una botella de vino blanco, un pescado, algunas verduras para acompañarlo al horno, fresones y un pastel pequeñito y delicado que llevé en su cajita de vuelta a casa con más prisa de la que tuve en el trayecto de ida. Lo de llevar pescado en el metro no me hacía ninguna gracia.

Enfríe un poco el vino, puse música en casa (Ann Peebles cantando «Trouble, Heartaches & Sadness» me pareció lo más adecuado, a pesar de que no estaba nada triste) y después de ponerme cómoda, cociné con calma, consultando algunas páginas de internet sobre cómo conseguir un pescado jugoso. Este ya descansaba sobre un lecho de patatas y chalotas cuando me serví una copa de vino y, apoyada junto a la ventana de la cocina, encendí un cigarrillo.

París es una ciudad preciosa, nunca me escucharás decir otra cosa, a pesar del caos del tráfico y de que en alguna ocasión cedí el paso a una majestuosa rata que cruzaba la calle. París tiene una luz que difícilmente encontrarás en ningún otro punto del planeta y está construida, además, sobre la poesía que tiene su historia y el velo romántico con el que el imaginario común la ha envuelto. Valentina vino a instalarse durante una temporada persiguiendo un sueño laboral, buscando demostrarse que era capaz de seguir hacia delante sin que el amor (en toda su plenitud) o la falta de él (con todo su vacío) condicionara su vida. Porque Valentina sabía que la respuesta estaba siempre en ser fiel a una misma y que eso que dice mi madre de que «lo que es para ti, ni aunque te quites; lo que no es para ti, ni aunque te pongas» es cierto; una no debe nunca perseguir a nadie más que a su propia sombra. Le había cogido manía al personaje, es cierto, pero porque en sus aciertos Valentina señalaba mis propias faltas.

¿Por qué vine a París? No lo sé. Quizá para demostrarme que podía, que no me comería la tristeza por tener que convivir con la voz de mi cabeza que no se callaba nunca. Quizá en busca de aventuras o de material para escribir. Llevaba un mes y ¿qué había encontrado? No tenía ni idea.

Puse la mesa y, mientras esperaba que sonara el temporizador del horno avisándome de que el pescado estaba listo, me senté en el sillón con el móvil en la mano. Iba a ponerme al día.

Martín

Ya estoy en casa. Siento si te pareció que huía.
Quizá huía. No estoy seguro.
Siempre dejo de pensar cuando estoy contigo.
Aún me huelen las manos a ti.

Juan

¿Cómo está yendo con el cantonto?
Sé que me vas a decir que eres mayor y que sabes cuidar
de ti misma, pero, por favor, no te olvides de lo que
os rodea. No es precisamente un cuento de hadas.

Carlota

Si te cuento lo que me ha pasado en el último vuelo,
no te lo crees.
Adelanto: no cenes nunca lentejas de lata si vas a volar.
Llámame cuando puedas y te lo cuento.
Me ha dicho Juan que tenías visita… No soporto que
no me cuentes las cosas.
Zorra.

Rocío

Mira a tus niños durmiendo juntitos, los tres.
Se están portando genial.

Darío

Hoy me he despertado pensando en qué música estarán
escuchando tus vecinos a través de las paredes de tu
apartamento. Qué tontería, ¿verdad?

Muchos de esos mensajes me hicieron sonreír. Otros, sentir morriña. Y a pesar de que todos habían despertado una emoción en mí, solo contesté a uno en aquel momento.

Elsa

> Como siempre, escuchan una mezcla de géneros y épocas que solo se explicaría si el DJ fuera un chimpancé borracho. ¿Sabes? El orgullo no me permitió hacerlo en su momento, pero debo agradecer la claridad con la que me dijiste que no te sentías emocionalmente accesible. No sé si es la verdad o una excusa amable con la que enmarcar tu desinterés, pero fue bueno por tu parte. Ojalá estuviera más acostumbrada a la honestidad para no haber salido corriendo como una adolescente.
> Cuídate.

No hace falta que aclare a quién respondí, claro. Ni quién envió otro mensaje cuando estaba fregando los platos que no me apetecía meter en el lavavajillas.

> No sé si te lo han dicho alguna vez, pero eres una persona incapaz de despertar desinterés. Mándame uno de esos mails. Estoy cansado de no recibir uno que sea tuyo.

Quizá Valentina había ganado en el concurso de independencia y amor propio, pero siempre fui una buena alumna. Aplicada, aunque una maestra de la procrastinación. Quizá era momento de preocuparme por mis asignaturas pendientes. Sentía que Darío no lo era, pero aquella noche, me senté a escribir un correo electrónico que le tenía a él como destinatario. Siempre fui buena alumna, pero la coherencia se me escapaba entre los dedos.

43
Las amistades peligrosas
Pierre Choderlos de Laclos

Domingo, 5 de junio, 23.17 h.
De: Elsa Benavides
A: Darío Velasco
Asunto: París era una fiesta

Querido Darío,

¿Echas de menos tu vida en París? Sé que es una pregunta personal que no sé si estoy en posición de hacer, pero tengo curiosidad por saber si añoras al Darío que eras aquí y si crees que hay algún cambio respecto al que yo conozco. Aunque, bueno, todos nos formamos una imagen distorsionada de las personas cuando nos encontramos con ellas, mezcla de quiénes son, cómo se quieren mostrar y quiénes imaginamos nosotros que son (o queremos que sean).

La Elsa de París es bastante fraudulenta. No creo haberme cruzado con ningún foráneo que haya pensado que soy su compatriota. Se me ve en la cara que soy un fraude de parisina, pero yo sigo pintándome los labios de rojo, por si cuela.

Intento hacer muchas cosas, pero te voy a confesar que estoy cansada de tener la obligación moral de echarme a la calle. Si alguien me llama, me pregunta qué he hecho y le respondo: «Leer en casa», se siente decepcionado. Y creo que yo también. Pero ¿no vine a hacer lo que me apeteciera? Qué cruz. ¿Tú te has sentido alguna vez así? Te gustará saber que ahora mismo está sonando en mis auriculares «I Hear the Love Chimes», de Syl Johnson.

Dime, ¿guardas el secreto de algún rincón de la ciudad que me estoy perdiendo? Dame pistas. Me quedan dos meses aquí y no sé si terminaré tirándome de los pelos si algún amigo viene a verme y me obliga a volver a ver la torre Eiffel.

Vino uno este fin de semana, aunque en realidad estuvo menos de veinticuatro horas. ¿Crees que esperamos más de los demás que de nosotros mismos? ¿Crees que esperamos de los demás más de lo que somos capaces de dar?

No estoy segura de que enviar este correo sea una buena idea, pero tampoco estoy segura de que no lo sea; así que... ahí va.

Besos,
Elsa

Domingo, 5 de junio, 23.37 h.
De: Darío Velasco
A: Elsa Benavides
Asunto: Re: París era una fiesta

Querida Elsa,
París era una fiesta cuando yo llegué, aunque supongo que estaba muy condicionado por todo lo que había leído

sobre ella. Tenía esa edad en la que creerte Hemingway no te da vergüenza y estaba loco de amor.

¿Crees que uno puede volverse loco de amor muchas veces en la vida? No estoy seguro de que eso sea sano para el ser humano. Luego te toca ver fotos en las que llevas jerséis de segunda mano que te quedan grandes y un corte de pelo que pensabas que era moderno, y todo porque quisiste impresionar a alguien con una imagen de ti más interesante. Un personaje.

Sí, echo de menos al Darío que fui en París y, sí, es una pregunta personal que estás en situación de hacer porque, aunque ya sé que no te gusta que haga referencia a ello, he tenido estrecha relación con tu intimidad. (¿A que nunca pensaste que un músico podía tener tanta sensibilidad para decir lo que acabo de decir?).

El Darío que vivía en París creo que era mucho más divertido. Y más vital. Muchísimo más ingenuo sobre esas cosas en las que uno debe ser ingenuo para seguir pensando que el mundo es bonito. Aunque es bonito. Confía en mí; aunque nunca has querido saberlo, soy mayor que tú.

Creo a pies juntillas que esperamos de nosotros mismos más que de los demás, querida Elsa, y ese es el inicio de un bucle que nos hace ser tremendamente exigentes también con los otros.

El Darío de verdad, no sé si lo has visto venir ya, es muy romántico... a su manera. Tozudo. Olvidadizo. Vive más en el mundo de las ideas que en el real. Piensa en sexo casi tantas veces como cuando tenía quince años, pero con menos intensidad.

Y se acuerda de ti.

También ha descubierto que es insomne. ¿Tienes alguna fórmula para solucionar la falta de sueño? Te la cambio por cosas del París que yo conozco.

En el fondo me das envidia. Yo nunca he conseguido sentirme demasiado de ningún sitio, excepto de París. Bueno, no es exactamente así. Quiero decir que allí me sentí tranquilo y sin necesidad de buscar un sitio mejor.

Yo tampoco estoy seguro de que mantener esta correspondencia sea buena idea después de lo que te dije aquel sábado borracho, pero supongo que mi abrazo de película de Navidad emborronó un poco los márgenes de lo que es y no es buena idea entre nosotros.

Me encantaría recibir respuesta.

Besos,
Darío

P. D.: Ya te habrás dado cuenta, pero mi madre siempre dijo que cuando repartieron la franqueza, yo me puse dos veces a la cola y me quedé tan lleno que no sobró espacio para el misterio.

Domingo, 5 de junio, 23.52 h.
De: Elsa Benavides
A: Darío Velasco
Asunto: Re: Re: París era una fiesta

Querido Darío,

Hay quien cura el insomnio con tisanas naturales (hay una infusión de melisa, camomila y lavanda que a mí me servía mucho hasta que abusé tanto que podría bañarme en ella sin notar efecto alguno). También hay quien cree que la solución está en la industria farmacéutica; si eres de esos, consigue que alguien te recete Noctamid, pero con cuidado y supervisión, que dicen que crea adicción. Esa es mi última opción. Es como un tiro en la nuca; me tumba.

Hacer ejercicio antes de dormir, sacar los dispositivos móviles y relojes de la habitación, darse un baño caliente, contar ovejas, escuchar pódcast sobre relajación, meditar, flores de Bach, melatonina, ruido blanco (no pruebes el sonido de las ballenas, a mí casi me produjo una psicosis) o la clásica (y perdóname por ser tan poco elegante) paja para coger el sueño.

Hay mil formas de llamar al sueño, pero si el tuyo es como el mío, la única solución es perseguirlo para arrinconarlo, darle un bofetón y exigirle que te diga detrás de quién corre. Suele irse a la caza de la solución de aquello que nos preocupa.

Darío, además de ser un tío muy franco (y según él, con un sentido romántico propio muy arraigado), me parece un tipo elegante, autoexigente, con buen gusto, tranquilo, culto, rotundo y maniático. No pinta mal como vecino ahora que ha dejado de taladrar la pared que nos une.

¿Y si París no era la respuesta?

A veces me lo pregunto.

Perdona, me he bebido una botella de vino blanco y no estoy borracha, pero me pone tiernuca.

Darío, tú ¿qué le pides a la vida?

Un beso,
Elsa

Lunes, 6 de junio, 00.03 h.
De: Darío Velasco
A: Elsa Benavides
Asunto: Re: Re: Re: París era una fiesta

Querida Elsa,

A la vida le pido que tenga carisma, que si puede ser especial no se contente con ser normal, que guarde en una caja de galletas vieja billetes de avión y fotos que hereden mis sobrinos y eleven a leyenda la historia de ese tío suyo que llevaba bigote.

También le pido caminar tranquilo, sin la sensación de que el tiempo va corriendo tras de mí con la intención de atraparme; no sentir añoranza de aquellas cosas que me hicieron daño y encontrar en algún momento, al que no tengo prisa por llegar, un lugar, una compañera y un propósito más allá del de sobrevivir. Creo que el propósito lo tengo: quiero dar más de lo que cojo de los demás. Quiero ser y no parecer. Quiero tener algo que enseñar y no guardarlo por miedo a que alguien más joven sea mejor que yo, sino mostrarlo con la esperanza de que alguien más joven sea mejor de lo que he sido yo.

Me falta el lugar, ser y una compañera con la que serlo.

Probablemente me preocupe no saber aún quién quiero ser.

¿Y tú? ¿Qué le pides a la vida?

Elsa, además de una mujer de pelo verde capaz de mandar mails muy evocadores, es alguien con hambre de vida, con miedo de lo hambrienta que está por saber, por conocer, por sentir. A veces te mira y sientes que estás desnudo y que va a saber lo que piensas. A veces, también, te mira y sientes que se desnuda y teme su vulnerabilidad.

Creo que Elsa quiere enamorarse, pero se avergüenza de ello.

Creo que tiene relaciones que no le llenan y se convence de que tiene suficiente.

Creo que Elsa va a querer tirarme un zapato a la cara cuando lea esto, pero diré, para suavizarlo, pero con toda franqueza, que es una amazona que me siento honrado de haber visto cabalgar. Tómalo como quieras.

A veces pienso en ti. Ya lo he dicho, pero el whisky me ha susurrado que quizá era necesario insistir.

París no es la respuesta, pero es un buen sitio donde buscarla. La respuesta eres tú y el modo de encontrarla es vivir.

Te beso,
Darío

Lunes, 6 de junio, 00.20 h.
De: Elsa Benavides
A: Darío Velasco
Asunto: Re: Re: Re: Re: París era una fiesta

Querido Darío,

Este es el último correo que te escribiré... hoy. Muero de sueño.

A la vida le pido que sea un carnaval donde pueda disfrazarme de cualquiera para seguir viviendo la mía y todas las que pueda escribir diferentes a la mía. Le pido calma para bailar agarradas, ella y yo, como en los guateques de antaño, y que se vista de colores. Que no tenga miedo de probarme, pero que sepa acariciarme también.

A la vida le pido que me convenza de que ser como soy está bien y que no tengo que cambiar para ser feliz;

también un compañero del que enamorarme sin miedo a que me vuelvan a devorar por dentro; un faro (llámalo faro, llámalo canción de cuna, llámalo como quieras) que me indique el camino de vuelta a casa si me pierdo. También un propósito. Y pasión. A la vida, sobre todo, le pido pasión.

El propósito, como tú, también lo tengo: quiero ser feliz, que la mirada del otro no me importe si no es la de un compañero que sepa calmarme y a quien yo pueda acelerar. Y escribir. Escribir hasta que sea tan anciana que no consiga encontrar las letras en el teclado y tenga que dictárselo a una máquina que, seguro, no me entenderá sin la dentadura postiza.

Yo también pienso en ti. A veces incluso te imagino caminando por París, aunque sé que nada ni nadie pueden traerte de vuelta.

Ah. Si no sabes quién ser, ¿has probado a ser tú?

Yo también te beso.
Buenas noches,
Elsa

Lunes, 6 de junio, 00.40 h.
De: Darío Velasco
A: Elsa Benavides
Asunto: Re: Re: Re: Re: Re: París era una fiesta

Querida Elsa,
Felices sueños.
Yo me imagino a menudo también caminando por París tal y como te imagino a ti, con tus labios rojos debajo de un paraguas del mismo color, saltando sobre los charcos.

Te gustará saber que ahora mismo estoy escuchando «Mad About You» de Hooverphonic y que, en un capricho tonto, me pregunto qué hubiera pasado si aquel sábado me hubiera callado la boca.

Me pareces una mujer increíble, Elsa. Más de lo que tú eres capaz de ver.

Si la vida no te da todo lo que quieres de ella, estoy seguro de que alguien como tú es capaz de arrancárselo de las manos por la fuerza.

Descansa, guerrera.

P. D.: Confieso que he leído uno de tus libros. Al principio no me enteraba de mucho, porque, claro, luego me enteré de que era el cuarto de la saga. El caso es que tenía ganas de decirte que Valentina me parece una mala copia de ti. Y con esto quiero decir que me recuerda a ti, pero le falta tu luz. Me puse celoso del amante francés. Y ya no diré más. Al menos por hoy.

Te beso,
Darío

44
Feliz final
Isaac Rosa

Me desperté con la sensación de tener la cabeza embotada, pero muy despierto, sin resaca, cansado, pero con cierta ilusión. Como un niño que ha dormido poco y mal, aguardando una excursión que le emociona... Todo lo contrario de mi realidad. Me esperaba otro día frente al ordenador, sentado al piano y, entre una cosa y la otra, una llamada con el director y el productor de la peli a la que le estaba poniendo banda sonora, que no terminaban de concretar qué era lo que querían de cada tema. Llevábamos unas incómodas semanas de tira y afloja para que fluyera por fin la creatividad.

En la ducha, sin embargo, fui repasando mi conversación con Elsa vía mail, sonriéndome a mí mismo de vez en cuando, moviendo la cabeza, incrédulo, mordiéndome el labio de vergüenza adolescente. Estaba seguro de haberme puesto un pelín demasiado intenso. Geraldine siempre me decía que pecaba de una intensidad anacrónica.

—No vives en el siglo XVIII y no tienes que batirte en duelo por el honor y el amor de una mujer. Lo sabes, ¿verdad?

Claro que lo sabía. Mi pecado no era ese. Yo tenía un concepto del romanticismo muy mío. El problema era que tenía cierta tendencia a filosofar y había disfrutado de ese tono un poco místico que había adquirido nuestra correspondencia digital a ratos, igual que disfruta un masoquista de los latigazos.

Con Geraldine las cosas no eran así. A pesar de todos los años que compartimos, siempre reservó para sí misma esas preguntas que nos hacemos sobre el futuro, sobre nosotros..., las dudas realmente reveladoras. Su vida era su vida, no nuestra vida. Nunca nuestra. Solo suya y mía confluyendo en ciertos arroyos comunes.

La reunión fue bien. Sorprendentemente había dado en el clavo de lo que querían director y productor con los cambios que había hecho sobre la última versión enviada. Me pidieron un par de correcciones y prometí detallarles lo que necesitaríamos en el estudio el día que fuéramos a grabar las pistas definitivas. Tuve ganas de escribirle a Elsa y compartir con ella la sensación de triunfo, pero no sabía si no sería insistir demasiado. Cuando le dije que no iría a París a verla, que yo necesitaba cerrar mis heridas, estaba en lo cierto, pero llevaba tanto tiempo sin saber cómo se hacía eso que empezaban a emborronarse los motivos por los que no podía echarla de menos, a pesar de hacerlo un poco.

Casi no la conocía.

Vivíamos puerta con puerta.

Los dos estábamos jodidos por dentro. No hacía falta ser un profesional de la psicología para verlo.

Era muy contraproducente engancharnos a algo (sexo, amistad dependiente, coqueteo diario) en ese momento y, mucho menos, donar el terreno yermo que teníamos en nuestro interior para que la sensación de enamoramiento tuviera espacio de expansión si le daba la gana aparecer. Pero lo cierto es que Elsa tenía esas cosas que me gustan de una mujer y otras tantas que me daban miedo.

Me estaba tomando un café en la terraza, a modo de descanso mental, cuando escuché el móvil sonar en la cocina. No tuve prisa para llegar hasta allí, porque odio hablar por teléfono y tenía la esperanza de que dejase de sonar y quien fuera me dejase un mensaje que pudiera contestar con un wasap o, mejor, con un mail. Pero continuó sonando. En la pantalla me sorprendió ver el número de uno de esos amigos que no te llaman nunca si no es por algo muy importante. Resoplé. Me la iba a liar.

—¿En qué lío me vas a meter ahora, Jon? —respondí.

—Hola, Darío, yo también me alegro de hablar contigo —bromeó.

—¿Tengo o no tengo razón?

—Tienes un poco de razón. Pero solo un poco. No es un lío. Pero, primero..., ¿qué tal te va?

—Me va —dije convencido.

—No suena muy bien.

—Suena a que estoy viviendo en el piso de mis padres y me he divorciado —le recordé, a pesar de que ya lo habíamos hablado, si se puede decir «hablarlo» a ponernos un poco trompas y reírnos de nuestras propias desgracias.

—Nada nuevo. Pero tus padres no están allí, ¿no?

—No. —Me froté la frente—. Están en San Sebastián. Se mudaron hace unos meses a la casa que mi madre heredó de su familia, pero eso ya te lo dije.

—Bebimos mucho y tengo una edad.

—Lo sé, lo sé. Si no recuerdo mal, tú ni siquiera eres *millennial*.

—Tú lo eres por los pelos. —Se rio—. Sabes que no te molestaría si no fuera importante.

—Sabes que no te cogería el teléfono si no supiera que lo es. Eres de los pocos que respeta mi animadversión a las llamadas.

—Tengo una actuación y el pianista me ha dejado tirado.

—No me jodas. —Me dejé caer en una banqueta revolviéndome el pelo con la mano que tenía libre—. No me puto jodas.

Jon era tenor. Tal cual. Tenor. Como Pavarotti, pero él no se había visto lanzado al estrellato. Vivía bien de su trabajo. Tenía actuaciones, daba clases y lo llamaban para proyectos sueltos que le daban la oportunidad de viajar y llenar la cuenta corriente para seguir con su vida tal y como la tenía montada. Era uno de esos artistas a los que no les angustia demasiado el futuro; sus padres le compraron el piso en el que vivía y gastaba poco. Todo lo poco que se puede gastar viviendo en París. Ese era el problema. París.

—No te lo pediría si tuviera otra opción. Sé que odias los recitales. Sé que ya no haces esas cosas y sé que no quieres volver a sobrevolar París ni para ir a otro lado.

—Entonces ¿por qué me llamas, cabrón? —Me reí amargamente.

—Porque tengo un compromiso con la embajada.

—¿La embajada? ¿De dónde?

—De España. Celebran una recepción con motivo de una candidatura a no sé qué..., no te puedo decir nada más. Ya sé que te molesta muchísimo la inexactitud, pero de lo único de lo que me preocupé fue de pedirles las necesidades técnicas y de que aprobaran el caché. No te saca de pobre, pero es una buena cifra.

—No quiero volver a sobrevolar París ni para irme a otro lado, como bien has dicho. Me da igual cuánto paguen.

—Ya lo sé. Pero eres mi única opción. Mi única opción con calidad, entiéndeme. Se lo podría decir a algún alumno de la escuela, pero eso saldría hasta en los periódicos. Es una cosa breve..., no llegará a una hora. Te pagan el traslado y el hotel.

—Hombre, solo faltaba... —me quejé.

—Pero ojo, que si me dices que sí, del alojamiento me encargo yo y te mando a un sitio fino.

—Tú no gastes en sitios finos que vas a ser el tenor que vivía en un zapato.

—Me está yendo bien, Darío, te lo prometo. Venga..., hazlo por otro expatriado...

—Tú no eres un expatriado —repuse—. Tu madre es francesa y tu padre fue diplomático en París. Lo que eres es un niño bien convertido en hippy.

Lanzó un par de carcajadas que comprendí muy bien. Llamarle hippy era absurdo. *Bon vivant* encajaba más.

—¿Cuándo? —empecé a ceder—. Y, sobre todo, ¿cuánto tiempo?

—No tendrías que quedarte en París ni un día. Llegas, comemos, te acomodas en el hotel, hacemos el recital y si no quieres, no tienes que quedarte ni a la recepción. Te vas a tu mullida cama, te olvidas de que estás en la ciudad de la luz y por la mañana te recoge un coche de la embajada para llevarte al aeropuerto.

—¿Cuándo?

—Pasado mañana.

—¿Estás loco? —exclamé—. ¿Y cuándo se supone que voy a ensayar?

—Por el amor de Dios, eres un virtuoso. Son piezas superconocidas. Cosas muy clásicas, muy españolas. Dos días te sobra hasta para lucirte, presumido.

—Día y medio.

—Un día te sobra. Por favor, Darío, estoy desesperado.

—Eres un sinvergüenza. —Me levanté de la banqueta y fui al salón, donde me tiré en el sofá por no hacerlo por la terraza—. Me da ansiedad pensar en volver. Sabes lo que significa para mí. No puedes pedirme esto, Jon.

—Darío, en serio, París es solo una ciudad del mundo. Si para ti simboliza el fracaso, supéralo. Las parejas empiezan muy enamoradas y rompen estando muy jodidas, y ya está. Enfrentarse a los demonios de uno suele ser muy útil.

—Cuando a ti te viene bien que lo haga, no te jode.

—¿No me vas a preguntar cuánto pagan?

—No. No me importa. Me pasa como a ti: vivo en una casa que no pago y gasto poco.

—Qué ataque más gratuito —se burló. A él le daba todo exactamente igual excepto quedar mal con un «cliente» y faltarle a un amigo. Eso es verdad. Jon era uno de los buenos, de los que me dio pena dejar allí con la promesa de que si nos veíamos sería en España—. ¿Qué me dices?

—Dame una hora para pensarlo. Te llamo yo.

—No vas a llamar. Vas a enviar un mensaje escueto.

—Exactamente. —Sonreí comedidamente—. Te escribo en una hora, pero no le digas nada a Geraldine, ¿vale?

—No le voy a decir nada.

—Sé que seguís en contacto y no me molesta. Solo que... no quiero que crea que voy buscando que nos encontremos.

—No va a creer eso, Darío.

—Da igual. No se lo digas.

—Vale. Pues avísame en cuanto lo sepas y lo pondré todo en marcha. Estoy seguro de que París sigue guardando sorpresas para ti. Sorpresas agradables.

No sé si guardaba sorpresas para mí, de lo que estaba seguro es de que sería una caja de Pandora llena de buenos y malos recuerdos que no me apetecía revivir. Vamos..., todos lo hemos vivido. La misma ciudad que contuvo nuestro amor puede convertirse en una sucesión de callejones sin salida en cuyas paredes alguien pintó todas nuestras faltas. París había sido mi hogar durante muchos años y después... fue mi tumba. No me mató, claro que no, quizá decir que fue mi tumba es inexacto. París se parecía más al mausoleo de un amor muerto del que esperé tantísimo que toda una ciudad le quedaba pequeña.

Hice lo que suelo hacer cuando no sé qué hacer. Me senté frente al piano y toqué unas cuantas melodías al azar; estaba ya cogiéndole el gusto, relajándome, sintiéndome bien, cuando recordé que no tenía el sistema «silent» conectado, de manera que, si la amiga de Elsa estaba en casa, debía de estar sufriendo el concierto improvisado.

Elsa.

Paré de tocar en seco en mitad de un fraseo y el eco de la última nota reverberó por la estancia. Elsa, con esa risa excesiva, con su poca habilidad para esconder emociones, con el contoneo de su carne, con la duda pintada en la boca. Elsa y su pericia de montarme como si pudiera dominarme con sus caderas, con su capacidad de preguntarme siempre aquello que me hacía falta responder, con su esperanza flotando en los ojos, con un montón de promesas no hechas en la lengua...

Elsa también era en aquel momento parte de París.

Así que no solo tenía que pensar si quería llevarle flores a mi relación muerta. También debía dilucidar si convenía darle la oportunidad a aquella luz que iluminaba rincones que hacía muchos años que había perdido la costumbre de visitar. Rincones de mí. Ganas de sentir.

45
París era una fiesta
Ernest Hemingway

Martes, 7 de junio, 17.39 h.
De: Darío Velasco
A: Elsa Benavides
Asunto: París

Querida Elsa,

Podría definirme como un hombre de palabra. Cuando prometo algo siempre lo cumplo, excepto cuando esa promesa me la he hecho a mí mismo. No debo tenerme esa clase de respeto.

No voy a alargarme.

Este jueves, día 9, estaré en París por una cuestión de trabajo. Sé que juré no pisarlo en muuucho tiempo, pero no he podido negarme. Bueno, podría haberme negado, claro, pero luego pensé que podríamos cenar juntos, si no tienes plan y te apetece, y me pareció que debía decir que sí.

Voy a participar en un recital en la embajada española en París. Pregunté si podría invitar a alguien y me dijeron que sí, de modo que, si aún estás libre y no va a aburrirte escucharme acompañar al piano a un colega tenor, avísame y te reservaré un asiento. Si es que hay asientos. Uno nunca sabe cómo van a organizarlo.

Volveré a Madrid el viernes 10 por la mañana y me hospedo en un hotel en place des Vosges.

                            Espero tu respuesta.
                                    Te beso,
                                        Darío

Aparté la taza de mi boca y la dejé sobre la bancada de la cocina. Era miércoles por la mañana y acababa de levantarme de la cama. Aún llevaba puesto el pijama y un moño en la cabeza, bastante despeinado. Me pregunté por qué narices no me había saltado la notificación del mail la tarde o noche anterior, pero después me di cuenta de que probablemente lo había hecho, pero yo estaba ocupada para atenderlo. Había acudido a la presentación de un libro en la librería donde trabajaba Marie, y aunque había sido un tostón porque no entendí absolutamente nada, después el autor, un tipo muy divertido nacido en Marsella, nos llevó a tomar vinos. Entré en casa mucho más tarde de lo que había llegado nunca en toda mi estancia en París, cansada, algo borrachilla, pero después de habérmelo pasado genial. Nos juntamos con mucha gente, amigos de Marie, de su hermano, del autor..., y aquello se convirtió en una reunión de las Naciones Unidas. Había griegos, eslovenos, italianos, un japonés, una estadounidense y varios franceses... Todos hablando un inglés que el alcohol hizo entendible menos para la americana que a cada rato parecía más confusa.

Valentina habría hecho de aquella velada una fiesta inolvidable donde, seguro, algún galán exótico la habría besado apasionadamente a la salida del bistró, después de que ella hubiera sido el alma de la fiesta. Yo solo me llevé el mérito de ir menos borracha que el resto y, por tanto, volver a casa con mayor dignidad.

El caso es que... Darío venía a París. ¿Habría entendido la ausencia de respuesta como un «no»? Me apresuré a contestar. Menos mal que no tenía público, porque era la imagen viva de una adolescente atropellándose a sí misma de ganas.

No le di muchas vueltas. Tampoco me esforcé en querer ser superocurrente. Dije que sí, hice preguntas sobre la logística (dónde, a qué hora, tenía que decir mi nombre o el suyo, cuál era el *dresscode*, cuánto duraría, si quería que reservase algún restaurante...) y me despedí con un abrazo. Darío respondió un rato después, disculpándose por la tardanza. Lo había pillado ensayando.

A las 18.00 horas en la embajada española en París.

Tendría que decir mi nombre para acceder.

Atuendo de cóctel informal (sin pasarse).

Duraría alrededor de una hora.

Él mismo reservaría mesa en un restaurante que conocía por la zona.

¿Hola? Necesitaba un vestido de cóctel y un Lexatin.

A falta de Lexatin, llamé a Juan.

—Mañana me quitan la muela —dijo como saludo.

—No sabes cuánto me alegro. Guárdala. Te iba a decir que le daremos digna sepultura, pero mejor le hacemos un exorcismo.

—La voy a tirar al Manzanares, a la muy puta. Hasta ayer no me bajó lo suficiente la inflamación como para poder hacer nada. Y ahora me preocupa si, al sonreír, se me verá que me falta un diente. ¿Pareceré un politoxicómano?

—No. —Me aguanté la risa—. Y, de todas formas, será solo durante un tiempo. Te pondrán algo ahí.

—Te estás riendo y se te nota.

Lancé una carcajada y él se quejó.

—A mí no me hace ninguna gracia. Le he tenido que pedir a mi hermana que me lleve y que me espere. Seguro que salgo llorando e incapaz de conducir.

—Seguro.

—Vete a dar ánimos a otro sitio, siniestra.

—Eres un quejica. Si tuvieras la regla, morirías todos los meses.

—Del asco. ¿Me ves gestionando sangre cada veintiún días?

—Es cada veintiocho —le aclaré.

—Da igual. ¿Llamabas por algo o para preocuparte por mi existencia?

—Mañana viene Darío a París.

—Ale. A liarla parda.

Salí de la cocina y me senté en el sofá. No llovía, pero el cielo estaba plomizo, con lo que una luz lechosa iluminaba la casa.

—No voy a liar nada. Viene por trabajo y se va el día siguiente. Me ha ofrecido ir a verlo a un recital y después cenar.

—De postre te sirven a ti espatarrada y flambeada.

—Eres imbécil. —Me reí nerviosa porque…, bueno…, yo quería terminar flambeada—. Dice que hay que ir con un vestido de cóctel, pero sin pasarse. ¿Qué me pongo? No me he traído nada así.

—Llevabas cuatro maletas. Algo te servirá.

—Tengo una falda de colores…, pero no sé. Creo que debería ir de negro.

—Siempre viuda…

—Es más elegante. Menos margen para equivocarse.

—No sé yo, te conozco algunos vestidos negros que tienen de elegante lo mismo que una gala de *La isla de las tentaciones*.

—No ayudas.

—No voy a saber ayudarte ni queriendo, y, además, confieso que no me apetece. Me duele la boca.

—Pobre..., llamo a Carlota entonces.

—Carlota tenía esta semana mogollón de vuelos.

—Libra los miércoles, ¿no?

—Sí, pero ha cambiado unos turnos para poder juntar unos días para la semana que viene.

—¿Qué pasa la semana que viene?

—Que vamos a ir a verte los dos. Ella quería que fuera sorpresa, pero sé que odias esas sorpresas, así que... no le digas que te he puesto sobre aviso o me dará el vuelo como venganza.

—Ya, cuando se pone en plan azafata agorera es lo peor. La peor compañera de viaje que uno puede imaginar.

—Estoy por decirle que vaya sola a verte, que yo he visto muchas veces París.

—Y una polla, que la última vez me tuviste de enfermera. Me la debes.

Suspiró.

—Un vestido negro y unos zapatos que no lleven un tacón muy alto —sentenció—. No te maquilles mucho o pensarán que se les ha escapado una drag queen del Black & White de Madrid.

—Gracias por todos los cumplidos que siempre me haces.

—De nada. Y hazme un favor. Bueno..., dos. Me mantienes al día y fluye.

«Fluye». Fluir es probablemente lo que peor se me da en la vida. Eso y no pasarme con las comas.

Salí inmediatamente de compras sin mirar lo que había en mi armario porque (seguro que te suena esta frase) «no tenía nada que ponerme». Recorrí varias tiendas con el descorazonador resultado de siempre: las cosas que me gustaban no me cabían ni con magia; las que me cabían no me gustaban. Fui a las tiendas de siempre, a las franquicias a las que también recurría en España como Zara o Mango, pero no encontré nada que se ajustara a lo que necesitaba. Así que me puse a recorrer tiendas más caras, con el mismo resultado. Después, un poco más caras…, con el mismo resultado. Cuando me vi a mí misma dudando si llevarme una falda de Dior que a todas luces me quedaba pequeña (pero podía disimularlo) y que costaba un riñón, me dije que hasta ahí había llegado la tontería.

Volví a casa de mal humor y con las manos vacías, me descalcé, me tiré bocabajo en la cama y sentí esa hambre emocional que te susurra al oído que quieres comerte veinticinco gyozas, pero cuando logré calmarla, se me pasó por la cabeza que «menos es siempre más».

Me ha pasado en alguna ocasión que, queriendo ir muy arreglada, me he pasado de frenada y no hay nada más vergonzoso que aparecer en un lugar donde todo el mundo va muy normal, como si acabases de salir de *Noche de fiesta*. Abrí el armario con la fuerza de los mares, saqué una falda plisada negra, un jersey muy liviano del mismo tono de negro con escote barco y media manga y unos zapatos de Dior destalonados y con poco tacón (los que compré el día de la intervención previa a mi *burnout* en Barcelona). Me lo probé, improvisé un moño bajo y me miré en el espejo entornando los ojos para no fijarme demasiado en el eyeliner mal hecho y algo corrido y el maquillaje pocho. Sonreí. Si hay algo que me gusta de París es el clima de su primavera, donde raramente hace el suficiente calor como para que te sude el bigote. Vengo de una larga estirpe de sudadoras de bigote y diré que es muy difícil secárselo e intentar seguir pareciendo socialmente agradable.

No te mentiré: la cosa no terminó allí. Fui a hacerme la manicura y la pedicura, ambas en un color rojo oscuro, elegante y sin estridencias (con el pelo, el piercing de la nariz y los tatuajes del brazo izquierdo ya había bastante). En casa me sometí a una tarde de mimos. Retoqué el tinte de las raíces, me depilé por todas partes (no fuera a tener suerte) incluidas las cejas, que llevaban dos semanas con pinta de ser dos zarigüeyas acostadas, y no me privé de una hidratación extrema de cara y cuerpo. En lugar de salir andando del baño, podría haberme deslizado por el suelo con la rapidez de una anguila untada en mantequilla.

Al día siguiente me levanté con más nervios de los que podía explicar y un grano incipiente en la barbilla que tuve el buen tino de no intentar explotar. Así que llamé a Carlota, que era la única que podía entenderme porque es igual de histérica que yo.

—Estoy a punto de volar —me dijo mascando chicle—. Corre, rápido, dime.

—Pero ¿está la gente ya sentada en sus asientos?

Con Carlota todo era posible.

—No, idiota, están a punto de dejarlos pasar por la puerta de embarque. Volamos a Milán.

—¿Cuántas veces hoy?

—Seis. Tres idas y tres vueltas. Rápido: esquema, planteamiento, duda.

—Darío está hoy en París. Cenamos juntos. Estoy nerviosa y no sé por qué.

—Te da miedo pillarte. Te da miedo lanzarte y que te rechace. Te da miedo esperar a que se lance y que no lo haga. Te da miedo hacer el ridículo. Y, por último, te da miedo quedarte con las ganas.

—Joder. —Pestañeé—. Sí que eres ejecutiva cuando trabajas.

—¿Modelito seleccionado?

—Sí. Y peinado y maquillaje.

—No comas lentejas de bote, por favor. Creo que algunos pasajeros de aquel vuelo van a tener que internarse en un psiquiátrico.

—No pensaba hacerlo —respiré profundo—. ¿Algún consejo?

—No te pases con el vino o con el champán si estás nerviosa. No te pongas faja.

—Tres cojones, que si no me rozan los muslos.

—Pues también. ¿Qué más da? Como si él hubiera escogido los calzoncillos que se va a poner.

—No nos vamos a acostar. La última vez que lo hicimos me echó el sermón y me dio una patada en el culo.

—Eso no es verdad. No seas tan sensible para ti y tan insensible para el resto. Fue honesto con sus emociones. Ahora puede que se sienta más abierto o que quiera recuperar el contacto contigo para construir una amistad sana y verdadera.

—Seguro que es lo segundo.

—Depílate por si acaso.

—¿Por quién me tomas? Todo depilado.

—Elsa…

—¿Qué? —me asusté.

Se había puesto muy seria.

—¿Te has preguntado alguna vez…?

—¿El qué? —No arrancaba, la tía, cada vez hablaba más despacio.

—¿…. Si comer culos se puede considerar dieta blanda?

Es posible que escuchasen mis insultos desde la puerta de embarque.

Si aquello le estuviera pasando a Valentina, su objetivo habría sido solamente disfrutar, aunque hubiera albergado alguna tímida esperanza. Pero ella sabría cómo no montar castillos en el aire, ser serena y no quedarse colgada de sus expectativas. Aunque eso no hubiera importado, porque todo habría salido mejor que en el mejor cuento de hadas. Puta Valentina.

Yo tenía el recuerdo de la visita de Martín, que si la pusiéramos en una balanza acabaría por ser desconcertantemente decepcionante (salir corriendo en el primer avión no es buen final), y también la sensación de ridículo que me azotó la cara al llegar a mi dormitorio después de que Darío me dijese: «Podrías ilusionarte y no quiero cerrar mi herida abriéndote una nueva a ti».

La imagen que mi imaginación construyó de mí misma a partir de aquella frase resultaba devastadora, pero la culpa era mía, porque nunca debería dejar que mi autoestima dependiera de ese tipo de cosas. Así que, después de pasar por unos ciento treinta y dos estados de ánimo diferentes, me acomodé en uno compuesto de una sutilísima desidia, una pizca de cinismo, emoción sincera y contención forzada. Y fui paseando a través de la brisa parisina de junio durante los diecisiete minutos que separaban mi casa de la embajada.

Llegué con puntualidad inglesa, pero aquello ya estaba lleno de gente. Temí que fuera el típico evento en el que lo que marca la educación es comparecer quince minutos antes, pero todo el mundo se encontraba charlando en pequeños grupos, así que pensé que me había ahorrado la vergüenza de que alguien se acercase, me preguntase de parte de quién venía y yo tuviera que decir algo como: «El pianista es mi vecino en Madrid». Conociendo mi verborrea nerviosa era posible que terminara confesándole a alguien del cuerpo diplomático que en

España solíamos acostarnos, pero que él estaba emocionalmente inaccesible en ese momento y yo temía estar pasando por una época rara con intención de encontrarme.

Me preguntaron mi nombre a la entrada, lo di, enseñé mi documento de identidad y un chico muy amable con un leve acento francés me indicó en español que podía sentarme en cualquier sitio, que no eran nominativos y que, de todas formas, siempre había quien prefería disfrutar de los recitales de pie. Mis taconcitos y mi timidez hablaron entre sí y me comunicaron su decisión: debía sentarme en la penúltima fila, en un lateral con buena visibilidad. De todas formas, no había más que seis filas de unos diez asientos cada una. Vería mi pelo verde sí o sí.

La sala se fue llenando poco a poco; casi todos los asistentes sumaban más años que las pirámides y me miraban con cierta consternación cuando sus ojos se posaban en mí. Supongo que aún hay quien piensa que lo de ir tatuado y teñirse el pelo de colores es de quinquis. Yo es que acostumbro a no juzgar a la gente por su aspecto; sería como dejar de leer un libro porque el diseño de portada no me pareciese el adecuado.

Me mantuve alerta por si alguien necesitaba el asiento más que yo, pero a las seis y cuarto aún quedaban sillas libres y, efectivamente, parecía que muchos de los asistentes preferían quedarse de pie; algunos se habían colocado cerca de las mesas altas en los laterales de la sala (sala que no era precisamente ejemplo de minimalismo, por cierto), por donde unos camareros pasaban de tanto en tanto ofreciendo copas que parecían de champán. Me apeteció una, pero recordé el consejo de Carlota y la rechacé cuando me la ofrecieron.

Llamó mi atención una mujer, un poco mayor que yo, que vagaba sola por la sala, sin charlar con nadie, sin parecer nerviosa, sin dar muestras de la inseguridad que estaba humedeciéndome a mí la palma de las manos y (horror) un poco el bigote. Tenía el pelo castaño algo revuelto con unas ondas que, a juzgar por lo que conozco el pelo liso, parecían hechas específicamente para parecer naturales. También llevaba flequillo. Tenía esa belleza sencilla que siempre se achaca a las parisinas de cuna y diría que iba vestida como se esperaría que fuese una de ellas: unos sencillos jeans rectos y un jersey de color beige bastante fino, a través del cual se apreciaba que no llevaba sujetador. Este dato no era lo suficiente evidente como para parecer soez o demasiado provocativo en el contexto en el que nos encontrábamos, porque llevaba sobre él un blazer negro. Calzaba unas sandalias de tacón altísimo, preciosas, sencillas, de piel. Su piel, por cierto, no lucía ni una mota de maquillaje: cara lavada, labios de un elegante color frambuesa. Cruzado sobre su pecho, un bolsito de Chanel, el modelo Timeless en negro. Parisina, sin duda. Solo ellas consiguen estar siempre perfectas con unos jeans, sea cual sea el evento.

El revuelo de las charlas en un español, que me sonaba a música celestial después de tanto tiempo en París, se fue convirtiendo en un murmullo y al girarme descubrí que el motivo era que habían llegado «los músicos», y que se dirigían hacia donde estaba colocado el piano y el atril del tenor. El tenor era un hombrecito compacto y bajito, con el cabello negro azabache, con un afeitado bien apurado y un pantalón que le quedaba demasiado grande combinado con una chaqueta excesivamente pequeña. Llevaba, además, una pajarita negra un poco torcida que fue recolocándose mientras entraba en la sala. Un hombrecillo gracioso, sin duda.

El pianista... no parecía gracioso, porque el pianista, Darío, estaba como para darme en sagrada ofrenda, para ofrecerme como esclava, para hacerle una foto y colgarla en el techo de mi dormitorio, para lamer hasta la silla donde se sentase... Así, siendo «elegante».

Se había puesto un traje sobrio, negro, sin nada especial más allá de que se lo habían hecho a medida, me jugaba el dedo índice de la mano derecha, que es con el que pongo las «emes» en el teclado. Bajo el traje, una camisa blanca perfecta, planchada, impoluta, con el botón del cuello desabrochado, sin corbata. Se había recortado la barba y el bigote para que ambos tuviesen prácticamente la misma densidad..., aunque el bigote aún resaltaba. Guapo. Guapo como un tío guapete en el mejor de sus días.

Barrió la sala con la mirada hasta encontrarme y sonrió. Se me secó la garganta al devolverle la sonrisa. Como saludo arrugó un poco la nariz en un gesto casi infantil que acertó en mitad de mi pecho y me entrecortó la respiración. La mujer elegante se sentó, en aquel mismo momento, con una copa de champán en la mano, justo en la silla que quedaba delante de mí.

Darío ocupó su puesto frente al piano acercando con sutileza la banqueta, muy erguido, y ordenó las partituras sin poder evitar echar miradas hacia donde yo estaba sentada. Las sonrisas volaban por la habitación en viajes de ida y vuelta que me hacían sentir poco más que una adolescente. Sin embargo, en una de esas ojeadas algo pasó y su gesto cambió por completo. Si esto fuera una película romántica, la sala se hubiera congelado con el sonido de un vinilo derrapando bajo la aguja. Darío se volvió hacia el tenor, que ordenaba también las partituras en el atril, y compartieron un duelo de miradas que no comprendí. Se acabaron las miraditas, las sonrisitas, el rollito adolescente... De pronto Darío era un cíborg que evitaba mirar al público sin conseguirlo con naturalidad. No entendí nada. ¿Serían los nervios de antes de ponerse a tocar?

El embajador se acercó a ellos y, ayudado por un micrófono de mano, presentó el recital en honor al nombramiento de alguien o la candidatura de algo que no entendí porque estaba muy enfrascada en comprender el rictus de Darío, al que parecía que le iba a dar de un momento a otro una apoplejía. La imagen misma de estar apretando el culo.

—Tenemos la suerte de contar con el tenor Jon Virasoro y con Darío Velasco al piano, ambos españoles afincados en París desde hace años.

Me reconfortó estar más al día de la vida del pianista que aquel señor que sudaba bajo su traje de tres piezas. Darío volvió a mirar, rígido, espalda recta, y esbocé una sonrisa suave a la que no respondió... al momento. Un movimiento de sus ojos, pequeño, sutil, hizo que me encontrase y aflojase su expresión hasta dibujar una sonrisa muy tímida. Oh, oh. Me di cuenta, entonces, de que yo estaba justo detrás de la persona a la que miraba con el ceño fruncido. La mujer elegante.

El tenor se presentó cuando los aplausos al embajador se agotaron y dio las gracias a los asistentes, a la organización y a su compañero.

—Especialmente a mi compañero, Darío Velasco, por el esfuerzo que le ha supuesto estar aquí esta tarde. Sin más... empezamos este recital con el que queremos celebrar nuestra lengua materna a través de grandes temas. El primero será «Júrame».

A mi padre le encanta la música y mi madre canta como los ángeles, lo que me permitió ya con las primeras notas del piano identificar la canción y rodearme de recuerdos. Una canción romántica, un canto a la necesidad enfermiza del enamorado cuando sufre por un amor quizá no correspondido. Y fue terriblemente bello. Y Darío, tocando el piano con aquel traje, resultaba majestuoso. Y la música se lanzaba contra las paredes para volver a nuestros oídos con una contundencia que ponía la piel de gallina. Y no imagino nada más romántico. Pero... ¿quién era la mujer elegante que había delante de mí y por la que Darío estaba tan tenso?

Siguieron a «Júrame», «Aquellos ojos verdes», que mi padre ponía en un vinilo cuando yo era pequeña cantada por Plácido Domingo, y «Granada», que fue muy aplaudida y en la que, en mi opinión de profana, Darío se lució sin aspavientos. Un músico virtuoso, elegante, que no buscaba el aplauso, que solo se perdía en lo que sus dedos despertaban en el piano. El público, emocionado, lanzaba algún «bravo» después de algunas de las frases más complicadas para el tenor. Estaban más entregados que en un concierto de Rosalía. Pero… ¿quién era la mujer elegante que había delante de mí? ¿No sería…?

La siguiente fue «Amapola», que mi madre cantaba algunas mañanas mientras cocinaba en su tono dulce y entonado. Me parecía que los dedos de Darío volaban sobre el piano sin que aquello modificase su elegante postura. Nunca la música me había parecido tan atractiva. Tengo debilidad por los hombres que saben hacer cosas que me parecen difíciles. Pero… ¿quién era la mujer elegante que había delante de mí? ¿No sería su exmujer?

El tenor aprovechó los aplausos para acercarse hasta una mesa alta donde tenía una botella de agua y tras un par de tragos y de aclararse la garganta, volvió a colocarse ante el micrófono.

—Ya casi estamos terminando. Íbamos a interpretar «Islas Canarias», en honor al maestro Alfredo Kraus, que siempre fue una inspiración para mí, pero a petición de mi compañero Darío Velasco —él se volvió y me miró, claramente a mí, con cierta vergüenza escondida detrás de una sonrisa—, vamos a interpretar «Valencia».

Juro que me hice pequeñita en mi asiento, aunque nadie supiera que ese cambio era un guiño para la señorita de pelo verde sentada en la penúltima fila. Noté el ardor en mis mejillas y recé para que no pudiera verse desde donde él se encontraba, pero parecía muy concentrado en las partituras. Eso sí: qué bonita sonrisa pícara, graciosa, gamberra se le dibujó en los labios.

¿Era esa una expresión de su personal sentido del romanticismo? Porque... lo parecía. Entonces ¿me había avisado de su visita por compañerismo, por suavizar el vínculo de dos vecinos, por iniciar una amistad sincera o... porque él también se sentía empujado a la más tierna adolescencia cuando nos mirábamos disimuladamente? Entre frase y frase, levantando las cejas con sorna, disimulaba sin éxito la sonrisita. Siempre me pareció un tema que, más que hablar de la ciudad, era una oda a sus mujeres. Por si no lo sabes, la canción «Valencia» termina con la frase: «Quisiera en la tierra valenciana mis amores encontrar». Limpieza en el pasillo del fondo: una valenciana se ha derretido en su asiento.

El recital terminó con el «Ave María» de Schubert en latín (lengua madre de la que desciende el castellano, dijo el tenor). Nunca lo había escuchado interpretar al piano y con una voz masculina. Fue (perdóname) acojonante.

Acojonante como la reacción de mi compañera de enfrente cuando todo terminó, que tardó una milésima de segundo, rompiendo con total seguridad la barrera del sonido, en precipitarse hacia Darío. No supe qué hacer, así que me quedé de pie, conteniendo la respiración, con el bolso contra el estómago, alternando la mirada entre la que suponía que era su exmujer y él.

—Elsa —me llamó.

Lo saludé con la mano, como una gilipollas, justo cuando ella lo alcanzó.

—Dame un segundo —pareció decirle antes de volver a llamarme—. Elsa...

Ella lo tomó del brazo en un gesto sin propiedad, nada inquisitivo, educado, que lo hizo todo más difícil. Ojalá hubiera sido maleducada o posesiva porque hubiera sido más fácil justificar el castillo de fuegos artificiales que tenía en la cabeza, el pecho y el estómago. Sentimientos encontrados luchando los unos contra los otros para imponerse. Juntos, tan bellos los dos, tan elegantes, con una complicidad construida en años de compartir vida… Me sentí tonta y ridícula. Mi cabeza, rápida para proponerme líneas argumentales en las que siempre pasa lo peor, me dijo que probablemente quería decirme que mejor dejábamos lo de cenar juntos para Madrid o que había recibido una visita sorpresa y lo sentía, pero era importante para él.

Que se habían reconciliado.

Que aquel gesto por parte de su exmujer le había ablandado de nuevo el corazón.

Que nunca podría ver a nadie si ella estaba cerca.

Que…, que…

Le dije como pude, desde lejos, que me iba y, sin esperar respuesta, salí de la sala, bajé las escaleras alfombradas y me precipité al atardecer parisino buscando a bocanadas una brisa que me quitase de encima la vergüenza. Acababa de dar dos pasos en la acera cuando Darío me alcanzó, tomándome del brazo.

—Elsa… —jadeó.

Me giré, más avergonzada aún de que me hubiera dado caza y, sin saber qué decir, solté:

—Hola.

«¿Hola? Elsa, ¿eres estúpida?».

—¿Me has hecho correr en traje detrás de ti? —Sonrió.

—Eso parece.

—¿Por qué te vas? ¿Y…? ¿Y… la cena? ¿Te lo has pensado mejor? ¿No quieres? Quizá te viste obligada a decirme que sí. Discúlpame, pero en nuestros correos yo entendí que la situación volvía a…

—Para —le pedí. Sentí que no me llegaba el aire a los pulmones, al menos no del todo, solo un hilito—. Está ahí dentro tu exmujer.

—Sí —asintió—. ¿Y qué?

Eso me desarmó.

—Hombre…, pues que…

—Que te has construido tu propia historia en la cabeza. Vale. —Se mordió el labio inferior con una sonrisa algo amarga y miró a su alrededor—. Voy a tardar cinco o diez minutos, pero no quiero que estés aquí parada esperándome y tampoco, sobre todo tampoco, que te vayas a casa pensando cosas raras. Tenemos mesa reservada a las nueve en punto en un restaurante que está a cinco minutos de aquí. ¿Te parece si buscas una terraza donde tomar algo mientras me despido?

Tragué saliva. En mi vida me había visto, lamentablemente, en algunas situaciones con una ex o una novia en escena y no siempre había tomado las mejores decisiones. Por miedo, quizá. Por inseguridad. Por sentir que, en el fondo, el otro era mejor de lo que era o que yo, vete tú a saber por qué, no merecía más. Después de todo, me daba terror repetir patrones. Había ido a París, ¿a qué? Quizá a aprender un poco de Valentina.

—Darío, si entrar ahí de nuevo va a removerte, si vas a estar sentado frente a mí en la cena pensando en otra cosa, si sigue vigente todo lo que me dijiste en Madrid y yo voy a hacer el ridículo esperándote en una terraza veinte o treinta minutos para que vuelvas por cumplir con tu palabra cuando lo que realmente te apetece es irte con ella…, dame un beso en la mejilla y déjame que me vaya a casa.

Frunció el ceño despacio, casi a cámara lenta, analizando mis palabras mientras su gesto se contraía. Negó con la cabeza después de unos segundos eternos que, no sé por qué, me parecieron ya entonces tan importantes.

—Mándame la ubicación en cuanto estés sentada y pídeme un vino tinto. Estaré allí enseguida. Y hablaremos.

La que torció el gesto entonces fui yo. No sé por qué. Supongo que para mí las palabras ya no significan mucho en ciertas situaciones.

—Ve —me animó—. Y no te voy a besar en la mejilla, porque esa cabeza tuya turbia pero fascinante se montará una película con dobles sentidos y te irás a casa.

Me cogió la mano, besó mis nudillos y se volvió hacia el edificio, no sin girarse antes de entrar y recordarme:

—Mándame la ubicación a WhatsApp en cuanto estés sentada. Estaré allí en un suspiro. Te lo prometo.

«Te lo prometo». ¿Significan algo en realidad las promesas? Nadie nunca prometió tanto como ÉL y jamás cumplió ni una de sus palabras.

46

La casa de los amores imposibles
Cristina López Barrio

Él.

Cuando aquella noche me eché a llorar en mi cama con la sospecha de que ninguna de las vidas que imaginase junto a él se harían realidad, no estaba tan equivocada. Y digo que no estaba tan equivocada porque aún me faltaba mucho que cavar para llegar al fondo, muy hondo, que debía tocar. Él tenía que volver de su viaje, claro está. El trabajo lo ataba a Madrid y, hasta donde sabía, yo también. Seguíamos con nuestra «correspondencia» de mensajes con una periodicidad desigual que me martirizaba hasta la agonía, pero también me mantenía con vida. Porque él era capaz de hacerme daño y hacerme volar casi con la misma frase.

Llegó enero. Y con enero cayó la mayor nevada que se recordaba en la capital. Yo, niña de provincias, como llaman aquí a cualquiera que no sea de Madrid, no había visto nada igual en mi vida. Al otro lado de las ventanas la nieve caía sin descanso en copos enormes, gigantescos, que no se disolvían en el suelo, como estábamos acostumbrados. En cosa de dos horas no se veían las aceras, los coches esperaban sepultados bajo la nieve y todos corrían a sus casas a guarecerse de la borrasca Filomena.

Por primera vez en mucho tiempo me sentí débil, allí sola, terminando una de las novelas de Valentina, a pesar de estar contenta por poner punto final dentro del plazo y con tiempo de revisarla antes de entregar. Por delante se extendía un fin de semana incierto, metida en casa sola con mis gatos, viendo nevar.

Le mandé un mensaje con una foto de mi calle, donde dos vecinos aprovecharon que amainó un poco para ponerse a esquiar. La realidad superaba a la ficción aquella noche. ÉL respondió no recuerdo qué, pero por aquel entonces sé que andábamos un poco torpes de tanto no vernos. Deseé con dolor que estuviera allí conmigo para despertarme con mi calle blanca, el cielo blanco, las aceras blancas y mis sábanas blancas resguardándole a ÉL. Pero ÉL estaba aún muy lejos. Me dijo que volvería en breve y yo supe que necesitaba verlo. Fin a la tregua de distancia. Me estaba matando; me aterraba que eso lo alejase de mí en lugar de ayudarlo a aclarar las ideas.

Aún quedaba nieve en las aceras cuando, con unos cuantos vinos de más, en un día que tendría que haber invertido en pensar en mí y en cuidarme, le escribí desde El Amor Hermoso para que viniera a brindar por el nuevo año. Me respondió enseguida que no sabía si podría, pero que iba a intentarlo.

Estaba fumando en la puerta cuando se me plantó delante. Sentí que el suelo se hundía bajo mis pies y que todos mis sentidos despertaban de golpe. ÉL, frente a mí, me miraba como se mira algo que has estado buscando durante mucho tiempo y que por fin encuentras. Ni siquiera supimos qué decirnos y, como siempre, yo rompí el hielo lanzándome a sus brazos. Lo abracé fuerte, un poco bebida, y le dije que iba demasiado poco abrigado para el frío que hacía. Después, al mirarnos desde tan cerca, ya nada importaba. Ni el frío ni que ÉL odiase el tabaco ni que yo tuviera una leve marca morada en los labios, resultado de las copas de vino tinto que me había bebido en uno de los peores días de aquel año que empezaba y que ÉL acababa de arreglar con solo aparecer.

En el bar estaban unos amigos, los dueños, y una chica a la que acababa de conocer y que ahora ya puedo decir que es mi colega, de tanto brindar y contarnos las penas. Nos sentamos a una de las mesas con Juan y nuestra amiga Laura y empezamos a hablar entre nosotros para ponernos al día. Hacía cuatro meses que no nos veíamos. Cuatro meses es mucho tiempo cuando te quieres tanto. Parecía que nos habíamos reencontrado tras una guerra.

Cuando quise darme cuenta, mi pierna derecha colgaba entre las suyas, nuestras sillas no podían estar más cerca, mis amigos se habían cambiado de mesa y nosotros dos nos abrazábamos, oliéndonos, recuperando el tacto del otro a pesar de la ropa. No parecía que le importase toda aquella gente a nuestro alrededor y lo tomé como un buen augurio. Estaba bronceado y guapo. Tan guapo..., aún guardo, escondida, una foto de aquella noche. Debería haberla borrado, pero se la mandé a una amiga y allí la encuentro siempre que quiero volver a verlo.

Le pedí un beso y ÉL me lo dio sin tener que insistir. Luego se quejó con una sonrisa de que siempre le hacía lo mismo, de que no podía negarme nada. Le pedí otro beso, uno de verdad, y nos fundimos en el mejor beso que nunca nadie me había dado en ese bar. Y alguno me han dado... Voy mucho.

Nos hicimos uno de tanto apretar brazos y piernas, de tanto enredarnos rodeados de gente, pero solos. Y allí, allí mismo, justo después de que le sirvieran la segunda cerveza, me miró y me dijo:

—No vuelvas a hacerme esto. No te alejes nunca más. No puedo vivir sin ti, Elsa. No puedo vivir sin ti.

Se fue un rato después. Si no recuerdo mal, era martes. Al día siguiente tenía que trabajar y entrenar y hacer todas esas cosas importantes que siempre me parecieron más importantes que yo. Nos despedimos con un beso en la esquina y hablamos sobre comer juntos aquel fin de semana. Quería prestarle unos libros. En realidad quería darle hasta mi vida, pero la excusa fueron unos libros, como si necesitaras una excusa para verte con alguien que acaba de decirte que no puede vivir sin ti. ¿Cómo no me lo imaginé?

Quedamos para comer en un restaurante de la calle del Almirante. Ya no hacía tanto frío, o yo ya no lo sentía si ÉL estaba en Madrid. ÉL escogió la comida y yo la bebida. Brindamos, riéndonos, a gusto. Coqueteamos con la sutileza de dos amantes que hace tiempo que no se ven y dudan del deseo del otro. Le di los libros, le expliqué por qué se los prestaba, por qué tenía que leerlos. Después hablamos de política, creo. Yo nunca hablo de política, pero con ÉL me sentía libre de hablar de todo. ÉL me dijo que yo era la mujer más inteligente que había conocido en su vida.

Paseamos por Chueca hasta la fachada de un edificio que era importante para ambos porque, de alguna manera, simbolizaba lo que nos unió. Nos hicimos una foto, malísima, que todavía guardo. O es posible que la borrara hace poco. A veces no sé muy bien si es mejor eliminar los recuerdos o dejarlos ahí, en su sitio, para que hagan callo y dejen de doler. Por aquel entonces yo aún creía que ÉL me dolía. Ahora ya sé que me dolía yo, de tanto daño.

No puedo decir qué me hizo saberlo. No puedo explicar de dónde me vino la certeza. Solo sé que, después de un comentario bastante azaroso por su parte, me paré en la calle y le pregunté si seguía con su novia. ¿En qué momento yo había entendido que ÉL había roto su relación por mí? Me dijo que sí.

—¿Y estáis bien?
—Sorprendentemente sí.

Tragué saliva.

—¿Va a venir a vivir contigo? —seguí preguntándole.
—Sí.

Cogí aire, porque pensé que me moría y lo solté.

—¿Te has casado?

Y cuando dijo que sí, quien se vino abajo fue ÉL. ÉL.

Pasé los siguientes cuarenta minutos sentada a su lado en una terraza, escuchándole llorar (no sé si lloraba de verdad). Me decía que se había jodido la vida, que no me alejase, que qué iba a hacer sin mí, que solo era un papel, que nada había cambiado entre nosotros, que había hecho lo que era mejor para todos. Se había casado con ELLA. Sin decirme nada. Sin un sucio mensaje que dijera: «Elsa, deja de esperarme, no me quieras, he decidido que la quiero más a ella». Se había casado vestido con unos vaqueros, me dijo, precipitadamente. Se lo reproché, fría, mucho más tranquila de lo que me esperaba. Fue como si le estuviera pasando a otra persona, como si lo viese desde fuera, como si no me lo pudiera creer.

—Era tan fácil como decirme que no me querías —le solté.

—Es que yo te quiero. Eres la mujer de mi vida. Me he convertido en un infeliz para que tú no lo seas.

Nunca entendí aquel argumento, pero lo repitió muchísimo. Lo repitió incluso días después. Meses después. Y aquella tarde, cuando se hizo de noche y lo acompañé (por qué, no lo sé) a su portal, en la oscuridad de aquel espacio donde tantas veces habíamos estado juntos, me envolvió en sus brazos, me besó con desesperación, balbuceó disculpas que no significaban nada para mí y me exigió que lo perdonase con una voz que era medio sollozo medio culpa. Le dije que no iba a perdonarlo aún, que no podía pedírmelo.

—¿Eres consciente de que me has roto el corazón?

—Te hubiera hecho más daño si estuviéramos juntos. No sé querer. Estoy roto.

Leyendo esto es muy posible que pienses que…, bueno, un desamor más en la vida. Un desamor de los que duelen mucho cuando llegan, pero que cuando sanan nos hacen más fuertes, pero no, no fue así. A mí me habían pasado cosas en la vida. Siendo muy jovencita me crucé con un sinvergüenza que pudo haberme destrozado. Me había divorciado del que durante mucho tiempo pensé que era el amor de mi vida. Había pasado algún apuro económico cuando decidí venirme a Madrid. Había estudiado un máster, becada por la universidad, teniendo que estar en un despacho todas las mañanas de lunes a viernes para organizar el calendario docente, mientras daba clases particulares en cualquier rato libre que me dejaran los estudios. Había sufrido pérdidas. No me habían faltado tristezas. Pero nunca, jamás, pensé que me iba a morir.

Cogí un taxi y llamé a Carlota que, durante el trayecto, intentó tranquilizarme. Me bajé en la esquina de casa de Juan, donde en ese momento convivía con su expareja. Quiso la casualidad que vinieran de aparcar el coche en el garaje. Fueron ellos los que me recogieron del suelo porque sentía que no podía ni andar.

Aquella noche, al acostarme, pensé, por primera vez en mi vida, que si al día siguiente no me despertaba sería una suerte. Me desperté, claro. Esa mañana y todas las demás, porque, aunque nunca en la vida había estado más triste ni más rota ni me había sentido tan poco valiosa…, seguía creyendo a pies juntillas en la frase con la que mi madre me cura todas las penas:

—Con el tiempo volverás a reír.

Y volví a reír. Claro. Pero bajo el brazo llevé siempre el regalo que me hizo ÉL: la pena de saber que amar no sirve para nada. La pena de saber que por su culpa vivir me costaba más.

47
La princesa prometida
William Goldman

La única terraza que encontré por allí fue la de un restaurante libanés, pero dejaron que me sentase a pesar de que avisé de que no iba a comer nada, que solo quería un vino.

—*Maybe two... or one bottle* —dije en mi horrible inglés.

Me daba vergüenza pedir su copa de tinto y que nunca llegase y también mandarle la ubicación por WhatsApp, pero cuando me sirvieron el vino blanco, agarré el móvil con decisión y lo hice. Después me acomodé a esperar el plantón. Piernas cruzadas, pitillo encendido cerca de los labios, copa de vino frente a mí. Mandé un mensaje a Juan:

Elsa
Estaba su exmujer en el recital. Increíblemente guapa y elegante. Se ha quedado «despidiéndose de ella» y yo estoy tomando un vino «esperándole».
Se avecina un «plantón histórico».

Contestó enseguida.

Juan
Deja de ponerle comillas a todo.

> Cuando hablas así de otras mujeres siempre me parece que consideras que tú no eres nada de esas cosas. A ver si te crees que ligas con hombres por tu intelecto, payasa.
>
> Eres lista, no me malinterpretes. Pero no tanto.

Iba a contestarle que era un imbécil cuando alguien se sentó a mi lado.

—¿No te parece genial esta costumbre francesa de sentarse al lado del acompañante y no enfrente?

Darío se estaba quitando la americana con una sonrisa socarrona que parecía decir: «Mira, contra todo pronóstico, he venido».

—Me parece fascinante porque ¿cómo hablan entre ellos? —contesté fingiendo naturalidad, como si la adolescente que vivía dentro de mí no estuviera gritando y arrancándose pelos—. ¿No se miran a los ojos?

—Lo de mirarse a los ojos es una práctica en desuso.

Se levantó, dejó la americana en la silla que quedaba a mi lado, de la que emanaba un delicioso olor a perfume, y se acomodó en la de enfrente.

—¿Y eso? —lo interrogué, interesada—. ¿Por qué te cambias de sitio?

—No quiero ser culpable de que se pierdan las buenas costumbres. Puedes mirarme a los ojos tanto como quieras.

Lo insulté flojito, en voz baja, y él ensanchó su sonrisa.

—No me has pedido el vino, ¿verdad? —me consultó.

—No, no lo he pedido.

—Porque temías que no viniera.

—No temía nada. —Me erguí.

—Una mujer aguerrida que solo «se guardaba las espaldas».

—Por si acaso.

—¿Por si acaso me reconciliaba en cinco minutos con la mujer que me dijo que ya no me quería y que no le apetecía acostarse conmigo?

¿A quién en su sano juicio podía no apetecerle acostarse con él? Era superatractivo, diestro en la cama, nada egoísta, besaba de miedo, olía superbién y después era tierno.

—Por tu expresión parece que no me crees.

—No la creo a ella. —Me reí.

Llamó al camarero con un gesto y pidió su copa en un pulcro francés. No entendí ni palabra.

—Vamos a cenar en un sitio que te va a gustar —me anunció después de aclararse la garganta con un carraspeo.

—Genial. ¿Qué tal con tu exmujer?

Lanzó una carcajada.

—Bien —asintió planchándose los pantalones con la mano y concentrándose después en desabrochar otro botón de la camisa—. Mejor de lo que pensaba. Yo no quería verla.

—¿Y eso?

—Porque podía echar a perder los esfuerzos de los últimos meses por asumir la ruptura. Lo normal.

—Lo normal —asentí con poco convencimiento—. Lo normal cuando aún estás enamorado.

Suspiró y dio las gracias al camarero que apareció con su copa de vino y un cenicero para mí. Darío me robó en un movimiento diestro el pitillo y le dio una calada.

—Pensaba que no fumabas, pero es la segunda vez que te veo con un cigarrillo entre los labios.

—¿Sí? —se extrañó.

—Sí. En mi despedida en Madrid aceptaste un cigarrillo de dos amigos míos.

—No fumo, pero me sirve para socializar.

Dio otra calada, echó el humo a un lado y me lo devolvió. En el centro de su labio inferior había quedado una pequeña mancha de mi carmín.

—Tienes pintalabios —le señalé—. Del pitillo.

—¿Dónde? Quítamelo.

Qué hábil este Darío… Le pasé con cuidado el dedo pulgar para eliminar la mancha y, aunque no hizo nada mientras tanto, aquello me pareció sexi e íntimo. Me puse nerviosa.

—Ya está.

—Gracias. Y… ¿qué tal? ¿Te ha gustado el recital?

—Mucho. Nunca había escuchado a un tenor en directo.

—Jon tiene una voz espectacular. Podría haber llegado muy lejos.

—¿Podría?

—Sí. Pero es perezoso, como muchos hijos de grandes fortunas. No todos, eh.

—Mírate a ti.

—¿A mí? —Se rio—. Yo soy hijo de pequeños burgueses. Cuéntame —pidió cambiando de tema—, ¿qué tal París? ¿Te está dando lo que buscabas?

—Creo que no sé qué buscaba.

—Eso es aún mejor. Así es difícil que la experiencia te decepcione.

—No sé. La verdad es que me decepciono yo sola.

—¿Y eso?

—Elegí París porque la protagonista de mis libros fue muy feliz aquí. Supongo que me resistía a pensar que ella pudiera serlo y yo no.

—No es un argumento muy sólido. A tu protagonista la inventaste tú. No sé cómo funciona eso exactamente, pero me imagino que un autor vuelca en sus personajes mucho de quién es y otro mucho de quién quiere ser.

—Y mucha ficción.

—Es imposible superar a alguien que no existe. —Dio un sorbo al vino y no pareció gustarle, porque arrugó el labio.

—Me sentía más cómoda hablando sobre cómo ha ido tu encuentro con tu exmujer.

Lanzó un par de carcajadas más.

—¿Qué te parece si hablamos un poco de trivialidades, me cuentas cosas que has hecho aquí, yo te hablo un poco de lo que está pasando por Madrid y esperamos a la cena para sincerarnos a ese nivel?

Me parecía bien. Más que bien. Así, quizá, se me pasarían esos nervios tontos en la boca del estómago que no eran mariposas. O, mejor dicho, que no quería que fueran mariposas.

Charlamos de París, de sus precios desorbitados, de la visita de Juan, de su próximo viaje junto a Carlota y lo salpiqué con algunas anécdotas sobre ellos dos, porque todos tenemos amigos que serían mejores personajes de ficción que creados con ese propósito.

Darío me contó que Rocío era muy silenciosa, que apenas la escuchaba, que a veces se encontraban en el portal y que era muy amable. No repitió lo de que era guapa porque eso ya lo sé yo y cualquiera que tenga ojos. Además, los dos sabíamos que en ese contexto me hubiera hecho sentir tontamente fea. También me explicó que estaba a punto de terminar la banda sonora en la que trabajaba y, cuando quisimos darnos cuenta, llegó la hora de ir hacia el restaurante.

Substance era un local oscuro, no muy grande, con una barra en la que podías ver trabajar al chef y al resto del equipo de cocina con pulcritud. Tenía una mención de la Guía Michelin y había sido elegido como uno de los mejores restaurantes de la capital francesa por los usuarios de TripAdvisor. También parecía caro. Uno de esos sitios a los que llevas a alguien a quien quieres impresionar, aunque a mí no se me impresiona con lujos. Eso ya lo intentó ÉL con un éxito bastante mediocre. A estas alturas de mi vida creo que lo único que consigue maravillarme es la buena gestión de la ternura; es lo más difícil de conseguir.

Nos sentaron a una pequeña mesa junto a la ventana, pero tanto daba porque a la altura de nuestras cabezas, ya acomodados, estaba cubierta por una cortina opaca y aterciopelada de color azul medianoche. El camarero nos informó de cosas que no entendí, pero que Darío se apresuró a compartir conmigo.

El menú que habíamos escogido en la reserva constaba de siete servicios y maridaje de vinos y quería saber si teníamos alguna intolerancia o alergia alimentaria. Me callé lo de mi intolerancia a la lactosa porque llevaba una pastilla de lactasa en el bolso, que me apresuré a masticar en cuanto Darío se marchó un segundo al baño. Al volver, con aquel pantalón negro tan bien cosido y la camisa blanca, que cualquiera que haya leído mis libros sabe que es para mí un arma de destrucción masiva en la seducción, me pareció más guapo e inaccesible que nunca, a pesar de haber estado ya algunas veces al alcance de mis labios.

—Estás guapo —le confesé bajando la mirada a la servilleta de mi regazo.

—Gracias, tú también. París te sienta bien.

—Yo diría que los cruasanes no le han sentado muy bien a mi línea. Para abrocharme la falda he tenido que sufrir un poquito.

—No seas tonta. —Se rio—. ¿Realmente te preocupan esas cosas?

—Un poco —asumí—. Es difícil que no lo hagan. Hace mucho que las mujeres rubenescas dejamos de estar de moda.

—¿Y te interesan las modas?

—Admiro el sector de la moda. Para mí es otra forma de arte.

—Esa es otra acepción de la palabra, pero entiendo lo que quieres decir. Entonces ¿estoy guapo?

—No te regodees.

—No me regodeo. Hacía mucho que una mujer que no es mi madre no me decía algo así.

—Te lo deben decir con los ojos muchas, pero tú no sabes entender esas miradas.

—Puede. ¿Son como la que me estás echando tú?

—La que te estoy echando yo es más bien «a ver cómo duermo después de una cena de siete platos».

El sumiller se acercó a servirnos el primer vino y se deshizo en explicaciones que solo atendía Darío, que asentía con la copa en la mano. Sentí que estaba metida en una escena de alguna de mis novelas, hasta que nos quedamos solos de nuevo, le pregunté por el vino y me dijo:

—Me ha contado cosas aburridas de la uva y el proceso de maceración. Bebamos a ver si nos gusta; lo demás no importa.

Estaba increíble. Como él.

—Entonces... —suspiró dejando la copa sobre el mantel blanco—, vino a verte ese amigo tuyo que se comporta como más que un amigo, ¿no? Al menos eso entendí de algún párrafo encriptado de tus mails.

—Sí. Aunque no sabría decirte si realmente se comporta como más que un amigo.

—¿Te besa y te toca?

—Hum..., alguna vez lo ha hecho en el pasado —mentí un poquito con aquella imprecisión temporal.

—Entonces no es un amigo a secas.

—Es un amante. Un examante.

—¿Su visita fue decepcionante?

—En realidad, no. Fue como ha sido nuestra relación en el último año y algo…, un «queremos, pero no podemos» que lo envuelve todo. Ni siquiera sé si aún queremos.

—¿Entonces?

—Hay relaciones que se quedan atrapadas en una inercia determinada.

—Y personas que siempre te atraerán.

—¿Tú te sientes atraído aún por tu exmujer?

—Fíjate…, pensaba que sí. Pero al verla en un primer momento solo he sentido incomodidad.

—¿Incomodidad? —Me sorprendí—. Eso es triste. ¿Cuánto tiempo estuvisteis juntos?

—Unos nueve años. Un poco más. Pero ya sabes lo que pasa en las parejas que dejan de funcionar poco a poco.

—¿Qué pasa con ellas?

—Que han dejado de desearse hace mucho tiempo.

—Es normal que el deseo evolucione.

—Claro. De esa sensación de estar en un restaurante con ella —dijo bajando el tono de voz— y desear llevártela al baño inmediatamente, con los años se llega a un deseo mucho más calmado. Algo que se parece más a necesitar su tacto, porque la piel también es amor.

Cogí mi copa y bebí un traguito. No sabía qué decir, pero Darío esperaba contestación.

—Muy visual —sentencié.

—Es un piropo viniendo de una escritora. Gracias.

—Entonces, al verla, ¿solo incomodidad?

—No. Incomodidad porque no la invité yo. Se lo dijo Jon creyendo que estábamos aún en esa fase en la que es posible una reconciliación. Incomodidad por si ella tenía una idea parecida y esperaba algo de mí. Después pena, claro. Son muchos años y uno siempre añora haber estado enamorado. Los buenos momentos son mentirosos; tienen la capacidad de hacernos olvidar que la maquinaria ya dejó de funcionar.

Asentí. Cualquiera que haya roto con una pareja a la que quiso mucho entendería de qué estaba hablando.

—También he sentido alivio.

Antes de que pudiera decir más, llegó el primer plato. Ambos escuchamos la explicación, yo intentando cazar alguna palabra conocida sin éxito, él asintiendo en silencio. Cuando se fue el camarero, repitió la dinámica del vino.

—Comamos. Todo de un bocado para que la mezcla de sabores funcione mejor.

Recogimos con la cuchara todo el contenido del plato, pequeñito, bonito y lo llevamos a la boca. Los sabores marinos, suaves, se fundieron como uno solo en el paladar. Un bocado perfecto. Puse los ojos en blanco.

—No quiero saber qué era —dije—. Espectacular.

Asintió relamiéndose.

—Me encanta este sitio —suspiró.

—Decías que sentiste alivio.

—Ah, el perro de presa. Lo echaba de menos. —Se pasó la servilleta por los labios y la volvió a colocar después en su regazo—. Sí. Sentí alivio de que no se me acelerara el corazón ni de sentir hormigueo...

—¿Hormigueo es tu manera de decir mariposas en el estómago?

—No. —Se rio—. Es como cuando... cuando ves a alguien a quien deseas abrazar. Ese hormigueo en las manos, en el nacimiento del pelo..., que se calma piel con piel o con la respiración en el cuello del otro.

—Sí que eres un romántico.

—¿Es ese hormigueo amor? —me preguntó interesado.

—Creo que el amor es un concepto muy complicado. Escribo sobre él y aún no sé muy bien qué es.

—¿Qué es para ti?

—Supongo que una mezcla de atracción, admiración, ternura, confianza, compañerismo y diversión.

—¿En qué porcentaje?

—Ni idea. —Sonreí—. No soy una gurú.

—Lo parece cuando uno te lee.

—No sé si me parece bien que me hayas leído.

—Sí, sí que te parece bien —decidió—. Y, entonces ¿cómo se manifiesta el amor?

—Supongo que es una pasión que no se esfuma después del orgasmo. Todo lo que dice esa persona te interesa. Pierdes la noción del tiempo a su lado; todo te sabe a poco. Y te abres, no temes mostrarte como eres. Haces planes...

—Pero ¿eso no sería aplicable a cuando te gusta mucho alguien?

—A lo mejor la diferencia entre que te guste alguien y enamorarte está solo en sostenerlo en el tiempo.

—Qué poco romántica.

—A ver, ¿cómo se manifiesta el amor para ti?

—Pues es una sensación similar a estar borracho: te atonta, te sincera, te excita, te pone a soñar. El corazón se acelera. Su olor te calma. Recorrer su espalda con los dedos es el mejor plan que nadie puede ofrecerte. Éxito o fracaso dejan de importar. Haces hogar en otra persona a la que abres el pecho para que se sienta igual contigo. Necesitas que su espacio y el tuyo tengan un perímetro común. Te vuelves ñoño. Te dan ganas de decir cosas cursis y entiendes por qué la gente a tu alrededor hace tonterías por otras personas. El mejor tiempo invertido es el que se emplea en algo que haga totalmente feliz a la pareja que se entrega.

—Tiempo de calidad.

—Sin tiempo de calidad no hay amor. Hay convivencia. Dos vidas que conviven. Eso no es amor.

Suspiré y quise añadir algo más.

—No sé si he sentido el amor tal y como tú lo describes.

—No es tan diferente a lo que has definido. Lo que pasa es que yo soy menos práctico que tú.

—O te han hecho menos daño.

—O me han hecho menos daño —asintió ceñudo.

Un silencio nos sobrevoló y quise cazarlo y arrancarle las alas.

—Decía Baudelaire que el amor es el anhelo de salir de uno mismo —le dije.

—Y Leonard Cohen decía que el amor no tiene cura, pero es la única cura de todos los males.

Se llevaron los platos vacíos y nosotros no callamos.

—Estoy en un hotel precioso. —Miró el mantel y lo acarició distraído.

—¿Sí?

—Sí, en la plaza de los Vosgos. Es donde vivió Victor Hugo. Creo que es la plaza más antigua de París. Me han dado una habitación tan ostentosa que me da vergüenza pensar en lo que habrá pagado Jon por ella.

—Pensaba que te había invitado la embajada.

—Sí, pero, a ver…, el pianista con el que iba a hacer el recital lo dejó tirado y me lo dijo en el último momento. Somos buenos amigos. El hotel que proponía la embajada era mucho menos lujoso, claro, y no le parecía suficiente. Es un loco maravilloso.

—¿Tienes bañera?

—Bañera, ducha, una cama con dosel, un mueble bar con cualquier bebida que te imagines y una pequeña cocina escondida detrás de un armario. Es increíble, pero un poco triste para disfrutarla solo.

Nos miramos, callados, y me mordí el labio.

—Di —me invitó.

—¿Que diga qué?

—Lo que ibas a decir antes de que los dientes atraparan tu labio y te obligasen a callar —se burló.

—No iba a decir nada.

—Te conozco…, bíblicamente además.

—¿Sabes lo que dice un amigo mío sobre el antiguo amante que saca a colación sus escarceos en una charla con el otro?

—¿Qué dice?

—Que lo hace porque alberga la esperanza de repetir.

—Ah, ¿sí? —jugueteó.

—Eso dice.

—El vino lo dirá. *In vino veritas.*

—*In aqua sanitas.*

Lanzó una carcajada antes de responder:

—Pedante.

Los platos, todos exquisitamente decorados, desfilaron sobre nuestra mesa en un arcoíris de sabores que fue subiendo en intensidad. Foie, vieiras, bacalao, carne de wagyu, anguila, verduras en preparaciones increíbles y unos postres que daban ganas de guardar en una vitrina para conservarlos para siempre. Una cena espectacular acompañada siempre del vino perfecto, en poca cantidad cada copa, menos mal, pero la suficiente como para encontrar ciertas verdades en el fondo vacío del cristal fino.

Yo quería ver su habitación.

Él quería que la viera.

Ninguno de los dos sabía si era buena idea.

Nos gustábamos. No sabíamos cuánto. No sabíamos cómo.

Y todo eso lo supe sin necesidad de hablarlo.

Salimos del restaurante sobre las once de la noche. Podríamos haber echado a andar por la avenida Pierre I de Serbia hasta los jardines del Trocadero, que era en dirección a mi piso, pero probablemente no era el tipo de quedada en la que te acompañan a casa, se despiden con un abrazo y cogen el primer taxi libre que ven cruzar la calle. Bajamos en dirección al Sena, pasando de largo el Museo Yves Saint Laurent hasta el puente del Alma y seguimos caminando en paralelo al río hacia el puente de Alejandro III, charlando sobre el restaurante y la vida nocturna de París, que yo conocía más bien poco. Nos paramos junto al puente que de noche está precioso y ofrece una vista espectacular de la torre Eiffel cubierta de luces. A pesar de ser junio hacía un poco de fresco y, mientras mirábamos el horizonte interminable de París, Darío me envolvió con su brazo derecho, frotándome para hacerme entrar en calor. Iba a preguntarle si tenía cara de frío, cuando lo encontré mirándome.

—¿Qué?
—Nada —respondió.
—No, dime.
—No iba a decir nada. Solo que...

Se acercó muy despacio a mi boca y yo incliné la cabeza hacia atrás para facilitar el beso, que fue dulce, inocente, muy breve. Cuando separó su boca de la mía, apartó algunos mechones que la brisa había sacado de mi moño bajo y sonrió.

—Quiero que vengas conmigo —murmuró.
—¿Adónde?
—Pues con todo el vino que he bebido, yo, que no estoy acostumbrado, ahora mismo te diría alguna sandez como «adonde quieras seguirme», pero seré sincero y te diré que estaba pensando en mi hotel.

—Solo me has dado un beso —jugueteé—. Y me has invitado a una cena cara. No soy de esas.

Sonrió y me envolvió las caderas con sus manos de pianista.

—¿Me creerías si te digo que solo quiero dormir contigo?

—No —negué con la cabeza.

—¿Por qué?

—Porque sería la primera vez. Y porque ya hemos estado los dos tumbados en una cama y no fue, precisamente, para dormir.

—La última noche…

—Ay, no… —Apoyé la frente en su hombro y me giré hacia la torre Eiffel—. No saques eso ahora. Estaba siendo perfecto.

Se acercó a mi oído para susurrar.

—Te voy a contar un secreto, Elsa: las mejores cosas de la vida nunca son perfectas, solo son.

Me enderecé de nuevo para mirarlo. No sonreía ni dejaba de hacerlo; tenía una expresión plácida.

—La última noche quería dormir contigo, pero no entendía por qué. La imagen de despertarme acurrucado junto a alguien…

—Junto a alguien —repetí con cierto disgusto—. Yo no soy «alguien». Soy Elsa.

—Quiero dormir contigo, Elsa.

—¿Por qué? Tengo apnea del sueño. No ronco, pero parece que estoy sufriendo los estertores de la muerte. No es bonito.

—Quiero saber cómo te levantas de despeinada, a qué huele tu almohada y si das patadas o te enroscas como un gatito. Quiero…

—Las razones por las que no dormí contigo la última noche en Madrid siguen ahí.

—Siguen ahí, pero yo ya he comprobado que mi monstruo en realidad solo era un recuerdo y la sensación de fracaso.

—Explícame eso.

—Siendo justo, desde que he pisado París esta mañana me ha dado más miedo que decidieras no venir que encontrarme a Geraldine. Los monstruos de debajo de mi cama son solo sombras de cosas que ya no están y que no echaré de menos.

Miré a mi alrededor. Si algo había aprendido en los últimos tres años era que las palabras son solo palabras, a pesar de ser mi bien más preciado, mi forma de masticar la realidad, mi refugio, mi manera de entender el mundo y de construir mis sueños. Esa enseñanza me había dejado un terror indefinido que surgía y rugía cuando alguien se acercaba demasiado. Sin embargo, había aprendido otra cosa. Y la había aprendido ya no de mis propios errores, sino de los de Valentina en las primeras entregas de la saga, cuando ella aún no era tan segura: cuando todo termina, de lo único que te arrepientes es de todas esas emociones que no viviste por miedo. Y de las decisiones que tomaste por orgullo.

—¿Paseamos? —le propuse.

—Hay una hora de paseo desde aquí al hotel.

—¿Tienes prisa? Si no vas a tocarme…, paseemos. Ya decidiré si quiero comprobar si eres o no un hombre de palabra.

Creo que los dos sabíamos ya que aquella noche compartiríamos sábanas.

Cincuenta minutos tardamos en llegar a la plaza de los Vosgos, que ya conocía, claro. Llevaba más de un mes viviendo allí y fácilmente podría haber tomado café en terrazas de todas las zonas significativas de la ciudad. A esas horas, tan tarde, no había un alma por la calle y la plaza parecía dormida, solamente iluminada por las farolas del parque que se encontraba en el centro y la luz de los soportales de los edificios que la rodeaban.

Darío no me preguntó y yo tampoco confirmé. Me cogió la mano, con la otra pulsó un código numérico en un teclado que había junto a la puerta y esta se abrió. La recepción era diminuta: unas mesas redondas y unas sillas, un mueble pesado tipo aparador y, torciendo a la izquierda, otro mueble que hacía las veces de mostrador colocado junto al ascensor. Allí nos recibió una amable chica con ojos despiertos que nos dio las buenas noches discretamente cuando subimos la escalera enmoquetada hasta el primer piso.

Su habitación era la del fondo, aunque me informó de que solo había tres por planta. Era un hotel pequeñito, construido en un edificio del siglo XVI que mantenía la estructura original y que había sido reacondicionado en una mezcla que hacía convivir el pasado y el presente. La luz de la suite era tenue. Unos cuarenta o cincuenta metros cuadrados que abarcaban la zona de la cama, una sala de estar, una mesa redonda con dos sillas y el baño. La cama, en el centro, se cerraba al resto de la estancia con un dosel y todos los rincones estaban cuidadosamente decorados, aunque algunas tallas en madera de figuras religiosas tenían un aspecto siniestro con aquella iluminación. El baño era oscuro, pero una bañera, probablemente de latón y con patas, dominaba el espacio. La ducha, por un lado; el váter, por otro. Mientras yo inspeccionaba la habitación, Darío había dejado la americana en el respaldo de una silla, se había arremangado la camisa y estaba sirviendo dos copas.

—No tengo hielo. ¿Quieres que pida que nos suban un poco?

—¿Para qué?

—Tienen whisky japonés.

—No te creo. —Salí del baño, donde me había retocado un poco el maquillaje que se me había corrido bajo los ojos y me había quitado el pintalabios.

Me enseñó la botella y yo reí por la casualidad. Era como si la noche hubiera sido diseñada a nuestra medida, para nosotros.

—Tendrás que prestarme una camiseta; no traje pijama —le dije, coqueta, aceptando el vaso chato con un dedo de licor.

—Yo tampoco uso pijama; estamos en igualdad de condiciones. —Brindamos y dimos un trago.

Me supo a fuego. Cuando las brasas se calmaron, un regusto ahumado me acarició el paladar. Estaba fuerte, pero sabroso. Darío depositó el vaso sobre la mesa y se alejó unos pasos, hacia el rincón en el que estaba su maleta, donde se desabrochó los cordones de los zapatos, que colocó en el suelo en una línea paralela impecable. Siguió quitándose prendas, despacio, y dejándolas en perfecto orden sobre el sofá de color rosa empolvado.

Yo me quité los zapatos y los dejé al lado de los suyos; no sé por qué, quizá por no desordenar su universo o tal vez porque los dos pares juntos creaban una imagen que prometía y que yo ansiaba. Elsa Benavides no podía negar que quería enamorarse.

Cuando me volví, Darío se estaba quitando el pantalón. Mierda. Qué bien hecho estaba. Aproveché cuando se giró para quitarme la faja de pantalón que solía llevar para que no me rozasen los muslos al andar y la doblé. No debería, pero me daba un poco de vergüenza porque el resto de mi ropa interior era siempre bastante cuidada, incluso sexi. No tenía que haberme escondido, pero las primeras veces son así. Seguimos creyendo que hemos de ser una mejor versión de nosotras mismas.

Cuando se giró hacia mí, estaba dejando la falda extendida para que no se arrugara. Me quité el jersey y lo doblé también. Nos miramos: yo con un bodi de encaje negro y él con un bóxer del mismo color. Podía resultar una imagen evocadora o prometedora, pero a nosotros nos dio la risa. Corrí a la cama, como si fuese una cría, y me metí debajo de las sábanas de hotel. No hay nada más suave que esa textura maravillosa ni placer más grande que mover los pies sobre ellas.

Darío se entretuvo soltando las cortinas del dosel hasta llegar al lado contrario al que estaba yo acostada, metiéndose con una elegancia que... caímos enamoradas yo y mis gónadas. Perdón.

—No vamos a hacer nada —le recordé, quizá para dejármelo claro a mí misma.

—Lo sé. Lo pone difícil tu lencería fina, pero lo prometido está escrito a fuego. Además..., para ayudar un poco a espantar la tentación, ninguno de los dos ha venido preparado, así que...

—¿A qué te refieres?

—A la profilaxis.

—Dios. —Me tapé con la almohada restante—. ¿No había una manera más aséptica de referirte a un condón?

Los dos nos echamos a reír y, acomodándose de lado, negó con la cabeza, pillo.

—No sabía cómo decirlo y no joder el momento.

—Pues déjame joderlo a mí: llevo uno en el bolso.

Levantó las cejas, sorprendido y sonriente.

—Tendré que ser un hombre de palabra, ya que tú eres una mujer tan preparada.

—¿Qué era lo peor que podía pasar? ¿Que volviera mañana al neceser donde lo guardaba en casa?

—Sabías que no iba a volver a ningún sitio.

—¿Y por qué no has traído tú si tan seguro estabas?

—¿Yo? Ay, Elsa... —suspiró con una gran sonrisa—. ¿Cuándo entenderéis que nos tenéis a vuestra merced?

—No me gusta ese plural.

—Pues lo siento, niña.

Me volví de espaldas y me acurruqué de manera que pudiera abrazarme y él no tardó en hacerlo. Acoplamos nuestros cuerpos perfectamente en la oscuridad total y Darío pasó el brazo bajo la almohada dejando su mano allí, abierta bocarriba. Le hice cosquillas con la yema del índice y él lo atrapó para tomar, después, toda la palma con sus dedos. Como la sensación de sumergir el cuerpo en una bañera llena de agua caliente perfumada; así fue abrazarnos de verdad por primera vez.

—Eres suave —susurré.

—Abrazarte me da placer.

Ambos suspiramos hondo. Era bastante posible que aquello se complicase pronto. Olía muy bien, estaba tibio, notaba su cuerpo firme rodeando el mío, me sentía segura, deseada. Sí. Enredamos las piernas para estar más juntos. Sí. Hicimos desaparecer cualquier milímetro cúbico de aire entre nosotros. Sí. Noté su erección. Sí. Notó mi respiración agitada.

Nos mecimos el uno contra el otro en una tentación demasiado fuerte como para no sucumbir a ella. La mano que le quedaba libre me acarició los pechos apretados bajo el encaje y decidimos que me quitaba el bodi y me quedaba solamente con las braguitas. Volvimos a la posición inicial. Más piel. Más de nuestro olor sobre las sábanas.

Olió mi pelo. Acarició mi piel. Me arqueé junto a su cuerpo. Besó mi hombro primero con inocencia y después un poco más húmedo, marcándome con sus dientes. Intenté volverme hacia él, pero me bloqueó el movimiento con su abrazo.

—No te vuelvas. Soy un hombre de palabra, pero tengo un límite.

—¿Cuál es el límite?

—Creo que eres tú.

Aflojó su brazo en torno a mí y me giré. Mi mano se quedó huérfana sin la suya, pero no tardamos nada en unirla a los dedos de su izquierda. Jugueteamos con nuestras manos como dos niños que descubren las luciérnagas.

—Mañana, cuando me levante, deja que te mire así, tumbada en la cama.

—¿Así? ¿Por qué?

—No sabes el poder que tienes. Quizá sea eso lo que me atrae tanto a ti.

Creo que no hay afrodisiaco más potente que sentirse deseada por alguien que te gusta. Es como si algo bloqueara los miedos, los complejos, las heridas y, de pronto, el deseo te hiciera sentir por fin cómoda en tu piel. Sin embargo, la experiencia me decía que era capaz de tomar malas decisiones en nombre de ese deseo. Bajo algunos estandartes nobles se esconden ciertos impulsos muy primarios, cierta necesidad de tapar el ruido, cierto vacío deseando ser llenado con cualquier trasto. Así que..., por primera vez, iba a hacer algo diferente e iba a quedarme con las ganas. A sabiendas de que podía coger lo que quisiera y hacerlo mío durante un rato. Segura de que no sería fiel a su palabra si yo rozaba algunas fronteras. Yo me arriesgué a quedarme con las ganas. Porque sí. Porque a veces la única manera de conseguir sentirte de diferente manera es tomar decisiones distintas.

—Vamos a dormir —le susurré.

—Sí. —Darío me acomodó en su pecho, acariciándome el pelo—. Llevemos a cabo un acto revolucionario.

Nos costó. Al menos a mí. Tuve que bloquear emociones y sensaciones con mano dura, pero él ayudó con una respiración serena y unas caricias tranquilas. Finalmente nos atrapó el sueño. Poco a poco. Nos permitió, envueltos el uno en el otro, cumplir con nuestra palabra. Y no recuerdo haber dormido jamás tan excitada.

48

Primer amor
Espido Freire

Me desperté de golpe, pero sin sobresalto. La luz que entraba a través de los dos enormes ventanales de la pared de enfrente se colaba en el dosel dejando, aquí y allá, haces de un sol tímido que se derretía entre las sábanas. Estaba abrazada al pecho de Darío y lo besé medio adormilada; no recordaba la última vez que me había sentido tan bien y en calma con un hombre. Levanté la barbilla hacia él y allí estaba: despierto, mirándome, sonriendo, guapísimo. Estar elegante recién levantado, sin peinar y con los ojos hinchados, debería estar penado con años de cárcel. Se iba en unas horas. Sin decir ni una palabra, recorrió mis labios con su pulgar, que también besé. Abrí la boca y dejé que tocase un poco mi lengua y también el interior de mi labio inferior.

—¿Qué hora es? —le pregunté.

—Las ocho menos cuarto.

Me acurruqué más sobre él, colocando el muslo encima de su pierna y olí su piel.

—Aún hueles mejor que ayer —le dije.

—Me gusta la Elsa dulce.

Lo miré con los ojos entornados y sonreí.

—Estoy horrorosa cuando me despierto.

—¿Quién está guapo al despertar?
—Tú.

Bajé mi mano desde su pecho hasta el vientre y seguí el camino que el vello dibujaba en el centro hasta el ombligo y después más abajo. Tragó saliva y contuvo la respiración durante los segundos que tardé en decidirme si colaba o no los dedos bajo su ropa interior. Me detuve y él soltó el aire dejando que de la garganta escapara un quejido grave de frustración. Levantó un poco la sábana, coló la mano izquierda debajo y agarró la mía para bajar un poco más, hasta su erección.

—Sigue... —jadeó.

Me encantaba el Darío demandante. Lo acaricié por encima del algodón de sus calzoncillos hasta que me aguantó la paciencia y, después, metí la mano dentro. Estaba duro y, con el primer movimiento, cuando agité la mano apretada sobre la piel, gimió ya tan húmedo y caliente que pensé: «Quiere sexo sucio antes de irse». Incluso delante del espejo es posible equivocarse con el reflejo.

Mis labios se acercaron al ángulo perfecto de su mandíbula y bajaron besando todo su mentón hasta escalar su barbilla y fundirse con los suyos. Un beso intenso, lento y desesperado. Es curioso el ritmo interno que puede tomar la desesperación; lo mismo te lanza a años luz de tu cuerpo que lo ralentiza todo en una cámara lenta hacia el centro mismo de tu pecho.

Los dedos de Darío me buscaron por debajo de la ropa interior, pero se entretuvo en quitármela antes de centrarse en mi sexo. Recuerdo haber pensado que sus manos eran más suaves que las de Martín, pero ese nombre se fue diluyendo en una atmósfera demasiado densa para él, donde no podía respirar nadie que no fuéramos Darío y yo.

Me acariciaba con calma y firmeza, con determinación, estudiando en mi gesto cuál de sus movimientos me daba más placer hasta sonreír cuando conseguía arquearme entera y empaparse la mano. Yo, mientras tanto, intentaba acariciarle a él al mismo tiempo, pero la postura lo complicaba y el placer me desvanecía de vez en cuando, dejándome laxa y distendida sobre la cama, con risa tonta. Cuando mi cuerpo no sabe absorber tanto placer, a mi boca le da por reír.

Consiguió levantarme del colchón dos veces, retorcida de gusto, antes de que venciera su peso encima de mi cuerpo y yo le quitase la ropa interior. Nos frotamos como adolescentes que aún no quieren dar el paso. Nos frotamos como parejas que aún no saben muy bien cómo hacer el amor. Hasta que se fue abriendo camino y no pudimos demorarlo más.

—Creo que vas a tener que traer ese condón. —Se rio.

Atravesé el dosel sin prisa, a pesar de ir caminando desnuda en dirección a un gran ventanal, hasta llegar a la mesa sobre la que había dejado el bolso. En el bolsillo del forro aguardaba el preservativo, que agarré entre los dedos índice y corazón antes de desandar el camino hasta la cama. Él se lo colocó, con gestos calmados y se dio la vuelta en el colchón hasta ponerse encima de mí.

—No dejes de mirarme —me pidió.

Mantuvimos los ojos clavados en los del otro mientras entraba poco a poco en mí y no los apartamos durante las primeras embestidas.

—Me vuelve loco cómo me miras —dijo a media voz—. Me dan ganas de decirte disparates.

—Dilos.

Presionó los labios contra mi hombro, como queriendo callarse y dejó salir solamente gemidos toscos de su boca cerrada. Las gargantas clamaban por expresar placer en la quietud de la habitación. La cama mullida acogía los empellones de sus caderas, absorbiendo el ritmo al que nos encadenamos. Rápido, sin ser atropellado; lento, sin ser desganado. La cadencia perfecta. Un diapasón maravillosamente acompasado en el sexo de ambos.

Me cruzó por la cabeza que aquello era más que sexo y que hacía demasiado tiempo que no lo sentía, pero me asustó y aparté de un manotazo el pensamiento. Yo quería fluir, no esperar nada de aquello. Hay sentimientos con una concentración de masa tan pesada que generan su propio campo gravitatorio al que nada, ni siquiera la luz, puede escapar. Era hora de asumir que yo sentía con el comportamiento de un agujero negro. Y no quería seguir tragando decepción.

—Eres preciosa —me dijo—. No quiero salir de dentro de ti jamás.

Deslicé los dedos entre su frondoso pelo castaño, arrancándole por el camino un escalofrío que le erizó la piel de los brazos.

—Me gusta —contesté—. No pares.

—No voy a parar. Pero no me refería a eso.

Volvimos a mirarnos con intensidad y dibujó una sonrisa antes de besarme.

—Mierda —musitó contra mi boca.

Y yo sentí la misma terrorífica esperanza.

Las superficies lacadas del dosel devolvían una imagen distorsionada del amasijo de carne que eran nuestros cuerpos, enredados, colisionando y encajados.

—Estoy hecho a tu medida —murmuró.

No supe ya a qué se refería ni me importó. Sentía el placer tan cerca... Me acaricié con calma, con la mano entre los dos, obligándole a separar su pecho del mío. Se quedó atrapado, mirando cómo me daba placer mientras él me penetraba, con la boca entreabierta, alucinado.

—No pares —me pidió—. Dámelo.

Se aceleró de golpe el aplauso entre las dos pieles y yo me quedé al borde del espasmo, alargando el momento previo, intentando que me alcanzara. Y, como en los libros que escribía, por primera vez en mucho tiempo, el orgasmo nos azotó a la vez, uniendo las últimas embestidas con las contracciones finales de mi placer. Y…

… Jódete, Valentina. Es imposible que tú jamás sintieras algo así explotándote dentro, porque estabas hecha de papel.

Darío se derrumbó sobre mí, besó mis pechos, tembló y, poco a poco, tal y como entró, salió de mí. Durante una cantidad de minutos indefinida y a la vez infinita, nos besamos, nos abrazamos, nos olimos y nos acariciamos la piel, en un silencio que decía más de lo que yo quería aún entender.

—Podría enamorarme de ti ahora mismo —murmuró con la mejilla entre mis pechos.

Parecía que buscaba el latido de mi corazón.

—¿Podrías? ¿Cómo que «podrías»? —me burlé, pensando que era la típica expresión alelada que provocaba la flojera tras el placer.

—Podría. Porque me miro por dentro y ya no encuentro nada que lo impida. No hay nada que pueda ensuciarlo.

Creo que notó, en su postura, la explosión que sentí en la boca de mi estómago.

—Pero ¿sabes? —Se incorporó y me miró con placidez—. Voy a esperar a que tú también puedas enamorarte de mí.

Entendí perfectamente lo que quería decir, pero no encontré una solución, de modo que lo besé. Y callé… hasta que él salió de la cama rumbo al baño.

Pensé si debía meterme en la ducha con él, pero odio ponerme ropa usada después de sentirme limpia, así que lo esperé, como me pidió la noche anterior, tendida en la cama, medio sumergida entre las sábanas y creo que le gustó encontrarme así. Se vistió al lado de la cama sin dejar de lanzar miradas hacia mí, con una sonrisa algo tonta en los labios.

Una de esas sonrisas bonitas que pensé que nadie volvería a dedicarme. Se puso unos vaqueros oscuros, clásicos, con vuelta en el tobillo, una camiseta blanca con un bolsillo en el pecho y un jersey liviano encima. Aun dentro de la habitación se adivinaba el fresco de las mañanas de junio en París.

—¿A qué hora te vas hacia el aeropuerto?
—Me recogen en veinte minutos.
—¿En veinte minutos? —me incorporé con rapidez, pero él me frenó tirándose en la cama a mi lado de nuevo.

Tenía el pelo mojado. Estaba guapo a reventar.

—¿Qué prisa hay? Solo tienes que vestirte.
—Debería intentar cepillarme el pelo.
—¿Por qué? Esto es París. A nadie va a sorprenderle encontrar por la calle a una loca más.

Le di con el puño en el brazo y él rio a gusto.

—Me apetecía desayunar contigo, pero no me va a dar tiempo.
—No te preocupes.
—No me preocupo. —Me alisó el pelo con su mano—. Me gustas mucho.

Levanté las cejas, asombrada.

—¿Te sorprende?
—Eh... —No sabía qué decir—. Sí. Un poco.
—¿Por qué?
—Los hombres no soléis...
—Como dijiste tú anoche, yo no soy los hombres, soy Darío.

Nos sonreímos y nos besamos despacio.

—¿Cómo te gusta el café por la mañana? —me preguntó.
—Con leche de avena.
—Lo recordaré. Ahora, ve, te dejo peinarte. Vas a necesitar tiempo y paciencia para desenredar esa maraña, sirena.

Sirena...

Cuando salimos del portal en el que estaba encajado el vestíbulo del hotel, después de un brevísimo *check out*, el coche ya lo estaba esperando. Sentí una oleada de vergüenza al darme cuenta de lo apenada que me iba a quedar. Sería muy difícil pensar en otra cosa que no fuera él durante, al menos, un par de días. No sabía si el salto que había dado «lo nuestro» merecía que cambiase nuestra manera de comunicarnos (o la fluidez con la que lo hacíamos). No tenía claro si debía esperar a que él escribiera el primer mensaje, si lo haría, porque odiaba el teléfono; si llamaría o seguiríamos mandándonos correos electrónicos. Me sentía torpe. Muy torpe. Darío metió su pequeña maleta en la parte de atrás y volvió hacia mí mientras el conductor se acomodaba en su asiento y nos dejaba un momento de intimidad.

—Pues... me voy —dijo con resignación.

—Sí. Eso parece.

—¿No vas a desearme buen viaje?

—Quería que me besaras primero.

Me dio un beso de película en blanco y negro, de esos que obligan al protagonista a envolver con sus brazos a la cándida enamorada, pero yo no levanté un pie en el aire mientras lo hacía. Atraje su cara cuando terminó y lo besé tres veces más, rápida, como si no me creyera lo que había pasado y quisiera cerciorarme de que los recibía con ilusión.

—Buen viaje —le dije al fin.

—Gracias. Te escribiré al llegar.

—Odias el teléfono.

—Pero a ti no.

Un breve beso más y nos separamos. «Adiós», dijimos los dos. No sabíamos cuándo nos veríamos, así que no añadimos más. Desapareció tras la puerta del coche y sus cristales tintados. Cuando arrancaron, me puse en movimiento para girar la esquina. Quería sentarme en un café y bombardear a mensajes a Juan y a Carlota para contárselo todo. Me comería una tostada con una buena dosis de mantequilla para celebrarlo... No sé si había algo que celebrar, pero de alguna manera tenía que calmar la bola de miedo e ilusión que tenía en la garganta.

Caminaba ya por rue des Francs Burgeois, cuando alguien me tomó del brazo, dándome un susto de muerte.

—¿Qué? —se me escapó.

Darío, con el pelo revuelto, sonriente, maleta en mano, me miraba con cierta culpabilidad y ojos de gacela.

—He pensado que... me apetece más desayunar contigo que coger ese avión. Si estoy siendo un loco, solo tienes que decírmelo y me iré. Pero si te apetece, hay un vuelo el domingo por la tarde y... estoy seguro de que me marcharía con menos dudas, si es que queda alguna.

Si la vida fuera una película romántica americana, nosotros dos nos fundiríamos entonces en un beso de cine y los transeúntes, malhumorados, nos sortearían a su paso. Sonaría «Kiss Me» de Sixpence None the Richer y la cámara, que hasta el momento daba vueltas a nuestro alrededor, se alejaría poco a poco, sobrevolándonos, hasta convertirnos en dos puntos diminutos fundidos en el suelo de París. Las letras de crédito aparecerían de abajo arriba en la pantalla. Director. Productor. Productor ejecutivo. Con la participación de... Pero aquello no era una película ni aquel el final de la historia, claro. Pero, por si te cabe alguna duda, sí lo atraje hacia mí y lo besé.

49
Peregrinos de la belleza
María Belmonte

Lo bueno de las cosas que no esperas es que siempre son mejores de lo que jamás pudiste imaginar. Básicamente no pudiste imaginarlas, así que no llevan adheridas las malditas expectativas. A pesar de que París es de todos y nuestro imaginario nos ha llevado tantas veces allí, a vivir un amor de novela… o a escribirlo.

Desayunamos en la terraza de un pequeño local junto a su hotel que se llamaba L'Escurial y que tenía unas opiniones nefastas en internet, pero en el que nos tomamos muy a gusto dos cafés con leche con cruasanes.

—Oh, Dios. Ya comes cruasán como una auténtica parisina. Te estamos perdiendo —me dijo con los ojos en blanco.

—Corre, doscientos centilitros de callos a la madrileña intravenosos. ¡Se nos va, se nos va! Oh, la la. —Al parecer, a Darío le hacía muchísima gracia mi absurdo sentido del humor.

Más tarde lo acompañé a un par de tiendas. En la maletita guardaba poco más que el traje que había llevado en el recital y necesitaba un par de mudas. Ahí comprobé que era un hombre práctico y que no le gustaban las compras, a pesar de ser muy presumido. A ambos nos sobrevino una suerte de vergüenza primeriza bastante tierna que nos impedía mirarnos a la cara mientras escudriñábamos percheros en busca de un par de camisetas decentes y algo de ropa interior. Para cuando llegamos a mi casa ya era mediodía y yo me moría por una ducha. Darío lo contemplaba todo con las cejas levantadas, lanzándome miraditas sarcásticas cuando descubría algún nuevo detalle que le parecía bonito.

—Hum…, la niña… —se le escuchaba de vez en cuando.
—Tengo morrito fino. ¿No te has mirado al espejo?

Lo tuve que convencer de que no necesitaba otra ducha para poder disponer de un momento a solas con mi móvil y mandar un mensaje a Juan y Carlota al grupo de WhatsApp que teníamos en común:

> Resumen y mapa de los acontecimientos.
> La cena genial. Restaurante íntimo y riquísimo.
> Paseo romántico. Beso en el puente de Alejandro III.
> Imposible superar eso.
> Que te follen, Valentina.
> Noche abrazados en su hotel. Nada de sexo…
> … Hasta esta mañana.
> Y aquí viene lo heavy.
> Me ha dicho que podría enamorarse de mí, pero
> que va a esperar a que yo solucione mis cosas.
> Se ha montado en el coche para irse al aeropuerto,
> me he dado la vuelta para irme y en un minuto me
> ha alcanzado y me ha dicho que le apetecía más
> quedarse conmigo que coger ese vuelo.
> Intento inventarme una escena mejor para una novela
> y no me sale.
> Lo tengo en el salón. Se queda hasta el domingo.

Al salir de la ducha, lo escuché trasteando en la cocina.

—¡Elsa! —me gritó desde allí cuando intuyó que me estaba vistiendo.

—Dime.

—¿Cómo de maniática eres con la casa? Quiero decir... Del uno al diez ¿cómo de mal te sienta que se metan en tu cocina y hagan cosas?

—Según quién lo haga y qué.

Asomó la cabeza desde allí con gesto de culpabilidad.

—Yo. Cosas —contestó creyendo que eso completaba la información que faltaba.

—¿Por qué huele bien?

—Contesta a mi pregunta —pidió.

—Vas a estar aquí hasta el domingo. No me importa que abras la nevera, si es lo que me estás preguntando. —Me reí.

—Bien. Porque he preparado algo de comer y he abierto un vino que puede ir aireándose mientras voy hacia allá.

—¿Hacia dónde? —Arqueé las cejas, interesada.

—A quitarte eso que te has puesto.

Pasamos los siguientes cuarenta minutos haciendo... el guarro. Aquí no puedo decir que nos rodeara una atmósfera de intimidad, complicidad y amor naciente. Cuando terminamos, los dos necesitábamos otra ducha. Urgente.

Comimos en la cama sándwiches al horno, bebimos unas copas de vino, dormimos un poco, volvimos a hacer el guarro y terminamos haciendo el amor... o algo parecido. No me gusta la expresión «hacer el amor» porque creo que el sexo es siempre sexo y lo que lo diferencia de verdad es la expresión de la ternura. Así que tuvimos un sexo muy guarro y tierno que prometía que Darío y yo aún teníamos mucho en común por descubrir, por lo menos en la cama. Los dos apenas teníamos líneas rojas.

El primer día pasó como en los dibujos animados en los que el sol dibuja una parábola sobre el cielo y este va cambiando de color. La noche cayó sobre París con nosotros comiéndonos a besos en el sofá y, como compañía, una película en blanco y negro en francés y subtitulada en la pantalla del televisor. Sobra decir que la ignoramos totalmente.

El sábado fue como un cuento. Supongo que, tras los últimos años y mis experiencias con el sexo opuesto, ya no esperaba que alguien me cogiera de la mano al andar. O bueno, quizá sí, pero no sentirme tan ruborizada. Me daba la impresión de que todo el mundo con el que nos cruzábamos podía leer en mi cara lo mucho que me gustaba y lo ridícula que me sentía. Yo también podía enamorarme de Darío y quizá lo sabía desde hacía mucho tiempo, pero no estaba segura de poder hacer las cosas con tanto orden como él.

Me llevó al passage de l'Ancre, un callejón escondido que une dos calles y al que se accede a través de un portón que parece el de un patio de vecinos. A ambos lados de esa pequeña callejuela las fachadas de pequeños talleres de artesanos y artistas salpican color en rojo, verde, amarillo, azul, lila... en un sinuoso pasillo lleno de macetas y verde. Allí nos hicimos nuestra primera foto. Él sale guapísimo. Yo con los ojos cerrados. Un buen símil.

Comimos en Roxo, el restaurante del hotel Les Bains. A finales del siglo XIX, el edificio acogía Les Bains Guerbois, unos lujosos baños en los que podías cruzarte con Marcel Proust. En los noventa fue una discoteca de moda a la que acudía no solo la flor y nata parisina, sino todo tipo de estrellas internacionales. Ahora es un hotel, moderno y lujoso sin tener que echar mano a los brocados y dorados a los que es tan tendente el París con dinero en el bolsillo. Y su restaurante se me presentó ante los ojos de un modo espectacular. El techo era de un brillante color granate y lleno de ondulaciones y parecía deshacerse, de tanto en tanto, en unas columnas del mismo color. Nos sentamos a una de sus mesitas de madera para dos, acomodados en las sillas con asientos de cuero marrón, y compartimos un tartar de salmón picante, un poco de pulpo y una carne espectacular con salsa de champiñones. No tomamos café porque quería llevarme a otro sitio que le encantaba.

A dos minutos de allí encontramos Partisan, lleno de hípsters y gente de buen gusto. Algunos trabajaban con sus portátiles mientras otros conversaban. Se respiraba un ambiente muy *cool*, olía de muerte a café, sonaba buena música soul y entraba una luz preciosa a través de sus grandísimas ventanas desde donde se podía ver el tráfico de gente que recorría la rue Saint Martin. Mientras tomábamos nuestro café en una mesa junto a la cristalera, los ojos de Darío brillaban al contarme anécdotas y secretos de sus años allí. Me maravilló su habilidad para evitar el nombre de Geraldine en toda su narración, no porque yo no quisiera escuchar hablar de ella, sino porque era una muestra de su intención de hacerme sentir cómoda.

—No me importa que me hables de ella —le dije—. No tienes que evitarla en las historias.

Sonrió, me besó y asintió.

—A veces se me olvida que eres más lista que yo.

Me llevó a una galería a la que se accedía a través de un patio interior. Tan blanca, tan grande, tan impresionante. Me hizo ilusión que recordase que, en una ocasión, creo que en mi fiesta de despedida, le dije que me encantaba el arte. No conocía a ninguno de los artistas expuestos, pero aprendí cosas nuevas. Todos deberíamos aprender cada día algo nuevo.

Darío era increíble. Más increíble de lo que parecía a primera vista. Cogidos de la mano fuimos hasta la librería de esta misma galería, situada en otro número de la misma calle, y compré el catálogo de la exposición que habíamos visto. No quería olvidarla nunca.

Con Darío no me perdí en el metro cuando nos encaminamos al cementerio Pere Lachaise, que ya conocía, y recorrimos sus calles mientras le contaba que era la tercera vez que lo visitaba y que llevé a Valentina, a la que también le gustaban los sitios algo lúgubres, como a mí.

—Es raro... —me dijo—, con tanta luz que desprendes... —Darío era increíble. ¿Lo he dicho ya?

Cenamos ostras en todas sus preparaciones posibles en un bistró pequeño en el que Darío saludó a casi todo el mundo al entrar. El dueño era amigo suyo. No entendí palabra de lo que se dijeron, pero me presentó con mi nombre, a secas, aunque con su brazo rodeando mi cintura. Maldito. ¿Dónde estaba cuando no se me ocurrían nuevos galanes de novela para Valentina?

Caímos en la cama ya sin ganas de sexo... hasta las cuatro de la mañana, hora a la que me despertó con besos en el cuello y la polla dura contra el culo. Estuvimos follando lento, rápido, dulce y feroz, a intervalos, durante casi una hora. Después me dormí encima de su pecho y no me moví de allí hasta que se hizo de día, el sol se plantó ya alto en el cielo y Darío se escabulló a comprar pan, mantequilla y leche de avena. Al parecer se había dado cuenta de que no me quedaba.

No lo acompañé al aeropuerto. Decidimos que no tenía mucho sentido sin tener coche propio, así que pidió un Uber y nos despedimos en el portal. Me siento tonta al escribirlo, pero siendo completamente sincera, tuve que contener las ganas de llorar. No quería que se fuera. Estaba irritada por el hecho de que tuviera que hacerlo. Era como un niño al que le están diciendo demasiado pronto que a Papá Noel lo inventó Coca-

Cola…, o algo así. Me agarré a su camiseta; el sol brillaba y empezaba a hacer calor en una ciudad en la que siempre había pasado un poco de frío. Y, para mi sorpresa, fui incapaz de decirle que lo echaría de menos, que no quería que se fuera, que me estaba enamorando (por no decir que estaba ya enamorada perdida) o que dormiría con su almohada porque olía a él. Nada. Solo me encaramé intentando no pestañear mucho, para que no se me notasen las lágrimas que esperaban con paciencia en el lagrimal, y le pedí un beso que me durara días. Me lo dio, pero yo me lo comí de una, en un atracón.

—Ni cinco minutos te va a durar —aseguró, mientras agarraba mis generosas caderas.

—No. Ya se ha esfumado. Ya no tengo beso.

Pegó la boca al pico que forma mi labio superior y dejó allí unos cuantos besos más. No quería que se fuera. Estaba enfadada.

—Te queda nada aquí. En poco más de un mes estás de vuelta.

—Se me está haciendo largo.

Arrugó el ceño, pero no tenía tiempo de explicarle que esa sensación venía de largo. Al final había vivido mucho más París en los últimos cuatro días que durante el mes que había pasado sola. Pero el Uber se acercaba, así que lo solucioné con un:

—Ya veré.

Darío cogió aire, sonrió y me abrazó con fuerza, dejando escapar en ese abrazo el aire en forma de consejo.

—Viniste por una razón. Y esa razón eres tú. Que nadie te distraiga de ti misma cuando lo necesitas.

Me volvió a besar. Besó mi mano. Bajó de la acera y metió la maleta en el coche que acababa de parar justo frente a mi portal. Quise hacerle una broma y decirle que hiciera otra vez el truco de dejar marchar el coche sin él, pero tampoco me atreví. Para ser escritora y escribir historias de amor, las palabras de cariño y de ternura me costaban demasiado.

—Escríbeme al llegar —le pedí.

—Claro. ¿Mail o teléfono?

—Lo que prefieras.

De un salto se acercó hasta mí, me dio un beso y abrió la puerta del coche.

—Me voy sin mirar atrás, que esos ojos de gacela podrían hacerme perder diez aviones más. —Cerró la puerta, pero bajó la ventanilla—. Te echaré de menos. Échame de menos tú también, ¿vale?

—Vale.

—Prometido.

Sacó el meñique por la ventanilla y pronto era lo único de él que podía ver. Se perdió calle abajo porque esta vez sí tenía que marcharse. No me gustan los domingos, pero aquel fue, sin duda alguna, el más triste que he vivido en París.

50
Uno más uno
Jojo Moyes

A los veinte años decidí subirme a un tren y dejar en el andén de la estación a una chica de la que me estaba enamorando perdidamente. Después de un curso duro en el conservatorio, mis padres me habían regalado los billetes de Interrail para marcharme con mis amigos a recorrer Europa durante el verano. Quiso la suerte que la conociera, junto a todas sus amigas, en la primera parada de nuestra aventura. Coincidimos en el mismo hostal y todos hicimos buenas migas, de modo que a medianoche estábamos compartiendo botellón y las caladas de unos cigarrillos liados más mal que bien. La besé a las seis de la mañana, después de ver cómo salía el sol en una preciosa ciudad europea.

Seguimos el viaje juntos. Habíamos formado una nueva pandilla: sus amigas y mis amigos... Y, siempre a su lado, nosotros dos, acaramelados, buscando cualquier rincón para besarnos, tocarnos y contarnos la vida. Pero a los quince días me asustó pensar que esa chica a la que ayudaba a cargar su pesada mochila, con la que compartía camastros infames en cualquier cuchitril y junto a la que saludaba y despedía las distintas ciudades de nuestro recorrido, me gustaba más de lo que nunca nadie me había gustado. Fue entonces, también, cuando las burlas de mis amigos dejaron de hacerme gracia.

—Eres el único panoli que sale de Interrail y se pilla de la primera que conoce —me dijo el que era mi mejor amigo entonces.

No lo puse en duda. Yo no quería una novia. Deseaba pasármelo bien, desconectar de mis estudios y de la ansiedad que me provocaba saber que no era lo suficientemente brillante como para convertirme en una nueva promesa de la música. Así que cuando ella me propuso que siguiéramos el viaje juntos, solo nosotros dos, que me desviara de mi plan inicial y me separase de mis amigos, yo le dije que no, cuando en realidad deseaba decir que sí. ¿Por qué? Por muchas cosas: la presión de grupo, el miedo a no ser demasiado bueno si me conocía mejor, el pavor a que, después de un par de días, ella no fuese quien yo creía que era y el terror a atarme, a pesar de no saber aún qué significaba eso de «atarse».

Así que me subí al tren y ella, con su pesada mochila verde y morada a cuestas, me sostuvo la mirada desde el andén hasta que nos pusimos en marcha y ya no pude verla más, porque se convirtió en un punto minúsculo en el horizonte que había dejado atrás.

¿Me arrepentí? Muchísimo. Pero no porque sintiera por ella algo intenso y maduro, inamovible, sino porque había tomado la decisión de marcharme por las razones equivocadas.

Siempre busqué lo que sentí con ella en cada chica con la que me crucé; años después, conocí a Geraldine y me enamoré de verdad. Por fin. De manera adulta, segura e intensa. Y no volví a pensar en aquella chica... hasta que el coche que tenía que llevarme el aeropuerto arrancó. Me refiero al coche que tendría que haberme llevado al aeropuerto aquel viernes por la mañana, hasta ese vuelo que dejé despegar sin mí.

Elsa no se parecía en nada a aquella chica, pero era fácil saber por qué me vino a la cabeza en aquel momento: estaba volviendo a tomar una decisión por las razones equivocadas. Por miedo, por vergüenza y por seguirle el rollo a una falsa sensación de libertad.

Ver a Geraldine había sido catártico. Nada de lo que pensé que iba a sentir al verla me estrujó el estómago y, tal y como le conté a Elsa durante la cena, París se redujo al miedo de que mi vecina no apareciera por el recital. Mi exmujer, la bonita y misteriosa Geraldine que me había llevado de cabeza tanto tiempo, seguía siendo ella, pero ya no significaba lo mismo para mí. Nuestros lazos se habían deshecho. Mis miedos no tenían fundamento y, como el niño que por fin entiende que nadie saltará desde el armario sobre él en plena noche, no encontré un motivo para no dormir tranquilo o para no bajarme del tren y comprobar qué ocurría si lo dejaba pasar.

Elsa me hacía reír. Creo que uno debe cumplir años para entender la importancia de la risa. Y yo con ella me reía mucho.
    Elsa era inteligente. Hablábamos de libros, de música, de arte, de la infancia, del amor o de qué tipos de queso estaban en mi top tres. Daba igual. Ella sabía adecuarse a cualquier tono, a cualquier discurso y cuando no sabía de qué hablabas le brillaba en los ojos de un modo demencial la pasión por aprender. La curiosidad. Porque Elsa era curiosa. El mundo era para ella un catálogo de sabores, olores, colores, sensaciones, sonidos y pasiones que quería hacer suyos y eso me hacía admirarla.
    Elsa no se parecía en nada a las chicas con las que había estado antes, pero mi madre tenía razón cuando decía que su vecina tenía unos ojos que le hablaban y que hasta cuando la escuchaba llorar a través de la fina pared del salón daba la sensación de estar terriblemente viva. Mientras Elsa se preocupaba (más de lo que quería admitir) por cuánto espacio ocupaba su cuerpo, menos cuenta se daba de que era una torre de alta tensión dispuesta a

devolver la vida a cosas que estaban muertas. O que parecían estar muertas. Como mi ilusión.

Llegados a este punto, ¿qué razón podía tener yo para huir? Porque haberme marchado el viernes de París hubiera sido correr en dirección contraria a lo que me apetecía.

Puede parecer que, de pronto, lo tuve clarísimo, pero no es así. No del todo. Sí tuve una certeza absoluta sobre mis sentimientos. No la quería, porque era demasiado pronto como para decir que estaba enamorado, pero estaba convencido de que me enamoraría de ella con solo el correr de los días. Despejada la duda sobre si aún sentía algo por Geraldine, ya no había obstáculos dentro de mí. Ya no tenía miedo como ese joven Darío de veinte años. Ya no me importaba demasiado lo que otros opinaran sobre mi situación, sobre mi exmujer, sobre Elsa o sobre mí. Yo solo quería vivir, porque me había acostumbrado a seguir por inercia, a sobrevivir sin pasiones, a cubrir el expediente, a centrarme en el trabajo y sentirme un fracasado.

Mira…, al mudarme a mi apartamento de soltero en París, cuando Geraldine y yo decidimos separarnos (sin hablar de la palabra divorcio todavía), pasé por diferentes fases. La primera fue un tormento de desesperación y soledad que supuso la desintoxicación de alguien acostumbrado a compartir su vida. No lo digo porque crea que compartir la vida sea tóxico, sino porque a todo nos acostumbramos y, cuando lo perdemos, sentimos que lo necesitamos para seguir y que debemos aprender a volver a vivir sin ello.

Luego pasé por una fase algo maniaca de disfrutar la libertad: salí con mis amigos solteros de manera exagerada, ligué como si fuera mi único objetivo vital, me acosté de nuevo con cuerpos que no conocía, repetí con algunas, me dejé llevar, dije un par de veces: «Creo que debemos dejar de vernos» y, después de un par de resacas para las que ya no tenía cuerpo, abracé la soledad. Y la abracé a gusto. En esas estaba, haciendo las paces con el hombre que era estando solo, cuando Geraldine me citó en el café que había bajo nuestro viejo piso de pareja para decirme que quería formalizar el divorcio.

No te voy a decir que me alegré, porque no lo hice; tampoco aquello me hundió de nuevo en la desesperación. Lo asumí, pero preguntándome a mí mismo si esa nueva paz, estando solo, no sería un burdo intento por autoconvencerme de que sin ella estaba bien.

Y para saberlo, para estar seguro, me mudé a Madrid junto a mi piano y un montón de cuadros sin ningún valor comercial.

Así que sabía lo que era pasar un duelo, llorar y sentirme frustrado. También había surcado las aguas del mar de los ligues y me había cansado de las noches de farra a lo «he vuelto a tener veinticinco». Me había remolcado hasta la orilla para aprender a estar solo y había regresado, cabreado y cenizo, a mi ciudad, donde había conocido a Elsa.

No estaba seguro de que aquello fuera a salir bien. No tenía claro que Elsa fuera a tener las cosas suficientemente claras o si era lo bastante madura para enfrentarse a sus fantasmas y empezar de cero algo sano. No sabía si el enamoramiento se quedaría en eso y nos deshincharíamos como una pelota de playa castigada por el sol. Solo tenía claro que me merecía averiguar más sobre eso que me hacía sonreír, con lo que me sentía bien, eso que me generaba curiosidad, me excitaba, me enfrentaba a mi yo egoísta y me retaba a hacer las cosas mejor. Había hecho mi duelo. Había salido a flote. Había conocido a Elsa. Nada de quitar un clavo con otro clavo, solo era consciente de que la superficie preparada otra vez para albergar uno podría hacerlo en un futuro.

51
84, Charing Cross Road
Helene Hanff

Lunes, 13 de junio, 00.05 h.
De: Darío Velasco
A: Elsa Benavides
Asunto: Vuelta a casa

Querida Elsa,
Gracias.
Gracias por venir a verme al recital.
Por acompañarme a una cena de siete platos.
Por aquel beso en el puente de Alejandro III.
Por dormir abrazada a mi cuerpo en aquella cama.
Por tu orgasmo por la mañana.
Por el beso de la falsa despedida.
Por no tomarme por loco cuando me bajé del coche.
Por aquel cruasán en Le Marais.
Por acogerme en tu casa y dejar que cocinara para ti.
Por tu ducha (bendita ducha).
Por tu cama (bendita cama).
Por tu piel (bendita piel).
Por renombrar mi París para que vuelva a ser precioso.
Por cogerme de la mano.

Por tus ojos brillantes en la despedida real.

Por enseñarme ese disco de Kaleo que me ha acompañado en bucle durante el vuelo.

Por tu foto con cara de pena como respuesta a mi mensaje de «ya estoy en casa».

Por generar en mí el hormigueo que ahora mismo me susurra que estaría mejor tumbado en tu cama, viéndote leer mientras enredas un mechón de pelo en tu dedo índice.

Por poder echarte de menos, porque eso quiere decir que sé lo que es tenerte.

Gracias
Fdo:
Darío

Lunes, 13 de junio, 09.20 h.
De: Laia Lizano
A: Elsa Benavides
Asunto: Disfruta

Querida Elsa,

¿Cómo va todo por allí? Me hizo muy feliz tu mensaje de la semana pasada, donde me contabas todas aquellas cosas bonitas de París. Creo que, para ti, este viaje será catártico.

Espero que no entiendas este mail como un toque de atención sobre tu trabajo ni como presión; es todo lo contrario.

Solo quería decirte que me alegro de que estés, por fin, escribiendo tu propia historia. Valentina ha sido una protagonista valiente que encontró un espacio entre los

lectores tal y como la mano que la creó lo halla en el corazón de la gente que la conoce.
Te queremos.
Por favor, disfruta.

Con cariño,
tu editora y amiga
Laia

Lunes, 13 de junio, 12.42 h.
De: Carlota Nieva
A: Elsa Benavides
Asunto: Dedos de pianista

Querida Elsa,
Tía…, qué bonico todo lo que me contaste de Darío. Ayer me pasé todos los vuelos pensando en ello y en que, conociéndote como te conozco, ahora mismo tienes más miedo que vergüenza. Lo sé porque en muchas cosas somos iguales y yo estaría un pelín aterrorizada.

Solo quería recordarte, como a ti te gusta, formato carta y no wasap, que te mereces cosas bonitas y que jamás deberías conformarte con menos de lo que sueñas.

Voy a ver qué quiere Juan, que no deja de llamarme. Me imagino que está al día de tu fin de semana del amor, porque me apetece cotillear con él sobre eso de que estás encoñadísima. Es posible que nos riamos un poco de ti. Solo lo justo.

Te quiero,
Carlota

Lunes, 13 de junio, 13.01 h.
De: Juan Escorial
A: Elsa Benavides
Asunto: Vuelos

Oye, titi,

Por fin he conseguido que Carlota me coja el *fucking* teléfono para coordinarnos para el viaje. Te mando adjuntos mis billetes de avión para que tengas toda la información.

No hace falta que nos elabores un itinerario de viaje, que te conozco. Vamos a pasar tiempo contigo.

Espero que no estés dándole vueltas a lo de Darío.

FLUYE.

F-L-U-Y-E.

Love u, titi,
Juan

Lunes, 13 de junio, 17.18 h.
De: Ignacio Vidal
A: Elsa Benavides
Asunto: Elsa in Paris

Querida Elsa,

Me ha encantado tu llamada. Siento haber tenido que cortar tan pronto.

Te lo repito por escrito para que puedas acudir a este mail cada vez que el miedo te atenace el estómago: que una historia no funcionase, que una historia te hiciera daño, que alguien te decepcionara, que alguien fuese cobarde..., no significa que todo vaya a ser igual en el futuro. Por favor, de la misma manera que no deberías compararte con Valentina, no lo hagas con las ilusiones. Valentina nunca podrá competir contigo porque tú eres y sientes y ella son solo palabras; tus palabras. Darío no es ÉL. El amor no es ÉL. Incluso si no funciona.

Acabo de acabar mi manuscrito y eres la primera persona a la que me ha apetecido contárselo. Es la historia de una niña que me recuerda a ti.

Eres valiosa. Mereces amar. Mereces ser amada.

Te quiere,
Tu Ignacio

Lunes, 13 de junio, 23.11 h.
De: Elsa Benavides
A: FindAHomeParis
Asunto: Question

Dear Margueritte,

I would like to ask you if there is any possibility to shorten my stay in the house. I'm thinking about going back home earlier than I planned.

Thank you in advance.

Elsa

Lunes, 13 de junio, 23.11 h.
De: Elsa Benavides
A: (sin destinatario)
Asunto: El ladrón de palabras

Querido ÉL,

Sigo sin poder decir tu nombre. Siento que si lo pronuncio, aunque sea en mi cabeza, te invocaré. Aún me asusta no estar preparada. Aún me asusta seguir queriéndote, aunque sea a través del miedo.

He conocido a alguien. No se parece en nada a ti. Darío sabe reírse como tú habías olvidado hacerlo. Me coge la mano por la calle. No parece querer convencerme de nada.

Creo que, por fin, he aprendido a juzgar los hechos y no las palabras, pero ahora me preocupa que tú te llevaras contigo parte de las mías. No he sabido decirle que lo echo de menos, que me estoy ilusionando, que sus días en París fueron para mí una bocanada de aire... del bueno. Darío me hace grandes los pulmones y me siento con fuerza para respirar profundo sin temer que tu perfume me alcance. Me siento capaz, pero he olvidado cómo se enuncian todas las emociones que siento hacia él. Creo que lo desaprendí todo contigo y ahora tengo que aprender de nuevo a leer, a conjugar, a confiar.

No te echo de menos, pero me dueles aún y no sé ya cómo suturar esta herida.

(Ya no quiero ser) tuya siempre,
Elsa

52
Donde fuimos invencibles
María Oruña

Carlota se quedó dormida en la terraza de Le Voltigeur, una cafetería en la que hicimos una parada para tomar café por ella, porque había repetido una media de cuatro veces cada diez minutos que estaba agotada. Mi amiga tiene la habilidad de ser un tipo de persona diferente en cada faceta de su vida: en su trabajo es una vital auxiliar de vuelo; en sus viajes, una intrépida turista, y para el resto, una chica rubia muy delgada que flexiona los brazos como el señor Burns y que suele estar cansada. Es broma. Es eso y mucho más. Pero eso también. No nos quejamos, claro. Juan y yo la mirábamos con ternura recostada sobre el enorme oso de peluche que ocupaba la silla colindante en la terraza, una costumbre de aquel local. Ninguno quería despertarla, pero debíamos hacerlo porque le empezaba a colgar un poco de baba por la barbilla.

—Está tan a gusto —susurré.

—Es increíble que sea capaz de dormirse en la calle.

—Te recuerdo que después de nuestra primera «cena de empresa», te encontré dormido en un portal.

—Las condiciones no eran las mismas: a las siete de la mañana, después de beberme todas las cervezas de la venta ambulante en Malasaña, un portal es el Ritz.

—Para Carlota, caminar mucho por París es el equivalente a tus cervezas en Malasaña.

—Algo habrá tenido que ver la botella de champán. —Sonrió.

Llevaban veinticuatro horas conmigo. Llegaron el viernes y cometimos el terrible error de darlo todo. Me atrevería a decir que darlo todo después de los veintiocho trae como consecuencia irremediable una resaca inhumana. Había planeado pasar el día de «turismo», pero el hecho de que los dos conocieran ya la ciudad bastante bien nos empujó a una mañana en casa, alargando un desayuno compuesto de cosas altas en grasas e hidratos de carbono. Salimos hacia el mediodía y comimos ostras, champán y poco más en un mercado. Sobre todo, champán. Buscamos una tienda que quería visitar Carlota y en la que, después de mucho dudar, no se compró nada, y también paseamos por Le Marais, buscando algún chollo en las tiendas de ropa de segunda mano. Spoiler: nada interesante. Se marchaban el lunes por la mañana y estábamos comentando la posibilidad de ir a Rosa Bonheur por la noche, así que de todos modos la siesta improvisada de Carlota no nos iba tan mal para el plan.

—¿Tienes un pitillo? —me preguntó Juan—. Me he dejado la cajetilla en tu casa.

—Sí. Toma.

Abrí el bolso que llevaba cruzado en el pecho y le tendí un cigarrillo. Me coloqué otro entre los labios y Juan me lo encendió mientras yo consultaba el móvil, donde me había llegado un mensaje de Darío.

> **Darío**
> Con lo que odio el móvil y lo pendiente que estoy de él por si escribes.
> Disfruta mucho de tus amigos allí.
> Los envidio mucho por poder estar contigo.
> Te echo de menos. Es raro, ¿verdad?

Un raro bueno.
Te beso.

Suspiré, guardé el móvil sin contestar y le di una calada honda a mi pitillo. Al volverme hacia Juan, me estaba taladrando con la mirada.

—¿Qué? —Esbocé una mueca.
—¿Quién te escribe?
—Darío.
—¿Y no le contestas?
—Me dice que me echa de menos y no sé responderle.
—Es fácil. Te echo de menos se escribe sin hache, por cierto.
—Gracias, es una información muy valiosa si hablas con una escritora.

Sonrió mientras fumaba.

—¿Qué pasa?
—Pues que me da miedo —sentencié.
—¿Qué es lo que te da miedo en concreto?
—Pues me da miedo darme una torta, me da miedo la ilusión que tengo, me da miedo que me salga como con ÉL y me da miedo que todo vaya mal y que tenernos como vecinos sea una puta cagada... entre otras muchas cosas.
—¿Y esas otras muchas cosas...?
—Creo que ÉL me dejó rota. Me rompió cosas por dentro, quiero decir. Si no soy capaz de decirle a alguien con honestidad que lo echo de menos por miedo a hacer el ridículo, ¿cómo voy a arriesgarme de manera sana?
—Como lo haces cuando no piensas. Es cuando piensas cuando todo se enrarece. Suele ser como tragar...
—¿Como tragar? —me extrañé.
—Sí. Tú tragas saliva de una manera mecánica, pero si te pones a pensarlo... cuesta muchísimo.

Sopesé lo que me decía y, en silencio, probé a tragar. Efectivamente, esta acción se volvía complicada si la pensaba demasiado.

—Me da miedo que el hecho de estar yo aquí enfríe la relación, justo en el comienzo.

—¿No sería al revés? Los comienzos duran lo que uno decide que duren. Si estás aquí, esa fase «noche de bodas» se alargará en el tiempo, ¿no?

—No lo sé. ¿Y si conoce a otra? ¿Y si se cansa de los mails y los mensajes? No es un tío al que le gusten esas cosas.

—A ti tampoco.

—No. Es verdad. A mí tampoco.

—Entonces ¿qué pasa?

Eché un vistazo a Carlota, que parecía haber encontrado la postura más cómoda del mundo abrazada a un oso de peluche que no quise pensar cuánta gente habría tocado ni con qué parte de su cuerpo.

—Algo no va bien —murmuré.

—¿Con Carlota? Ya..., yo creo que debería tomar vitaminas.

—No. —Me reí con sordina—. Con París.

Juan echó el humo hacia arriba con una expresión un poco sobrada, como si él ya tuviera la respuesta para una pregunta que aún no conseguía hacerme.

—¿Por qué pones esa cara de sabelotodo?

—Explícame bien eso de que algo no va bien con París.

—Vine para alejarme de todo, para vivir mi propia vida apartada de la idea de Valentina, para hacer mías algunas experiencias que le había regalado y...

—... ¿Y?

—Pues que... sí. Bien. Está siendo genial, pero no lo soluciona.

—¿Qué no soluciona exactamente?

—La sensación de vacío en el estómago y de estar haciendo las cosas mal. No lo sé. Estoy aquí a gusto, no me malinterpretes. Ha sido una experiencia muy enriquecedora, pero estoy gastando mucho dinero en el alquiler de esa casa, no os tengo aquí, echo muchísimo de menos a la familia, a los gatos, Madrid, las salidas y entradas. Echo de menos ir sola a El Amor Hermoso y terminar poniendo cervezas en la barra mientras hablo con Ángel y Víctor de cualquier cosa.

—Echas de menos tu vida.

—Sí. Supongo que sí.

—Eso me parece ya un buen punto de partida.

Arqueé una ceja, confusa.

—Bueno —quiso explicarse—, viniste a París con cierta sensación de huida hacia delante, ¿no? El hecho de que eches de menos tu vida en Madrid quiere decir que, de alguna manera, estás haciendo las paces con lo que dejaste allí, ¿no crees?

—Sí. Pero…

—Pero ¿qué? Esto no es como una novela negra en la que no puedes marcharte hasta que resuelvas un horrible asesinato.

—Ya lo sé. Pero es que no he hecho las paces con Valentina.

—Porque estás compitiendo con ella. En su terreno. Es imposible que la superes. Valentina vivió aquí lo que tú diseñaste especialmente para ella.

—¿Entonces?

—Entonces creo que deberías hacer un viaje a un sitio donde no compitas con nadie y que te permita no pensar en ella. Ni en ÉL. Siempre he creído que le fuiste cogiendo manía a Valentina porque hacía de espejo inverso a tu relación con ÉL. Tú sufrías de una manera inversamente proporcional a lo bien que le iba a ella en su relación con Néstor. La odias un poco porque ella tuvo lo que a ti se te negó.

Lo miré, seria, arrancando pielecitas de mis labios con los dientes, como siempre que me ponía nerviosa, y asentí con cierto dolor interno.

—No te lo negó ella —se atrevió a decir Juan dándome una palmadita en el muslo—. Te lo negó ÉL. Con las mentiras, siendo un cobarde…

—Lo sé.

Ambos fumamos y apagamos los cigarrillos al unísono en el cenicero que teníamos sobre la mesa. Nos pasaba mucho eso de hacer las cosas a la vez, como dos gemelos univitelinos con siete años de diferencia.

—Quiero volver a casa —le confesé bajito.

—¿Por qué?

—Porque aquí no hago nada y porque tengo ganas de ver a Darío.

—Esa es, justo, la única respuesta incorrecta. No cometas el error de tomar decisiones por hombres a los que acabas de conocer. Creo que fue, precisamente, lo que quiso decir cuando te confesó que podría enamorarse de ti, pero que iba a esperar a que tú también pudieras hacerlo.

Lo miré confusa.

—Vámonos de vacaciones. —Sonrió—. A un sitio superloco en el que no hayamos estado nunca. Nosotros tres. Que Carlota pida sus vacaciones de verano y nos piramos. A vivir cosas nuevas que le puedas prestar a otra protagonista en el futuro, pero que sean primordialmente tuyas. Y después quizá tengas la cabeza mucho más ordenada para saber por dónde empezar para poder enamorarte de una manera sana.

—Lo dices como si tuvieras la clave y no quisieras compartirla conmigo.

—Para nada. —Negó con la cabeza, algo triste—. Si lo supiera, te lo diría. Eres mi mejor amiga, quiero que seas feliz. Pero…, Elsa, seamos realistas. ÉL te sigue doliendo y tienes heridas en tu autoestima que aún no te has parado a curar y que están supurando debajo de las tiritas de colores que les has puesto encima.

—¿Como qué?

—Como Martín —señaló—. Sé que os queréis un montón, pero tendréis que aprender a quereros bien y de otra manera, porque de esta ya está visto que no sirve.

Arrugué el labio. La noche anterior Martín me había escrito un mensaje que tampoco había respondido aún. Algo así como: «¿Cómo va, señorita Benavides? ¿Es usted feliz?».

—¿Quieres que te dé mi opinión?

—Claro —asentí.

—De alguna manera, el hecho de que Martín te parezca atractivo, y que veas que lo es también para tantas mujeres, ha convertido su atracción hacia ti en una forma de validarte. Quiero decir… —Buscó durante unos segundos las palabras adecuadas—. Tu valor sube o baja según Martín te desee más o menos. En tu subconsciente es una especie de medidor social de cuánto vales. Y eso…, eso no es real. Tú vales, independientemente de a quien le parezcas bonita o follable.

Me froté la frente, hecha un lío.

—Piénsatelo —me animó Juan mientras pasaba su brazo por encima de mi hombro y me acunaba un poco a su modo: bestia, con la delicadeza con la que lo haría si yo fuera un camionero del medio oeste americano.

—Vale. Lo pensaré. Total…, puedo dejar el piso. La agencia dice que, si aviso ya, podría irme a finales de junio sin pagar apenas penalización por el mes de julio.

—Podrías volver a casa, pasar allí unos días, incluso ir a Valencia a ver a la familia y después… irnos a un destino que tengamos pendiente y que no tenga nada que ver con trabajo.

—Es complicado buscar un lugar que no me recuerde a Valentina. La muy guarra ha viajado más que Willy Fog y seguro que ha hecho las cosas más increíbles que se pueden hacer en cada sitio. Es como una Kardashian elegante. Un cruce entre las Kardashian y la familia real de Mónaco, con pedigrí.

Palmeó mi espalda antes de erguirse de nuevo.

—No la copies. No compitas. No te midas a partir de su vida. Esto es como en las redes sociales. Nada es nunca lo que parece y cualquier conclusión que podamos sacar, para bien o para mal, será siempre equivocada porque no hay verdades a medias. Ella, Valentina, no existe. Tú sí. Compite solo contigo misma.

Lo miré con cariño. Siempre me daba los mejores consejos. Siempre estaba pensando qué sería lo mejor para mí.

—Te quiero mucho.

—Y yo a ti —asintió, pero volviéndose hacia Carlota—. Y por eso la voy a despertar.

Se levantó de su silla acercándose a nuestra amiga, que sonreía en sueños.

—Juan…, espera.

—¿Qué?

—¿Y si vuelvo a casa y ya está?

—¿Y si no tomas decisiones por miedo? Darío puede esperar a que tú pongas los cimientos. Y si no lo hace, sencillamente no tocaba.

Cogió a Carlota con cariño y la agitó despacio.

—Oye, tú, rubia, arriba.

—¿Qué? —respondió ella aún medio dormida.

—Llevas media hora durmiendo abrazada a un nido de ácaros —añadió—. No hemos venido a París a dormir.

—Déjame.

—Déjame tú. Que no me dejas vivir.

Se enzarzaron en una discusión absurda, divertida y somnolienta, sobre si se podía dormir o no, sobre si estábamos más o menos cansados y sobre lo que íbamos a descorchar por la noche. Ellos se entienden así, como cuando empiezan a medir el cariño que se tienen en cifras con decimales. Dejé a Juan con el marrón de espabilar a Carlota y entré a pagar nuestra consumición. Mientras esperaba junto a la caja, releí el mensaje de Darío con una sonrisa que se fue haciendo amarga poco a poco. Sin darme apenas cuenta de lo que hacía, busqué, por primera vez en muchísimo tiempo, mi chat con ÉL. Bueno…, la parte que conservaba de nuestras conversaciones, porque había borrado buena parte de nuestra historia en mi teléfono. El último mensaje era mío: «¿Por qué estás enfadado conmigo?». No. No obtuve respuesta. Aun con todo…, no la obtuve.

53
El final del affaire
Graham Greene

Una espera que, si el hombre al que ama se ha casado con otra, desaparezca de su vida, pero ya supondrás que ÉL no lo hizo. Nunca hacía lo que una esperaba, era parte de su encanto. Al día siguiente de descubrir que estaba casado (sin alianza, cabe destacar), me envió un mensaje a las siete de la mañana preguntándome si lo odiaba. Nos enzarzamos en unas comunicaciones desiguales entre las que yo aprovechaba para llorar; él pretendía mi perdón, yo intentaba entender por qué había hecho aquello. Ninguno de los dos, por supuesto, conseguía aquello que necesitaba. Pasamos dos días así. Empezábamos de buena mañana y terminábamos pasada la medianoche. Eran partidos de tenis verbales con los que a mí se me abría la herida cada vez más. Intentaba salir, ver a mis amigos, mantenerme distraída, pero lo único que me apetecía era llorar y dormir.

Unos amigos que no sabían qué me pasaba, pero que intuían que algo ocurría, me animaron a salir a comer con ellos. Y sentados en la terraza interior de Malafemmena, brindamos con vino y nos dimos el cariño silencioso que se regala a aquellas personas a las que quieres. Dos botellas de vino y un par de gin-tonics dieron como resultado una mala decisión: cogí un taxi en la plaza de Manuel Becerra en dirección a su casa. Le mandé un mensaje que no contestó, de modo que lo llamé. Me dijo que aún estaba trabajando en su casa y que lo había pillado en mitad de una videollamada.

—Estoy en tu portal.

Bajó tan atropelladamente que ni siquiera se cambió de ropa. Con lo presumido que es..., allí estaba, en ropa de ir por casa, despeinado y asustado.

—¿Qué ha pasado? —preguntó nada más verme.

Lo que vino después no fue bonito. A decir verdad, fue terriblemente desagradable. Yo estaba fuera de mí, ÉL estaba más dentro de sí mismo que nunca. Me puse..., buff..., no me reconozco en aquello. Le dije de todo. En realidad fui muy sincera, pero con intención de hacerle daño, de repartir el dolor que yo sentía. ÉL intentaba disculparse muy torpemente, porque... ¿cómo te disculpas frente a la mujer que supuestamente amas por haberte casado con otra?

—No lo entiendo. ¡No lo entiendo! —repetía yo sin parar.

ÉL decía que no me merecía, que su familia jamás me iba a aceptar, que no era tan valiente como para defender lo nuestro en contra de todo lo demás, que a ella la quiso primero...

—Me dijiste que ya no la querías.

—Me parece increíble que una mujer como tú no entienda que se puede querer a dos personas a la vez.

—A una de las dos solo se la quiere por remordimientos o costumbre.

Le eché en cara que me hubiera mentido, manipulado, usado. ÉL se echó a llorar mientras intentaba abrazarme, jurándome por su vida que todo lo que había sentido era real, que nunca iba a querer a nadie como me quería a mí, que se había jodido la vida para no jodérmela a mí... Nunca entendí, de verdad, aquel argumento que esgrimía sin cesar. En su cabeza parecía tener sentido, en la mía ni siquiera usaba un alfabeto que yo pudiese traducir. Recuerdo que agarré su sudadera con los puños y le pedí que me devolviera algo.

—Me has dejado sin nada. Estoy vacía.

Estaba vacía. Dentro de mí solo había eco. Es la sensación más horrible que he sentido jamás.

—¿Qué puedo darte? —respondió—. ¿Subirte a casa, besarte, hacer el amor contigo en una casa en la que voy a vivir con ELLA? No puedo, Elsa. Ya no puedo, aunque te quiero.

—Tú no has querido a nadie en toda tu puta vida.

Me fui de allí después de una montaña rusa de emociones, de pasar del odio a la pena, de la pena al amor, del amor a la desesperación. Lo último que me dijo fue que me iba a amar siempre, que daría igual si no volvíamos a vernos jamás, ÉL me amaría siempre, hasta el día que se muriese.

—El día que me muera, Elsa, dará igual con quién me casé, porque pensaré en ti.

Agarrada a la puerta del portal de su casa sentí que me moría. Y se lo dije.

—Vas a matarme. Por favor, para, vas a matarme.

—Hay una realidad en la que tú y yo somos felices en aquella casa frente al mar. Y tenemos un hijo. Quédate con eso. Quédate con esa imagen, guárdala, guarda nuestra casa frente al mar.

Fue el peor regalo que me han hecho jamás. No puedes regalar una imagen como aquella a alguien que te ama porque las imágenes son lo más difícil de destruir y, lamentablemente, en mayor o menor medida, siempre la llevaré conmigo.

Apenas una semana más tarde me puse enferma. Tras comprobar que no era covid, pensé que sería otra de mis famosas amigdalitis, pero cuando fui a mi médico para pedir que me diera el tratamiento con el que solucionarlo, me explicó que tenía que quedarme ingresada. Mi garganta estaba tan inflamada que corría riesgo de asfixia. Me asusté un poco, porque estoy sola en esta ciudad y porque cuando uno se pone enfermo lo que necesita es a su familia, pero no quería alarmarlos y que pasasen malos días sin poder venir. Por aquel entonces, aún no podíamos viajar entre comunidades por medidas contra el contagio tras la pandemia. Así que llamé a Juan. Llegó por la tarde, cargado con todas las cosas que le pedí que recogiera de casa: unas mudas, las cremas, el portátil, un libro, el iPad..., yo qué sé.

—Un poco más y me pides el Satisfyer —se burló—. No te preocupes por los gatos. Mi hermana y yo nos iremos turnando todos los días para atenderlos.

Dejó en la mesita de la habitación una versión diminuta de él en forma de muñeco de crochet que nuestra buena amiga Poche nos regaló hacía unos años y me dijo que así me haría compañía por la noche. La soledad es una habitación de hospital de noche, con el gotero, la luz de emergencia brillando naranja contra la pared y la fiebre yendo y viniendo. Juan vino todos los días hasta que me dieron el alta. Vimos series. Me peinó. Me ayudó a vestirme y a desvestirme. Mi amigo fue un ángel de la guarda, porque es familia.

El día que volví a casa del hospital, al poco de estar allí sola, cubierta de gatos que pedían mimos, sonó el timbre y un mensajero subió hasta la puerta de mi casa una botella de vino, un libro que le presté meses antes y un sobre. El remitente era ÉL, justo un día después de San Valentín. Y la nota decía lo siguiente:

Gracias por dejarme leer tu libro. Siempre se debe devolver lo prestado.
Este vino fue especialmente escogido e inspirado en la lectura. Se debe beber escuchando a Charlie Parker.

Llamé a mi madre y se lo conté todo llorando como una idiota, tirada en el suelo del salón. Lo del hospital y lo de ÉL. Le dije que temía que me fuera a morir de pena.

—No, cariño —me respondió también llorando—. Vas a volver a reír. Eso te lo promete mamá.

Aquella noche saqué las notas que guardaba de todos los ramos de flores que me había enviado y las releí. Ninguna decía nada comprometedor, en ninguna podía imaginarse nuestra relación, solo en una dijo «te quiero» y en plural; es decir, un «te queremos» nada comprometedor.

Fueron meses duros. Muy duros. Sobre todo, cuando volvió a escribirme y, en un ejercicio de madurez emocional que en ocasiones he envidiado de mí misma, le pedí que por favor no me contactara, que no estaba preparada para ser su amiga. Lo hice con un dolor que no tengo palabras para detallar. El mayor de los dolores de amor. No le sentó bien y dejó de hablarme.

Publiqué un nuevo libro y se lo dediqué sin hacerlo abiertamente, claro. Un libro en el que había dejado bastante de nosotros y con el que intenté hacer las paces con esa parte de mi pasado que sentía que le pertenecía a ÉL. Y yo, débil, intenté asegurarme de que lo había recibido junto a mi nota: una carta en la que le explicaba que ya no lo odiaba, pero que siempre me dolería lo nuestro. Una carta bella, a pesar de todo, que tampoco recibió contestación. Semanas después vino ese: «¿Por qué estás enfadado conmigo?», que tampoco respondió y, claro, la realidad se impuso a una historia de amor que nunca había existido en términos sólidos.

Pasaron más meses. En ocasiones seguía llorando por ÉL. Tenía a Martín, en el que me apoyaba. Tenía a mis amigos, claro, pero llega un momento en el que ya nada de lo que te digan puede ayudarte, pues todo está dicho y tú dejas de hablarlo porque no quieres ser un loro que solo sabe hablar de una historia de amor fallido.

Pasaron más meses. Y más meses.

Y más meses.

Y entonces tuve que verlo, por obligación. Ese momento tan temido. Rodeados de gente que no sabía nada de lo nuestro, en un contexto en el que no podía notarse que un día nos quisimos (o lo quise, sigo sin saberlo).

ÉL llevaba un traje gris que le quedaba como un guante y una camisa azul claro. Estaba guapo. Sonriente. Educado. Yo, frente a ÉL, disimulé cuanto pude, pero no me llegaba el aire a los pulmones. Me sentía como recién atropellada por un tren de mercancías. Nos dimos la mano, fingimos que estábamos bien. Su perfume flotaba en el aire. Cuando pude escapar, lo hice a toda prisa. Como despedida solo nos dimos de nuevo la mano y murmuramos un: «Me alegro de verte»… muy poco realista. Cuando entré en el coche que me iba a llevar a casa, me desmoroné sobre las rodillas de Juan, que solo pudo decirme:

—Pasará.

Aquel año, por mi cumpleaños, recibí un ramo de flores de su parte. Eran flores secas, preservadas, con colores que recordaban a las fotos antiguas. Me pareció una metáfora perfecta. No lloré. Me di cuenta de que ya no podía llorar más por ÉL.

54
Temas de conversación
Miranda Popkey

Volvía a llover en París. Me encanta la lluvia, que conste, pero la previsión de Google de que, en junio, en la capital francesa solo llueve una media de siete días al mes, a veces no encaja con la realidad. Carlota y Juan se habían ido el día anterior después de un fin de semana largo y divertido, pero sobre todo normal. Uno de esos fines de semana que hubiera podido vivir en Madrid y que me hicieron añorar aún más la vida que había dejado allí aparcada. Desde que me había quedado sola no podía dejar de darle vueltas a la idea de regresar. Más que una idea era un pálpito. «Ya está, Elsa, ya has probado a vivir fuera, ya has cumplido tu palabra, no pasa nada si no cumples con los tres meses que planeaste; los planes están para saltárselos también». Sin embargo, algo me retenía. Me sentía un poco paralizada, sin libertad total para hacer lo que me nacía de dentro, poniendo en duda mis necesidades.

Sentada junto a la ventana, fumando uno de esos cigarrillos electrónicos con sabores y casi sin nicotina con los que pretendía dejar el vicio, me desesperé al darme cuenta de que llevaba más de media hora sin avanzar en el libro que tenía en la mano. Estaba físicamente en París, pero mi mente se hallaba desperdigada por el cosmos.

Coloqué el marcapáginas y alcancé el teléfono. Eran las 16.54 y pensé que quizás todos los artistas tenemos horarios laxos de trabajo y que no molestaría... Dio un tono. Dos. Tres. Cuatro. Al quinto pensé en colgar, pero me dio vergüenza que se encontrase la llamada perdida, vete tú a saber por qué. Seis.

—¿Sí?

—Hola —musité—. ¿Molesto?

—Nunca molestas —respondió Darío, juraría que con una sonrisa—. ¿A qué debo el placer de esta llamada?

—Odias los mensajes.

—Bueno, acabo de descubrir que mi animadversión hacia el móvil se mitiga si tiene que ver contigo.

Me mordí el labio. Joder. Quería verlo.

—¿Qué te pasa? —me preguntó.

—No sé. Llueve.

—Es París. —Se rio—. Allí llueve mucho. Pensaba que era una de las cosas que te gustaba de la ciudad.

—Y me gusta, pero cuando estoy un poco nostálgica, no ayuda.

—¿Estás nostálgica?

—Sí. Echo de menos a mis gatos.

—Ya. —Suspiró, y me pareció que se acomodaba en una superficie mullida—. Dile a Rocío que te mande unas fotos y algún vídeo.

—Me los envió esta mañana. Creo que por eso me he puesto morriñosa.

—Tus focas terrestres están bien, no te preocupes. No se van a olvidar de ti.

—¿Y tú?

Me arrepentí de decirlo al instante, pero no quise añadir nada como «es broma» para no parecer más patética. Cerré los ojos fuerte, hasta ver estrellitas brillando en la oscuridad, rezando para que contestase algo que no me hiciera sentir ridícula.

—¿Yo? No creo que tengas que preocuparte por mi memoria. Es muy buena. Precisa, me atrevería a decir.

—Ah, ¿sí? —Abrí los ojos, aliviada.

—Sí. Recuerdo hasta tu olor. Te echo de menos.

Bufff.

—Estoy pensando en volver.

Silencio.

—¿Darío?

—Sí. Estoy aquí.

—Decía que estoy pensando en volver.

—Te escuché. Pero... ¿por qué?

—Porque estoy nostálgica. En nada hará dos meses que estoy aquí.

—Tu idea era estar tres, ¿no?

—Sí, pero...

—¿Pero?

La que no supo qué responder entonces fui yo.

—Elsa —suspiró—, ese viaje a París es un gesto simbólico, lo sabes.

—Lo sé.

—¿Y por qué no te vas a dar ese regalo? Te lo mereces después de la presión de los últimos años. Tú misma me lo dijiste cuando estuve allí. Habías olvidado incluso cómo era tener una conversación calmada contigo misma.

—Sí, si eso es verdad, pero... ya no sé qué más hacer aquí. He paseado cincuenta veces por los mismos sitios, he tomado café en todas las terrazas de la ciudad y he visto todos los museos.

—Pero Elsa..., vive. Vive la ciudad. Como lo harías en Madrid.

—En Madrid tengo a mi gente.

—Vale. Piensa un poco en eso, ¿son esas cosas que solo haces con ellos lo que realmente añoras?

—No sé qué quieres decir —respondí un poco molesta.

—Digo que es posible que ahora que tienes tiempo y calma para tener conversaciones incómodas contigo misma, la falta de ruido te esté dando miedo.

—No me da miedo hablar conmigo misma.

—Vale —asumió, dulce—. Yo solo quiero que no construyas escalones sin cimientos.

Ambos nos quedamos callados.

—¿Dónde estás? —Quise cambiar de tema.

—En casa. Estoy ultimando unos arreglos para grabar ya la banda sonora.

—Qué guay. Me encantaría escucharte tocar el piano ahora.

—¿Me echas de menos?

—Sí —afirmé con convicción.

—¿Y por qué no lo dices?

—Porque me da miedo.

—Bueno… —Suspiró—. Me gusta que seas sincera, pero no debes tener miedo. Puedes echar de menos escucharme tocar el piano a través de la pared sin que eso te comprometa demasiado.

—No es eso.

—¿Entonces?

—… —No me salían las palabras, solo respiraciones breves.

—Elsa… —Otro suspiro.

—¿Qué?

—Te voy a hacer una pregunta incómoda, ¿vale? Y necesito que la respondas con sinceridad no solo para mí, sino también para ti.

—Vale.

—Una vez, en tu casa, mencionaste a un tal «ÉL». ¿Supone ese «ÉL» un problema?

—¿Para quién?

—Para ti, principalmente.

—No en sí mismo.

—No me gustaría tener que buscar en eBay una máquina enigma para traducir tus conversaciones en clave a un idioma que yo pueda entender —contestó un poco más serio.

—ÉL es alguien que me hizo daño y eso puede ser que me suponga un problema, sí. Pero es una persona que ya no está en mi vida.

—Ya. Un monstruo debajo de la cama, ¿no?

—Puede.

—¿Y has mirado últimamente debajo de la cama o te sigue dando miedo por si está?

—Ahora eres tú quien está hablando en clave.

—Hay que enfrentarse a las heridas, Elsa, no ponerles tiritas y esperar que se curen solas. ¿Qué crees que estamos haciendo nosotros dos?

—No sé.

—Yo creo que tenemos la intención de seguir conociéndonos, ¿no?

—Sí —asentí ilusionada, pero súbitamente triste—. Eso es lo que me gustaría.

—Vale. Pues yo no puedo curar una herida escondida. Solo tú. Es como... como si yo esperase que fueras tú quien curase mi desamor anterior o intentar atacar un dolor con un medicamento indicado para otra dolencia.

—Eso ya lo sé.

—Pues vas a tener que quitarte la tirita para ver si la herida está infectada y para eso es muy útil estar lejos de todo. Sola contigo misma.

Me mordí el labio, incómoda y nerviosa.

—Darío, ¿tú tienes ganas de verme?

—Por supuesto. Me descubro a ratos haciendo planes para cuando nos veamos.

—Entonces ¿por qué no quieres que vuelva?

—Elsa —y mi nombre sonó como cuando me regañaban en el colegio—, no estás entendiendo nada de lo que trato de decirte ni haciendo el esfuerzo de intentarlo.

—Oye, Darío, ese tono paternalista no me gusta.

—Lo siento —se disculpó—. Pero necesito que entiendas lo que te estoy diciendo, porque creo que con ello solo estoy velando por ti.

—No necesito que veles por mí.

—El perro apaleado que se revuelve si intentan acariciarlo.

Me sorprendió la analogía porque ya conté hace muchos capítulos que esa era una de mis teorías sobre quien ha sufrido mal de amor.

—Lo siento —musité.

—Sé que te vales por ti misma, Elsa. Me acabas de conocer y está claro que no me has necesitado hasta el momento. No pretendo que empieces a hacerlo ahora. No era mi intención darte lecciones. Solo quiero darte un consejo.

—¿Por qué?

—Pues porque, vaya sorpresa, me importas. Y si ahora vas a preguntar por qué, me adelanto y te digo que no tengo la menor idea, pero pienso en ti y pienso en ti bonito. Creo que es el escenario más prometedor posible entre dos personas que se acaban de conocer y que aún tienen mucho que contarse.

Apoyé la frente en el cristal frío y lo empañé con mi respiración.

—¿Quieres contármelo? —siguió—. Lo de ÉL.

—La verdad es que no. Siento que ha estado dominándolo todo en la sombra desde que pasó. Necesito librarme de esa sensación, no seguir hablando de ÉL. Y menos contigo.

—Lo voy a tomar como algo bueno.

—Lo es.

—¿Estamos discutiendo? —quiso saber.

—No. ¿Estamos discutiendo?

—Aún no. Creo.

Nos callamos.

—Dime al menos cómo te sientes —insistió.

—Nostálgica. Quiero volver a casa.

—Quieres volver a lo conocido.

—Quiero volver a mi casa —insistí.

—No querría que volvieras y que, en unos meses o quizá en unos años, te arrepintieras de haber vuelto antes de tiempo.

—¿Antes de tiempo?

—¿Por qué te fuiste?

—Porque odiaba a mi protagonista y necesitaba airearme.

—¿Ya no la odias?

—… —Me estaba dejando demasiadas veces sin nada que contestar.

—Elsa…, ese no es el problema, es el síntoma.

—¿Eres doctor en psicología? —respondí de malas maneras.

—No. No lo soy. —La contestación fue seca y tensa como el acero—. Pero te llevo unos años y, al parecer, yo me he hecho más preguntas que tú.

—Me hago preguntas.

—No digo que no. Que te fueras a París me pareció un símbolo de ello. Que vuelvas antes quizá lo es de que no quieres respuestas.

Respiré hondo. Me estaba irritando.

—No llevo muy bien que me digas qué debo hacer.

—¿Y te lo estoy diciendo?

—Siento que sí.

Otro silencio cargado de cosas, como una nube espesa y gris que no se anima a deshacerse en lluvia.

—Elsa, ¿puedo ser muy sincero? —musitó por fin.

—Sí.

—Sin que eso te dé argumentos para morderme la mano.

—Eso no puedo asegurártelo.

—Creo que no puedes acusarme de no haber sido sincero contigo. Me pediste que fuera a verte a París, sentí que me estaba precipitando, queriendo correr antes de andar y te dije que no. Te expliqué por qué no, además. Fui honesto. Y cuando finalmente fui, quise verte, me bajé de un coche de camino al aeropuerto para quedarme contigo y compartí que siento algo cuando estamos juntos, algo bonito que ahora tengo ganas de saber qué es y adónde nos lleva. Y es porque yo ya no tengo miedo por las noches de que el fantasma de debajo de la cama salga y me coma. ¿Lo entiendes?

—Sí.

—Sé decirte que te echo de menos. Sé decirte cómo te echo de menos y cuándo. Sé escribirte cuando quiero saber de ti, entiendo tus tiempos, nunca te echaré en cara que tardes menos o más en responder y jamás contaré nuestras interacciones para saber quién ha tomado la iniciativa más veces, porque no me interesa. Me interesas tú. Pero tú —puso énfasis en el pronombre— eres incapaz de decirme que me echas de menos desde que estuve allí. O que tienes ganas de verme, de decirlo con la boca grande, con ganas, de reírte y escribirme que te apetece tumbarte en mi sofá mientras me escuchas tocar el piano. No dices nada.

—Soy así.

—No. Claro que no. Nadie capaz de escribir lo que tú escribes gestiona con silencio las emociones.

—Eso no es verdad. Muchos escritores se esconden detrás de sus libros para poder decir lo que sienten sin ser juzgados.

—¿Tú eres así?

—Quizá ahora sí.

—¿Ahora? Quieres decir después de ÉL, ¿no?

—Puede.

—Yo tengo paciencia para que te desprendas de ello. Para que el perro apaleado vea que no voy a arremeter contra él. Pero así no...

—¿Así no? ¿Qué quieres decir con eso?

—Que a mí también me da miedo meterme en este lío, que no tengo ninguna certeza, pero estoy dispuesto a demostrarte que vale la pena. Que valgo la pena. ¿Y tú? ¿Tú estás dispuesta a demostrármelo? Porque los dos venimos del fracaso. Y ninguno sabe si esto va a durar ni siquiera un mes. Ninguno.

Miré al suelo, a mis pies descalzos.

—Ya...

—¿No tienes nada más que decir?

—No lo sé.

—Vale. Pues será mejor que no hablemos hasta que tengas algo que decir. ¿Sabes qué aprendí del divorcio? Que uno no puede y no debe cargar con las mochilas de otros. Y que, si alguien se siente emocionalmente inaccesible, insistir es darse cabezazos contra una pared.

—¿No quieres que hablemos? —pregunté, entre dolida y enfadada.

—No hasta que no sepas qué quieres decirme, Elsa. Lo demás es andar en círculos. Hay quienes se sienten cómodos en un tren que no va a ninguna parte. Yo no soy de esos.

—Vale —asentí conteniendo el temblor de mi garganta—. Pues que así sea.

—Disfruta de París, Elsa. Y cuídate. Sobre todo, cuídate. Porque eres una mujer increíble. Solo hace falta que sepas verlo. Llámame cuando tengas algo que responder a eso.

Cuando colgó, me debatí entre la estupefacción y el dolor. Venció el dolor.

Adiós, París

55
Odisea
Homero

De entre todas las cosas que he aprendido de la terapia debí haberme tatuado en el brazo, o en cualquier otra parte visible de mi cuerpo, la frase «cuando no sepas qué hacer, no hagas nada», pero no aprendo. Aprendo, claro que sí, pero la asignatura de no ser tremendamente actora cuando estoy triste, ansiosa o enfadada, sigue suspendida para mí. Así que ya puedes imaginar. En cuanto Darío colgó, yo actué.

Me costó más de lo que pensaba dejar el piso de París. Puede que alguien piense que solo había pasado allí casi dos meses de mi vida, pero a eso puedo contestar que la emoción no se mide con un reloj.

Vaciar el armario fue fácil y organizarlo en las maletas también. Volvían un poco más llenas de lo que llegaron, pero no causó demasiado problema. Los libros que leí allí me dolieron un poco más. Qué cosas. Supongo que dejamos prendidas en las páginas de lo que leemos las emociones que sentimos durante el tiempo en que ese libro nos acompañó, independientemente de lo que este nos contase. Así, los guardé repartiendo el peso entre las cuatro maletas, con mis mañanas en aquella cafetería a la que le cogí el gusto, el bistec a la mantequilla que me comí al salir del Pompidou, las llamadas entre ilusionadas y preocupadas de mis padres, las videollamadas con la pandilla, los mails redactados con un cigarrillo entre los dedos y la visita de Darío. Sobre todo, la visita de Darío. Es increíble que tantas vivencias cupieran entre las páginas de aquellos libros.

Pasé la mitad del último día, antes de regresar, comprando regalos y enviando mensajes a los amigos que habían planeado sin fecha fija venir a verme para avisarlos de mi vuelta. No di demasiadas explicaciones más allá de que echaba de menos mi vida en Madrid y con ella, evidentemente, a mi gente. La otra mitad, sin embargo, la invertí en despedirme de Marie con infinidad de rondas de vino y algún chupito. Prometimos escribirnos y volver a vernos, sin importar en qué país se diera el reencuentro. Aún no nos hemos visto, pero todos los meses recibo uno de sus mails y siempre le contesto con alegría. Nos entendemos muchísimo mejor por escrito.

Cuando le entregué las llaves del piso a Margueritte, casi lloré. Ella sonrió y me deseó buen viaje con esa distancia emocional tan parisina que, no obstante, quebró al decirme que lo que había vivido allí nunca se borraría de mi corazón. Creo que llevaba la doble nostalgia grabada en la cara. Doble nostalgia. Pena de irte. Miedo a llegar.

La sensación de vacío que sentí en el vuelo se mitigó al aterrizar en el aeropuerto de Barajas. Escuchar hablar en mi idioma a todo el mundo fue lo primero que me hizo sonreír. Lo segundo fue ser recibida en la terminal por algunos de mis amigos. Juan llevaba con él una cerveza fría y un táper con croquetas de su madre. Hay pocas cosas más catárticas que llorar mientras te ríes.

Entré en casa con cierto temor. Me daba miedo encontrarme a Darío en el portal o en el rellano, nada más salir del ascensor, así que… subí en el montacargas. A mis amigos, que quisieron acompañarme para celebrar mi vuelta, les pedí que cogieran el ascensor. Estaba segura de que si Darío estaba en casa, no se extrañaría de verlos entrar. Podrían haber ido a ver a Rocío.

No, no había tenido valentía para avisarlo de que regresaba a Madrid. Me daba miedo que me juzgara, que lo malinterpretara. Temía sentirme incomprendida o tirar demasiado de la manta de una confianza recién descubierta entre nosotros y quedarme con los pies al aire.

El reencuentro con mis gatos me hizo otra vez llorar entre risas. Pensaba que, con esa personalidad tan suya que les ha dado la madre naturaleza, estarían enfadados conmigo y me castigarían con el látigo de su indiferencia, pero vinieron corriendo a recibirme y se deshicieron en mimos, ronroneos y fingieron un par de desmayos panza arriba. Me llené de pelos hasta el cielo de la boca. Después pusimos un poco de música, no muy alta, y brindamos con unas cervezas frías al cobijo del aire acondicionado, porque en Madrid, el verano era fuego.

Cuando nos quedamos solas en casa con Juan, a eso de las once de la noche (al día siguiente casi todos trabajaban), le pedí a Rocío que siguiera viviendo en casa.

—No estoy muy segura de si no me iré con Juan y con Carlota a algún sitio muy lejano dos semanitas más. ¿Me matas?

Rocío sonrió, enseñando sus preciosos dientes, y negó con la cabeza.

—Claro que no, Elsa. Ya me avisó Juan.

Miré a mi amigo, que sonreía con suficiencia.

—Eres un asqueroso —me burlé.

—Sabía que entrarías en razón y que te darías cuenta de que Juan siempre tiene todas las respuestas —dijo hablando de sí mismo en tercera persona.

—Pues rebusca a ver si encuentras la razón por la que últimamente eres tan asexual.

—La sé: porque me da la gana. —Nada que añadir. Tenía más razón que un santo.

Empezamos a organizar nuestro viaje esa misma noche, tumbados los tres sobre mi cama. Rocío de vez en cuando lanzaba un grito de frustración por no poder venir con nosotros porque ya había elegido sus días de vacaciones en el trabajo. Nosotros intentábamos convencerla de que viera si podía cambiar las fechas mientras mirábamos vuelos a distintos y variopintos sitios del mapa. También tratábamos de localizar a Carlota, pero no había manera de que cogiera el teléfono a pesar de tenerlo encendido.

A las dos de la mañana, medio borrachos, conseguimos que aceptara una videollamada y los tres, con Rocío dormida a los pies de mi cama, decidimos el destino y compramos los billetes. La ida en turista, la vuelta en primera, regalo de Carlota, que pudo hacernos el favor y tener ese detalle.

Por la mañana escuché cómo Rocío se marchaba a trabajar con sigilo. Juan la había llevado a su cama como a una niña pequeña a eso de las tres y media. Me levanté poco después de que cerrase la puerta, segura de que no podría seguir durmiendo ni poniéndole mucho empeño, y al rato Juan apareció despeinado y con una camisola mía de Barbie como pijama.

—Me cago en tu alma inmortal, hija de puta —me soltó en lugar de buenos días.

Acostumbrada a su despertar cuando duerme poco, le lancé un beso.

—Te estoy preparando un café.

—¿Ese era el ruido que parecía que estaba despegando el Apolo XIII en la cocina?

—No, eso eras tú peyéndote, cabrón.

A las diez de la mañana se marchó, después de escoger dos de los hoteles del viaje y prometerme que en cuanto llegase a casa se ponía a mirar sin falta el coche de alquiler. Me duché. Di de comer a mis gatos. Me tumbé en bata en el suelo para jugar con ellos. Me vestí. Iba a maquillarme un poco para salir a desayunar fuera, a encontrarme con Madrid, cuando sonó el timbre. No se podía retrasar más y lo sabía hasta yo, aunque no hubiese abierto todavía la puerta. Tendría que haberle avisado de mi llegada, lo sé, pero me daba vergüenza. Muchísima vergüenza. Y lo peor era no saber por qué.

Darío estaba en el rellano con las manos colocadas en las caderas, los ojos en el felpudo y el labio superior entre sus dientes. No parecía muy contento de tenerme allí.

—Ho... —empecé a decir.

—Lo sospeché anoche. Rocío no arma tanta jarana. Pero me dije... ¿cómo va a ser? ¿Cómo va a venir sin avisarte? Eso sería terriblemente infantil. —Levantó la mirada y me la clavó entre las cejas—. Esta mañana ya no ha habido duda.

—¿Por qué? —Me apoyé en el marco de la puerta, enfadada por su muy poco sutil acusación de ser infantil, pero tenía toda la razón.

—Porque nadie que no seas tú, nadie en su sano juicio, quiero decir, escucha rumba catalana, Johnny Cash y los grandes éxitos de Whitney Houston..., todo seguido.

Quise reírme, pero no lo hice.

—Hola, Darío.

—Has vuelto sin avisarme.

—Me pareció que no estabas demasiado de acuerdo con mi decisión de volver.

—¿Eso te pareció? Porque entonces no entendiste nada.

—Te gusta mucho eso de acusarme de no entender nada.

—Te di mi opinión —respondió molesto—. Te di mi opinión porque me importas. Si me hubieras argumentado..., yo qué sé: Darío, quiero volver porque me sale del coño. ¿Yo qué tendría que decirte?

—Entonces ¿por qué estás enfadado?

—¡Porque no me has avisado, Elsa! ¿Qué pasa si yo no hubiera sospechado nada? ¿Me habría enterado encontrándote en los buzones, recogiendo tu correo?

Bajé la mirada.

—Tienes los ovarios como dos ruedas de camión, tía.

Hizo amago de volver a su casa, pero le agarré la camiseta.

—Vale.

—¿Vale? ¿Vale qué? ¿A ti te parece forma de empezar algo con alguien?

—¡Me dijiste que no querías hablar conmigo hasta que tuviera las cosas claras!

—¡¡¡No de manera tan literal, Elsa!!!

—Y..., y... —Cogí aire, nerviosa—. No sé. No lo sé. Ni siquiera sabía que estábamos empezando algo.

Levantó las cejas y bajó la barbilla en el proceso.

—¿Lo dices en serio?

—Sí.

—¿Y qué hace falta que pase para que te des por enterada? ¿Cuelgo un cartel en la M-30?

Apoyé la frente en el marco de la puerta.

—Elsa, me gustas. Me gustas mucho. Estuve muy a gusto contigo aquí. Cuando te fuiste, pensé mucho en ti. En París me quedó clarísimo que sentía algo y te lo dije. «Elsa, podría enamorarme de ti». No creo poder ser más claro. No creo que nadie pueda serlo. ¿Estamos de acuerdo en eso?

—Sí —musité.

—Entonces… ¡¿qué coño te pasa?! ¿Te lo has pensado mejor? ¿Es eso? ¿No sabes cómo decirme que te deje en paz? ¿No sabes cómo quitarte a tu vecino de encima?

Aguanté la respiración todo lo que pude cuando sospeché que la vibración en mi pecho se debía a un sollozo contenido. Cuando sentí que me ahogaba, cogí aire de nuevo y lo retuve. Darío seguía lanzando al aire preguntas como «¿A ti qué te pasa?» y yo no sabía qué contestar, porque es muy complicado aguantarse las lágrimas, argumentar con madurez y abrir tu corazón pasando por alto la vergüenza… todo a la vez. A pesar de estar esforzándome por no pestañear, se me escapó la primera lágrima.

Solo quería morirme.

Juro que me planteé cerrar la puerta.

—Por favor, Darío, suaviza el tono —conseguí exigir antes de que se me escapara un puchero.

Darío se calló en mitad de una frase sobre la responsabilidad emocional y se me acercó preocupado, a pesar de que había intentado disimular escondiéndome detrás de mi pelo.

—¿Estás llorando?

—No.

—Elsa, ¿estás llorando? —Me cogió la cara con suavidad y me levantó la barbilla—. Elsa…, no…

Una vez ÉL se marchó dejándome sola en una terraza porque me eché a llorar. Después me acusó de intentar manipularlo con ese gesto, de invalidar sus emociones con mis lágrimas. No pensé que Darío fuera a decirme lo mismo, es que ni siquiera pensé. Fue una reacción natural: avergonzarme por estar llorando.

—Elsa… —La voz de Darío era ahora casi un susurro—. Perdóname.

Lo miré sorprendida.

—Estoy disgustado, pero eso no me da derecho a hacerte llorar. Lo siento muchísimo. No quería…, no quería hacerte sentir mal. Bueno…, un poco, pero porque pensaba que estabas jugando…

—No —balbuceé.

—Ven. Coge las llaves, por favor.

—No —repetí, decidida.

—No quiero convencerte de nada. No voy a…, solo quiero darte agua. Pedirte perdón. Por favor…

Entré en casa dejando la puerta abierta y él la cerró con cuidado.

—Elsa…

Fui a la cocina y encendí la cafetera de nuevo.

—Siéntate, por favor, deja que te lo prepare yo —suplicó.

Me limpié las lágrimas con una servilleta y volví a decirle que no.

—No me vuelvas a hablar así en tu vida —le dije con un hilo de voz—. Porque el perro apaleado, como tú dices, reconoce el palo, ¿vale?

—Lo siento —contestó compungido—. Estaba muy triste y lo he convertido en un cabreo que no he sabido gestionar.

—Lo sé —respondí levantando un poco el tono—. No avisarte ha sido una chiquillada, pero…

Volví a sollozar. Una vez ÉL me dijo que solo me besaba, me tocaba y se acostaba conmigo porque yo le presionaba para hacerlo. Lloré amargamente y Darío me envolvió en sus brazos.

—Lo siento… —susurraba sin cesar mientras me acariciaba el pelo—. Lo siento mucho, Elsa.

Hundí mi cara en su camiseta y lloré allí. Lloré mucho. Muchísimo. Ahora siento vergüenza al acordarme, pero si amordazas la pena y pretendes callarla de por vida, esta siempre encuentra un resquicio por donde escapar y no preguntará si te viene bien que salga despedida Así que lloré porque no pude evitarlo y porque la pena se hizo dueña de mí. Lloré porque una vez, en una situación que no puedo explicar, ÉL me preguntó si no estaba cansada de fracasar. Lloré por aquella vez que ÉL me contó que se sentía muy desgraciado, que creía que no servía para nada, que no se merecía ser feliz. Lloré porque yo pensé que podría cuidarlo y hacerle ver que era un ser amable. Y que yo lo amaría lo necesario para suplir cualquier vacío. Lloré por lo equivocada que estaba.

Lloré por la boda que no tuvimos.

Lloré por la que sí tuvo.

Lloré por los viajes que no hicimos.

Lloré por haberle hecho tanto daño a ELLA, aunque no lo supiera.

Lloré por haberme saltado tantas veces a la torera mis principios.

Lloré por haber repetido el patrón con Martín.

Lloré por no saber decirle a Darío que lo había echado de menos, que me daba miedo estar tan ilusionada, que había imaginado leer por las mañanas en su sofá mientras él tocaba el piano.

Lloré porque me gustaba tantísimo que me daba pavor.

Lloré, lloré, lloré.

Por la talla de mi pantalón; por aquella vez que una seguidora de Instagram me dijo que ya podía ponerme a dieta y hacer ejercicio, porque nadie me iba a querer siendo como soy.

Lloré por mi apnea del sueño; por Aquiles, el gatito que se me murió años atrás; por París, que quedaba inconcluso; por la niña que me dijo a los siete años que los Reyes Magos no existían; por la pobreza; por las guerras; por el fin del mundo... Y cuando ya no pude llorar más, con la cabeza en el regazo de Darío, con él acariciando cada mechón, me vi en la obligación de incorporarme y explicarle que ninguna de esas lágrimas era por su culpa.

—Ya lo sé —me dijo con una sonrisa suave—. Es como una desintoxicación. Lloras las penas que estaban escondidas y que habías tapado. Yo también he pasado por lo mismo. Pero no debí hablarte así.

—Estabas enfadado —lo defendí.

—Sí, y triste, pero no me gustaría que tú me hablases así. Debí preguntar, debí darte espacio y no presuponer y...

—No. Tienes razón. Fue infantil venir sin avisarte. Pero... sentía vergüenza.

—No voy a invalidarla. Aunque no tienes por qué sentirla conmigo.

Apoyé la sien en su hombro.

—No estás preparada —susurró.

—Estoy casi preparada.

—No quiero ser un problema ni deseo que tú lo seas para mí.

—Lo entiendo. En unos días me voy otra vez.

Nos miramos y sonrió tal y como Juan había sonreído antes. Congestionada por el llanto, quise reírme y me salió disparado un moquillo líquido, lo que hizo que él también rompiera a reír.

—¿Cómo os crían a los hombres que siempre os ponéis tan orgullosos por tener la razón?

—Creo que es genético.

—Me voy con Carlota y con Juan de viaje a un sitio donde Valentina ni siquiera soñó ir. Y voy a pasármelo bien sin esperar nada de nadie, solo de mí misma.

—Eso es bueno. Yo me iré unas semanas a casa de mis padres en San Sebastián.

—¿Para alejarte de mí?

—En parte.

—¿Por qué?

—Porque me vas a volver loco.

Arqueé las cejas.

—Una chica como yo no puede volver loco a un hombre como tú.

—¿Qué se supone que significa «una chica como tú»?

—Así. Como soy.

Bufó apoyándose en el respaldo del sofá y cerró los ojos.

—¿Ves? —murmuró.

—¿Qué?

—Esa mochila, esa inseguridad... —Abrió los ojos—. No es mía. No puedo cargar con ella ni suturar esa herida. Puedo compartir contigo cómo te veo yo, pero no cambiar los ojos con los que tú te ves. Si algún día nos queremos, no puedo quererte por los dos.

—Pero...

—¿Sabes en qué podría convertirse la relación, Elsa? En dependencia. Y tal y como leí en tu libro, yo no quiero que dependas de mí para quererte a ti misma ni para nada más. Yo quiero que me escojas.

Se levantó del sofá con un suspiro que me rompió un poco las costuras internas. Me levanté detrás de él.

—¿Te vas?

—Sí, mejor me voy.

—¿Enfadado?

—No. —Se volvió hacia mí—. Estoy un poco decepcionado, pero no es culpa tuya. Han sido mis expectativas.

Guau. Sonaba tremendamente mal. Me asaltó un terror al abandono por encima de lo esperado para una «relación» tan breve y no me pude callar:

—¿No vas a volver?

—No. Supongo que no voy a volver...

Asentí mirando al suelo.

—Voy a esperar a que vengas tú —terminó de decir.

Me volví hacia él, pero no sonreía. Lamentaba haberme ofendido con su tono, pero estaba disgustado. Supongo que cuando eres realmente adulto las cosas son así; si haces daño a alguien, hay que saber cómo curarlo. A veces dar un paso atrás es la única respuesta.

—Vale.

—Vale —repitió él.

Lo acompañé a la puerta y, una vez en el rellano, fue directamente a abrir la suya, pero lo llamé.

—Darío...

—Dime.

—¿Me das un beso?

—Elsa...

—Uno de despedida.

—¿Quieres despedirte?

—Quiero decirte «hasta luego».

Se acercó, se agachó un poco hacia mí y me dio un beso en la frente y después otro en los nudillos.

—A esto me refiero cuando te digo que me volverás loco. ¿Lo entiendes ahora?

Me sentí sumamente decepcionada, pero lo entendí. Ya había abierto la puerta de su casa cuando se giró hacia mí.

—No te lo he preguntado. ¿Adónde te vas de viaje?

—A Costa Rica.

56
Wild
Cheryl Strayed

No sé cómo lo conseguimos, porque solemos tener problemas para coordinar las agendas, pero lo hicimos. Cuando Juan, Carlota y yo nos sentamos en nuestros asientos en el avión, no podíamos disimular la emoción. Habíamos planeado muchas veces un viaje como aquel, pero siempre terminábamos reagendando para más adelante por culpa de obligaciones laborales, falta de pasta, pandemia... Verlo materializado de una manera tan inmediata fue muy mágico. La magia de Juan, que es capaz de organizar un viaje a la otra punta del mundo en apenas tres días.

En la bodega del avión aguardaban unas maletas llenas de chubasqueros, escarpines, zapatillas para hacer senderismo y ropa cómoda. Llevábamos muy pocas de las prendas que hubiéramos lucido en Madrid o incluso en París y los neceseres iban hasta arriba de protectores solares y repelentes de mosquito de todas las intensidades. Embarcábamos rumbo a la aventura.

Durante el vuelo, Juan y Carlota durmieron ayudados por unas pastillitas mágicas que guardan para este tipo de ocasiones, pero mi cabeza iba a demasiada velocidad como para poder hacer lo mismo. Fingí ver una película mientras pensaba en demasiadas cosas: lo que nos esperaba en aquella aventura, que a Darío le hubiese gustado la peli, que echaba de menos escucharle tocar el piano, mi piso en París, el vacío que palpitaba en la boca de mi estómago, la imposibilidad de encontrar la solución, Valentina, la talla de mi pantalón... Mi cabeza era la escena de la película *El mago de Oz* en la que vuelan los tejados. Debía poner orden a aquel tornado.

Pensar, a veces, es como preparar un campo para dejarlo en barbecho. Es preparar la tierra para frutos futuros. No voy a negarlo: estaba impaciente por encontrar las soluciones, pero algo me decía que sería imposible hallar resultados si no me dejaba llevar y disfrutaba de verdad de aquel viaje. Me preocupaba el vacío que París no había logrado llenar porque entonces podía tratarse de un defecto de fábrica que no tenía arreglo, pero solo tuve que salir del aeropuerto para darme cuenta de que, quisiera o no, Costa Rica iba a ser quien marcase el paso. Si visitaste Costa Rica alguna vez, entenderás la sensación de la que hablo.

Cuando embarqué en aquel vuelo, sabía que en ese país buena parte del suelo está compuesto por parques nacionales protegidos, con una fauna amplia y sorprendente. Un país que no tiene ejército, pacífico y con mucho turismo internacional. Playas paradisiacas. Montes escarpados y cubiertos de un verde intenso. Había leído todo lo que había podido sobre el destino antes de hacer la maleta e incluso de compartir con mis padres que volvía a marcharme, esta vez al otro lado del charco. Sin embargo, cualquier cosa que puedas leer o ver en documentales no te prepara para Costa Rica, porque es una tierra que clama por la atención de todos tus sentidos.

Nos recibió lloviendo, pero no nos importó. En menos de lo que Juan tardó en encender y fumar un pitillo (vicio bastante mal visto por allí), nos estaba recogiendo una furgoneta de la empresa de alquiler de coches. Mi amigo había escogido un crossover pequeño de la marca Geely, modelo GX3, que nos pareció monísimo y que engulló sin problemas todo nuestro equipaje. Confiamos en él para la conducción, no por cuestiones machistas, sino porque de los tres es quien ostenta el título de «nervios de acero». Conducir por un país que no conoces un coche que acabas de alquilar puede convertirse en una experiencia traumática, así que era mejor que se encargase Juan de salir de San José, la capital. El tráfico costarricense es famoso en ultramar.

Nos costó escapar de los embotellamientos de la salida del trabajo, pero en cuanto lo hicimos, nos adentramos en un paisaje maravilloso. No hay palabras para describirlo. Íbamos atropellándonos a nosotros mismos intentando expresar el sentimiento que nos abrazaba. Frente a la magnitud del horizonte y todo lo que rodeaba la carretera, nos sentíamos diminutos. Las carreteras discurrían paralelas a un entorno apabullante, verde, cargado de nubes con una diversidad de tonos grises. Cañones, montes, prados, bosques… Costa Rica tiene una manera hermosa de hacerte entender que allí quien manda es la madre naturaleza.

La noche cayó pronto sobre nosotros y, cuando quisimos darnos cuenta, circulábamos por una carretera oscura de doble dirección desde la que se escuchaba romper las olas del mar. Sonaba en aquel momento «Lights Up», de Harry Styles, y, a pesar de que adoro todo lo que él hace, yo misma apagué la radio para aprender el idioma con el que la tierra nos hablaba.

Llegamos al hotel, en la zona de Manuel Antonio, pasadas las diez de la noche. Había cerrado la cocina, el minibar solo tenía chocolatinas a un precio prohibitivo y nosotros estábamos agotados, así que no hubo cena. Sorteamos las camas, nos lavamos los dientes y caímos a medio desvestir en un sueño profundo. Para nosotros era entrada la madrugada. ¿Qué estaría haciendo Darío? ¿Imaginaría él también, al abrazar la almohada, que podía encontrar mi olor?

Fui la primera en despertar. Juan y Carlota dormían en posiciones imposibles, cada uno en una cama. Salí con cuidado de no hacer ruido hacia la zona de la «salita de estar», donde teníamos una pequeña cocina, y me preparé un café extremando las precauciones para ser sigilosa. Una vez preparado, salí a la terraza, donde estaba amaneciendo; eran las cinco y media de la mañana.

Yo había elegido aquel hotel y me había emperrado en que fuera exactamente esa habitación porque tenía piscina privada y tres camas. No quedaban demasiadas habitaciones libres por aquellas fechas, de modo que cuando encontré aquel paraíso me puse muy pesada con reservar. Pasaríamos allí las dos primeras noches de nuestro viaje y la estancia había costado una pequeña fortuna, de la que me hice cargo. Juan y Carlota no estuvieron de acuerdo, pero llegamos a un pacto: ellos pagarían el resto de los hospedajes y yo no podría meter baza.

Allí sentada, con un café en la mano y un pitillo encendido, viendo cómo una iguana de un tamaño considerable se acomodaba en el borde de la pequeña *infinity pool* y disfrutando de un amanecer alucinante en el cielo, pensé que valía cada céntimo que había pagado y que, en cuanto se levantaran, ellos pensarían lo mismo... No me equivoqué. Para cuando se despertaron, una familia de pequeños monos (creo que monos ardilla) saltaba de palmera en palmera y recorría el tejado de nuestra villa con alegres gritos. Una de las cosas más bonitas que he visto en mi vida. Ni confirmo ni desmiento haber llorado un poco.

Aquella mañana descubrimos Emilio's Cafe, donde desayunamos todos los días que estuvimos en aquella zona, y que tenía unas vistas increíbles, imposibles de describir. Sí, el hotel costaba un riñón y no incluía desayuno, *mea culpa*. Pero valió la pena por descubrir aquel pedazo de mundo que ocupaba la cafetería. Mientras tomábamos un café superbueno y engullíamos nuestros platos típicos con huevos, gallo pinto, plátano maduro, tortilla, queso y natilla, los monos aulladores ponían la banda sonora en lo hondo del bosque tropical que se extendía más allá de donde nuestra vista llegaba. Bosque y mar. No teníamos palabras.

Fue nuestra primera aproximación a la naturaleza exuberante de Costa Rica. Recorrimos el parque Manuel Antonio de cabo a rabo, haciendo fotos a monos, tucanes, arañas, perezosos y serpientes. Cuando terminamos el recorrido, cansados y sudorosos, en un día de sol resplandeciente, sabíamos que estábamos preparados para las actividades que teníamos previstas en la zona de Monteverde y Arenàl. Quizá nos equivocamos un poco.

La zona de Manuel Antonio fue un buen comienzo, pero ahora, echando la vista atrás con toda la experiencia a cuestas al completo, puedo decir que «empezamos por lo fácil». Menos mal. Nos permitió estirar las piernas, calentar, hacer fotos preciosas y familiarizarnos con el clima.

Esos primeros días fueron mágicos. Cenamos langosta. Nos bañamos de noche, a oscuras, viendo las estrellas brillar. Brindamos con cava que conseguimos a precio de oro en un supermercado y lo bebimos para acompañar ganchitos con sabor a queso. Hablamos de la vida, de lo que esperábamos de ella cuando éramos adolescentes, del futuro que nos gustaría encontrar si pudiéramos diseñarlo. Estaba con dos de mis personas favoritas en el mundo y solo podía sentirme privilegiada. Fue un alivio abrir el pecho a esa sensación y olvidarme un poco de todo lo que había dejado en Madrid... excepto de mis gatos, claro y... Darío.

En cuanto enfilamos hacia Monteverde entendimos por qué lo llaman el «bosque nuboso». Nos pareció que atravesábamos las nubes en nuestra subida hasta San Luis, un pueblo también bastante turístico, en cuyas afueras se hallaba nuestro hotel. Supongo que, efectivamente, aquello que se veía a nuestros pies desde la pequeña terraza del hotel eran las nubes que habíamos cruzado para llegar hasta allí. Un paisaje dominado por el verde más intenso que habíamos visto en nuestra vida, húmedo y plomizo, que en lugar de restarle belleza lo dotaba de más encanto y misterio.

Comenzó a llover aquella misma noche, mientras cenábamos una bandeja de fiambre con otros entrantes típicos en un restaurante que tenía un árbol en el centro. Acomodados junto a la barandilla central, en el segundo piso del local, bebimos limonada con hierbabuena escuchando a un chico cantar en directo versiones de canciones pop solo ayudado por su guitarra.

—Está chispeando, ¿verdad? —comentó Carlota, a la que una gota le había acertado en el ojo.

Sí. Estaba chispeando. Ya no pararía de llover hasta que nos marchamos a Guanacaste... para lo que aún quedaban muchos días.

Al día siguiente, con el *jet lag* aún a cuestas y vestidos de auténticos y ridículos turistas, fuimos a una «excursión». Al verme reflejada en la ventanilla del coche, me dije que menos mal que Darío no podía verme con aquellas pintas..., pero hice una foto para que me vieran mis padres, que se echaron unas cuantas risas. Se trataba de una jornada de senderismo que terminaba con un paseo a caballo. A mí no me va mucho el senderismo y nunca había montado a caballo, pero nos prometieron que la experiencia era compatible incluso con niños, así que..., bueno, nos lanzamos.

—Cómo me alegro de haber escogido hacer esta actividad —les dije recorriendo un sendero completamente cubierto por un arco de árboles frondosos—. Necesitamos salir de la ciudad, respirar, relajarnos.

Me recordarían aquello durante muchas horas..., las que tardamos en recorrer los ocho kilómetros bajo lo que pronto se convirtió en una lluvia torrencial, cruzando ríos, puentes colgantes y cascadas. Mi chubasquero, que compré por un precio irrisorio y que me pareció muy práctico, ya que se podía guardar dentro de una bolita para el siguiente uso, resultó tener la misma consistencia que las bolsitas que se utilizan para recoger las cacas de los perros. Me duró puesto unos veinte minutos; entero ni uno, porque en cuanto lo deslicé por mi cuerpo, el plástico rosa empezó a partirse por todas partes. El resultado fue una Peppa Pig gigante, empapada y debatiéndose entre la risa y la desesperación que provocaban las constantes bromas de Carlota y Juan. Hasta que tuvieron que cruzar un riachuelo embravecido y los dos se empaparon como yo.

No hubo conversación. Nos perdimos, volvimos al camino principal, cruzamos otra vez la misma cascada, nos mojamos todavía más, nos topamos con unas turistas y una de ellas nos escupió el hueso de una fruta en un claro gesto de desdén cuando les preguntamos si íbamos en la dirección correcta, se nos mojaron las cámaras, el tabaco, el dinero, los móviles y hasta la ropa interior..., pero la experiencia tuvo algo de catártico. Nunca pensé que mi cuerpo, maltratado a menudo con tacones altos, con dietas restrictivas en el pasado, con estrés y el humo de la ciudad y el tabaco, me permitiría hacer todo aquello. Prometí tratarlo mejor y no volver a faltarle al respeto.

Me preocupó mucho la integridad de los caballos cuando llegamos a la última parte del recorrido, pero sus cuidadores nos aseguraron que para ellos era un paseíto que tenían memorizado, que la lluvia les importaba menos que a nosotros y que estaban cuidados y descansados.

—Tenemos muchos animales y los respetamos. Nunca haríamos negocio con su sufrimiento.

No sé si me convenció, porque pensé que llevar encima a una tía de mi peso bajo una lluvia espesa no sería agradable. Le di una fruta y lo acaricié como me dijeron y el caballo, precioso, enorme y muy dulce, me pidió más mimos. A veces aún me despierto pensando en el pobre animal, que me tuvo que llevar a cuestas. No sé si repetiría, por conciencia, pero a lomos de aquel animal, aquel día, empecé a sentirme libre.

No creo que ni Carlota ni Juan se dieran cuenta, porque sus caballos debían tener rencillas antiguas y no paraban de intentar morderse el uno al otro, con lo que ellos fueron casi todo el camino detrás de mí, pero me pasé buena parte del recorrido llorando como una imbécil. No puedo explicar por qué. El paisaje era increíble, la lluvia caía como una cortina densa sobre nosotros, hacía frío, los caballos nos llevaban a la velocidad que consideraban oportuna según el punto del camino y... se me vació la mente por primera vez en mucho tiempo. Mi cabeza, acostumbrada a narrar, noveló para mí aquella mañana hasta hacerme llorar del propio impacto de la belleza. Cuando todo acabó, sentados a unas mesas como de campamento de verano, los tres comimos en silencio un plato de arroz con pollo, con el pelo mojado y una sudadera de Monteverde que compramos en la tienda de recuerdos.

En su momento no lo entendí, pero hoy me resulta mucho más comprensible por qué, a pesar de lo cansada que estaba, me costó tanto conciliar el sueño aquella noche. El vacío que en París se había convertido en un agujero de márgenes palpitantes estaba dormido y, aun así, no terminaba de sentir que el problema estuviera solucionado. Ahora sé que la sensación de angustia se había mitigado por el hecho de estar en terreno desconocido para todos, lo que me llevaba a explorar el límite de mi cuerpo y de mi propia fuerza en situaciones como la de esa mañana, pero también me daba la oportunidad de experimentar sin tener que competir con nadie, y mucho menos con Valentina.

Tumbada en la comodísima cama de aquel pequeño hotel a las afueras de San Luis, me sentía rodeada por un silencio sepulcral que no era real. Allí el silencio suena a pajaritos, a animales que se mueven de noche, a grillos, a lluvia. La oscuridad, la mudez, emanaba de mí porque Elsa estaba callada y allí no hacía falta ser nadie más que yo misma. No había proyección, no había rabia al pensar en quién debía ser y que no alcanzaba a ser, no había personajes que lo harían mejor que yo. En Costa Rica solo era una chica que viajaba con sus dos mejores amigos. Nos da miedo quedarnos mudos, no tener palabras que decirnos, pero es en el silencio donde resuenan con más fuerza las verdades. ¿Sería aquello a lo que se referiría Darío?

Dejamos atrás San Luis dos días después, pero la lluvia nos siguió hasta la zona de Arenal, donde nos hospedamos en un *glamping*, que viene a ser como un camping, pero con glamour. Nuestra «tienda» era más bien una cabaña de madera que, en lugar de techumbre, estaba cubierta por una lona gruesa que permitía que las gotas de lluvia resonaran en su superficie con más nitidez. Tenía dos camas: una de matrimonio y otra individual a los pies de esta, donde se instaló Juan. El cuarto de baño quedaba a un lado, con una ducha con mampara, pero sin puerta y un váter con un poco más de intimidad. Junto a este, una terraza de madera con dos sillas y una pequeña mesa, donde nos sentamos poco, porque daba al bosque y vimos pasar por allí toda clase de animales... Algunos nos parecieron terriblemente grandes. Nunca había visto un murciélago de ese tamaño. Parecía un chiquillo de quince años.

En el centro del complejo y rodeada por todas las tiendas, se encontraba la piscina a la que se accedía por una suerte de cuesta que imitaba una playa. También había un jacuzzi con agua caliente que, de noche, se agradecía mucho.

Fuimos al pueblo, a La Fortuna, a comprar cervezas y una botella de vino y bebimos en vasos de plástico metidos en el agua, decidiendo qué hacer los próximos días. Estábamos doloridos y cansados, pero no queríamos quedarnos sin ver todo lo que ofrecía la zona. Como nos recomendaron las aguas termales, decidimos que pasaríamos la mañana siguiente de poza en poza con agua volcánica…, o algo así. Recuerdo poco, solo que aquella noche, mientras Juan y Carlota daban vueltas en la cama a causa de la tormenta que se desató alrededor de la medianoche, yo dormí bien y de un tirón por primera vez en…, no sé. Yo diría varios años.

—¿Estáis hablando por teléfono con alguien? —preguntó Carlota mientras comía plátano maduro por la mañana.

—¿Cómo que si estamos hablando por teléfono con alguien?

—Sí, eso. Es que me he dado cuenta de que, desde que hemos llegado, solo mando mensajes de «sigo viva» a mi madre. Llevo el móvil en modo avión prácticamente todo el día, como si solo sirviera para hacer fotos.

—Yo también —aseguró Juan intentando que el arroz que había metido en una tortilla de maíz no se precipitase de vuelta al plato.

—Lo tuyo no es sorpresa, eres más bien sequito —me burlé.

—Eres idiota —se quejó con la boca llena—. Mando mensajes y eso, pero ¿llamar? No me gusta llamar.

Pensé en Darío. Había sentido la tentación de escribirle en varias (muchas) ocasiones, pero no lo había hecho porque, al final, siempre preponderaba la sensación de que nada había cambiado desde nuestra última conversación. ¿Para qué iba a mandarle una foto de un paisaje espectacular o de un plato de casado de pollo si no podía decir nada más allá de «esto es fantástico, me acuerdo mucho de ti»? Pensaría que era una cría, una irresponsable emocional que tiraba de él sin estar segura de cuáles eran ni siquiera mis heridas.

—Yo solo estoy escribiendo a mis padres y a Rocío para ver cómo están los gatos —confesé.

Los dos cogieron sus tazas de café y me atendieron, como si lo que estuviera contándoles fuera mucho más interesante de lo que en realidad era.

—¿Qué?

—Que… siendo tú… es raro —apuntó Carlota.

—¿Por qué «siendo yo»?

—Porque estás superenganchada al teléfono —sentenció Juan—. Y porque siempre te ronda en la cabeza algún desamor y la sensación de que puedes hacer algo para solucionarlo.

La Elsa que actúa.

—Solo mis padres y Rocío —aseguré—. Creo que no tengo nada que decirle a nadie más.

Sumergidos hasta el cuello en una de las piscinas naturales de agua termal que encontramos (creo que entramos en las más cutres), con una cerveza en la mano, me di cuenta de una cosa en la que no había deparado: no sabía nada de Martín desde hacía días. Ni siquiera le había dicho que me iba a Costa Rica y no…, no suponía un problema. Quizá…, quizá aquella distancia estaba dejándome espacio para la calma. Quizá. Sin embargo, tenía la incómoda sensación de estar pasando algo por alto. Como cuando sabes que has olvidado algo importante, pero eres incapaz de recordar el qué. Era como un moscón revoloteando junto a mi oreja, como el dolor palpitante de una muela. Había algo que no pero que sí. Lo cierto es que estaba a punto de descubrir qué era.

A la mañana siguiente nos presentamos en el espacio donde se servía el desayuno con hambre y con dudas que consultar en la recepción. Nos dirigíamos a la playa, pero no sabíamos qué era lo que no debíamos perdernos antes de irnos de allí al día siguiente. Nos recomendaron ver la catarata La Fortuna, a la que se accedía después de una buena caminata, bajando quinientos escalones.

—Vale la pena, se lo aseguro —dijo la chica de recepción al ver nuestras expresiones.

¿Cómo íbamos a perdérnoslo? A aquellas alturas del viaje estábamos ya seguros de que repetiríamos destino con el resto de la pandilla para ver el país a fondo, pero no queríamos marcharnos sin ver cosas tan maravillosas. Ya habíamos hecho una excursión físicamente exigente, ¿qué podía pasar?

Hostias..., cosas. Podían pasar cosas.

La caminata fue bien. Encontramos varias serpientes por el camino y vimos algunos monos encaramados a las ramas de los árboles. Había dejado de llover, pero no hacía demasiado calor. Llegamos al punto de bajada sudados, por supuesto, más que nada por la humedad del ambiente, pero, claro, una piensa que cuando se enfrenta a una bajada el camino no será muy duro, que es más complicado subir. Spoiler: durísima la bajada, la subida un infierno.

Las lluvias de los últimos días habían dejado el terreno resbaladizo y muy húmedo. Era básicamente un barrizal en el que encontrabas a tientas los escalones. No era una bajada incómoda, pero te obligaba a poner toda la atención en cada paso que dabas. No dejábamos de pensar en las personas que habían bajado hasta allí las piedras y los tablones de madera para construir aquella escalera. Debió de ser de todo menos fácil.

Cuando llevábamos más o menos veinte minutos, el sendero se desviaba hacia arriba para sortear los árboles y desniveles del paisaje, de modo que además de bajar tuvimos que subir. Por desgracia, me temí que no llevábamos todavía ni la mitad de los famosos quinientos escalones, que nos faltaban aún por recorrer.

Bajo nuestros pies escuchábamos, allá a lo lejos, el rugido bravo del río que las lluvias habían envalentonado, pero, aunque hubiera podido ser un paseo de lo más bucólico con esa banda sonora, el camino a ratos se complicaba a causa del barro y las piedras húmedas. Yo me caí una vez, y me lastimé un poco la mano izquierda al agarrarme a una roca. Carlota rodó dos veces hacia abajo, y en una de las caídas se quedó cruzada en medio del camino en una postura bastante antinatural. No fue ningún problema para ella, porque es elástica, pero yo me hubiese fracturado un montón de huesos con toda seguridad. Juan, por supuesto, no se cayó ni una vez.

Además estaba el asuntillo de que la sensación de la bajada agravaba la idea de la subida. «¿Cómo puede ser?», dirás. Bueno, cada tramo de «escalera» que superábamos significaba un tramo más que subir en el camino de vuelta. Se me ocurrió mirar hacia arriba en un momento dado y la pared vertical que se extendía hacia el cielo me provocó un vértigo terrible. Solo quienes tengan miedo a las alturas entenderán la impresión que da ver todo lo que has bajado.

El ruido del agua se volvía cada vez más tangible, más físico, justo cuando el camino se hizo más escarpado. Los escalones eran ya prácticamente inexistentes y debíamos saltar de piedra en piedra adivinando cuáles no resbalarían cuando aterrizáramos encima.

Si has hecho esta excursión, dirás que soy una exagerada y quizá tengas razón, pero voy a escudarme en que mi forma física no es demasiado olímpica y que había llovido muchísimo en los últimos días. Tanto fue así que nos resultó imposible bañarnos en el río una vez llegamos abajo, porque lo encontramos muy muy bravo.

Estaba agotada. Jadeaba y del pecho se me escapaban unos pitidos angustiosos, como buena asmática. Tenía sed y la boca pastosa. Me di un chute del inhalador para el asma y me sequé el sudor como pude, apañándome el moño con los dedos y una goma dada de sí, pero aún sentía que no me llegaba el aire a los pulmones.

—¿Estás bien? —me preguntó Carlota.

—Sí, sí. Solo necesito un segundo.

Me puse de cuclillas y miré hacia arriba, a los matorrales y árboles espesos que cubrían la pared de la montaña. La vida se abría paso. Allí la naturaleza manda y le es fácil demostrártelo cuando ves cómo nacen árboles inmensos en inclinaciones imposibles.

—Ha sido duro —dije con ciertas ganas de llorar.

Te diré que aún estoy esperando el estallido de endorfinas que todo el mundo promete después de un esfuerzo físico, pero parece ser que mi cuerpo no las produce. Sin embargo, mis amigos no respondieron. Una vez mi cuerpo me permitió pensar en algo más que en la supervivencia y atendí a mi alrededor, me puse en pie y me volví en su busca. Y allí estaba. El sonido era ensordecedor. La catarata se precipitaba sobre el río con una fuerza descomunal y creaba, además de una zona de espuma blanca justo donde caía, una lluvia mágica que vaporizaba el agua por todas partes.

Y allí, tan abajo...

Y allí, tan rodeada de la titánica montaña...

Y allí, entre árboles que existían antes de mi nacimiento y que seguirían allí tras mi muerte...

Y allí, en el silencio que crea el estruendo de la naturaleza...

Allí... me sentí nada.

Nada. Un puñado de partículas.

El resultado del azar.

Metro setenta de mezcla genética que existía sin ninguna certeza más que la de haber nacido, la de poder vivir y la de morir algún día.

Polvo de estrellas.

Un ser viviente igual a los demás y, por lo tanto, también diferente, como todos.

Huesos, vísceras, grasa, terminaciones nerviosas, riego sanguíneo, piel.

Alma. ¿Existe el alma?

Algo me hacía ser como era y no como podría haber sido. Algo que no ocupaba más espacio que el de mi respiración. Algo que daba a mis sueños un color concreto. Algo que hacía que ejercitase más uno de mis hemisferios cerebrales. Algo que hacía que odiase las coles de Bruselas, sudar o el sabor a apio. Algo que me había hecho adorar a los gatos, que me gustase el color negro y la música antigua. Algo que me empujaba a intentar ser mejor.

Allí, bajo la catarata La Fortuna, viví una experiencia que no puedo explicar. Una catarsis, quizá. Un encuentro con un yo que tenía aparcado. Un descalabro de lo que antes había sido prioridad. El agua, el sonido, lo verde, el olor a húmedo, la poca brisa que llegaba hasta allí abajo... Todo se unía tras ser percibido por mis sentidos para convertirse en una sensación de futilidad y fragmentarse después en destellos, recuerdos, perfumes.

Y allí, en un momento como ese, la vida no se parecía a una película romántica de los noventa ni podía sonar una canción pop que, con el tiempo, se convirtiera en un himno de amor para toda una generación. Porque, en un momento como ese, la vida, si se parecía a algo, era a un documental sobre el universo o sobre los miles de conexiones neuronales que nos permiten esbozar la idea del ser. Una sucesión de imágenes y sensaciones me secuestraron hasta no sentirme ni allí ni en ningún otro sitio.

Elsa se fue, pero estaba allí, más allí que en ningún otro sitio. Estaba mirando la cascada estamparse y zambullirse en un río enfurecido; pestañeando, con el agua vaporizada humedeciéndole la cara, con la sensación del sudor recorriéndole las sienes y el cuello, con la mano izquierda palpitando tras la caída. Físicamente allí, pero viajando con la mente.

—Elsa.

Juan puso la mano en mi hombro y, al girarme, lo vi tendiéndome su móvil.

—¿Me haces una foto?

No contesté de inmediato. Me sentía un poco trastornada por mis sentidos.

—¿Estás bien? —me preguntó.

—Ya lo he entendido.

—¿Qué dices?

—Que ya sé lo que tengo que hacer, Juan.

Carlota apareció en mi campo de visión lanzándome una mirada un tanto extraña, que compartió con Juan.

—¿Se habrá dado en la cabeza al caer?

—No. Qué va. Se ha dado un culazo de impresión.

—No me estáis entendiendo —les dije—. De repente..., lo he entendido.

—¿Qué has entendido? —preguntó Carlota.

—Lo de los monstruos debajo de la cama. Lo que me dijo Darío..., en realidad se refería a eso. A que los miedos convierten a los humanos en leyendas. Es imposible luchar contra una leyenda. Es imposible decirse a uno mismo que no debe tener miedo de algo si no lo comprende.

—¿Estás entendiendo tú algo? —le preguntó Carlota a Juan.

Para mi sorpresa, Juan asintió.

—Sí, sí que la estoy entendiendo.

Le sonreí como respuesta.

—Ya está —le dije—. Tengo que verlo.

Carlota parecía perdidísima cuando ambos, Juan y yo, la miramos.

—¿A quién? ¿A quién tienes que ver?

—A ÉL.

57
Cartas a un joven poeta
Rainer Maria Rilke

Martes, 12 de julio, 23.01 h.
De: Elsa Benavides
A: Ignacio Vidal
Asunto: Revelación

Querido Nacho,

Si te digo que he estado en Costa Rica y que a los pies de la catarata La Fortuna he tenido una revelación, vas a pensar con total seguridad que me he vuelto loca, así que lo intentaré de otra forma.

Darío, mi vecino, y yo iniciamos lo que podría llamarse una aproximación romántica, pero los bandazos que he ido dando en mi vida en los últimos años aún colean. Creo que se vio a sí mismo siendo arrastrado por la fuerza de mi inestabilidad y antes de dar un paso atrás me dio un consejo: «Mira debajo de la cama en busca de tus monstruos porque, quizá, ya no te dan miedo y no lo sabes». Sentí que me abandonaba. Que yo no era suficiente. Como siempre, sentí que la culpa era mía. De algún modo lo era, pero...

... He entendido lo que quiso decir y voy a hacerlo. Tengo demasiados fantasmas. Guardo demasiados huesos. Tengo muchas historias pendientes que solucionar. Una relación en bucle con alguien a quien aprecio y que estropearemos si seguimos así. La protagonista de una saga electrocutada en una bañera. Una vida en Madrid que llevo tiempo sin pararme a disfrutar. Un vecino maravilloso que me asusta porque sabe querer bien. Y en el inicio de todos mis males: ÉL. Voy a citarme con él para tomar un café. Necesito comprobar si aún lo quiero, si aún lo temo, si aún me hace daño, si aún puede hacerme volar y si aún me mira como lo hizo antaño. Tengo que hacerlo, aunque me va a hacer daño.

¿Me comprendes? De alguna manera siento que si tú me entiendes estaré más protegida. Estoy harta de vivir agarrada al recuerdo de lo que no pasó. Estoy harta de repetir errores y de creer que no merezco más.

Te quiere,
Elsa

Martes, 12 de julio, 23.42 h.
De: Elsa Benavides
A: Martín Daimiel
Asunto: Nosotros

Querido Martín,

Si de algo estoy segura es de que este mail te va a sorprender... mucho.

Quiero que entiendas, antes de nada, la motivación que me empuja a dejar por escrito todas estas cosas: necesitamos salir del bucle y aprender a ser realmente honestos con la naturaleza de lo que nos empuja hacia el otro.

No lo sabes (porque no me has preguntado y porque yo no te lo he dicho, aquí el pecado es compartido), pero he viajado con Juan y Carlota a Costa Rica. Ahora mismo me encuentro en un hotel a las afueras de San José, a punto de acostarme. Mañana regresamos a España. Además de ropa sucia y húmeda (no sabes lo que ha llovido aquí, ha sido imposible secarla), llevo la maleta llena de nuevos propósitos. Me siento como si acabase de volver de un campamento de ayahuasca.

Me conoces bien y no te extrañará si te digo que tuve una especie de experiencia extracorpórea después de bajar quinientos escalones, mezcla de la impresión que me causó el paisaje que me rodeaba y mi deplorable forma física. Me vi con la mochila demasiado llena. Por eso no avanzo, Martín, porque soy pésima soltando. ¿Entiendes por dónde voy?

Lo hemos prometido decenas de veces: no volverá a pasar, vamos a ser amigos de verdad, vamos a aprender a comunicarnos en un código neutro que no nos recuerde que fuimos amantes... Esto está mal, nos hacemos daño, no es justo para Iris... Nunca cumplimos con lo prometido, pero es hora de enfrentarse a esto con madurez y el primer paso es que seamos completamente sinceros.

Ha habido ocasiones en las que tu recuerdo se ha impuesto con una rotundidad que no he logrado entender. Sé a ciencia cierta que no estoy enamorada de ti. Te quiero, claro, pero no con la devoción con la que se ama a la persona de la que te has enamorado. Quizá podría haberme enamorado de ti, no lo sé, pero creo que estiramos demasiado el proceso como para que tomase una forma concreta.

Aun así, en un espacio que flota entre un amor que no toma forma concreta y una lascivia que nos ha carcomido, entre la amistad, la confianza y, a veces, la necesidad, tú llegas para imponerte. Te traen canciones, olores, la sensación palpitante del deseo y, sobre todo, la necesidad de que alguien me valide como merecedora de cosas que quizá por falta de autoestima, quizá por heridas que no tienen que ver contigo, siempre creo que quedan fuera de mi alcance. Es como cuando me dio por decirte que en el mundo de los guapos todo pasa más deprisa. Si alguien como tú, al que tengo en tan alta estima, me desea y se encuentra tan a gusto conmigo, de alguna manera me siento más merecedora de amor.

No es que nunca haya pensado en ti en términos románticos. Al principio no, luego... quizá. Pero ¿sabes cuál creo que fue nuestro problema? Que no nos atrevimos nunca a intentarlo. Por más que digas que fui yo quien no quiso, en este caso estamos implicados los dos. Cuando me di cuenta de que quizá sentía algo más, tú ya habías conocido a otra persona. No me digas que ya era tarde, todo pasó en un suspiro. Sé cómo sientes las cosas y que no mientes al expresar tus emociones, pero también tienes que asumir que tus emociones son como un vendaval que cambia de dirección constantemente con pasión.

Nosotros nunca hablamos abiertamente de las implicaciones emocionales de nuestra relación hasta que Iris llegó a tu vida. Como no nos atrevimos, ni salió bien ni salió mal y sigue ahí, sobrevolándonos. Porque para nosotros siempre será demasiado tarde y demasiado pronto. Es posible que tú y yo seamos un anacronismo. Quizá, sencillamente, no hay un tiempo correcto para nosotros. Y, sea cuando sea, seremos esto que no nos sacia, no nos vacía y no está bien.

Me dolió un poco que te marchases tan pronto de París, pero no es culpa tuya, sino de mis expectativas. Lo pasé muy bien, fue especial y muy mágico; me sentí en casa contigo, como siempre, pero fue tan breve que en ocasiones me da por pensar que lo soñé, que fue una escena escrita en alguna de mis novelas, planeada al milímetro, perfecta, con el mundo a su favor..., pero no real. Como lo nuestro: precioso, volátil, intenso y en permanente construcción, como un cuento que nadie se anima a terminar. Hasta hoy.

Llegaré a Madrid mañana por la noche y, probablemente, con un *jet lag* de mil demonios, pero me encantaría que nos viéramos para poder hablar de todo esto como se merece. Este mail solo es una invitación para pensar en ello y en qué soluciones propones, mientras yo estudio las mías.

Te voy a querer siempre sin quererte como se quiere en las historias de amor. Sé que tú también. Sé que no llegamos en el momento oportuno; sé que no hubiera salido bien.

Puesto todo sobre la mesa, nos será más fácil encontrar una salida al bucle.

Por favor, búscame un hueco para poder vernos. Esto es frío y no nos lo merecemos.

Te quiere mucho,
Elsa

Martes, 12 de julio, 23.57 h.
De: Elsa Benavides
A: Laia Lizano
Asunto: Valentina

Querida Laia,

Este va a ser un mail extraño, pero, como además de mi editora también te has convertido en una buena amiga mía, lo entenderás. No he colgado nada en redes porque necesitaba una desconexión real y porque así me ha nacido, pero estoy en Costa Rica. A punto de volver a España, en realidad. Es curioso, pero en ocasiones es lo inesperado lo que pone fin a nuestras búsquedas.

Lo que quiero decir es que planeé París con la mejor de las intenciones: quería airearme, demostrarme que podía estar sola, sentirme libre, separarme de Valentina y aligerar la animadversión que sentía por ella recuperando un poco de mi vida, viviendo por mí misma lo que siento que le regalé a ella tantas veces, pero no salió como esperaba. No he dejado de competir con ella ni un solo instante... hasta que llegué aquí. He entendido muchas cosas sin dedicarme a pensar en ello a jornada completa, pero estoy segura de que mis dos meses en París allanaron el terreno.

Hace un tiempo conocí a una persona que revolucionó mi vida. Sentí que había llegado para redimensionar la idea del amor. Pensé (a duras penas me alejo ahora mismo de esta idea) que era el hombre de mi vida, pero lo perdí. O, mejor dicho, él quiso perderse. Sí, lo sé, no te conté nada, pero porque había condicionantes que me obligaban a mantenerlo en secreto.

El caso es que... a todos los que piensan que el dolor de nuestras protagonistas sale del propio, me gustaría contarles que después de perderlo, escribí el sexto libro de Valentina que, como ya sabes, es un libro sensible pero alegre que, sin embargo, termina en una ruptura entre ella y Néstor. Esa ruptura la planteaba como la necesidad de que la heroína entendiese que, si todo quedaba supeditado al amor, la vida era entonces mutilada por él. El amor no debe raptar todo lo demás que hay en nosotros.

Al releer la parte final, la del dolor de Valentina por esa pérdida, no quise abrazarla, como si ella fuese una extensión de mi pena. No empaticé con ella, como mujer que había tomado las mejores decisiones para con ella misma.

Lo que me pasó fue que la odié. La odié de una manera tan visceral que..., bueno, ya lo sabes..., terminé electrocutándola en una bañera. Y si la odié fue porque supe que era imposible que ella sufriera lo que yo sufrí. Y el dolor por haber perdido a aquel que pensé que era el amor de mi vida volvió a hacerse tangible y la ausencia lo llenó todo sin posibilidad de pasar desapercibida.

¿A qué viene todo esto? Bueno, he entendido ya por fin qué es lo que me pasa con Valentina. Quizá no me robó la vida, quizá me escondí tras ella para vivir y que no me hicieran daño. Quizá no era una doña Perfecta insoportable, tal vez solo fue una proyección de aquella que yo ansiaba ser y que tenía todo lo que yo quería tener.

Pero ¿no es eso parte de la magia de estos libros? Que nos permiten soñar. Que nos invitan a ser otra con menos o más problemas que nosotras, pero diferentes. Que son espejo y, a la vez, aspiración.

No. No he hecho las paces del todo con Valentina porque... sigo teniéndole manía, no lo puedo controlar. Pero (y este «pero» es bueno) creo que ya estoy preparada para darle el adiós que se merece. Porque no puedo olvidar que ella me ha dado mucho. Ya tengo un esbozo de la línea argumental del último libro de la saga. Nos vemos con calma cuando vuelva y consiga solucionar algunos temas personales. Espero tener una escaleta provisional lista para entonces.

Gracias por confiar en mí. Gracias por parar la publicación del manuscrito que os entregué. Gracias.

Te quiere,
Elsa

(Borrador no enviado)
Miércoles, 13 de julio, 00.28 h.
De: Elsa Benavides
A: Darío Velasco
Asunto: Tenías razón

Querido Darío,

Escribo esto a sabiendas de que no voy a atreverme a enviártelo, en parte porque no estoy segura de que te apetezca leerme ahora, pero, como bien dijiste, me tengo que hacer cargo de mis inseguridades y no esperar que seas tú quien me refuerce. Yo tampoco quiero una relación basada en la dependencia; quiero querer libre.

Me he dado cuenta de muchas cosas y, entre ellas, de que tenías razón en cuanto a los monstruos que guardamos debajo de la cama. El mío me tiene retenida la voz con la que sé decir que te echo de menos, que hacía mucho tiempo que no me sentía con nadie como contigo, que tiendo a ilusionarme pronto y salir corriendo a la primera complicación para protegerme, que me encantan tus manos, que podría enamorarme de ti en dos o tres días más, que lo de París fue increíble, que pareces tener todo lo que siempre he querido tener cerca y que cuando vistes de negro me pones torreznísima.

Así que tengo una misión. Voy a rescatar esa voz que está secuestrada enfrentándome sola, con las manos desnudas, al fantasma para comprobar si sigue ahí, si no lo he creado yo de tanto recordar lo que me prometió y quise, pero no sucedió.

He pensado muchísimo en ti estando lejos y eres el único en el que he pensado. Eso, en mi idioma, significa mucho.

Creo que te protoquiero un poco y eso me asusta. Ojalá tengas paciencia, porque sé que tú no vas a volver, pero yo tengo intención de ir a por ti.

Lo dice mi madre: «Lo que es para ti, aunque te quites; lo que no es para ti, aunque te pongas».

La suerte está echada.
Elsa

Miércoles, 13 de julio, 02.30 h.
De: Elsa Benavides
A: Él
Asunto: Después de tanto tiempo

No sé muy bien cómo encabezar este mail. Supongo que un «hola» es lo mínimo...

Hola,

Ha pasado mucho tiempo desde la última vez que nos vimos; si no calculo mal, más de un año. El trato era ese, aunque creo que ni siquiera hicimos un trato.

No voy a darle vueltas.

Me gustaría verte. Me gustaría tener la oportunidad de sentarme frente a ti de nuevo y que tomemos un café. Quizá no tengamos nada de que hablar, pero quiero comprobarlo.

Por favor, dime si puedes y cuándo te vendría bien. Me acoplaré a tu agenda. Estoy aún de vacaciones.

Un saludo,
Elsa

58
Todo lo que nunca fuimos
Alice Kellen

En Madrid, el mes de julio se había crecido con ganas en nuestra ausencia, acompañado por una ola de calor sahariano. Eso es lo que decían las noticias, aunque para comprobarlo solo nos hizo falta salir del aeropuerto y el verano madrileño nos giró la cara de un revés. Acostumbrados al paisaje costarricense, el camino desde Barajas hasta el centro nos pareció un desierto de asfalto.

Juan se fue a su casa a poner lavadoras. Quería irse al pueblo a pasar unos días con sus padres. Carlota se marchó a la suya a descansar. Trabajaba al día siguiente muy temprano para cubrir la ruta Barajas Adolfo Suárez-Fiumicino. Yo subí a la mía, me di un baño de masas felino y charlé un rato con Rocío.

—Si te parece, me voy mañana —me dijo.

—No, mujer. ¡No hay prisa!

—Ya lo sé, pero creo que te irá bien volver sola a la normalidad. Es tu casa.

Al día siguiente, a mediodía, cuando pude despegar los párpados, Rocío había dejado su copia de las llaves sobre el banco de la cocina, junto con un cruasán y una nota.

Gracias por estos meses.
Estoy deseando que me den las llaves del piso para hacer una buena fiesta de inauguración, pero he estado en tu casa tan cómoda como si fuera la mía.
Llámame si te sientes sola hoy.
Bienvenida a casa.

Quien tiene un amigo, tiene un tesoro. En ese sentido soy rica.

Aquel día fue un poco duro. Deshacer las maletas siempre es triste, pero en aquel momento acompañaba a las prendas a la lavadora una sensación de trabajo por hacer que no permitía procrastinación. Tenía nudos en el pecho con ganas de ser deshechos, que estrangulaban la garganta y la boca de mi estómago; en ocasiones, también el corazón. Y era imposible estar allí y que la tentación de llamar o escribirle a Darío no fuese más fuerte. Pero antes..., antes tenía que ordenarme.

El primero en responder a mi citación fue Martín. Fue muy parco en palabras. Me preguntó en un mensaje si había podido descansar y si me iba bien quedar en Malasaña aquella misma tarde. Le dije que sí, aunque en realidad no tenía ni idea de lo que quería decirle y de cómo iba a enfocar aquello para que diera como resultado algo distinto y bueno.

El calor había empezado a dar una tregua cuando llegué a la plaza de Juan Pujol. Martín estaba esperándome en la mesa más apartada de una terraza abarrotada, con las gafas de sol aún puestas, aunque este había dejado de brillar directamente sobre aquel pedazo de Madrid. Me senté frente a él sin saber cómo saludarlo, solo extendí la mano sobre la mesa caliente y él la agarró con una sonrisa tensa.

—¿No me das un abrazo? —me preguntó.

—Prefiero guardarlo para el final. No voy a quedarme mucho.

Encima de la mesa había una cerveza Alhambra a medio beber y un cuenco con frutos secos y aquella imagen tan típica de una tarde madrileña me provocó una sensación de nostalgia. Sabía, aún sin poder concretar la imagen en un calendario, que tardaríamos en poder vernos en esas circunstancias. Martín se quitó las gafas de sol Ray-Ban y las dejó sobre la mesa, descubriéndome dos ojeras cansadas y una mirada entre fría y triste. Posiblemente yo presentaba el mismo aspecto.

—¿Qué quieres tomar?

—Una caña —respondí.

—¿Doble?

—No. Una caña con limón.

—Sí que va a ser breve —apuntó.

Suspiré y llamé con un gesto al camarero, que acudió cargando una bandeja llena de vasos vacíos.

—Una caña con limón, por favor.

—¿Caña o doble?

—Caña —respondimos al unísono Martín y yo.

El silencio aterrizó junto al cuenco de frutos secos como una paloma mugrienta y hambrienta, ese tipo de animales que despiertan en ti la misma lástima que aversión. Ambos lo espantamos con un carraspeo.

—¿Empiezas tú? —me preguntó Martín.

—Leíste mi mail, supongo.

—Lo leí, sí.

—¿Y?

—Te equivocas en una cosa. No me sorprendió.

—¿No?

—No. Llevábamos mucho sin hablar y eso siempre suele ser sinónimo de un proceso mental de los que traen consecuencias.

—Pensé mucho después de tu visita a París —le confesé.
—¿Me dejas decir algo?
—Sí —asentí—. Esto no es una discusión. Es un...
—Una despedida.
—Iba a decir un diálogo, pero supongo que también es un poco despedida.
—Sobre lo de París, quiero decirte que no me arrepiento, pero no fue..., bueno..., no sé. Me hizo sentir culpable, al fin y al cabo.
—Hace mucho tiempo que hacemos cosas de las que exactamente no nos arrepentimos, pero que nos hacen sentir culpables. Además, admitamos que nos hacen daño, que hacen daño a terceros y que no tienen más razón de ser que dejarnos a expensas de un impulso que no es solamente resultado de la atracción.
—Ya... lo de la autoestima que decías en tu mail, ¿no?
—Sí. Creo que nos buscamos para reafirmarnos.
—Es un poco retorcido —se quejó.
—Lo hacemos sin darnos cuenta. Si fuéramos conscientes de ello, no lo haríamos.
—¿Entonces?
—Entonces ¿qué?
—Que por qué lo hacemos.
—Porque nos reconfortamos. Porque nos parecemos mucho y a la vez no nos parecemos nada. Supongo que si lo hubiéramos intentado tendríamos una idea mucho más precisa de todas las cosas que no funcionan entre nosotros, pero siempre hemos estado flotando en un limbo que ha podido parecerse alguna vez a algo romántico, pero que ha sido también tóxico.
—¿Somos tóxicos el uno para el otro?
—Antes pensaba que no. Ahora no lo tengo claro. Es posible que la duda sea suficiente como para empezar a hacer algo diferente con esto.

—Una revolución. —Sonrió con tristeza.

—La revolución de la contención.

—Quieres que dejemos de vernos.

—Por querer, no quiero. Me encantaría levantarme mañana con la certeza de que podemos ser amigos sin más condicionantes, pero hemos sido amantes durante mucho tiempo. Piénsalo..., llevas más con esto entre manos que con Iris.

—Ese es un tema que mejor dejamos para el final. Ahora hablemos de nosotros. ¿Por qué no podemos ser amigos mañana?

—No lo sé. Pero nos hemos prometido eso mismo muchas veces y en dos meses volvemos a encontrarnos en tu cama o en la mía o... o en mensajes que no deberíamos mandarnos. Somos mucho más que la piel que nos tienta, ¿no crees? Porque tú tienes un alma y yo tengo otra y esas almas, seamos sinceros..., no son compatibles.

—Lo sé —asintió—. Saldría mal.

—Saldría fatal.

—¿Qué propones?

—No lo sé. Alejarnos. Poner distancia física y emocional. Solucionar nuestras mierdas, encontrarnos bien y después, quizá, podremos ser amigos.

—No creo que dejes de atraerme —afirmó.

—Ni tú a mí, pero llegará el momento en que no abordemos esa idea de la misma manera.

—¿Tú crees?

—Confío en ello, porque si no..., visto que no llegaríamos a nada, que no estamos enamorados y que solo encontramos alivio en el otro en un acto que después sentimos como debilidad..., deberíamos «romper» como rompen las parejas.

—Hemos hecho eso muchas veces, ¿por qué iba a ser ahora diferente?

—Porque esta vez quiero hacerlo —sentencié no sin cierta pena—. Todas las anteriores eran resultado de un sentimiento de deber. Ahora necesito y quiero alejarme de esto.

Asintió y me pareció que se sentía dolido.

—No quiero hacerte daño —le dije.

—Ya lo sé, pero me duele. Me siento... rechazado.

—¿Rechazado? No es eso. Me he sentido rechazada tantas veces por ti que no puedo evitar sentirme identificada, pero...

El camarero dejó una caña de cerveza con limón sobre la mesa y otro cuenco de frutos secos.

—Gracias.

—De nada, chicos.

Volvimos a mirarnos, sin saber muy bien por dónde seguir.

—¿Te he hecho sentir rechazada?

—Sí. Porque la escogiste a ella cuando ya me conocías a mí, porque te has arrepentido todas las veces que hemos estado juntos...

—No me he arrepentido, me he sentido mal por ello. Hay un matiz pequeño, pero lo hay.

—Bueno..., te sentías mal por estar conmigo.

—Porque estaba Iris en mi vida.

—Lo sé. Pero yo era la otra, la que aparecía en tu imaginario cuando estabas de bronca con ella, cuando te sentías frustrado, cuando ella se iba de viaje, cuando...

—Eso no es verdad. Has aparecido en mi imaginario muchas veces y no tenían que ver con ella, sino con nosotros dos. Estamos enganchados a esto.

—Lo estamos. Pero a un alcohólico no puedes pedirle que deje de beber y citarlo cada fin de semana en un bar diferente.

Asintió y se acercó la cerveza a los labios; yo lo imité y mi clara con limón bajó rápida y fresca por mi garganta produciéndome cierto alivio.

—¿Rechazada, en serio? —insistió.

—Un medio para un fin.

—Nunca he pensado en ti en esos términos.

—Si lo hubieras hecho, serías un mal tío y creo de corazón que no lo eres.

—Algo tendré para que creas que debes alejarte.

—Que debemos alejarnos. Es como aquella chica que salió en las noticias por mezclar dos productos químicos en una piscina... —Sonreí sin querer—. Creo que el problema no somos nosotros en sí mismo, es la pareja que hacemos.

—Hubo un tiempo en el que pensamos que haríamos una parejaza.

—Lo pensamos, sí —confesé—. Pero ¿no crees que era una imagen irreal?

—Expectativas. Como en aquella canción de Yoly Saa, ¿la recuerdas?

—Claro que la recuerdo...

Martín dejó la cerveza sobre la mesa, serio, asintiendo sutilmente a pensamientos que le estaban cruzando en aquel momento la cabeza.

—También pensé que estabas avergonzado por sentir algo por mí.

—¿Avergonzado de qué? —Arqueó las cejas.

—De mí. De que no soy..., ya sabes, como tus otras parejas. Me siento y un michelín se apoya en la cinturilla de mi pantalón. Me río y me vibra la papada. Tengo dos rollitos de carne en la espalda y no puedo comprar botas altas normales porque ninguna me cierra en el gemelo...

—¿Me crees tan superficial?

—Estoy hablando de mis sensaciones; no doy por hecho que sean reales. Solo es que..., no sé. Siempre me he sentido insegura contigo en ese aspecto.

—No me he avergonzado de ti nunca. Eso es una tontería y me hace sentir mal.

—Lo siento. Es lo que…

—No quiero invalidar lo que sientes. Solo quiero que te quede claro que no soy así.

—Me alegro.

Dio otro trago y yo me entretuve en sacar un cigarrillo de mi bolso y encenderlo.

—Odio que fumes. Eso siempre puntuó en negativo.

Eché el humo hacia arriba con una sonrisa.

—Fumo poquísimo y si eso puntuó en negativo es porque nunca te gusté lo suficiente como para pasarlo por alto. Lo estoy dejando.

—Me alegro por ti.

—Lo sé. Es un vicio asqueroso. —Pero le di otra calada.

—Entonces… ¿adiós?

—Hasta nuevo aviso.

—Podemos mandarnos mails —se burló—. Como te gustan tanto…

—Podemos mandarnos mails, sí, pero… con el tiempo.

—¿No quieres saber nada de mí?

—Quiero saberlo todo de ti, pero lo relacionado con nosotros es confuso, porque no te quiero, no en el sentido romántico, ya me entiendes. Así que… creo que ambos necesitamos tiempo y espacio para permitir que nuestra relación deje de tener unos márgenes tan poco nítidos.

—Parece que lo traes todo muy pensado.

—No, qué va. Lo he sentido mucho. Son emociones muy masticadas, pero soy la primera que no sabe si se está equivocando.

—Bueno… —Se encogió de hombros—. Si con el tiempo sentimos que nos equivocamos, podemos dar marcha atrás. Nada es irreversible, excepto la muerte.

Sonreí y él también lo hizo.

—¿Te quedan cosas por decirme, Martín?

Asintió en silencio, mirando a todas partes excepto a mí.

—Sí. Supongo que más de las que creo, pero no es momento de ponerse a rebuscar. Encontraré la manera de decírtelas, aunque sea con canciones.

—Canciones, ¿eh? —me burlé sin malicia.

—Escribimos para entender lo que nos pasa, ¿no? Es la única forma que conocemos de curarnos.

—Quizá tienes razón.

Levantó la cerveza hacia mí y yo apagué el cigarrillo e hice lo mismo con mi vaso. Brindamos y bebimos.

—Por ser sanos —dijo.

—Es un buen brindis.

Apoyamos la bebida en la mesa y volvimos a brindar, porque era una manía que habíamos cogido con los años.

—Creo que sí quiero decirte una cosa —dijo tras dar un sorbo y terminar el contenido del botellín—. Me escribiste en el mail que quizá éramos un anacronismo, pero no estoy de acuerdo. No es que fuera el momento equivocado ni que no fuéramos las personas indicadas. No es que seamos malos o tóxicos, es que nunca llegamos a ser. Y, dicho esto, antes de que te marches, me gustaría decirte que Iris y yo rompimos la semana pasada.

Fruncí el ceño.

—¿Rompisteis?

—Sí. No funcionaba. No lo hice bien, pero en el espacio en el que cabíamos tú y yo, jamás debió haber nada que no fuera ella. Al volver de París estuve pensándolo y…, Elsa, tú y yo…, no duraría. Sería bueno, pero no duraría, lo que no quiere decir que no hayamos sentido cosas bonitas. Y ella y yo nos quisimos, pero de modos muy diferentes.

—Lo siento —dije de corazón—. ¿Estás bien?

—Estaría mejor sabiendo que voy a tener tu hombro para llorar.

No supe qué decir. Me sentía tentada de ofrecérselo, pero eso pondría sus necesidades por delante de las mías y lo había hecho, no con él, con mucha gente, demasiadas veces. Con verdadero esfuerzo volví a disculparme.

—Ahora no puedo darte eso. Tengo que solucionar mis cosas.

—Suena egoísta —confesó.

—Los límites siempre suenan egoístas a aquel que no está acostumbrado a encontrarlos.

—¿Me estás llamando malcriado?

—No. Estoy diciendo que es el momento de poner límites a nuestra relación y este es el primero. Si te ofreciera mi hombro como amiga, los contornos volverían a ser confusos en muy poco tiempo porque, en el fondo, no sabemos ser solamente amigos. Puedes escribirme siempre que quieras y me encontrarás, pero a una distancia emocional prudencial, que no nos haga daño a ninguno de los dos.

—Bueno…, quizá eso baste.

—Espero que baste.

—Pero tal vez no sea suficiente. —Me miró decepcionado.

—Lo siento.

Cogí su mano por encima de la mesa y apreté sus dedos.

—Te deseo lo mejor. Quiero que seas muy feliz. Que te sientas completo, que estés tan feliz solo que cuando llegue alguien especial sepas compartir tu espacio sin que deje de ser tuyo. Deseo que disfrutes, que tengas todo con lo que hayas soñado y, sobre todo, te deseo amor. Me gustaría poder estar cerca de ti cuando todo esto suceda, pero para que sea así, tengo que procurarme un espacio sano.

Tragó saliva y apretó también mis dedos entre los suyos.

—Yo te deseo lo mismo.

Abrí el bolso para pagar, pero me paró.

—Deja que te invite.

—Vale. La próxima pagaré yo.

Sin embargo, rebusqué a ciegas en mi bolso hasta dar con el objeto que quería devolverle. Lo encerré en mi puño y después se lo tendí a Martín. Antes incluso de abrir los dedos, él ya estaba diciéndome que no.

—Te lo regalé. No lo quiero.

En mi mano, el anillo de plata que me dio antes de que me fuese a París parecía más brillante que nunca, como si la pena pudiera darle un lustre especial. No deseaba desprenderme del anillo porque quería acordarme de él, pero no sabía si no sería portador de recuerdos que no nos harían bien.

—No voy a devolvértelo —decidí sobre la marcha—. Voy a pedirte que me lo guardes. Así, la próxima vez que nos veamos, cuando me lo des, será símbolo de una amistad sana y no habrá margen de error.

Me levanté, fui hacia él, dejé el anillo en su mano y le di un beso en la sien. Martín echó la silla atrás y se puso en pie para abrazarme. Nos apretamos en un nudo en el que no importó la cercanía, como otras tantas veces en las que nuestras caderas se habían acercado con intención. Nos dimos, creo, nuestro primer abrazo de amigos. Ese abrazo contenía tanta nostalgia, pena y cosas por decir que necesitamos separarnos pronto.

—¿Y ahora qué vas a hacer? —me preguntó.

—¿Yo? Uff. —Resoplé—. Me queda mucho por hacer.

—¿Y por dónde vas a empezar?

—Pues por mí. Por adoptar rutinas sanas, por ordenar mi mundo, retomar mi trabajo poniéndole límites y poniéndome en duda y, después, mirar debajo de la cama a ver si sigue habiendo fantasmas debajo.

Arqueó las cejas. Era la única persona de mi entorno que entendería aquello sin necesidad de preguntar, además de Carlota y Juan. Nunca hablamos de mi relación con ÉL abiertamente, pero su espíritu acompañó buena parte de lo nuestro. Martín conocía el nombre de los demonios que me perseguían.

—Ten cuidado con eso —me dijo—. No quieras hacerlo todo a la vez. No necesitas ser fuerte siempre.

—Justamente por eso quiero abrazar mi vulnerabilidad. Ese consejo es tuyo, y… es muy bueno. Te haré caso, amigo.

Cogió mi mano, besó mi palma y sonrió.

—Buena suerte.

—Te quiero —susurré.

Me alejé todo lo rápido que pude sin que pareciera que huía, aunque en el fondo lo hacía, porque creía en todo lo que le había dicho, pero una parte de mí no quería que fuera cierto. Aún no se había concretado su ausencia en mi vida y ya lo echaba de menos, pero tomé aquello como un buen augurio. Martín y yo conseguiríamos ser buenos amigos…, aunque antes él escribiría alguna canción para mí y yo no podría evitar que se colase en alguno de mis libros.

59
El peligro de estar cuerda
Rosa Montero

Como escritora tengo muchos autores de cabecera a los que, de alguna manera, venero como maestros. Como lectora también guardo un respeto reverencial hacia muchos escritores que me han hecho sentir libre, me han atrapado entre sus páginas y han acompañado mis pasos vitales a golpe de párrafos que han puesto en palabras lo que he sentido y no he sabido decir. Rosa Montero, para esta humilde escritora y ávida lectora, se sitúa en ambos grupos, en una posición importante. Adoro leerla porque aprendo, me divierto, me olvido del reloj y me atrapa en el papel haciéndome sentir muy libre.

El título del capítulo que estás leyendo, en esta novela que tiene mucho de metanarración, es *El peligro de estar cuerda* porque en este libro Rosa Montero explica de cientos de formas, algunas con un enfoque más científico, otras abordándolo con ejemplos muy ilustrativos que se convierten en relatos en sí mismos, la relación entre la «locura» y la creatividad. Entre sus páginas me he sentido muy identificada y comprendida; soy una de esas locas, dementes, taradas, que ejercitan la creatividad como única vía de salida para todas las posibles vidas que habitan en su interior.

No, no tengo personalidad múltiple, pero siempre, desde pequeña, he sido muy consciente de todos los caminos y multirrealidades paralelas que se abrían en el imaginario cuando tomaba una decisión y no otra. En mi cabeza hay Elsas que siguen casadas, Elsas que no se comprometieron nunca; alguna estudió Bellas Artes y vive ahora manchando lienzos y dando clases particulares en un país que no es España; otra se colgó la mochila a la espalda y salió a recorrer mundo con una cámara de fotos. Hay tantas Elsas dispersas en una realidad que no existe... que no sé si las albergo en mi interior o si se marcharon para no volver, prometiendo no mandar postales desde su destino definitivo.

Creo que, en aquel momento de mi vida, el problema principal era que muchas de ellas vivían atrapadas en las expectativas que un día me formé sobre lo que sería mi vida. Porque Elsa debía ser normativamente bella, gustar a todo el mundo, vestir con estilo, ser buena en su trabajo, en su casa, con los demás. También tenía que ser simpática, culta, alguien que no cedía a la pereza, activa y deportista, atrevida y decente...

... Pero la realidad era otra muy distinta. Elsa era bella a su manera, no normativa, eso seguro, porque solo hay que echar un vistazo a una revista para saber que queda muchísimo camino para que el concepto de belleza despliegue sus alas y nos abarque a todas. Elsa tenía haters (y los tiene, claro, como todo el mundo que se relaciona y sale al mundo). A veces vestía como si se fuera a comprar droga (ni confirmo ni desmiento que en el Carrefour de mi barrio me hayan visto entrar alguna vez con el pijama debajo del abrigo y unas UGG despeluchadas como calzado). Era responsable en su trabajo, pero fallaba. Como ama de casa dejaba muchísimo que desear, en ocasiones estaba irascible y era borde, no leía tanto como quería, se pasaba días dedicándose a la vida contemplativa, huía tanto del deporte que si algún día le alcanzaba el apocalipsis zombi, su única opción de sobrevivir sería tirarse al suelo y hacerse la muerta y, en ocasiones, la decencia se quedaba tan guardada en el cajón de la ropa interior que daba vergüenza tender fuera de las cuatro paredes de casa.

¿Y qué? Hablo en pasado, pero es posible que todas esas cosas sigan vigentes en la persona que está tecleando ahora mismo estas páginas. «¿Cuál es el problema concreto?», pensarás. La frustración. Porque nos exigimos tanto que el resultado, lo que somos en realidad, nunca será suficiente para nosotras mismas. Y yo había apretado tanto, había querido ser tanto, que no había llegado a ser nada. Era el momento de ordenarse, marcar prioridades y asumir que ni siquiera los gatos, que son lo más bonito que hay en este mundo y en otros universos posibles, gustan a todo el mundo.

Así que si algo me ayudó en ese momento de mi vida fue, teclado en mano, escribir la «Lista de prioridades de la Elsa que aspira a ser feliz»:

– Abrazar la mierda. No se puede escapar de lo que se siente ni huyendo hacia delante.

– Mirarme de frente en el espejo y asumir mis defectos, los que se reflejan y los que no. Decidir si los abrazo (como a la mierda) o me esfuerzo por cambiar:

*Soy redondita. Retomar el yoga, sobre todo por ese ruido que hace la rodilla derecha al subir escaleras. Comer mejor, para vivir muchos años y dedicarme a mí misma tiempo de calidad mimándome por dentro. Lo demás, me la pela. Soy redondita, a quien no le guste, que no mire.

*Soy odiosamente autoexigente. Abrazar todas aquellas cosas que no seré jamás y dejarlas volar. Ser tiene su dificultad y es suficiente en sí mismo.

*Temo sentirme débil, voy de fuerte e independiente para ocultar mis soledades y mis miedos. Aceptar que todos tenemos derecho a ser débiles y aprender a pedir ayuda.

*Soy cínica y una borde cuando me siento atacada. Prepararme para expresar mis emociones sin dejar de lado la empatía. Nunca tratar como no me gustaría que me tratasen a mí.

*A veces siento que no merezco ser querida porque no soy perfecta. Proyecto en «la que debería ser» todas las cosas que supuestamente me harían feliz. Curar esa herida. Tener presente que todos merecemos ser queridos, seamos como seamos, siempre y cuando seamos buenos.

– Disfrutar de mi trabajo. Es maravilloso. No convertirme en una funcionaria de la escritura. No olvidar que me permite soñar.

– No mendigar amor. No contentarme con lo que no quiero por miedo a perder.

– Poner límites.

– Cuidar de los míos sin dejar de cuidarme a mí.

Tenía bastante trabajo que hacer. Tiré toda la ropa que no me abrochaba y dejé de pensar en esas prendas como «el rincón de la esperanza». Ordené cada armario, el despacho, los rincones. Me deshice de los recuerdos que me dolían. Imprimí fotos de los míos, compré marcos y los coloqué por toda la casa: papá y mamá recién casados en el salón; papá y mamá en las últimas navidades, al lado. Carlota y yo en la boda de Chu y Jorge, riéndonos, en mi dormitorio. Las fotos de los gatitos que quise y que se marcharon al arcoíris de los animalitos también en el dormitorio. Juan y yo de viaje en Colombia, en el recibidor del hotel. La pandilla al completo, en aquella casa rural el diciembre anterior, en el despacho. Vega, Juan y yo repartiéndonos besos en un pub de Albacete en una balda de la estantería. Laia y yo en mi primer Sant Jordi, al lado.

Toda la pandilla de escritores amigos en una parte bien visible de la pared. Mis amigas del instituto e infancia en un lugar que pudiera ver al trabajar. Porque mi mundo empieza bajo los pies de todas las personas a las que quiero.

Compré velas de The Singular Olivia. Me hice con ese cuadro de Coco Dávez que siempre quise. Saqué de la estantería los libros que tenía pendientes de leer y los apilé en el salón, junto a mi sillón preferido. Encargué un nuevo rascador para los reyes de la casa y les di chuches cuando se afilaron las uñas en él y no en el sofá. Compré unos billetes de avión para el mes siguiente con destino Menorca, porque me encanta la isla en septiembre, sin preguntarme si alguien me acompañaría o no. Limpié la agenda de contactos, bloqueando y borrando a todas aquellas personas que solo me escribían para pedirme algo. Mandé una carta a mis padres, agradeciéndoles su apoyo incondicional y pidiéndoles perdón por no haber sabido manifestar que estaba tan agobiada... y la acompañé de un jamón. A mi hermana le pregunté si podía venir aquel fin de semana a Madrid para pasar dos días yendo a museos, a comer a sitios bonitos y de compras... Se apuntó enseguida.

Me inscribí en unas clases de yoga al lado de casa para empezar en cuanto volviera de Menorca, hice la compra y llené la nevera con mimo. Salí a pasear por el Madrid que más me gusta en la puesta de sol. Me puse al día con los mails, sonriendo al leer a Nacho y a Laia, con la que concerté una cita para desayunar en el Café Comercial, como en los tiempos en los que no sentía que el trabajo me ahogaba.

Por último, y no menos importante, saqué del trastero el cuadro que la editorial me regaló cuando la Saga Valentina alcanzó los dos millones de copias vendidas y con mucho estruendo y poca elegancia hice un agujero en la pared del despacho, coloqué un clavo y lo colgué.

Perdóname, Valentina. Perdóname, Elsa. Voy a empezar de cero abrazando, sobre todo, el peligro de estar cuerda.

A las once y treinta y seis minutos de la noche, ÉL respondió a mi mail citándome en un lugar, un día y una hora.

60
Mientras escribo
Stephen King

Laia me esperaba en una mesa junto a la ventana en el Café Comercial. A esas horas, a las diez de la mañana, ya hacía un calor de mil demonios y llegué sudando. Tardé cosa de dos minutos en quitarme la sensación de bochorno de encima, abanicándome con la carta. Los que me conocen saben que a mi cuerpo siempre le cuesta un poco aclimatarse a los cambios de temperatura y se pone a sudar de un modo poco elegante. Cuando dejé de transpirar, nos abrazamos. Laia sonreía muchísimo y cuando me acomodé de nuevo frente a ella y le pregunté el porqué de su expresión, me señaló.

—Estás diferente.
—¿Yo? —Me señalé el pecho—. ¡Ah! Será porque me dio un poco el sol los últimos días del viaje a Costa Rica. No sabes cómo nos llovió al principio.
—Sí, estás morenita, pero no es eso. Estás… tranquila.
—Yo no sé estar tranquila —bromeé.
—Ya me entiendes.
Me dio unas palmaditas en la mano, contenta.
—¿Qué tal los niños?
—Muy bien. Creciendo como locos.

—Ay, que no se me olvide. —Rebusqué en el bolso y saqué unas tabletas de chocolate—. Te compré esto en Costa Rica. Para ti y para los enanos.

Se levantó, me plantó dos sonoros besos y murmuró que era la mejor.

—Pero, cuéntame, ¿cómo estás?

—Bien —asentí—. Bueno, un poco rara, ¿sabes? He tenido una especie de viaje astral y he puesto mi vida patas arriba en dos días.

—¿Resultado del viaje a París?

—Más bien ha sido resultado de bajar quinientos escalones en Arenal y enfrentarme a una descomunal cascada de agua. Me dispersé en el cosmos y volví con una misión.

Laia se echó a reír.

—Estás locuela —se burló—. ¿Cuál es la misión?

—Ser más feliz.

Las dos nos reímos, pero yo tenía ganas de llorar, supongo que de alivio.

—Perdóname —le dije, poniéndome un poco triste—. Alberto y tú..., perdonadme por el numerito de Sant Jordi.

—Ni se te ocurra pedir perdón por eso.

—Perdonadme por no haceros caso. Me enroqué en mi idea de tirar hacia delante. Casi me sentí atacada cuando me dijisteis que no ibais a publicar el manuscrito y lo siento.

—Es normal. Lo que escribís es siempre muy vuestro, un trocito de vosotros, una especie de símbolo.

—Sí, pero lo que os presenté era un mojón.

Se le escapó una carcajada que me contagió.

—No hablemos de trabajo. Venga, cuéntame: París, Costa Rica, tu misión cósmica de ser feliz...

—No, porfa —le supliqué—, déjame que te enseñe unas cosas que he preparado. Nos quitamos el tema de trabajo de encima pronto y después desayunamos ya tranquilamente como dos amigas. Tú también tienes que ponerme al día. ¡Quiero saber si Andrés ya habla!

—Algo habla... —Sonrió—. Venga, vale. Cuéntame.

Saqué del bolso un cuaderno, cogí prestada una silla de la mesa desocupada contigua y me senté a su lado.

—Los escritores modernos hacen esto con un iPad, pero soy de la vieja escuela. Aún escribo las novelas en Word.

—A ver..., déjame que vea esto bien.

—Mira..., en el libro anterior dejamos a Valentina decidiendo entre su carrera y su vida personal, ¿no? Retomo el asunto de la película como argumento secundario y el de su libertad como el principal. Néstor acompaña esa línea, ¿ves? —Señalé una parte del esquema—. Quiero enfocarme en el amor sano, que es libre. Amigas y familia cumplirán con tramas complementarias, y todo se une al final así.

—Vale.

—Voy a concretártelo un poco más.

Pasé la página y le mostré una escaleta descriptiva, más o menos desarrollada, donde por códigos de colores explicaba la evolución de las diferentes tramas, los giros y los personajes y marcaba además los puntos en los que aún dudaba cómo abordar ciertos detalles. Laia me lanzó una mirada de soslayo que me asustó.

—¿Qué? ¿Es una mierda?

—¿Una mierda? —se burló—. Ay, querida..., ¿y las vacaciones? ¿Cuándo has hecho todo esto?

—Empecé en el vuelo de vuelta. Sin las vacaciones no hubiera podido hacerlo. Esta vez Valentina no vino conmigo, así que... la eché un poco de menos. Es sanísimo eso de echar de menos. Mira..., he pensado que el final sea una escena con todos...

Laia estudió la página parando mi discurso con un gesto amable, frotando mi espalda con cariño. Siguió, con ojo profesional y experimentado, todas las ideas volcadas sobre el papel. Acompañó con el dedo algunas de las líneas, dio la vuelta a la hoja para continuar viendo mis anotaciones y, aunque hubiera sentido pudor si fuera otra persona, la calma se asentó en mi estómago cuando al poco cerró el cuaderno y me lo devolvió.

—No quiero saber más.

—¿No? —me sorprendió.

—No. Lo tienes. Quiero disfrutarlo cuando se materialice.

Una sonrisa espléndida se me dibujó en los labios.

—Buen trabajo —me dijo.

Me senté de nuevo frente a ella, guardé el cuaderno y llamé a la camarera con un gesto feliz.

—¿Ya lo sabéis? —preguntó amable.

—Sí. Un café americano y una tostada de aguacate. ¿Y tú? —me dirigí a Laia.

—Un café con leche y una tostada con tomate. Me dan ganas de pedir una botella de champán. —Se rio.

—Si ustedes la quieren…

—No, no. Muchas gracias.

Cuando nos quedamos solas, nos palmeamos las manos contentas, emocionadas.

—Venga, Elsa…, ahora cuéntame tus aventuras.

París, Martín (sin desvelar su nombre), mis amigos, la soledad disfrutada, la sufrida, Darío, el piano, el París de Darío y las irrefrenables ganas de llamarlo y escuchar su voz; la sensación de que era demasiado pronto y tenía aún asignaturas que aprobar sin él. El viaje a Costa Rica, las ideas, las heridas, ÉL… Durante un rato, Laia y yo fuimos dos amigas contándose la vida, dándose consejos, compartiendo, como siempre lo habíamos hecho desde hacía ya casi una década.

Y, por cierto, Andrés, su hijo, había aprendido ya a decir «no quiero». Ojalá no se nos olvidara nunca saber decir no.

61
Hechos poco fieles
Lena Andersson

Siempre me ha gustado el hotel Santo Mauro, aunque nunca me he alojado allí. He ido a algunas presentaciones de marcas, y la verdad es que cruzar su recepción hacia el jardín trasero despierta en mis sentidos un placer que solo el lujo decadente sabe provocar. Tiene algo antiguo, en el buen sentido; es como un viaje en el tiempo que te hace sentir una señorita bien de mediados del siglo xx. No sé explicarlo con otras palabras. Es bello. Decadentemente bello. Aunque no sé si podré volver a verlo con los mismos ojos desde aquella tarde. Fue allí donde ÉL me citó a las ocho de la tarde para un «café».

—¿No podíamos haber quedado en un Café y Té? —bromeé con Juan al contárselo.

—Deja de quitarle fuego y no bromees tanto. Ya sabes cómo es. El lugar que ha escogido ya debería decirte algo: va a ir con toda la artillería.

Como de costumbre.

Pasé mucho rato delante del armario pensando qué ponerme. Hacía mucho calor, pero quería vestirme con algo bonito, levemente formal y que me hiciera sentir segura, pero lo que me gustaba iba a darme calor y con lo que me sentía más cómoda no me parecía acertado. Al final me coloqué un vestido camisero negro con pequeños motivos en rojo, me puse unas sandalias del mismo color y me colgué al hombro el bolso de Chanel que me compré en una tienda vintage en uno de mis viajes con Juan y con el que siempre digo que quiero que me incineren el día que muera. Tonterías decimos todos para enfrentarnos a la idea de la muerte.

Crucé el hotel a las ocho en punto respirando profundamente. Pisé con mis tacones las esponjosas alfombras de las salas que conducían hasta el jardín. De allí se escapaba una algarabía de conversaciones que parecían mucho más alegres y prometedoras que la que yo iba a protagonizar. Llevaba más de un año sin verlo y temía ese primer golpe de vista. Es en esa primera mirada donde se condensa la emoción que condena un encuentro.

Contuve el aliento al bajar los escalones y ese aire salió precitadamente de mi pecho en una suerte de gemido cuando lo vi sentado al fondo, en una de las sillas de la parte techada, rodeada de vegetación. Llevaba una camiseta gris, unos vaqueros y unas zapatillas blancas, clásicas, y estaba segura de que ninguna de esas prendas había sido escogida por azar. Me encantaba cómo le quedaba el gris y ÉL lo sabía. Como los vaqueros Levi's. Odiaba sus zapatillas estridentes habituales... Se había cortado recientemente el pelo y lucía la barba de una semana que le cubría mejillas y mentón. Tenía el ceño un poco fruncido mientras miraba el móvil en el que, seguro, estaba revisando correo de trabajo.

Caminé hacia él con una seguridad relativa que se esfumó cuando el sonido de mis pasos le alertó de mi llegada y levantó la mirada hacia mí. En esos putos ojos me maté yo.

Se levantó con galantería y sonrió con contención antes de ofrecerme la mano con sutileza, en un gesto con el que quería que yo escogiera el tipo de saludo que me hiciera sentir más cómoda. Me acerqué, dejé dos besos en sus mejillas y me senté en la silla que me apartó, a su lado, casi como en la terraza de un bistró francés. Una punzada de esperanza me recordó a Darío. Unos pocos pasos más y podría llamarlo.

—Hola —dijo.

Me humedecí los labios antes de responder, porque había olvidado el timbre de su voz y este me secó al momento la garganta.

—Hola.

—¿Cómo estás? —se interesó.

—Estoy bien.

Llamó con un gesto al camarero, que se acercó solícito, con esas maneras demasiado engalanadas para mi gusto. No me siento cómoda con el servilismo.

—Elsa, yo estaba bebiéndome un vino blanco, ¿qué quieres?

Ya sabía yo... ¿Dónde estaba el inofensivo «café» que habíamos planeado tomarnos?

—Ehm...

—Es de los que te gusta —apuntó—. ¿Quieres probarlo?

Me ofreció su copa, pero la rechacé con una sonrisa trémula.

—Lo mismo para mí.

—Traiga entonces una botella.

Buff. Me concentré en ver cómo se alejaba el camarero para serenarme. Me costaba mirarlo, aunque su perfume casi me lo ponía más complicado.

—¿Quieres cenar algo? —me preguntó ojeando la carta.

—Son las ocho de la tarde...

—O las ocho de la noche. Todo depende de cómo se mire.

—No tengo hambre, gracias.

—Esperaremos un poco.

Apartó la carta, cruzó las piernas, poderoso, y me dedicó una sonrisa.

—Fue una sorpresa que me escribieras.

—Ya —asentí, sin saber qué añadir.

—Una agradable. No me gustó cómo se quedaron las cosas.

—A mí tampoco.

—¿Estás nerviosa? —me preguntó con (creo que) fingida aflicción, apoyando su mano en mi espalda.

—Un poco. No soy de piedra. Esto es incómodo.

—No quiero que te sientas incómoda conmigo. Nunca quise algo así.

—Lo sé. Solo... dame unos minutos.

Apartó la mano y dio la vuelta a su móvil sobre la mesa. No pude evitar escrutar sus dedos en busca de un anillo, pero seguía sin llevarlo.

—¿Cómo van las cosas? —le pregunté.

Suspiró mientras se acomodaba en la silla.

—Bien. Supongo que bien. Ya sabes..., mucho trabajo, poca diversión. Voy a tomarme unos días de vacaciones a finales de semana.

—¿Sales de Madrid?

—Sí. Me iré a Menorca. Sabes cuánto me gusta...

—Sí, lo sé. —Era uno de nuestros sueños frustrados, comprarnos una casa grande allí, desde la que se viera el mar y donde nadie pudiera molestarnos—. Qué casualidad, el otro día compré unos billetes para ir a Menorca a principios del mes que viene.

—Siempre te gustó más en septiembre.

—Me gusta conseguir mesa en Ivette sin tener que reservar con semanas de antelación.

—¿Ivette? Me lo apunto. Tus recomendaciones siempre son buenas. ¿Dónde está?

—En cala Morell.

—Ah, claro. —Sonrió con cierta nostalgia—. Cala Morell era tu parte preferida de la isla, ¿no?

—Me sorprende que lo recuerdes —confesé.

—Lo recuerdo todo. Lo recuerdo muy bien.

El camarero colocó a su lado una cubitera de la que sacó una botella empañada de uno de mis vinos blancos preferidos, un Sancerre del valle del Loira. Un detalle que me escoció. Cuando estuvimos ambos servidos, la botella desapareció en el fondo de la cubitera y bajo un paño bordado con las iniciales del hotel.

—¿Te importa que fume? —le pregunté.

—Pensaba que ya lo habrías dejado —musitó—. No, no me importa.

—Odias el tabaco. A lo mejor te molesta.

—Nada de lo que hagas me va a molestar, Elsa. Es un reencuentro feliz.

Definitivamente, no debíamos vivir en la misma dimensión. Bebí de mi copa un trago más largo de lo convenido. Necesitaba templarme el ánimo.

—¿Sigues nerviosa?

—No —mentí.

Saqué mi pitillera y me encendí un cigarrillo mientras ÉL jugueteaba con el bolso.

—Este es nuevo.

—No. Es el que compré con Juan en Nueva York.

—Ah, sí, lo recuerdo.

Era el bolso que llevaba el día que nos besamos por primera vez, pero ese no es el motivo por el que lo adoro.

—¿Qué tal le va a Juan? Por un momento pensé que vendrías con él.

—Bueno, creo que no hubiera sido adecuado.

—¿Es ese tipo de encuentro? —Arqueó sus perfectas y varoniles cejas.

Odio la palabra varonil.

—Es un encuentro entre dos personas; pensé que no tenía cabida un tercero —puntualicé.

—A estas alturas ya doy por sabido que está muy al día de lo nuestro.

Suspiré. Lo nuestro.

—Lo está, claro que lo está, pero no sé si iba a ser muy cómodo tenerlo aquí como chaperón.

—¿Chaperón?

—Chaperón era la persona que acompañaba a las parejas jóvenes para vigilar su comportamiento y que todo fuera decente.

—Bueno, creo que ambos tenemos la intención de ser decentes.

—Ya me entiendes.

—¿Cómo le va? ¿Sigue saliendo con...? —Movió la mano, dejando claro que no se acordaba del nombre de la exnovia de Juan.

—No. Rompieron hace cosa de un año. Ahora es un feliz soltero que no parece tener ganas de complicarse la vida.

—¿Y tú?

—A mí tampoco me apetece complicarme la vida. Lo hice mucho en el pasado y no me han quedado ganas.

—Eso está bien. ¿Soltera?

—Sí —asentí.

—Me contaron que volvieron a romperte el corazón.

Un hachazo en medio del pecho hubiera tenido un efecto menos devastador que aquella frase y todo lo que escondía. «Volver a romperte el corazón» dejaba bastante claro que recordaba bien haberlo hecho ÉL primero. Y lo peor es que no tenía ni idea de a quién se refería.

—Bueno..., no estoy segura de haberlo puesto en juego desde hace tiempo.

—¿No fuiste en serio con nadie durante este tiempo?

—No. —Me reí sin ganas—. Solo tuve historias con las que inspirarme.

—Lo dices con frivolidad, pero tú no eres frívola para las cuestiones del corazón.

—Quizá me he vuelto frívola.

—No creo. Quizá un poco cínica y no te culpo.

—No, no deberías culparme. —Me miré el regazo.

—Tranquila...

Su mano se posó sobre mi antebrazo y me recorrió un escalofrío que me recordó a sus caricias en mi espalda aquella vez que, después de hacer el amor, todo fue extrañamente bien. Una excepción para tanta norma.

—Estoy muy centrada en mi trabajo —volví a mentir.

—Te va bien.

—Pareces muy al día de mi vida.

—Lo estoy. Tengo una alarma en Google con tu nombre y te recuerdo que seguimos teniendo a gente en común que, como no sabe que te rompí el corazón, no duda en contestar cuando pregunto por ti.

¿Sadismo o una historia de amor inconclusa?

—Estás guapa —dijo bajando la voz.

—Tú también estás guapo.

—Yo estoy más viejo. —Se señaló la sien—. Canas. Nadie escapa a los cuarenta.

—Es mejor cumplirlos; la alternativa no es halagüeña.

Lanzó una de sus carcajadas, seguras y sexis.

—No te molesta que diga que te rompí el corazón.

—Es bastante fiel a la realidad —aseguré—. Aunque la imagen que me viene a la cabeza es más bien que lo masticaste y lo escupiste a mis pies.

—Ay.

Los dos bebimos.

—No te voy a preguntar si me has perdonado —dijo.

—Dice Louis Madeira que adora la ambivalencia poética de una cicatriz porque tiene dos mensajes: aquí dolió, aquí sanó.

—Me alegra saber que sanaste.

—No he dicho exactamente eso.

—¿Entonces?

—Estoy en ello. —Lo miré de frente.

—¿Es por eso por lo que querías verme?

—Puede.

Sus ojos seguían brillando tanto como cuando me enamoré de él. Sus ojos, de un color chocolate precioso, rodeados de unas pestañas erguidas que endulzaban una mirada que tendía a ser dura. Estaba guapo. No. Miento. Estaba guapísimo y eso me hizo reír.

—¿Te ríes? —Levantó las cejas sonriendo.

—Me lo pondrías más fácil si estuvieras horroroso —dije en voz alta.

—Ah, mi Elsa, aquí está. Se te escapan las ideas por la boca. Siempre pensé que es porque piensas y sientes con más fuerza que el resto de la gente que conozco.

—El mundo emite una energía muy potente para la que parezco ser demasiado sensible.

—Has cambiado de perfume —apuntó.

—He cambiado en muchas cosas.

—¿De verdad?

Volví a mirarlo, esta vez la boca. Esa boca que me había besado y prometido tanto. Me di cuenta de que me temblaban las piernas.

—En realidad, no. A ratos me gustaría, pero estoy aprendiendo a abrazarme tal y como soy.

—Desmedida —musitó.

Nos miramos con intensidad.

—¿Eres feliz? —Se me escapó de entre los labios.

—No —respondió sin necesidad de pensarlo—. Nunca pretendí serlo.

Me froté la cara y cogí la copa, cuyo contenido me bebí de un trago.

—Te estarás preguntando que, si no soy feliz, entonces ¿por qué? ¿No?

—Algo así.

—No has pronunciado ni una vez mi nombre.

—Creo que no lo digo desde que te casaste con otra mujer.

Levantó las cejas y echó la cabeza un poco hacia atrás, como si le hubiera asestado un golpe en la frente.

—No puedo replicar. Dices verdades.

—¿Por qué no eres feliz?

—Porque solo podría serlo contigo.

En su novela *Cuando seas mayor*, Miguel Gane escribió una metáfora sobre el matrimonio de los padres del pequeño protagonista que siempre me pareció preciosa. Hablaba de una jarra de agua que caía al suelo, rompiéndose, haciéndose añicos. Él, con el virtuosismo con el que convierte palabras en imágenes, explicó más tarde que había entendido que la relación entre los progenitores no era esa jarra, sino el agua que corrió libre por el suelo. Así me sentí yo. Yo creí ser la jarra y había rodado hasta estallar en pequeños pedazos contra el suelo de aquel precioso jardín, pero tenía la esperanza de ser líquido libre y fluir lejos.

—No digas tonterías —respondí—. Esas cosas no tienen sentido.

—Si has venido esperando que te diga que soy feliz con la decisión que tomé, que te he olvidado y que vivo un matrimonio dichoso, déjame decirte que vas a marcharte sin lo que has venido a buscar. Disculpe —llamó al camarero con un gesto, pensé que para pedirle la cuenta.

Sin embargo, me miró con ternura y me preguntó:

—¿Pedimos unas ostras? Este vino es perfecto para acompañarlas.

Asentí sin pensar, preocupada por comprobar si seguía queriendo morirme como aquella noche, cuando me abandonó diciéndome que me amaba más de lo que podría querer a nadie durante toda su vida. El corazón parecía haber dejado de latir en mi pecho.

—¿Has sido padre? —le pregunté en cuanto el camarero de uniforme blanco e impoluto se retiró.

—No. —Negó con la cabeza, se ajustó el Apple Watch con correa metálica y volvió a mirarme—. Aún no.

Tenía intención de serlo, eso ya lo sabía. ÉL fue la única persona por la que yo había prometido abrirme a la maternidad, a pesar de que nunca quise tener hijos en realidad. Así era mi amor por él: todo entrega, sin razón ninguna.

—Sigo pensando todo lo que pensaba. Sigo sintiendo todo lo que sentía —musitó.

—No puedes.

—Puedo —aseguró—. Con cierta amargura, pero es imposible mirarte a la cara y decirte que he dejado de quererte o que algún día lo haré.

No sé si para alguien que no fuese ÉL aquello tendría sentido, pero desde luego para mí no.

—Tú tomaste las decisiones que nos han llevado hasta aquí. A ti y a mí.

—Yo hubiera podido ser feliz contigo, pero nunca habría podido hacerte feliz. ¿No lo entiendes?

—Claro que no. Eso es una excusa cobarde.

—Es que soy un hombre cobarde. Creí que había quedado claro. Ni siquiera he podido leer el libro que me mandaste porque me da miedo lo que pueda encontrar en él sobre nosotros.

—Solo un puñado de recuerdos sin valor ya —dije con un suspiro—. Y, si te lo preguntas, te dejo en buen lugar. En muy buen lugar. Es un libro con final feliz.

—Al menos tendremos un final feliz en alguna realidad paralela.

—Ya, sí. —Me reí con sarcasmo.

—Sí leí la carta con la que enviaste el libro —me aclaró mientras servía más vino para los dos—. Me la sé de memoria. La escaneé y la llevo en el teléfono móvil.

—Eso no es verdad.

—Sí, sí que lo es. Empieza diciendo: «No se me ocurre otro motivo para dedicar un libro...».

—Calla —le pedí apretándole la pierna con los dedos.

Un rayo me atravesó por entero, parando por un nanosegundo todas mis funciones vitales y aparté la mano como si quemase.

ÉL cambió su expresión al instante, como si hubiera estado representando el papel de un ÉL más amable, menos nuestro, y su gesto volvió a ser la máscara dolida, preocupada y culpable que vi aquella noche en su portal.

—Esto no es buena idea —le dije.

—Si lo necesitabas, no es ni buena ni mala idea. Es. Siento dolerte.

—No lo sientes. Creo que te gusta dolerme, porque así, al menos, sabes que estás.

—No puedes decirlo en serio —se molestó—. Yo te amaba. Yo te quiero.

—El amor no se confiesa. El amor se demuestra y no con flores, con vino, con cenas...

—No hice las cosas bien, pero es que no te merezco, Elsa. ¿No lo entiendes? Por eso me marché.

—¿Y ELLA se merece tenerte así? No seas cínico, por favor.

—A ELLA sí la hago feliz. Tiene lo que quiere de mí. No la hago sufrir.

—Porque no sabe —le dije con un hilo de voz.

—Mira, Elsa, en un mundo ideal yo habría roto con ELLA, no me hubiera podido la presión familiar y habría anunciado a pleno pulmón que te quería y que me moriría a tu lado, pero no vivimos en una utopía. Hice lo que tenía que hacer. Te añoro, te quiero, te veo y es imposible no sentirme como entonces, pero no me arrepiento de las decisiones que tomé porque sigo creyendo en las razones por las que las tomé.

—Porque yo no era suficiente para tu familia.

—Porque yo no era suficiente para ti.

—Lo dices, pero no te lo crees.

Adiviné un movimiento por el rabillo del ojo y me enderecé para dejar paso a la bandeja de media docena de ostras. Le maldije. El lugar, el momento del día, el vino, las ostras, su perfume, esa camiseta gris que juraría haberle quitado alguna vez, entre risas, en mi dormitorio...

—Gracias —le dijo al camarero, seco, para inclinarse hacia mí inmediatamente—. Elsa..., vamos a brindar, vamos a comernos estas ostras, por lo que fuimos, por lo que nos quisimos y por lo que te voy a querer siempre.

—No tengo hambre. —Cerré los ojos y negué.

—Elsa...

No abrí los ojos. Él se inclinó aún más hacia mí sin llegar a tocarme, acercándose a mi oído.

—Da igual con quién me haya casado. Da igual cuántos hijos tenga. Da igual a qué edad muera. El día que me vaya, lo haré pensando en ti.

Me volví hacia ÉL y abrí los ojos, allí estaba, a solo un movimiento de mis labios. ÉL, por el que tanto había llorado, al que tanto quise, la persona que creí que había llegado para dimensionar el amor en mi vida, para hacerme ver lo que de verdad importaba. Él, que tanto me hizo soñar, con el que quise comprarme una casa frente al mar y con el que, en un ataque de locura en el que no me reconozco, habría sido madre, no por mí, sino por él. Y no es que piense que la maternidad es mala, nada más lejos de la realidad. Es un milagro. Es casi magia, pero no es para mí.

Él, que en uno de mis cumpleaños me mandó un ramo de flores tan descomunal que tuve que meterlo en la bañera. Él, que había señalado mis propias alas hasta hacerme consciente de que eran mías. El hombre con el que soñé morirme y el que hizo que tuviera ganas de morir. Él...

Que no era sinónimo de París ni de ninguna otra ciudad del mundo, porque jamás quiso escapar conmigo hacia ningún lugar, solo imaginarlo. Que no era un despertar entre abrazos, porque nunca había dormido a mi lado. Que no había visto la lluvia caer más allá de la ventana a mi lado, porque nunca tenía tiempo para lo que «no debía» porque yo era un error en su pulcra existencia. Que no era sinónimo de la ternura, el amor y la comprensión que necesité. Que, siendo tanto, nunca fue en realidad. Me retiré.

—Gracias por el vino y las ostras, pero no voy a poder quedarme.

—¿Te vas? —Se sorprendió.

—Sí. —Sonreí—. Siento no poder brindar y comerme esas ostras contigo por lo que fuimos y por lo que nos quisimos.

—Elsa..., no...

Cogí la pitillera, la metí en el bolso y me puse en pie, sonriendo con un poco de calor dentro de mí por primera vez en la tarde.

—Te quise mucho; tanto que se me olvidó cómo se tiene que querer para no perderse dentro —le dije con la voz temblorosa—. De alguna manera es posible que yo también te quiera para siempre, pero ha llegado el momento de perdonar. A ti no sé si podré perdonarte, quizá nunca dejes de dolerme, aunque sé que con el tiempo dejaré de culparte. Sin embargo, a mí sí puedo perdonarme.

Se puso en pie y respiró profundamente mientras asentía con serenidad.

—Adiós, Gael.

Me acerqué para despedirme con un beso en la mejilla y sus labios se posaron en la comisura de mis labios en un «sí pero no», que era el símbolo perfecto de nuestra relación. Un amor que fue sin serlo. Un amor que quedaba emborronado y confuso entre lo que debió ser, lo que quise que fuera y lo que merecía. Di un paso de espaldas, sujeté el bolso en mi hombro y me marché sin mirar lo que dejaba atrás. Y no te lo creerás, pero me fui en paz.

Temblando, pero en paz.

Triste, pero en paz.

Angustiada, pero en paz.

El fantasma, el ánima en pena o el monstruo que escondía, como quieras llamarlo, seguía existiendo, pero ya no estaba bajo mi cama ni en mi armario ni escondido tras las cortinas de mi dormitorio en la penumbra. ÉL, el que no pude nombrar durante tanto tiempo, el que protagonizó tantas vidas que no viví, no era más que Gael. Y Gael era humano. Como humano, Gael mentía, era cobarde, evadía responsabilidades, se equivocaba, hacía daño y tenía su propia idea del amor. Y yo, que también sé lo que es mentir, ser cobarde, evadir responsabilidades, equivocarme, hacer daño (y hacérmelo) y tengo mi propia idea del amor, era libre para soltar y para perdonarme. Perdonarme ¿por qué? Por querer tanto a alguien que me quiso tan mal hasta el extremo de dejar de quererme a mí.

Lloré todo el camino de vuelta, pero solo las lágrimas más antiguas que no logré liberar en el regazo de Darío cuando estallé en llantos aquella tarde en mi casa. Eran lágrimas rancias, que nacían frías por haber estado almacenadas durante tanto tiempo en un lugar helado y oscuro de mí misma, que olían a su perfume, que sabían a todos los vinos que bebimos juntos y que, probablemente, tenían el color de los atardeceres que no compartimos y que tanto me prometió.

Lloré todo el camino de vuelta y, al llegar a casa, lloré un poco más, hasta que, de golpe, el llanto cesó. Recibí un mensaje de mis padres que incluía una foto de ambos sujetando orgullosos el jamón y con ojitos de haberse emocionado y, al instante, mi hermana me mandó los billetes para venir a verme dos días después. Tenía sin leer, además, un mensaje de Juan preocupándose por cómo había ido y si estaba bien. Algo había hecho bien en mi vida para estar tan bien acompañada. Quise escribirle a Darío. Quise hacerlo con mucha fuerza, pero no lo hice. No actué. Solo esperé a que la marea se calmara y toda la arena que se había removido con las olas volviera a su sitio.

Él también me escribió. Bueno, ÉL no, Gael. Me mandó escaneada la carta que le hice llegar tiempo atrás junto al libro que no leyó. El título del archivo era un corazón que, de pronto, ya no me parecía estar tan roto. No me vi con fuerzas para borrarlo todo, solo respondí un «Adiós, sé muy feliz» sincero, y archivé la conversación.

Por cierto..., unos días después me enteré por un tercero que la mujer de Gael estaba embarazada de casi seis meses y que pronto tendrían una niña. No me equivoqué con la sensación de que, en realidad, nada había cambiado, solo mis ganas de que, esta vez, me quisieran bien.

62
Cómo no escribí nuestra historia

Pasé un fin de semana muy divertido con mi hermana. Fuimos al Thyssen, tomamos vinos en terrazas bonitas, compartimos los que prometimos que serían nuestros últimos cigarrillos y hablamos mucho. Le conté todo lo que había pasado en el último año y me comí una buena y merecida bronca por no haberme desahogado con ella antes. Le confesé que siempre creí tenerlo todo bajo control, hasta que la vida me demostró que la calma era un holograma lanzándome a una fuente. Me dio muchos consejos sobre Darío, algunos de ellos muy locos y dignos de película romántica de los noventa, que me encantaron, pero que no me atrevería ni en mil vidas a llevar a cabo. No me veía yo escribiéndole un mensaje al móvil a la señora Ana para pedirle las señas de su casa en San Sebastián y aparecer por allí bajo la lluvia. Quizá soy más sutil. O más cobarde.

Sin embargo, le di vueltas, claro. Darío llevaba en mi cabeza, siendo justa con él y conmigo, desde París. Incluso desde antes, pero desde París su figura se había vuelto más nítida. Es como cuando planteas un personaje para una novela: al principio tienes claros solo algunos rasgos de su personalidad, pero conforme la historia pone los pies en el suelo y él habla y se mueve, este se convierte en algo más tangible, sus formas se recortan ya en un contorno limpio, descubres sus muletillas, sus sombras, sus verdaderas fortalezas, por qué hace lo que hace y qué no haría jamás. Me quedaba mucho Darío por conocer, pero la silueta que se recortaba contra la luz en mi cabeza prometía no sé si una historia de amor para siempre, pero sí algo bello. Sano. Merecido.

Estuve mil veces a punto de escribirle un correo electrónico, pero me pareció un modo cobarde de abordar la situación y además podría dar la sensación de que recurría a él como confesor, como confidente, no con una esperanza bonita latiéndome dentro. Tenía que decirle las cosas en persona. No podía dejar que sucedieran por inercia. No podía abandonarme al azar ni a lo que las circunstancias marcaran. Tenía que sincerarme, mostrar muchas sombras que quizá él solo había atisbado a lo lejos. Quería abrirme el pecho y decirle: «Mira estas cicatrices, aquí dolió, aquí sanó», como expresó Louis Madeira, «pero ya no tengo miedo».

Había cosas, sin embargo, que seguían atemorizándome. Los días que habían pasado, por ejemplo. Varias amigas mías coincidieron en que la cantidad de tiempo que llevaba sin saber nada de él no era precisamente un buen augurio, y mentiría si dijese que yo no sospechaba lo mismo. Nos habíamos despedido en mi rellano uno de los últimos días de junio y julio estaba a punto de terminar. Me arrepentí de todas las veces que quise escribirle y no lo hice, de las llamadas que me nacieron y que no parí, pero no hubieran sido justas porque hasta aquel momento yo no había sentido que tuviese las cosas claras, ni tampoco que hubiese solucionado todas mis faltas y exorcizado mis fantasmas. Darío me pidió que me ocupase de mis cosas y se merecía no cargar con mis miedos. Y eso había hecho. Aún estaba dolorida, pero sentía algo precioso que hacía tiempo que no me llenaba de verdad: esperanza y ganas.

Planeé cien modos de redimirme y ser honesta con lo que quería intentar con él. No deseaba hacer promesas vacías ni aspiraba a tener discursos preparados, pero sí tenerlo todo claro; es decir, sonar segura, seria, fiable.

Quizá podría escribirle y preguntarle cuándo iba a volver y, entonces, citarle a medio camino entre San Sebastián y Madrid. O irme hasta allí y pedirle que viniera a un punto del paseo marítimo para hablar al atardecer. Reservar mesa en un buen restaurante. Dejar en su felpudo una cesta con cosas ricas y una carta preguntándole si quería que hablásemos organizando un pícnic. No sé. Un montón de cosas, casi todas horribles.

¿Y si alquilaba una casa donde se vieran bien las estrellas? No. Eso lo hizo Néstor por el treinta cumpleaños de Valentina y, sinceramente, su relación estaba mucho más avanzada que la nuestra. Quedaría como una loca. Bueno, era una loca. Una loca no peligrosa, pero sí estaba un poco demente, si hacemos caso de la relación que establece Rosa Montero entre la creatividad y la locura..., y yo siempre le hago caso. Seguía pensando en ello, bebiendo una copa de vino en la terraza y apurando el último pitillo de la que dije que sería mi última cajetilla, disfrutándolo con un placer vicioso, cuando escuché algo. Algo que parecía una puerta que se cerraba. Una puerta muy cercana. La puerta de al lado.

—¿Qué hago? ¿Qué hago? ¿Qué hago?

No había nadie para responderme, pero aun así lo dije en voz alta. Dejé la copa sobre la mesa de la terraza, apagué el pitillo, cogí la copa, le di otro trago, volví a dejarla y me fui corriendo hacia mi habitación, no sin antes cerrar la puerta corredera que daba salida desde el salón al amplio balcón. Regresé sobre mis pasos y vi que había dejado fuera a uno de mis gatos, que lloriqueaba apoyado en el cristal, a dos patitas.

Le abrí, lo metí en casa y me colé en la habitación donde tengo el tocador. Me miré. Estaba bastante horrible.

—Mierda, mierda, mierda.

Me solté el pelo. Peor. Me recogí de nuevo el pelo en un moño desgreñado medio decente, me puse una prebase que prometía «buen aspecto» y me pellizqué las mejillas.

—Pero ¿qué haces? Para —me dije en el espejo—. Llama a Juan.

Cogí el teléfono del salón y marqué el número de mi amigo mientras me quitaba el camisón y me ponía un vestido. No respondió hasta el cuarto tono.

—Ey. ¿Qué haces?

—¡Juan! —exclamé—. Creo que Darío ha vuelto. ¿Voy?

—¿Qué? —Y la pregunta se le escapó como un gritito agudo.

—Que si voy. Me presento allí y hablo con él. ¿O me espero mejor a mañana?

—¿Estás loca? Espérate a mañana.

—¿Sí?

—Sí. Y preparas bien lo que quieres decirle.

—Lo tengo casi aprendido de memoria.

—Se lo vas a recitar como si estuvieras contestando un examen oral. Haz el favor de acostarte.

—Son las once. No puedo dormir.

—Pues lo intentas. No vayas a presentarte ahora allí.

—¿Por qué?

—¡Porque va a saber que estás loca!

Me quedé mirando mi reflejo con expresión confusa. «Va a saber que estás loca». Sí. Eso era. Lo estaba un poco, en parte por él, en parte de fábrica.

—Yo soy así.

—Elsa… —Se rio Juan—. Tranquilízate. ¿Qué dices siempre sobre no actuar?

—Eso solo aplica cuando estoy mal, cuando estoy triste o cuando quiero solucionar algo de manera muy rápida.

—Igual este caso pertenece al último grupo de situaciones.

—No, Juan, esto es una cuestión de no esperar. ¿Para qué esperar?

—Elsa, en serio, métete debajo de la lengua un Lexatin.

—¡¡No tengo Lexatin!!

—Pues mete la cabeza debajo del grifo de agua fría.

—Me he duchado hoy, eh, no te creas que voy toda guarra.

—¿Qué llevas puesto?

—El vestido de flores que odias.

—Quítate eso y ponte el camisón.

—Es verdad, es verdad. —Me quité el vestido y lo tiré por los aires.

—Elsa, ¡para, métete en la cama! ¿No entiendes que no puedes hacer las cosas así? Vas como a pistoletazos.

—No, Juan, eso era antes. ¡¡Antes!! Porque iba dando bandazos. Esto se trata de saber lo que quieres e ir a por ello.

—¿Has estado escribiendo?

—Sí. ¿Por qué?

—Porque escribir te pone superdemente. Hazte un favor. Acuéstate, te tranquilizas y mañana pasas y lo invitas a tomar un café. Y ya..., así habláis con calma. Ni te pones a follar contra el piano ni le dices que lo quieres ni...

—¿Por qué? Quiero decir..., no le voy a decir que lo quiero. No sé si lo quiero. Lo protoquiero. Pero eso no se puede decir porque no lo va a entender.

—No va a entender nada.

—Se trata de ser espontánea.

—Se trata de que no te pongan una orden de alejamiento.

Puse el móvil con el altavoz y dejé que Juan siguiera con su perorata enumerando los motivos por los que no podía presentarme en camisón (o con el vestido horrendo de flores) en la puerta de Darío para decirle lo que quisiera que fuera a decirle, que seguro que iba a ser resultado de un subidón hormonal y de una proyección poco realista de las emociones que empezaba a sentir por él. Mientras él hablaba, yo contestaba «ajá» y jugaba a la carta del «comodín de la llamada» con un mensaje lleno de erratas nerviosas a Carlota, sabiendo que nunca me contestaría. Pero ¡ojo!, se conectó en cuanto le mandé el estado de la situación y la pregunta de si debería ir a hablar con él. Carlota escribiendo…

> Hermana, la vida es corta. Siempre dicen que las mujeres lo planeamos todo y puede que sea verdad, pero no solo las mujeres, sino el ser humano en general. Y ¿sabes lo que pasa? Que luego nunca sale como quieres. Como cuando yo invité a aquel chico a casa y me sentó mal la cena. Las palabras salen cuando tienen que salir y si se preparan, se corrompe el sentido con el que nacieron.

Me quedé pasmada viendo el mensaje.

—Y por eso… —seguía diciendo Juan.

—Carlota dice que vaya —lo interrumpí.

—Carlota cena legumbres de bote antes de un vuelo.

—«Hermana, la vida es corta. Siempre dicen que las mujeres lo planeamos todo y puede que sea verdad, pero no solo las mujeres, sino el ser humano en general. Y ¿sabes lo que pasa? Que luego nunca sale como quieres. Como cuando yo invité a aquel chico a casa y me sentó mal la cena. Las palabras salen cuando tienen que salir y si se preparan, se corrompe el sentido con el que nacieron» —leí en voz alta.

—Esta se ha fumado un porro.
—Carlota no fuma porros.
—Que sepamos.
Le escribí para salir de dudas:

Elsa
¿Te has fumado un porro?

—Se lo he preguntado —anuncié.
—Lo va a negar.

Carlota
No. He hecho una limpieza en casa con
palo santo. Notaba mala vibra.

—No. A lo mejor ha respirado demasiado palo santo, pero no está colocada.
—Elsa...

Carlota
Vive, Elsa, ¡vive! Las cosas que no se hacen por
miedo y por orgullo son de las que nos arrepentiremos
al final de nuestros días. Siempre lo dices.

Miré al frente. Ahí estaba yo, con el conjunto de ropa interior menos sexi de la historia, colorada y algo despeinada, con la mirada un tanto ida. No era la mejor imagen de mí, eso es verdad, pero...
—Ese tío se ha despertado a mi lado y no se ha asustado.
—Vuelvo al terreno de la duda: que tú sepas. Yo me he despertado muchas veces a tu lado y susto no das, pero guapa tampoco estás.

—Es que no tengo que estar siempre guapa —argumenté, notando de pronto que las ideas se alineaban de un modo demasiado claro como para ser una locura.

—No, pero tú quieres que ese chico…

—Yo quiero que ese chico me dé una oportunidad, a mí, que me levanto fea y con mal aliento y que soy capaz de hacer cosas como la que voy a hacer ahora mismo. Te quiero, Juan, pero tengo que dejarte.

Colgué la llamada. Escribí un gracias más calmado (y sin erratas) a Carlota y respiré profundo antes de ir hacia la salida. Bueno…, confieso que volví sobre mis pasos para ponerme una chispita de perfume y el camisón. La que es coqueta, lo es.

Llamé a la puerta de Darío y respiré profundo. Me miré de soslayo, arrepintiéndome de ir en camisón y descalza, pero bueno, chica, la vida es así. El vestido de flores era peor, había que darle la razón a Juan.

«Me voy. No me voy. Me voy. Me quedo. Me piro por las escaleras corriendo. Me quedo y finjo un desmayo». La cabeza me iba a dos mil revoluciones cuando la puerta se abrió y Darío me miró con sorpresa. A ver…, con sorpresa es un eufemismo; lo cierto es que la mirada tenía un toque de sorpresa, un poquito de terror y una pizquita de «¿Qué coño?».

—Hola… —musitó dándole un repaso disimulado a mi modelito.

—Hola.

—¿Qué…?

—Calla. —Puse la palma entre los dos y me miró con absoluto terror.

—Solo necesito saber si estás borracha.

—No.

—¿Drogada?

—No.

—¿Enferma?

—Darío…

Entoné su nombre con un poquitín de súplica que no hubiera querido que se me escapase, pero funcionó, porque se apoyó en el marco de la puerta con una expresión que demostraba que iba a escucharme.

—Estoy como una cabra, ¿sabes? No en plan… no en plan patológico, pero soy una tía terriblemente apasionada y eso a veces me hace perder un pelín la cabeza. Hago las cosas con pasión o no las hago. Eso provoca que a veces me equivoque, pero nunca me he arrepentido de verdad de nada que haya hecho empujada por el corazón. Amo mi trabajo por encima de todas las cosas, en ocasiones incluso por encima de mí, pero estoy dispuesta a cambiarlo, a darle su sitio, a disfrutarlo además de vivir de él. Y es mejor que sepas que amo a mis amigos, que tengo un montón y estoy orgullosa de ello y de que me apetezcan el noventa y nueve por ciento de los planes que me proponen. Soy un ser social, pero a veces necesito estar sola y no aguanto la presencia de nadie que no sean mis gatos. Necesito mi espacio, uno que solo sea mío, pero que también quiera compartir con alguien. Con alguien como tú. Porque lo cierto es que me gustas. Me gustas mucho. Lo que conozco de ti, lo que he podido ver… me gusta. Me gusta lo claro que eres, tu bigote, lo bien que te sientan las camisetas blancas, que uses bandeja para llevar tazas desde la cocina al salón. Me flipa cómo hueles, cómo besas y cómo follas. Sospecho que eres más guarro de lo que me has demostrado y… ¡eso también me gusta! Eres dulce, guapo, inteligente, buen tío, no mientes, sabes sentirte fracasado sin que eso te «castre», ¡eres feminista y nunca has dicho nada como «yo soy un aliado», por el amor de Dios! ¿Cómo no me ibas a gustar? Hablamos durante horas y nunca se nos acaban los temas, me retas intelectualmente, entiendes mi sentido del humor de mierda y bebes whisky japonés. ¡Es que te describo en una novela y no hay Dios que se crea que por ahí hay un tío como tú andando, respirando y componiendo bandas sonoras! Así que, sí, me gustas. Y lo de París fue increíble. París ha cambiado para mí y no porque lo mire a través de tus ojos. ¡Lo vi con los míos, pero desde un punto más sano! Me hiciste sentir tan bien, tan cómoda, tan limpia, que pude reescribirlo. Y ya ves, tenías razón. Es que encima tenías razón. ¡Y no me da rabia confesártelo! Estaba rota, tenía unas grietas que te cagas por todas partes y a todas las había llamado Gael y hasta que no me senté delante de él no vi que no eran suyas, eran mías. Me estoy perdonando, Darío, me estoy perdonando por querer a alguien que me quiso muy mal, por haberme quedado en un sitio donde se me hacía daño. Me dijiste que no estaba preparada y tenías razón. Y no voy a decirte que en dos semanas... o en tres..., han pasado muchas cosas y parece que ha transcurrido un año..., pero no voy a asegurarte que en unas semanas todo se haya solucionado. Supongo que habrá un montón de grietas que aún no he visto y que tendré que ir reparando, pero tengo ganas de buscarlas, señalarlas, curarlas y no esconderlas porque esta soy yo. Y si es verdad que podrías enamorarte de mí como dijiste en París..., esta soy yo, Darío. Una tía con el pelo verde, con una gata con chupa de cuero tatuada en el brazo. Sí, una tía que a veces tiene mal genio, que no cocina, que cuando escribe se olvida del mundo, a la que le encanta leer con los pies al sol, pero odia tenderse en la playa a broncearse. Me encanta cómo me flotan las tetas en el mar y casi siempre estoy tocándomelas, tienes que saberlo también; casi nunca lo hago con intenciones eróticas. Casi nunca, porque soy una loca que, si alguien le gusta, se pone cachonda con verlo respirar. Soy así. ¡Una vez besé a una mujer en un bar y me gustó! No me avergüenza decirlo. ¡Sé que esto no es como debería o como se esperaría que una escritora de comedia romántica escribiera su propia historia de amor, pero... lo siento! Hace tres años que no tengo una relación al uso, una relación propiamente dicha y no sé si voy a saber hacerlo, pero me apetece. Me apetece ser tu novia. Conocerte primero bien, no te asustes. Pero quiero que nos vaya bonito. Conocernos, reírnos juntos, aprender y pasar tiempo de calidad. Que sepamos no decirnos nada y estar a gusto. Llevarte de vacaciones, pagar yo y que eso ni te guste ni te importe..., que te dé igual. Eructo muchísimo, por cierto. Y los garbanzos me dan muchísimos gases. Tengo un premio en el grupo por escupir huesos de aceituna más lejos que nadie y... y... a veces me doy vergüenza ajena a mí misma, pero soy bonita..., por dentro sé que soy bonita, que tengo mucho amor bueno que dar y que quiero aprender a querer y que me quieran bien. Y, *a priori*, deseo con toda mi alma aprenderlo contigo.

Fue como cuando deshinchas un globo con las manos, controlando la boquilla y se pone a pedorrear como loco. Fue exactamente así, pero con palabras y casi sin respirar. Me faltaba el aire y no por nervios porque..., bua, me quedé tan a gusto que no puedo hacer ninguna comparación que no sea escatológica. Me había quitado diez, quince, veinte toneladas de encima. Estaba avergonzada y orgullosa, trenzado junto a la esperanza y el miedo de que cerrase la puerta. Porque ese hombre, el que se apoyaba en el marco de la puerta sujetándola como si fuera a cerrarla en cualquier momento, tenía una expresión indescifrable. Imagínate a alguien sorprendido, aterrorizado, ilusionado, aguantándose la risa, triste, avergonzado, confuso y sin saber qué decir... Todo junto. El ser humano es maravilloso, una materia capaz de albergar tantas emociones contrapuestas, sutiles, hermanas, enemigas y animales... Una caja de carne y vísceras que contiene una voluta de humo a la que llamamos alma y que, sin que podamos tocarla, nos hace ser. Pero, claro, ese ser humano maravilloso y confuso llevaba callado demasiado tiempo. Demasiado tomando como medida cualquier unidad existente. Abrí la boca y levanté el dedo índice de la mano derecha.

—Dicho esto...

Darío resopló. O suspiró. No sé. Fue una respiración profunda sin significado claro que me hizo contener la mía.

—Elsa... —Cerró los ojos, agotado—. ¿Puedo hablar?

—Sí.

—Son las once de la noche, acabo de conducir más de cinco horas y... —suspiró—. Voy a necesitar uno o dos años para entender lo que acabas de decirme.

Dibujé una mueca que él estudió como si en realidad estuviese muy lejos de allí. Darío había bajado las escaleras que llevaban a su yo más profundo y discutía con su sensatez, con las emociones y con vete tú a saber qué más. Y yo allí, descalza y en camisón. Por el amor de Dios...

—Anda... —Abrió un poco más la puerta—. Pasa.

—¿Qué quieres decir con...?

—¿Que qué quiero decir con «pasa»? Pues que pases, hija. —Sonrió por primera vez—. Que pases y que te acomodes. Que te sientes en la cama a ver cómo me quito esta ropa, que esperes a que me dé una ducha o que te la des conmigo, como tú veas, pero que lo hagas en silencio.

Levanté las cejas y él ensanchó su sonrisa.

—En silencio —siguió, sonriendo— porque me has dado información como para dos licenciaturas y una tesis doctoral sobre Elsa Benavides y los motivos por los que debería cerrar esta puerta y olvidar que una vez me ilusionó cogerte de la mano caminando por París, pero ¡joder! ¡Serás odiosa! No encuentro ninguna razón convincente para hacerlo. Así que... no, no sonrías así. —Me señaló contagiándose y casi riendo—. Eres una jodida loca que va a ponerme la vida del revés y que quiero que me abrace en silencio mientras mastico todo esto y le doy la forma lógica de un «estoy de acuerdo» sensato. ¿Estamos?

—Estamos.

—Pues entonces... —Volvió a abrir de par en par la puerta y se hizo a un lado—. Pasa.

Y menos mal, porque tuve que cruzar el recibidor de su casa para darme cuenta de que ni siquiera había cogido las llaves de la mía.

Epílogo
En honor a todos los libros
que quiero leer y escribir

Elsa está nerviosa, no puede esconderlo, aunque lo intenta. Me ha preguntado cinco veces ya si la falda le hace el culo gordo. Las cinco veces he contestado un sinónimo educado de que me dan ganas de darle un bocado en una nalga porque si se lo digo tal cual lo pienso, es capaz de decirme que vayamos al baño. Y no es el momento. Sus padres llevan mirándome (estudiándome, más bien) desde que han llegado. Podría haberlos conocido en una decena de ocasiones, pero ambos hemos sido muy cautelosos en eso de hacer presentaciones oficiales. No es que tengamos dudas, es que queríamos ir despacio y que solo nos importasen nuestras opiniones. Por la expresión con la que me miran no sabría decir si están aliviados o preocupados. Y eso que me he vestido de buen chico, elegante, sin estridencias, porque la situación lo merece.

Elsa dice que todo le pasa a la vez, pero yo diría que, más bien, ella provoca que se alineen los astros y se atropellen los acontecimientos. ¿Cómo si no iba yo a conocer a su familia el día que presenta el último libro de la saga Valentina?

El teatro está llenándose y ella se asoma de vez en cuando, aunque le han pedido que no lo haga, porque teme que se quede vacío.

—Os dije que era demasiado grande —murmura, como una loca.

Mi loca. Cualquier cosa que pudiera decirme aquella noche, en camisón y descalza, en el rellano, con la romántica (ironía) luz del ascensor a su espalda, se quedaría corta frente al ciclón que supone quererla. Su locura y la mía provocan una reacción en cadena de la que sale humo, chispas y... fuegos artificiales. Nunca pensé que querer sería tan divertido.

Le dije que la quería como en una de sus novelas, preparando cada detalle para ese estallido de consonantes y vocales que condensa una emoción tan grande como amar. La llevé a una terraza en lo más alto de Madrid, pedimos unas copas y, con la brisa del otoño, me acerqué, la abracé por detrás y le hablé alto y claro:

—Te dije que podría enamorarme de ti sin tener ni idea de lo que iba a significar quererte, porque jamás encontraré las palabras para condensar todo lo que me estalla dentro cuando me despierto a tu lado. Te quiero, Elsa.

¿Y qué pasó? Que Elsa se desmayó. Ojos en blanco incluidos. Tuvieron que participar tres personas de la terraza en «la reanimación». Piernas en alto, agua fría en el cuello y golpecitos suaves en la mejilla. Se despertó y vomitó un chorro de vino blanco.

¿La culpa? Mía. Me había dicho unas tres veces, mientras estábamos de camino, que estaba mareada, pero iba tan emocionado con mi declaración de amor que no le presté la atención adecuada. Me pasé la noche, en casa, diciendo «perdón», además de «te quiero». Bueno, ella dice que fue una escena inmejorable, que las cosas habrían sido peor si se hubiera meado encima al despertar. No me atrevo a llevarle la contraria.

Desde que le abrí la puerta de casa aquella noche nos han pasado cosas maravillosas. Nos hemos reído tanto..., tantísimo. Viajamos a París y la llevé a aquel local pasado de moda que finge ser un bar clandestino y donde aún se bailan canciones francesas antiguas. Me deshice de amor con ella, en la pista de baile, abrazados, danzando torpemente al son de «Et pourtant» de Charles Aznavour. Me deshice, sin más, cuando al llegar al hotel me lanzó sobre la cama y... tomó todo lo que ya es un poco suyo por derecho.

Me he enamorado como pensé que no volvería a enamorarme. Como un quinceañero. Como un loco. Como solo se enamoran en las películas románticas de los noventa. Exijo que se adapte esta historia de amor a la gran pantalla para que alguien pueda ponerle una buena banda sonora. Que ella escriba el guion; yo encontraré quien le ponga música. Aunque... ¿sabes? Mejor seguimos escribiéndola. Que le den a la gran pantalla. Nuestra historia para nosotros.

—Cariño... —oigo su voz a mi espalda.

Está sudando. Nunca me llama cariño, siempre encuentra un apodo medio ridículo con el que hacerme sonreír, pero están sus padres delante y supongo que no es momento de llamarme «pene del año» o algo así. Además está nerviosa.

—Dime, *chérie*.

Odia que le diga *chérie,* pero sonríe.

—Dime que tienes un clínex con el que pueda secarme. Se me está derritiendo la cara.

—Estás sudada pero bella, como un cochinillo al horno.

Se le escapa una carcajada y sus padres disimulan una risa detrás de ella.

—Mamá, papá, id yendo al palco, por favor. Alberto quiere que se vayan sentando ya todos los invitados.

—¿No quieres que mamá se quede aquí contigo y te frote un poco la espalda para tranquilizarte?

Elsa me mira de reojo, pero consigue aguantar la risa. Una madre es una madre, tengas la edad que tengas.

—No, mami. Mejor id al palco ya. Ya están sentadas Carlota, Rocío, Eva y las demás.

—¿Y tu hermana?

Está fumando con una amiga de Elsa, pero ella disimula. Ambas se prometieron dejar de fumar y..., bueno, digamos que solo fuman en ocasiones. Se ha esforzado mucho. No puedo pedirle más.

—Estará sentada ya.

—¿Y Juan? —quiere saber su madre.

—Está revisando que la proyección y el sonido estén listos. Ahora viene.

Consigue que mis (recién estrenados en el ejercicio) suegros nos dejen solos y se acomoden en su lugar. Antes de irse, eso sí, su madre le ha dado amablemente el pañuelo de papel que yo no llevo.

—¿Cómo estás? —La agarro de la cintura.

—Nerviosa. Me da miedo ponerme a vomitar a chorro.

—Si no te meas encima, estará todo bien. ¿No era así?

Se ríe y me besa el triángulo de piel que el cuello de mi camisa deja al descubierto.

—No estés nerviosa —le pido acariciándole la espalda—. Todo va a salir genial. Es como..., no sé, la enésima vez que haces esto.

—Sé que saldré y se me pasarán los nervios, pero...

—Pero ¿qué?

—Que me da pena —murmura.

La obligo a mirarme y sonríe con vergüenza.

—Y ¿qué es lo que te da pena?

—Despedirme de Valentina. Ahora ya sí que... se acabó.

—Era lo que querías.

—Sí, pero al final le he cogido cariño, a la muy guarra.

Me da la risa y la vuelvo a abrazar fuerte.

—Te voy a manchar de pintalabios la camisa —se queja.

—Me da igual.

Doy un paso atrás y me siento en un sofá que hay en su «camerino», aunque más que camerino es un pasillo. Sujeto sus caderas, levanto las cejas y le sonrío.

—Va a ser una despedida preciosa. Están aquí, para apoyarte, todas las personas que te quieren. Pero ¡si ha venido hasta tu amigo Nacho desde no se sabe dónde! Y Martín. Tus editores están felices. He visto a Laia llorar.

—Lo sé. Yo también. He llorado un poco con ella, pero me he secado las lágrimas en cuanto han empezado a salir. El maquillaje es importante.

—Totalmente —finjo mucha seriedad y ella me pega.

—No te rías.

—No me río. —Pero me río—. Es normal que estés nerviosa y es normal que te dé pena despedirte de Valentina. Ha marcado la dirección de tu carrera durante años y te ha dado muchas alegrías, pero ¿qué me dices de Silvia?

—¿Qué pasa con Silvia?

—¿No estás ilusionada con la historia de Silvia?

Sonríe, tímida.

—Mucho —contesta con la boca pequeña.

—Y a tus editores les está encantando.

—Eso parece.

—Mírame —le pido y ella clava sus grandes ojos en los míos—. Te quiero.

—Y yo.

—No. Cállate... como aquella noche yo. Calladita.

Finge cerrar con cremallera sus labios pintados de rojo.

—Te quiero, esto va a salir fenomenal. Juan va a presentarte muy bien, aunque seguro que le entra la risa y luego solloza, pero estaremos grabándolo y será superdivertido. La presentación será perfecta y firmarás muchos libros. Y para cuando acabes, nosotros te recibiremos en El Amor Hermoso con una botella de ese cava que te gusta..., el que vale dos euros. —Ella sonríe. Le encanta ese cava—. Yo seré ya colega de tu padre y tendré enamoradas a tu madre y a tu hermana. A tus amigos los tengo en el bote porque, seamos sinceros, soy encantador.

—De serpientes.

—¡Chiiis! No he acabado.

Hace un ademán para que prosiga.

—Todos enamorados de mí, me he quedado ahí. Vale..., pues, además, te aplaudiremos para que te dé mucha vergüenza, te abrazaremos para reconfortarte y nos emborracharemos hasta que yo deje de gustarle tanto a tus padres, a los que me ganaré mañana por la mañana con una maniobra genial. Y a ti...

—¿Y a mí?

—A ti te besaré esta noche, te morderé un poco también, como te gusta. Y diría que te haré el amor, pero como iremos borrachos lo más probable es que follemos como perros hasta que nos dé vergüenza.

—Me gusta.

—Ya lo sé.

—Bien.

—¿Bien? Pues es mejor aún, porque mañana, dejaremos a tus padres y a tu hermana en la estación y volveremos a casa.

—¿A la tuya o a la mía?

—¿Qué más da? El salón terminará siendo nuestra biblioteca en un futuro no muy lejano. —Suspiro, como quitándole importancia a lo que acabo de decir, que es básicamente que quiero echar abajo la pared que separa nuestras casas para que sea una sola—. El caso es que iremos a casa, que casa es donde tú estés, una emoción más que un espacio y ¿sabes qué haremos?

—¿Follar? —Levanta las cejas, ilusionada.

—No —niego apretando los labios—. O sí. No puedo prometer nada. Pero antes o después bailaremos pegados con Charles Aznavour de fondo y planearemos algo loco.

—¿Algo loco? ¿Como qué?

—Como echar abajo esa pared del salón. Como comprar una casa en Menorca. Como..., no sé. Como casarnos. Como prometernos que pasaremos la vida el uno junto al otro.

Sonríe, tomándome por loco, justo cuando Alberto aparece sigiloso, pidiendo disculpas.

—Perdonad, chicos. Elsa, es el momento. Darío, ¿te quieres sentar en el palco o quieres verlo entre bambalinas?

—En el palco mejor. Así no la pongo nerviosa y sus padres pueden ver cómo se me cae la baba con la niña.

Respuesta perfecta, a juzgar por la palmada que me da en el culo cuando me levanto. Le doy un beso.

—Suerte, canalla.

—Gracias, pilila loca.

Me echo a reír y Alberto pone cara de querer morirse.

—Va a ir genial. Ya verás.

—Te quiero —me dice.

—Te quiero.

Me pierdo un poco por los pasillos de las tripas del teatro, pero consigo encontrar a la hermana de Elsa, a la que le ha pasado lo mismo al ir al baño y acaba de localizar el camino correcto. Cuando llegamos al palco, nos sentamos junto a sus padres. Detrás tengo a Carlota que me susurra «pelota» cuando les digo que Elsa ya está mucho más tranquila y que está muy contenta de tenerlos allí. Me giro, le guiño un ojo y respondo en un susurro que solo pueda escuchar ella:

—Por supuesto.

Las luces se apagan. El público, en el patio de butacas, aplaude y unas imágenes de la portada del libro aparecen en la gran pantalla que ocupa de lado a lado el escenario. Después comienza un vídeo que grabaron sobre el libro, la saga Valentina, las adaptaciones y demás. Es un vídeo bonito, emotivo, que hace derramar algunas lágrimas a mis suegros y que a mí me hace sonreír como un bobo. Me lo dice su hermana y tiene razón.

Cuando la proyección termina y el público vuelve a aplaudir, antes de que Alberto, Juan y Elsa salgan a escena, suenan los primeros acordes de una canción que conozco muy bien... «Et pourtant». Dirá lo que quiera, pero es una jodida romántica.

Laia me mira cómplice porque probablemente sabía que iba a sonar esa canción y que está elegida especialmente para mí. Pero también porque le he dicho lo que llevo en el bolsillo y no dejo de tocar, nervioso. Me da miedo perderlo, no porque me haya gastado mucho dinero, sino porque me costó muchísimo encontrar algo así, único, antiguo, digno de Elsa. Iba a hacerlo en mitad de la fiesta, pero lo he pensado mejor. Voy a ser espontáneo. Lo haré en algún momento antes de llegar a casa, los dos solos. Y no será premeditado. Y no será perfecto. Y le gustará...

Elsa no debería tomarme tan a broma. La locura, al fin y al cabo, puede ser contagiosa. O quizá lo sea el amor. El mejor tipo de amor. Uno de esos que es imposible escribir en una novela.

Nota de la autora 2

Todo lo que has leído es cierto..., excepto aquellas cosas que son mentira, claro.

No, ahora hablando en serio. Lo que acabas de leer es una obra de ficción. Como en cualquier novela hay un pequeño puñado de verdades que se cuelan casi sin querer, pero, tal y como comentaba al principio de este libro, por más que quiera, no es mi cometido aclarar cuáles son. Deberás ser tú quien decida qué es cierto y qué no lo es.

Y cuidado, en la vida real soy una pésima mentirosa, pero en papel..., en papel me crezco.

Gracias por leerme.

Gracias por tus horas.

Gracias.

Agradecimientos

Gracias a Ana, mi Laia. Gracias por ser editora y amiga. Por respaldar todas mis ideas locas y ayudarme a hacerlas posibles. Gracias por nuestros desayunos en el Café Comercial y las confidencias.

Gracias a todas las personas de Penguin Random House que acompañan mis pasos desde el primer día. Gonzalo, Rita, Pablo, Leticia, Irene, Carlos, Marta, Nuria, Marta... y toda la línea comercial que, además de hacer llegar los libros hasta vuestras manos y ser grandes prescriptores, muchos se han convertido en grandes amigos.

Dani, Paco, Jose, Myriam, Juan y Vega... GRACIAS.

Gracias a Vega y a Juan, también, por convertirse en personas tan especiales para nosotros. Por los recuerdos (los creados y los que quedan por crear) y por todas las estrellas que se ven desde vuestro porche. Algún día se cumplirán esos deseos que dejamos colgando de la estela de las fugaces.

Gracias también a Conxita, junto a la que emprendí una aventura maravillosa hace ya años y con la que me une algo mágico desde aquella primera tarde.

Gracias a Jose R, por su sonrisa y el cariño que me regala. Por sus abrazos y sus mensajes.

Gracias a mamá y papá, por decirme todas esas cosas bonitas cuando flaqueo. Por mirarme tan bonito. Por esos días en su casa en los que vuelvo a ser la pequeñita de la familia. Porque Rafa y Tomás *són els millors.*

Gracias a Lorena por las charlas entre hermanas en la terraza de Menorca y por los planes que nos quedan por cumplir. Gracias también por haberme regalado el privilegio de ser tía de los dos seres humanos más puros que conozco.

A ellos, a Marc y María, también gracias, porque me devuelven la fe en el futuro de la humanidad y porque cuando me abrazan me siento invencible.

Por supuesto, como la protagonista de este libro, tengo la tremenda suerte de contar con muchas personas alrededor a las que poder llamar amigos.

Gracias a Jose, por comerse todos los marrones habidos y por haber, por apoyarme en mis locuras, pararme los pies cuando se me va la olla (o al menos intentarlo) y ser el mejor compañero de viaje del mundo. Este viaje, el de la vida, es mejor a tu lado, hermano. Gracias por regalarme una familia. Gracias también, claro, a Rosi, Jose y Cris (y Brunito), por abrirme su casa y sus brazos siempre que lo he necesitado.

Gracias a María, mi hermana pequeña, por todo. Desde los vídeos de animalitos que me envía por Instagram a las conversaciones serias, angustiosas o divertidas, por teléfono. Esté donde esté, te sentiré siempre cerca.

Gracias al resto de mi familia de Madrid: Esther, Marta, Mario, Laura/La Charo, Rocío, Iván, Charlie, Chu y Jorge (vivan los SinServisio), Geraldine (qué regalo de la vida), Laura/Xusa, Marina y Gus (el mejor Gabinete de crisis de la historia), Sandra, Óscar J y sus peques (¡lo rebofrito sabe mejor!), Eva (¿qué haría sin ti y nuestros pódcast?), Holden y Cris (os quiero, gracias por dar siempre los mejores consejos, pero tenéis que adoptar un gato de una vez), David Trías (gemelo de desastre, brindemos por nuestras penas y las buenas recomendaciones literarias), David Martínez (gracias por enviar siempre la canción indicada para cada momento y por ser tormenta), Ángel y Víctor (tras vuestra barra me siento más en casa que en mi propio salón), Abril (por tu talento y por los momentos de relajación, charla y gabinete psicológico), Miguelito (primo, vales millones), Miguel Ángel (te abrazo, mi príncipe) y Cristina A.

Gracias al resto de mi familia de vida: Aurora/Ñuñi (te echo muchísimo de menos, tú y yo: malo), Laura bebé (porque todo es aritmética), Sara Ballarín (me muero de ganas de descorchar un vino a tu lado y jugar a «las puertas»), Tone y Javitxu (os debo una visita en Santander y os quiero con toda mi alma. Sois un ejemplo a seguir de bondad y amor), Marieta (Perseo te manda saludos mientras guarda en su guarida otro de tus tapones), Katia (lo que unió un desayuno frente al mar, que no lo separe nadie), Vega (tía, eres madre, qué fuerte), Jaz (deseando escuchar el próximo acento que se te pega), María Gil (fuguémonos y casémonos ya —lo siento, Javi, yo llegué primero—), María H (hagamos el favor de organizar un maxi viaje ladillil), Raquel (estás más joven que cuando tenías dieciséis, mamona, deja de dormir en el congelador) y Paula (lo siento, Lita, pero cuando no llevas las gafas aún te vemos). Gracias por compartir vida conmigo.

Gracias también a K.K, por supuesto, porque siempre está cuando se necesita un hombro sobre el que llorar, compartir un meme, preguntar algo importante o contar que la última cita fue un desastre. K.K, es un honor estar a tu lado.

Gracias al Comando Madrid, por las noches en el Amante. ¿O es el Ciriaco? Siempre los confundo. Gracias y ya está. Valéis vuestro peso en oro.

Gracias a todo el equipo de Plano a Plano, por hacernos sentir tan en casa y por aquellos días en Grecia, en los que tanto aprendí. Gracias el equipo 'Cuento Perfecto', en su totalidad, por hacer realidad ese sueño. Gracias César, por aconsejarme que eliminara Atenas de la escaleta de este libro. Gracias, Marina, por crear los diálogos perfectos para mis personajes en la pantalla.

Gracias también a Enrico, por ser mi sensei. Lo que aprendo en nuestras conversaciones, termino volcándolo en mis libros.

Gracias a Íñigo, por las conversaciones sobre la vida y el sexo de los ángeles. Es una gozada hablar tan libremente.

Gracias a todas las mujeres que me inspiran cada día.

Gracias a ÉL, porque me hizo más fuerte.

Gracias a Bea, Ricardo, Silvia y Sara, por tanto.

Y, por último, pero no menos importante, gracias a ti, que estás leyéndome. Gracias por convertir este puñado de palabras en algo vivo. Gracias por llenarlo con tus emociones.

«Para viajar lejos no hay mejor nave que un libro».
Emily Dickinson

Gracias por tu lectura de este libro.

En **penguinlibros.club** encontrarás las mejores recomendaciones de lectura.

Únete a nuestra comunidad y viaja con nosotros.

penguinlibros.club

 penguinlibros